영산재의 공연문화적 성격

한국공연문화학회

영산재의 공연문화적 성격

한국공연문화학회

도서
출판 박이정

● 필진 소개(집필순)

박진태_ 대구대학교 국어교육과 교수
이보형_ 한국고음반연구회 회장
사재동_ 충남대학교 국어국문학과 명예교수
김응기(법현)_ 동국대학교 국악과 교수
장휘주_ 이화여자대학교 강사
김태연_ 대구대학교 실내환경디자인학과 교수
김상은_ 창원대학교 강사
심상현(만춘)_ 동방대학원대학교 교수
김향금_ 창원대학교 무용학과 교수
정재만_ 숙명여자대학교 무용과 교수
김영렬_ 동국대학교 문화예술대학원 교수
최 헌_ 부산대학교 국악학과 교수
최낙용_ 전북대학교 국어국문학과 강사

영산재의 공연문화적 성격

초판 발행 2006년 12월 1일
2 쇄 발행 2007년 7월 30일

지은이 한국공연문화학회
펴낸이 박찬익
펴낸곳 도서출판 박이정

주 소 130-070 서울시 동대문구 용두동 129-162
전 화 02)922-1192~3
전 송 02)928-4683
홈페이지 http://www.pjbook.com
E-mail book@pjbook.com
온 라 인 (국민) 729-21-0137-159
등 록 1991년 3월 12일 제1-1182호

ISBN 89-7878-897-1 93810
값 22,000원

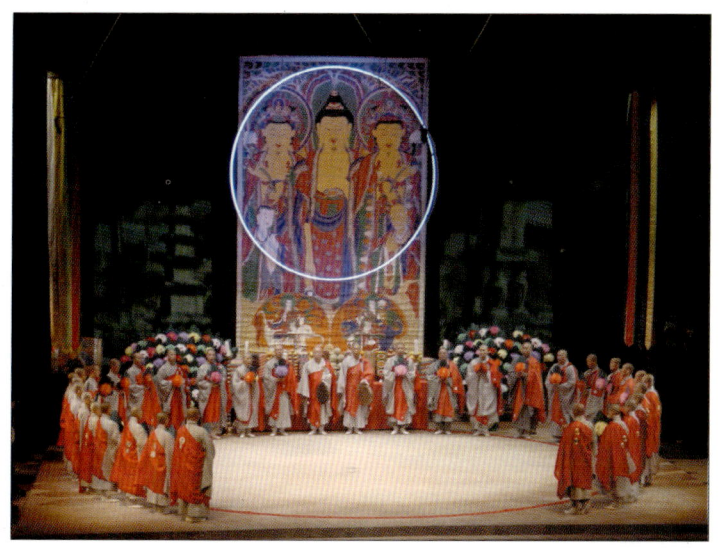

〈영산재 짓소리〉

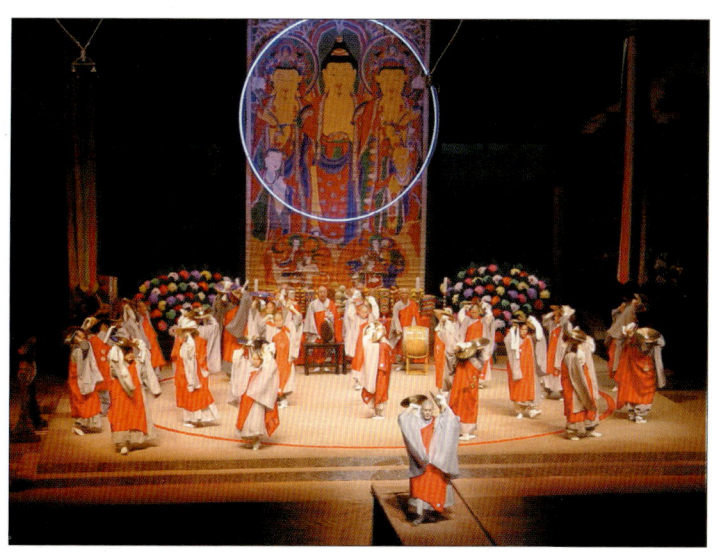

〈영산재 천수바라춤〉

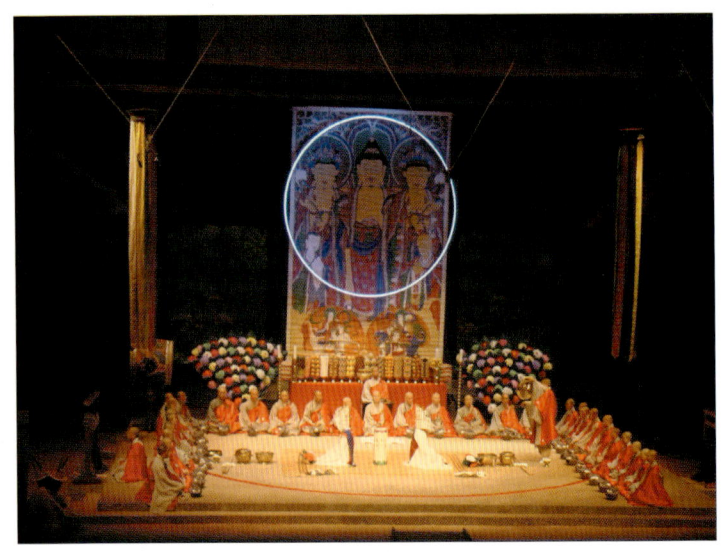

〈영산재 식당작법〉

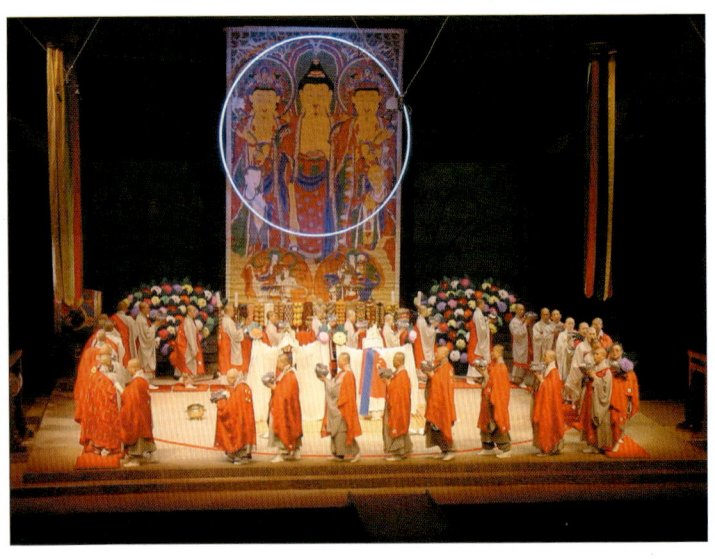

〈영산재 타주춤〉

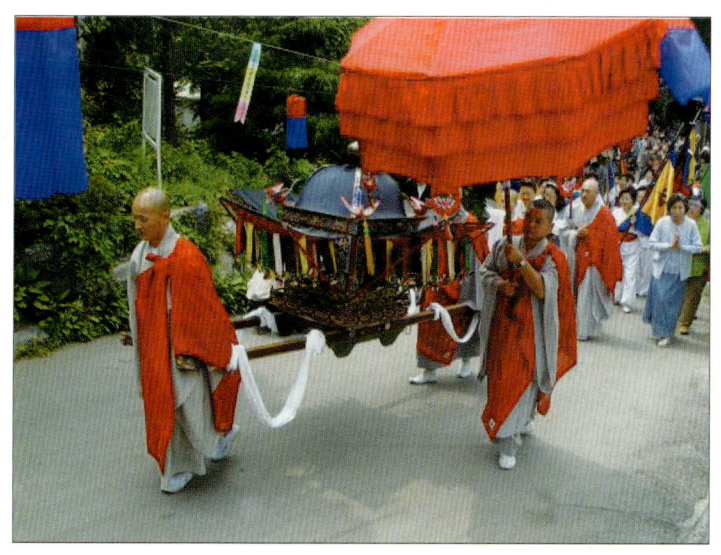

〈영산재 시련의식〉

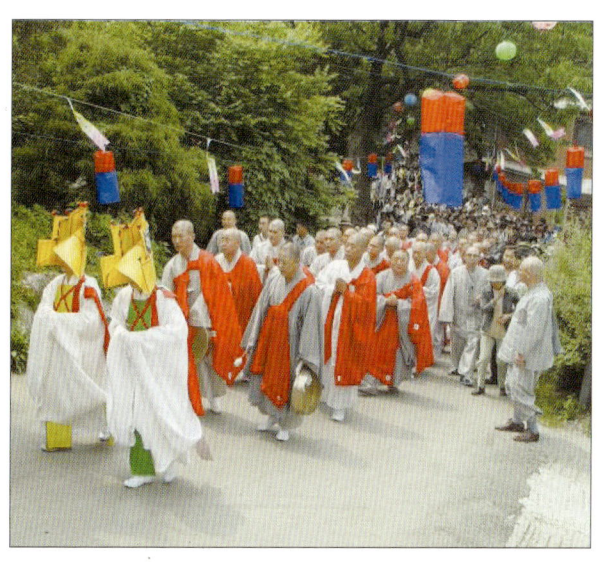

〈시련의식시 짓소리〉

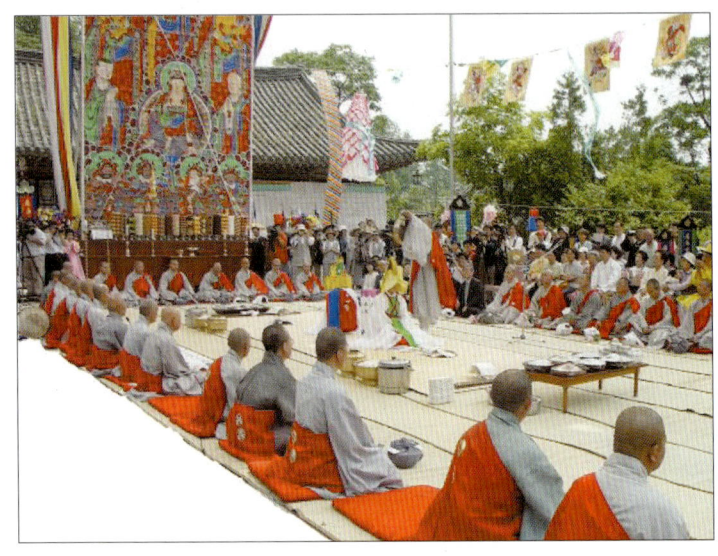

〈식당작법〉

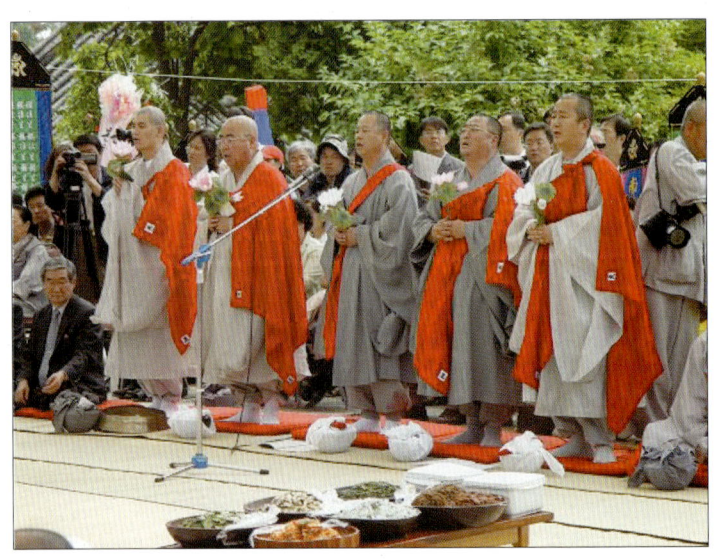

〈식당작법시 오관게 짓소리〉

서 문

영산재(靈山齋)는 한국 전통문화의 응결체이다. 영산재에는 한국의 다양한 문화들이 하나로 응결되어 있다. 거기에서 우리는 한국의 전통적인 소리와 몸짓과 그림과 이야기를 만난다. 음악과 무용과 미술과 문학과 연극을 하나의 구조물로 통일해 놓은 솜씨에서 우리는 한국문화의 특성을 읽는다. 같은 불교 의식이면서 예수재(豫修齋)는 인도문화의 특성을, 수륙재(水陸齋)는 중국문화의 특성을, 그리고 영산재는 한국문화의 특성을 잘 간직하고 있다는 점에서도 우리는 한국문화의 정체성을 읽어낼 수 있다.

영산재는 또한 석가모니불의 영산회상의 재현이기도 하고 망자의 천도 의식이기도 하며, 중생들의 성불하려는 종교적 기원이기도 하고 현실적인 욕망을 성취하려는 세속적 기원이기도 하다. 그리고 산 자와 죽은 자, 승려들과 세속인들이 함께 어울어지는 축제이기도 하다. 영산재는 화려하고 장엄한 아름다움을 표출하기도 하고, 정교하고 섬세한 아름다움을 함축하기도 한다. 영산재는 이처럼 다면체적인 구조물이다. 거듭 말하거니와 이처럼 다양한 요소들, 심지어 상반되기까지 한 요소들을 하나로 질서화해 놓는 절묘함에서 우리는 한국문화의 특성을 발견한다. 우리에게 이것은 소중한 발견이었다. 같은 불교 의식이면서 팔관회(八關會)와 연등회(燃燈會)가 개방적 행사임에 반해서 영산재는 그 동안 폐쇄적 행사로 전승되어 왔기에 그것은 더욱 소중한 발견이었다. 영산재가 지역마다 조금씩 다른 모습으로 전승되고 있는 것도 주목할 만한 문화 현상이다.

우리는 영산재에 잠재해 있는 우리 문화의 진실과 아름다움을 캐어내기 위해서 영산재를 다각적으로 분석하고 조명했다. 이렇게 해야 영산재의 온전한 모습이 드러날 것이라고 우리는 판단했다. 우리는 또한 영산재를 통해서 복잡하고 다양한 요소들이 하나로 질서화되는 원리와 방법, 그리고 그 효용과 의미를 찾아내고자 했다.

이 책에 실려 있는 논문들은 이러한 노력의 결정체들이다. 우리는 문학, 음악, 무용, 미술, 조형예술, 공연예술, 제의, 축제 등의 여러 측면에서 영산재에 접근했다. 여기의 논문들 중에는 서로 반대되는 논지를 펴는 논문들도 있다. 그것은 영산재가 그만큼 복잡하고 다양하다는 증좌이리라.

이로써 영산재에 잠재되어 있는 진실과 아름다움의 윤곽은 파악되었다고 우리는 자부한다. 그러나 영산재라는 커다란 구조물 속에 잠재되어 있는 다양한 문화 요소들을 좀더 선명하게 질서화해서 포착해내지 못한 것을 우리는 아쉽게 생각한다. 삶과 죽음의 문제, 세속과 예술과 종교의 제문제를 함축해서 가지고 있는 영산재는 아직도 우리에게는 구름에 가려져 있는 큰 산이다. 우리는 이 책이 그 구름을 걷어내는 작업의 발판이 되기를 희망한다. 그리고 영산재의 그 풍요로움과 그 세련된 예술성을 다시 살려낼 수 있는 길이 모색되기를 바란다.

우리들의 이 연구 발표와 토론은 2005년 8월 16일과 17일 이틀 동안 서울시 서대문구 봉원사에서 있었다. 봉원사는 무형문화재 제50호 영산재의 본거지이기에 우리들의 학술발표회는 더욱 뜻깊은 행사였다. 특히 영산재보존회 총재이신 김구해 스님, 옥천범음대학 학장이신 마일운 스님, 영산재 이수자이시고 동국대 교수이신 김응기 법현 스님의 적극적인 지원이 있어 우리들의 학술발표회는 성대하게 끝날 수 있었다. 이 자리를 빌어 다시 감사의 말씀을 드린다.

우리 학회가 책을 낼 때마다 자상하고 알뜰하고 치밀하게 보살펴 주시는 박이정 출판사의 여러분에게도 깊은 감사의 뜻을 표한다.

2006년 11월 20일
한국공연문화학회 편집위원 일동

차례

화보

서문

한국 불교축제와 공연예술의 관련양상

박 진 태

Ⅰ. 문제 제기

아프가니스탄에서 이슬람교도들이 불상을 파괴한 사건은 불교문화 유산을 인류문화 차원에서 보존해야 한다는 당위성을 제기하였고, <알렉산더>라는 영화를 통해 서양우월주의가 청소년의 의식세계에 각인되는 현실은 동서 문화의 융합에 의해 간다라미술이 형성된 과거의 역사적 의미를 반추하게 만들며, 돈황석굴의 벽화를 영구히 밀봉한다는 소식은 현지답사의 시급성과 연구의 필요성을 환기시킨다. 또한 스리랑카의 페라헤라축제가 세계적인 축제로 평가되고, 티베트 라마교사원의 참(Chams; 法舞)도 관광 상품화되고 있다. 그런가 하면 국내적으로는 중요무형문화재 제50호로 지정된 영산재가 2003년에 국립문화재연구소에 의해 영상기록물이 제작되고 해설서가 나왔으며, 서울 조계사에서는 포교 수단으로서의 효과를 인정하여 영산재를 거행하기도 하였다. 이처럼 국내외적으로 불교문화유산에 대한 관심이 고조되고 있는 시점에서 기왕의 불교학 연구가 불교사, 불교철학, 불교미술에 편중된 것을 지양해야 한다는 생각을 가지게 되었고, 한국 고전극과 제의의 관계를 구

명하는 작업을 진행하면서 팔관회와 연등회의 실체를 어느 정도 파악한[1] 이
후에는 더욱더 현재 전승되고 있는 영산재야말로 '살아 숨쉬는 불교문화'요,
'불교예술의 종합체'요, '관광상품화가 가능한 불교축제'라는 인식에 이르게
되었다.

종교의례의 일반적 특징이 성격적으로는 종교의식의 외적 표출이고, 기능
적으로는 종교적 대상과의 합일의 상징작용이라는 견해에[2] 의하면, 불교의
례는 불교신앙의 외적 표출이고, 속인이 부처와 합일하는 사회적이고 집단적
인 상징작용이므로, 불법을 수행하고 실천하는 불교의례 속에서 연행되는 범
패나 작법무 같은 공연예술도 불교의례적 성격과 기능을 지닐 것이다. 따라
서 이러한 관점을 취하고서 과거의 대표적인 불교축제인 팔관회와 연등회
및 현재의 대표적인 불교의식인 영산재와 공연예술의 관련양상을 집중적으
로 살펴봄으로써 종교의식과 예술의 발생론적 관계를 검증하기로 한다. 그런
데 영산재의 제의적 절차에 대해서는 불교학계에서 상당히 정밀한 조사기록
과 체계적인 연구가[3] 이루어진 상태이고, 필자도 2003년 단오절에 봉원사에
서 거행된 영산재의 전 과정을 참여 관찰한 바가 있어서 이를 토대로 영산재
의 복잡한 제의적 절차를 분석하는 작업이 가능할 것 같다.

---

1) 박진태, 「팔관회·가상희·도이장가의 관련양상」, 《국어국문학》 제128집, 국어국
   문학회, 2001.
   박진태, 연등회의 맥락에서 본 당악의 연극적·희곡적 양상, 《고전희곡연구》 제4
   집, 한국고전희곡학회, 2002.
   이 두 논문은 박진태, 『한국고전희곡의 역사』(II), 대구대학교출판부, 2002에 재수록
   되었다.
2) 홍윤식, 『삼국유사와 한국고대문화』, 원광대학교출판국, 1985, 28면에서 竹中信常, 『宗
   敎儀禮の硏究』, 동경:청산서원, 12면의 글을 인용한 것을 다시 인용한다.
3) 대표적인 업적물이 법현, 『영산재연구』(운주사, 1997/초판; 2001/3쇄)와 심상현, 『영산
   재』(국립문화재연구소, 2003)이다.

Ⅱ. 불교축제와 기악의 행방

4세기 초엽부터 8세기 중엽까지 존속한 인도의 굽타왕조시대는 불교문화가 힌두화하던 시대였다.[4] 그리하여 중국 승려 법현(法顯)이 405~411년에 걸쳐 인도를 여행하고 저술한 견문록『법현전(法顯傳)』에는 동인도 파탈리푸트라에서 당시의 역(曆)으로 매년 첫 달 8일에 다음과 같은 행상(行像)이 거행된 사실이 기록되어 있다.

> 네 바퀴의 수레 위에 탑 모양의 건조물을 만들고, 그 위에 하얀 천으로 가리고는 여러 천(天)의 형상을 갖가지 색으로 그린다. 사방의 감(龕)에는 좌상불(坐像佛)이 안치되고 보살이 협시하고 있다. 이러한 수레가 20대가 있으며, 각각은 장식을 달리한다. 행불(行佛)의 날에는 많은 사람이 모여 음악과 무용을 봉헌하며, 갖가지 향과 꽃이 공양된다. '그 뒤 바라문이 와서 부처님을 초청하면 부처님은 천천히 성 안으로 들어와 성 안에서 이틀을 머무르신다. 그 밤에는 등불을 가득히 점화하고 기악을 봉헌한다.'[5]

행상의 행렬과 신상(神像)에 대한 기악의 봉헌에 관한 5세기 초의 기록을 통하여 불교가 힌두적인 제식(祭式)을 수용하였고, 힌두를 대표하는 바라문이 불교신도들의 행상을 성 안으로 초청함으로써 불교와 힌두 사이에 소통이 이루어졌으며, 세속적인 음악과 무용이 불교문화에 수용되는 계기가 되었음을 알 수 있다.

이러한 행상이 중국에 전래되어 북위(北魏)의 낙양(洛陽)에서는 왕도의 각 사찰의 불상 1000여 존(尊)을 경명사(景明寺)에 모았고, 4월 초파일에 그 불상들이 차례로 선양문(宣陽門)을 지나 황궁으로 들어가면 창합궁(閶闔宮)

---

4) 나라야스아키(奈良康明); 정호영 옮김,『인도불교』, 민족사, 1990, 302~303면 참조.
5) 같은 책, 302~303면.

앞에서 황제가 산화공양을 하였는데, 이때 범악(梵樂) 법음(法音)만이 아니라 백희(百戲)를 공양하였으며, 장추사(長秋寺)의 백상(白象)이 석가상(釋迦像)을 태우고 나아갈 때에도 탄도(呑刀)와 토화(吐火)같은 곡예를 연희하였다고 『낙양가람기(洛陽伽藍記)』에 기록되어 있다. 이처럼 오락의 내용이 불곡(佛曲)에 한정되지 않고 춤, 잡기, 환술 등의 분야에 확대되었으며, 연주자도 승려에 국한되지 않고 대부분이 전업적(專業的)인 기인(伎人)들이었다. 그렇지만 남북조 시대에 이미 선창승려(宣唱僧侶)가 있었는데, 혜교(慧晈)의 『고승전』에는 선창승려가 갖추어야 할 조건으로 음량이 풍부해야 하고, 변론을 잘해야 하며, 문학에 재능이 있고, 박식해야 한다고 기록되어 있다.[6]

우란분회(盂蘭盆會)는 남조(南朝)의 양(梁)나라 무제(武帝)(502~549) 때 『불설우란분경(佛說盂蘭盆經)』에 근거해서 매년 7월 15일에 역대 선조를 제도(濟度)하기 위해서 거행되었으며,[7] 송대 이후에는 모든 외로운 영혼을 제도하는 의미로 확대되었는데, 대회에 수반해서 대창불곡(大唱佛曲)이 제작되었다. 그리고 이런 불교 절일(節日)은 후대로 내려오면서 더욱 성대해졌고, 음악, 무용, 연극, 잡기 등이 흥을 북돋아주었다.

그런가 하면 북조(北朝)에서는 불탄일(佛誕日)의 행상 이외에도 육재일(六齋日)에 대창불곡을 연행하였는데, 육재일이란 매월 초8, 14, 15, 23, 29, 30일에 사천왕이 인간 세상에 내려와 선악을 찰방(察訪)하는 날이기 때문에 6일을 재가신도들이 불경을 외고 소식(素食)을 하며, 5계─불살생(不殺生)·불망언(不妄言)·불난음(不亂淫)·불음주·불투도(不偸盜)─를 지켜야 했는데, 『낙양가람기』에 의하면 낙양성의 경락사(景樂寺)에서는 여악(女樂)을 상설하여 노래 부르고, 춤추고, 악기를 연주하여 입신(入神)의 경지에서 놀았으며, 남자는 출입이 금지되었다.[8]

---

6) 溫玉成 원저; 배진달 편역, 『중국석굴과 문화예술』(상), 경인문화사, 1996, 129면 요약.
7) 같은 책, 128면 참조.

이처럼 중국에서는 5세기부터 불교의식 속에서 가무백희가 연행되는 전통이 형성되어 오랫동안 지속되었고, 그러한 불교의식이 사회적인 행사로 변하면서 세속적인 공연문화도 더욱 발달하였다.

인도의 기악에 대해서는 『마가승기율(摩訶僧祇律)』, 『찬집백연경(撰集百緣經)』, 『증일아함경(增壹阿含經)』 등과 같은 불경에 기록되어 있는데,[9] 앞에서 언급한 바 있듯이 중국에서는 남북조 시대에 선창승려가 있었다. 인도에서 전래한 범패가 아니라 한어(漢語)를 사용한 중국 불곡은 어산제범(魚山制梵)의 고사에 근거하면 위나라 조식(曹植)(192~232)에 의해서 처음으로 창작되었던 것으로 보인다. 전설에 의하면 '조식이 하루는 천태산(일명 어산)에 오르자 범천(梵天)에서 오묘한 소리가 났는데, 그 소리에 맞추어 고기떼가 춤을 추므로 그 소리를 모방해 범패를 만들고, 고기떼의 노는 모양을 본떠 승무(僧舞)를 만들었다'고 한다.[10] 그런데 이러한 유래담에서 '소리'와 '춤'의 관계 및 예술의 모방 원리를 재확인하게 된다. 고구려 왕산악이 중국 진(晉)나라에서 전래한 칠현금(七絃琴)을 개조하여 음악을 연주하니 현학(玄鶴)이 날아와 춤을 추어서 그 악기를 현학금(玄鶴琴)으로 하였는데, 그 이름이 다시 현금(玄琴), 곧 거문고로 바뀌었다는 전설은[11] 신라의 월명사가 피리를 불면 달이 운행을 멈추었다는 전설과[12] 함께 음악으로 자연을 감응시킨다는 음악주력관(音樂呪力觀)을 의미하는데, 이러한 관점에서 범패의 유래담을 보면, '천상의 소리를 모방해서 천상의 춤을 모방하게 만든다'는 불교음악과 불교무용의 생성 원리를 간파할 수 있다.

우리나라 범패는 하동 쌍계사의 진감선사(眞鑒禪師) 대공탑비문(大空塔

---

8) 같은 책, 128~129면 참조.
9) 법현, 『불교무용』, 운주사, 2002, 13~15면 참조.
10) 같은 책, 15~16면 참조.
11) 이병도 교감, 『삼국사기』(잡지 제1 악), 을유문화사, 1980, 316면 참조.
12) 최남선, 『삼국유사』, 민중서관, 1971, 223면 참조.

碑文)에 의하면 804년에 재공사(才功使)로 당나라에 갔다가 830년에 귀국한
후 옥천사(현 쌍계사)에서 제자들에게 가르친 데서 시작되었다.[13] 그러나 학
계에서는 신라 경덕왕 19년(760)에 해가 두 개가 나타난 변괴를 없애기 위해
서 월명사에게 범패를 부르라고 지시하니 범패 대신 향가 도솔가를 지어 불
렀다는 이야기를 근거로 진감선사가 당풍의 범패를 전파하기 이전에 이미
범패가 있었을 것으로 추정한다.[14]

불교무용의 경우에는 백제의 미마지(味摩之)가 612년 일본에 중국 오(吳)
나라에서 배운 기악을 전해주었다고 하는데,[15] <교훈초(教訓抄)>(1233)에
의하면 호법신(사자, 가루라)의 춤, 오공의 피리연주 공양, 호법신(금강과 역
사)이 미녀(오녀)를 유혹한 음욕의 화신(곤륜)을 징계하는 무용극, 영감과 아
들의 예불, 바라문의 환속과 속죄, 호왕의 취태(醉態) 등으로 불교적인 내용
과 골계적인 내용이 혼합되어 있다.[16] 곧 종교성과 오락성을 예술성 안에 용
해시킨 것이다.

하여튼 백제의 불교무용과 신라의 불교음악이 있었음에도 불구하고, 그
이후의 기악은 문헌과 그림에 기록되지 못하다가 불교무용은 16세기에 와서
야 감로탱화를 통해서 현재의 바라춤, 나비춤(작복무), 법고춤이 기록되었
고,[17] 불교음악도 고려 시대를 건너뛰어 대휘화상(大輝和尚)이 쓴 『범음종
보(梵音宗譜)』에 와서 비로소 상세한 계보가 기록되었다.[18] 이러한 불교음
악과 불교무용이 현재 영산재 속에서 전승력을 유지하고 있어서 불교축제와
불교공연예술의 유기적인 관계를 해명하는 데 결정적 자료가 된다.

---

13) 한만영, 『한국불교음악연구』, 서울대학교출판부, 1984, 14면 참조.
14) 같은 책, 14면 참조.
15) 성은구 역주, 『일본 서기』, 정음사, 1987, 350~351면 참조.
16) 박진태, 『한국고전희곡의 역사』, 민속원, 2001, 19~20면 참조.
17) 법현, 앞의 책, 17~19면 참조.
18) 한만영, 앞의 책, 15면 참조.

Ⅲ. 팔관회

　　팔관회(八關會) 또는 팔관재(八關齋)는 신라 시대에 성립되어 고려 시대까지 지속된 국가제전이었는데,『삼국사기』와『고려사』에 의하면 신라 진흥왕 33년(572년)이 상한선이고, 고려 공양왕 3년(1391년)이 하한선이다.『삼국사기』「열전」제4 <거칠부>조에 의하면, 진흥왕 12년(551년)에 고구려에서 귀화한 혜량법사(惠亮法師)를 승통(僧統)으로 삼고 백좌강회(百座講會)와 팔관의 법을 베풀었다고 하니, 진흥왕 33년(572년)에 팔관회가 시작된 것으로 보인다.

　　『삼국사기』「신라본기」제4 <진흥왕>조에는 진흥왕 33년(572년) 10월 20일에 "전사한 병졸을 위하여 외사(外寺)에 팔관연회(八關筵會)를 열고 7일 만에 파하였다"라고 하여, 원래 출가하지 않은 평신도들이 부처님의 가르침에 따라 팔계(八戒), 곧 ① 오늘부터는 살생하지 말고, ② 도적질하지 말고, ③ 음행을 하지 말고, ④ 망언을 하지 말고, ⑤ 음주하지 마라. 그리고 ⑥ 오늘 하루 낮 하루 밤은 높고 넓은 자리를 독차지하지 말고, ⑦ 가무와 희락(戱樂)을 하지 말고 중단하라. 또 ⑧ 몸에 물감과 향료를 바르지 마라[19]와 같은 여덟 가지 계율을 지키는 법회인 팔관회가 진흥왕 33년에 전사자들을 위한 위령제와 결합되고 기간도 하루 낮 하루 밤에서 7일로 연장된 사실을 알 수 있다.

　　신라의 팔관회에 관한 세 번째 기록은『삼국유사』「탑상」제4 <황룡사 구층탑>조이다.

---

19) 유동식,『한국무교의 역사와 구조』, 연세대학교출판부, 1978, 133면 각주 27)에 의하면, 阿舍部 佛說八關齋經에서 1. 自今日始隨意欲不復殺生; 2. 隨意所欲不復盜竊; 3. 自今已後不復淫妖; 4. 自今已後不復妄語; 5. 自今已後隨意所欲亦不飮酒; 6. 今一日一夜不於高廣床坐不敎人使坐; 7. 今一日一夜不習歌舞戱樂; 8. 亦不著紋飾香薰塗身 등이 八戒라 했다.

법사가 중국 대화지(大和池) 가를 지나는데, ……신인이 말했다. "황
룡사(皇龍寺)의 호법룡(護法龍)은 바로 나의 큰아들이오. 범왕(梵王)의
명령을 받아 그 절에 와서 보호하고 있으니, 본국에 돌아가거든 절 안
에 구층탑(九層塔)을 세우시오. 그러면 이웃 나라들은 항복할 것이며,
구한(九韓)이 와서 조공하여 왕업이 길이 편안할 것이오. 탑을 세운 뒤
에는 팔관회를 열고 죄인을 용서하면 외적이 해치지 못할 것이오."

자장법사의 주청에 따라 선덕왕 14년(645년) 3월에 구층탑을 건립하였는
데, 그때에 팔관회를 거행했던 것 같다. 이처럼 황룡사의 구층탑은 호국룡신
앙과 관련이 있고, 팔관회 역시 외적의 방어를 목적으로 거행되었을 것이다.
불교의식과 용신굿의 통합은 고려 태조 왕건이 즉위한 26년(943년) 4월에 훈
요십조를 유언할 때 "짐이 원하는 바는 연등과 팔관에 있었는데, 연등은 부
처를 섬기는 까닭이고, 팔관은 천령과 오악(五嶽), 명산대천, 용신을 섬기는
까닭이다"[20]고 말한 사실에서 재확인된다.

이처럼 신라 시대에 불교의 수법행사(修法行事)인 팔관회에 위령제와 용
신제가 결합되어 무불습합적(巫佛褶合的)인 국가제전이 되었고, 이러한 전
통이 후고구려를 거쳐 고려로 계승되었는데, 고려 시대의 팔관회에 관한 기
록들을 『고려사』에서 추출하면 다음과 같다.

① 태조 원년(918년) 11월에 해당 기관에서 "전 임금은 매년 중동(仲
冬)에 팔관회를 크게 배설하여 복을 빌었습니다. 그 제도를 따르기
를 바랍니다"라고 하니, 왕이 그의 말을 좇았다. 그리하여 구정(毬
庭)에 윤등(輪燈) 하나를 달고 향등(香燈)을 사방에 달며, 또 두 개
의 채붕(綵棚)을 각각 5장(丈) 이상의 높이로 매고 각종 잡기와 가
무를 그 앞에서 놀리었다. 그 중 사선악부(四仙樂部)와 용, 봉, 상
(象), 마 차, 선(船) 등은 다 신라 때 옛 행사였다. 백관들은 도포를

---

20) 김종권 역, 『고려사』 (범조사, 1963) 「세가」 권 제2 <1, 태조 2>조.

입고 홀을 가지고 예식을 거행했는데, 구경꾼이 거리에 쏟아져 나왔다. 왕은 위봉루(威鳳樓)에 좌정하고 이것을 관람하였으며, 이로서 매년 상례로 하였다.21)

② 정종(靖宗)이 즉위한 1034년 10월 경오일에 <u>덕종(德宗)을 숙릉에 장사지냈는데,</u> 이때 보신(輔臣)을 서경으로 파견하여 팔관회를 열고, 2일 동안 큰 잔치를 베풀었다.22) 그리고 11월 경자일에는 <u>팔관회를 열어 왕은 신봉루(神鳳樓)에 나와 백관들에게 잔치를 베풀고, 저녁에는 법왕사23)에 행차하였다. 그 다음날에 대회(大會)를 열어 다시 잔치를 베풀고 관람하였다.</u> 이때 동서 이경(二京), 동북양로병마사, 사도호(四都護), 팔목(八牧)에서 각각 표문(表文)을 올려 하례(賀禮)를 하였고, 송의 상인과 동서 여진과 탐라국에서 또한 토산물을 바쳤다. 그들에게 좌석을 주어 의식에 참가케 하였다. 그 후부터 이것이 상례가 되었다.

③ 문종 27년(1073년) 11월 신해일에 팔관회를 베풀고 왕이 신봉루에 거동하여 <u>교방악(敎坊樂)</u>을 감상하였는데, 여제자 초영(楚英)이 아뢰기를 "새로 전습한 가무는 포구락(抛毬樂)과 구장기 별기(九張機別伎)인 바 포구락에는 제자가 13명이요, 구장기에는 제자가 10명입니다"라고 하였다.24)

④ 예종이 원년(1106년) 11월 신축일에 팔관회를 열고, 왕이 법왕사의 신중원에 행차하였다가 돌아와 <u>대궐의 뜰에서 백신(百神)에게 배례하였다.</u>

10년 11월 경진일에 팔관회를 열고 왕이 구정에서 돌아오다가 합문(閤門) 앞에서 멈추고 <u>창화(唱和)</u>를 하고, 창우(倡優)에게 명하여 의

---

21) 『북역 고려사』제 6책, 425~426면.

22) 『고려사』제 69권 「지(誌)」제 23권 <예(禮)> 11 "가례잡의(嘉禮雜儀)"에는 덕종 3년이라고 했으나, 덕종은 덕종은 9월 계묘일에 죽고, 그해 10월과 11월에 각각 서경과 개경에서 팔관회가 정종에 의해 행해졌다. 원년의 계산법에 연유하는 표현의 차이이다.

23) 태조 2년(919년) 3월에 법왕사, 왕륜사 등 십사(十寺)를 도성 안에 창건하였다. 따라서 왕이 팔관회를 거행하고 법왕사에 행차하는 태조 2년의 제 2회 팔관회부터였을 것으로 추정된다.

24) 『고려사』제71권 「지(志)」제25권 <악(樂)>2 "용속악절도(用俗樂節度)".

장대 안에서 가무를 하게 했다.
또 15년(1120년) 10월 신사일에 팔관회를 열고, 왕이 잡희(雜戱)를
관람하였는데, 그 속에 건국 초기의 공신 김낙(金樂)과 신숭겸(申崇
謙)의 우상이 있었다. 왕이 감탄하여 시를 지었다.

팔관회는 10월 15일에는 서경에서, 11월 15일에는 개경에서 거행했는데,
왕이 법왕사(때로는 흥국사)에 가서 분향하는 불교행사, 천령과 오악(五嶽)과
명산대천 및 용신과 같은 백신(百神)에 대한 배례, 개국공신을 위한 위령제,
사선악부나 교방악이나 잡기가 연행된 궁궐의 잔치 등 네 가지 행사로 이루
어진 복합적인 국가제전이었다. 이 가운데 궁궐잔치는 11월 14일에는 소회
(小會)를, 15일에는 대회(大會)를 거행했다. 소회는 왕과 태자 및 내·외직의
신하들이 복을 상징하는 술을 주고받으며 화합과 결속을 도모할 때 가무백희
를 연행하는 데 비해서 대회는 복을 상징하는 물건이 술만이 아니라 꽃·과
실·약으로 확대되고, 참가자도 중국 상인이나 변방의 종족으로 확대된다.
소회가 국내적인 통합의례라면, 대회는 국제적인 통합의례인 것이다. 그런데
이러한 궁궐잔치는 팔관회를 오락화·유흥화시켜 탈불교적인 축제로 변화
시키는 방향으로 작용하였다.

한편 태조 왕건이 927년 팔공산에서 후백제의 견훤과 대접전을 벌일 때
위기에 빠진 자기를 구하고 전사한 신숭겸(申崇謙) 과 김락(金樂)을 위해서
위령제를 거행하였으니, 그 구체적인 내용이 「장절공행장(壯節公行狀)」에
기록되어 전한다.25) 신숭겸과 김락의 가상희는 태조 시대에는 허수아비로 두
장수의 신상을 만들어 연행한 해원굿이고, 예종 시대에는 두 장수의 가면을
쓰고서 역동적으로 연출한 제의극이었으니, 신라 진흥왕 시대에 전사자의 진

---

25) 가상희와 도이장가에 관한 기록은 『고려사』 「예종세가」를 비롯해서 장절공(壯節公)
    의 행장(行狀), 유사(遺事), 별전(別傳) 등에 들어있는데, 행장에 예종이 창작한 사운
    (四韻; 律詩) 1수와 단가(短歌) 2장의 구체적인 내용이 기재되어 있다.

혼의식으로 출발한 팔관회가 고려 시대에는 개국공신의 추모행사로 변하여
하나의 전통을 이루었던 것이다.

IV. 연등회

팔관회는 태조 원년(918년)에 팔관회를 베풀고 해마다 주기적으로 시행하
였다고 하였으나, 연등회에 관한 기록은 나타나지 않은 채 다만 태조의 훈요
십조(訓要十條)에서 언급되었을 뿐이다. 따라서 연등회도 건국 초기부터 팔
관회와 함께 행해졌던 것으로 추정된다. 그러나 성종의 한화(漢化)정책으로
인해 잠시 중단되었다가 현종 원년(1010년) 윤 2월에 연등회를 복구하고, 11
월에는 팔관회를 복구시켰는데, 2년(1011년) 2월에 청주의 행궁(行宮)에서 연
등회를 베푼 것을 계기로 연등회의 날짜가 1월 15일에서 2월 15일로 바
뀌었다.

이러한 연등회가 중국으로부터 전래된 시기에 대해서는 이미 진흥왕 때
팔관회와 동시에 수용되었을 것이라는 주장도 있지만, 그렇다고 단정할 근거
는 희박하다.26) 그렇지만 『삼국사기』에 경문왕 6년(866년) 정월 보름에 왕이
황룡사에 행차하여 연등(燃燈)을 보고, 백관들에게 잔치를 베풀었다는 기록
과 진성왕 4년(890년) 정월 보름에 왕이 황룡사에 거동하여 연등을 관람하였

---

26) 유동식, 앞의 책, 137~138면 참조. 고려 태조가 훈요십조에서 연등회과 팔관회를 묶어
   서 말했고, 성종 원년에 최승로가 '우리 나라에서는 봄에 연등을 베풀고 겨울에 팔관
   을 연다'고 말한 것을 근거로 연등회가 팔관회와 처음부터 짝을 이루고 시작되었을
   것이라고 추정했다. 그러나 연등회와 팔관회가 국가적인 2대 제전이 되는 것은 고려
   태조가 의례를 정비하고 유언을 남겨서 그리된 것이지 신라 진흥왕 때부터라고 단정
   짓기는 곤란하다고 본다. 왜냐하면 고려가 신라의 제사와 의례를 계승한 것은 사실이
   지만, 제사제도와 의례체계를 그대로 승계한 것은 아니기 때문이다.

다는 기록이 있는 것으로 보아 고려의 연등회가 신라의 연등회를 계승한 것임은 틀림없다.

연등회도 원래는 부처님의 덕을 찬양하기 위하여 등(燈)을 공양하는 행위를 의례화한 법회이던 것이 신라 경문왕 때 '연등을 보고, 신하들에게 잔치를 베풀었다'고 하여 불교적인 공양의례에 임금과 신하를 화해시키고 결속력을 강화시키는 연회(宴會)가 결합된 사실을 알 수 있다. 그러다가 고려 정종(靖宗) 4년(1038년) 2월의 연등회 때 광종 2년(951년)에 태조의 원당(願堂)으로 창건한 봉은사(奉恩寺)에 정종이 행차하여 태조의 진전(眞殿)－진영(眞影)을 모신 전각－을 배알하고, 저녁 등불을 밝힐 때에는 친히 분향하고서 그후 상례로 삼았다고 하는 바, 연등회에 삼국시대 이래 내려오던 시조제(始祖祭)27)가 복합되어 조상숭배의례의 성격이 추가되었다.

문종 31년(1077년) 2월의 연등회 때는 중광전에 거동하여 교방악을 감상하였는데, 그때 여제자 초영이 "왕모대(王母隊) 가무의 전체 대오 임원이 55명인 바 춤을 추면서 네 글자를 형성하는데 '군왕만세(君王萬歲)'나 혹은 '천하태평(天下太平)'이란 글자를 나타냅니다."라고 말한28) 사실에서 연등회에서 교방악을 연행하면서 나라의 태평과 임금의 만수무강을 송축한 사실도 확인된다. 또 숙종 10년(1105년) 정월 연등회 때는 왕이 봉은사에 행차하고, 태자에게 명하여 구정(毬庭)에서 삼계(三界)의 영기(靈祇)에게 초제(醮祭)를 지내게 하였다. 그리고 고종 23년(1236년) 2월 초하루에 내전에서 소재도량(消災道場)을 베푼 뒤 중순의 연등회 때는 봉은사에 행차하여 주연을 베풀고서

---

27) 『삼국사기』의 제32권 「잡지(雜志)」제1<제사>조에 의하면, 신라 2대 남해왕 3년에 시조 박혁거세의 사당을 세우고 누이 아로로 하여금 사계절에 제사를 지내게 했으며, 고구려에서는 부여신과 그의 아들인 고등신(시조신)을 모시는 신묘(神廟)를 각각 짓고, 관서를 설치하여 지키게 하였다고 하며, 백제에서도 시조 구이의 묘당을 도성에 짓고 사계절로 제사지냈다고 한다.

28) 『고려사』권 제71 「樂志」제2 <用俗樂節度>조.

다시 내전에 와서 곡연(曲宴)을 베풀었는데, 그때 송경인(宋景仁)이 벽사진경의 뜻을 지닌 처용무를 추었으며, 30년(1243년) 2월의 연등회 때에는 왕이 친히 소재도량을 베풀었다고 한다. 이처럼 연등회의 식재(息災)기능이 확대되면서 신라 이래의 처용무만이 아니라 도교의 초제까지도 결합시켜 불교와 무교와 도교의 습합현상을 일으켰다.

요컨대 연등회는 원래는 등을 공양하는 순수한 불교적인 연등법회였는데, 시기적으로 정월 보름을 택하여 달맞이를 하며 복을 빌고 액을 물리는 상원절의 풍속 및 술과 음식을 함께 먹으며 선물을 주고받으며 서로의 복을 빌어주는 기복의례적인 연회가 결합되고, 여기에 다시 조상숭배사상에 의한 시조제와 호국신앙적인 국가제전의 전통이 추가로 결합되었으며, 나아가서는 축귀초복하는 도교의식까지 수용되는 방향으로 내용과 기능이 크게 변모하였던 것이다.[29)]

연등회에서 개최되던 궁정연회의 절차는 『고려사』의 <상원연등회의(上元燃燈會儀)>에 기록되어 있는데,[30)] 연등회도 팔관회와 마찬가지로 소회와 대회로 양일간에 걸쳐 행해졌다. 편전에서의 소회가 끝나면, 봉은사의 진전(眞殿) ― 선조의 영정(影幀)을 모신 전각 ― 에 가서 왕이 친히 재배하고 헌작하고 음복하고서 다시 강안전으로 되돌아왔다. 대회에서는 소회에서와 마찬가지로 백희잡기를 연희하고, 교방이 음악을 연주하고, 무대(舞隊)가 춤을 추었을 뿐만 아니라, 태자와 신하들이 왕에게 차와 음식과 꽃을 바치며 만수무강을 축원하고, 왕은 태자와 신하들에게 차, 술, 약봉지, 과실을 하사함으로써 복을 빌어주는 기복의례(祈福儀禮)를 행하였는데, 팔관회에서도 이와 유사한 의례가 행해졌다.

---

29) 유동식, 앞의 책, 140~141면 참조.
30) 사회과학원 고전연구실 편찬: 신서원편집부 편집, 『북역 고려사』제6책, 신서원, 1991, 396~406면 참조.

Ⅴ. 영산재

영산재(靈山齋)는 석가모니가 인도의 영취산에서 대중을 상대로『법화경 (法華經)』을 설법한 영산회상(靈山會上)을 재연하고, 이 영산회상에 설판재 자(設辦齋者)와 대중이 참여하여 불법과 인연을 맺는 법회(法會)이다.[31] 주 술의 효력을 극대화하기 위해서 주술이 발생한 시원을 재연함으로써 현재의 상황과 근원적 상황을 중첩시키듯이[32] 『법화경』의 회삼귀일(會三歸一)과 구원성불(久遠成佛)의 가르침을 깨닫기 위해 과거의 영산회상을 현재화하 고 거기에 동참하는 것이다.

영산재의 기원에 대해서는 문헌의 기록이 없어 발생시기를 정확하게 알 수 없다. 다만 현재 전승되는 불교의식 가운데 생전예수재(生前豫修齋)는 인 도적 색채가 강하고, 수륙재(水陸齋)는 중국 양(梁)나라 무제(武帝)(502~549) 가『불설우란분경(佛說盂蘭盆經)』에 근거해서 창안한 것이라면, 영산재는 우리나라에서 영산회상의『법화경』고사(故事)에 근거하여 구성한 불교의식 으로 보는 것이 일반적 견해이다. 그리고 발생시기는 조선 중기에 편찬한『작 법귀감』이나『범음집』에 영산재의 내용이 들어있는 것으로 보아 그 이전에 형성되었다고 보기도 하고,[33] 구체적으로 고려 시대 의천(義天) 대각국사(大 覺國師) (1055~1101)를 창안자로 추정하기도 한다.[34]

영산재는 괘불단(掛佛壇)과 영단(靈壇)을 조성하고, 장엄(莊嚴)으로 제단 과 도량을 장식하며, 불보살(佛菩薩)과 영가(靈駕) 및 승려에게 공양물을 바

---

31) 심상현,『영산재』, 국립문화재연구소, 2003, 8면 참조.
32) 박진태,『탈놀이의 기원과 구조』, 새문사, 1990, 261면. 고려 처용가에서 "…머자 외야 자 녹리야 뿔리 나 내신코롤 미야라 아니옷 미시면 나리어다 머즌말 동경 붉은 달에 새도록 노니다가…"라고 노래하는 것이 일례가 된다. 신화를 재연하는 굿도 마찬가지 원리이다.
33) 법현,『영산재연구』, 운주사, 2001, 147면 참조.
34) 심상현, 앞의 책, 10~12면 참조.

치는 물질적인 요소와 범패(안채비소리·바깥채비소리·축원·화청)와 작
법무(바라춤·나비춤·타주춤·법고춤)와 같은 언어적·행위적 요소가 결
합하여 의식을 구성하는데, 의식은 <①시련(侍輦)→②재대령(齋對靈)→③
관욕(灌浴)→④조전점안(造錢點眼)→⑤신중작법(神衆作法)→⑥괘불이운
(掛佛移運)→⑦영산작법(靈山作法)→⑧식당작법(食堂作法)→⑨운수상
단권공(雲水上壇勸供)→⑩중단권공(中壇勸供)→⑪관음시식(觀音施食)
→⑫봉송(奉送)과 회향(回向)>의 순서로 진행된다. 무당굿에서는 굿의 단위
를 굿거리, 또는 작은 굿이라 하고, 탈놀이에서는 놀이의 단위를 마당이라고
부르는데, 영산재는 재의 단위를 가리키는 용어가 아직 확정되어 있지 않으
므로 잠정적으로 '단위법회'라 부르기로 하겠는데, 단위법회의 기능을 먼저
살펴보기로 한다.

① 시련(侍輦) : 호법 성중(護法聖衆)(여러 성현, 대범천, 제석천, 팔부
  신중)-불법과 도량의 수호를 서원하였다-을 중단(中壇)에 영접
  하는 의식이다.
② 재대령(齋對靈) : 해탈문 밖의 단에서 영가의 영정과 위패를 도량
  의 영단(하단)으로 영접하는 의식이다.
③ 관욕(灌浴) : 영가의 번뇌와 업장을 물로 씻고, 해탈복을 입히는 의식
  이다.
④ 조전점안(造錢點眼) : 지전을 만들어 설판재자 자신의 저승빚을 갚
  거나 선망부모(先亡父母)의 극락왕생을 발원하여 명부(冥府) 시왕
  (十王)과 권속에게 바치는 의식이다.
⑤ 신중작법(神衆作法) : 설판재자가 호법성중의 내림에 감사하고 그
  들의 서원에 공감하며, 성공적인 법회를 부탁하는 의식이다. 도량
  에 마련된 어산단(魚山團)에서 대웅전의 신중단(神衆壇)을 향하여,
  또는 법당 내 신중단에서 거행한다.
⑥ 괘불이운(掛佛移運) : 석가모니 부처가 영축산에서 법화경을 설법
  하는 장면을 그린 탱화, 곧 「법화변상도(法華變相圖)」를 감(龕)에서

영산단으로 옮겨 괘불대(掛佛臺)에 건다. 불보살을 도량에 모시는 의식이다.

⑦ 영산작법(靈山作法) : 석가모니 부처와 협시보살(문수와 보현) 등을 야단법석(野壇法席)에 강림시키는데, 다음과 같은 절차로 한다.

    ㉮ 결계(結界) : 도량을 정토화(淨土化)하는 의식이다.

    ㉯ 소청(召請) : 석가모니 본존에게 법회의 시작을 알리고 도량으로의 강림을 청한다.

    ㉰ 설법(說法) : 법사(法師)가 석가모니 부처를 대신해서 설법한다.

    ㉱ 권공(勸供) : 석가모니 부처에게 공양한다.

    ㉲ 회향(回向) : 석가모니 부처에게 공양한 공덕을 중생에게 회향한다.

⑧ 식당작법(食堂作法) : 승려(수행자)들이 설판재자로부터 공양을 받는다.

⑨ 운수상단권공(雲水上壇勸供) : 명부 시왕에게 공양을 바친다.

⑩ 중단권공(中壇勸供) : 신중단을 향하여 호법성중에게 공양을 바친다.

⑪ 관음시식(觀音施食) : 영가가 생전에 귀의한 관음보살의 신통력을 빌어 지옥고(地獄苦)의 중생을 불법승(佛法僧) 삼보에 귀의하게 만든다.

⑫ 봉송(奉送)과 회향(回向) : 불보살과 신중과 영가를 차례로 전송하고, 자신과 중생의 성불 및 영가의 극락왕생을 기원한다. 자신이 쌓은 공덕을 중생에게 회향한다. 영산회상에 동참하여 부처의 가르침을 깨닫고 실천하는 것이다.

영산재의 구성을 도입부(시련·재대령·관욕·조전점안·신중작법·괘불이운)→전개·절정부(영산작법·상단권공·식당작법·운수상단권공·중단권공·관음시식)→결말부(봉송)로 구분하는 견해가 있는데,[35] 이러한 구분법은 진행 과정에 '기-서-결'이나 '처음-중간-끝'이나 '도입-전개-결말'과 같은 삼분법을 적용시킨 것이다. 그리하여 단위법회의 개별적인

---

35) 심상현, 앞의 책, 137면 참조.

기능과 단위법회 상호간의 관계에 대해서는 충분한 설명을 하지 못하는 한계가 있다. 따라서 보다 정밀한 분석이 필요하다.

영산재의 진행 절차에 나타나는 논리 구조는 영산작법의 세부적인 절차가 시사한다. <결계－소청－설법－권공－회향>의 순서로 진행되는, 다시 말해서 <정화－영접－직무 수행(권능 발휘)－공양－회향>이라는 법회의 구성 원리를 발견하게 되는 것이다. 이러한 관점에 서면, <①시련→⑤신중작법>은 호법성중의 <영접→직무 수행>이 되고, <②재대령→③관욕(灌浴)/④조전점안(造錢點眼)→⑪관음시식(觀音施食)>은 영가의 <영접→직무 수행→공양>이 된다. 그런데 이들 다섯 단위법회(①②③④⑤)는 불보살을 도량에 영접하기 이전의 일종의 정화의식에 해당하여, 마치 무당굿에서 거리굿으로 굿당을 정화하고, 탈놀이에서 벽사의식무로 탈판을 정화하는 것과 같은 원리이다. <⑪시식>은 영가를 정화시키는 의식도 되고, 영가에게 음식과 법문을 전달하는 공양의식도 된다. 다음으로 <⑥괘불이운→⑦영산작법>은 <영접→권능 발휘>의 관계이다. 그리고 <⑧식당작법/⑨운수상단권공/⑩중단권공(中壇勸供)/⑪관음시식)>은 '공양'을 하는 단위법회이고, <⑫봉송>은 '회향'을 겸하는 송신의식이다.

그리하여 다음과 같은 도표로 나타낼 수 있다.

정화	영접	직무 수행	공양	회향/송신
①	← （①）	⑤		
②③④	← （②）	（③④）		
	⑥	⑦	⑧⑨⑩⑪	⑫

이러한 영산재의 5단계 내지 6단계의 진행과정을 <정화·영신→직무 수행·공양·회향→송신>으로 단순화하면, 우리나라 굿의 <영신－오신－송신>의 구조와[36] 일치한다. 그리고 상단과 중단의 불보살과 호법신중에게는

권공의식이 행해지고, 하단의 영가에게는 그렇지 않는 점을 주목하여 불보살 및 호법신중과 관련된 단위법회와 영가와 관련된 단위법회로 양분하면, 전자는 무당굿의 경사굿에 해당하고, 후자는 넋굿에 해당하는데, 특히 관욕(灌浴)은 물에 의한 정화의식이라는 점에서 전라도 씻김굿에 대응된다. 그리고 이러한 제의 속에서 범패와 작법무가 연행되는데, 작법무의 경우 대령, 시식, 봉송의식을 제외한 대부분의 단위법회에서 사용된다. 요컨대 영산재는 영산회상을 재연하면서 망자(亡者)를 위한 제의를 결합시키고, 음악과 무용과 문학을 포함시켜, 중생의 현세이익적인 기원의례를 수용하고, 또 부처의 가르침을 받아 깨달음을 얻어 성불하려는 욕구만이 아니라 오락에 대한 욕구도 충족시켜주는 대표적인 불교축제인 것이다.

VI. 맺음말

우리나라의 대표적인 불교축제를 팔관회와 연등회 및 영산재로 보고 그 축제적 구조를 분석한 결과를 요약 정리하면서 결론을 내리기로 한다.

팔관회는 팔관 행사에 전사자 위령제가 결합되고, 자연신앙에 기초한 토착적인 굿과 오락적인 분위기의 궁중연회를 통합하였으며, 연등회는 연등 행사와 건국시조의 영정을 모신 원찰(願刹)에 참배하는 시조묘제가 결합된 불교의식과 병행해서 가무백희가 연행되는 궁중연회를 개최하였으며, 영산재

---

36) 굿의 구성구조에 대해서는 현용준, 『제주도무속연구』, 집문당, 1986, 264면에서는 <청신-공연(供宴)·기원·오신-송신>으로, 김태곤, 『한국무속연구』, 집문당, 1981, 406면에서는 <청신-대접·기원-송신>으로 말하였다. 그러나 박진태, 앞의 책, 34~49면에서는 <맞이굿-신유의식-싸움굿-화해굿-전송굿>으로 된 확장형을 제시하였다.

는 불보살과 호법신중을 위한 의식과 영가를 위한 의식 속에서 범패와 작법
무를 연행한다. 그리하여 이들 세 축제는 모두 세 가지 종류의 의식이 결합된
복합적인 성격을 띤다. 첫 번째가 팔계(八戒)를 지키고, 연등하여 부처님의
덕을 찬양하고, 영산회상에 참여하여 진리를 배우려는 식으로 살아있는 중생
의 제도와 관련된 의식이다. 둘째가 전사자와 시조왕 및 영가를 왕생시키려
는 의식, 곧 죽은 중생의 제도와 관련된 의식이다. 셋째가 가·무·악 형태
의 굿을 하고, 가무백희를 공연하는 궁중연회를 베풀고, 승려의 기악을 공양
하는 식으로 인간의 예술적인 표현 욕구와 오락적인 쾌락 욕구를 충족시키
려는 공연 형태의 의식이다.

팔관회는 중국의 육재일(六齋日)이 오계(五戒)인 데 비해 팔계(八戒)를
지키게 한 사실에서 보더라도 공연예술의 오락적 기능은 위축되었을 것이다.
가무희락(歌舞喜樂)을 금하는 일곱 번째 계(戒)가 포함되지 않은 육재일에
서는 여악(女樂)을 상설하여 즐길 정도였는데, 신라의 팔관회는 상대적으로
금욕적이었던 것 같다. 그러나 고려 시대의 궁중연회에서는 가무백희를 다양
하게 연행하여 축제적인 분위기를 고조시켰다. 팔관회는 궁중행사로 개경과
서경에서만 개최되었기 때문에 일반 백성과는 무관한 축제였던 것과는 대조
적으로 연등회는 전국적으로 개최되어 궁중이든 민간사회이든 신도들의 현
세이익적인 욕구와 오락적인 욕구를 수용함으로써 축제적 성격이 확대되었
고, 불교의 울타리를 벗어나 사회적이고 국가적인 행사가 되었을 것이다.

그러나 영산재는 불교신도들만의 의식이므로 제의성이 강하고 축제성이
약하다. 그렇지만 야단법석이고, 풍부한 공연예술을 포함하고 있어서 불교도
들의 축제라고 말할 수 있다. 이처럼 폐쇄적인 불교축제인 영산재가 무형문
화재 지정을 계기로 민족문화예술로 인식되기에 이르렀는데, 21세기를 맞이
하여 영산재를 국내인은 물론이고 세계인이 단순한 구경꾼의 자격으로도 대
거 참여하는 개방적인 불교축제로 관광상품화할지의 여부에 대해 논의하고

결정해야 할 시점이 되었다. 이는 전적으로 영산재 관계자들이 선택해야 할
문제인데, 어느 쪽으로 결정되든지 학자들은 영산재에 대한 학문적인 논의를
더욱 심화 확장시켜 나가야 할 것이며, 외국 불교축제와의 비교연구도 활발
하게 시도해야겠다.

참고문헌

김종권 역, 『고려사』, 범조사, 1963.

나라야스아키(奈良康明); 정호영 옮김, 『인도불교』, 민족사, 1990.

박진태, 『탈놀이의 기원과 구조』, 새문사, 1990.

박진태, 『한국고전희곡의 역사』, 민속원, 2001.

박진태, 팔관회 · 가상희 · 도이장가의 관련양상, ≪국어국문학≫ 제128집, 국어국
　　　문학회, 2001.

박진태, 연등회의 맥락에서 본 당악의 연극적 · 희곡적 양상, ≪고전희곡연구≫ 제4
　　　집, 한국고전희곡학회, 2002.

법　현, 『영산재연구』, 운주사, 1997/초판; 2001/3쇄.

사회과학원 고전연구실 편찬: 신서원편집부 편집, 『북역 고려사』, 신서원, 1991.

성은구 역주, 『일본 서기』, 정음사, 1987.

심상현, 『영산재』, 국립문화재연구소, 2003.

溫玉成 원저; 배진달 편역, 『중국석굴과 문화예술』 (상), 경인문화사, 1996.

유동식, 『한국무교의 역사와 구조』, 연세대학교출판부, 1978.

이병도 교감, 『삼국사기』(잡지 제1악), 을유문화사, 1980.

최남선, 『삼국유사』, 민중서관, 1971.

한만영, 『한국불교음악연구』, 서울대학교출판부, 1984.

홍윤식, 『삼국유사와 한국고대문화』, 원광대학교출판국, 1985.

영산재의 천도의식 연행행위에 대한 비교종교학적 해석

―불교 영산재와 무의식의 위령제의 의식행위 비교를 중심으로―

이 보 형

I. 서론

불교의식에도 상주권공재, 시왕각배재, 생전예수재, 수륙재, 영산재와 같은 천도적(遷度的) 기능 갖는 의식이 있고, 무의식에도 진씻김굿, 마른씻김굿, 산오구굿, 영화씻김굿, 만구대탁굿과 같은 천도적 기능을 갖는 의식이 있다. 학자들은 무의식에서 천도적 기능을 갖는 의식을 총칭하는 상위개념으로 위령제(慰靈祭 = 넋굿)[1]라 이르는 용어가 쓰이지만, 불교에서는 천도적 기능을 갖는 의식을 총칭하는 상위개념의 용어가 있는지 필자는 모르고 있다. 그래서 필자는 본문에서 그런 천도적 기능을 갖는 재의식(齋儀式)을 총칭하

---

1) 민속학에서 무의식에서 망자의 영혼을 저승에 천도하는 의식들을 총칭하는 상위개념의 용어로 위령제, 위혼제, 진혼제 등 여러 가지로 쓰고 있는데 분문에서는 위령제라는 말을 쓰기로 한다. 필자는 순수 우리말로 '넋굿'이라 이르는 말을 썼지만 본문에서는 이 말을 쓰지 않기로 한다.

는 상위 개념으로 천도재(遷度齋)²⁾라 이르는 용어를 쓰고자 한다.

불교 천도재와 무교(巫敎)³⁾ 위령제가 모두 망자 천도 기능을 갖는 의식이
므로 양자는 같은 천도적 기능을 갖는 의식절차가 있을 수 있다고 본다. 그렇
다면 같은 천도 기능을 갖는 의식절차에서 양자의 의식 연행행위(演行行爲)
는 같은 것인가, 다른 것인가? 그 연행행위가 다르다면 그 차이는 불교와 무
교 양 종교의 종교적 특성 차이로 해석될 수 있는 것인가?

필자는 양 종교의 천도의식에서 같은 기능을 갖는 의식절차를 연행하는
방법의 차이가 있는 것이라면 그 차이를 종교적 특성 차이로 해석할 수 있을
것으로 보고 이를 살피고자 하는 것이다. 수많은 불교의 천도재와 무교의 위
령제를 모두 비교하는 것은 매우 번거로운 일이므로 본 논문에서 불교의 여
러 천도재 가운데 영산재를 중심에 놓고 여기에 나타나는 천도적 기능을 갖
는 의식 절차를 가려내고 이것을 각 지방 무교의 위령제 의식에서 같은 천도
기능을 갖는 의식절차를 찾아내어 양 종교의식에서 연행행위의 차이를 살피
고 그 차이를 종교적 특성 차이로 규명하고자 하는 것이다.

여기에서 불교의 많은 천도재 가운데 영산재를 택하고 또 서울 봉원사에
전승되는 영산재를 택하였는데 그 이유는 이 영산재 의식에는 다른 천도재
에서 보이는 의식절차가 대체로 다 망라되었을 뿐 아니라 영산재에는 다른
천도재와 달리 상단권공(영산작법)을 중심에 두고 응집력으로 구성된 부수적
의식절차가 많이 구성되는데 이것들이 무교와 대비되는 불교적 특성이 두드

---

2) 불교 의식 가운데 영산재는 상주권공재, 시왕각배재, 생전예수재, 수륙재와 같은 일반
   천도의식과는 변별되는 특성을 지니고 있어 영산재를 일반 천도의식에 포함 시키는
   데 이의를 제기하는 학자도 있다. 그러나 영산재가 천도적 기능을 지니고 있는 것은
   사실이므로 '망자 천도 기능을 갖는 재의식을 총칭하는 상위개념'이라 할 때 천도재
   라는 용어는 무리가 없을 것으로 본다.
3) 무교(巫敎)라 이르는 말은 일반적으로 쓰지 않는 용어이지만, 비교종교학적으로는
   이것을 자연종교(원시종교)로 분류되어 무속종교라 이르므로 이를 주려서 '무교'라
   이르는 것이다.

러지므로 이것으로 양 종교적 특성 차이가 극명하게 규명되리라고 보기 때문이다.

이를 위해서 몇 가지 선행 연구서를 살피다 보니 영산재가 지니는 천도적 기능에 대하여 연구자들마다 서로 다르게 논하고 있는 것을 볼 수 있어 당혹스러웠다. 예를 들면 '영산작법은 영산회(靈山會)를 말하는 것으로 이것 역시 망인 천도의식의 하나이다. 다만 같은 천도의식이나 그 격식의 차이로 분류할 때 현대 의식을 기준하여 상주권공, 각배, 영산으로 나누어지는 것이다[홍, 불교의식 335쪽]'라 하여 영산재를 천도적 기능을 갖는 의식이라고 천명하는가 하면, '영산재는 법화경의 교리를 수용한 한국불교의 사상을 바탕으로 대규모 진리 구현 의식을 베푸는 의식이다[심, 영산재 205쪽]'라 하여 영산재의 천도적 기능에 대하여 논외로 하고 있는 것이다. 음악학을 전문으로 하는 필자에게는 이들의 영산재에 대한 상반된 논지를 불교학계에서 어떻게 정리하였는가 하는 정보자료가 없다.

필자의 본 논문이 영산재에서 천도적 기능을 갖는 의식절차에 나타나는 연행행위를 살피는 것이 목적이니만큼 먼저 영산재에 나타나는 천도적 기능에 대한 이견(異見)을 정리하고 갈 수밖에 없다. 그러나 불교학을 전공하지 않는 필자에게는 이를 정리할 능력이 부족하다고 생각한다. 그러므로 의식절차마다 먼저 영산재 천도 기능에 대한 선행 연구자들의 이견을 제시하고 이에 대한 일반 불자들의 통념과 그리고 실제 도량에서 구현되는 의식현상을 통하여 필자 나름대로 해석하는 데 그칠 따름이다.

본 논문에서는 영산재 전승의 중심지인 서울 봉원사에 전승되는 영산재의식을 중심에 두고 여기에 구성되는 여러 의식절차 가운데 천도적 기능을 갖는 의식절차를 가려내고 이것을 여러 지방 무교의 위령제에서 같은 천도 기능을 갖는 의식절차를 가려내고 이들 의식절차에서 행해지는 영산재와 위령제의 공연행위 차이를 살피고, 그 차이를 양 종교적 특성 차이로 해석하는 비교종교학적 방법론을 쓰고자 하는 것이다.

본문에서는 세세한 의식절차의 비교에서 불교의 영산재와 무교의 위령제에 관한 같은 문헌을 자주 인용하게 되는데 이에 대하여 일일이 주를 다는 것이 번거로우므로 자주 인용되는 문헌을 다음과 같은 약호를 문장 끝에 붙이고 인용 대목의 쪽수를 달아서 따로 주를 다는 것을 대신하고자 한다.

[홍, 불교의식]....홍윤식,『불교의식』, 문화재연구소, 1989.
[홍, 영산재]...홍윤식 · 정병호,『영산재』, 문화재관리국, 1987.
[심, 영산재]...심상현,『영산재』, 문화재연구소, 2003.
[심, 불교의식 각론 I. II.]...심상현,『불교의식각론』I · II, 영산불교문화원
    한국불교출판부, 2002.
[김, 영산재연구]...법현 김응기,『영산재연구』, 운주사, 1997.
[서울 진오귀굿]....김수남 · 조흥윤 · 이보형,『서울 진오귀굿』, 열화당, 1971.
[전라도 씻김굿]...김수남 · 황루시 · 최길성,『전라도 씻김굿』, 열화당, 1971.
[평안도 다리굿]...김수남 · 황루시 · 김열규 이보형,『평안도 다리굿』, 열화
    당, 1985.
[소용포 수망굿]...김수남 · 김인회 · 정진홍,『소용포 수망굿』, 열화당, 1985.
[제주도 무혼굿]...김수남 · 현용준 · 이부영,『제주도 무혼굿』, 열화당, 1985.
[통영 오귀새남굿]...김수남 · 정병호 · 서대석,『통영 오귀새남굿』, 열화당,
    1989.
[황해도 지노귀굿]...김수남 · 김인회,『황해도 지노귀굿』, 열화당, 1993.

II. 본론

불교의 영산재와 의식절차에는 무교의 위령제에는 같은 천도기능을 갖는 의식 절차가 많이 보이지만 본문에서 선택한 것은 시련에서 옹호게, 헌좌진언, 나무인로왕보살 그리고 대령에서 지옥게, 고혼청, 어물(가지권반), 그리고

관욕, 신중작법, 괘불이운, 상단권공(영산작법), 중단권공, 관음시식 그리고 봉송소대의식에서 행보게, 소전진언, 회향설법(땅설법)과 같은 의식 절차이다. 영산재에서 신중작법, 괘불이운, 상단권공, 중단권공, 식당작법과 같은 의식절차에는 무교 위령제와 공통된 천도 기능이 보이지 않지만 그 의식 자체가 무교의 의식과 대비 되는 특성을 지니고 있으므로 이를 선택한 것이다.

1. 시련(侍輦)

1) 옹호게 (擁護偈)

옹호게에 대하여 '의식 도량을 팔부신중이 보호해주기 바라는 의식[홍, 불교의식 231쪽]이라 하고 '재가 베풀어지는 도량을 수호할 시방의 모든 현성과 신중 등을 청하는 의식이다[심 영산재 143쪽]'라 하여 옹호게의 기능 해석에는 이견이 없는 것 같다.

그러나 노랫말 해석에는 이견이 있을 것 같다. 옹호게 노랫말에 [奉請十方諸賢聖 梵王帝釋四天王 伽藍八部神祇衆 不捨慈悲願降臨]에서 마지막 '不捨慈悲願降臨'하는 구절을 기왕에 영산재 시련절차의 주 기능을 망자 인로로 보는 쪽은 '망자를 불쌍히 여겨서 천도하는 자비를 사양하지 마시고 강림 하옵소서'라는 뜻으로 해석하지만 시련의 주 기능을 망자 인로로 보지 않고 '현성과 대중의 인로'로 보는 쪽은 '버림이 없으신 자비로 강림하여 주옵소서'[심 영산재 143쪽], '자비를 베푸시와 왕림해 주옵기를 원 하옵니다'[김, 영산재연구 36쪽]라 하여 다르게 해석하고 있다.

본문에서 필자는 불교 영산재를 천도재의 하나로 보고 무교의 위령제와 비교하는 논지를 펴는 입장이니 당연히 시련절차를 '망자의 인로'로 보는 기왕의 해석을 지지할 수밖에 없다. 영산재 시련절차에 있는 옹호게가 망자를 인로하는 시련의 뜻을 반영하는 것이라는 것은 영산재에 신중작법에 구성되는 옹호게에 보이는 노랫말이 시련에 구성되는 옹호게의 노랫말과 다른 데서 알 수 있다. 신중작법이 있는 '옹호게' 노랫말에는 '八部金剛護道場 空神速赴報天王 三界諸天咸來集 如今佛利報楨祥'이라 하여 '不捨慈悲願降臨'과 같은 의미를 갖는 구절이 없다는 데서 알 수 있다.

높은 신을 모시는 의식에 앞서 도량에 사귀(邪鬼)의 범접을 막아 청정화하는 의식을 행하는 것은 비단 불교만이 아니라 많은 종교 의식에서 흔히 볼 수 있는 보편적인 속성이다. 무교에서 큰 의식을 행하기 전에 부정한 잡귀를 쫓는 의식이 있는데 이를 흔히 '부정굿'이라 이른다. 그러나 무교 위령제에서는 부정굿에서 사제자가 직접 벽사하는 의식을 행하는 것이며 따로 수호신에게 상위신을 수호할 것을 축원하지 않는다.

무속에도 수호신이 없는 것은 아니다. 가정 문을 지키는 수문장이 있고, 가정의 액을 막는 군웅 및 신장이 있고, 마을 수호신인 서낭이 있는 것과 같이 수많은 수호신이 있지만 이는 인간을 위하여 벽사하는 신이지 상위신을 수호하는 신이 아니다. 그러니 위령제 부정굿에서는 따로 이런 수호신에게 벽사할 것을 축원하지 않고 사제자가 직접 벽사의식을 행한다.

그러므로 영산제 시련의 옹호게와 무교 위령제의 부정굿에서 연행방법은 다를 수밖에 없다. 영산재 시련의 옹호게에서는 한국 어느 지역에서나 사제자인 여러 범패승이 서서 목탁, 태징, 바라, 북을 치며 장절형식으로 된 짧은 칠언 게송을 짓소리로 잠깐 합창하는 행위를 하지만 무교 위령제의 부정굿에서는 사제자인 무당이 홀로 장고를 앞에 놓고 앉아서 손수 장단을 치며 그 지역 소리토리에 긴 통절형식으로 된 사설을 얹힌 무가를 길게 구송(口誦)하는 행위를 하는 것으로 되어있다.

영산재 옹호게에서는 사제가 호법신으로 하여금 잡귀를 물리쳐 도량을 정화하도록 봉청하는 것이니 호법신에게 봉청하는 장절형식의 짧은 게송을 부

르는 것으로 소임을 다하는 것이라 할 수 있다. 실제 잡귀를 물려 도량을 청
정화하는 일은 호법신중의 소임이다. 그러니 사제자가 직접 일일이 잡귀를
주워섬겨 벽사하는 축원을 할 필요가 없다. 하지만 무교 부정굿에서는 의식
의 개시에 벽사하는 소임을 행하는 수호신이 따로 없어 부정굿에서는 사제
자가 직접 잡귀를 물려야하므로 수많은 잡귀를 불러 이를 물리는 무가를 부
르기 때문에 긴 통절형식의 무가를 부르게 된다고 할 수 있다.

2) 헌좌진언 (獻座眞言)

영산재 헌좌진언의 어의적 의미는 신이 도량에 좌정하도록 축원하고 진언
을 치는 것이라 할 수 있다. 겉으로 보기에는 선행 연구자들은 헌좌진언의
기능에 대하여 이견이 있는 것 같지 않다. 즉 '헌좌란 손님에게 자리를 권하
는 의식이다'[심, 영산재 145쪽]라는 해석과 '모든 현성(賢聖)이 도량에 임하
도록 한다.'[홍, 불교의식 231쪽]라는 헌좌진언의 해석에는 큰 차이가 없는 것
으로 보인다. 그러나 필자가 보기에는 신이 시련터에 헌좌하는 목적에 대하
여는 이견이 있을 것 같다. 헌좌진언의 노랫말 [我今敬設寶嚴座 奉獻一切
聖賢前 願滅塵勞妄想心 速願解脫菩提果]에서 [願滅塵勞妄想心 速願
解脫菩提果]라는 말의 해석이 엇갈릴 수 있다고 본다. '원하옵건대 진로 망
상심을 멸하시어 속히 해탈보리과를 원만히 하소서'[심, 영산재 145쪽] 하고
해석할 경우에는 '진로 망상심' 하는 주체가 해석이 애매해진다. 그 주체가
현성이라 해석하게 되면 현성이 塵勞와 妄想心에서 해탈하지 못하였다는
모순이 생긴다. 塵勞와 想心에서 해탈하지 못하였다면 이미 현성이 아니다.
그렇다면 '일체 현성전께 보엄좌(寶嚴座)를 설하오니 원컨대 천도할 망자로
하여금 塵勞 妄想心을 멸하여 해탈하도록 도우시옵소서'라 하여 망자 천도
를 위하여 성현인 인로왕보살 및 이를 수호하는 신장께 좌정할 것을 봉청하
는 것으로 해석하는 것이 옳을 것으로 보인다.

그렇게 봤을 때 불교의 영산재에서는 망자를 인로하기 위하여 시련터에 납신 높은 신인 인로왕보살로 하여금 좌정할 것을 봉청하는 게송이 불려 진다고 할 수 있다. 하지만 무교의 위령제에서 무당이 손수 망자를 모셔오는 것이니 무당에게 좌정하도록 청하는 절차가 따로 있을 수 없다.

영산재에서는 시련에서 망자 인로의 소임이 인로왕보살에게 있는 것이니 상위신 보살로 하여금 좌정하도록 어장이 홋소리와 진언으로 축원하는 의식이 필요하지만, 무교 위령제의 경우에는 망자를 인로하는 신이 따로 없고 사제자인 무당이 직접 인로하는 것이기 때문에 스스로에게 좌정할 것을 축원할 의식이 필요 없는 것이다. 무교의 마을굿에 서낭과 같은 높은 신이 굿청에 좌정하도록 축원하는 굿으로 청좌굿이 있지만 이는 상위신에게 좌정할 것을 축원하는 것이라 부정굿의 경우와 다르다.

3) 나무인로왕보살 (南無引路王菩薩=歸依引路)

영산재 시련의 나무인로왕보살 의식절차에 대하여 '영가를 모셔 드리는 의식이다.[홍, 불교의식 230쪽]'라 하여 '영가를 인로하는 의식'으로 보기도 하고 '재가 베풀어지는 도량을 수호할 시방의 모든 현성과 신중 등을 청하는 의식이다'[심, 영산재 143쪽]라 하여 '신중과 현성'을 청하는 의식으로 보기도 하고, '연에다 부처님을 모시고 보살 및 천도할 영혼을 모셔오는 절차[김, 영산재 연구 147쪽]'라 하여 '부처, 제성, 영가를 모셔오는 의식'으로 보기도 하여 연구자마다 나무인로왕보살 의식절차에 대하여 다르게 말하고 있다.

영산재 시련에서 인로왕보살이 인로하는 대상에 대하여 '인로왕보살이 영가를 접인 받아 청정한 부처님 도량으로 인로하는 것이다.'[홍, 불교의식 234쪽]라 하여 '망자'로 보기도 하고, '성중을 포함한 대중이 대성인로왕보살께 귀의를 표명하며 본당까지 안내를 부탁하는 의식이다.[심, 영산재 147쪽]'라 하여 '성중과 대중'이라 말하기도 하고 '영산재 도량에 불, 보살, 옹호신중,

영가를 봉청해 모시는 의식으로 대중이 연을 들고 해탈문 밖의 시련터로 나아가 나무대성인로왕보살의 인도로 재 도량으로 모셔오는 의식이다[김, 영산재연구 35쪽]'라 하여 '불, 보살, 신중, 영가'로 말하기도 한다. 그러니 영산재에서 시련의 기능을 서로 다르게 보는 것을 알 수 있다.

선행연구자들이 저마다 다르게 말하고 있으니 여기에서 필자는 영산재 시련에서 인로왕보살이 인로하는 대상을 망자(영가)로 보고 시련의식 기능이 망자 인로로 보는 것이므로 이에 대한 장황한 검증이 있을 수밖에 없다. 필자는 영산재에서 시련의 기능을 해석하기 위하여 먼저 인로왕보살이 영산재에서 인로할 수밖에 없는 대상이 무엇인가를 살펴야 할 것이다. 인로할 대상이 성중과 대중이라 해석하게 되면, 성중과 대중은 영산재에서 인로왕보살의 인로가 없으면 이들이 귀의를 표명하기 위하여 도량에 인로될 수 없는 것인가 하는 문제가 있다. 실제 불, 성중은 말할 것도 없고 대중 또한 인로왕보살의 인로가 없이도 도량에 참예할 수 있으니 인로왕보살이 대령 앞의 시련에서 불, 성중과 대중을 인로하기 위하여 행차한 다는 소임이 불필요한 것이 된다.

실제로 영산재 대령 앞의 시련에서 인로왕보살에 의하여 인로되는 대상을 불, 보살, 신중으로 보는 것에는 무리가 있다. 여기에서 말하는 '불'이 석가모니 부처라 한다면 부처는 협시보살과 더불어 법당에 모셔져 있다. 그래서 차후 신중작법 뒤에 괘불이운으로 도량에 모시는 것이다. 그렇다면 인로왕보살이 불전에 모신 부처와 협시보살을 새삼 시련터로 모시러 나간다는 해석이 부적절하다. 시련에서 말하는 성중은 인로왕보살을 가리키는 것이고 그러니 이는 인로하는 주체이지 인로되는 객체가 아니다. 시련의 헌좌진언에서 헌좌를 봉청하는 대상인 현성이 다름 아니라 인로왕보살인 것이다. 또 신중을 인로하는 것이라 논하는 이가 있지만 신중은 인로왕보살이 망자를 인로하러 납시는 것이니 보살을 호위하기 위하여 나서는 것이고 그러니 신중은 인로되는 대상이 아니다. 결국 인로왕보살이 인로하는 대상은 천도 대상인 망자인 것이다.

시련 절차 기능에 망자 인로를 논외로 하는 연구자는 인로왕보살의 실체에 대하여 기왕 해석과 다른 것을 제시하고 있는 것을 볼 수 있다. 즉 '한마디로 인로왕보살의 위상은 피인로자의 위상에 따라 변한다[심, 불교의식각론 I. 52쪽]'고 하였다. 이 설과 같이 인로왕보살의 본디 기능이 피인로자에 따라 다르다는 것은 옳다고 할 수 있다. 그래서 예로부터 그 인로되는 대상에 따라 상단시련, 중단시련, 하단시련으로 변별하였던 것이고 영산재 대령 앞에서 행하는 시련은 하단시련이니 보편적인 통념대로 '망자인로'를 소임으로 하는 것이라고 봐야 한다. 현재의 하단시련에 대한 일반통념은 인로왕보살을 '죽은 이의 영(靈)을 접인(接引)하여 극락세계로 인도하는 보살'이라 말하고 있고[4], 인로왕번(引路王幡)을 '죽은 사람의 저승길을 인도한다는 인로왕보살의 이름을 쓴 기라 기술하고 있으며'[5] 초기에 그려진 한국의 수많은 감로탱화에서 인로왕보살이 망자를 인로하는 모습이 그려진 사실에서 알 수 있는 것이다.

다시 말해서 천도되지 않은 망자는 잡귀(雜鬼)이므로 신장이 옹호하고 있는 도량에 들 수 없다. 잡귀인 망자를 도량에 모시지 않으면 천도 의식을 행할 수 없는 것이므로 인로를 소임으로 하는 인로왕보살이 직접 납시어 망자의 혼을 인로하게 되는 것이 하단시련의 기능이라 할 수 있다. 초기에는 간단한 신여(神輿)에 위패를 모셨던 하단시련 연을 썼을 것이다.

그러나 후에 하단시련에 상단시련의 연(輦)을 쓰게 되고 상위신인 보살의 행차이니 기식(旗飾)이 딸리고 취타와 삼현육각 같은 풍악(風樂)이 딸리는 것이다. 높은 신의 행차에 상위신을 연에 모시고 기식과 호위군과 풍악이 딸리는 것은 종교학적으로 봐서 흔히 보이는 현상이다. 이것은 세속에서 귀인

4) 경허 용하, 『불교사전』, 동국역경원, 1985.
5) 이희승, 『국어사전』, 민중서관, 1978.

의 행차에 연과 호위군사와 풍악이 딸리는 행진방법과도 같다.

불교 영산재에서 인로왕보살이 망자를 도량으로 인로하는 것이지만 무교 위령제에서는 무당이 직접 망자를 모셔오는 '혼맞이'가 있다. 객사한 망자를 무당이 신대에 내려 굿청에 인도하기 위하여 굿청이 있는 마을에 들 때에는 마을 수호신 서낭에게 망자를 통과시키도록 '당산굿'을 하거나[통영 오귀새 남굿 88쪽], '문굿'을 하고[수용포 수망굿 88쪽], 가정의 대문을 통과할 때에 는 수문장에게 통과시키도록 '무넘기'를 하거나[통영 오귀새남굿 88쪽], 가정 의 대문을 지키는 수문장 몰래 담을 헐고 망자를 모시고 들어간다.[6]

영산재에서는 사제자인 범패승이 직접 망자를 인로하지 않고 인로왕보살 로 하여금 망자를 인로하도록 봉청하는데 견주어 무교에서는 무당이 신에게 의뢰하지 않고 직접 인로한다. 그 이유를 종교학적으로 해석하자면, 불교에 서는 신의 계층이 부처 - 보살 - 신장 - 잡신과 같이 복잡한 계층구조로 되어 있어 망자를 인로하는 것과 같은 일을 감당하는 중층위 신인 보살의 역할에 의뢰하게 되지만 무교에서는 상위신 - 잡신으로 신의 계층구조가 단순하여 망자를 인로하는 일을 감당하는 중층위 신이 따로 존재하지 못하기 때문에 사제자인 무당이 직접 망자의 혼을 모셔오는 것으로 해석할 수 있다.

2. 대령 (對靈)

1) 거불 (擧佛)

영산재 대령의 거불 의식절차에 대하여서도 선행 연구자들은 '대령 영단 이 준비되면 영가 위패를 연 앞에 모셔 놓고 상주(喪主)가 잔을 준비하면 인 도승은 범패 짓소리로 거불을 화창한다[홍, 불교의식 239쪽]'고 하여 영가 앞

---

6) 진도 씻김굿 보유자 박병천의 말.

에 상식(上食)하는 의식이라 하기도 하고, '나무대성인로왕보살을 삼설(三說)하는 것으로, 재대령의 제반사항에 대한 책임자를 시련에서와 마찬가지로 대성인로왕보살로 하고 있음을 내외에 천명하고 귀의하는 의식이다[심, 영산재 152쪽]라 하여 대성인로왕보살 천명과 이에 귀의를 논하고 있어 연구자마다 거불 의식의 기능을 다르게 말하고 있다. 일반 불자들의 통념은 도량에서 겪은 대로 상식을 행하는 것이라고 본다. 무속의 위령제에서는 망자를 위하여 상식하는 것은 서울 진오귀굿에서 볼 수 있듯이[서울 진오귀 86쪽] 흔한 일이다.

불교 영산재 거불에서는 범패승이 짓소리를 화창 하는데, 무교 위령제에서는 지역에 따라 무당이 지역 토리로 무가를 부르기도 하지만 대부분 무가를 부르는 일이 없이 메만 올리는 경우가 많다. 여기에서 양 종교의 연행 차이는 다음의 조전점안 절차에서 말한 바와 같이 교리가 정비된 불교에서는 모든 의식에 의미를 부여하고 게송을 하지만 교리가 정비되지 않은 무교에서는 잡귀인 망자의 상식과 같은 일에 무가를 부르지 않는 것이라고 해석된다.

2) 지옥게

불교 영산재 대령에서 행하는 지옥게 의식 절차에 대하여 연구자들은 '영가를 도량으로 청하는 게송'[심, 영산재 155쪽]이라 하여 지옥을 거론하지 않는가 하면 '지옥의 문이 열리게 해달라는 게송'[홍, 불교의식 241쪽]이라 하여 지옥을 거론하기도 한다. 지옥게가 지옥과 관련이 있다는 것은 우선 제목이 그렇지만 노랫말에 '八萬四千地獄門'이란 글귀가 있는 것이니 움직일 수 없는 것이다. 그런데 '仗秘呪力今日開'라는 노랫말의 글귀 해석에 주목하고 싶다. 이를 도량에 인로된 망자가 생전 업보로 이미 지옥문에 떨어졌을 경우도 있으니 해탈하기 위해서는 지옥문에서 나오게 해달라는 축원이겠지만 필자가 주목하는 것은 여기에 그치지 않고 아울러 기왕 지옥에 떨어진 중생들도 지옥문을 열어 극락에 천도되도록 축원하여 자비를 베풀어 주시라는 뜻을 겸한다고 보고 싶은 것이다.

본디 무교에서는 지옥이라는 용어를 썼던 것이 아니다. 지금 무교에서 이 용어를 쓰는 것은 불교와 습합에 기인하는 것이다. 그 예로는 동해안 오구굿에서는 염불을 외워서 지옥을 면해 저승에 가라는 '지옥가(地獄歌)'라는 염불이 불려지기도 하고, 서도지역 위령제에서는 시왕에게 망자의 지옥을 면하게 해달라고 '십대왕(十大王) 염불'이라 이르는 장절무가를 자진염불 곡조에 얹어서 부르기도 하는 것처럼 일부 지역의 위령제에서는 망자가 지옥을 면해달라고 축원하는 무가가 잠깐 불려지는 수가 있지만 이는 불교 습합에 기인하는 것이다.

불교에서는 사후세계를 극락과 지옥으로 설정하지만 무교에서는 저승과 이승으로 설정한다. 불교에서 극락과 지옥이 모두 현세가 아닌 저 쪽 세계로 설정되지만, 무교에서 저승은 망자가 조상신으로 승화하는 저 쪽 신의 세계이고 한편 저승에 못 간 망자가 허공중천을 헤매는 잡귀와 공존하는 세계는 이승인 인간세계와 같은 이쪽 세계인 것이다.

앞에서 말했듯이 불교에서는 천도의식 중에 인로된 망자만을 한정하지 않고 지옥중생을 제도하는 일을 시종 행하고 있지만 무의식에서는 모셔온 망자의 영혼을 저승에 천도하는 일로 일관할 뿐 이승에서 헤매는 혼신을 천도하는 의식을 적극적으로 행하지 않는다. 다만 뒷전에서 저승에 못간 걸신들을 먹여 보낼 때 저승에 가도록 위로하는 일이 있을 뿐이다. 이는 다만 잡귀가 이승에 남으면 인간을 괴롭히는 존재로 보기 때문에 잡귀들을 저승으로 보내려 하는 것일 뿐이다.

3) 고혼청

영산재 대령 고혼청에 대하여 연구자들은 '영가를 불러 법공양을 받게 한다.'[홍, 불교의식 243 쪽]거나 '영가를 향단으로 영접하여 공양을 베풀고자 하는 재자의 뜻을 영가에게 전하는 의식이다.'[심, 영산재 158 쪽]라 하여 이 절차가 망자로 하여금 법공양을 하여 정화되도록 하는 의식이라는데 이견이 없다. 무의식의 위령제에서도 굿청에 인로된 망자 영혼을 진정시키는 의식 절차가 있기는 하다.

영산재 대령에서는 망자의 혼으로 하여금 법공양을 하여 정화시킨다는 말은 고혼청을 두고 이르는 말이겠지만 그 일은 고혼청에 한정하지 않고 영산재의 거불에서 가영까지 여러 순서에서 단계적으로 이를 행해진다고 할 수 있고 어찌 보면 대령 자체가 진혼하는 기능을 갖는 것이라 할 수 있는데 여기에 법공양이라는 의미를 부여하는 것이라고 생각된다.

무교 위령제에서는 이런 절차를 망자의 이승에서 맺힌 한을 푸는 것이라 이르지 불교에서처럼 법공양을 시킨다는 말을 쓰지 않는다. 위령제에서 망자의 한을 풀어 주는 행위는 강신무 의식인 서울 진오귀굿의 초영실, 원영실[서울 진오귀굿 80~83쪽], 황해도 지노귀굿의 시왕제석, 대내림, 맑은 혼맞기[황해도 지노귀굿 103~108쪽]에서처럼 망자의 혼을 무당의 몸에 실려 가족과 길게 넋두리 하여 한을 풀게 하기도 하고, 세습무 의식인 전라도 씻김굿의 초망자굿[전라도 씻김굿 80쪽]에서는 무가 토리로 망자의 혼을 위로하는 무가를 많이 불러 한을 풀게 하고 나아가 또 '고풀이'라 하여 긴 천에 이승의 한을 상징하는 고를 매어 무가를 부르며 이를 흔들어 푸는 상징적 공연행위를 하여 망자의 넋을 정화하기도 한다.

이 대목에서 불교 영산재에서는 범패승이 망자에게 법공양을 한다 하여 여러 게송을 창하는데 비하여 무교 위령제에서는 무당이 망자의 이승에서 맺힌 한을 푼다 하여 지역 소리 토리로 무가를 길게 부르기도 하고 강신무가 '넋두리'를 하거나 세습무가 고를 푸는 연행행위를 하는 것과 같은 연행행위 차이가 있다.

불교는 교리가 정비된 세계종교[7]이므로 망자의 정화를 교리인 법을 공양하는 것으로 의미 부여하는 것이라, 이를 게송으로 축원하는 행위로 일관하지만, 무교는 교리가 정비되지 못한 자연종교[8]라 법공양을 한다는 의미를 부여하지 않고 위령제에서 망자의 혼이 이승에서 맺힌 한을 풀고자 넋두리, 고풀이와 같은 공연행위가 길게 연출된다 할 수 있다. 동해안 일부 지역에서 판염불이니 시무염불이니 하는 절차에서 경문을 읽거나 법문을 문답하는 일이 보이지만 이는 불교와 습합되어 생긴 행위일 뿐이다.

4) 어물 (魚物 = 加持勸飯)

대령에서 어물(가지권반)에 대하여 연구자들은 '영가에게 제물(祭物)을 권한다'[홍, 불교의식 243쪽]고 하여 '제물'을 직접 거론하기도 하고 '영가로 하여금 삼보님의 가지력으로 향단(香壇)에 준비된 법공양을 흠향할 것을 권하는 의식이다.[심 영산재 159~160쪽]라 제물을 '법 흠향'이라 하여 상징성만 기술하기도 하였다.

이 절차의 제목에 나오는 '어물' 또는 '권반'이라는 어의적 의미도 그렇고 노랫말의 '趙州茶 香積饌'이라는 문구가 있는 것으로 봐서 망자에게 제물을 권하는 의식임은 분명하다고 본다. 다만 대령 전체에 법공양이라는 의미를 부여한다는 것은 노랫말의 '合掌專心 參禮金仙'하도록 정화한다는 내용으로 봐서 수긍이 간다.

무의식의 위령제에서도 망자로 하여금 저승에 가기 직전에 망자에게 상식

---

7) 유일신이 존재하고 교주가 전해지고 경전과 교리가 정비되어 세계화된 종교를 자연종교에 대비하여 세계종교, 고등종교, 교리종교라 이를 수 있는데 본문에서는 세계종교라 이르고자 한다.
8) 다신교이고 교주가 전해지지 않고 경전과 교리가 정비되지 않아서 자생 지역에만 전승되는 민속신앙을 세계종교에 대비하기 위하여 자연종교, 원시종교, 하등종교라 이를 수 있는데 분문에서는 자연종교라 이르고자 한다.

이 차려지는 것은 서울 진오귀굿의 '상식'거리[서울 진오귀굿 80쪽]에서 볼 수 있다. 이 대목의 불교와 무교 의 공연행위 차이는 대령의 거불에서 이미 말한 것과 같다.

3. 관욕(灌浴)

불교 영산재에 있는 관욕 절차에 대하여 선행 연구자들은 '영가가....생사 업해에....때낀 것을 청정법수에 목욕하고...귀의하여..도량 뜰에 올라'[홍, 불교의식 244쪽]라고 하기도 하고 '영가가 불단에 나가 불법을 듣기 전에 사바 세계에서 지은 삼독(三毒)으로 더렵혀진 몸과 마음의 업을 부처님의 감로법으로 깨끗이 닦아드리는 의식이다'[김, 영산재 연구 45쪽]라 고 하여 '망자의 목욕'을 거론하지만, '일체 유정이 겪고 있는 생사에 대한 실체를 파악하고 이로부터의 해탈을 위해 베풀어지는 의식이다[심, 영산재 161쪽]라 하여 그 상징성만 기술하고 '망자와 목욕'이라는 상징행위에 대하여는 논외로 하기도 한다. 실제 영산재 도량에서 '망자의 목욕' 이라는 상징적 행위가 연행되는 것은 사실이다.

불교 영산재에 망자의 혼을 정화한다는 상징행위로써 관욕절차는 어느 지역에서나 구성되지만 무의식의 경우에는 전라도 씻김굿 [전라도 씻김굿 87쪽], 통영 오구새남굿 [통영 오구새남굿 91쪽]과 같은 주로 남부 지역 위령제에서 보인다. 전라도 충청도 무교에서 위령제 자체를 씻김굿이라고 이르는 말 어의(語義)가 향수로 시신을 상징하는 물체를 씻긴다는 말에서 나온 것이다.

불교의 관욕과 무교의 씻낌이 다 같이 망자를 정화하기 위한 상징행위로 목욕 행위를 연행한다는 기능에서는 같지만 그 연행 절차의 층위 구조에는 차이가 있다. 영산재 관욕 의식에서는 인예향욕편, 가지조욕편, 가지화의편, 수의복식편, 출욕참성편, 가지예성편, 수위안좌편 같은 여러 연행 행위가 상위 절차로 행해지고 이 중층위 각 절차의 하위 의식에도 이를테면 지조욕편에서 가지조욕, 목욕게, 목욕진언, 관욕쇠, 작약지진언, 수구진언, 세수면진언과 같이 수많은 그 하위절차가 구성되어 복잡한 계층구조를 이루고 있다. 하지만 무교 위령제에서는 망자의 수의를 자리에 말아서 일곱 매끼로 묶어 망자의 시신을 상징하는 물체를 만드는 의식인 '영돈말이'와 향수로 시신을 상징하는 물체를 씻는 '싯낌(이슬털이)' 두 순서만을 행하고 그 의식절차가 복잡한 계층구조를 이루지 못하고 있다.

불교의 영산재에서 관욕 의식행위가 그렇게 복잡한 계층구조로 연행되는 것은 불교에서 신의 층위가 수많은 계층으로 이뤄지는데 반하여, 무교 싯낌에서는 의식 행위가 단순한 층위로 구성되는 것이 무교 신의 층위가 복잡한 계층구조를 이루지 않고 평면적인 층위를 이루는 종교적 특성과 간접적으로 관련이 있다고 볼 수 있다.

왜냐하면 불교에서는 신의 층위가 복잡하여 최하층 잡귀인 망자가 해탈하여 최고의 신에 귀의하여 극락왕생한다는 것이 여러 단계의 섭리를 거쳐야 한다는 믿음이 있어 관욕 연행절차가 그렇게 복잡하게 계층구조로 구성된다고 볼 수 있고, 무교의 위령제에서 이승의 망자가 저승으로 천도하는 의식행위가 한을 풀고 싯끼는 행위로 비교적 단순하게 이뤄질 수 있다고 보는 것은 신의 층위가 단순한 종교적 특성에 기인한다고 할 수 있다.

결과적으로 불교에서는 흔히 극락정토를 '서천서역'이라 이르듯이 극락과 현세는 매우 먼 거리라 여기므로 지옥에서 극락에 이르는 일이 간단한 섭리가 아니라고 믿는데 견주어 무교에서는 '저 건너 안산이 북망일세'하는 상부소리에서 볼 수 있듯이 이승과 저승이 그렇게 먼 거리라 여기지 않는 것이니 이런 종교적 관념 차이가 관욕과 씻낌의 연행차이를 이룬다고 해석된다.

4. 조전점안 (造錢點眼)

불교 영산재에는 돈을 상징하는 조형물을 만드는 제작행위에 여러 게송을 부르는 의식절차가 딸리는데 이를 총칭하여 조전점안이라 이른다. 무교 위령 제에서도 지전(紙錢), 넋전이라는 조형물을 제작하여 쓰지만 제작에 따로 의식절차가 딸리지 않으니 이에 대한 영산재와 위령제의 의식 연행행위 차이를 논할 것이 못된다.

다만 양자의 비교에서 드러나는 것은 불교 영산재에서는 조전하는 것과 같은 미미한 절차도 놓치지 않고 반드시 의미를 부여하고 게송을 부르며 수많은 계층적 의식 절차를 행하지만 무교 위령제에서는 이런 미미한 절차에서는 따로 의식절차를 행하지 않는다는 것이다.

이 또한 불교는 절대적 신권이 계층적으로 상승되고 교리가 정비된 세계종교라 의식 마다 의미를 부여하고 행위가 신성시 되어 미미한 행위에도 여러 가지 의식이 행해지지만 무교는 신권이 계층적으로 상승되지 않은 자연종교라 미미한 행위에서는 별 다른 의식을 행하지 않고 그냥 넘기는 것이라 해석된다.

5. 신중작법 (神衆作法)

영산재에 구성되는 신중작법 절차에 대하여서도 선행 연구자들은 '불단으로 불 보살을 모시기 전 호법도량 천신중을 영가 천도도량으로 모셔 들이는 의식이다[홍, 불교의식 265쪽]' 하여 '영가 천도도량'을 논하기도 하고 '성중제위의 내림에 감사하고 서원에 공감하며 법회가 원만히 회향될 수 있도록 도와주실 것을 부탁하는 의식이다.[심, 영산재 193쪽]' 하여 '영가 천도도량'을 논외로 하기도 한다.

다음에 보듯이 불교 영산재에서 신중작법에서 식당작법 까지와 같은 기능을 갖는 의식절차는 무교 위령제에서 볼 수 없으므로 이들 의식절차에서는 위에 보이는 연구자들의 이견에 대하여 검증하는 일을 필자는 보류하고자 한다. 그럼에도 분문에서 신중작법에서 중단권공까지 다룬 것은 앞에서 말했다시피 이들 의식절차가 무교의 위령제와 대비되는 특성이 강하여 이를 통하여 불교의 비교종교학적 특성을 규명할 수 있기 때문이다.

필자가 보기로는 의식 기능상으로 신중작법은 그 앞에 연행된 시련과 대령을 마무리하기 위하여 구성되는 것이 아니고 다음에 연행될 괘불이운, 상단권공(영산작법), 운수상단권공, 중단권공, 관음시식과 같은 절차를 예비하기 위하여 구성되는 것이라고 보는 것이 옳을 것 같다. 그것은 이 절차가 옹호게로 시작하는데서 알 수 있다. 여기에서 옹호게를 신중을 모시는 의식에서 신중으로 하여금 신중을 모시는 도량을 호위하도록 봉청한다고 해석하게 되면 이는 이중 의미가 되므로 해석하기 난감하다. 이 옹호게를 괘불이운, 상단권공(영산작법), 운수상단권공, 중단권공, 관음시식과 같은 다음 절차를 행하는 도량의 옹호를 위하여 신중에게 봉축한다고 해석해야 할 것 같다.

불교 영산재의 신중작법에서는 옹호게에 이어서 수많은 신중을 모시는 수많은 의식이 행해진다. 무교의 위령제에는 아예 신중작법과 비견되는 의식절차가 없다. 앞에서 말한 바와 같이 무교 의식에도 군웅, 신장과 같이 가정의 재액을 막는 신이 있고, 서낭과 같은 마을을 수호하는 신이 있어 이런 신들이 벽사 기능을 갖는 것이지만 이 신들은 가정 마을을 호위하는 것이지 다른 신을 호위하는 기능이 있는 것이 아니다. 무교에도 고위 신을 수행하는 수비와 같은 신이 있지만 이는 하위 신이라 잡신으로 취급되므로 이를 위한 의식이 따로 있지 않고, 다만 지역에 따라서 각 거리의 송신 절차에서 '수비 친다' 하여 무당이 간단히 술잔을 들고 수행하는 호위신을 먹여 보내는 간단한 축원 순서가 딸릴 따름이지 신중작법처럼 이들을 위한 큰 의식 절차가 없다.

서북지역 위령제에 사자(使者)거리가 있지만[평안도 다리굿 93쪽] 이는 상위
신을 수호하는 신이 아니고 망자를 잡아가는 잡신이라 '인정을 쓴다' 하여
망자를 위해서 기주가 행하는 의식일 뿐이다.

불교는 유일신의 신권이 지고(至高)의 경지로 상승된 세계종교이기 때문
에 신중과 같은 중간 층위 신도 덩달아 상승되었고 따라서 이 수호신들이 수
없이 분화되었기에 이를 모시는 의식이 복잡해져 신중작법과 같은 큰 의식
절차로 행해지는 것이라 해석할 수 있다. 하지만 무교는 상위 신권이 여러
신에게 분배된 다신교로써 자연종교라 지고의 유일신이 존재하지 않고 신의
계층이 상승되지 않아서 신을 호위하는 신 즉 수비 또한 하위신으로 남고 또
이것들이 여러 신으로 분화되지 않아서 소수의 잡신으로 인식되므로 이를
위한 큰 의식이 이뤄질 수가 없는 것이라고 보아진다.

6. 괘불이운 (掛佛移運)

불교 영산재 도량이 불당 앞마당이나 광장에서 행하게 되면 먼저 불단을
야외에 설치하기 위하여 괘불을 옮겨다 거는데 여기에 딸린 의식을 '괘불이
운'이라 한다[홍, 불교의식 341쪽]고 이르는 것에 대하여는 다른 연구자들도
이견이 있는 것 같지 않다. 무교 위령제에서는 야외에서 의식을 행할 때에
무신도를 거는 일이 드물고 혹 황해도 굿처럼 무신도를 거는 경우가 있을 경
우에도 무신도를 거는 일에 따른 굿 의식을 행하지 않는다.

불교 영산재에서는 괘불로 모신 신격이 지고하여 이를 모시는 의식 또한
소홀히 할 수 없는 것이라 의식절차가 복잡하게 행해지는 것으로 보이며 무교
에서는 다신교라 신격이 지고의 경지로 상승되지 못한 자연종교이기 때문에
신권이 평준화되어 상대적으로 높지 않기 때문에 무신도를 거는 일과 같은
일은 대수롭지 않게 봐서 따로 의식을 행하지 않는 것으로 해석할 수 있다.

7. 상단권공 (上壇勸供=靈山作法)

영산재에 구성되는 여러 의식절차 가운데 가장 중심이 되는 것이 상단권공 또는 영산작법이라 이르는 의식절차로 생각한다. 상단권공이라는 어의가 '상단에 모시는 권공'이라 어의에 대하여는 따로 이견이 있는 것 같지 않다. 이운된 괘불에 현시되므로 '주불이신 석존과 협시보살이신 문수 보현 등 영산회상의 제불보살이[심, 영산재 205] 상단이라는 최고 제단에 모셔진다는데도 이견이 없는 것 같다.

그리고 영산작법이라는 어의에 대하여 '영산작법은 영산회(靈山會)를 말하는 것[홍, 불교의식 335쪽]'이라 하고 이 재를 영산재라 이르는 명칭도 여기에서 나왔다는데 이견이 있는 것 같지 않다. 다만 영산작법의 기능에 대하여는 '이것도 역시 망인 천도의식의 하나이다[홍, 불교의식 335쪽]라 하여 망인천도 기능을 언급하는가 하면, '영산재는 법화경의 교리와 이를 수용한 한국불교의 사상을 바탕으로 대규모 진리 의식을 베푸는 의식이며 궁극적으로는 이를 인연으로 사생이령의 성불과 해탈의 계기를 마련하려는 것이다[심, 영산재 205]'라 하여 영산작법의 내력과 의미만 말하고 망인천도라는 말은 비껴가기도 하여 천도 기능에 대한 해석에 이견이 있다.

필자가 보기에는 영산재에 천도 기능이 있다는 것은 누구나 인정하는 것이지만 이것을 영산재의 표상의미로 인정하느냐의 여부에 이견이 있는 것으로 보인다. 앞에서 말한 바와 같이 무교의 위령제에서는 불교 영산재의 상단권공을 비롯하여 이에 부수되는 신중작법부터 식당작법까지 제 절차에 비견되는 의식절차가 존재하지 않으므로 이들 의식절차에서는 위에 보이는 연구자들의 이견에 대하여 검증하는 일을 필자는 보류하기로 한다. 본문에서 신중작법에서 중단권공까지 다룬 것은 앞에서 말했다시피 이들 의식절차가 무교의 위령제와 대비되는 특성이 강하여 이를 통하여 불교의 비교종교학적 특성을 규명할 수 있기 때문이라 말한 바와 같다.

이는 앞에서 말한 바와 같이 불교는 석가모니불을 정점으로 하고 제신들이 계층적으로 층위를 이루는 첨예한 신권구조를 이루는 세계종교인데 비하여 무교에는 제신들의 권능이 대충 평준하여 복잡한 계층구조를 이루지 않는 완만한 평형구조를 지닌 자연종교이므로 상단, 중단, 하단이라는 제단의 계층구조를 이루지 못하니 '상단의식'이라는 개념이 존재하기 어렵고 따라서 어느 거리에 부수되는 부속 거리가 존재하는 것과 같은 결속력이 약하다고 할 수 있다.

무교에도 약간의 신의 계층이 존재하기는 한다. 제석, 신장, 서낭, 성주, 조상, 말명, 대감, 창부와 같이 독립된 거리로 모시는 신들은 모두 상위신으로 보고 그 상위신 가운데 제석, 신장, 서낭, 성주, 조상과 같은 신은 좀 격이 높은 신으로 보고 대감, 창부, 영산 할아뱀, 지신집 큰애기와 같은 신은 격이 낮은 신으로 보고 수비, 사자, 장승과 같은 신들은 잡신 즉 하위신으로 보고 잡귀들은 신으로 꼽지 않는 것으로 봐서 약간 신의 계층이 존재하는 것은 사실이지만 불교처럼 복잡한 신의 계층이 존재 하지 않고 따라서 유일신인 최고의 신은 존재하지 않는다.

그러므로 무교에서는 상단의식이 존재하지 않는다. 무교의 의식에도 상위신은 큰 굿상을 차리고 사자, 잡귀와 같은 하위신은 작은 상을 차리지만 불교처럼 최고신이 존재하지 않아서 상중하 제단으로 분화되지 못하여 상단이 존재하지 않아서 상단권공과 같은 중심적인 거리가 존재하지 않는 종교적 특성을 지니고 있다고 할 수 있다.

8. 중단권공 (中壇勸供)

영산재 중단권공에 대하여 '명부시왕에 대한 권공'[심, 영산재 313쪽]이라 이른 것처럼 이 절차는 영산재에서 명부신인 시왕을 모시고 망자의 천도를 축원하는 절차이므로 천도 기능을 논외로 하는 연구자들도 중단권공의 명부 시왕이 망자의 천도 기능을 갖는다고 하는 데에는 이견이 없는 것 같다. 그러고 보면 영산재에서 천도 기능을 논외로 하는 연구자들은 상단권공 즉 영산 작법의 축제적 기능을 부각시키기 위한 것이라고 할 수 있다. 한편 일리가 있다고 생각한다.

필자의 생각으로는 사바세계의 잡신인 일반 영가를 천도하는 일쯤이야 시왕이나 지장보살과 같은 중간 계층 신의 법력으로 충분히 가능한 일이라 굳이 이런 일을 상단권공에서 봉청할 일이 아니라고 한다면 영산재에서 영산 작법의 기능은 축제적 기능과 같은 다른 데 있다고 볼 수 있는 것이라 할 수 있고 그런 의미에서 상단권공을 영산작법이라 하여 영산재의 표상적 의미로 내세우는 것이고 그러자니 천도기능을 논외로 하는 연구자들이 있는 것으로 보인다.

그러나 영산재는 이미 기저(基底)에 천도재의 기능을 깔고 있으니 영산재의 천도적 기능에 대하여는 움직일 수 없는 것이라 할 수 있다. 그리고 보면 영산재는 천도적 기능과 축제적 기능이 복합된 이중구조로 되었다고 할 수 있다. 그렇다면 영산재의 주 기능이 천도적 기능에 있느냐 축제적 기능에 있느냐 하는 것인데 필자의 생각으로는 이것이 쉽게 풀릴 일이 아니라 생각한다. 이것은 영산재의 생성문제와 관련지어 천착하지 않으면 안 될 것으로 보인다.

앞에서 말한 바와 같이 무교 위령제에는 중단권공이라는 어의적 의미를 갖는 의식절차가 없다. 물론 무교에는 상단권공이 없으니 중단권공이 있을 수 없다. 이는 무교가 불교처럼 복잡한 신의 계층구조가 이뤄지지 않았으므로 중간 계층 신이 존재하지 않고 따라서 중단권공이 구성 될 수 없다고 할 수 있다.

무교에서도 시왕이라는 용어가 드물게 쓰인다. 이는 불교와의 습합으로 위령제에 시왕과 지장보살과 같은 불교 신이 더러 등장하는 것이다. 그러나 무교에는 중간계층 신이 존재하지 않으니 서울지노귀굿과 같은 위령제에서 시왕상이라는 제상이 차려지지만 이것을 중단으로 구설하지 않는다.

불교의 명부신인 시왕이 무교에 습합되게 되면 무교의 고유 명부신인 바리데기와 의미 충돌이 될 수 있지만 무교에서는 이를 완화하기 위하여 대개는 상징적인 명칭만 쓰고 의미를 부여하지 않거나, 서울지역 위령제에서처럼 시왕이 바리데기의 열 아들로 설정하기도 한다.

무교에서 시왕이라는 용어를 피상적으로 쓰는데 예를 들면 무교의 위령제인 평안도 다리굿에서는 다리굿을 수왕굿(시왕굿)이라 이른다든지[평안도 다리굿 82쪽], 제주도 무혼굿에서는 본 절차를 시왕맞이라 이른다든지[제주도 무혼굿 85~91 쪽], 서울 지노귀굿에서는 무당이 바리공주의 신을 받아서 망자를 저승에 인도 하는 과정에서 지장보살과 시왕군웅을 만나게 된다든지[서울 지노귀굿 86쪽], 무당이 망자가 저승으로 가는 행위를 상징화하여 '베 가른다' '베 짼다'고 하는 것을 '시왕 가른다'고 한다든지[평안도 다리굿 96쪽] [서울 지노귀굿 86쪽] 하는 것을 들 수 있는데 이는 의식 명칭에만 시왕이라 하여 표면적인 의미만 부여하는 것이고 실제 내용을 보면 바리데기 천도 의식으로 일관하고 있다.

경기남부 오구굿에 간혹 끝에 시왕내력을 길게 풀이하는 것과 같이 적극적으로 대응하는 예가 있지만 이는 이용우 노인과 같은 유식한 굿꾼(倡夫)이 만든 것이고 무의식의 보편적인 것은 아닌 것 같다.

서울의 위령제인 지노귀굿에서는 시왕상이라는 굿상이 구설되기도 하지만[서울 진오기굿 87쪽] 무교에는 상단이 따로 존재 하지 않으니 이를 중단으로 구설하지 않는다.

9. 관음시식 (觀音施食=下壇施食)

이 절차를 한편 '하단시식'이라 이르는 것으로 봐서 천도되어 가는 망자에게 시식하는 것으로 보인다. 그러나 단순한 시식이라 하지 않고 '영가를 천도하기 위하여 법식을 베풀면서 법문을 설하고 경전을 독송하며 염불을 한다[심, 영산재 320쪽]고 이른 것과 같이 법식이라 하여 많은 게송을 부르며 여러 의식행위를 하는데 이는 앞에 대령, 관욕에서 법공양과 같은 의미를 부여하는 것으로 볼 수 있다.

무교의 위령제에서도 서울 진오기굿에서와 같이 상식이라 하여 저승에 가는 망자에게 제상을 올리는 의식이 보이는 것과 같이[서울 진오기굿 86쪽], 천도되는 망자를 위한 시식이 보이지만 앞의 대령에서 말한 바와 같이 여기에 법식이나 법공양이라는 의미를 부여하지 않는다. 따라서 게송을 창하는 연행행위가 따르지 않고 지역 토리로 무가를 불러 축원할 뿐이다. 이런 연행행위 차이도 앞에 대령에서 말한 바와 같이 불교와 무교의 종교적 특성으로 해석할 수 있다고 본다.

10. 봉송 소대의식 (奉送 燒臺儀式)

영산재에서 봉송의식은 '도량에 봉청해 모신 불, 보살, 수호신 영혼 등을 돌려보내는 의식이다'[김, 영산재연구 143쪽]라 하였듯이 제신과 망자를 봉송하는 의식인데 무교의 위령제에서 비견되는 것은 이 절차의 하위절차에서 행보게, 소전진언, 회향설법을 들 수 있다.

1) 행보게 (行步偈)

영산재의 행보게는 그 노랫말로 봐서 인로왕보살의 인로로 극락에 천도되는 행보를 상징화한 것으로 실제 대중이 염불을 창하면서 도량 안을 원을 그리며 넓고 길게 행보한다. 무교의 위령제에서는 앞에서 말한 바와 같이 늘어놓은 베(천) 위로 망자를 상징하는 물체를 건너가게 하거나 무당이 베 가르는 의식을 행하지 길게 행보하지 않는다. 불교의 천도재에서 망자를 길고 멀게 행보하게 하는 것은 앞의 대령, 관욕에서 말하였듯이 망자의 극락왕생은 매우 어려운 것이고 극락이 서천 멀리 있다고 믿기 때문이고 무교에서 길게 행보하지 않는 것은 저승이 그리 멀지 않다고 보는 것이라 굿청에 늘어놓은 베 위로 망자를 상징하는 물체를 건너가게 하거나 무당이 몸으로 베 가르는 의식으로 간단히 행한다고 해석된다.

서울 진오기굿에서 망자가 '도령 돈다' 하여 굿청을 도는 의식이 있기도 하지만[서울 진오기굿 86쪽] 이것은 세 번 시왕상을 돌아서 간단히 행할 뿐이고 또한 이것은 불교 의식과 습합된 것이다. 이름도 '도령 돈다' 하여 '도량 돈다'는 불교 용어를 쓰고 있다.

2) 소전진언 (燒錢眞言)

영산재의 소전진언에서는 망자와 의식에 쓰인 기구를 소각하는 소성의식 절차가 있다. 이 절차가 그 상위절차를 봉송소대(奉送燒臺)라 이르는 의미를 주는 것이다. 무교의 모든 위령제에서도 소성의식이 보이며 의미도 같다. 불교 영산재에서는 소전진언이라 하여 진언을 치는 것이지만 무교의 위령제에서는 소성의식에서 무가를 따로 부르지 않는다. 이것도 앞의 조전점안(造錢點眼) 의식절차에서 말한 것과 같이 불교와 무교의 종교적 특성 차이로 해석이 가능하다.

3) 회향설법 (回向說法)

무교의 위령제에서는 소성의식과 동시에 '뒷전'이라 하여 잡귀를 먹이고 무당이 위로해 보내는 무가를 부르고 회중을 즐겁게 하는 놀이가 길게 연행되는데 지역에 따라서는 잡귀를 회유하는 연극이 연행되기도 한다. 하지만 현행 불교 영산재에서는 소성의식과 동시에 이런 것을 연행하는 절차가 없다. 지금 전승이 끊어진 땅설법(회향설법)이라는 연희가 영산재 소성의식에서 재담, 소리, 춤으로 연행되었다[9] 하는 것으로 봐서 이 땅설법이 그런 축제적 기능을 발휘하였을 것으로 보이지만 이미 전승이 끊어져 이를 확인할 길이 없다. 앞에서 불교 천도재와 무교 위령제에서 같은 기능을 갖는 의식절차라 할지라도 연행행위는 달랐던 것으로 봐서 영산재의 땅설법은 무교의 뒷전과 기능이 같았다고 할지라도 연행행위는 많이 달랐을 것으로 보인다.

III. 결론

서울 봉원사에 전승되는 불교의 영산재를 중심에 놓고 각 지역에 전승되는 무교의 위령제를 비교하여 같은 천도 기능을 갖는 몇 가지 의식 절차를 찾아내어 그 연행방법을 비교하여 그 차이를 이루는 원인을 불교와 무교의 몇 가지 종교적 특성으로 해석하는 비교종교학적 측면에서 살펴봤다.

양 종교의 천도의식에 나타나는 의식 구성 차이의 하나로 불교의 영산재에서는 상단, 중단, 하단으로 제단이 구설 되어 제단 층위가 복잡한 계층구조가 이루어지는데 비하여 무교의 위령제에서는 제단 층위가 단순하게 구설되었다.

그래서 불교의 영산재 의식은 상단의식, 중단의식, 하단의식으로 의식이

---

9) 최정여, 「사원잡희 삼회향 (속칭 땅설법)」, 『도남 조윤재 박사 고희기념논총』, 형설출판사, 1976. 4.
   법현 김응기, 위의 책, 146면.

층위로 구성되고, 각단 의식 또한 그 하층위로 복잡한 계층구조를 이룬다. 예를 들면 하단 층위 의식인 관욕 의식 절차에는 인예향욕편, 가지조욕편, 가지화의편, 수의복식편, 출욕참성편, 가지예성편, 수위안좌편 같은 여러 중간 층위 의식절차가 구성되고, 또 중간 층위 의식인 가지조욕편에는 가지조욕, 목욕계, 목욕진언, 관욕쇠, 작약지진언, 수구진언, 세수면진언과 같은 하위 층위 의식 절차가 구성되듯이 의식이 매우 복잡한 계층구조를 이루고 있다.

하지만, 무교 위령제에서는 씻김굿을 예로 들면 조왕반, 안당, 성주굿, 초가망, 손굿 등등 의식이 평면구조를 이루며 영산재의 관욕과 같은 기능을 갖는 의식도 복잡한 계층구조를 이루지 않고 '영돈말이', '씻김(이슬털이)'으로 구성되어 단순한 계층구조를 이루고 있다.

불교 영산재의 제단이 계층구조를 이루고 그리고 의식 또한 복잡한 계층구조를 이루는 것은 불교가 부처-보살-신중-망자 등으로 복잡한 신의 계층구조를 이루는 세계종교이기 때문이고, 무교의 위령제가 제단과 의식절차에서 단순한 층위를 이루는 것은 무교가 상위신(제석 대감)-잡신(수비 망자 잡귀) 등으로 단순한 신의 계층구조를 이루는 자연종교이기 때문이라는 종교적 특성 차이에 기인하는 것으로 해석할 수 있다.

영산재 의식 구성은 하단-신중작법-괘불이운-상단권공-중단권공-식당작법-하단으로 구성되어 각 의식절차가 상단권공(영산작법)을 중심으로 하여 앞뒤로 강력한 응집력으로 결속된 구조로 되어 있지만 무교의 의식 구성은 부정-본거리-뒷전으로 구성되는데 본거리는 수많은 거리가 나열식으로 구성되어 의식끼리 응집력이 약하여 강한 결속구조를 이루지 못하고 있다.

영산재에서는 모든 의식 절차가 부처의 상단 의식을 중심으로 응집력을 가지고 결속되는 것 또한 불교가 모든 신권이 유일신에게 집중되는 세계종교에 속하기 때문이고 무교 위령제의 의식 구성에 강력한 결속구조를 이루

지 못하는 것은 무교가 여러 상위신을 모시는 다신교인 자연종교이기 때문
이며 이것 또한 종교적 특성 차이로 해석할 수 있다.

불교 영산재에서는 대령, 관욕, 관음시식, 봉송과 같이 망자의 정화를 위한
수많은 의식절차에서 법공양이라는 의미를 부여하는 의식을 연행하지만, 무
교의 위령제에서는 망자를 정화하는 의식에서 법공양이라는 의미를 부여하
지 않고 이승에서 맺힌 한을 푸는 의식을 연행한다.

영산재의 망자의 정화를 위한 수많은 의식절차에서 법공양이라는 의미를
부여하는 의식을 연행하는 것은 불교가 수많은 경전이 있고 교리가 정비되
어 의식 또한 교리의 의미를 중시하는 세계종교이기 때문이며 무교의 위령
제에서는 흔히 망자를 정화하는 의식에서 법공양이라는 의미를 부여하지 않
고 이승에서 맺힌 한을 푸는 의식을 연행하는 것은 무교가 경전과 교리가 구
비되어 있지 않고 구전되는 신화와 신명을 연행하는 자연종교이기 때문이라
해석하여 모두 종교적 특성 차이로 해석할 수 있다.

불교의 영산재에서는 사제자인 법주나 범패승이 범어 및 한문으로 된 법
문이나 게송을 낭송하고 양식화된 작법을 행하지만 무교의 위령제에서는 사
제자인 무당이 우리말로 구전되는 굿 문서를 얹어 각 지역토리로 비 고정(非
固定) 가락으로 된 무가를 창하고 비교적 양식화되지 않고 비 고정화 된 발
림을 하는 점이 다르다.

이는 불교가 인도에서 발생하여 중국에서 양식화된 것이 한국에 들어 온
세계종교라 향토적 특성이 두드러지지 않아서 지역마다 두루 범어 한문으로
된 게송을 부르는 것이지만, 무교는 한국의 기층문화에서 자생적인 자연종교
라 지역 향토적 특성이 강하여 소리 또한 각 지역적 특성으로 된 토리로 가
창하는 특성을 지니는 것이라 해석된다.

영산재 의식 전체를 무교의 위령제와 비교하여서 같은 기능을 갖는 의식
절차의 분포를 가려보면 이는 주로 전반부 시련, 대령, 관욕과 후반부 관음시

식, 봉송소대의식과 같은 하단의식에서 볼 수 있고 중간부에 있는 신중작법, 괘불이운, 상단권공(영산작법), 중단권공, 식당작법과 같은 중·상단의식에서는 찾아보기 어려운데 이것은 불교는 신이 복잡한 계층구조를 이루는 세계종교라 상 층위 신을 위한 특이한 상단 의식이 존재하지만 무교의 자연종교적 특성상 상단 층위 유일신이 존재하기 어려워 이런 상단 의식이 구성될 수 없다고 봐서 이 또한 양종교의 종교적 특성 차이로 해석된다.

결국 영산재에는 무교의 위령제와 공통된 천도 기능이 있는 의식절차가 구성되는 것을 볼 수 있지만, 그 절차에서 공연행위는 매우 다르게 행해지는 것이고 그것은 세계종교로서 불교와 자연종교로서 종교 차이에 기인한다는 것을 알았다. 다시 말해서 불교의 천도의식과 무교의 천도의식은 부분적으로 같은 기능이 있는 의식절차가 구성된다 할지라도 그 연행방법은 저마다 종교적 특성에 의하여 다르게 행한다고 할 수 있다.

그러니 영산재를 비롯하여 불교의 천도의식을 무의식의 굿과 같은 것으로 인식하는 것은 잘못이다. 더구나 영산재는 다른 천도재와 달리 상단권공을 중심으로 하는 의식절차에 무교의 위령제와는 의식기능도 다르고 연행행위도 다르게 구성되어 있다. 이것이 영산재가 다른 천도재와 변별성을 지니고 있다는 것을 알 수 있다. 일부 영산재 연구가들이 영산재에서 천도 기능을 논외로 하고자 하는 것은 영산재의 이런 특성을 부각시키기 위함일 것이다.

그렇다고 영산재에 내포된 천도 기능을 일부러 논외로 하는 것은 불교의 교리에 비추어 적절치 않다고 생각한다. 중국 일본 등 여러 외국의 불교에도 천도의식이 흔히 보이는 것으로 봐서 지옥중생을 천도하는 것이 불교의 보편적 교리인 자비심의 발로라 생각한다면 애써 영산재가 지닌 천도기능을 언외로 할 필요가 있겠는가? 비교 종교학적으로 봐서 불교처럼 지옥중생을 천도하기 위하여 애쓰는 종교가 있겠는가? 시시로 사물(四物)을 울리고 염불을 하며 재를 올리는 오직 불교의 자비심이 있을 뿐이다.

다만 영산재에는 다른 천도재와 다른 특성을 지니고 있으므로 이런 특성을 규명하는 일과 그 생성원리를 연구하는 일은 별도의 문제라고 생각한다. 음악학을 전공으로 하는 필자에게는 벅찬 일이지만, 필자가 이 논문을 쓰고 나서 후속 작업으로 영산재의 생성원리에 대한 간단한 소견을 2005년 말 중국에서 개최한 한·중 불교 학술 대회에서 발표한 바 있었다. 이를 논문으로 완성하기 위하여 더 많은 연구가 필요하다고 절감하는데 불교학 전문학자들의 많은 지도를 바란다.

참고문헌

홍윤식, 『불교의식』, 문화재연구소, 1989.

홍윤식·정병호, 『영산재』, 문화재관리국, 1987.

심상현, 『영산재』, 문화재연구소, 2003.

심상현, 『불교의식각론』 I·Ⅱ, 영산불교문화원 한국불교출판부, 2002.

법현 김응기, 『영산재연구』, 운주사, 1997.

김수남·조흥윤·이보형, 『서울 진오귀굿』, 열화당, 1971.

김수남·황류시·최길성, 『전라도 썻김굿』, 열화당, 1971.

김수남·황루시·김열규 이보형, 『평안도 다리굿』, 열화당, 1985.

김수남·김인회·정진홍, 『소용포 수망굿』, 열화당, 1985.

김수남·현용준·이부영, 『제주도 무혼굿』, 열화당, 1985.

김수남·정병호·서대석, 『통영 오귀새남굿』, 열화당, 1989.

김수남·김인회, 『황해도 지노귀굿』, 열화당, 1993.

미르세아 일리아드외 편 이은봉 역, 『종교학입문』, 성균관대학교 출판부, 1982.

리처드 콤스톡 저, 윤원철 역, 『종교학』, 전망사, 1983.

채필근, 『비교종교론』, 대한기독교서회, 1979판 및 1993판.

홍명선, 『종교학개론』, 종로서적, 1982.

장병길, 『종교학개론』, 박영사, 1983.

한정섭 편저, 『비교종교학』, 불교통신교육원, 1995.

한숭홍, 『문화종교학』, 장로회신학대학교 출판부, 1993.

田 靑, 『宗敎音樂』, 北京: 宗敎文化出版社, 1997.

영산재의궤범의 희곡문학적 전개

사 재 동

Ⅰ. 서론

이 영산재는 불교재의 사찰재의 가운데 핵심적 주체로서, 불교적 종합예술의 완벽한 실상과 함께 소중한 위상을 유지하고 있다. 이 재의가 연행되는 현장적 실상을 보면, 거기에는 불교미술과 음악, 불교무용과 연극, 불교언어와 문학, 불교사상과 윤리 등이 체계적으로 총합되어 생동하고 있는 게 분명하다. 이 재의는 불교문화로써 존재하고 표현되며 작용하는 가운데, 그 입체적인 가치와 역동적인 권능을 발휘하고 있기 때문이다. 기실 이 재의는 그 자체로서 독자적인 실상과 위상을 확보하고 있을 뿐만 아니라, 다른 대규모의 재의에 영입되어 그 핵심적 주동 역할을 다하고 있는 데에 특장이 있다. 이런 점에서 이 영산재는 확고한 종합예술로서 불교문화적 가치와 중요성을 충분히 갖추고 있는 터라 하겠다. 따라서 이 재의는 바야흐로 각광을 받고 있는 불교문화학이나 공연문화학의 측면에서 적극적으로 연구·검토할 필요성이 절실하다. 실제로 이 재의는 불교문화나 불교공연물로서 뿐만 아니라, 전체 문화나 일반 공연물로서 본격적으로 조명하는 일이 시급하기 때문이다. 이로써 이 재의는 불교라는 고유적 특성을 올바로 확산시키면서, 그 일반적이고 보편적인 영역으로 확대되는 계기를 마련해야 될 것이다.

그 동안 이 영산재는 불교재의의 하나로서, 여러 논의와 언급이 있었던 게 사실이다.[1] 그러나 이 재의가 불교문화학이나 불교공연학의 일환으로 고찰·조명된 바는 거의 없는 실정이었다. 그러던 차에 필자가 <佛敎齋儀의 戲曲的 展開>에서[2], 이 영산재를 불교문화 내지 불교예술로 간주하여 대강 논의한 적이 있었다. 거기서는 이 영산재를 중심으로 하여, 그것이 사찰 재의로 연행되는 실태와 그것의 연극적 형태를 검토하고, 그 재의궤범의 희곡적 전개 양상을 고찰하였던 터다. 그리고 이번에 한국공연문화학회에서 이 영산재를 공연학적으로 고찰하되, 그 실상과 위상을 입체적으로 조명하게 되었다. 이번 이 재의에 대한 학술적 조명은 영산재 자체로나 공연문화학의 차원에서, 실로 획기적인 쾌사라 하겠다. 기실 필자도 여기에 호응하여 이 영산재의 대본·궤범을 문학적으로 검토하게 된 것이다.

이에 본고에서는 불교문화학을 바탕으로 불교공연학 내지 일반 공연학의 관점에서, 그 궤범의 문학적 전개 양상을 고찰하되, 첫째 영산재의 연극적 공연실태를 그 재의의 진행절차와 연극적 공연 형태에 근거하여 검토하겠고, 둘째 영산재의궤범의 희곡적 성격을 그 공연대본적 성향과 공연문학적 구조 형태에 입각하여 고구하겠으며, 셋째 영산재의궤범의 문학적 전개 양상을 그 장르적 성향에 준거하여 파악하여 보겠다. 그리하여 이 영산재의 불교문학사·예술사 내지 공연문화사 상의 위상을 정립하는 데에 작으나마 도움이 되었으면 한다. 여기서는 현전 영산재의 집성이라 할 ≪영산재연구≫를[3] 원

---

1) 홍윤식, 『영산재(조사 연구)』, 문화재관리국, 1987.
   김법현, 『영산재 연구』, 운주사, 2001.
   심상현, 『영산재』, 국립문화재연구소, 2003 등 참조.
2) 사재동, 「불교재의의 희곡적 전개」, 한국문학유통사의 연구, 중앙인문사, 1999, pp.455-457.

전으로 하고, 그 조사보고서 ≪영산재≫4)와 고래의 ≪韓國佛敎儀禮資料
叢書≫5), 그리고 ≪석문의범≫6) 등을 참고자료로 삼으려 한다. 한편 본고
의 연구방법론은 위와 같은 불교문화학 내지 불교공연학과 함께 일반 공연
학을 거시적으로 원용하면서, 가까이는 연극형태론, 문학장르론을 활용하게
될 것이다. 그리고 여기서는 위 <불교재의의 희곡적 전개>와 중첩되는 부
분이 많아, 필요에 따라 적절히 요약·인용하게 될 터이다.

Ⅱ. 靈山齋의 연극적 공연 실태

1. 靈山齋의 연행 과정

이 영산재는 원칙적으로 부처님이 영축산에서 행하신 최후·무상의 설법
을 핵심적으로 재연하여 영가를 천도하고 동참자들을 승화시키는 재의다.
그러기에 위에 든 모든 불교재의에서, 석가불을 주불로 상위·상단을 차려
서 권공을 하고 설법을 듣는 절차를 중시·확대한다면, 그것은 크게 영산재
의 범주에 든다고 하겠다. 따라서 모든 사찰재의가 영산설법을 중심으로 확
대·승화되면, 일단 영산재라고 규정될 수가 있는 게 사실이다. 그중에서도
영혼천도 의례나 낙성경축 의례 등에서, 괘불재의로 야단법석을 차리고, 재
의가 영산설법 위주로 확대·전개되면 영산재라하여 마땅할 것이다. 여기
서는 영산재를 전술한 바 영혼천도 의례 중 괘불재의의 전형적 형태로 간주

---

3) 김법현, 『영산재 연구』.
4) 홍윤식, 『영산재』 및 심상현, 『영산재』 등.
5) 박세민편, 『한국불교의례자료총서』 전4집, 보경문화사, 1993.
6) 안진호, 『석문의범』, 법륜사, 1982.

하려고 한다.

이러한 영산재는 영혼천도를 위한 영산법회라는 점에서, 수륙재·예수재와 함께 그 기원은 고려 이전 신라시대까지 소급될 수 있을 것이다. 하지만 현전하는 재의의 원형은 적어도 의식불교의 전성기라는 고려대에 형성되고, 그것이 조선시대 배불의 와중에서 변모·활용되어 오늘에 이른 것이라 하겠다. 따라서 현행 재의는 그 원형에서 상당한 변화를 거친 것으로 보고, 그 조사자료를 바탕으로 고려·조선을 거쳐 편집·정착된 궤범집을 통하여 그 형태를 보완해 볼 수밖에 없겠다.

이 재의는 안차비에 기초를 둔 바깥차비라 하겠다. 안차비는 법당 안에서 행하는 불교적 재의이고, 바깥차비는 법당 밖에서 행하는 종합예술적 재의이기 때문이다. 그래서 이 재의는 우선 법당과 연결된 야외법단을 차려야 한다. 그러기에 야외법단을 영산회상처럼 꾸미기 위하여 반드시 괘불을 세워야 된다. 그 괘불은 석가불의 영산회상도(변상)를 그린 대형불화로서 길고 굵은 두 장대를 이용하여 높이 걸게 되어 있다. 그리고 그 괘불 앞에 불단(상단)을 만들고 각종 공양구를 배열하게 된다. 나아가 그 불단 좌우에 신중단(중단)과 영단(하단)을 마련하고 공양·시식의 차비를 하는 것이다. 이러한 괘불 작단의 형태는 수륙재나 예수재와 상통하지만, 수륙재가 사찰경내를 벗어나 강변·해변의 야단을 택하는 경우와, 예수재 등이 사찰 경내에서 위 3단 이외에 오로단·사자단·고사단·마구단 등을 증설하는 경우가 다를 뿐이다.

이렇게 괘불을 주축으로 대규모의 재의무대를 조성하고 나면, 그 재의의 진행과정도 야외법단에 알맞는 시청각적 효과를 고려할 수밖에 없었다. 그리하여 각양각색의 깃발이 그 명분에 따라 세워지고, 각종 생화·조화가 찬란하게 장엄되는 것이다. 그리고 삼현육각과 여러 타악기 등이 동원되고, 범패·게송·진언 등의 성악이 필수되며, 바라춤·나비춤·법고춤·타주춤 등의

의식무용까지 동원됨으로써, 그 모두가 조화되어 종합예술적 분위기를 조성
하게 되는 것이다. 이런 점은 수륙재와 예수재의 그것이 동일하다 하겠다.[7]

이제 이 재의의 전체과정을 살펴볼 필요가 있겠다. 이 재의는 원래 파란만
장한 생애를 마치고 아직 극락에 왕생하지 못한 선망부모·조상이나 방황하
는 고혼들을 괘불도량에 초치하여 심신을 청결히 하고, 성소에 참석하여 법
문을 듣게 하며, 만반의 제반법석을 베풀음으로써 극락왕생토록 하는 데에
목적이 있다. 이러한 목적을 효율적으로 달성하기 위하여 재의관계사들이 총
동원된다. 먼저 이 재의를 요청한 재주·신도들, 재의를 증명하는 증명법사,
설법을 맡는 회주승, 재의를 총괄 지휘하는 법주승과 재의승, 범패 및 의식무
용을 맡는 연희승, 삼현육각 등의 악사 등이 주체가 되어, 이 재의절차를 추
진하고 있는 것이다. 여기서 신도대중과 인근 청중의 위치도 중시되는 터다.
이렇게 진행되는 재의는 10단계 전후로 하여 이어지니, 掛佛作壇으로 시작
되어 侍輦·對靈·灌浴·神衆·勸供·和請·施食·食堂·廻向 등
의 작법이 바로 그것이다.

이러한 영산재의 작법에 대한 자세한 보고나 전문적 논의는 위 보고서와
논저로 미루고, 중복을 피할 수밖에 없다. 여기서 중요한 것은 그 진행되는
작법 절차 그 자체가 아니라, 그 10단계의 연행 양상이 들어 내고 있는 연극
적 형태이기 때문이다.

2. 靈山齋의 연극적 형태

이 영산재는 괘불작단에 이어 영가를 모셔다 영단에 안좌시킨 다음, 목욕
재계를 시키고, 신중들의 옹호를 받게 하며, 불·보살의 가호 아래 부처님

---

7) 홍윤식, 「佛敎儀式과 靈山齋」, 위 책 참조.

의 설법을 듣게 하고, 화청과 시식으로 만발공양을 들게 하며, 회향하여 극
락왕생케 하고, 나아가 대중공양으로 마무리되는 일련의 과정을 극화하고
있는 것이다. 재주의 발원으로 재의무대를 꾸미고 회주·법주승과 재의승
들이 주재하여 영가들을 주인공으로 등장시키고, 불·보살과 신중들을 청
배하여 그 부처님의 설법·권능으로 주인공을 극락왕생시키는 데에 악사·
대중이 둘러리하여 동참하는 재의절차는 분명히 재의극이기 때문이다. 보편
적으로 재의는 연극이라 하거니와,[8] 이 영산재에는 특설무대에 성속·성령
계의 인물들이 등장하여 그 성격대로 언행하고 동참 대중들에게 감동을 자
아내니, 그것은 그대로 연극이라 보아진다. 거기에는 연극의 요건이 되는 무
대와 등장인물의 극적 언행, 그리고 이를 주시·감응하는 관중이 있다는 것
이다. 실제로 이 영산재는 전체적으로 연극구조를 갖추고 있는 터라 하겠
다.[9]

　이러한 연극구조는 이미 거론된 바 대강 10개 장면으로 연결되고 있다.
우선 <掛佛作壇>의 절차는 무대장치 과정으로 규정되겠다. 이 절차는
'道場作法'이라 할 만큼 다양하고 풍성하게 진행되는 것으로 그대로가 연
극이다. 실제로 그것은 연극 전체의 무대가 됨으로써, 그 연극을 성립시키는
필수적 기반이 되고 있다. 이 무대는 그 화려·장엄한 설비로 하여, 벌써 그
연극의 규모와 내용을 예시하고, 나아가 그 연극 진행을 알리는 서두극이라
하겠다.

　다음 <侍輦作法>은 무형·무정한 영가를 주인공으로 설정·등장시키
는 시발 단계라 하겠다. 주인공은 이미 파란만장한 인생의 고해를 겪고 죽음
을 통하여 비극적 존재로 공인되어 있다. 더구나 그 주인공은 유주·무주

---

8) 飯塚友一郎(譯),「宗敎劇」,『世界演劇史』2권, 평범사, 1931 및 田仲一成,『中國祭祀
　　演劇硏究』, 東京大學 東洋學硏究所, 1981 등 참조.
9) 史在東,「佛敎演劇硏究序說」,『佛敎思想論叢』, 申正午博士華甲紀念會, 1991, pp.255~
　　258.

고혼으로 허공 영계를 방황하면서, 비극적 처지가 강조되어 왔던 것이다. 그러다가 그 자손들이 재주가 되어 그 영가를 위한 재의를 발원한 것 자체가 극적이라 하겠다. 그래서 재의 무대를 꾸미고 각종 장엄과 설비를 갖추어서, 도량 밖으로 나가 영가를 맞아 드리는 것은 그 연극의 시작이다. 이미 알려진 그 절차대로, 성령을 모시는 연에다 영가를 불러 모시고 주인공으로 부각시키는 것이다. 법주승과 재의승들의 여법한 게송·진언과 기원을 통하여, 그 영가는 점차 가시화되기 시작한다. 이 영가는 그 자손 재주가 모시는 위패에 실림으로써 자리를 잡고, 그 위패를 향하여 기도하고 제례를 행함으로써 확인되었던 것이다. 그리하여 그 영가는 주인공으로 등장하고 영단에 안좌할 단계에 이르는 터다. 여기까지가 이 연극의 발단 단계에 해당되는 과정이라 하겠다.

이어 <對靈作法>은 그 주인공을 영단에 안치하여 승속 대중의 공인을 받고 그 위치를 확보하는 과정이다. 그래서 법주승과 재의승들이 장엄한 게송과 진언을 정성껏 가창하고 기원문 등을 경건히 독송하여, 그 주인공은 현실적으로 공인을 받고 그 위치를 확정하게 된다. 그리하여 그 영가는 주인공으로 당당히 등장하고, 자손 재주와 승속 대중에게 엄연한 존재로 실감되는 터다. 따라서 그 주인공은 일단 안좌하여 한 숨을 돌리고 일차적인 공양을 받음으로써, 서서히 생동하기 시작하는 것이다. 이것은 그 영가가 주인공으로 부활하는 실제적 상황을 극화한 것이라 보아진다. 그래서 이 단계는 주인공이 등장하여 활동하기 시작하려는 과정이라 하겠다. 여기까지는 연극의 유발적 사건에 속하는 단계라 보아진다.

그래서 <灌浴作法>은 그 주인공이 누적된 업보와 심신의 때를 닦고 벗어나 불·보살과 신중 앞에 버젓이 나갈 수 있게 하는 과정이다. 그래서 부활한 주인공은 재의승들에 의한 현실적 목욕 절차를 밟는다. 그것은 남·여 영가가 알몸으로 목욕을 하고 새 옷으로 갈아 입는 상징적 연극으로 진행된다. 그 목욕과 환의의 은밀한 과정은 대외적으로 차단된 밀실에서, 재의승들에 의하여 미묘한 분위기를 조성한다. 그것이 바로 연극의 효과를 고조시키고 있는 터다. 이 과정은 주인공의 정화를 확신케 한다. 그것은 주인공의 일차적 승화를 증명하고 고차원의 변신을 현시하는 바다. 그래서 그 주인공은 신중들의 가호를 받을 만한 수준으로 상승한 것이라 본다. 여기까지는 연극의 상승적 동작에 해당되는 제일단계라고 하겠다.

그리고 <神衆作法>은 호법신중을 앙청·공양하고, 재의도량과 주인공을 옹호케 하는 과정이다. 이때 주인공은 목욕재계하고 청정한 심신으로 신중들의 옹호를 받아, 보다 밝고 떳떳한 위치를 차지하게 된다. 허공·영계의 일개 고혼이 일차 승화에 이어 이차로 승격된 셈이 되는 것이다. 그러기 위하여 법주승과 재의승들은 여러 게송과 진언 그리고 기원문을 통하여 온갖 정성을 드림으로써, 신중의 감응과 주인공의 감동을 극적으로 자아낸다. 이러한 상황은 주인공이 한 차원 승격되는 방향으로 모든 연기를 집중시키는 터라 하겠다. 그리하여 주인공은 이제 영산도량에서 부처님을 친견할 수가 있는 것이다. 여기까지가 연극의 상승적 동작을 마무리하는 단계라고 보아진다.

그래서 <勸供作法> 중 '상단권공'은 그 핵심이 되는 靈山作法을 본격적으로 진행시킴으로써, 주인공이 부처님의 설법을 듣고 최고로 승화되는 과정이다. 주인공은 영산도량에서 부처님을 친견하는 것만으로도 무량한 광영인 터에, 그 금구옥설의 무상설법을 청문하니, 그 예경의 절정에서 극적인 극락을 누리는 것이다. 법주승과 재의승은 최상의 게송과 진언·기도문을 통하여 불·보살을 앙청하는 극적인 정성을 바친다. 그래서 장엄한 광명을 띤 부처님이 무수한 보살을 거느리고 영산도량에 강림한 것이 확인되는 과정은 그대로가 감동적인 연극이다. 마침내 부처님이 금구를 열어 그 옥설을 펴시니, 찬연한 광명이 일고 신묘한 천악이 울리며 천지가 진동하는 듯, 인

천을 감동시키고 영가 주인공을 감화·승격시키는 과정이야말로 극적인 정
점이다. 그 영산설법을 감히 회주가 대신하니, 그것은 감당할 수 없는 영광
으로서 부처님의 대역이 펼치는 연극 자체라 하겠다. 그리하여 그 주인공은
극락으로 왕생할 수 있도록 심신이 승화되고 원숙해지니, 이 영산재의 최후
목적이 원만 성취되는 극적 순간이 온 것이다. 여기까지가 연극의 절정을
이루는 단계라 하겠다. 이어 '중단권공'이 이어져서 연극적 분위기를 고조시
키는 것이다.

　이어 <和請作法>은 영산설법의 장엄한 감격을 계승·조절하면서, 법
주와 재의승이 불덕을 예경·찬양하고 그 주인공과 동참 대중을 다시금 감
동시키는 절정의 연속 과정이다. 이때 주인공은 부처님의 설법을 되새기면
서, 승속 대중의 인연공덕을 찬양·청산하고 마침내 극락으로 왕생하려는
순간을 맞는다. 그러기에 법주승이나 재의승이 일심으로 벌이는 그 장단과
음곡, 그 염창의 내용은 바로 삼보와 승속이 하나로 조화·감동케 되는 종
교·예술적 권능을 발휘한다. 따라서 그것은 삼보를 향한 관계승려와 재주
그리고 신도 대중의 염원을 대신하는 연극적 풀이라고 보아진다. 여기까지
는 연극의 절정을 이어 하강적 동작으로 맺어 주는 과도기적 단계라 하겠다.

　그리고 <施食作法>은 영가 주인공에게 마지막으로 만발 공양을 베푸
는 극적 과정이다. 그 주인공은 다른 영가들과 함께 극락세계로 왕생하기
직전에 환송의 잔치를 받는 것이다. 그가 가는 곳이 비록 그토록 소망하던
극락이라고는 하지만, 일단은 이별을 전제로 하는 공양이기에 흡족한 즐거
움보다는 안타까운 슬픔이 더 짙은 게 사실이다. 그래서 왕생하는 주인공이
아무런 미련을 갖지 않도록 정성을 다하고 있는 터다. 거기에서 관계승려와
재주·대중 등이 갖은 공양을 다하고 온갖 게송과 진언·기도문을 정성껏
가창·염송하여, 극적 분위기를 조성하는 것이다. 여기까지는 연극의 하강
적 동작이 본격화되는 단계라 하겠다.

한편 <食堂作法>은 영산재를 마치고, 그 공덕과 효능을 되새기면서 만 발공양을 베푸는 연극적 과정이다. 이것은 재주가 마련한 보은의 자리요, 재 의에 올렸던 각종 공양을 음복하는 장엄한 마당이다. 거기에는 당좌를 비롯 한 많은 재의승과 연희승・작법승・악사 등이 등장하여 게송・진언을 가창 하고 타주를 중심으로 각종 무용을 실연하니, 그대로가 독립된 연극의 한마 당이라 하겠다. 따라서 이런 연극적 장면은 그 자체로서 발단・유발적 사 건・상승적 동작・절정・하강적 동작・대단원의 기본구조를 갖추고 있는 것이다. 이것은 이 재의의 뒤풀이와 같은 성향을 지님으로써, 그 재의극의 종결극이라 볼 수도 있겠다. 그래서 이 연극은 <掛佛作壇>에서 보여 준 서두극과 조응되는 터라 보아진다. 기실 이 <食堂作法>은 연극형태가 진 행된 말미에, 용신타기와 땅설법 같은 불교연희를 실연하거나 오락성이 짙 은 대중연예를 공연하기도 하였던 터다. 그래서 <食堂作法>의 규식적 연 극과 불교연희 및 일반연예의 대중적 연극이 조화되어 명실공히 그 영산재 의 대단원을 장식하였던 것이다.

끝으로 <廻向作法>은 영가, 주인공과 그 동반자들을 극락세계로 천도 하고 불・보살과 신중들의 은덕에 감사하며 관계승려와 재주・동참 대중의 공덕을 되새기는 마지막 과정이다. 먼저 불・보살께 하직을 고하여 봉송하 고, 다음에 주인공 등을 왕생시키는 상징으로 도량의 모든 장엄과 위패・지 전 등을 다 태우며 각종 게송과 진언・기원문을 가창・독송한다. 그래서 주 인공 등은 해탈・승화되어 극락세계로 왕생하고, 나머지 모든 동참자들은 원만한 보시・공덕으로 만족하는 연극적 종국을 맞는다. 그러기에 종말의 행운으로 빛나는 가운데 영원한 별리에 따르는 비애가 여운을 남기고, 더욱 극적인 분위기로 마무리되는 터이다. 여기가 바로 연극의 대단원이 되는 것 이다.

이상 영산재의 전체적 진행과정은 서두극(괘불작단)에 이어, 발단(시련작

법)·유발적 사건(대령작법)·상승적 동작(관욕작법·신중작법)·절정(권
공작법)·하강적 동작(화청작법·시식작법)·종결극(식당작법)을 통하여
대단원(회향작법)으로 이어지는 일대 연극구조를 형성하고, 완결되는 것이
라 하겠다. 그리고 이 영산재가 원형으로 복원된다면, 그 연극구조도 원형으
로 재구되리라고 보아진다. 우선 이 전체적 연극구조가 적어도 12개 마당으
로 재구될 수 있다는 것이다. 그리고 각개 작법들이 모두 풍성한 연극성을
지닌 마당으로 복원될 수 있을 터이다.

  그래서 이른바 서두극과 대단원을 제외한 8개 작법은 모두 독립성을 띤
단위 연극으로 행세하여 왔던 것이다. 전술한 바 현행되는 각개 작법이 그
자체로서 독립되어 있는 것이 사실이다. 그 작법들이 각기 발단-유발적 사
건-상승적 동작-절정-하강적 동작-대단원의 기본구조를 유지하고 있
기 때문이다. 가령 그 전형적인 사례가 바로 <勸供作法>이다. 그렇다면
각개 작법들은 정도의 차이는 있겠지만, 모두가 <勸供作法>에 준하는 독
립적 구조로서 단위 연극의 조건을 구비했던 것이라 하겠다.

  그러므로 영산재는 적어도 10개 단위의 독립된 연극으로 연결·집성된
종합연극이라 규정될 수가 있겠다. 나아가 이 영산재가 12개 마당으로 재구
된다면, 그것은 12개 단위의 독립된 연극으로 확대·복원되리라 추정된다.
여기서 이 영산재의 연극구조는 수륙재와 예수재의 그것과 공통되는 것이
다. 그래서 수륙재와 예수재의 진행절차는 각개 단위마다 독립된 연극형태
로서 그 전체가 일대 연극구조를 조성하고 있는 터라 하겠다. 대강 영산재의
전체적 연극구조는 수륙재나 예수재의 그것과 상통하는 것이며, 巫劇의 12
거리와 관련된 바가 있으리라고 보아진다.[10]

  이 영산재의 전체적 연극구조가 장엄·장원하게 실연될 때, 그것은 구체

---

10) 다니엘 A. 키스터, 「한국 샤만 의식의 연극적 특성」,『韓國民俗學報』제5호, 한국민속
  학회, 1995, pp.255~265.

적인 연극형태로 나타날 수밖에 없었다. 그 연극형태는 각개 작법마다 구상적으로 실제화되어 전체 연극을 이루었던 것이다. 여기서 이 영산재의 연극형태가 연극장르로 전개되어, 불교연극 내지 한국연극에 보편화되었다고 하겠다. 일찍이 한국연극의 장르가 가창극·가무극·강창극·대화극으로 체계화되었고,[11] 그것은 이미 불교연극의 장르에도 적용되었던 터다.[12] 이런 불교연극의 장르는 위에서 전제된 바가 있고, 영산재의 각개 작법을 논의하는 데서 벌써 총괄적으로 언급된 적이 있다. 이제 영산재의 각개 연극단위나 전체 연극형태에 나타난 장르적 성향을 검토하고, 영산재 연극의 장르적 면모를 고찰한 이상, 나아가 불교연극 대본의 희곡적 성격을 논의하는 게 필요하다.

Ⅲ. 靈山齋儀軌範의 희곡적 성격

1. 전체적 희곡구조

이 영산재가 전체적으로 연극구조를 갖추고 있으니, 그 재의의 궤범이 극본구조로서 희곡형태를 지니고 있는 것은 당연한 일이다. 어떤 형태의 연극이든, 그것은 반드시 극본 희곡에 의하여 연출되기 때문이다. 그렇다면 이 재의의 궤범, 대본이 바로 그 연극 희곡이라고 보아지는 터다.

그러므로 전술한 바 ≪영산재연구≫의 대본이 전체적으로 영산재 연극의 극본이 되어 희곡구조를 지녔다고 하겠다. 우선 이 극본은 재의의 영가를 주인공으로 하여 그의 파란만장한 생애와 사후의 비극, 영계의 방황을 전제

---

11) 史在東, 「韓國戲曲史研究序說」, 『어문연구』 제18집, 1988, pp.94~99.
12) 史在東, 「佛敎演劇研究序說」, pp.261~262.

로, 영산재에 영입되고 불·보살과 신중의 가호, 승려·재주 등의 기원을
힘입어 극락왕생하는 극적인 서사구조를 갖추고 있는 것이다. 그리하여 이
극본은 전체적으로 서두극본에 이어, 먼저 <시련작법>대본에서 발단단계
를 이루고, <대령작법>대본에서 유발단계를 보인다. 그리고 <관욕작법>
대본과 <신중작법>대본에 걸쳐서 상승단계를 드러내고, <권공작법>대본
에서 절정단계로 오른다. 이어 <화청작법>대본과 <시식작법>대본을 통
하여 하강단계를 나타내고, <식당작법>대본에서 종결극본의 여운을 드러
내며, <회향작법>대본에 이르러 대단원으로 마무리된다. 따라서 이 영산
재의 대본 즉 극본은 희곡의 보편적 전개과정을 그대로 밟고 있는 터라 하
겠다.

그리하여 이 극본은 전체적으로 각개 작법대본을 통하여 연극진행 절차
를 지시·설명하고 있다. 먼저 그 연극 전체의 무대장치와 배경음악을 설명
한다. 그리고 거기에서는 등장하는 불·보살과 승려·재주·대중 등의 의
상·소도구와 기능·행동을 제시·해설한다. 그래서 이 극본들은 등장인물
들의 구체적 모습과 생동하는 연기를 지시·묘사하고 있는 것이다. 따라서
그 극본에서는 등장인물들의 다양한 게송·진언, 기원·강설, 대화 등을 제
시·정리하여 놓았다. 그리하여 이 극본은 일반희곡과 다름없는 형태를 갖
추고 있는 터라 하겠다. 이로써 영산재 연극의 극본 전체가 수미완결된 장편
희곡이라고 규정되어 마땅할 것이다.

한편 이 연극의 극본은 각개 작법대본 단위로 독립된 희곡형태로서 존
재·행세할 수가 있겠다. 그 작법대본은 실제로 10개 내지 12개로 분화되
면서, 그 자체 속에 이미 발단·유발·상승·절정·하강·대단원의 희곡
구조를 갖추고 있다. 그리고 그것은 무대장치와 배경음악을 설명하고, 모든
등장인물의 의상·소도구와 기능·행동을 지시한다. 나아가 여기에는 등장
인물들의 연기에 필수되는 게송·진언·기원·강설·대화 등을 구체적으

로 들어 놓았다. 그리하여 이들 각개 작법대본은 독립된 극본으로서 모두 단편희곡으로 완결되어 있다고 간주하여 무방할 것이다.

그렇다면 이 영산재 연극의 극본은 각개 작법단위의 단편희곡들이 10편 내지 12편 이상 집성되어 조성한 장편희곡이라 평가될 것이다. 이러한 영산재의 희곡은 전체의 서사적 구조가 극적인 데다, 거기에 필수되는 언어·표현들이 모두 정결하여 그 문학적 가치가 높다고 보아진다. 각개 작법대본의 효율적 구성과 거기에 삽입·조화된 각종 시가와 산문·대화 등이 매우 정제되어 고도의 문학성을 지니고 있기 때문이다.

이러한 영산재 연극의 극본 희곡은 ≪영산재연구≫에 수록된 대본 이전의 원본으로 재구될 수가 있겠다. 먼저 ≪釋門儀範≫에 수록된 이본을 통하여 그 원형의 일면을 어림해 보겠다. 그 재공편 「상주권공」에 이어 靈山大齋의 대본이 펼쳐진다. 그런데 이 대본에는 「建會疏」와 「靈山作法」과 「靈山各拜」만 포함되어 소략한 상태를 보인다. 그래서 그 이운편에서 <掛佛作壇>, 예경편에서 <勸供作法>·<神衆作法>, 시식편에서 <侍輦作法>·<對靈作法>·<施食作法>, 배송편에서 <廻向作法> 등을 인용·보완해야 될 것이다.

그리고 ≪韓國佛敎儀禮資料叢書≫에 수록된 이본을 통하여 좀더 소급된 그 원형을 추적할 수가 있겠다. 먼저 ≪靈山大會作法節次≫에는 영산재의 <권공작법> 중 <靈山作法> 자체의 원형을 그대로 나타내고 있다. 그리고 ≪五種梵音集≫ 卷上에, <靈山作法>과 <中禮作法侍輦威儀規式>이 실렸는데,[13] 이것은 梵唄 唱音을 중심으로 하는 영산작법의 원형적 일면을 보여 주고 있다.

실제로 영산재 극본의 원형은 ≪判集≫(上·下卷)을 통하여 대강 재구해 볼 수 있겠다. 이것은 ≪作法節次≫라는 이본을 가지고 있어 그 내용을

---

13) 智禪편, 「五種梵音集」, 『韓國佛敎儀禮資料叢書』 2집, pp.179~201.

알려 주는데, 찬자·연대·간행처가 미상하여 원형적 상황을 추정하기 어렵다. 여기에 나타난 진행절차를 들어 보면 다음과 같다.

> 普請儀·請會主入座儀·對靈儀·引詣香浴篇·三壇變供儀·下壇
> 獻供儀·安佛規式·靈山會·上位近請儀·中位近請儀·下位近請儀·
> 上壇勸供儀·中壇勸供儀·下壇勸供儀·奉送儀[14]

이러한 절차 대본이 영산재 극본의 원형을 그대로 반영하지 못하고 있는 것은 사실이다. 그러나 시대가 올라가는 고서의 기록이라는 점에서, 이 영산재 극본의 존재양상이나 전승과정에 대한 중요한 근거가 되리라 본다. 이렇게 영산재 극본이 원형 그대로 전하지 않는 것은 그 자체가 일실되었을 가능성과 함께, 조선조의 억불시책에 의하여 축소·분산된 결과가 아닌가 싶다. 이와 같은 고금의 문헌과 현실적 채록본을 가지고 이 영산재 극본의 원형을 복원하여 그 희곡적 구조형태와 문학적 가치를 고구하여 볼 수가 있겠다.

이와 같이 영산재의 대본이 그 극본으로서 희곡적 구조형태로 규정됨으로써, 그와 동일 수준에 있는 불교재의 대본들은 모두 그렇게 평가·공인될 수 있는 지평이 열렸다고 본다. 그 중에서도 수륙재와 예수재의 현전 채록본이나 《釋門儀範》·《韓國佛敎儀禮資料叢書》의 수록본 등은 모두 그 재의의 극본으로서 희곡으로 평가·규정되어 마땅할 터이다.

우선 수륙재의 대본은 현전 채록본이나 《釋門儀範》의 그것을 벗어나, 《韓國佛敎儀禮資料叢書》수록본에서 그 원형을 확인할 수가 있다. 《法界聖凡水陸勝會修齋儀軌》와 《天地冥陽水陸齋儀纂要》 내지 《水陸無遮平等齋儀撮要》가[15] 바로 그것이다. 이 삼서는 각기 특성이 있는 이본으로 상략에도 차이가 있어 선후를 가리기가 어렵다. 따라서 편의상 현

---

14) 『判集』(上·下), 위의 책 4집, pp.123~151.
15) 『水陸無遮平等齋儀撮要』, 위의 책 1집, pp.621~642.

전하는 바 원형적 대본의 하나로 ≪法界聖凡水陸勝會修齋儀軌≫를 거론
하겠다. 이 고본은 四明東湖沙門 志磐이 근찬한 것으로, 원래 金守溫의
跋文을 붙여 세종·세조 연간에 초간한 바인데, 선조 만력 원년(1573)에 속
리산 공림사에서 복간한 것이라, 그 사정이 분명한 터다. 이에 그 내용을 진
행절차별로 열거하면 다음과 같다.

> 行晨朝開啓法事·召請四直篇·安位供養篇·奉送使者篇·安位供
> 養篇·奉請上位篇·奉迎赴浴篇·讚歎灌浴篇·引聖歸依篇·獻座安位
> 篇·讚禮三寶篇·召請中位篇·奉迎赴浴篇·加持藻浴篇·出浴參聖
> 篇·天仙禮聖篇·獻座安位篇·召請下位篇·引詣香浴篇·加持藻浴
> 篇·加持化衣篇·授衣服飾篇·出浴參聖篇·孤魂禮聖篇·受位安座
> 篇·宣密加持篇·加持滅罪篇·呪食現功篇·孤魂受饗篇·說示因緣
> 篇·願聖垂恩篇·請聖受戒篇·懺除業障篇·發弘誓願篇·捨邪歸正
> 篇·釋相護持篇·得戒逍遙篇·修成十度篇·依十獲果篇·觀行偈讚
> 篇·廻向偈讚篇·化財受用篇·敬伸奉送篇·普伸廻向篇[16]

이처럼 이 수륙재의 극본은 원래 정연한 장편희곡을 이루고 있는 것이다.
이 극본은 전체적으로 서사문학적 구조를 지녔을 뿐만 아니라, 거기에 수록
된 시가와 산문 등이 문학적으로 세련되어 그 가치를 발휘하고 있는 터라
하겠다.

다음 예수재의 대본도 수륙재의 경우와 같이, ≪韓國佛敎儀禮資料叢書≫
수록본에서 그 원형을 찾아 볼 수 있다. ≪預修十王生七齋儀纂要≫가 바로
그것이다. 이것은 大愚가 집술하고 六和가 序한 것으로 인조 숭정 5년(1632)에
경기도 수청산 용복사에서 간행하여 그 원형적 면모를 짐작할 수가 있겠다.
따라서 예수재의 원본적 대본 중에서 현존 최고의 이본이라고 보아진다. 이에

---

16) 志磐, 『法界聖凡水陸勝會修齋儀軌』, 위의 책 1집, pp.573~619.

그 내용을 진행절차별로 들어보면 다음과 같다.

　　通敍因由篇・嚴淨八方篇・呪香通敍篇・呪香供養篇・召請使者
篇・安位供養篇・奉送使者篇・召請聖位篇・奉迎赴浴篇・讚歎灌浴
篇・引聖歸位篇・獻座安位篇・召請冥府篇・請赴香浴篇・加持藻浴
篇・出浴參聖篇・參禮聖衆篇・獻座安位篇・祈聖加持篇・普伸拜獻
篇・供聖廻向篇・召請庫司判官篇・安位供養篇・敬伸奉送篇・普伸廻
向篇[17]

　이와 같이 예수재의 극본은 실로 정연한 장편희곡으로 존재하고 있는 터
라 하겠다. 이 극본 역시 전체구조의 서사문학성과 그 속에 교직된 시가와
산문 등의 세련된 문학성 등으로 하여, 문학적 가치가 매우 높다고 보아진다.
　이제 영산재의 극본과 수륙재・예수재의 그것이 대등한 장편희곡으로 행
세하였거니와, 그 원형적 실태와 규모에 있어서는 영산재의 그것이 보완될
여지를 적잖이 가지고 있는 터라 하겠다. 그렇다면 수륙재와 예수재의 극본
희곡을 통하여 본래 장원했을 영산재의 그것을 재구할 수도 있을 것이다.
한편 위와 같은 관점에서 여타 불교재의의 대본도 역시 극본 희곡으로 취급
하여 무리가 없을 터이다. 현전하는 각종 재의의 채록본을 시발로 ≪釋門
儀範≫을 거쳐 ≪韓國佛敎儀禮資料叢書≫에 실린 ≪正本慈悲道場懺
法≫・≪慈悲道場觀音懺法≫・≪禮念阿彌陀懺法≫등[18] 모든 재의의
대본은 한결같이 재의극적 실연을 전제로 한 극본 희곡이라 하여도 무방할
것이다.

---

17) 大愚,『預修十王生七齋儀纂要』, 위의 책 2집, pp.65～87.
18) 朴世敏편, 위의 책 1집, 참조.

2. 장르적 전개

이 영산재 극본의 전체적 희곡구조가 그 실상을 드러낼 때, 그것은 구체
적인 희곡장르의 면모를 보일 수밖에 없다. 이러한 장편희곡의 장르적 면모
가 일관되게 유형화되어 몇 가지 희곡장르로 전개되었기 때문이다. 영산재
의 희곡 장르는 수륙재 · 예수재를 중심으로 하는 불교재의의 희곡장르와
합세하여 불교희곡 내지 한국희곡장르와 합류하는 것이 당연하다. 이미 한
국희곡장르가 불교희곡에 적용되어 적어도 가창극본 · 가무극본 · 강창극
본 · 대화극본으로 분류되고 있는 실정이다.[19] 앞에서 영산재의 전체적 연
극구조가 수륙재와 예수재의 그것과 직결되어 가창극 · 가무극 · 강창극 ·
대화극으로 분류 · 논의된 것은 그 극본 희곡을 검토하는 전제 · 기반이 되
어 있는 터다. 따라서 이 영산재 극본의 장르적 전개양상을 고찰하여, 여타
재의 극본의 희곡장르와 연결시키고, 나아가 불교희곡 전반의 장르적 성향
을 연결 · 고찰키로 하겠다.

첫째, 歌唱劇本 양식에 대해서다.

이미 영산재의 연극에서 가창극의 면모가 논의 · 규정되었다. 바로 이 가
창극의 대본이 그 극본으로서 희곡적 성향을 드러내는 것이다. 실제로 이
가창극본은 우선 무대와 배경음악을 지시 · 설명하고 등장인물을 구체적으
로 소개 · 기술하고 있다. 그리고 그것은 그 인물들이 그 역할에 따라 가창
하는 게송 · 진언의 원문을 적시 적소에 제시하고 있다. 그 원문을 가창하는
방법과 행동 · 몸짓에 대해서도 지시 · 설명한다. 나아가 이 가창극본은 전
체의 문장기술을 통하여 극적 분위기까지 암시하고 있는 실정이다. 이러한
가창극본은 영산재의 각개 과정마다 마련되어 있고, 그것이 전체적 규모로
조성되는 터다.

---

19) 史在東,「韓國戲曲史研究序說」, p.100.

이러한 가창극본은 수륙재와 예수재의 그것과 합세하여 가창극본의 흐름을 이룩하고, 여타 모든 재의극본의 가창극본을 하나로 유형화한다. 그래서 이 가창극본은 불교계 가창극본과 합류·논의될 수밖에 없다. 그래서 그 가창극본으로서의 보편성이 검증되어야 하기 때문이다.

이렇게 본다면 영산재의 가창극본이 불교계 가창극본 희곡으로 규정된 것은 당연한 일이다. 그리고 이 가창극본은 수륙재나 예수재, 여타 재의의 가창극본이 불교계 희곡으로 평가될 수 있는 지평을 연 것도 사실이다. 따라서 이 가창극본은 불교계 가창극본과 합류되어 독자적 희곡장르로 전개되어 온 것이 확인되었다. 그리하여 이 영산재의 가창극본은 그와 동류의 극본과 함께 유원한 불교희곡사 안에서 형성·전개됨으로써, 그 불교문학사 상의 위치를 지켜 왔던 것이다. 이 영산재의 가창극본이 불교계 가창극본의 계통을 이어 받아 오늘까지 유통되고 있기 때문이다.

둘째, 歌舞劇本 양식에 대해서다.

이미 이 영산재의 연극 중에서 가무극의 실체가 거론·공인되었다. 이 가무극의 대본이 바로 가무극본으로 희곡적 성향을 지니고 있는 터다. 먼저 이 가무극본은 가창극본과 동일한 무대와 음악을 전제한다. 그리고 그것은 가창극본에서 주류가 되는 가창부분을 조화롭게 수용하면서, 불교계 무용을 주축으로 극본을 전개시킨다. 따라서 이 가무극본은 가창자와 가창 내용을 제시·소개하고 작법승과 무용 양식, 춤사위를 구체적으로 지시한다. 이 가무극본은 실제적으로 서사구조를 타고 극적 분위기를 나타내며, 나아가 청중의 반응까지도 암시하고 있는 것이다. 이러한 가무극본은 영산재의 각개 과정마다 성립되고, 그것이 종합되어 전체적 가무극본을 형성하게 되는 터다.

그리하여 이 영산재의 가무극본은 수륙재나 예수재의 가무극본과 합세하여 하나의 흐름을 형성하고, 여타 재의의 그것들을 같은 차원으로 유형화한다. 그래서 이 가무극본은 불교계 가무극본과 결부시켜 논의·검토하는 것이 당연하다. 이러한 재의의 특수한 가무극본은 불교계의 그것과 조응됨으로써, 보편적 의미 · 범위와 좌표가 설정되겠기 때문이다.

이렇게 볼 때, 이 영산재의 가무극본이 독립장르에서 희곡으로 규정 · 공인되는 것은 타당한 일이다.[20] 그리고 이 가무극본이 수륙재나 예수재의 가무극본을 희곡 양식으로 검토 · 확인하는 기준이 될 수도 있을 것이다. 따라서 이 가무극본은 여타 재의의 그것과 함께, 불교계 가무극본과 합세하여 독특한 희곡장르를 지향하여 온 것이 확실해졌다. 그리하여 이 재의의 가무극본은 유구한 불교문화사 속에서 형성 · 전개되어, 불교문예사 상의 위상을 확연하게 부각시킨 터라 하겠다. 적어도 이 재의의 가무극본이 불교계 가무극본의 맥락을 주도하여 오늘에 이르고 있기 때문이다.

셋째, 講唱劇本 양식에 대해서다.

이 영산재의 연극에서 강창극의 유형이 이미 거론 · 규정되었다. 그 강창극의 대본이 그 극본으로서 희곡적 성향을 나타내고 있는 것이다. 이 강창극본은 화려한 무대와 정교한 음악을 배려하지 않고 언제 어디서나 타악기 수준의 장단만을 요구하고 있다. 그리고 여기에서는 등장인물 중에서 한 승려가 주동적으로 강설 · 가창하도록 지시한다. 그리고 이 극본은 주동 승려가 주변 인물들의 장단과 호응에 따라 자신의 몸짓 · 표정을 자연스럽고 신나게 펴 나가도록 알려 준다. 그래서 이 강창극본은 각종 게송 · 진언 등의 창사와 소 · 착어 · 기원문 · 설법 등 강설을 교직시켜 조화로운 강창문체를 마련하고 있다. 이러한 극본에서는 그 강창자가 장단에 의한 강창과 몸짓 · 표정을 입체적으로 조화시키면서 그 전체의 서사문맥을 타고 나가게 배려함으로써, 극정을 고조시키고 있는 것이다. 그래서 이 강창극본은 그 희곡적 실상을 완연히 보여 주게 된다. 그리하여 이 강창극본은 이 재의의 과정마다 이루어지고, 나아가 이 극본단위가 전체적인 극본으로 체계화되는 것이다.

---

20) 이상 佛敎系 歌舞劇本에 대한 논의는 史在東, 위의 논문(pp.118-122) 참조.

따라서 이 영산재의 강창극본은 가장 보편적인 희곡형태로서 수륙재나 예수재의 그것과 합세하여 커다란 희곡유형을 조성하기에 이른다. 이런 극본의 흐름이 광범하게 인지되면서, 그것은 불교계 강창극본과 합류하지 않을 수가 없었다. 이러한 강창극이 판소리로 정리 · 발전하면서, 그 극본은 판소리창본으로 행세할 수가 있었다. 이에 이 재의의 강창극본은 불교계 강창극본과 결부시켜 좀 폭넓게 논의되어야 하겠다.

이렇게 볼 때, 이 영산재의 강창극본이 불교계 희곡으로 거론 · 정립된 것은 당연한 이치다.[21] 그래서 이 영산재의 강창극본이 수륙재나 예수재의 그것들을 희곡 양식으로 규정할 수 있는 하나의 기준이 될 수 있다는 것이다. 이처럼 재의극의 강창극본이 불교계 강창극본과 합류하여 그 희곡장르의 거대한 유형을 형성하게 되었다. 이러한 강창극본 희곡유형이 장구한 불교문화사 안에서 형성 · 전개되어 불교문예사 상의 위치를 제대로 유지해 왔다고 보아진다. 이러한 강창극본은 불교계 강창극본의 전통을 계승하여 지금까지도 생동하고 있기 때문이다.

넷째, 對話劇本 양식에 대해서다.

이미 영산재의 연극에서 대화극의 유형이 성립되었다고 밝혀졌다. 따라서 이 대화극의 대본이 바로 그 극본으로서 희곡적 성향을 갖추고 있는 터라 하겠다. 이 대화극본은 우선 각개 장면에 적절한 무대를 다양하게 배치하고, 그 음악도 전문적으로 연주하기를 요구한다. 이 대화극본은 배역들에게 역할에 따른 의상 · 분장을 독특하게 지시하고, 그 대화와 행동을 중심으로 몸짓과 표정, 그리고 소도구의 지참 · 활용까지 약속해 준다. 그 중에서도 대화는 게송 · 진언 등의 운문과 소 · 착어 · 발원문 · 설법 등의 산문으로 진행된다. 이런 대화는 인간 간의 현실적 실현도 있고, 불 · 보살 · 신중, 영가 · 귀중 등과의 신비적 교감도 있어 감격을 유발시킨다. 그리고 행동은 모

---

21) 이상 佛敎系 講唱劇本에 대한 논의는 史在東, 위의 論文(pp.122~128) 참조.

두 유장하고 법도가 있어 비장미와 장엄미를 나타내게 지시되었다. 그래서 이런 대화극본은 그 기술방법이 완성되지 않아 강창극본의 차원을 넘어서지 못하지만, 그것이 실연되는 현장에서 그 희곡으로서의 진면목을 발휘하게 되어 있다.

이렇게 이 영산재의 대화극본이 규정·공인되면서, 그것은 수륙재와 예수재의 대화극본과 합세하여 본격적인 유파를 형성하게 된다. 그러면서 이 대화극본의 뚜렷한 흐름은 불교계 대화극본과 합류하여 거대한 세력으로 유통·전개되었던 것이다. 따라서 이 대화극본은 거시적 차원에서 불교계 대화극본과 연계시켜 검토해야만 될 것이다.

이렇게 본다면 이 영산재의 대화극본이 불교계 희곡으로 규정된 것은 타당한 일이다.[22] 이로써 이 대화극본은 수륙재나 예수재의 그것이 희곡 장르로 평가·공인될 수 있는 규준이 될 터이다. 나아가 이들 재의의 대화극본이 독자적 희곡유형을 이루어 불교계 대화극본에 합류함으로써, 희곡사의 조류를 타게 되었다. 이러한 대화극본 희곡장르는 장원한 불교문화사 속에서 형성·유전되어 불교문예사 상의 중요한 위치를 확보하여 왔던 것이다. 이 재의의 대화극본 희곡유형이 불교계 대화극본의 계통을 이어 받아서 오늘까지 생동하고 있기 때문이다.

이상과 같이 이 영산재의 극본이 수륙재와 예수재를 비롯한 불교재의의 그것과 함께 전체적으로는 장편 희곡으로 규정되고, 각개 과정으로는 단편 희곡으로 평가되었다. 이렇게 볼 때, 이들 장편이나 단편임을 막론하고, 그 희곡 양식은 종합문학적 성격을 띠게 되었다. 그 희곡작품 안에는 각종 운문과 산문이 다양하게 존재하기 때문이다. 실제로 장르론에 입각하여 그에 내장된 문학작품을 유별하면, 여러 갈래로 나누어짐을 보게 된다.

먼저 그 운문 시가만 하더라도, 수많은 한시 근체시가 있고, 국문가사 등

---

22) 이상 佛教系 對話劇本에 대한 논의는 史在東, 위의 論文(pp.128~132) 참조.

이 삽입되어 있는 터다. 그리고 산문을 보면 수필로서 주의·서발·전장·애제·논설·담화·잡기 등이 산재하며, 강담·설화로서 서사문학이 위치하고 있는 것이다. 그렇다면 이 불교재의의 극본이 희곡 장르로 분화 규정되는 마당에, 그것은 시가·수필·서사문학을 망라하는 종합문학의 실상을 보여 주는 바라 하겠다. 더구나 이들 문학작품들이 종교적 사상과 정서로 심화된 가치를 지니고 있는 터이므로, 이들 극본들은 값진 불교문학·종교문학의 보고라 하여 마땅할 것이다.

그러기에 이 극본들의 불교문학적 보고에서 실제적으로 각개 문학장르, 시가·수필·서사적 형태를 분화·추출하고 장르론에 의하여 검토할 필요가 있다. 그것은 이들 극본 희곡의 입체적 실상을 적극적으로 분석하는 길이고, 나아가 그 종합적 기능과 문학예술사 상의 위치를 파악하는 방편이기 때문이다. 따라서 이 극본 희곡은 하나의 종합문학이면서 여러 문학장르이고, 여럿이면서 하나인 그 진면목을 드러내게 될 것이다.

IV. 靈山齋儀軌範의 문학적 분화

1. 詩歌系 작품의 독립

첫째, 이 궤범에 수록된 시가계 작품의 현황에 대해서다. 전게한 10개 작법별로 거기에 거재된 작품을 순차대로 제목만 열거해 보겠다. 여기서는 거의 모두가 「~偈」로 표기되어 있는데, 이것은 바로 불교계의 한시를 말한다. 나머지 일부가 국문가사로 되어 있는 실정이다.

　　제1 궤불작단에서

옹호게(7언절구) ①(원전, p.64)
찬불게(7언절구) ①(위, p.64)
출산게(7언절구) ①(위, p.65)
염화게(7언절구) ①(위, p.65)
등상게(7언절구) ①(위, p.66)
사무량게(7언절구) ①(위, p.66)
헌좌게(7언절구) ①(위, p.67)
다게(7언절구) ①(위, p.68)
제2 시련작법에서
옹호게(7언절구) ②(원전, p.35)
헌좌게(7언절구) ②(위, p.36)
다게(5언절구) ②(위, p.36)
행보게(7언절구) ①(위, p.37)
영축게(7언절구) ①(위, p.37)
제3 대령작법에서
지옥게(7언절구) ①(원전, p.41)
진령게(7언절구) ①(위, p.42)
가영(7언절구) ①(위, p.43)
제4 관욕작법에서
입실게(7언절구) ①(원전, p.47)
목욕게(7언절구) ①(위, p.48)
가영(7언절구) ②(위, p.50)
정중게(5언절구) ①(위, p.50)
개문게(5언절구) ①(위, p.50)
법성게(7언 고시) ①(위, p.53)
패전게(5언절구) ①(위, p.54)
안좌게(7언절구) ①(위, p.54)
다게(7언절구) ③(위, p.54)
옹호게(7언절구) ③(위, p.56)
이운게(7언절구) ①(위, p.56)
헌전게(7언 율시) ①(위, p.56)

제5 신중작법에서

  옹호게(7언절구) ④(원전, p.59) ③과 같음

  가영(7언절구) ③(원전, p.61)

  다게(5언절구) ④(위, p.62)

  탄백(7언절구) ①(위, p.62)

제6 상단권공(영산작법)에서

  할향(7언절구) ①(원전, p.70)

  연향게(7언절구) ①(위, p.70)

  할등(7언절구) ①(위, p.71)

  연등게(7언절구) ①(위, p.71)

  할화(7언절구) ①(위, p.72)

  서찬게(7언절구) ①(위, p.72)

  불찬(7언절구) ①(위, p.72)

  합장게(5언절구) ①(위, p.80)

  고향게(7언절구) ①(위, p.81)

  관음찬(7언절구) ①(위, p.81)

  가영(7언절구) ④(위, p.83)

  걸수게(7언절구) ①(위, p.83)

  쇄수게(7언절구) ①(위, p.83)

  사방찬(7언절구) ①(위, p.84)

  단청불(7언절구) ①(위, p.88)

  헌좌게(7언절구) ③(위, p.89)

  다게(7언절구) ⑤(위, p.89)

  향화게(7언고시) ①(위, p.90)

  정대게(7언절구) ①(위, p.91)

  개경게(7언절구) ①(위, p.91)

  청법게(5언절구) ①(위, p.92)

  설법게(7언절구) ①(위, p.92)

  수경게(7언절구) ①(위, p.93)

  사무량게(7언절구) ②(위, p.93)

  귀명게(5언절구) ①(위, p.93)

육법공양(7언절구) ①(위, p.96)
가지게(7언 6구) ①(위, p.98)
탄백(7언절구) ②(위, p.99)
회심곡(가사) ①(위, p.99)
축원화청(가사) ①(위, p.99)
제7 중단권공(각배작법)에서
할향(7언절구) ②(위, p.109)
등게(7언절구) ②(위, p.109)
합장게(5언절구) ②(위, p.109)
고향게(7언절구) ②(위, p.109)
가영(7언절구) ⑤(위, p.110)
사방찬(7언절구) ①(위, p.110)
도량게(7언절구) ①(위, p.110)
참회게(7언절구) ①(위, p.110)
정대게(7언절구) ②(위, p.111)
개경게(7언절구) ②(위, p.111)
청법게(5언절구) ②(위, p.111)
설법게(7언절구) ②(위, p.111)
수경게(7언절구) ②(위, p.111)
사무량게(7언절구) ③(위, p.112)
귀명게(5언절구) ②(위, p.112)
진령게(7언절구) ②(위, p.113)
가영(7언절구) ⑥(위, p.114)
헌좌게(7언절구) ③(위, p.114)
다게(7언절구) ⑥(위, p.114)
진령게(7언절구) ③(위, p.115)
가영(7언절구) ⑦(위, p.116)
가영(7언절구) ⑧(위, p.116)
헌좌게(7언절구) ④(위, p.116)
다게(5언절구) ⑦(위, p.116)
가영(7언절구) ⑨(위, p.117)

가영(7언절구) ⑩(위, p.117)

가영(7언절구) ⑪(위, p.117)

가영(7언절구) ⑫(위, p.117)

가영(7언절구) ⑬(위, p.118)

가영(7언절구) ⑭(위, p.118)

가영(7언절구) ⑮(위, p.118)

가영(7언절구) ⑯(위, p.118)

가영(7언절구) ⑰(위, p.119)

가영(7언절구) ⑱(위, p.119)

가영(7언절구) ⑲(위, p.119)

가영(7언절구) ⑳(위, p.120)

가영(7언절구) ㉑(위, p.120)

가영(7언절구) ㉒(위, p.120)

가영(7언절구) ㉓(위, p.120)

가영(7언절구) ㉔(위, p.120)

법성게(7언 고시) ②(위, pp.121-122)

패전게(5언절구) ②(위, p.122)

헌좌게(7언절구) ⑤(위, p.122)

다게(5언절구) ⑧(위, p.122)

다게(5언절구) ⑨(위, p.123)

가지게(7언 6구) ②(위, p.124)

상단축원 화청(가사) ②(위, p.124)

운심게(7언절구) ①(위, p.125)

탄백(7언절구) ③(위, p.125)

중단축원 화청(가사) ①(위, p.126)

다게(7언절구) ⑩(위, p.126)

탄백(7언절구) ④(위, p.127)

제8 화청작법에서

祝願和請 · 六甲和請 · 八相和請 · 思重經和請, 告祀先念佛 · 平念佛 · 願佛 · 地獄道頌 · 餓鬼道頌 · 人道頌 · 天道頌 · 放生道頌 · 參禪曲 · 回心曲 · 別回心曲 · 魚說因果曲 · 勸善曲 · 禪衆勸曲 · 名利勸曲 ·

在家勸曲・貧人勸曲・修善勸曲・別唱勸樂曲・自責歌・西往歌・圓寂
歌・新年歌・白髮歌・往生歌・信佛歌・成道歌・悟道歌・涅槃歌・十
惡業・可歌可吟・曺浮乳[23]

　　제9 하단시식(관음시식)에서
　　　진령게(7언절구) ④(원전, p.129)
　　　제1게(5언절구) ①(위, p.130)
　　　가영(7언절구) ㉕(위, p.131)
　　　다게(5언절구) ⑪(위, p.131)
　　　가영(7언절구) ㉖(위, p.132)
　　　헌좌게(7언절구) ⑥(위, p.132)
　　　다게(7언절구) ⑫(위, p.133)
　　　보공양게(5언율시) ①(위, p.117)
　　　미타인행48원(5언고시) ①(위, p.137)
　　　제불보살10종대은(5언고시) ①(위, p.137)
　　　보현보살10종대원(5언고시) ①(위, p.138)
　　　석가여래팔상성도(5언율시) ①(위, p.138)
　　　다생부모10종대은(5언고시) ①(위, p.138)
　　　미타찬(7언율시) ①(위, p.143)
　　제10 식당작법에서
　　　정식게(5언절구) ①(위, p.104)
　　　삼시게(5언절구) ①(위, p.105)
　　　회향게(7언절구) ①(위, p.107)
　　제11 회향작법에서
　　　봉송게(7언절구) ①(원전, p.144)
　　　행보게(7언절구) ②(위, p.144)
　　　법성게(5언고시) ③(위, p.144)
　　　보회향게(7언절구) ①(위, p.46)

　위와 같이 11개 작법을 통하여, 한시 133수와 가사 37편이 삽입・활용되

---

23) 홍윤식, 『영산재』, pp.145-147.

어 왔다. 이 한시에는 제목으로 보아 중복되는 것이 보인다. 가령「歌詠」
27회,「茶偈」12회,「獻座偈」6회,「嘆白」4회,「振鈴偈」4회,「法性偈」
3회 등이 그것이다. 이렇게 중복된 작품들은 일부 동일한 것의 되풀이도 있
지만, 대부분 그 작법의 진행과정에 따라 내용이 다를 수밖에 없다. 그리고
국문가사는 화청작법에 한하여 불교가사로서 적절히 선택·활용되었던 것
이다. 기실 이 화청작법은 그 자체만으로 독자 연행되는 경우보다는, 편의상
전게 작법과정에 편입되어 거기에 알맞은 가사를 선정·인용하는 사례가 많
았던 것이다.

이들 시가는 모두 작자를 밝히지 않았다. 오랜 역사와 전통을 가진 영산재
와 함께 전승·연행되면서, 원래의 작자를 잃었거나 처음부터 작자를 기록
치 않았기 때문일 것이다. 그러나 분명한 것은 이 시가들이 영산재의 창도
이래, 역대의 학승·문승들에 의하여 최고도로 제작·연마된 작품이라는 사
실이다. 이 모두가 장엄·정중한 재의에 바쳐지는 정성·감동의 작품이어야
했기 때문이다.

둘째, 이 시가 작품의 주제·사상에 대해서다. 기실 이 시가들이 불교 전
반을 주제·사상으로 함유하고 있는 것은 당연하다. 이 영산재가 불교를 주
제·사상으로 하여 불교적 이상을 실현하려는 재의이기 때문이다. 이 영산
재는 유주 무주 영가들이나 지옥 중생을 승화·구제하여 극락왕생케 하는
데에 이념·목적을 두고 있는 게 분명하다. 따라서 유족·자손들이 보은·
효행의 차원에서 재의를 열어, 그 모든 영가를 천도하는 것은 자비·구제의
보살정신이요, 보은사상의 효행적 실천이라 보아진다. 여기에는 지옥중생을
모두 구제·성불케 하겠다는 지장사상이 기반을 이루고, 인과응보의 사상
과 함께 극락왕생의 정토사상 및 신앙이 깃들어 있는 것이다. 이러한 전체적
인 주제·사상은 위 각개 작법의 성격에 따라 구체화되는 게 원칙이다. 이
러한 주제·사상은 그 작품들의 정신이요 핵심이기 때문이다.

셋째, 이 시가 작품의 형식에 대해서다. 위에서 이 시가에는 대부분의 한시와 일부의 국문가사가 들어 있다는 사실이 밝혀졌다. 우선 이 한시들은 모두가 전형적인 근체시형을 갖추고 있다. 5언절구와 5언율시, 5언고시, 그리고 7언절구와 7언율시, 7언고시 등이 바로 그것이다. 먼저 5언절구는 20수로서 모두 5언 4구로 정형을 이루고 있으니, 임의로 1수를 들어 보면, <상단권공>에 있는 「歸命」이다.

十方盡歸命 시방삼세 삼보님께 귀명하오니
滅罪生淨信 죄업은 멸하고 맑은 신심 생겨나서
願生蓮華藏 원컨대 연화장세계
極樂淨土中 극락정토에 왕생하리라.

이만 하면 영산회상의 '三寶歸命'을 내용으로, 5언절구의 모범을 보여 주고 있다. 이처럼 이 5언절구가 상당한 세력을 갖추고 있는 것은 7언절구에 이어, 기도·기원에서 구송하기가 좋은 편이어서 그랬으리라 본다. 그리고 5언율시는 단 2수인데, 그 세력은 약하지만, 그 형식은 완전하다. 그 실례를 들면, <하단시식>에 나오는 「보공양게」이다.

受我此法食 제가 드린 이 공양을 받으니
何異阿難饌 아난의 밥과 무엇이 다르랴
飢腸咸飽滿 주린 창자 모두 배부르고
業火頓淸凉 죄업의 불길 다 꺼져서 시원해지며
頓捨貪嗔痴 탐진치 모진 삼독을 몰록 버리고
常歸佛法僧 항상 불법승 삼보에 귀의하니
念念菩提心 생각마다 지혜의 마음이면
處處安樂國 곳곳마다 모두가 안락국이네

이만 하면 내용도 심오하고 그 형식도 정연한 5언 8구로 떳떳한 율시라 하겠

다. 오히려 5언고시는 5수나 되어 상당한 수준을 유지하고 있는데, 그 형식
이 또한 완연한 터다. 여기에는 <하단시식>에 속하는 「彌陀因行四十八
願」(48구)과 「諸佛菩薩十種大恩」(10구)·「普賢菩薩十種大願」(10구)·
「多生父母十種大恩」(10구) 등이 있으나, 장황하여 실례를 생략하겠다.

　다음 7언절구는 100수나 되니 7언 4구로써 정형을 이루며 가장 큰 세력
을 유지하고 있다. 이 한시형이 기도·염불하는 데에 제일 적합한 게 사실
로 나타난다. 그 중에서 임의로 한 작품을 들어 보면, <시련작법>에 있는
「行步偈」이다.

> 移行千里滿虛空　허공 끝까지 먼 길을 떠나나니
> 歸道情忘到淨邦　가다가 정을 잊으면 거기가 정토라오
> 三業投誠三寶禮　삼업을 기울여 삼보께 귀의하나니
> 聖凡同會法王宮　성현·범부 모두 함께 법왕궁에 모여드네

이만 하면 불교의 심오한 행보를 7언절구의 전형으로 잘 표현하고 있는 터
다. 이것을 확대한 7언율시는 3수로, 7언 6구 2수와 함께 미약한 형편을 보
인다. 그런데로 1수를 들어 보면, <관욕작법>에 들어 있는 「獻錢偈」이다.

> 化紙成錢兼備數　종이가 변하여 많은 돈이 되니
> 堆堆正似百銀山　쌓이고 쌓여 온통 은산과 같네
> 金錢奉獻冥官前　금전을 명관 앞에 바치니
> 勿棄芒芒曠野間　망망한 광야에 버리지 마오
> 妙經功德說難盡　묘한 경전의 공덕은 이루 다 말하지 어렵고
> 佛語臨中最後談　부처님의 말씀은 이 가운데서 마지막 법담이네
> 山毫海墨虛空紙　산을 붓으로 바다를 먹물로 허공을 종이로 쓰되
> 一字法門不書函　한 마디 법문을 써서 담지 못하네

이만 하면 내용도 충분하거니와, 그 7언 8구의 율시형식이 완전한 터다. 여
기에 7언고시가 2번이나 나오는데, 그게 바로 그 유명한 「法性偈」(30구 ·
의상)이다. 이 게송은 불교의 진수 법성을 가장 원숙 · 장원한 고시체로 표
현하였기로 실례를 들어 볼 필요가 없겠다.

한편 위 국문가사는 이미 지적된 대로 지금까지 수집된 것만도 37편이나
되는데, 아직도 발굴될 여지가 있는 터다. 이들 국문가사는 노래로 부르는
'歌詞'이며, 모두가 이른바 '歌辭'이다. 그것은 거의다 장편이며, 노래조의
이야기, 이야기체의 노래로서 정형을 이루고 있다. 그것은 전통적인 형식으
로 3 · 4조, 4 · 4조의 연속체를 이루는 산문적 시가라고 널리 알려진 터다.
이것은 잘 알려진 양반가사 · 평민가사 · 내방가사와 같이 '불교가사'로서
연창 · 행세하여 왔다. 이 작품군의 형식을 알기 위하여 그 중의 한 작품을
들면, 바로 「반회심곡」(이경협스님 화청가사)이다. 그 초두를 보면

> 세상천지 만물중에 사람밖에 또있는가(44, 44)
> 여보시오 염불동무 이내말씀 드러보소(44, 44)
> 이세상에 나온사람 뉘덕으로 나왔는가(44, 44)
> 부처님의 은덕으로 제석님전 복을빌어(44, 44)
> 칠성님전 명을빌어 아버님전 뼈를빌어(44, 44)
> 어머님전 살을빌어 십삭이 지나실제(44, 34)
> 괴로움은 어찌했나 잠인들 편히자며(44, 34)
> 행동인들 어찌했오 유혈이 낭자하니(44, 34)
> 죽엄의 길이로다(34)[24)]

이처럼 일반가사의 율조 · 형식을 따르고 있다. 이제 이 작품의 중간을 보면

---

24) 홍윤식, 위 책, p.151.

깊은설산 홀로가서 육년동안 염불참선(44, 44)
주야없이 닦으시어 임오납월 초파일조에(44, 45)
동편새벽 명성보고 활연대오 도깨쳐서(44, 44)
삼계에는 대도대사 사생에는 자부시어(44, 44)
광장설상 법문으로 무량중생 제도하네(44, 44)
부처님의 묘한법은 고금에 없건마는(44, 34)
불상한 우리중생 화택중에 윤회하니(34, 44)
끝코를 못찾아서 사해순환 분명하니(34, 44)
대원세워 공부해서 금일금시 성불하세(44, 44)[25]

이런 율조 형식으로 장편을 이어 가다가, 마침내 말미 부분에 가서는

애지중시 하던마음 몇날며칠 보존하리(44, 44)
눈한번 깜짝하면 만당처자 쓸데없다(34, 44)
만첩청산 들어가니 흐르나니 녹수로다(44, 44)
이욕염왕 인욕쇠요 정행타불 접연대라(44, 44)
유타염불 제일이다 지성으로 염불하세(44, 44)
피안사심 없건마는 무연중생 어찌하리(44, 44)
어화우리 동무들아 노는입에 염불하세(44, 44)[26]

이렇게 마무리된다. 이것은 전형적인 가사형식을 완비하고 있다. 이로써 위 가사들이 모두 정형적 가사작품임을 확인할 수가 있다. 따라서 이 일군의 불교가사는 아무래도 영산재의 <화청작법>을 통하여, 오랜 세월 형성・연마・연행을 거쳐서 그 역사적 위상을 정립하고 있는 터라 하겠다. 이 <화청작법>이 불교가사의 요람이요 무대라고 보아지기 때문이다.

넷째, 이 시가의 표현에 대해서다. 이 작품들은 모두 불보살이나 신중, 유

---

25) 홍윤식, 위 책, p.173.
26) 홍윤식, 위 책, p.177.

주 무주 영가와 신도 대중을 동시에 감동·승화시키는 데에 제일의 목적이 있으므로, 그 표현법이 문학적으로 세련되어 있다. 우선 오묘한 불법의 세계를 함축적으로 미묘하게 표현하는 점이 놀랍다. 그 한 실례를 들면, <상단권공>에 나오는 「說法偈」이다.

> 一光東照八千土　한 광명이 동쪽에서 팔천토를 두루 비추니
> 大地山河如杲日　대지와 산하가 밝은 해와 같이 빛나도다
> 卽是如來微妙法　이게 바로 여래의 미묘한 법문이니
> 不順向外謾尋覓　모름지기 밖을 향하여 부질없이 찾지 말라.

이와 같이 그 수사가 은근하고 빼어난다. 한 광명이 동방의 천하를 비추어, 산하 대지가 온통 해처럼 밝아지니, 그것이 바로 여래의 미묘한 법문이라 표현하였기 때문이다. 위 「獻錢偈」에서 '妙經功德', 부처님의 최후 법담을 두고, '山毫海墨虛空紙 一字法門不書函'이라고 한 것도 참으로 장중하고 미묘한 표현이라 하겠다. 이것은 바로 선시의 '雙關'에 해당되는[27] 멋진 표현이다.

그리고 이 한시들에는 비유법이 빛나고 있다. 위 <괘불작단>에 있는 「讚佛偈」에서

> 塵墨劫前早成佛　한량없는 전세에 일찍이 성불하고
> 爲度衆生現世間　중생을 제도하려 세간에 나오셨네
> 巍巍德相月輪滿　높고 높은 그 덕상은 둥근 달로 가득하니
> 於三界中作導師　이 삼계의 도사가 되셨네

이처럼 부처를 찬탄함에 그 덕상을 둥근 달에 비유함은 결코 낯설지 않고

---

27) 이종찬, 「禪詩의 修辭」, 『韓國의 禪詩』, 이우출판사, 1985, pp.71-72.

절실한 바가 있다. 위 <상단권공>에 나타나는 「燃燈偈」를 보면

　　大願爲炷大悲油　대원으로 심지하고 대비로 기름삼아
　　大捨爲火三法聚　크게 버려 불을 켜고 삼법을 응축하니
　　菩提心燈照法界　보리심이 등불 되어 법계를 다 비추고
　　照諸衆生願成佛　빛 받은 여러 중생 부처 되기 서원하네

이렇게 비유법을 너무도 적절하게 활용하고 있다. 원래 시작의 비유법은 불가에서 성행·승화되었거니와, 이런 작품에서 더욱 빛나고 있다. 위에 든 한시 중에서는 이 불가의 '大捨 超然'의 정일한 선미가 향훈처럼 피어나니, 이 또한 시작·표현의 말 못하는 묘미로 손꼽히는 대목이다. 위 <관욕작법> 속의 「茶偈」를 보면

　　百草林中一味新　백초의 수풀 속에 한 맛이 새로우니
　　趙州常勸幾千人　조주스님이 항상 권한 것이 몇 천인인가
　　烹將石鼎江心水　돌솥에 강심의 물로 다려 바치니
　　願使亡靈歇苦輪　영가여 잘 마시고 고통의 수레바퀴 부디 면하오

이처럼 한 잔의 차를 바치며 뛰어난 비유법을 쓰고 있다. 그 차를 두고 '百草一味新'이라 한 것은 언제 보아도 참신한 비유가 아닐 수 없다. 그 차를 다림에 '石鼎'에 '江心水'로 하다니, 거기에는 돌솥 같은 무거운 정성과 강심수 같은 깊고 맑은 마음이 자리하고 있는 것이다. 위 한시만을 자세히 살펴도 거기에 한시의 수사, 불교시 선시의 묘법이 거의 다 함장되어 있는 터다.
　위 시가들은 물론 영산재의 게송이요 불교시임에 틀림이 없다. 그러나 그동안의 통념대로, 그저 재의에 활용되는 의례적 운문으로 보아 넘긴 게 사실이다. 이제 이 시가들은 불교시·선시이면서 오히려 정일·촌연한 고차원

의 문학 그 시가라는 것을 확인할 수 있다. 위 모든 시가들은 잘 알려진 일반시가와 대등하여 조금도 손색이 없기 때문이다. 오히려 위 시가들은 일반시가와는 달리 언제나 범패나 음악에 맞추어, 경건하고 거룩하게 작용·활용되고, 종교·예술의 높은 경지로 승화되어 온 것이 주목되는 터다.

2. 수필계 작품의 자립

첫째 이 궤범에 실려 있는 수필계 작품의 현황에 대해서다. 전게한 10개 작법별로 거기에 수록된 수필 수준의 작품을 제목(가제)만 열거해 보겠다. 여기에는 불보살이나 신중·귀중, 내지 영가들에 대한 상주·발원·청원, 축원·위안 등의 산문이 주류를 이루는데, 그것이 불교계 수필의 중요한 작품들이라 본다. 이 작품들은 궤본에서는 모두 한문이지만, 승려·신도들이 실제로 운용할 때에는 구어로 번역·연설할 수도 있었다.

제1 궤불작단에서
　영산지심(청원) ① (원전, p.67)
　수설대회소(상주) ① (위, p.68)
제2 시련작법에서
　기경작법(기원) ① (원전, p.37)
제3 대령작법에서
　거불(청원) ① (원전, p.39)
　대령소(상소) ①(위, pp.40-41)
　착어(청원) ① (위, p.42)
　고혼청(청원) ① (위, p.43)
　모인영가(청원) ① (위, p.44)
제4 관욕작법에서
　인예향욕(청원) ① (위, p.47)

가지조욕(청원) ① (위, p.47)

가지화의(청원) ① (위, p.49)

가지예성(안내) ① (위, p.51)

제5 신중작법에서

  창불(상)(청원) ① (원전, p.59)

  창불(중)(청원) ② (위, p.60)

  창불(하)(청원) ③ (위, pp.60-61)

제6 상단권공(영산작법)에서

  대직찬(상주) ① (원전, pp.73-74)

  중직찬(상주) ① (원전, pp.76-78)

  소직찬(상주) ① (위, pp.78-79)

  수설대회소(상주) ② (혜봉사본, pp.147-148)

  영산개계(상주) ① (위, p.81)

  대회소(상주·청원) ① (위, pp.84-85)

  삼보소(청원) ① (위, pp.86-87)

  대불청(청원) ① (위, p.87)

  사부청(청원) ① (위, p.88)

  단불청(청원) ① (위, p.88)

  일체공경(공양) ① (위, p.90)

  상래가지(공양) ① (위, p.96)

  육법공양(공양) ① (위, pp.96-98)

제7 중단권공(각배작법)에서

  상단소(상주) ① (원전, pp.112-113)

  유치(청원) ① (위, p.113)

  청사(청원) ① (위, p.113)

  시왕소(청원) ① (위, pp.114-115)

  유치(청원) ② (위, p.115)

  청사(청원) ② (위, pp.115-116)

  청사(청원) ③ (위, p.116)

  청사(청원) ④ (위, p.116)

  청사(청원) ⑤ (위, p.117)

축원(발원) ③ (위, p.106)
축원(발원) ④ (위, p.106)
제11 회향작법에서
봉송(발원) ① (위, p.145)

이상과 같이 많은 산문들이 독자적 체제로써 그 작법 내에서 역할을 다하고 있다. 이 산문 작품들은 실제로 68편에 달하는데, 이 모두가 독특한 주제·내용을 효율적으로 표현함으로써, 독자적 성격을 갖추고 그 기능을 발휘하고 있는 터다. 여기서 분명한 것은 이 산문작품들이 이 영산재에서 필수되는 산문문학이라는 사실이다. 기실 불교·재의에 따르는 일체의 내용을 필요에 따라 가장 효율적으로 표현하고 있기 때문이다. 따라서 이미 전제된 대로, 이 산문작품들을 문학 장르론에 의하여 일단 수필이라고 규정하려는 것이다.

이 작품들은 위 시가처럼 모두 작자를 밝히지 않고 있다. 이렇게 된 연유는 위 시가의 경우와 같다고 보아진다. 이러한 산문들이 영산재의 창도·전승과 운명을 같이 하면서, 오랜 역사와 전통을 유지하는 가운데, 역대 학승·문승들에 의하여 제작·조정되어 오늘에 이어지고 있기 때문이다. 따라서 이 작품들은 상당한 고정성을 가지고 그 원형을 보존하면서도 그 시대와 재의의 정황에 따라 세련·원숙되어, 그 나름의 전형을 유지하고 있는 실정이다. 그러기에 이 작품들의 문학적 실상과 함께, 그 제의사 내지 문예사적 위상을 중시할 수밖에 없는 터다.

둘째, 이 작품들의 주제·사상에 대해서다. 이 점에 있어서는 위 시가와 공통되는 게 당연하다. 기본적으로 불교와 재의의 범위 안에서 재의의 목적을 달성하는 것이 이 작품들의 공동 주제임은 물론, 그러기 위해서는 불교와 불보살의 사상이 전체적으로 부각될 수밖에 없기 때문이다. 그러기에 이 산문들은 불교사상의 전체를 기반으로 하여, 중생제도의 차원에서 부처님의 위신력과 무상권능, 보살들의 자비·원력, 그래서 관음사상이나 지장사상 등을 능동적으로 표현한다. 나아가 인과응보와 지옥신앙, 그로부터 해탈하기 위하여 참회·발원사상을 강조하고, 염불공덕과 왕생극락·정토사상을 입체적으로 선양하게 되었던 것이다.

셋째, 이 산문 작품들의 유형과 장르에 대해서다. 원래 수필의 장르는 다양하고 복합적이지만, 자유롭고 풍성한 것이 특장이다. 한국문학의 수필 장르는 대강 교령·주의·논설·서발·전장·비지·애제·서간·일기·기행·담화·잡기 등으로 갈라져 있는 실정이다.[28] 이러한 장르 기준에 의하면, 이 영산재의 산문은 상당한 특성을 가지고 장르적 위상이 매우 선명해지는 터다. 전술한 대로 이 산문들은 전체적으로 제의문·재의문으로 거시적으로는 '哀祭'에 속하는 게 당연하기 때문이다. 그러면서도 내면적 특성과 기능에 따라 검토해 보면, 부처님께 상고·상주하는 '奏議'계와 그 제의·작법의 취지와 내용을 객관적으로 알리는 '論說'계 내지 '序跋'계, 불보살·신중·영가의 내력·행적을 서술하는 '傳狀'계 그리고 거기에 삽입되는 법화로서 '譚話'계, 단형 기도문과 게송이 어우러진 '雜記'계 등의 장르 성향이 자리하고 있는 터다. 그렇다면 이런 전체적인 제의문·재의문 속에서, 주의·논설·서발·전장·담화·잡기 그리고 좁은 의미의 애제를 더하여, 수필의 7개 장르가 실질적으로 형성·작용하여 왔다고 보아진다.(예문 하술 참조)

넷째, 이 산문들의 표현 문체에 대해서다. 이미 알려진 대로 이 산문들은 하나 같이 한문산문으로 고정되어 있다. 그런데 이 한문체가 시대와 사찰(도량), 그리고 구연하는 승려의 성향에 따라 구어체, 국어문체로 활용·고정될 가능성도 없지 않다. 지금 상당수의 이 궤범들이 국문으로 번역·활용되고[29] 있기 때문이다. 이러한 한문·국문의 양면성을 전제로 이 산문들의 표

---

28) 최승범, 「한국수필문학의 사적 고찰」, 『한국수필문학연구』, 정음사, 1980, pp.45-46.

현 문체를 보면, 그 수사의 절실함과 오묘함이 위 시가와 다름이 없다. 전술한 대로 이 표현문체에서 불보살·신중·귀중·영가 등을 동시에 감동·감응케 해야 되었기 때문이다. 우선 주의계의 작품 하나를 들어 보겠다. <상단권공>을 고유하는「三寶疏」이다.

聞薄伽至尊 甚深法藏 爲衆生之怙恃作 人天之福田 歸投者 皆蒙利益 懇禱者 齊亨吉祥 宿願不違 悲憐六趣 由是江水淨而秋月來臨 信心生而 諸佛悉降 今有此日云云 特爲追薦 前項靈魂 以憑佛力 度脫施行 嚴備 香花 然塗茶果 供養之儀 召請十方法界 過現未來 常住三寶 金剛密跡 十大明王 諸大聖衆 帝釋梵王 天龍八部 一切護法 神祇等衆 謹具慈尊 開列如後 右伏以 慈悲普光 喜捨無窮 應物現形 印千江之秋月 隨心滿 願 秀萬卉之春風 愍此群情 願垂加護 今夜今時 降臨道場 某 冒觸慈容 無任懇禱 激切之至 釿惟覺皇 表宣謹疏

이만 하면 독립된 산문 작품으로서 그 표현 문체가 원숙·절묘하다. 먼저 지존·심심한 법장 삼보의 위신력을 찬탄하고, 여기에 귀의·예경하면 이익·길상이 무궁함을 전제하여, 청정·신심을 일깨우면서, 모든 영가를 해탈·왕생케 하려고 온갖 정성과 공양을 갖추어 상단에 권공한다는 취지·목적을 간절하게 아뢰고 있다. 이 문체에는 수미 일관되는 정연한 논리가 뚜렷하고, 인과적 필연성이 유기적 의미망을 정결하게 이어 준다. 이 <상단권공>의 취지와 정성을 통하여, 이미 그 신묘한 영험과 성과가 투명하게 보이는 터다. 그 표현은 수사에서도 빼어나니, ‘由是江水淨而秋月來臨’과 ‘信心生而諸佛悉降’을 대조시킨 것은 위 시가에서 보인 대로, 조촐한 ‘쌍관’·‘비유’라고 하겠다. 더구나 ‘慈悲普光 喜捨無窮 應物現形 印千江之秋月’에 이르러서는 점층적 강조법을 통하여 궁극의 경지에 도달하는 절

29) 김법현, 『영산재연구』 참조.
   장상철, 『권공·각배·영산 주해정보요집』, 실상사, 1988 등 참조.

묘한 수사가 빛나고 있다. 여기서는 비유법은 물론, '喜捨無窮'에 말미암은 이른바 '絶慮'의 수법까지[30] 활용되고 있는 터다.

이보다 더 간요·간절한 작품을 들면, <대령작법>에 들어 있는 애제계의 「孤魂請」이다.

一心奉請 生從何處來 死向何處去 生也一片浮雲起 死也一片浮雲滅 浮雲自體本無實 生死去來亦如然 獨有一物常獨露 湛然不隨於生死 今此(云云) 承佛威光來臨法會 受霑法供 一心奉請 若人欲識佛境界 當淨其意如虛空 遠離妄相 及諸趣 令心所向皆無碍 今此(云云) 承佛威光 來臨法會 受霑法供

실로 외로운 영혼(영가)을 재의도량으로 간청하는 간곡한 글이다. 아무리 무지한 영혼이라도 이런 글에는 감동·감응하지 않을 수가 없을 진되, 현명하고 고독한 영가야 얼마나 반갑고 흔연하겠는가. 그 '一心奉請'이 고조된 음곡으로 심금을 울리기 시작한다. 아직도 죽음에 한을 품은 영가에게 우선 위안·승화의 법문을 베푼다. '生也一片浮雲起 死也一片浮雲滅 浮雲自體本無實 生死去來亦如然'이 바로 그것이다. 잘 알려진 법구이면서도 언제나 실감이 오는 이 표현에 그 영가가 위안을 받고 승화되는 것은 당연하다. 다시 '一心奉請'으로 영가와 재자를 일깨우고, 부처의 경계를 알고자 하거든 '當淨其意如虛空'하고, 모든 망상과 악취를 멀리 떠나 마음이 향하는 바에 장애를 없애라고 설파한다. 이 법어는 촌철살인격으로 영가와 재자를 동시에 구제하는 것이다. 그리하여 그 영가는 재의도량에 와서 불보살·신중과 승려·재자(자손)와 하나의 마음이 되는 터다. 이쯤되면 이 고혼청문은 쌍관·은유·절려 등의 수법을 써서 그 절묘한 표현을 이룩한, 아주 짧은 명문이라 하겠다.

---

30) 이종찬, 위 논문, pp.76-77.

마지막으로 잡기계의 한 작품을 들지 않을 수 없으니, 위 <회향작법>에
사용된 최후의 「奉送」이다.

> 今此門外奉送齋者(云云)至某靈 上來 施食諷經 念佛功德 離妄緣耶
> 不離妄緣耶 離妄緣則 天堂佛刹 任性逍遙 不離妄緣則 且聽山僧 末後
> 一偈 四大各離與夢中 六塵心識本來空 欲識佛祖回光處 日落西山月出
> 東 念十方三世 一切諸佛 諸尊菩薩 摩訶薩 摩訶般若婆羅密 願往生 願
> 往生 願在彌陀會中坐 手執香花常供養 願往生 願往生 願生極樂見彌陀
> 獲蒙摩頂授記莂 願往生 願往生 願生華藏蓮花界 自他一時成佛道

이렇게 마지막으로 송별·봉송하는 절차가 전개된다. 재자(자손)들의 재의
로 흡족히 시식풍경하고 염불공덕을 닦았지만, 다시 헤어지자니, 또 망연이
일어나게 마련이다. 이에 법사는 그 사실을 먼저 알고, '離妄緣耶 不離妄緣
耶'냐고 다그쳐 묻는다. 그러니 가는 영가나 남는 재자가 일단은 묵묵 부답
이다. 또 법사는 그 내심을 알고 하나의 게송으로 마지막 반연을 끊어 버린
다. '四大各離與夢中 六塵心識本來空 欲識佛祖回光處 日落西山月出
東'이라 하니. 쉽고도 어려운 이 법문을 그 영가 그 재자가 깨닫지 못할 리가
없다. 모두가 몰록 그 경지를 깨달으니, 마음은 가볍고 환희로 가득하다. 그
래서 이 재의는 원만 성취되고 빛나는 회향을 맞는다. 그래도 최후로 「왕생
게」를 염송하며 '自他一時成佛道'를 다시금 서원하는 것이다. 여기 이 산
문에 2수의 게송이 끼어 비록 잡기라고는 하지만, 이보다 종교·예술의 조화
를 더 잘 이룬 작품은 참으로 드물 것이다. 이 작품은 실로 불교산문·불교
수필의 절묘한 표현 수법을 망라 융화시킨 단편 수작이기 때문이다.

3. 서사계 작품의 성립

첫째, 이 궤범에 수반된 서사계 작품의 현황에 대해서다. 기실 이 궤범에

는 이 서사계 작품이 명시·기록된 바가 없다. 그렇다면 이 재의와 궤범에
는 그 서사계 작품이 전혀 없다는 이야기가 된다. 그러나 그런 것은 결코
아니다. 실제로 이 재의와 그 궤본에 바탕을 둔 서사계 작품은 너무도 많고
그 역할도 활발한 것인데, 다만 기록에만 남아 있지 않을 따름이다. 그러기
에 기록에 없다고 포기하고 말 것인가. 결코 그래서는 안 된다. 이제 그 동
안의 방치·무관심과는 달리, 활발한 전거를 가지고, 그 서사계 작품을 재
구·수합할 수가 있기 때문이다.

　잘 알려진 대로 모든 제의·재의에서는 그 구비상관물로서 반드시 많은
신화들이 형성·전개되었다. 원론적으로 이 신화들이 문화·문학의 원형으
로서 실제로 많은 문화와 문학을 생산·발전시킨 것은 자명한 일이다. 그러
기에 가장 발전되고 풍성한 불교제의가 영산재를 중심으로 오랜 전통과 성
스러운 공간·도량에서 실시·공연되어 온 마당에, 그 기반·환경 속에서
많은 불교신화가 형성·전개되고 나아가 그만한 불교문화와 불교문학을 산
출·발달시켜 온 것은 필연적인 결과라 하겠다. 그래서 이 재의계 신화는
시대적 변화와 공간 내지 대중적 추세에 의하여 그 계통의 전설로 변모되기
도 하고, 때로는 그 계열의 민담으로 대중화될 수도 있었던 것이다.

　실제로 이 영산재의 10개 작법을 전체적으로 통관해 보면, 하나의 커다란
서사문맥이 조성되어 있음을 유추할 수가 있다. 그러기에 10개 작법 하나하
나에도 단편적인 서사맥락이 실재함을 확인할 수가 있는 것이다. 그리되면
각개 작법 속에 있는 모든 시가와 산문, 염불·주력·독경·화청 내지 법
문 등을 통하여 수많은 서사 형태가 성립될 수가 있었던 터다. 한편 각개
작법에 등장하는 불보살과 신중·귀중, 그리고 영가들·담당 승려 내지 신
심깊은 재자들 가운데서도 신이하고 감동적인 신화나 서사물이 생길 여지가
얼마든지 있는 것이다. 그러기에 고금을 통한 불교계의 신화나 전설·민담
기타 서사물들은 거의 다 이 불교제의·영산재를 통하여 형성·전개된 것

이라 보아도 무방할 터다. 이에 이 영산재와 그 궤범을 전거로 하여 오래
널리 그 많은 서사문학이 형성·전개되었으니, 사찰·도량의 모든 제의·
영산재야말로 불교계 서사문학 일체의 생산적 요람이요, 연행적 현장이며
보존적 보고라고 보아 마땅할 터이다. 다음에 그 유형 장르를 따라 구체적
사례를 점검할 수가 있겠다. 다만 이런 서사문학들이 그 재의적 근거를 가지
고도 구비적 방편을 타고 형성·유통되어 왔기에 정착된 바가 거의 없을 뿐
만 아니라, 그 작자와 연대가 미상인 것은 불가피한 일이다. 다만 이런 서사
문학의 역사는 아주 일찍부터 불교제의 영산재와 그 흐름을 같이 할 수밖에
없었던 것이다.

둘째, 이 불교계 서사문학의 주제·사상에 대해서다. 이런 것이 위 시가
나 산문 수필의 그것과 동궤의 것임에는 틀림이 없다. 다만 그 서사문학의
유통성과 대중성에 따라서, 그 주제·사상이 희석되기도 하면서 보다 민중
적으로 확산·침투하였으리라 추정되는 터다. 그 주제는 기도의 목적과 취
지에 맞추어, 이를 원만 성취한 이야기, 신효담·영험담으로 확산된 것이
사실이다. 그러면서 그 사상은 불보살과 신중의 가호·가피와 영가·재자
의 신심·기원에 부합되어 대승불교 사상이 더욱 광범하게 전개되었던 것
이다. 그래서 민중불교·민간불교 내지 기복불교까지 가세하여 실제로 석
가불의 핵심사상보다도 아미타불·약사불·미륵불의 사상·신앙이 성행하
고, 관음보살이나 지장보살의 사상·신앙이 더욱 성세를 보이게 되었던 터
다. 이러한 주제·사상을 지닌 모든 서사문학들은 대부분 위 불교제의·영
산재를 통해서 형성·전개되었다고 본다. 이 불교제의·영산재가 환경·터
전이 되어 불교신화를 생산·육성했을 뿐만 아니라, 그 신화로서 검증·공
인을 해 주어야만 되었기 때문이다.

셋째, 이 서사문학의 유형·장르에 대해서다. 먼저 그에 관한 신화가 대
두된다. 기실 불보살과 신중·귀중·영가 그리고 재자·신도, 한편 사찰·

도량 각종 성물·문화재, 나아가 온갖 불경·불서 등에 관한 영험담은 모두
가 제의·재의계 신화라고 본다. 실제적으로 신위에 관한 이야기, 신이한
이야기는 모두 신화이기 때문이다. 그러기에 이러한 일체의 영험담은 불교
신화요, 제의·재의 신화라고 보아야 마땅하다. 다만 이 불교제의·영산재
의 엄청난 실상과 그 기능을 묵살하고 소홀히 하여, 이러한 내막이 낯설고
허황하게 느껴질 따름이다.

이러한 불교신화가 신성성·신이성을 점차 잃어 가면서, 역사적·사실적
근거를 가진 유래담 형태로 변모·전개된 것이 불교전설 내지 제의·재의전
설이라 하겠다. 전국 각지 사찰의 창건전설, 절터의 유래담, 각종 건물·전각,
불상이나 보살상·신중상 등 일체 성물의 조성담, 고승·대덕의 전설·전기,
신도·거사 등의 신앙적 전기 등 그 신화의 영역을 거의 포괄하여 불교전설,
제의·재의전설이 형성·유통되었던 것이다. 그러기에 현전하는 불교전설을
다시 제의·재의를 통하여 재구하면, 그 불교신화의 면모를 재현할 수도 있
는 터다.

이러한 불교신화나 불교전설이 신비성이나 역사성을 잃고 근거없이 민중
화되어 재미있는 이야기로 떠도는 것이 바로 불교민담이라 하겠다. 이런 민
담은 불교의 근본사상이나 그 제의·재의와는 점차 멀어져 왔지만, 불교사
상의 대중적 확산과 불교적 사건·소재로 하여 불교적 범위를 벗어날 수가
없다. 원래 불교적 면모를 갖추었다가 완전히 상실한 것도 그만한 흔적을
남기게 마련이고, 또한 일반 민담이 후대적으로 불교주제·사상이나 불교
적 소재를 흡수하여 그 면모를 보이는 것도 유전되고 있는 실정이다. 이런
불교민담들이 비록 그 원형으로부터 많이 멀어졌지만, 이를 굳이 배제시킬
필요는 없다. 기실 이러한 민담을 가지고 불교제의·재의를 통하여 재충전
할 수도 있는 데다, 원래 불교신화 내지 전설이라는 게 일반 전설 및 민담을
수용하여 불교화한 게 사실이기 때문이다.

따지고 보면 이 불교제의·영산재의 서사적 형태 즉 서사문학이 이렇게까지 확대·파악되고, 실제적으로 유통·행세하고 있다는 사실이 새롭게 검토되어야 한다. 그러기에 이 영산재의 서사문학적 전개를 그 실상과 위상에 의하여 파악하고, 일반적으로 떠도는 불교계 서사문학의 소종래 내지 제의·재의적 성격, 그 연원적 탐색에 치중하여 그 혈연적 상호관계를 규명해야만 될 것이다. 그것이 양자의 구체적 실상과 가치, 그 역사적 위상의 중요성을 제대로 평가하는 첩경이기 때문이다.

4. 희곡계 작품의 유통

위에서 이 영산재의 궤범이 그 진행의 대본으로서, 그것이 연극적으로 공연되는 때에, 전체적 차원에서 일대 극본 희곡이 된다고 논의되었다. 그리고 그것이 부분적으로 연행·공연되는 것을 전제로, 그 연극장르를 가창극·가무극·강창극·대화극 등으로 잡고, 그 극본 희곡으로서 가창극본·가무극본·강창극본·대화극본 등을 설정하였던 것이다. 이제 위 극본 희곡에서 시가와 수필·서사형태를 분화·전개시켜 보는 마당에서, 이 극본 희곡이 실제적으로 유통·전개된 양상을 살펴 보는 것이 필요하다고 본다.

이 영산재가 고금을 통하여 시대와 형편에 따라서, 그 연행·공연에 상당한 변화와 증감이 있었다. 따라서 그 대본, 극본 희곡의 규모가 전체적으로나 부분적으로 변화·증감이 있었던 게 사실이다. 그래서 이 재의의 극본 희곡은 자연 능소능대한 융통성을 가지게 되었던 것이다. 일찍부터 이 영산재가 전국적으로 분포·전파되면서, 원형적 원본을 기본으로 하는 이본이 많이 형성·유전되었던 터다. 그리하여 이 재의에 대한 원본과 이본의 관계가 설정되고, 그 이본 가운데서도 뚜렷한 2가지 경향이 나타났던 게 분명하다. 그 하나는 발전적인 명분을 내세워, 전통을 고수・계승하기보다는 공연・흥행 위주로 비약적인 창작으로 치닫는 경우이고, 또 하나는 원형 보존의 의무를 자각하고, 보수적인 경향으로 일관하여 스스로 위축되는 것을 자초하는 경향이 바로 그것이다. 이러한 경향은 그 연행・공연의 여러 여건에 편승하여 점차 극단화되고, 일로 악화되고 있음을 주시・경계해야 된다.

그리하여 진정한 전문가는 공연학적 차원에서 현재의 난제를 극복하고 전통적 원형・원본을 중도적으로 확립・확정하여 일단 정본을 완성・정착시켜야만 한다. 그리하여 위 양극화되는 극본 희곡의 전개 경향을 조화롭게 조정하여, 바람직한 발전 방향을 선도해야 될 것이다. 이런 환경과 조류에 따라, 그 극본 희곡의 이본적 특성과 원형적 보편성을 균형있게 검증해 나갈 필요성이 있다. 그러기에 전통적 원형을 모본으로 하는 현대적 극본 희곡을 다양하게 시도・발전시키자는 것이다.

여기서 요사이 흔히 말하는 이 재의의 문화콘텐츠적인 발전을 기할 수도 있다고 본다. 그러니까 여기서 지엽적인 공연, 호응・인기에 영합하는 연기・연출에 좌우되지 않는 정도적인 극본 희곡이 전문적으로 제작・정립될 필요성이 절실해진다. 그리해야만 이 국보적인 영산재가 전문가나 한국동호인의 전유물이 아니고 우리 전국민 아니 세계적 문화인들의 공유물이라는 데에 동감하고, 그 극본 희곡이 올바른 핵심・주축으로서 행세하게 될 것이다.

V. 결론

위에서 이 영산재의 연극적 공연과 그 극본의 희곡적 전개를 기반으로, 그 불교문학 장르가 분화・유통된 양상을 고찰하였다. 지금까지 논의해 온 것을 요약하면 다음과 같다.

1) 이 영산재는 불교재의를 대표하는 중심적 의례로서, 괘불작단을 비롯하여 시련·대령·관욕·신중·권공·화청·시식·식당·회향 등 10개 작법을 유기적으로 연결하여 연행되었다. 이 재의가 전체적으로나 작법별로 연행되는 과정과 실연 양상은 불교연극의 전형적인 형태를 들어 내니, 그것은 크게는 하나의 장편 연극이지만, 작게는 10편의 단편 연극으로 공연·행세하였고, 이를 연극 장르론에 따라, 가창극·가무극·강창극·대화극 등으로 분화시켜 볼 수가 있었다.

2) 이 재의의 전체적 연극 형태가 개별적 연극 장르로 분화되면서, 그 궤범은 그 재의의 대본으로서 극본 희곡의 구조 형태를 갖추게 되었으니, 전체적으로는 장편 희곡이요, 부분적으로 단편 희곡의 장르적 성향을 보였다. 그래서 이러한 극본 희곡의 양식에 따라, 그 장르가 가창극본·가무극본·강창극본·대화극본 등으로 분화·행세하게 되었다. 나아가 이런 일련의 희곡 형태는 종합문학의 입체적 실상을 갖추어, 그 안에 독자성을 지닌 문학 장르들이 분립·전개될 가능성과 당위성을 보이고 있었다.

3) 이 극본 희곡 중에는 많은 시가가 삽입되어 적재 적소에서 소중한 역할을 하였는데, 10개 작법에 걸쳐 적어도 132수의 한시와 37편의 가사가 자리하여, 불교와 재의에 맞는 주제·사상을 포괄하고, 5언과 7언의 절구·율시·고시, 그리고 국문가사 등이 정연한 형식을 완비하였으며, 그 표현 문체가 미묘·간절하여 불보살과 신중·귀중, 모든 영가·재자들을 동시에 감동·감응케 하였던 것이다.

4) 그 가운데에는 상당수의 산문이 개입되어 수필적인 기능을 발휘였는데, 전체 작법에 걸쳐 무려 68편의 한문산문이 자리하였고, 역시 불교와 재의에 적합한 주제·사상을 갖추어 모두 수필 형태로 정립되었다. 이 작품들은 수필론에 따라 주의·논설·서발·전장·애제·담화·잡기 등 7개 장

르로 분화·전개되면서, 그 표현 문체가 원숙·고결한 데다 그 수법이 빼어나서, 이 재의의 상하 동참자 모두를 감동·감읍케 하기에 족하였던 것이다.

5) 이 재의에서는 서사 형태가 수많이 형성·유전되었는데, 그 궤범·극본에는 기록되지 않고 구비적 유통을 거듭하였던 것이다. 그것들은 역시 불교·재의의 목적을 위하여, 불교를 주제·사상으로 담고, 서사문학으로서 감동적인 이야기를 포괄하여, 직·간접으로 대중적 기능을 다하고 있었다. 이 서사문학은 우선 이 재의의 구비상관물로서 불교신화를 창출하고, 이 신화는 불교문화와 불교문예를 생산·발전시켰으며, 그 신성성과 신앙성이 퇴색되면서, 불교전설 내지 불교민담으로 변모·전승되었다. 고금을 통한 신화·전설·민담 등 서사문학을 이 영산재의 신화적 역량과 기능에 접합시켜, 이 재의 주변의 불교계 서사문학으로 복원·재구할 수가 있었던 것이다.

6) 이 재의의 대본이 이미 극본 희곡으로 규정되고 그 장르까지 설정된 마당에, 바로 그 희곡이 후대적으로 공연·유전되면서 그 중심적 역할을 해 온 것이 실증되었다. 그리고 이 재의가 고금을 통하여 널리 유통·전파되면서 그 극본이 주체적 역량을 발휘하였다는 전제로, 그 원본적 정본을 정립·확정해야 될 당위성이 입증되었다. 그 원형적 정본을 전범으로, 전통을 계승·발전시키는 중도적 방편으로 그 극본 희곡을 제작하여, 중구난방의 혼란한 공연·행세에 정도를 제시·선양해야만 된다는 것이고, 그래서 이 극본 희곡의 재생산에 있어, 편협한 고집이나 창작적 과욕을 버리고 국내외적으로 이 재의 공연에 따른 확실한 극본 희곡을 전문적으로 완결하자는 것이었다.

이로써 이 영산재 궤범의 희곡·문학적 실상과 그 전개 과정이 어느 정도 밝혀졌다. 따라서 이 재의와 궤범의 불교문학사·예술사·문화사 상의 위상이 그만큼 확고하고 방대하다는 것을 어림할 수가 있었다. 이 불교사·홍법사 상에서 그 제의 영산재가 그만큼 중대한 역량과 기능을 가지고, 적어도 천년 이상 불교계에 군림하여 왔기 때문이다. 그리하여 불교제의의 발전과 불교예술·불교문학의 융성, 내지 불교문화의 선양에 지대한 영향을 끼쳤으니, 이 영산재와 그 전승, 이 극본 희곡이야말로 불교문화사 상의 보고요, 한국문화사 상의 보전이라 하여 마땅할 것이다.

영산재의 음악(범패)

김응기(법현)

I. 머리말

불교의식 진행시 악. 가. 무는 오랜 불교 역사와 더불어 전승 발전되어 왔
다. 음악은 불교 의례 진행時 거행되는 성악, 타악, 작법무 진행시 연주되는
삼현육각 반주곡 등이다. 영산재 진행시 사용되는 범패는 의식을 전문적으
로 진행하는 어장(魚丈)스님들에 의해 전승되어지며, 범패는 안채비, 바깥
채비(홋소리, 짓소리), 화청(회심곡)으로 이 가운데 홋소리는 불교무용인 작
법무의 반주음악으로도 사용된다. 하지만 이러한 범패가 모든 재(齋)의식에
서 사용되어지는 것1)은 아니다.

동일한 재의식일지라로 영산재 진행과정에 있어서 의식을 전문적으로 익
힌 범패승이 영산재를 진행 할 경우 범패의 안채비, 바깥채비, 화청(회심곡)
음악으로 진행 되지만 범패를 배우지 않는 의식 승이 진행 할 경우 이들 음

---

1) 법현, 『불교무용』, 운주사, 2002, 22면.
　　현재 전승되어지는 바라춤 7종, 나비춤18종, 법고춤 1종, 타주춤 1종 등 27가지로 이
　　들 춤은 재(齋)의 형태에 따라 각각 종류와 회수를 달리 한다.

악은 평염불[2]로 진행되어 동일한 영산재의식이라고 할지라도 진행자에 따라 음악적 차이가 있다.

본고에서는 매년 음력 5월 5일 서울 신촌 봉원사에서 거행 되는 중요무형문화재 제 50호 영산재 진행을 중심으로 한국 범패의 기록, 악보형태, 영산재 진행시 범패의 쓰임을 중심으로 살펴보고자 한다.

Ⅱ. 영산재와 범패

불교 의례 진행時 거행되는 의식에 대한 기록으로『삼국사기(三國史記)』에 법흥왕(法興王) 15年(528)에 불법이 거행된 기록, 진평왕 15년(613) 황룡사(皇龍寺)에 백고좌(百高座)가 거행된 기록[3], 범패 악보에 대한 기록으로는 원효 스님이 671년 저술한『판비량론(判比量論)』[4]의 필사본에 740년 이전 범패의 악보인 각필악보 발견으로 신라시대 범패가창형태 악보기록이며, 의식형태의 기록으로「화엄경사경조성기(華嚴經寫經造成記)」[5](754

---

2) 평염불(平念佛)이란 일반적으로 경전을 평음으로 읽어내려 가는 모든 염불로 범패를 전문적으로 배우지 않는 스님과 일반인들이 경전을 염송하는 형태를 칭 한다.
3) 李惠求,「新羅의 梵唄」,『韓國音樂硏究』, 國民音樂硏究會, 1957, 252면.
4) 일본 오타니(大谷)대학 소장.『判比量論』은 고대 인도의 논리학인 因明의 형식을 빌려 唯識을 설법한 저술로서, 7세기 말 – 8세기 초에 신라에 유학했던 일본 승려 신쇼(審祥)가 가져가 740년 황후에게 바친 이래 일본 천황가가 소장해 왔다.
5) 화엄경사경조성기(754. 8. 1–755. 2. 14), 호암박물관소장 국보 169호.
　화엄경사경조성기에 천보 13년(천보는 당현종의 년호 13년 갑오 8월) 경덕왕 13년 서기 754년 8월) 경을 베껴 쓰는 절차에 '청의 동자가 관정게를 받들고 청의 동자에 붙어 제 기악인 들이 기악하며 한사람은 향수를, 한사람이 꽃을 들고 뿌리며, 한 법사가 향로를 받들고 이끌며, 한 법사가 범패를 불러 이끌며, 여러 필사들이 향. 화를 받으며. 우넘행도하여 만드는 곳에 이르면 삼귀의씩 세 번 후 정례하고 부처와 보살과 화엄경들을 공양한 이후 자리에 올라 경을 베껴 쓴다.'
　이보다 6년 뒤 기록으로【三國遺事 卷 五月明師】景德王 十九年 (西紀 760) 庚子년

년)에 '한 법사가 범패를 불러 이끌었다'는 기록, 진감국사이전 범패존재의
기록으로 『삼국유사(三國遺事)』권5 월명사(月明師) 도솔가조(兜率歌條)
의 신라 경덕왕 15년(760) 월명법사(月明法師)가 왕에게 '향가(鄕歌)만 알
뿐 범성(梵聲)에는 익숙하지 못하오'라는 글에서 830년 이전 범패가 존재기
록을 알 수 있다. 이 외 경상남도 하동 雙磎寺의 「진감선사대공탑비문」[6]에
중국 당나라에 유학을 가서 범패를 직접 배운 진감선사(眞鑑禪師, 774－
850)가 830년(신라 흥덕왕 2년)에 신라로 돌아와 옥천사(현재 雙磎寺)를 개
사(開寺)하고 어산(魚山)[7]을 가르쳤다는 기록, 일본승(日本僧) 원인(圓仁)
자각대사(慈覺大師)『입당구법순례행기(入唐求法巡禮行記)』[8]에　838년
입당하여 847년 일본에 귀국하여 쓴 내용에는 신라 적산원의 간경기록에 범
패는 당풍, 고풍, 신라풍 등 각각의 범패가 있었다는 사실등을 설하고 있다.
즉 한국범패는 진감국사가 당에서 배워온 당풍 이외에 신라풍의 범패가 있
었고 원효의『판비량론(判比量論)』에 나타난 각필악보에서 악보가 있었음
을 알 수 있어 한국 범패는 삼국의 불교 전래와 더불어 전승되어 왔음을 기
록에서 알 수 있다.

　불교음악은 의식진행시 승려 및 재가 불자들에 의해 불리는 음악을 칭하
며 이를 전체적 의미에서 염불(念佛)[9]이라고 한다. 염불은 불교의식 진행시

기록에서 범패가 불리웠음를 시사하고 있다.
6) 所在 : 慶尙南道 河東郡 花開面 雲樹洞 雙磎寺. 年時 : 新羅 定康王 2年丁未(887).
　金煐泰, "雙磎寺眞鑒禪師大空塔碑,"『韓國佛敎金石文考證 1 三國新羅時代佛敎金
　石文考證』(민족사, 1992), 144~153면, 이 자료 외에 碑名을 약간 달리하는 자료로 李
　智冠, "河東 雙磎寺 眞鑒禪師 大空靈塔碑文,"『韓國佛敎金石文 校勘譯註 歷代高
　僧碑文(新羅 1)』(伽山文庫, 1994), 128~152면이 있다.
7) 인도에서의 魚山은 印度 靈鷲山 乾方, 中國에서는 天台山 근방, 日本은 京都 比叡
　山의 乾方(서북방), 韓國은 眞鑑國師가 제자에게 범패를 가르친 경남 하동군 쌍계사
　를 말한다. 또 어산은 범패를 지칭하기고 하며, 범패의 최고승을 지칭하기도 한다.
8) 韓萬榮,『韓國佛敎音樂硏究』, 서울대학교출판부, 1980, 14면.
9) 念이란 관념, 심념, 사념, 억념, 칭념, 등이며, 이에 대한 念하는 대상 형태에 따라

쓰임과 연주 형태에 따라 각각 다른 명칭을 가지고 있다.

염불은 가창의 형태에 따라 평염불과 범패로 나눈다. 평염불은 의식을 전문적으로 배우지 않은 스님들이 진행할 경우이며, 범패는 의식을 전문적인 익힌 범패승에 의해 안채비, 바깥채비의 짓소리, 홋소리, 화청으로 가창 할 때를 말 한다. 현행 불교의식에 전승되는 범패 악보의 형태는 각필보, 탁점보, 동음보, 실선보, 오선보 형태로 전해진다.

1. 악보의 유형과 범패

이들 악보 가운데 예리한 도구로 경전위에 음에 굴곡을 표기한 형태의 각필 악보로 한국 성암고서박물관에 1010년 이전추정 고려 초『묘법연화경(妙法蓮華經)』권1, 권8[10]등이 있고 이외 조선시대의 지장경 각필악보등 현재 한국에서 발견된 각필문헌은 53점으로 범패와 관련된 것으로 추정되며 이 가운데,『판비양론』[11]을 제외한 23점이 한국에서 발견되었다.[12]

네 가지로

관념념불(觀念念佛)-부처님의 實相과 相好를 대상으로 하는 염불.

칭명염불(稱名念佛)-부처님 명호를 대상으로 하는 염불.

억념념불(憶念念佛)-부처님및 공덕과 본원을 대상으로 하는 염불.

사념념불(思念念佛)-마음속으로 부처님을 생각하는 염불.

10) 2000년 10월 29일 KBS TV 저녁 9시 뉴스 보도방송 자료, 연합뉴스 보도자료, 한국일보, 조선일보, 매일경제 2000년 10월 30일 문화면에 "세계최고 角筆악보 발견" 기사 수록. 한국의 誠菴古書博物館에 소장되어 있는『묘법연화경』이 범패승에 의하여 전승되는 각필악보임이 필자에 의하여 세계 최초로 발견되었다.

김응기(법현),「韓國梵唄의 歌唱과 角筆樂譜 實演-성암고서박물관소장 묘법연화경 각필악보를 중심으로」,『東大寺 創建前後』(第二會 東大寺 國際學術發表集)(日本: 東大寺, 2004), 74~82면.

11) 일본 대곡대학교에 소장되어 있는 판비양론판비양론(判比量論)은 신라 원효 스님이 671년 편찬한 것으로 일본 승려 신쇼 신라에 유학하여 필사하여 740년 황후에게 바친 경전의 각필악보로 2002년 4월 小林芳規(고바야시 요시노리)에 의해 일본에서 발견

탁점보 형식은 게송 좌우측 상하에 사성점 및 성정을 탁점보로 표기한 것
으로 조선시대 학조 스님이 발문한『오대진언집』13)(1485년) 학조 스님 번
역본인『진언권공』14)(1496년), 사성점보는 19세기 백파홍선 스님이 제반
의식 집을 모은『작법귀감』15)이다.

동음보16)는 동일한 소리를 게송 옆에 표기한 악보로 19세기 범패승들이
범패의 짓소리를 알기 쉽게 표시한 김운공, 장벽응, 박송암, 박운월 스님의
『동음집』이다17).

실선보18) 는 20세기 범패승들이 음의 고저와 실가를 실선으로 표기한 악
보로 실선형 그림으로 옮긴 실선보 형식을 말하며, 이외 서양의 음계 형식으
로 옮긴 오선보19) 등이 현재 전해져 의식 승에 의해 지침서로 사용되고 있
다.

이들 악보와 더불어 불교음악인 염불의 유형은 다음과 같다.

된 현존하는 가장 오래된 각필 악보이다.
小林芳規,「奈良時代の角筆訓点から觀た華嚴經の講說」,『東大寺 創建前後』(第二
會 東大寺 國際學術發表集)(日本: 東大寺, 2004), pp.56~73. 이 논문에서 나라시대의
각필훈점 및 7세기로 추정되는 일본에서 발견된 각필문헌, 각필훈점, 각필악보, 한국
문헌에서 조사된, 각필훈점, 각필악보 등을 소개하여 한국과 일본의 각필문헌에 많은
유사성이 있음을 발표하였다.
12) 이지선,「한국불교음악의 기보에 관한 고찰」, ≪한국음악연구≫ 33집, 한국국악학회,
   212면.
13) 朴世敏,『韓國佛教儀禮叢書』第1輯, 보경문화사, 1993, 137~191면.
14) 朴世敏,『韓國佛教儀禮叢書』第1輯, 보경문화사, 1993, 437~497면.
15) 朴世敏,『韓國佛教儀禮叢書』第4輯, 보경문화사, 1993, 159~185면.
16) 朴世敏,『韓國佛教儀禮叢書』第4輯, 보경문화사, 1993, 255~277면.
   『동음집』은 장벽응 소장 1권, 김운공 소장 2권, 박운월 스님 1권 등 4권과, 필자가
   소장하고 있는 박송암 스님 동음집 1권 등 현재 5권의 동음집이 있다.
17) 법현,『한국의 불교음악』, 운주사, 2005, 61면.
18) 法顯,『靈山齋 硏究』, 운주사, 1997, 44면.
19) 김웅기(법현),「범패 전승에 사용된 각필악보 연구」, ≪음악과 문화≫ 제12호, 세계음
   악학회, 2005, 69~71면.

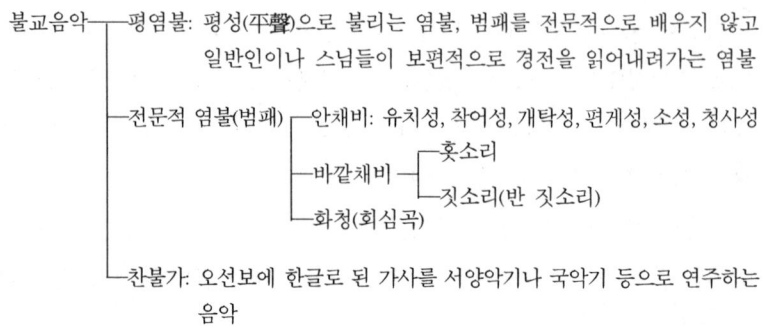

불교음악 ─┬─ 평염불: 평성(平聲)으로 불리는 염불, 범패를 전문적으로 배우지 않고
          │   일반인이나 스님들이 보편적으로 경전을 읽어내려가는 염불
          │
          ├─ 전문적 염불(범패) ─┬─ 안채비: 유치성, 착어성, 개탁성, 편게성, 소성, 청사성
          │   │
          │   ├─ 바깥채비 ─┬─ 홋소리
          │   │   └─ 짓소리(반 짓소리)
          │   │
          │   └─ 화청(회심곡)
          │
          └─ 찬불가: 오선보에 한글로 된 가사를 서양악기나 국악기 등으로 연주하는
                      음악

1) 평염불

영산재의 일체 의식집을 평음 성으로 낭송할 때 평염불이라 칭하며, 범패를 전문적으로 배우지 않은 스님들이 의식을 진행할 때 평염불이라 한다.

2) 안채비

영산재 하단의식과 중단의식 상단권공의식 등에서 진행시 안채비 소리는 주로 한문으로 된 게송과 산문적 내용으로 분류의 형태는 유치성(由致聲), 청사성(請辭聲), 착어성(着語聲), 편게성(偏偈(評偈)聲, 축원성(祝願聲), 개탁성(開卓聲) 등으로 소리를 나눈다.

    (1) 유치성(由致聲) - 유치는 불보살에 대한 찬탄의 글로 상단유치와
                       중단유치, 가있고, 부를 때 '직촉'을 주로 많이
                       사용하여 법주가 기립하여 1人唱 으로 부른다.
    (2) 착어성(着語聲) - 하단의식 가운데 시식(전시식, 관음시식, 화엄
                       시식, 구병시식), 다비의식시(반혼착어), 영반의
                       식시(종사영반, 상용영반), 대령의식시 (대령,
                       사명일대령)등에서 사용되며 법주가 좌정하여
                       여거로 1인창으로 부르며, 부처님의 법을 통해

영혼에게 깨침을 주기 위한 하단 법문이다.

(3) 편게성(偏偈聲) – 한자의 四聲에 의거하여 一字 一字 잡아 나아
가지만 소리의 흐름이 게탁성 형식을 취하고
있지만 平聲이 주류를 이루어 1인 독창으로 글
에 형태에 따라 좌정하거나 기립하여 소리를
이어 간다.

(4) 게탁성(偈鐸聲) – 원래 '一字一字' 홋소리로 작성(作聲) 20~30분
해야 할 소리를 짧게 끊어서 5~10분 정도 소리
로 줄여서 하며 1인 독창형식으로 기립하여 부
른다.

영산재 상단권공시(靈山齋 上壇勸供時) 영산개계편(靈山開啓篇) <독창>

'切以 法筵廣啓 誠意精虔 欲迎諸聖以來臨 須假八方之淸淨 是水也
崑崙朶秀 河漢流芳 蓮花香裡

(절이 법연광계 성의정건 욕영제성이내림 수가팔방지청정 시수야
곤륜타수 하한유방 연화향리)

3) 바깥채비

바깥채비는 홋소리와 짓소리로 구분하며 홋소리는 독창형식으로 소리를
질러서 부르며, 짓소리는 대중창 형식으로 저음으로 시작으로 반복된 소리
가 많으며 짧은 가사임에도 음의 굴곡 및 연주 시간이 긴 것이 특징이다.
홋소리는 상주권공, 각배, 영산과목에서 배우고, 짓소리는 안채비를 배운 후
익히게 된다. 바깥채비는 안채비소리에 비하여 음의 굴곡과 연주 시간이 길
며, 바깥채비는, 독창(獨唱), 대중창(大衆唱) 형식으로 진행되며 이외 홋소
리와 짓소리는 직촉(直觸), 자웅성(雌雄聲), 애원성(哀願聲), 삼사구성(三
四句聲) 등 각각의 성(聲)이 각각 사용된다. 해방전까지만 하더라도 짓소리
는 72~73곡이 전승되었다고 하며, 현재 전승되고 있는 짓소리는 1. 引聖
(南無大聖引路王菩薩) 2. 擧靈山(南無靈山會上一切諸佛菩薩 마하살)

3. 灌浴偈(我今以此香湯水 灌浴孤魂及有情 身心洗滌令淸淨 證入眞
空常樂鄕) 4. 沐浴眞言(옴 바다모 사니사 아모가 아례훔) 5. 擧佛(南無極
樂導師 阿彌陀佛) 6. 普禮(普禮十方無上尊) 7. 特賜加持(特賜加持) 8.
食靈山(南無靈山會上佛菩薩)   9.   三歸頭匣(志心信禮佛陀耶兩足尊)
10. 單頂禮(一心頂禮十方常住佛法僧)   11. 靈山擧佛(南無極樂導師阿
彌陀佛 南無靈山敎主釋迦牟尼佛) 12. 三南駄(옴 아라남 아라다 志心歸
命禮) 13. 五觀偈(計功多小量彼來處 應受此食) 14. 三摩訶(南無摩訶
般若波羅密) 15. (옴아훔) 15곡 뿐이다.

(1) 영산재 상단 권공시(靈山齋 上壇勸供時) 합장게(合掌偈)<독창>
(2) 영산재 괘불이운시(靈山齋 掛佛移運時)
    거령산(擧靈山)-南無靈山會上一切諸佛菩薩(3설)
(3) 반짓소리-종전에 짓소리 이었으나 곡의 일부분은 홋소리로 일
    부분은 짓소리로 불리는 곡으로 3곡[20]이 전승되어진다.
    신중작법시(神衆作法時)   옹호(擁護偈)<대중창>
    팔부금강호도량(八部金剛護道場) 팔부금강신장은 이 도량을 옹
    호하소서
    영산재 절차 가운데 시련時 옹호게(擁護偈), 신중작법시 옹호게
    (擁護偈), 신중작법시 창불(唱佛)
1. 擁護偈(奉請十方諸賢聖 梵天帝釋四天王 伽藍八部神祇衆 不捨慈
   悲臨法會)
2. 擁護偈(八部金剛護道場 空神速赴報天王 三界諸天咸來集 如今
   佛刹 補禎祥)
3. 唱佛(奉請二十五位萬事吉祥護戒大神)

---

20) 반짓소리 곡목은 동음집(同音集)에 짓소리 곡목으로 표기되어 있으나 일부 소리만
    짓소리와 홋소리 불리는 곡을 말한다.

4) 화청(회심곡)

화청에는 재자들의 축수 발원을 위해 상단 축원화청(祝願和淸)과 중단의 지장축원화청(地藏祝願和淸)이 있고 생전예수재 진행시 십대명왕에게 발원하는 육갑화청(六甲和淸) 이 외 순수한 한글로 이루어진 회심곡, 참선곡 등이 있다.

이 외 영산재진행에 있어서 무용 반주 및 악기는 기악 반주와 삼현육각 및 호적과 태징, 법고(法鼓: 북), 목어(木魚: 목탁), 바라, 요령, 광쇠, 경쇠등 사물(四物)이 사용된다. 태징은 지옥중생(地獄衆生)의 제도를 위해 사용되고, 법고는 세간(世間 - 인간계)과 축생(畜生 - 짐승)의 제도를 위해 사용된다. 목어(木魚)는 수륙중생(水陸衆生 - 물에서 사는 중생)을 위해 사용되며, 호적 가락은 5종으로 취타가락, 염불 가락, 내림게가락, 능게가락, 요잡가락[21]이 의식 진행시 쓰인다.

2. 영산재 진행과 음악 분석

영산재의 진행은 봉청의식, 권공의식, 회향의식등 3일에 걸쳐 첫째날 1. 侍輦 2. 對靈 3. 灌浴 4. 저녁에 다음날 아침 예불을 미리 하며 둘째날 1. 造錢點眼 2. 神衆作法 3. 掛佛移運4. 靈山中間까지 마친다. 5. 食堂作法 셋째날 1. 靈山 中間부터 2. 雲水上壇 3. 中壇(召請中位) 4. 神衆退供 5. 觀音施食/奠施食 6. 消臺奉送 7. 回向說法 6. 다음날 예불 봉행13단 의식으로 진행[22] 으로 영산재 진행 구성은 범패를 전문적으로 배운 어장

---

21) 법현, 『불교무용』, 운주사, 2002, 37면.
22) 법현, 『영산재연구』, 운주사, 1997, 15면.

과 범패승, 그 외 일반 대중스님으로 구성되며 의식 진행은 평염불과 범패 안채비23)와 바깥채비 홋소리 짓소리 화청으로 진행진다. 이들 13단계 의식 절차는『봉원사요집』안진호 스님『석문의범』및 제반 의식집을 저본으로 구성 절차로 영산재 의식 분류24)에 따른 음악 구성은 다음과 같다.

(1) 시련

<도표 1> 시련의식 진행과 범패

> 1. 옹호게(擁護偈)-홋,반짓소리 2. 헌좌게(獻座偈)/헌좌진언(獻座眞言)-
> 홋 3. 다게(茶偈)-홋 4. 행보게(行步偈)-평 5. 산화락(散花落) -평 6. 인성
> (나무대성인로왕보살-南無大聖引路王菩薩)-짓 7. 긔경(起經)-타(징, 북)
> 8. 영축게(靈鷲偈)-평 9. 보례삼보성(寶禮三寶聲)-평

불보살을 청하는 절차로 의식은 9단계 절차로 평염불 4회 홋소리 3회(1 회 부분적 반짓소리) 짓소리 1회로 타악반주 1회로 진행 된다.

(2) 대령

<도표 2> 대령의식 진행과 범패

> 1. 거불(擧佛)-평,짓 2. 대령소(對靈疏)-안(소성) 3. 지옥게(地獄偈)-평
> 4. 착어<생본무생 운운-生本無生 云云>-안(착) 5. 진령게(振鈴偈)-홋
> 6. 보소청진언(普召請眞言)-홋 7. 고혼청(일심봉청 운운--心奉請 云云)
> -안(청사성) 8. 향연청(香煙請)-평 9. 가영(歌詠)-평 10. 착어<모인 영가
> 기수건청 운운-某人 靈駕 旣受虔請 云云>-안(착)

---

23) 소리의 분류에 있어서 평염불은(평), 안채비는(안)이라 표기하며 안채비에 착어성일 경우 안(착)홋소리(홋), 짓소리(짓)으로 표기한다.

24) 본 의식음악 분류법의 순서는 석문의범 및 제반 의식집을 저본으로 각 의례 코드를 분류 한 것이다. (김응기(법현),『불교음악감상』, 운주사, 2005, 256~275면).

영혼을 청하여 불법을 일러주고 불단에 나아갈 수 있도록 법을 설하는 의식으로 10단계 절차로 평염불 5회 홋소리 1회(1회는 평염불성으로 하기도 함) 안채비 4회로(소성 1회, 청사성 1회, 착어성 2회) 진행된다.

(3) 관욕(灌浴)

<도표 3> 관욕의식 진행과 범패

---

1. 인예향욕편<상래이빙 불력 운운－上來已憑 佛力 云云＞－안(개탁성)
2. 대비주<신묘장구 대다라니 운운－神妙章句 大陀羅尼 云云＞－평 3. 정로진언(淨路眞言)－평 4. 입실게(入室偈)－평 5. 가지조욕편<상부 정삼업자 운운－詳夫 淨三業者云云＞－안(편계성) 6. 목욕게(沐浴偈)－평, 짓 7. 목욕진언(沐浴眞言＞－평,짓 8. 관욕쇠<관욕쇠태징>타(징,북) 호적9. 작양지진언(嚼楊枝眞言)－평 10. 수구진언(漱口眞言)－평 11. 세수면진언(洗手面眞言)－평 12. 가지화의편<諸佛者 灌浴旣周 云云＞안(편계성) 13. 화의재진언(化衣財眞言)－평 14. 제불자 운운<諸佛者 持呪旣周 云云＞안(개탁성) 15. 수의진언(授衣眞言)－평 16. 착의진언(着衣眞言)－평 17. 정의진언(整衣眞言)－평 18.출욕참성편<제불자기주복식운운－諸佛者旣周服飾云云＞－안(개탁성) 19.지단진언(指壇眞言)－평 20. 가영(歌詠)－평 21. 산화락(散花落)－평 22. 인성<나무대성 인로왕보살－南無大聖 引路王菩薩＞－짓 23. 정중게(庭中偈)－평 24. 개문게(開門偈)－평 25. 가지예성편<상래 위명도유정 운운－上來爲 冥道有情 云云＞－안(편계성) 26. 보례삼보(普禮三寶)－평,홋 27. 행봉성회 운운(幸逢聖會 云云)안(개탁성) 28. 법성게(法性偈)－평 29. 괘전게(掛錢偈)－평 30. 수위안좌편<제불자 상래승불섭수 운운－諸佛者 上來承佛攝受 云云＞안(개탁성) 31. 안좌게(安座偈)/수위안좌진언(受位安座眞言)－평 32. 다게(茶偈)－평

영혼에게 진언과 불법으로 삼독으로 지은 업을 청정하게 하여 불법을 들을 수 있도록 하는 의식으로 32단계 절차로 평염불 21회 홋소리 1회(1회는 평염불성으로 하기도 함) 안채비 8회로(개탁성 5회, 편계성 3회) 짓소리 2회(짓소리로 하지 않을 경우 평염불로 진행) 진행된다.

(4) 조전점안 및 이운(金銀錢 點眼 및 移運)

<도표 4> 조전점안 및 이운의식 진행과 범패

---

    1. 금은전점안(金銀錢點眼)－천수경(정구업진언부터－참회진언 까지)－평
02. 조전진언(造錢眞言)/성전진언(成錢眞言)/나무불수, 나무법수, 나무승수,
나무오방용왕수/쇄향수진언(洒香水眞言)/변성금전진언(變成金錢眞言)/개전
진언(開錢眞言)－평 3. 금은전이운(金銀錢 移運)－옹호게(擁護偈)－반짓/이
운게(移運偈)－평 4. 산화락(散花落)－평 5. 삼마하(나무마하반야바라밀)－짓
6.경함이운(經函移運)－이운게(移運偈)/동경게(動經偈)/염화게(拈花偈)－평
7. 산화락(散花落)－평 8. 거령산(南無靈山會上일체제불제대보살마하살)－
짓 9. 헌전진언(獻錢眞言)/헌전게(獻錢偈)－평

영혼에게 명부에서 사용할 금은전과 다라니를 점안하여 이운하는 의식으
로 9단계 절차로 평염불 7회 (1회는 반짓소리로 하기도 함) 짓소리 2회(짓소
리로 하지 않을 경우 평염불로 진행) 진행된다.

(5) 신중작법(神衆作法)

<도표 5> 신중작법의식 진행과 범패

---

    1. 옹호게(擁護偈)－홋,반짓소리 2. 창불(1) 일백사위(唱佛,一百四位) 홋,
반짓소리 상단(上壇)－(창불/유원자비 운운/가영/고아게) 중단(中壇)－(창불/유
원자비 운운/가영/고아게) 하단(下壇)－(창불/유원자비 운운/가영/고아게){창불
은 재(齋)의 규모에 따라 (1)를 하기도 하고(2)를 하기도 한다} 3. 다게(茶偈)－
홋 4. 탄백(歎白)－평

신중작법은 영산재의 원만한 진행을 위해 신중을 청해 모시는 의식으로
4단계 절차로 평염불 1회 홋소리 3회(2회는 반짓소리로 하기도 함) 진행된다.

신중작법을 마치고 이 후 이 후 둘째날 쾌불이운 의식진행을 위하여 다음
날 새벽 예불을 밤 12시 이전에 앞당겨 하며 예불의식의 진행 구성은 도량

석(道場釋)/목탁석(木鐸釋)천수경(계경게부터　정법게진언(정법게진언)　후
계수서방안락찰운운/아침종성(아침종성)원차종성운운(원차종성 변법계운
운)/제일게(제일게)/파지옥진언(파지옥眞言)/파지옥진언(파지옥진언)/범종
(33추)/북/운판/목어/동당쇠/쇠올림/　아침예불1 - 향수해례

　예불의식은 평염불과 대사물, 범종, 운판, 목어, 홍고와 소사물 목탁, 경쇠
등을 사용하여 진행한다.

(6) 쾌불이운(掛佛移運)

<도표 6> 쾌불이운의식 진행과 범패

---

　1. 옹호게(擁護偈)－홋,반짓소리 2. 찬불게(讚佛偈)－평 3. 출산게(出山偈)
－평4. 염화게(拈花偈)－평 5. 산화락(散花落)－평 6. 거령산(擧靈山)－짓 7.
등상게(登床偈)－평8. 사무량게(四無量偈)－평 9. 영산지심(지심귀명례영산회
상염화시중시아본사 석가모니불(志心 歸命禮靈山會上拈花示衆是我本師釋
迦牟尼佛)－짓 10. 유원자비 수아정례(唯願慈悲受我頂禮)－홋 11. 헌좌게
(獻座偈)－홋 12. 헌좌진언(獻座眞言)－홋 13. 다게(茶偈)－홋14. 보공양진
언(普供養眞言)－평 15. 건회소(建會疏)－안(소성)

　쾌불이운의식은 영산재에 앞서서 마당에 큰 쾌불을 모시어 영산재 준비
도량을 마련하는 의식으로 15단계 절차로 평염불 7회 홋소리 5회(1회는 반
짓소리로 하기도 함) 짓소리 2회 안채비 1회 진행된다.

(7) 상단권공

<도표 7> 상단권공의식 진행과 범패

---

　1. 할향(喝香)－홋 2. 연향게(燃香偈) －평 3. 할등(喝燈)－홋 4. 연등게(燃
燈偈)－평5. 할화(喝花)－홋 6. 서찬게(舒讚偈)－평 8. 대직찬(大直讚)－홋
9. 지심이(志心信禮佛陀耶兩足尊)－짓 10. 삼귀의(三歸依)－홋 11. 중직찬

(中直讚)-홋 12. 지심이(志心信禮佛陀耶兩足尊)-짓 13. 보장취(寶藏聚)
-홋 14. 소직찬(小直讚)-홋 15. 지심이-지심신례불타야양족존(志心信禮佛
陀耶兩足尊)-짓 16. 오덕사(五德師)-홋 17. 개계소(開啓疏)-안(소성) 18.
합장게(合掌偈)-홋 19. 고향게(告香偈)-홋 20. 영산개계(靈山開啓)-홋
21. 관음찬(觀音讚)-평 22. 관음청(觀音請)-홋 23. 향화청(香花請/내림게바
라)-평 24. 가영(歌詠)-홋25. 걸수게(乞水偈)-홋 26. 쇄수게(灑水偈)-홋
27. 복청게(伏請偈)-홋 28. 천수바라(千手바라) -홋 29. 사방찬(四方讚)-
홋 30. 도량게(道場偈)-홋 31. 참회게(懺悔偈聲)-홋 32. 대회소(大會疏) 안
(소성) 33. 육거불(六擧佛)-평,짓 34. 삼보소(三寶疏)-안(소성) 35. 대청불
(大請佛)-홋 36. 삼례청(三禮請)-홋 37. 사부청(四府請)-홋 38. 단청불(單
請佛)-홋 39. 헌좌게(獻座偈)/헌좌진언(獻座眞言)-홋 40. 다게(茶偈)-홋
41. 일체공경(一切恭敬)-홋 42. 향화게(香花偈)-홋{법문을 모실 경우 정대
게부터-귀명게 까지 한다.} 43. 정대게(頂戴偈)-평 44. 계경게(開經偈)-평
45. 개법장진언(삼남태)-짓 47. 거량(擧揚)/수위안좌진언(受位安坐眞言)-안
(축원성, 착어성) 48. 청법게(請法偈)-평 49. 설법게(說法偈)<법문>-평 50.
보궐진언(補闕眞言)-평 51. 수경게(收經偈)-평 52. 사무량게(四無量偈)-
평 53. 귀명게(歸命偈)-평54. 창혼(唱魂)-홋 55. 지심귀명례-짓,평 /구원겁
중(久遠劫中)-홋56. 욕건이(欲建而)/정법계진언(淨法界眞言)-홋 57. 향수
나렬(香水羅列)-홋 특사가지-홋, 짓 58. 사다라니(四陀羅尼)-홋 59. 운심
게(運心偈)작법-홋 60상래가지(上來加持)-홋 61. 육법공양(六法供養)-홋
62. 배헌해탈향(拜獻解脫香)-홋 63. 배헌반야등(拜獻般若燈)-홋 64. 배헌
만행화(拜獻萬行花)-홋 65. 배헌보리과(拜獻菩提果)-홋 66. 배헌감로다(拜
獻甘露茶)-홋 67. 배헌성열미(拜獻禪悅味)/대각석가존작법-홋 68. 각집게
(各執偈)-홋 69. 가지게(加持偈)-홋 70. 탄백(歎白)-평 71. 회심곡(回心
曲)-회 72. 축원화청(祝願和淸) -화

영산재 상단권공의식은 불, 보살전의 공양의식으로 72단계 절차로 평염
불 15회 홋소리 45회(1회는 짓소리로 하기도 함) 짓소리 7회(1회 홋소리,
2회 평염불 형식) 안채비 4회(소성 3회, 1회는 축원 및 착어성 형식) 회심곡
1회, 화청 1회 진행된다.

(8) 식당작법 (食堂作法)

<도표 8> 식당작법의식 진행과 범패

1. 운판삼하호(雲板三下乎) 평,타(징) 2. 당종십팔퇴(堂鐘十八槌) 타(당종)
3. 목어당상초삼통알(木魚堂象初三通謁)-타(북) 4. 목어당후오통알(木魚堂
後五通謁)-타(북) 5. 오관게(五觀偈)-짓소리후 요잡바라/법고무 6. 하발금십
오퇴(下鉢金十五槌)-타(징) 7. 대중기립(大衆起立) 8. 정수정건(淨水淨巾)
-평 9. 중수타주대중창(衆首打柱大衆唱-약수상좌(若數上座)운운-평 10.
당좌창(堂佐唱)-반야바라밀다심경 -평 11. 중수대중창(衆首大衆唱-전발
게) -평 12. 대중창(大衆唱)-관자재보살행심반야바라밀다 운운-평 13. 당좌
창(堂佐唱)-아제아제바라아제 운운-평 14. 대중창십념(大衆唱十念)-평
15.당좌창(當佐唱)-마하반야바라밀-평 16. 당수대중창(衆首大衆唱)-약반
식시당원중생운운/불삼신진언(佛三身眞言)법삼장진언(法三藏眞言)/승삼승진
언(僧三承眞言)/계장진언(戒藏眞言)/정결도진언(定決道眞言)/혜철수진언(慧
徹修眞言)운운-평17. 오관(五觀) 및 대중창(食靈山)-나무영산회상불보살-
짓 18.중수창(衆首唱)-약견만발당원중생 운운-평 19. 대중창-정식게(淨食
偈)-평 20. 대중창-삼시게(三匙偈)-평 21. 타주상환(打柱相換)-타(타주)
22. 당좌창(堂佐唱-삼덕육미) -평 23. 타주권반(打柱勸飯)"공양소합소" -
평 24.공백대중 운운-평 25. 공양 26. 중수- 경쇠로 6추-타 27. 당좌창-절
수게(絶水偈)-평 28. 중수대중창-반식이흘(飯食已訖)-평 29. 당좌창-처
세간 여허공(처세간여허공 운운)-평 30. 축원문봉송(祝願文奉頌)-평 31. 타
주-광쇠에 맞추어 타주무 32. 오관소리-왕생왕생 원왕생(往生往生 願往生)
-평33.당좌창- 축원문(祝願文)-금일지성위천제자(今日至誠爲薦齋者)-
평 34. 오관소리-정찰정찰 생정찰(淨刹淨刹 生淨刹)-평 35. 당좌창-금일지
극지정성 (今日至極之精誠 운운)-평 36. 오관소리-명장명장 수명장(命長命
長 壽命長)-평 37. 중수대중창-금일공양제자(今日供養齋者)운운-평 38.
중수대중창-사가부자(捨跏趺坐)운운-평 39. 당수창-퇴자출당 당원중생(退
座出堂 堂願衆生)-평 40. 당좌창-영출삼계(永出三界) -평 41. 자귀불(自
歸佛) -홋 42. 대중창-회향게(回向偈)-평 43. 대중창(성불하십시오)-평

식당작법은 영산재에 모인 일체대중의 공양의식으로 43단계 절차로 평염
불 30회(1회 평염불 후 타악) 홋소리 1회(1회는 반짓소리로 하기도 함) 짓

소리 2회 타악및 타주 8회 아무런 소리 없는 동작 2회 진행된다.

이후 운수상단일부의식을 하기도 하며 곧바로 예불(셋째날 아침예불을 둘째 날 저녁에 하며, 예불(셋째날 아침예불을 둘째날 저녁에 한다.)-평 도량석(道場釋)/목탁석(木鐸釋)천수경(계경게부터　정법게진언(정법게진언) 후 계수서방안락찰운운/아침종성(아침종성)원차종성운운(원차종성 변법게운운)/제일게(제일게)/파지옥진언(파지옥眞言)/파지옥진언(파지옥진언)/범종 (33추)/북/운판/목어/동당쇠/쇠올림/ 아침예불1 - 향수해례

예불의식은 평염불과 대사물, 범종, 운판, 목어, 홍고와 소사물 목탁, 경쇠 등을 사용하여 진행한다.

(9) 운수상단

<도표 9> 식당작법의식 진행과 범패

---

1. 할향(喝香)-홋 2. 등계(燈偈)-홋 4. 합장게(合掌偈)-홋 5. 고향게(告香偈)-홋 6. 원부개게(原夫開啓)-홋 7. 정토결계진언(淨土結界眞言)-홋 8. 쇄향수진언(灑香水眞言)-홋 9. 향수훈욕조제구(香水熏浴澡諸玖)-홋 10. 돌진언 -홋 11. 천수경<정구업진언 운운- 신묘장구대다리니 까지>-평 {천수경 대비주까지 염송 하거나 또는 곧바로 복청게를 하기도 한다.} 12. 복청게(伏請偈)-홋 13. 천수바라(千手바라)-홋 14. 사방찬(四方讚)-홋 15. 도량게(道場偈) -홋 16. 참회게(懺悔偈)/참회진언(懺悔眞言) -홋{법문을 할 때 경우 정대게부터-귀명게까지 한다.} 17. 정대게(頂戴偈)-평 18. 개경게(開經偈)-평 19. 개법장진언(삼남태)-짓 20. 십념청정법신 운운(十念淸淨法身 云云)-평 21. 거량(擧揚)/수위안좌진언(受位安坐眞言)-안 22. 청법게(請法偈)-평 23.설법게-법문 24. 보궐진언(補闕眞言)-평 25. 수경게(收經偈)-평 26. 사무량게(四無量偈)-평 27. 귀명게(歸命偈)-평 28. 준제공덕취운운-정법게진언 까지-평운수상단(소청상위)(1) 29. 거불(擧佛) -평,짓 30. 상단소(上壇疏) -안(소성) 31. 진령게(振鈴偈)-평 32. 보소청진언(普召請眞言)-홋 33. 유치(仰惟三寶慈尊 云云)-안(유) 34. 청사(南無一心奉請 性天寥廓 云云)안(청) 35. 향화청(香花請)/가영(歌詠)/고아게(故我偈) -평 36.

헌좌게(獻座偈)/헌좌진언(獻座眞言)-홋 37. 증명다게(茶偈)까지 마친후 중단권공(소청중위)(1)을 한다. 그리고 상단소청성위 (2)을 하고 다시 소청중위 (2)을 하고 다시 소청상위(3)을 하며 마지막으로 소청중위(3)을 하므로 상단권공 과 중단권공의 고유번호는 그대로 서술 한다. 상단권공(2)38. 근백편(謹白)-안 39. 보례삼보(普禮三寶)-평,홋 40. 재백편(再白)-안 41. 법성게(法性偈)- 평 42. 괘전게(掛錢偈)-평상단권공(3) 43. 욕건만나라 선송 정법계진언-홋 44. 다게(茶偈)-홋 45. 향수나렬(香水羅列)-홋 46. 특사가지(特賜加持)- 홋,짓 47. 사다라니(四陀羅尼)-홋 48. 오공양(五供養)/가지게(加持偈)-홋 49. 보공양진언(普供養眞言)-평 50. 보회향진언(普回向眞言)-평51. 축원화 청(祝願和淸)-화(회심곡)

운수상단권공의 시왕각배재 권공에 앞서 베풀어지는 상단의식으로 운수 상단(소청상위)(1)은 증명다게(茶偈)까지 마친 후 중단권공(소청중위)(1)를 한다. 그리고 상단소청성위 (2)를 하고 다시 소청중위(2)를 하고 다시 소청 상위(3)를 하며 마지막으로 소청중위(3)를 한다.

운수상단권공 (1)(2)(3)의식은 51단계 절차로 평염불 19회(1회는 홋소리 형식으로 하기도 함) 홋소리 23회(1회는 짓소리로 하기도 함) 짓소리 3회(2회 홋소리로 하기도 함) 안채비 5회(소성 1회, 편게성 1회, 유치성 1회, 청사성 1회, 축원 및 착어성 형식 1회) 화청(회심곡) 1회, 진행된다.

(10) 중단권공

<도표 10> 중단권공의식 진행과 범패

중단권공(소청중위)(1)1. 거불(擧佛)-평 2. 시왕소(十王疏)-안(소) 3. 진령 게(振鈴偈)-평 4. 보소청진언(普召請眞言)-홋 5. 유치(切以歡喜園中 云 云)-안(유) 6. 청사(南無一心奉請 閻摩羅幽冥界 云云)-안(청) 7. 향화청 (香花請)/가영(歌詠)/고아게(故我偈)-평 8. 청사(南無一心奉請 因深果滿

云云)-안(청) 9. 향화청(香花請)/가영(歌詠)/고아게(故我偈)-평 10. 헌좌게
(獻座偈)/헌좌진언(獻座眞言)-홋 11. 증명다게(證明茶偈)-평,홋 12. 청사(南
無一心奉請 生前秉直 云云)-안(청) 13. 향화청(香花請)/가영(歌詠)/고아게
(故我偈)-평 14. 청사(南無一心奉請 有職批判 云云)-안(청) 15. 향화청(香
花請)/가영(歌詠)/고아게(故我偈)-평 16. 청사(南無一心奉請 心常柄鑑 云
云)-안(청) 17. 향화청(香花請)/가영(歌詠)/고아게(故我偈)-평 18. 청사(南無
一心奉請 心懷大造 云云)-안(청) 19. 향화청(香花請)/가영(歌詠)/고아게(故
我偈)-평 20. 청사(南無一心奉請 因從願力 云云)-안(청) 21. 향화청(香花
請)/가영(歌詠)/고아게(故我偈)-평 22. 청사(南無一心奉請 權衡六道 云云)
-안(청) 23. 향화청(香花請)/가영(歌詠)/고아게(故我偈)-평 24. 청사(南無一
心奉請 位居震旦 云云)-안(청) 25. 향화청(香花請)/가영(歌詠)/고아게(故我
偈)-평 26. 청사(南無一心奉請 號標平等 云云)-안(청) 27. 향화청(香花
請)/가영(歌詠)/고아게(故我偈)-평 28. 청사(南無一心奉請 位專交易 云云)
-안(청) 29. 향화청(香花請)/가영(歌詠)/고아게(故我偈)-평 30. 청사(南無一
心奉請 轉身冥世 云云)-안(청) 31. 향화청(香花請)/가영(歌詠)/고아게(故我
偈)-평 32. 청사(南無一心奉請 職居總帥 云云)-안(청) 33. 향화청(香花
請)/가영(歌詠)/고아게(故我偈)-평 34. 청사(南無一心奉請 尋窮罪跡 云云)
-안(청)35. 향화청(香花請)/가영(歌詠)/고아게(故我偈)-평 36. 청사(南無一
心奉請 如來親詣 云云)-안(청) 37. 향화청(香花請)/가영(歌詠)/고아게(故我
偈)-평 38. 청사(南無一心奉請 金剛水際 云云)-안(청) 39. 향화청(香花
請)/가영(歌詠)/고아게(故我偈)-평 40. 청사(南無一心奉請 威靈可畏 云云)
-안(청) 41. 향화청(香花請)/가영(歌詠)/고아게(故我偈)-평 42. 청사(南無一
心奉請 其徒百萬 云云)-안(청) 43. 향화청(香花請)/가영(歌詠)/고아게(故我
偈)(내림게바라)-평 44. 가영(歌詠)-평 45. 산화락(散花落)-평 46. 모란찬
(牧丹讚)-홋

　　중단권공(2) 47. 헌좌게/헌좌진언-홋 48. 다게(茶偈)-홋

　　중단권공(3) 49. 중단개게(切以 香燈耿耿 云云) -홋 50. 사다라니(四陀羅
尼)-홋 51. 오공양(五供養)/가지게(加持偈)-홋 52. 보공양진언(普供養眞言)
-평 53. 반야심경(般若心經)/화엄경약찬게(華嚴經畧纂偈)-평 54. 보회향진
언(普回向眞言)-평 55. 탄백(嘆白)-평56. 지장축원화청(地藏祝願和淸)-
화(지장축원화청)

중단권공의 10대명왕전에 권공하는 의식으로 중단권공(1)(2)(3) 의식은 56단계 절차로 평염불 28회 홋소리 7회(1회는 짓소리로 하기도 함) 안채비 20회(소성, 1회, 유치성 1회 청사성 18회) 화청 1회 진행된다.

(11) 신중퇴공

<도표 11> 시련의식 진행과 범패

> 1. 다게(茶偈)-평 2. 거목(擧目)-평 3. 상래가지 운운(上來加持 云云)-평 4. 보공양진언(普供養眞言)-평 5. 보회향진언(普回向眞言)-평 6. 원성취진언(願成就眞言)-평 7. 보궐진언(普闕眞言)-평 9. 탄백(嘆白)-평10. 축원(祝願)-평

상단권공발원과 더불의 불법을 옹호하는 신중에게 공양을 올리는 의식으로 10단계 절차로 모두 평염불로 진행된다.

(12) 관음시식/전시식

<도표 12> 관음시식/ 전시식의식 진행과 범패

> 관음시식 1. 거불(擧佛)-평 2. 착어(영원담적(靈源湛寂 云云)-안(착어성) 3. 진령게(振鈴偈)-평 4. 착어(자광조처 운운-慈光照處 云云)-안(착어성)/신묘장구대다라니-평 5. 화엄사구게(華嚴四句偈)-평 6. 파지옥진언(破地獄眞言)-평 7. 해원결진언(解冤結眞言)-평 8. 보소청진언(普召請眞言)-평 9. 나무상주시방불·법·승. 관세음보살/나무대방광불화엄경-평(南無常住十方佛, 法, 僧, 觀世音菩薩/大方光佛華嚴經 云云) 10. 증명청(삼청)-평 11. 향화청(香花請)-평 12. 가영(歌詠)-평 13. 헌좌진언(獻座眞言)-평 14. 다게(茶偈)-평 15. 고혼청(孤魂請)-안(청사성) 16. 향연청(香煙請)-평 17. 가영(歌詠)-평 18. 착어(상래승불섭수-上來承佛攝受 云云)/ 수위안좌진언(受位安座眞言)-안(착어성) 19. 다게(茶偈)-평 20. 선밀가지 운운(宣

密加持 云云)－평 21. 변식진언(變食眞言)－평 22. 사다라니(四陀羅尼)－
시감로수진언/일자수륜관진언/유해진언/칭량성호－평 (오여래)/원차가지 운운
23. 시귀식진언(施鬼食眞言)－평 24. 보공양진언(普供養眞言)－평 25. 보회
향진언(普回向眞言)－평 26. 수아차법식 운운(受我此法食 云云)－평 27.
여래십호 운운/(如來十號 云云)－평28. 장엄염불(莊嚴念佛)－평－29. 공덕
게(功德偈)－훗

　　하단.전시식(奠施食) 1.거목(擧目)－평 2.축원(祝願)－평 3.시일 금시사문
대중등 운운(是日 今時沙門大衆等 云云)－안(착) 4.신묘장구대라라니(神妙
章久大陀羅尼 云云－ 南無起敎阿難陀尊者 까지)－평 5. 제불자 이승삼보
운운(諸佛者 已承三寶 云云)－안(편게성) 6.귀의불 운운/지장보살멸업장진언
/관세음보살멸업장진언/보소청진언/삼매야계진언－평 7.선밀가지신전 운운(宣
密加持身田 云云)－안(편게성) 8.四陀羅尼(변식진언,시감로수진언,일자수륜
관진언,유해진언)－평 9.칭량성호(七如來)－안(개탁성), 평 10.神呪加持 淨飮
食 云云/시무차법식진언/보공양진언 /보회향진언－안(편게성), 평 11.제불자
수 법식이 운운(諸佛者 受 法食已 云云)－안(편게성),평 12.아석소조죄악업
운운(我昔所造罪惡業云云－懺悔眞言 까지)－평 13.제불자 참회죄업이 운운
(諸佛者 懺悔罪業已 云云)－평 14.중생무변서원도운운(衆生無邊誓願度부
터－自性佛道誓願成 까지)/발보리심진언(發報提心眞言)－평 15.제불자 발
사홍서원이 운운(諸佛者 發四弘誓願已 云云)－평 16.일체유위법 운운(一切
有爲法 云云)/반야심경(般若心經 云云)/ 원차가지식 운운(願此加持食 云
云)－평 17.장엄염불(莊嚴念佛)－평

시식은 영혼에게 법식을 이러주는 의식으로 관음시식과 전시식으로 관음
시식은 29단계 절차로 평염불 24회 훗소리 1회 안채비 4회(착어성 3회, 청
사성 1회)과 도량 한편에서는 전시식이 거행 된다. 전시식 의식은 17단계
절차로 평염불 11회 훗소리 1회 안채비 5회(착어성 1회, 편게성 3회, 개탁
성 1회)진행된다.

(13) 봉송 의식

<도표 13> 봉송의식 진행과 범패

하단·봉송1.(燒送) 1. 봉송편(諸佛者 旣受香供 云云)/寶禮三寶/ㅡ평 2.
행보게(行步偈)/산화락(散花落)ㅡ평 3. 법성게(法性偈)ㅡ평 05. 소전진언(燒
錢眞言)ㅡ평 6. 봉송진언(奉送眞言)ㅡ평 7.상품상생진언(上品上生眞言)/(처
세간여허공ㅡ處世間如虛空云云)ㅡ평 8. 보회향진언(普回向眞言)/파산게/회
향거불(回向擧佛)ㅡ평 . 탄백ㅡ평
　　하단·봉송2. (燒送)1. 공성회향편(供聖回向篇ㅡ상래보집대중 운운)/염시방
삼세제불 운운ㅡ평 2. 경신봉송편(敬伸奉送篇(상래법연고과 운운)/법성게(法
性偈)/축원(祝願)/제불자 긔수향공 운운/보례삼보(寶禮三寶)/행보게(行步偈)/
산화락(散花落)/인성(引聲ㅡ나무대성인로왕보살마하살(南無大聖引露王菩薩
摩訶薩))ㅡ평 3. 하단봉송(下壇錢送)ㅡ상래시식념불풍경 운운)/상품상생진언
(上品上生眞言)/봉송진언(奉送眞言)/화재수용편(化財受用篇)ㅡ부이무상비
밀지언 운운)/화재게(化財偈)/소전진언(燒錢眞言)/헌전진언(獻錢眞言)ㅡ평 4.
봉송명부편(奉送冥府篇)ㅡ상래소청 제대성중 운운ㅡ십전올올환본위 운운)/봉
송진언(奉送眞言)ㅡ평 5. 하단전송(上壇錢送)ㅡ청정법신 비로자나불 운운/불
설소재길상대다라니/봉송진언(奉送眞言)/ 시방제불찰 운운/보신회향편(普伸回
向篇)ㅡ상래승회운운)/보회향진언(普回向眞言)/파산게/나무환희장마니보적불
운운(南無歡喜藏摩尼寶積佛 云云)/회향게(回向偈)ㅡ평

　봉송의식은 재을 모두 마치고 불, 보살, 신중, 영혼등 일체 전송하는 의식
으로 봉송(1)은 9단계 절차로 모두 평염불 진행 된다. 봉송 의식(2)은 5단계
절차로 모두 평염불 진행 된다.

Ⅲ. 맺음말

　영산재 진행시 구성된 음악은 의식음악으로 불교 역사와 더불어 그 시대
문화 전통과 함께 교학(敎學), 선(禪),를 융합한 참다운 수행과 깨달음을 위

한 의식(儀式) 음악으로 발전 전승되어 왔다.

영산재 진행은 범패, 무용, 장엄이 어우러진 의식으로 범패, 무용, 장엄은 의식을 장엄스럽게 하는 한편 깨달음의 법당을 꾸미여 일체 중생 모두 2500년 전 인도 영취산에서 석가모니부처님이 영산회상에서 법을 설하였듯 금일 영산재를 통해 영산회상에 들어가 깨우침을 얻고 정각(正覺)을 이루는 데 그 목적이 있다.

불교의 근본 목적을 수행을 통한 깨달음 즉 성불에 목적을 두며 극락세계에 가려는데 목적이 있는 것이 아니며, 극락세계는 다만 성불(成佛)을 향하여 잠시 거쳐가는 곳일 뿐이다. 영산재의 내용 및 가사의 내용은 성불의 목적을 위해 음악과 무용을 통해 이루어지는 최상의 설법이며, 이러한 가르침을 위해 범패로 불보살을 청하여, 가르침을 듣고, 살아 있는 자 죽은 자 허공, 수륙, 일체중생(지옥, 아귀, 축생, 아수라, 인간, 천상) 모두 영산재의 재도량인 법석(法席)에 모아 법을 설한다. 설법의 순서는 하단, 중단, 상단 3단 구성 형식으로 하단에는 하근기 중생, 중단에는 중근기 중생을, 상단에는 상근기 중생에 맞는 최상의 설법을 최상의 의식음악으로 교선염(교리, 선, 염불)으로 일러주는 의식이라 할 수 있다.

영산재 전체의식은 아래 <도표 14> 영산재 진행과 범패에서 알 수 있듯 13단계 절차 371순으로 진행 된다

<도표 14> 영산재 진행과 범패

의식구성과 범패	평염불	안채비	홋소리	짓소리	화청 / 회심곡	타악 반주
1. 시련 9단계	4		3(1회반짓소리)	1(인성)		1
2. 대령 10단계	5	4	1			
3. 관욕 32단계	21	8	1	2(관욕게, 목욕진언)		
4. 조점점안/ 이운 9단계	7			2(삼마하, 거령산)		

5. 신중작법 4단계	1		3(2회반짓소리)			
6. 쾌불이운15단계	7	1	5	2(거령산, 영산지심)		
7. 상단권공72단계	15	4	45	7(삼귀두겁, 보례, 단정례, 영산지심, 특사가지, 거불, 삼남태)	1회 심곡/화청	
8. 식당작법 43단계	30		1	2(식영산, 오관계)		8 2회무반주)
9. 운수상단51단계	19	5	23	3(거불, 삼남태, 특사가지)	1회 심곡	
10. 중단권공 56단계	28	20	7		1(화청)	
11. 신중퇴공 10단계	10					
12. 관음시식 29단계	24	4	1			
전시식 17단계	11	5	1			
13. 봉송(1) 9단계 봉송(2) 5단계	14					
전체 371단계 진행	196	51	91(3회는 훗소리및 반짓소리)	19(이 가운데, 거불, 거령산, 단정례, 특사가지, 영산지심을 동일한 소리가 반복되어 불리워 진다.	3	11

영산재에서 불리는 음악은 일반적 평염불과, 전문적 의식 승에 의하여 불리는 범패 등 두 가지 형태로 진행되고 상기 도표는 전문적인 형태의 음악 형식으로 371단계 진행으로 염불은 평염불과 범패의 안채비 바깥채비 훗소리, 짓소리, 화청, 회심곡이 사용되며 반주 악기는 징, 북, 호적, 목탁 등이 사용된다.

하단의식은 2.대령 3.관욕 12.관음시식/전시식 13.봉송으로 안채비의 착어성, 편계성 등이 중단의식은 5.신중작법 10.중단권공 11.신중퇴공 등 훗소리 일부와 안채비의 유치성, 청사성, 소성 등이 중심을 이룬다. 상단의 영산 단권공은 홋소리, 짓소리 중심과 안채비의 상단 유치와 상단 청사성, 상단소가 중심을 이룬다.

바깥채비 홋소리는 주로 시련, 신중작법, 쾌불이운, 상단권공, 운수상단권공,중단권공의식에서 주로 사용되었고 짓소리는 시련의식에서 인성(引聲), 관욕의식에서 관욕게(灌浴偈), 목욕진언(沐浴眞言), 조전점안시 삼마하(三摩伽)거령산, 쾌불이운시 거령산(擧靈山), 영산단권공시 삼귀두겁(三歸頭匣), 보례(普禮), 단정례(單頂禮),영산지심(靈山志心), 특사가지(特賜加持), 거불(擧佛), 삼남태(三喃呔), 식당작법(食堂作法)시 식영산(食靈山), 오관게(五觀偈) 등 운수상단시 거불, 삼남태, 특사가지 등 19곡 가운데 거불, 단정례, 거령산, 영산지심, 특사가지는 반복 사용된다. 반짓소리는 시련시 옹호게, 신중작법시, 옹호게, 봉청으로 홋소리와 반짓소리로 사용된다.

화청(회심곡)은 영산단권공시 상단 축원화청(祝願和淸)과 중단권공의식 지장축원화청(地藏祝願和淸)이 진행되며, 이외 화청에 앞서 회심곡이 불린다.

사물 연주는 북, 징, 목탁이 주를 이루며 삼현육각 반주와 식당작법시 광세, 경쇠가 사용되며, 호적은 취타가락, 염불가락, 내림게(천수바라)가락, 능게가락, 요잡가락 등 5종이 무용 반주 및 범패 반주로 사용된다.

현재 영산재에서 1일 영산재 구성진행으로 인해 재의 규모가 축소되어 가고 있다. 이에 정부의 재정적 뒷받침과 관심이 필요하며, 중요무형문화재 제50호 영산재의 보존과 전승을 위해서는 범패, 작법, 장엄의 보유자 부재에 따른 보유자 지정이 시급하다 할 것이다.

참고문헌

화엄경사경조성기(754. 8.1 ─ 755.2.14), 호암박물관소장 국보 169호.

三國遺事 卷 五月明師.

小林芳規, 「奈良時代の角筆訓点から觀た華嚴經の講說」, 『東大寺 創建前後』(第
　　二會 東大寺 國際學術發表集), 日本: 東大寺, 2004.

김응기(법현), 「韓國梵唄의 歌唱과 角筆樂譜 實演 ─ 성암고서박물관소장 묘법연
　　화경 각필악보를 중심으로」, 『東大寺 創建前後』, 第二會 東大寺 國際學術
　　發表集, 東大寺, 2004.

김응기(법현), 「범패 전승에 사용된 각필악보 연구」, 『음악과 문화』 제 12호, 세계음
　　악학회, 2005.

법　현, 『불교음악감상』, 운주사, 2005.

법　현, 『불교 무용』, 운주사, 2002.

법　현, 『영산재 연구』, 운주사, 1997.

법　현, 『한국의 불교음악』, 운주사, 2005.

朴世敏, 『韓國佛敎儀禮叢書』 第1 ─ 4輯, 보경문화사, 1993.

이지선, 「한국불교음악의 기보에 관한 고찰」, ≪한국음악연구≫ 33집, 한국국악학
　　회, 2002.

韓萬榮, 『韓國佛敎音樂硏究』, 서울대학교출판부, 1980.

영산재의 재의구조와 음악적 짜임새

장 휘 주

I. 머리말

이 글의 목적은 佛家의 영혼천도의식의 일종인 靈山齋에서 齋 儀式 절차의 구조적 특징과 음악적 짜임새 간의 상관관계를 살펴보는 것이다.

齋는 죽은 자를 위한 佛家의 의식이다. 따라서 齋의 의식절차는 천도대상을 의식이 행해지는 도량에 모셔다 불, 보살의 가르침을 들려주고, 이를 통해 亡子가 불보살의 加被力으로 깨달음을 얻어 극락으로 갈 수 있도록 해 주는 일련의 과정을 의식화 한 것이다. 이러한 齋에는 水陸齋를 비롯해서 常住勸供齋, 豫修齋, 十王各拜齋, 靈山齋 등 5種이 있는데, 이 中에서 규모가 가장 큰 것은 靈山齋라고 한다.[1]

靈山齋는 첫 번째 절차인 侍輦에서부터 마지막 절차인 奉送에 이르기까지 매우 복잡한 과정 속에서 나열식으로 진행되지만, 각각의 고유한 내용과 기능이 있다. 예를 들면, ≪시련≫, ≪대령≫, ≪관욕≫과 같이 죽은 자와 직접적인 연관이 있는 의식도 있고, ≪上壇勸供(靈山作法)≫이나 ≪雲水

---

1) 장사훈·한만영, 『국악개론』, 서울대출판부, 1975, 160면, '범패'項,

上壇勸供≫과 같이 불보살에 대한 절차도 있으며, 또 ≪食堂作法≫처럼 齋에 참여하는 僧尼를 위한 의식절차도 있다. 그리고 이러한 의식절차는 오늘날에 이르러 절차상의 하나로 삽입되어 정형화 된 것도 있고[2], 또 ≪영산작법≫ 절차처럼 영산재뿐만 아니라 수륙재, 예수재에도 삽입할 수 있게끔 독립적인 의식절차도 있다[3]. 따라서 영산재가 죽은 이를 위한 천도의식이라고 하지만, 세부적인 절차에서는 망자와 크게 상관없는 서로 다른 용도와 기능의 절차들이 복합적으로 섞여있어서, 이들 齋儀절차가 구조적으로 어떻게 연결되어 있는지가 불투명하다.

한편 이러한 영산재의 의식절차는 음악적으로 여러 聲으로 구분되는 안채비소리를 비롯해서, 바깥채비인 짓소리와 홋소리, 이 밖에 화청 등의 범패로 진행이 되는데, 이들 네 종류의 범패는 영산재의 규모가 큰 만큼 세부적으로도 또 수십, 수백 종에 이른다. 하지만 이들 각 범패가 의식과 관련해서 어떠한 기능과 용도를 가지고 사용되며, 또 齋儀式에서 어떻게 구조적으로 짜여지는지에 대해서는 별로 알려진 바가 없다. 다만 여러 범패 중에서 화청이 모든 齋의 끝에 대중이 알아들을 수 있는 우리말로 齋主를 축복하는 음악으로 쓰이는 것으로 소개되어 있다[4].

따라서 본고는 무수히 많은 절차와 수백 종의 범패로 진행되는 영산재에서 이들 各 절차와 음악들이 어떻게 구조적으로 얽혀 있는지를 살펴보려는 것이다. 즉 서로 다른 수많은 절차로 진행되지만 각각의 절차가 내용은 다르고 형식은 반복되는 구조인지, 아니면 수많은 절차가 나열식으로 진행되지만 내용적인 측면에서는 구조적으로 덩어리 지을 수 있는지, 아울러 이러한

---

2) 이 같은 예에는 식당작법이 있다. 원래 식당작법은 휴식시간이 따로 없이 진행되는 齋의 특성상 범패승의 공양도 의식화해서 넣은 것이지, 齋 의식절차의 진행내용과 상관있는 것은 아니다.

3) 장휘주, 「靈山作法 研究」, 《동양음악》 21집, 서울대 동양음악연구소, 1999.

4) 한만영, 「和請과 告祀念佛」, 『한국불교음악연구』, 서울대출판부, 1980

齋儀구조에 여러 종류의 범패가 어떻게 구조적으로 배치되는지 등의 문제를 검토하려는 것이다.

본고에서 대상으로 할 음악은 범패에 한정하고, 삼현육각이나 대취타 음악은 의식절차에 포함되어 있기 보다는 주로 음량이나 음향적 효과를 위해 배경음악으로 연주되기 때문에 제외하겠다. 그리고 본고에서 다룰 영산재의 재의절차와 범패는 서울 봉원사를 중심으로 전승되는 것이 대상임을 밝혀둔다.

Ⅱ. 齋儀구조

영산재는 불교의 영혼천도의식 중에서 가장 규모가 큰 의식으로 알려져 있다. 이는 곧 가장 많고 복잡한 절차가 장시간 동안 이루어짐을 의미한다. 따라서 절차와 절차의 경계가 모호한 부분도 있고, 하나의 절차 내에서도 그 세부적인 진행과정이 복잡한 양상을 보인다. 이 때문에 혹자에 따라서는 소개하는 절차에 약간씩의 차이가 있고, 또 이러한 세부적인 절차를 큰 단위에서 어떻게 구분할 것인지에 대해서도 약간씩의 차이가 있는 것 같다.

영산재의 절차를 살펴보고, 이러한 각 절차들을 구조적으로 묶은 견해들을 검토해 보겠다.

1. 절차

오늘날 전승되는 영산재의 의식절차는 1987년의 『靈山齋』[5]에서부터 소개되기 시작했다[6]. 이후 영산재의 각 절차를 소개하고, 절차별로 사용되는 범패

---

5) 홍윤식·정병호, 『영산재』, 문화공보부 문화재관리국, 1987.

와 作法舞 등을 세세히 기록한 문헌으로는『영산재 연구』[7]와『영산재』[8]

등이 있다.[9]

이 세 문헌의 영산재 의식절차를 비교하면 다음과 같다.

<표 1> 영산재의 의식절차

	『영산재』(1987)	『영산재 연구』(1997)	『영산재』(2003)
1	시련	시련	시련
2	齋對靈	재대령	재대령
3	灌浴	관욕	관욕
4	–	조전점안	조전점안
5	神衆作法	신중작법	신중작법
6	掛佛移運	괘불이운	괘불이운
7	靈山作法	상단권공 – 영산작법	영산작법
8	食堂作法	식당작법	식당작법
9	–	운수상단권공(소청상위)	–
10	–	중단권공(소청중위)	–
11	–	신중퇴공	중단권공
12	觀音施食	관음시식/전시식(하단시식)	관음시식
13	–	봉송 및 소대의식	봉송의식

6) 문화재관리국에서 현재 전승되고 있는 佛家의 齋를 조사해서 보고서를 내기 시작한
것은 1965년부터이다. 최초의 보고서는 1965년에 '범패'(무형문화재 조사보고서 제10
호)가 조사되었고, 이후 1969년에는 '범패와 작법'(제62호), '화청'(제65호)이 조사보고
되었으며, 영산재가 조사, 보고된 것은 1986년에 와서야 이루어졌다. 하지만 1986년의
조사보고서(제173호) '영산재'에서는 의식절차에 대한 항목이 없고, 의식절차에 대한
언급은 1987년의『영산재』에 와서 처음으로 소개되었다.

7) 법현(김응기),『영산재 연구』, 운주사, 1997.

8) 심상현,『영산재』, 국립문화재연구소, 2003.

9) 영산재의 의식절차를 다룬 문헌은 이 밖에도『한국전통음악자료분류법』(국립문화재
연구소, 1997)이나『불교의식각론』ⅠⅡ(한국불교출판부, 2000) 등 여럿 있지만, 대개의
저자는 법현이나 심상현이기 때문에, 앞의 두 문헌의 내용과 중복된다.

<표 1>의 영산재 절차는 저자별로 다소의 가감은 있지만 대동소이하다. 3者를 비교하면, 1987년 문화재관리국에서 발행한 『영산재』에서 ≪조전점 안≫과 ≪신중퇴공≫, ≪봉송≫ 세 절차가 빠져있고, 『영산재』(2003)의 것 은 『영산재 연구』(1997)에서 ≪소청상위≫와 ≪소청중위≫가 빠져있을 뿐 거의 같다.

영산재 절차를 기록한 3종의 책은 모두 서울 봉원사에서 전하는 영산재 를 대상으로 한 것이다. 따라서 세 책에서의 절차상의 차이는 1987년의 것 은 초기의 영산재를 조사한 것이기 때문에 조사과정에서 일부 누락된 것으 로 보이고, 2003년의 것은 오늘날 영산재를 축소해서 하는 경우를 소개한 것이다. 즉 1987년의 『영산재』 절차는 오늘날 『영산재』(2003)의 절차로 복 원되어 전승되고 있으며, 또한 『영산재 연구』(1997)의 것은 조선조 불교의 식집[10]에 전하는 절차를 포함한 것이다. 결국 3자에서 정리한 영산재 절차 의 차이는 전승계보나 지역별 차이가 아니기 때문에, 『영산재』(2003)에서 정리한 절차를 기준으로 의식규모에 따라 『영산재 연구』(1997)의 ≪소청상 위≫와 ≪소청중위≫ 절차가 첨삭되는 것으로 이해하면 될 것이다.

2. 齋儀구조

영가천도를 목적으로 하는 佛家의식인 齋는 원래 불교신앙과는 거리가 있다. 따라서 영산재의 ≪시련≫에서부터 ≪봉송≫에 이르는 절차는 불교 가 한국사회에 뿌리내리는 과정에서 조상숭배 등 토착적인 신앙체계를 받아 들여서 自己化 한 儀式으로 볼 수 있다. 때문에 齋는 민간신앙적인 구조와

---

10) 조선조의 불교 의식집을 엮어놓은 박세민 編 『불교의례자료총서』(보경문화사, 1973) 에는 수십 종의 불교의식집이 수록되어 있어서, 조선조 불교의례의 절차 등을 이해할 수 있다.

불교신앙적인 구조를 동시에 보여주지만, 전체적인 구조로 보면 민간 신앙
적 요소를 수용하지만 결국 불교신앙의례로서의 정연한 신앙체계를 지닌 것
으로 이해되고 있다.[11]

　불교신앙의례로서 영산재의 구조는 내용적인 측면에서 3단계로 보는 견
해[12]와 4개의 부분으로 보는 견해[13]가 있다. 영산재 절차에 대한 두 견해를
비교하면 다음과 같다.

<표 2> 영산재의 齋儀구조

	『영산재』(1987)			『영산재』(2003)
1. 시련	삽입		1단계(序分)	도입부
2. 대령				
3. 관욕				
4. 조전점안				
5. 신중작법				
6. 괘불이운				
7. 상단권공	결계의식	序分(1단계)	2단계(正宗分)	전개/절정
	소청, 설법의식	正宗分(2단계)		
	권공, 회향의식	流通分(3단계)		
8. 식당작법	삽입			
9. 운수상단권공				
10. 중단권공				
11. 시식				
12. 봉송	삽입		3단계(流通分)	결말

(심상현의 『영산재』(2003)에서는 전개와 절정의 구분은 없음)

---

11) 홍윤식·정병호, 『靈山齋』, 문화공보부 문화재관리국, 1987.
12) 홍윤식, 『靈山齋』, 문화공보부 문화재관리국, 1987, 37면, '불교신앙의례의 구조'項.
13) 심상현, 『영산재』, 국립문화재연구소, 2003, 136면, 'Ⅴ. 영산재의 진행과정'項.

<표 2>의『영산재』(1987)는 상단권공인 ≪靈山作法≫을 영산재 절차의 핵심으로 보고, 이 ≪영산작법≫의 구조를 3단계로 구분한 다음, ≪영산작법≫의 앞뒤 절차는 의식의 형상화와 민간신앙의 習合과정에서 삽입된 것으로 보았다. 그리고 ≪영산작법≫의 구조는 불보살을 奉請하여 공양, 頂禮, 도량청정, 참회, 발원하는 1단계(序分), 영가에게 법문을 베풀고 그 공덕을 영가에게 회향하는 2단계(正宗分), 回向하고 報恩의 頂禮를 마친 다음 불보살을 봉송하는 3단계(流通分)로 구분하였으며, 이러한 ≪영산작법≫의 3단계 구조는 경전의 전통적인 구조인 序分, 正宗分, 流通分과 비교되는 것으로 보았다. 결국 이 견해는 불교신앙적인 측면에서 보면 영산재는 ≪상단권공(영산작법)≫이 3단계로 구조적 완결성을 갖는 핵심의식이고, 이 의식의 앞뒤 절차들은 민간신앙을 수용하고 영산재를 보다 구조적으로 형상화하는 과정에서 덧붙게 된 것으로 보고 있다[14].

반면『영산재』(2003)에서는 일련의 과정으로 이어지는 영산재 절차를 내용적인 측면에서 도입, 전개, 절정, 결말 네 부분으로 나눈 것이다. 하지만 실제로는 전개와 절정의 구별이 뚜렷하지 않아서, 결국 ≪시련≫에서 ≪괘불이운≫까지를 도입, ≪영산작법≫부터 ≪전시식≫ 까지를 전개와 절정, 마지막의 ≪봉송≫을 결말부분으로 3단계로 보았다.

영산재의 齋儀절차를 구조적으로 구분하기 위한 위의 두 견해는 그 접근법과 해석에서는 차이가 있지만, 민간신앙을 수용한 佛家의식으로서의 영가천도의식인 齋를 구조적으로 구분하는 데는 대체로 일치하는 듯하다.

---

14) 하지만 필자는 영혼천도를 목적으로 하는 '齋'라는 의식의 성격을 생각할 때, 망자를 위한 여러 절차 속에 ≪상단권공(또는 영산작법)≫절차를 삽입한 것으로 보고 싶다. 왜냐하면 ≪상단권공≫은 다른 절차와는 달리 망자를 위한 절차가 아닐 뿐만 아니라, 의식구조와 음악적인 면에서도 자체적인 완결구조를 가지기 때문이다. 따라서 홍윤식은 ≪영산작법≫이 영산재의 핵심의식이라는 점에서 다른 절차를 삽입한 것으로 보지만, 필자는 오히려 齋라는 의식절차에 ≪영산작법≫이 삽입된 것이라 생각한다.

III. 梵唄의 종류와 특징

범패에는 그 음악적 스타일로 보아 안채비들이 부르는 안채비소리와 겉채비(또는 바깥채비)가 부르는 홋소리 및 짓소리, 이 밖에 祝願을 하는 和請이나 회심곡 등, 이렇게 4가지가 있다.[15]

안채비는 대체로 경문에 해박한 지식이 있는 本寺의 乘法이나 法主가 진행하지만 齋가 클 경우에는 전문적으로 소리를 배운 어장이 그 역할을 맡으며, 勸供하는 사연을 탄백하는 내용으로 4·6구체 형식과 산문형식의 문장으로 되어 있다[16]. 이러한 안채비소리는 요령을 흔들며 獨소리로 하는 흔히 말하는 염불성이다.

魚丈들은 흔히 안채비소리의 종류를 由致聲, 着語聲, 偏偈聲, 開鐸聲 네 가지로 보지만, 여기에 請詞聲, 疏聲, 唱魂聲 등을 포함시키기도 하고[17], 또 혹자에 따라서는 안채비소리의 종류를 着語聲, 唱魂, 由致聲, 請文聲, 偏界聲, 疏聲, 祝願聲, 歌詠聲, 故我偈聲, 獻座偈聲, 鐘聲, 歎白聲 으로 소개하기도 한다[18].

안채비는 상주권공, 각배, 영산재의 홋소리를 익힌 후에 中禮 , 觀音禮文, 茶毘文, 시다림, 四明日對靈 및 영반, 각종 시식인 구병시식, 전시식, 화엄시식, 점안의식과 각종 疏, 순당절차, 神衆大禮, 식순절차, 소대전송

---

15) 장사훈·한만영, 『국악개론』, 서울대출판부, 1975, 160면, '범패'項,
16) 『한국의 범패시리즈 3,4,5 불교무용음악』3CD 해설서, 아세아레코드, 2001.
17) 앞의 음반해설서.
   하지만 이 해설서를 쓴 법현은 그의 저서 『영산재연구』(운주사, 1997)에서는 안채비소리를 由致聲(각종 勸供의 由致聲), 着語聲(各種 施食의 착어성), 偏偈聲(灌浴에 있어서 開鐸聲), 疏聲(각종 讀疏聲)으로 구분하였다.
18) 장사훈·한만영,『국악개론』, 서울대출판부, 1975. 하지만 여기에서 소개한 가영성, 고아게성, 헌좌게 등은 안채비소리의 곡명이고, 이들은 四聲(착어성, 편게성, 유치성, 게탁성)에 포함된다.

및 회향, 예수재 등으로 익힌다고 한다[19].

다음으로 안채비와 달리 노래로 불리는 바깥채비에는 짓소리와 홋소리가
있다. 현재 전해지는 짓소리는 15종[20]이고, 홋소리는 수백 곡으로 추정된다.
짓소리와 홋소리는 사설, 음계, 음역, 발성법, 가창자 數, 형식, 가락 등 여러
면에서 비교[21]되는 것으로 알려져 있다. 이 중에서도 특히 짓소리는 여러
명의 범패승이 반탁성으로 부르기 때문에, 홋소리에 비해 엄숙하고 장중한
느낌을 준다. 따라서 짓소리는 종교적인 신성함이나 장엄함을 강조하는 데
효과적인 기능을 하는 소리로 보인다. 짓소리로 부르는 대목을 제외한 의식
절차에는 주로 홋소리가 불리는데, 이로 보면 홋소리는 각 절차의 내용 전달
을 위해서나 대부분의 절차를 진행하기 위한 역할을 하는 것으로 보인다.
이 밖에 음악적인 면에서 짓소리와 홋소리는 자유리듬으로 부르는 점에서는
공통적이나, 짓소리의 선율이 한국전통음악의 선율적 특징과 거리가 있는
것에 비해 홋소리는 동부지방의 민요선법[22]으로 되어 있는 점에서는 서로
차이가 있다.

마지막으로 대중을 위해 부르는 것으로 알려져 있는 和請은 그 종류가
수십 종으로 알려져 있는데, 그 대강은 『석문의범』[23]과 문화재관리국의 보

---

19) 앞의 음반 해설서.
20) 짓소리는 72種이 있다고 알려져 있지만, 현재 전해지는 것은 인성, 거령산, 관욕게,
   목욕진언, 단정례, 보례, 식영산, 두갑, 오관게, 영산지심, 특사가지, 거불 12곡에 박송
   암과 장벽응 스님이 복원한 삼남태, '옴아훔', '나무마하반야바라밀' 을 포함하여 15곡
   이다.
21) 한만영, 「梵唄 짓소리와 홋소리의 비교연구」,『한국불교음악 연구』, 서울대출판부,
   1980.
22) 한만영, 「태백산맥 以東지방의 민요선법」,『한국전통음악연구』, 풍남, 1991.
23) 안진호 編,『釋門儀範』, 法輪社, 1931. 이 책에는 分科 上篇 第二章 祝願篇에 行禪祝
   願, 上壇祝願, 中壇祝願, 生祝式, 祝願文, 亡祝式의 축원문들이 있고, 下篇 第十七章

고서24)에 소개되어 있다.

지금까지 화청에 대한 연구는 절 안에서 齋를 지낼 때 회심곡 사설에 엇모리 형으로 부르는 화청과 한문가사에 6박으로 부르는 축원화청 두 種이 있다고 보는 견해25)가 있고, 또 절 안에서 부르는 화청은 모두 '화청 회심곡'으로 보는 견해26)가 있다. 그리고 양자의 주장은 상반되지만, 화청을 齋를 지낸 끝에 부르는 것으로 보는 점에서는 공통적이다.

반면 이러한 연구와는 달리, 실제로 화청을 부르는 범패승들은 또 다르게 주장하고 있다. 현재 서울의 봉원사에서 범패승으로 있는 김구해27), 마일운28), 김법현29) 스님에 의하면, 범패승들이 말하는 화청은 망자의 축수발원을 내용으로 하는 사설을 굿거리 형으로 "공덕 공덕~"으로 시작하는 축원화청을 말하는데, 여기에는 상단축원화청, 중단축원화청(지장축원화청), 육갑화청(예수재에서 十大王에게 발언) 세 종류가 있고, 어장들이 和請으로 가르치는 것은 이것이라고 한다. 즉 "걸청걸청~"으로 시작해서 부모은중경을 노래하는 회심곡은 어장이 가르치지도 않을 뿐 아니라 범패승의 학습 레파토리에 없는데, 이것을 齋에서 부르는 이유는 대중의 지루함을 달래기 위

歌曲篇에 參禪曲, 回心曲, 別回心曲, 白髮歌, 夢幻歌, 勸往歌, 圓寂歌, 往生歌, 新年歌, 可歌可吟, 信佛歌, 讚佛歌, 四月八日慶祝歌, 聖誕慶祝歌, 成道歌, 悟道歌, 涅槃歌, 月印讚佛歌, 目連至孝歌, 학도권면가, 관음신앙가, 문맹퇴치가, 애국발심가, 불전화혼가, 산회가, 금강산 유산록의 곡들이 소개돼 있다.

24) 문화재관리국의 무형문화재 조사보고서(제65호 화청, 1969)에는 축원화청, 육갑화청, 팔상화청을 비롯해서 화청의 종류가 모두 37곡이 조사, 보고되었다.

25) 한만영, 「和請과 告祀念佛」, 『한국불교음악 연구』, 서울대출판부, 1980.

26) 성기련, 「화청 회심곡과 염불 회심곡」, 《韓國音盤學》 제9호, 한국고음반연구회, 1999.
  이 글에서는 절 안에서 불리는 화청을 모두 '화청 회심곡'으로 보고, 이것이 민가로 퍼져나가 '염불 회심곡'이 되었다고 주장하고 있다.

27) 중요무형문화재 제50호 영산재 보존회 회장.

28) 서울 서대문구 봉원사 內 옥천범음대학 학장.

29) 중요무형문화재 제50호 영산재 이수자.

해서라는 것이다. 이러한 위의 연구들과 범패승들의 주장은 상치된 것이어서, 화청의 기능과 종류 및 음악적 특징에 대한 혼란을 가중시키고 있다.

　따라서 이에 대한 필자의 견해는 고를 달리하여 다루겠지만, 본고에서 다룰 내용은 齋儀構造에 따른 음악적 짜임새이므로, 과연 위의 두 주장처럼 화청이 齋를 끝낸 다음에 불리는 것인지의 여부만 검토하도록 하겠다.

Ⅳ. 齋儀구조와 음악적 짜임새

　이 장에서는 앞서 살펴 본 영산재의 3단계 齋儀구조에 범패, 특히 짓소리, 홋소리, 화청이 어떻게 배치되며, 어떤 구조적 짜임새를 갖는지를 살펴보겠다. 범패의 쓰임에 대한 것은 심상현의 『영산재』(2003)와 김법현의 『영산재 연구』(1997)의 내용을 토대로 하겠다.

1. 제1단계의 절차별 사용 범패

　앞서 살펴 본 바에 의하면, 영산재 齋儀 節次 제1단계는 ≪시련≫에서부터 ≪괘불이운≫까지이다. ≪시련≫, ≪재대령≫, ≪관욕≫, ≪조전점안≫, ≪신중작법≫, ≪괘불이운≫ 절차에서 사용되는 범패를 정리하면 다음과 같다.

<표 3> 영산재 제1단계의 절차별 사용 범패

의식절차	사용 범패
1. 시련	①옹호게 ③헌좌진언(헌좌게성) ④다게 ⑤행보게 ⑥산화락 ⑦귀의인로* ⑧영축게 ⑨보례삼보
2. 재대령	①거불* ②대령소 ③지옥게 ④착어 ⑤진령게 ⑥보소청진언 ⑦고혼청 ⑧향연청# ⑨가영 ⑩가지권반

3. 관욕	①인예향욕 ②가지조욕 ③가지화의 ④수의복식 ⑤출욕참성* ⑥가지예성 ⑦가지향연 ⑧수위안좌
4. 조전점안	①조전점안 ②금은전이운 ③경함이운*
5. 신중작법	①옹호게 ③거목# ④가영# ⑤다게# ⑥탄백
6. 괘불이운	①옹호게 ②찬불게 ③출산게 ④염화게 ⑤산화락 ⑥거령산* ⑦등상게 ⑧사무량게* ⑨영산지심# ⑩헌좌진언 ⑪다게 ⑫보공양진언 ⑬건회소

(범패의 짙은 글씨에 *는 짓소리, #은 홋소리, @은 화청을 표시한 것이고, 안채비소리에는 별도의 표시를 하지 않았다. 이상은 표 4, 5에서도 적용된다)

위의 <표 3>에서 보면, ≪시련≫ 절차에서는 짓소리 <귀의인로> 1곡이 불려지고, ≪재대령≫에서는 짓소리 <거불>과 홋소리 <향연청>이 각각 한 곡씩 불리며, ≪관욕≫에서는 짓소리 <출욕참성>이, ≪조전점안≫에서는 짓소리 <경함이운>이 각각 불린다. 이어지는 ≪신중작법≫에서는 <거목>, <가영>, <다게> 등 홋소리 3곡이 불려지고, ≪괘불이운≫에서는 짓소리 <거령산>, <사무량게>와 홋소리 <영산지심>이 불려진다. 이밖의 모든 절차는 안채비소리로 진행한다.

영산재 제1단계에서 절차별로 사용되는 범패는 어떤 규칙성을 찾기는 힘들다. 하지만 제1단계에서는 짓소리가 특별히 많이 사용되고(다른 단계와 비교할 때), 상대적으로 홋소리의 곡 수가 적으며, 화청이 쓰이지 않는 점이 특징적이다.

2. 제2단계의 절차별 사용 범패

영산재의 제2단계는 ≪영산작법≫에서부터 ≪관음시식(전시식)≫까지이다. 각 절차별로 쓰이는 범패를 정리하면 다음과 같다.

<표 4> 영산재 제2단계의 절차별 사용 범패

7. 영산작법 (상단권공)	결계 의식	②할향# ③연향게# ④할등# ⑤연등게 ⑥할화# ⑦서찬게 ⑧불찬# ⑨대직찬#*# ⑩중직찬#*# ⑪소직찬#*# ⑫개계소 ⑬합장게# ⑭고향게# ⑮개계# ⑯관음찬# ⑰관음청# ⑱산화락 ⑲내림게 (21)향화청# (22)가영# (23)걸수게# (24)쇄수게# (25)복청게# (27)사방찬# (28)도량게# (29)참회게#
	소청 의식	①대회소 ②육거불* ③삼보소 ④대청불# ⑤삼례청# ⑥사부청# ⑦단청불* ⑧헌좌진언 ⑨다게# ⑩일체공경# ⑪항화게# ⑫정대게
	설법 의식	①개경게 ②개법장진언* ③십념 ④거량 ⑤수위안좌진언 ⑥청법게 ⑦설법게 ⑧입정 ⑨설법 ⑩수경게 ⑪사무량게 ⑫귀명게 ⑬창혼# ⑭귀명례*#
	권공 의식	①정법계진언# ②진언권공#* ③사다라니# ④가지공양# ⑤육법공양# ⑥각집게# ⑦가지게# ⑧보공양진언# ⑨보회향진언 ⑩원성취진언 ⑪보궐진언 ⑫탄백
	회향 의식	①회심곡 ②축원화청@
8. 식당작법		①대중운집 ②운판삼하 ③당종 십팔추 ④목어당상 초삼통 ⑤목어당상 후오통 ⑥오관게* ⑦기경요잡 ⑧하발금 십오추 ⑨금판일잡 ⑩정수정건# ⑪전발게 ⑫반야심경 ⑬처무상도 ⑭십념 ⑮개공발원, 삼보진언, 삼학진언 ⑯식영산* ⑰임공발원(삼시게) ⑱삼덕육미 ⑲염종 및 숙냉쇄 ⑳공백 (21)절수게 (22)수발게(식후게) (23)계수게, 축원Ⅰ, 축원Ⅱ, 축원Ⅲ (24)도축, 퇴좌발원, 해탈주, 퇴좌게 (25)귀의게 (26)회향게

9. 운수상단 (소청상위)	결계 의식	①할향 ②등게 ③정례 ④합장게 ⑤고향게# ⑥원부개게 ⑦정토결계진언 ⑧쇄향수진언 ⑨가영 ⑩돌진언 ⑪천수경 ⑫복청게# ⑬천수바라 ⑭사방찬 ⑮도량게 ⑯참회게 ⑰정대게 ⑱개경게 ⑲개법장진언 ⑳십념청정법신 (21)거량 (22)청법게 (23)설법게 (24)보궐진언 (25)수경게 (26)사무량게 (27)귀명게 (28)건단진언
	소청 의식	①거불 ②상단소 ③진령게 ④보소청진언 ⑤유치 ⑥청사 ⑦향화청⑧가영 ⑨고아게 ⑩헌좌게 ⑪증명다게
10.중단권공 (소청중위)	중단 권공	①거불 ②시왕소 ③진령게 ④보소청진언 ⑤유치 ⑥청사 ⑦향화청/가영/고아게 ⑧청사 ⑨향화청/가영/고아게 ⑩헌좌게/헌좌진언 ⑪증명다게 ⑫청사 ⑬향화청/가영/고아게 ⑭가영 ⑮산화락 ⑯모란찬
	각배 상단	①근백 ②보례삼보 ③헌좌안위 ④법성게 ⑤괘전게
	각배 중단	①헌좌게 ②다게
	각배 상단	①욕건이 ②다게 ③향수나열 ④특사가지* ⑤사다라니 ⑥오공양/가지게 ⑦보공양진언 ⑧보회향진언 ⑨상단축원화청@
	각배 중단	①중단개게 ②사다라니 ③오공양/가지게 ④보공양진언 ⑤반야심경 ⑥보회향진언 ⑦탄백 ⑧중단지장축원화청@
11. 중단권공 (신 중 퇴 공)		①거불# ②정법계진언 ③다게 ④가지공양 ⑤보공양진언 ⑥예적대원만다라니 ⑦항마진언 ⑧제석천왕제구예진언 ⑨십대명왕본존진언 ⑩소청팔부진언 ⑪심경 ⑫금강심진언 ⑬용수보살약찬게 ⑭보회향진언 ⑮불설소재길상다라니 ⑯원성취진언 ⑰보궐진언 ⑱삼정례 ⑲탄백 ⑳축원
12. 관음시식 (전시식)		①거불# ②창혼# ③표백 ④파지옥게 ⑤파지옥진언 ⑥해원결진언 ⑦보소청진언 ⑧귀명삼보 ⑨증명청 ⑩향화청 ⑪가영 ⑫헌좌진언 ⑬다게 ⑭고혼청 ⑮항연청# ⑯가영 ⑰수위안좌 ⑱안좌게 ⑲수위안좌진언 ⑳다게 (21)선밀게 (22)사다라니 (23)칭양성호 (24)시식게 (25)시귀식진언 (26)보고양진언 (27)시무차법식진언 (28)발보리심진언 (29)보회향진언 (30)권반게 (31)반야게) (32)여래십호 (33)법화게 (34)무상게 (35)장엄염불

위의 <표 4>는 영산재 중에서 제2단계에 해당하는 ≪영산작법≫부터 ≪전시식≫까지 절차별로 사용되는 범패를 정리한 것이다.

영산재의 제2단계는 상단과 중단 등 큰 의식이 있는 만큼, 음악적으로도 가장 많은 범패가 불려진다. 제2단계에서 불리는 범패는 <할향>, <연향게>를 비롯해서 홋소리가 사십 네 곡, <특사가지>, <오관게> 등 짓소리가 열 곡, 그리고 <축원화청>과 <회심곡>이 불려진다. 따라서 제2단계의 의식은 안채비소리를 비롯하여 짓소리, 홋소리, 화청과 회심곡 등 모든 종류의 범패가 불리는 특징이 있다. 특히 제2단계의 여러 의식 中에서도 가장 핵심이라 할 수 있는 ≪영산작법≫ 절차에서 가장 많은 범패가 불리는데, 이 또한 ≪영산작법≫ 의식이 지니는 중요도를 보여주는 것이라 생각된다.

한편 제2단계의 중요한 특징 중 하나는 몇 종류의 <축원화청>이 쓰이는 점이다. 즉 ≪영산작법≫의 ≪회향≫ 의식에서 <회심곡>과 <축원화청>이 쓰이고, ≪중단권공(소청중위)≫의 ≪각배상단≫에서 <상단축원화청>, ≪각배중단≫에서 <중단축원화청(지장축원화청)>이 그것이다. 이러한 사실은 화청에 대한 기존의 견해와 몇 가지 점에서 차이를 보인다.

우선 화청이 齋의 끝에 대중을 위해 불린다는 주장[30]과 배치된다. 즉 화청이 쓰이는 ≪영산작법≫과 ≪각배상단≫ 및 ≪각배중단≫ 절차는 영산재의 끝이 아니라 중간단계에 해당하는 의식절차이다. 다음으로 화청의 쓰임은 齋의 끝에 한번만 불리는 것이 아니라, 절차에 따라 몇 번씩 반복적으로 불리기도 한다는 사실이다. 따라서 이러한 점으로 볼 때, 화청은 齋의 끝이 아니라 ≪영산작법≫, ≪각배상단≫ 및 ≪각배중단≫과 같이 높은 神을 모시는 절차의 끝부분마다 여러 번 불리는 소리로 이해해야 할 것이다.

---

30) 註23과 24의 한만영, 성기련의 글.

3. 제3단계의 절차별 사용 범패

영산재의 제3단계에 해당하는 절차는 ≪봉송≫이다. 이 절차의 진행순서
와 사용 범패를 정리하면 다음과 같다.

<표 5> 영산재 제3단계의 절차별 사용 범패

13. 봉송	①총관상 ②별관상 ③발원게 ④왕생게 ⑤공덕게 ⑥봉송게 ⑦가지봉사 ⑧보례삼보 ⑨행보게 ⑩산화락 ⑪귀의인로 ⑫법성게 ⑬표백 ⑭일월게 ⑮염원면 ⑯원왕게 ⑰소전진언 ⑱봉송진언 ⑲상품상생진언 ⑳계수게 (21)진중문 (22)보회향진언 (23)파성게 (24)고불게

<표 5>의 ≪봉송≫ 절차는 세부적으로 24단계로 진행되지만, 모두 안
채비소리인 염불로만 진행하고 짓소리나 홋소리와 같은 범패는 사용되지 않
는다. 또한 ≪봉송≫은 영산재의 마지막 절차이지만, 기존의 견해처럼 화청
이 쓰이지도 않는다.

이상 영산재 세 단계 의식절차 별로 범패가 어떻게 쓰이는지를 살펴보았
다.

이에 의하면 짓소리는 ≪시련≫, ≪재대령≫, ≪관욕≫, ≪조전점안≫,
≪괘불이운≫, ≪영산작법≫, ≪식당작법≫, ≪중단권공(소청중위)≫ 절차
에서 사용되는데, 모두 15곡이 불린다. 그 중 ≪상단권공≫인 ≪영산작법≫
절차에서 가장 많은 7곡이 불려지고, ≪식당작법≫에서 2곡이 불리며, 나머지
절차에서는 한 곡씩 불려진다. 반면 홋소리는 짓소리 15곡보다 훨씬 많은
양이 불리는데, 홋소리 또한 짓소리와 마찬가지로 ≪영산작법≫ 절차에 집중
돼 있다. ≪영산작법≫ 절차에서 불리는 홋소리는 ≪결계의식≫의 <할향>
을 시작으로 ≪권공의식≫의 <보공양진언>에 이르기까지 ≪영산작법≫ 절

차에서만 모두 38곡이 불린다. 이 밖의 절차에서의 홋소리는 짓소리와 마찬가지로 마지막 절차인 ≪奉送≫을 제외한 대부분의 의식에 전체적으로 두루 쓰인다.

영산재에서 짓소리와 홋소리의 이러한 쓰임으로 볼 때, 영산재 齋儀절차에서 가장 핵심인 ≪영산작법(상단권공)≫에는 음악 또한 집중돼 있음을 알 수 있다. 때문에 범패의 쓰임은 齋儀 절차의 중요도와 무관치 않고, 나아가 齋에서 강조하고자 하는 절차는 음악을 통해 더욱 장중하고 신성함을 부각시키는 것 같다.

다음으로 齋 儀式의 3단계 구조가 음악적인 면에서도 적용될 수 있는 것인지를 살펴보면, 齋儀구조와 음악적 짜임새 간에는 어느 정도 연관성이 있는 것처럼 보인다. 우선 齋儀의 제1단계에 해당하는 ≪시련≫에서부터 ≪괘불이운≫까지의 절차에서는 안채비소리와 바깥채비소리인 짓소리, 홋소리만이 사용된다. 다음으로 제2단계인 ≪영산작법≫부터 ≪전시식≫까지는 안채비소리, 짓소리, 홋소리, 화청 등 모든 종류의 범패가 다 사용된다. 하지만 제3단계인 ≪봉송≫에서는 안채비소리로만 절차가 진행된다. 따라서 영산재의 의식 절차의 3단계 구조는 음악적인 면에서도 어느 정도 적용되는 것으로 보인다.

다음으로 화청이 배치되는 위치와 쓰임을 살펴보면, 화청이 불리는 위치는 ≪영산작법(상단권공)≫의 ≪회향의식≫과 ≪중단권공(소청중위)≫의 ≪각배상단≫과 ≪각배중단≫ 절차에서이다. 그리고 이들 절차에서 화청이 불리는 위치는 절차의 끝에서이다. 화청이 불리는 이러한 위치는 "齋가 다 끝난 다음에 불린다"는 기존의 견해와는 다르다. 따라서 화청은 齋의 끝이 아니라, ≪영산작법≫, ≪소청중위≫와 같은 규모가 큰 절차의 끝에 불리는 것으로 이해해야 할 것이다. 또한 화청은 절차상으로 불보살의 덕을 찬탄하는 <嘆白> 다음에 마지막 절차로 불리기 때문에, 절차의 종지역할을 하는 특징이 있다. 따라서 음악적 짜임새 또한 齋儀는 짓소리나 홋소리로 진행되지만 종지는 화청으로 마무리하는 구조를 보여준다.

V. 맺음말

본고는 영산재의 齋儀구조와 음악적 짜임새 간의 관련성을 검토해 본 글이다. 결과는 다음과 같다.

1. 영산재의 齋儀구조는 불교신앙적인 측면에서 3단계(경전의 序分, 正宗分, 流通分에 비교) 구조로 짜여있는데, 이런 3단계 齋儀구조는 음악의 짜임새에도 어느 정도 반영되는 것으로 보인다. 즉 齋儀구조의 제1단계에 해당되는 ≪시련≫에서 ≪괘불이운≫에 이르는 절차에서는 안채비와 짓소리, 홋소리 만으로 의식이 진행되며, 제2단계 ≪영산작법≫에서 ≪관음시식≫까지의 절차에서는 안채비소리, 짓소리, 홋소리, 화청 등 모든 종류의 범패가 사용되며, 제3단계 ≪봉송≫에서는 안채비소리로만 의식이 진행된다. 3단계 齋儀구조에 따른 이러한 3단계의 음악적 짜임새는 그 양적인 쓰임에서도 제1단계에서는 안채비소리와 몇몇 곡의 짓소리, 홋소리가 산발적으로 사용되다가, 제2단계에 이르면 본격적이고도 집중적으로 범패가 불려지다가 제3단계에 이르면 안채비소리로만 조용히 마무리가 된다. 특히 상단과 중단의식인 ≪영산작법≫과 ≪소청상위≫ 같은 큰 규모의 의식절차가 행해지는 제2단계에서는 음악 또한 안채비소리, 짓소리, 홋소리, 화청 등 모든 종류의 범패가 동원되고, 또 量的으로도 가장 많은 범패가 불려진다.

1. 영산재에서 가장 많은 양과 종류의 범패가 집중돼 있는 제2단계의 의식절차는 ≪영산작법(상단권공)≫, ≪식당작법≫, ≪운수상단권공(소청상위)≫, ≪중단권공(소청중위)≫, ≪신중퇴공≫, ≪관음시식≫까지이다. 여기서 본 의식의 흐름에 영향이 크지 않은 ≪식당작법≫을 제외하고 보면, 제2단계는 내부적으로 다시 상단, 중단, 하단에 대한 齋儀가 반복되는 3단계 구조를 보여준다. 즉 불보살을 모시는 상단절차인 ≪영산작법≫과 十王을 모시는 중단절차인 ≪소청상위(각배재)≫와 ≪소청중위≫, 관음보살을 모시는 하단절차인 ≪관음시식≫은 모시는 神格만 다를 뿐, 유사한 세부절차를 반복한다. 때문에 음악적 구성에서도 일부 반복적인 모습을 보여주는데, ≪상단권공(영산작법)≫에 쓰이는 안채비소리, 짓소리, 홋소리, 화청은 ≪소청중위≫에서도 동일하게 배치된다. 하지만 하단인 ≪관음시식≫에서는 이러한 범패의 다양한 쓰임을 찾아보기는 힘들다.

1. 이런 점으로 볼 때, 영산재 제2단계의 의식 및 음악적 짜임새는 제1단계나 제3단계의 구조에 비해 특별하다. 즉 제2단계의 ≪영산작법(상단권공)≫이나 ≪중단권공(소청중위)≫, ≪신중퇴공≫ 절차는 음악적으로도 안채비소리, 짓소리, 홋소리를 모두 사용하고, 마지막에는 화청으로 끝맺는 자체 완결적인 구조를 보여주는 점에 그러하다. 또한 제2단계의 이러한 절차들은 망자 천도를 위한 다른 절차들과 내용적으로 구분된다.

따라서 이런 점으로 볼 때, ≪상단권공≫과 ≪중단권공≫ 절차는 독립적으로 존재하던 것을 죽은 자를 위한 천도의식인 齋가 강조되던 어느 시기에 삽입된 것이 아닌가 생각된다.

1. 지금까지 화청의 쓰임새는 "모든 齋의 끝에" 불리는 것으로 알려져 있다. 하지만 영산재의 齋儀 절차에서 화청이 불리는 곳은 ≪영산작법(상단권

공)≫, ≪중단권공(소청중위)≫ 齋儀 절차의 끝부분이고, 이들 절차들은 영
산재의 전체적인 진행 과정에서 보면 중간 부분에 해당하는 제2단계 內의
절차들이다. 그리고 齋의 공식적인 절차는 ≪奉送≫과 ≪燒臺의식≫까지
이다. 따라서 화청은 齋의 마지막 절차가 아니라, ≪영산작법≫, ≪중단권
공≫, ≪신중퇴공≫과 같이 자체적으로 완결 구조를 갖춘 단일 절차의 끝
에 불려지는 것으로 이해해야 할 것이다.

참고문헌

1. 논문

성기련, 「화청 회심곡과 염불 회심곡」, 《韓國音盤學》 제9호, 한국고음반연구회, 1999.

장휘주, 「靈山作法 硏究」, 《동양음악》 21집, 서울대 동양음악연구소, 1999.

한만영, 「梵唄 짓소리와 홋소리의 비교연구」, 『한국불교음악 연구』, 서울대출판부, 1980.

_____, 「和請과 告祀念佛」, 『한국불교음악 연구』, 서울대출판부, 1980.

2. 단행본

박세민 編, 『불교의례자료총서』 I ~IV, 보경문화사, 1973.

법현(김응기), 『영산재 연구』, 운주사, 1997.

심상현, 『불교의식각론』 I, II, 한국불교출판부, 2000.

_____, 『영산재』, 국립문화재연구소, 2003.

장사훈·한만영, 『국악개론』, 서울대출판부, 1975.

한만영, 「태백산맥 以東지방의 민요선법」, 『한국전통음악연구』, 풍남, 1991.

_____, 「和請과 告祀念佛」, 『한국불교음악연구』, 서울대출판부, 1980.

홍윤식·정병호, 『영산재』, 문화공보부 문화재관리국, 1987.

_____, 『한국전통음악자료분류법』, 국립문화재연구소, 1997.

3. 보고서

무형문화재조사보고서 제10호 『범패』, 문화공보부 문화재관리국, 1965.

무형문화재조사보고서 제62호 『범패와 작법』, 문화공보부 문화재관리국, 1969.

무형문화재조사보고서 제65호 『화청』, 문화공보부 문화재관리국, 1969.

무형문화재조사보고서 제173호, 『영산재』, 문화공보부 문화재관리국, 1986.

4. 음반자료

『한국의 범패시리즈 3,4,5 불교무용음악』 3CD 해설서, 아세아레코드, 2001.

영산재의 장엄지화

-지화장인별 기법을 중심으로-

김 태 연

I. 머리말

이 글에서는 필자가 1981년부터 발표하고 있는 한국 전통지화에 관한 연구 (1)~(11)의 내용 중 영산재를 중심으로 연구된 논문을 바탕으로 영산재의 지화장인을 중심으로 지화기법의 특성에 대하여 논의하고자 한다. 필자는 그 동안의 중요 무형 문화재 제50호로 지정된 영산재의 장엄 중 지화 제작 기법의 기능을 보유하고 있는 지화장인은 황은동(월화 스님), 이기원 처사, 이병우(경암 스님), 윤종규(해월 스님), 이석용(석용 스님)을 대상으로 조사한 바 있다. 이 논문에서는 이들 장인별 지화 제작 특성을 중심으로 비교해 보고자 한다. 이 연구를 위해 그동안 서울 봉원사와 서울 조계사를 찾아가서 영산재를 준비하는 과정 중 지화제작하는 모습을 직접 보며 조사하였다. 또한 재를 앞둔 4일간은 직접 지화제작에 참여하면서 전통적인 지화제작기법을 익히기도 하였다. 조사 중에 촬영, 기록 등을 통하여 채록한 자료를 분석 정리하는 방법을 택했다. 이 연구는 특히 간소화되고 사라져 가고 있는 불교의례의 원형을 보존하는 데 기여하고자 한다. 아울러 영산재 장엄 지화의 전통기법을 보존하여 지화 장인들이 이른바 기능보유자로 자리를 굳힐 수 있는 근간이 되었으면 하는 바램이 있다. 따라서 그러한 지원을 강조하는 데 연구의 의의를 두고자 한다.

Ⅱ. 영산재의 장엄지화

1. 영산재에서의 장엄

영산재의 구성은 안차비와 바깥차비에 의하여 구성된다. 안차비란 순수 불교적 의식 절차를 말하고 바깥차비란 순수 불교적이 아닌, 보다 대중적이고 토속적이며 재래의 민속적인 요소를 많이 가미하여 전통 문화적 의미를 지니게 한 의식 절차를 말한다.[1] 안차비는 일정한 의식 절차를 진행하는 형식을 지니고 있으며, 그 의식을 집행하는 장소도 대체로 법당 안이고, 경건한 분위기로 진행된다. 바깥차비는 야외법회란 특징을 지닌다. 야외에서 의식을 진행하는 데에 그에 걸 맞는 진행 절차가 필요하게 되고 사람들에게는 좋은 구경거리로서의 시청각적 효과를 수용하게 된다.[2]

야외법당에는 괘불을 내어 걸고, 도량장엄과 그 의식의 효과를 더욱 고양시키기 위하여 악기의 반주가 필요하고 한편 의식무용도 필요하다. 그리하여 삼현육각(三絃六角) 등의 악기의 연주, 법고(法鼓)춤, 나비춤, 바라춤 등의 의식무용 등을 곁들이게 되므로 사람들에게는 좋은 구경거리가 되기도 하는 것이다. 이러한 바깥차비의 특징을 효과적으로 표현하기 위한 장식품

---

1) 홍윤식, 『영산재』, 대원사, 1991, p32.
2) 홍윤식, 앞의 책, p34.

(裝飾品)을 불교용어로서 장엄(莊嚴)이라고 한다. 따라서 장엄은 불, 보살의 행(行)을 상징하는 공(功)의 형상(形狀)이라고도 할 수 있겠다. 불교에서는 '믿음[信]은 장엄에서 일어난다'고 하여 장엄에 특수한 종교적 의미를 부여한다. 이와 같이 영산재에서의 지화(紙花)는 중요한 장엄요소일 뿐만 아니라 도량을 부처님의 진리(眞理)가 마치 꽃과 같이 흩어져 수놓는다는 의미, 즉 영산회상(靈山會相)으로 상징화하게 되는 것이다.

2. 꽃과 관련된 장엄

장엄이란 좋고 아름다운 것으로 국토를 꾸미고 훌륭한 공덕을 쌓아 몸을 장식하고, 향이나 꽃 따위를 삼보님께 올려 상식 하는 일을 말한다.

이와 같은 일련의 불사(佛事)는 내외로 나누어 볼 수 있다. 외적으로 보면 도량의 범위를 정하여 번(幡)과 개(蓋) 등 가지가지 장엄으로 장식하는 것이니, 도량장엄(道場莊嚴)이라 말한다.

영산재 장엄 중 꽃과 관련된 장엄은 다음과 같다.

1) 목단화(牧丹花) · 작약화(芍藥花)

목단화와 작약화는 색지(色紙)로 만든 지화(紙花)이다. 연화(蓮花)와 함께 목단, 작약, 국화, 연꽃 등이 받쳐진다. 영산작법의 할화(喝花)를 보면 목단은 묘유(妙有) · 작약은 진공(眞空) · 연화는 지조(志操) · 국화는 절개(節概)에 비유되고 있다. 꽃은 직경이 0.5척, 전체의 모습은 부챗살과 같게 꽂아 장엄한다. 전체 높이는 6척이며 수미단(須彌壇)이나 영산단(靈山壇)에 놓는다. 이때 단을 바라보며 오른쪽에는 목단, 왼쪽에는 작약이 놓인다.[3]

---

3) 심상현, 『영산재』, 국립문화재 연구소, 2003, p81.

2) 화개(花蓋)

화개는 인물개와 동일한 형태의 개이다. 상단에는 목단, 중단에는 작약, 그리고 하단에는 연화를 그려 넣는다. 의미는 목단화, 작약화와 같으며 크기는 인물개와 같거나 조금 작다.[4)

3) 연화(蓮花)

연꽃은 정법(正法)·전법(傳法)·지조(志操)·극락(極樂)등을 상징한다. 구품연대(九品蓮臺)에 왕생하기를 염원하는 것이다.

만드는 방법은 직경 5cm 굵기로 볏짚을 말아 길게 만들어 백지로 감싸 볏짚이 보이지 않게 한 후, 감로단 테두리를 따라 한 줄로 설치한다. 설치된 볏짚에 연잎과 연꽃을 2:1의 비율로 빽빽이 꽂아 장식한다. 이 때 연꽃은 직경이 약 15~20cm 정도, 연잎은 20~25cm 정도이다. 전체 규격은 감로탱화의 규격에 따라 정해지며, 재의 규모가 클 경우는 대웅전의 어간 및 곁문에도 설치한다.[5)

4) 산화락(散花落)

'산화(散花)'란 본래 귀한 사람을 맞이하는 인도의 예법인데 불교에서 수용하여 부처님께 올리는 공양의 일환으로 삼았다. 본래는 꽃을 뿌려 부처님의 도량을 청정케 한다는 의미도 있다. 불·보살께서는 꽃의 향기를 좋아하시고 또 그곳에 강림하시지만, 악귀(惡鬼)들은 꽃의 향기나 색을 마치 분예(糞穢) 대하듯 한다고 한다.

의식으로 거행하는 산화락은 원래 의식으로 거행하던 것이 번(幡)의 형태

---

4) 심상현, 앞의 책, p84
5) 심상현, 앞의 책, p89.

로 변형되어 청정도량의 건립을 도모하게 된 것이다.

삼척지 전지를 세로로 사용하며, 천화(天花)를 상징하는 지름 7～8cm되는 환형(環形)에 지름 1cm 되는 구멍을 10개 정도 만든다. 세로로 세틀씩 만들어 상·하단에 색지(色紙)로 축(軸)을 드리운다.[6]

5) 수파련(水波蓮)

수파련이란 잔치 때나 재회(齋會)에 종이로 만든 연꽃을 말하며, 편(餠) 위에 장엄으로 꽂는다. 편은 부처님께 올리는 병과(餠果:떡과 과일)가운데 탁자 정 중앙에 놓인다. 이것은 단순한 음식이 아니라, 음식 섭취의 목적이 성불(成佛)에 있음을 간접적으로 시사한다.

만드는 방법은 한 변이 25cm 정도 되는 정방형의 편기에 정방형으로 높이 40cm 정도 편을 괴어 올리고 그 위에 웃기로 덮는다. 웃기는 삼각형으로 잘라서 변두리에서 중앙쪽으로 개와(蓋瓦)를 잇듯 덮어 나가, 맨 마지막은 둥근 웃기로 마감하여 완성 한다. 그 중앙에 60cm 정도의 싸리가지를 꽂고, 이를 중심으로 연꽃과 연잎을 3단계로 꾸며 올라간다. 이 작업이 끝나면 말 총의 끝을 밀(蜜)로 수파련의 중심에 접착시키고, 다른 한 끝에는 금은박지로 만든 나비(蝶)를 밀(蜜)로 고정시킨다.[7]

3. 육법공양의 의미

불가에서는 육법공양(六法供養)이 엄격히 지켜져오고 있다. 육법공양이 란 불단(佛壇)의 상단에 차리는 여섯가지의 공양물로서 香, 燈, 花, 果, 茶,

---

6) 심상현, 앞의 책, pp89-90
7) 심상현, 앞의 책, pp91-92

米가 그것이다.

향(香)공양은 공양 가운데 으뜸이다. 향의 덕(德) 가운데 '청정심신(淸淨心身)'과 '능제오예(能除汚穢)'를 생각할 때, 정보(正報)인 능례(能禮)와

의보(依報)인 도량(道場)을 청정하게 하려는 의지의 표현이라 하겠다.8) 등(燈)공양은 밀촉, 대·소고등(大· 小鼓燈), 금은괘전(金銀掛錢) 등을 가리킨다. 이 공양은 등(燈)의 덕을 찬탄하며 등을 밝히는 의식으로 표현한다.9) 화(花)공양은 진리를 향한 마음을 의미하며, 4가지 종류의 꽃에 견주어 부처님께 공양하는 것이다. 생화(生花)는 곧 시들기 때문에 우리나라에서는 전통적으로 모란(牧丹)·작약(芍藥)·홍연(紅蓮)·황국(黃菊) 등을 지화(紙花)로 만들어 공양해온 전통이 있다.10) 과(果)공양은 귀의·발원·축원의 의미로 올리는 일종의 폐백(幣帛)이다.11) 차(茶)공양은 성불의 의지나 손님을 맞이하는 주인의 정성을 담은 신물(信物)의 의미를 내포하고 있다.12) 미(米)공양은 쌀로 지은 공양을 올린다는 것이다. 쌀은 농경생활인의 생명이다. 따라서 미공양은 곧 생명 받침을 의미하며 이는 부처님께 귀의를 표현하는 것이다.13)

이와 같은 육법공양 중에서 지화는 영산재의 진행과정 중 여러 부분에서 나타난다. 영산재 중 지화(紙花)를 가장 많이 사용하는 곳은 상단의 장식부분이다. 그 외의 의식절차(儀式節次) 중에서는 나비춤을 출 때가 돋보였다.

나비춤은 영산재의 의식무용 중 하나이다. 불교에서는 이와 같은 의식무

---

8) 심상현, 앞의 책, p120
9) 심상현, 앞의 책, p121
10) 심상현, 앞의 책, p121
11) 심상현, 앞의 책, p123
12) 심상현, 앞의 책, p127
13) 심상현, 앞의 책, p128

용(儀式舞踊)을 행하는 것을 몸으로 法을 作한다고 하여 신업공양(身業供養)이라고 한다. 이에는 바라춤, 나비춤, 법고춤 등이 있으며 작법무(作法舞)의 형식과 내용 중에서 지화(紙花)를 손에 들고 추는 춤을 '나비춤' 또는 '착복(着服)'이라고 한다. 이 춤은 불법을 상징적으로 나타내는 춤으로 공양을 올릴 때와 찬불을 할 때에 추게 된다. 이때 지화 3송이의 묶음을 쥐고 춤을 춘다.

III. 영산재 지화(紙花)장인별 기법[14]

1. 황은동(월화 스님)의 장엄지화

황월화은 음력 무신생 1월 13일생이며, 가난했던 그는 10세에 진관사에 들어가서 지내다가 16세에 신흥사로 옮겨 법명을 받았다. 그는 신흥사의 초명허(超明虛) 스님으로부터 꽃 만드는 일을 배우기 시작했고, 1990년 음력 6월 2일 입적 할 때까지 전국 방방곡곡의 재(齋)가 드는 다른 절과 연락하여 지화를 만들어 주고 생기는 작은 수입으로 살았다. 필자는 1988년부터 1991년까지 이십여 차례 황월화 스님의 자택[15]을 방문하여 조사·연구하

---

14) 지화(紙花)에 대한 최초의 조사보고서로는 심우성선생의 1973년 12월 무형문화재 조사보고서 제106호로 ≪꽃일(지화장)≫을 들 수 있다.

필자도 1980년부터 '한국 전통지화에 관한 연구'라는 논제로 조사 연구해 오고 있다. 그 동안 발표 한 논문에는 지역 별신제와 무속(巫俗)에 관련된 지화기법연구가 대부분이나 불교의 영산재나 수륙재와 관련된 논문도 4편 정도 있다. 그리고 전통사회에서 근대화의 과정 속에 서구문화(西歐文化)의 유입으로 잠시 일반인의 생활 속에 의례 등 특수목적으로 만들어 사용했던 지화의 기법을 조사 발표 하였다. 또한 최근의 연구발표 중에는 궁중의례와 관련된 지화의 기법을 재현전시하기도 하였다.

였다. 황월하 스님의 지화기법의 종류와 특징은 다음과 같다.

1) 지화의 종류

① 불두화(A), 불두화(B), 작약, 운화(A), 운화(B), 너풀국화, 편모란, 살모란,
연화, 대솔박, 간화, 조선국화 등 12종류이다. 금붕어, 게, 메뚜기,
나비, 새도 만들었다.

2) 지화의 꽃색

① 보라색, 진다홍, 노랑, 적황색, 오렌지색, 흰색, 꽃분홍색, 연분홍색,
자주색 등 모두 9가지색이다.

3) 지화의 특징

① 꽃종이는 얇은 한지를 쓴다.
② 꽃도래의 직경이 27~28cm를 8~10장 끼워 꽃송이가 매우 크고
웅장하다.
③ 꽃대를 대나무가 아닌 싸릿대를 사용한다.
④ 제작과정에서 물을 추긴 소창감을 이용하여 꽃종이에 습기를 제공한
다.
　때때로 꽃도래를 습기가 있는 소창감의 사이에 넣고 발 다듬질을
한다.
⑤ 작약이나 운화 등에 「속락」이라는 꽃종이를 2장 넣어 제작한다.
꽃얼굴이 매우 크고 웅장하다.
⑥ 꽃송이 마다 겉딱지를 2장씩 끼워 고정시킨 후 깔대기를 끼운다.

---

15) 경기도 구리시 수택동 572번지.

⑦ 꽃잔등치는 법은 2가지를 사용한다.

꽃의 물색 조화대로 서로 어울리게 썩어서 잔등을 치는 법과 노란꽃
은 노란꽃만으로 옆으로 나란히 배열하는 '무지개' 혹은 '색동'의
방법이 있다.

⑧ 꽃잔등은 위에서부터 (13+10+9+9+5+3＝49) 송이를 꽂아 홀수
로 꽂아 영산재의 도량을 장엄한다.

2. 이기원 처사의 장엄지화

이기원은 1934년 10월 6일생으로 영산재의 지화 장인이다. 이기원은 고
인이 되신 이종복(동은 스님)의 아들로서 장엄지화를 부친으로부터 전수받
았다. 그는 2003년 한국 불교 조계종 총무원 문화부의 '지화장엄' 출판사업
을 계기로 34년 만에 촬영을 위해 지화를 제작하였으며, 2003년 9월 28일
서울 조계사에서 열린 영산재의 장엄 일절을 맡아 3개월이나 소요되는 제작
과정을 거쳐 옛 기법대로 재현한 장인이다. 이씨의 조사는 2003년 9월 2일
이후부터 재를 마칠 때까지 조사 내용을 정리 기록한 것이다. 이기원 처사의
지화기법의 종류와 특징은 다음과 같다.

1) 지화의 종류

① 살모란, 작약, 국화, 연화 4가지, 따리아, 연봉, 부들, 연잎 5가지,
나비 등 모두 7종류이다.

2) 지화의 꽃색

① 꽃색은 빨강, 노랑, 분홍, 연분홍, 진분홍, 갈색, 청색, 흰색, 보라색

등이다.

3) 지화의 특징

① 꽃종이는 얇은 한지를 쓴다.

② 꽃도래의 지름은 20cm 크기이며 8~10을 끼워 한 송이를 만든다.

③ 줄기는 싸릿대를 사용한다.

④ 제작과정에서 물을 추긴 소창감을 이용하여 꽃종이에 습기를 제공한다. 때대로 꽃도래를 습기가 있는 소창감의 사이에 넣고 발 다듬질을 한다.

⑤ 꽃얼굴이 풍성하고 탐스럽다.

⑥ 난등치는 방법은 '무지개'처럼 같은 색을 옆으로 나란히 배열하는 부채난등과 불단 앞에는 색상을 조화있게 사방으로 고루 꽂아 장엄하는 팽이난등이 있다.

⑦ 영산재에는 부채난등으로 꽂는다.

난등치는 순서는 위에서부터 (10+9+8+7+6+5+4=49) 송이를 꽂는다.

3. 이병우(경암 스님)의 장엄지화

이병우(李秉祐)의 법명은 경암(慶庵)이다. 이병우는 1937년 8월 10일 서울특별시 구로구 가리봉동 302번지에서 출생하였다. 현재 서울특별시 서대문구 봉원동 18번지에 거주한다. 이씨는 군을 제대 한 직후 (당시 20살) 절에 들어와 1967년 봉원사 최영월 화상을 은사로 사미계를 수지하였고, 1968년 황월화 스님 문하에서 도량장엄을 전수했다. 1969년에 전한숙(57세)과 결혼하여 슬하에 1남 3녀를 두었으며, 1974년부터 영산재나 방생대법

회가 있을 때는 부인의 도움을 받아 장엄을 해오고 있었다. 그는 1988년 7
월 31일 중요무형문화재 제50호 영산재 이수자(장엄)가 되었으며, 1989년
부터 정지광 스님께 지화(紙花)를 다시 배우기 시작했다고 한다. 이병우의
조사는 2002년부터 시작하여 2004년까지 이루어졌으며, 대구 팔공산의 영
산재에도 참여하여 조사연구하게 되었다. 이병우의 지화기법의 종류와 특징
은 다음과 같다.

1) 지화(紙花) 종류와 기법

① 작약, 불두화, 연꽃, 목단화, 싸리꽃 들 5종류이다.

2) 지화의 꽃색

① 2003년 6월 4일의 봉원사 영산재에 사용한 지화의 종류와 꽃색
　　㉠ 작 　약- 분홍색 꽃에 노랑색 꽃심을 넣은 것.
　　　　　　흰색 꽃에 노랑색과 빨강색 꽃심을 넣은 것.
　　　　　　노랑색 꽃에 빨강색 꽃심을 넣은 것.
　　　　　　주홍색 꽃에 노랑색과 빨강색 꽃심을 넣은 것.
　　　　　　진분홍색 꽃에 노랑색 꽃심을 넣은 것.
　　㉡ 불두화- 연두색, 흰색, 진분홍색, 노랑색, 주황색.
　　㉢ 연 　꽃- 흰색, 분홍색, 노랑색, 주황색, 진분홍색, 연노랑색.
　　㉣ 목단화- 연분홍색, 연보라색, 연노랑색, 흰색, 주황색, 진분홍색.
　　㉤ 싸리꽃- 흰색, 노랑색, 진분홍색, 연두색, 주황색.

3) 지화의 특징

① 꽃종이는 찌라이 종이를 주로 사용하고, 잎에 사용하는 종이는 양면지로

서 120짜리 포장지를 사용하며 구입처는 방산시장의 지업사에서 구입한다.

한지를 사용할 때는 조계사 앞의 지업사에서 구입하나 한지로 꽃을 만들면 힘이 약하고 양지는 힘이 있어 오래 간다.

② 꽃도래의 지름은 26cm 크기이고, 한송이에 8장을 끼워 만든다.

③ 줄기는 대나무를 주로 사용하며, 대나무는 시간과 경비를 절약하기 위해 기계로 둥글게 다듬은 것을 사와서 찬물에 초록색 염료를 타서 담구고, 염색된 것은 그늘에 말려서 사용한다. 연잎을 붙일 때에 둥글게 다듬은 오뎅 꽂이용 나무를 사용한다.

④ 후로랄테프와 오공본드나 밀가루 풀을 쑤어서 접착제로 사용한다.

⑤ 꽃의 색상과 뒷받침의 색상은 서로 조화가 잘되는 다른 색상으로 받쳐 꽃의 색이 돋보이게 한다.

⑥ 꽂는 순서는 위에서부터 (7+8+9+8+9+8+5+4=58) 송이를 꽂는다.

4. 윤종규(해월 스님)의 장엄지화

윤종규는 1951년 음 5월 29일생이다 . 7살 때 외가에 갔다오던 길에 길을 잃고 헤매다가 어느 스님과 함께 절에 오게 된 것이 스님으로서의 삶을 살게 된 계기가 되었다. 그는 포항 임허사에 있을 때 무속들이 굿을 할 때 꽃을 만들어 사용하는 것을 보고 절에 재를 지낼 때 꽃을 만들어 사용하면 좋겠다고 생각하여 모란, 작약 등을 만들게 되었다. 1976년 송암 스님의 권유로 봉원사로 옮겨 살게 되었고, 황월화 스님으로부터 다시 꽃을 배우게 되었다. 윤씨는 1992년부터 2003년까지 10회에 걸쳐 대구지역에서 영산재 지화 제작과 도량장엄의 일을 맡아 온 장인이다. 필자는 이러한 계기에 조사

한 자료를 연구 정리한 것이다. 윤해월 스님의 지화 기법의 종류와 특징은
다음과 같다.

1) 지화의 종류

① 잡화, 수국, 연꽃, 살모란, 장미, 국화 등 6종류이다.

2) 지화의 꽃색

① 꽃색은 빨강, 노란, 연분홍, 진분홍, 주황, 보라, 연초록, 흰색 등이다.

3) 지화의 특징

① 꽃종이는 화지(화지)를 쓴다.
② 꽃도래의 지름은 25cm의 크기이며 7장을 끼워 한 송이로 만든다.
③ 줄기는 대나무를 사용한다.
④ 꽃얼굴이 둥글고 단정하다.
⑤ 배열방법(난등치기)도 여러 가지 색상의 꽃을 고루 고루 썩어가며
   잘 어울리게 꽂는다.
⑥ 꽂는 순서는 분아래에서부터 (3+4+6+7+9+10+12+11=52) 송이
   씩 꽂는다.

5. 이주환(석용 스님)의 장엄지화

이주환은 1967년 8월 1일에 충북 단양면 백자리에서 태어났다. 4세부터
10세가 될 때까지 경북 봉화에서 살았으므로 지금도 경상도 말씨를 구사하

고 있다. 16세에 불가에 들어와서 1985년부터 송암 스님으로부터 영산재의
의식을 배우기 시작했으며

지화는 1988년 지광 스님께 전수받았다. 지금은 구인사에서 영산재 등
중요한 재에 지화뿐만 아니라 기타 다양한 장엄을 제작하기도 하는 지화 장
인이다. 본 논문의 조사는 2005년 제2회 전통지화장인전을 준비하는 2005
년 7월 17일~19일 가운데 조사된 것을 정리 발표한다. 이주환의 지화 기법
의 종류와 특징은 다음과 같다.

1) 지화의 종류

① 살모란, 살겹작약, 모란, 작약, 국화(소국), 대국화, 실국화, 연화, 수국
    등 모두 9종류이다.

2) 지화의 꽃색

① 꽃색은 빨강, 연노랑, 진노랑, 분홍, 연분홍, 진분홍, 주홍, 연한주홍,
    갈색, 청색, 흰색, 보라색, 진보라색, 연두색, 남청색 등 20여 색이다.
    색상의 특징이 현대의 파스텔톤의 색상 등 매우 다양한 색상을 표현하
    고 있다.

3) 지화의 특징

① 꽃종이는 얇은 한지를 쓴다.
② 꽃도래의 지름은 꽃의 종류에 따라 매우 다양하다. 5~27cm크기이며
    4~16장을 끼워 한 송이를 만든다.
③ 줄기는 옛날에는 대나무를 다듬어 썼으나, 요즈음은 편리한 어묵용
    꽂이를 사용한다.

④ 후로랄테프와 오공본드나 밀가루 풀을 쑤어서 접착제로 사용한다.

⑤ 꽃얼굴이 다양한 색채와 형태로 이루어져 있어 조형성이 특히 돋보인다.

⑥ 난등치는 방법은 '무지개'처럼 같은 색을 옆으로 나란히 배열하는 부채난등의 형태를 기본으로 하지만 꽃의 형태와 색채등 현대적인 조형성을 돋보이게 제작한다.

⑦ 영산재에는 부채난 등으로 꽂는다. 그러나 이번 발표에서는 전시용 부채난등에 대해서만 발표한다.

난등치는 순서는 위에서부터 (6+6+6+6+5+4+3=36) 송이를 꽂는다.

IV. 영산재 장엄 부분에 대한 현 전승계보

영산재 장엄 부분에 대한 현 전승계보의 내용은 다음과 같다. 이병우는 1968년 황월화 스님 문하에서 도량장엄을 전수 하였다. 그리고 1973년 11월 5일 영산재에 전수생으로 등록 입문하여 범패 지정을 받았다. 영산재의 장엄분야는 1987년 11월 11일 정지광 스님이 지정 된 바 있다. 그리고 이듬해인 1988년 7월 31일자로 중요무형문화재 제 50호 영산재 이수자(장엄)로 이병우가 되었다. 이병우는 1989년부터 정지광 스님께 지화(紙花)만을 전수받았다. 정지광 스님은 1997년 열반하셨고, 현재 영산재 장엄 분야의 이수자로는 이병우와 지난 1994년 10월 29일 이수자가 된 윤종규(해월 스님)가 있다. 그 외의 전통기법을 고스란히 보유하고 있는 이기원과 이주환에 대하여도 장엄지화에 대한 기량 평가가 하루 빨리 이루어져야 할 것으로 생각한다.

V. 맺음말

1973년 12월 무형문화재 조사보고서 제106호로 ≪꽃일(紙花匠)≫이란 글을 문화재관리국에 제출한 심우성은 의견서에 다음과 같은 내용의 글을 적고 있다.

"………현재 전승 계보가 뚜렷하고 그 다양한 종류와 까다로운 공정을 익힌 사람으로 전승 공예로서의 가치있는 작품을 제작하고 있는 「紙花匠」이 희귀한 형편이며, 또한 점차 꽃일이 일반의 관심 밖으로 밀려나는 경향이 있어 이대로 버려둔다면 전승 공예의 한 분야가 인멸될 위기에 처해 있음을 통감하고 이에 무형문화재로 지정을 요망하는 바이다."

그렇지만 꽃일(지화장)에 대한 형편은 30년 전이나 지금이나 별반 다르지 않다. 이 분야의 연구자로서 현재의 상황을 생각할 때, 안타까움을 넘어 허탈한 심경을 토로하지 않을 수 없다. 꽃일(지화장)은 우리 눈앞에서 점차 사라지고 있다.

2003년 음력 10월 26일에는 40여년간 문무왕릉 앞에서 수륙재를 지내면서 지화공양을 지켜 오던 이도주(60세, 경주시 대인사 주지) 스님도 타계하셨다. 그토록 밤새워 정성을 다해 만들던 지화를 정작 당신은 한 송이도 받지 못한 채 홀연히 떠나게 된 것을 지켜본 필자의 심경은 착잡하고 가슴이 아린다.

이런 현실을 감안할 때 전통 장엄지화(紙花) 제작 기법의 전승은 영산재 보존의 차원에서 뿐만 아니라, 사라져 가고 있는 전통문화를 지키고 이어가야 한다는 점에서도 명분이 있는 일이다.

한편 필자는 떠나는 지화장인들의 모습과 사라지는 전통지화의 기법을 보존하여 전통문화로서 알릴 수 있는 방법을 강구해 왔다. 그리하여 '한국전통꽃일연구소'를 개설하고, 2004년 5월 1일 경북 영천시 대창면 조곡리 909

번지에 '김태연 궁중상화연구소 전시관'을 개관하면서 개관기념 「전통지화
장인전」을 개최한 바 있다. 전시관 1층에는 현재 전국에서 초빙한 전통 지
화장인들의 작품 25점과 지난 2005년 7월 30일 제 2회 전통지화장인전에
전시했던 16점을 함께 상설 전시하고 있다. 개관 전을 준비하면서, 참 오랜
만에 활짝 편 장인들의 얼굴에는 그동안 남들이 별것이 아닌 양 천하게 여
겨 알아주지 않던 꽃일에 대한 숨은 고생을, 이제야 대우받는 듯한 기쁨과
보람으로 가득한 모습을 느낄 수 있었다. 필자는 이러한 장인들의 모습들을
지켜보면서 이미 고인이 되신 분들께 송구한 심경과 남다른 감회에 젖게 되
었다.

1. 황은동(월화 스님)의 장엄지화

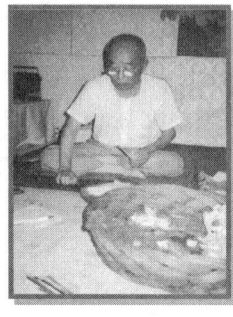 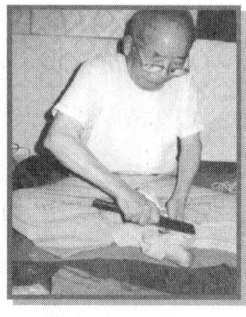 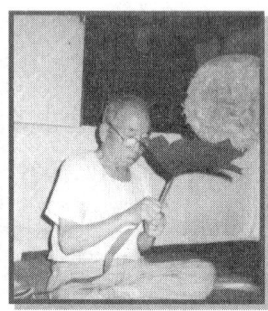

【사진 1-1】 황은동(월화) 스님의 지화 　　【사진 1-2】 꽃종이에 살접는 모습 　　【사진 1-3】 꽃종이를 다듬는 월화 스님

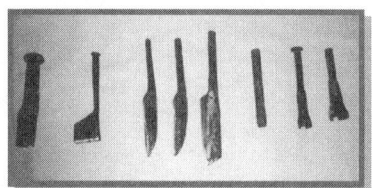 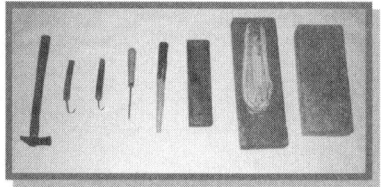

【사진 1-4】 살접는 칼과 금은전 및 불두화정 　　【사진 1-5】 망치, 덤불국화판, 덤불국화정, 함박꽃정

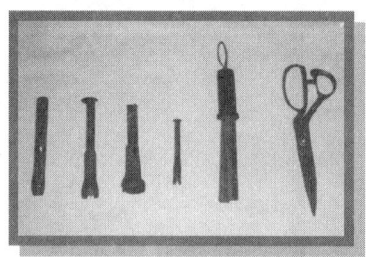 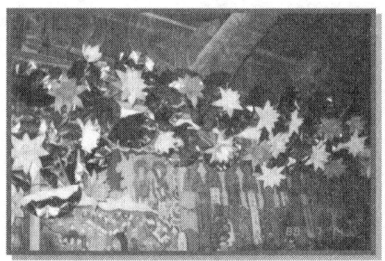

【사진 1-6】 금은전정 및 불두화정, 실국화정 　　【사진 1-7】 서울 봉원사 법당안의 장엄지화

2. 이기원 처사의 장엄지화

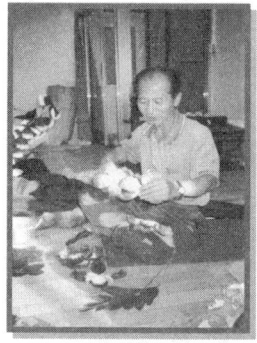 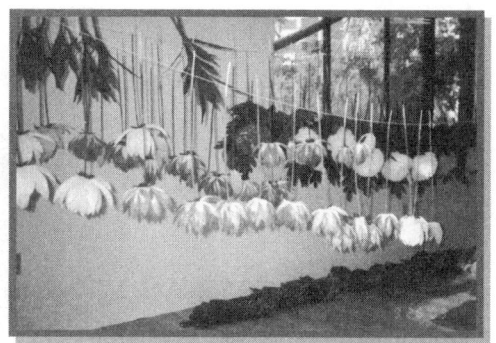

【 사진 2-1 】 　　　　　　　　　【 사진 2-2 】
이기원 처사의 모습 　　　　2003년 조계사에서 영산재 장엄지화를 제작함

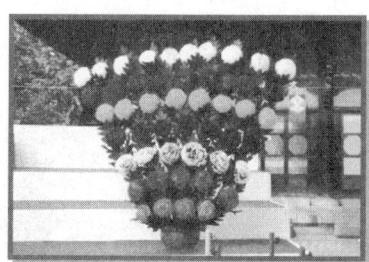 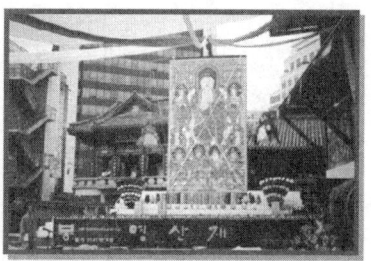

【 사진 2-3 】 　　　　　　　　　【 사진 2-4 】
2003년 조계사 영산재 장엄지화 　　2003년 조계사 영산재 중단의 장엄지화

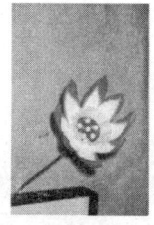 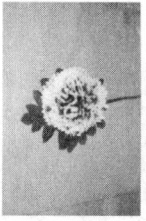 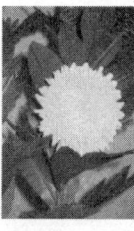 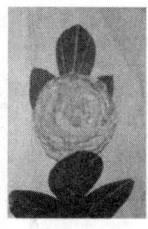 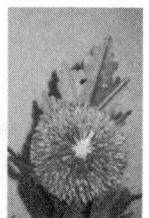

【 사진 2-5 】　【 사진 2-6 】　【 사진 2-7 】　【 사진 2-8 】　【 사진 2-9 】
연꽃　　　　　작약　　　　　따리아　　　　살모란　　　　국화

3. 이병우(경암 스님)의 장엄지화

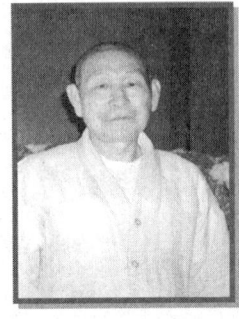
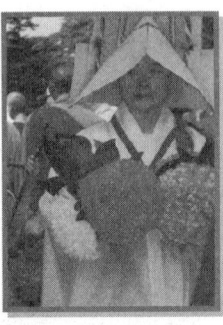
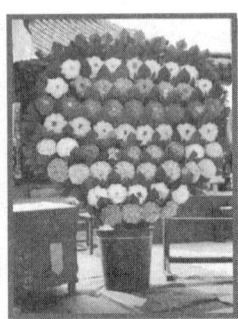

【사진 3-1】
이병우(경암) 스님

【사진 3-2】
나비춤을 준비한 지화

【사진 3-3】
2003년 봉원사 장엄지화

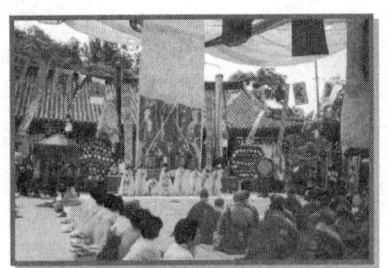

【사진 3-4】 2003년 봉원사 영산재

【사진 3-5】 봉원사 연지당 장엄지화

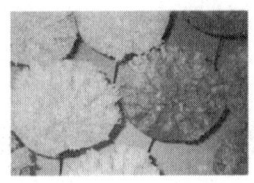
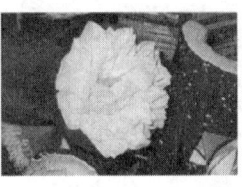
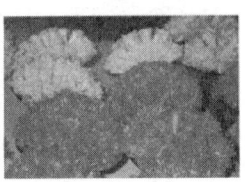

【사진 3-6】 불두화

【사진 3-7】 작약

【사진 3-8】 불두화

4. 윤종규(해월 스님)의 장엄지화

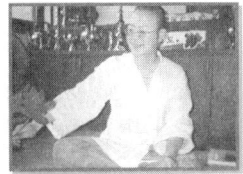
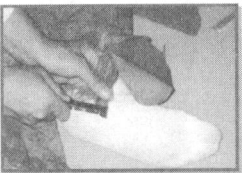
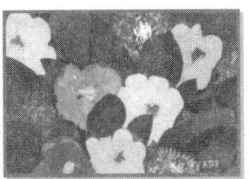

【사진 4-1】
윤종규(해월) 스님

【사진 4-2】
모란꽃의 살접는 모습

【사진 4-3】
모란꽃

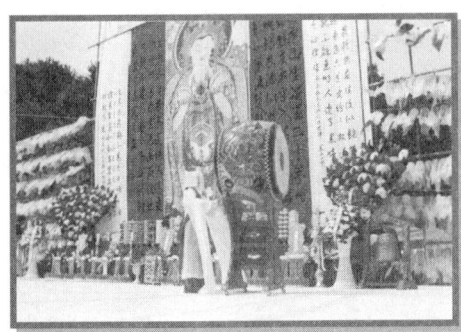
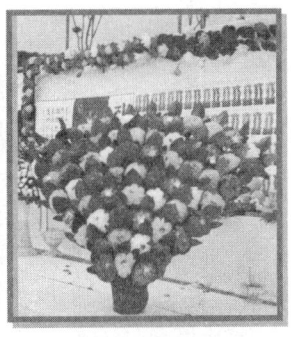

【사진 4-4】 2003년 대구 팔공산영산재의중단장엄지화 【사진 4-5】 해월 스님의 부채난동

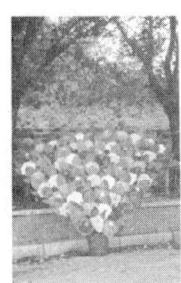
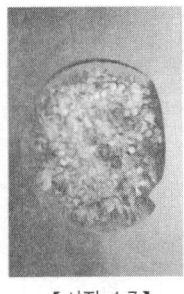
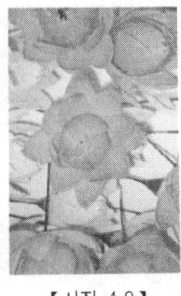
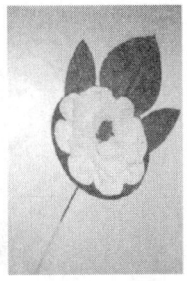

【사진 4-6】
부채난등친 장엄지화

【사진 4-7】
불두화

【사진 4-8】
연꽃

【사진 4-9】
모란꽃

5. 이주환(석용 스님)의 장엄지화

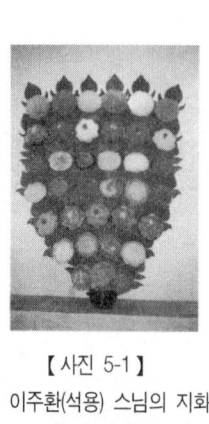

【사진 5-1】
이주환(석용) 스님의 지화

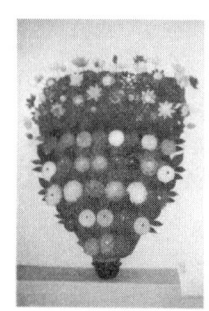

【사진 5-2】
석용 스님의 지화

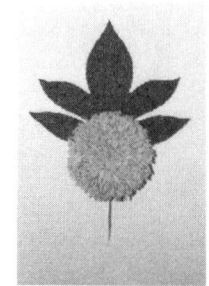

【사진 5-3】
실 국화

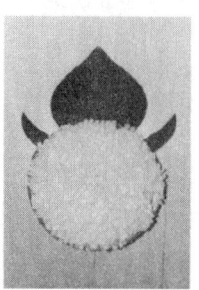

【사진 5-4】 불두화

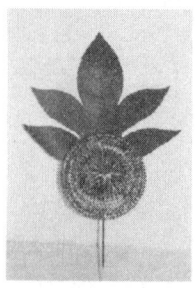

【사진 5-5】 국화

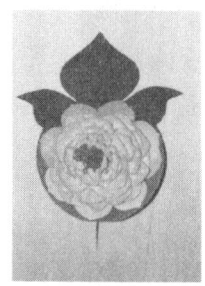

【사진 5-6】 작약

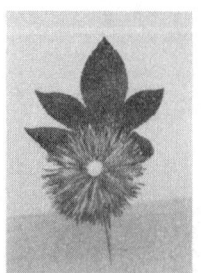

【사진 5-7】 실국화

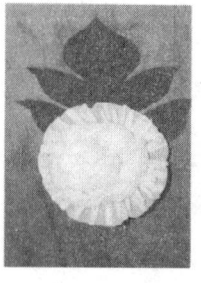

【사진 5-8】 모란꽃

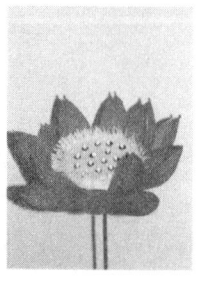

【사진 5-9】 연꽃

참고문헌

김태연, 「한국지화에 관한 연구(5)」, 대구대학교 가정생활연구소 vo 7, 1992.
_____, 「한국전통지화에 관한 연구(10)」, 『한국공예논총』 제6권2집, 2003.
_____, 「한국전통지화에 관한 연구(11)」, 『한국화예디자인학 연구』 vol.12, 2005.
심상현, 『영산재』, 국립문화재연구소, 2003.
홍윤식, 『영산재』, 대원사, 1991.

조선시대 감로탱화에 나타난 불교무용

김 상 은

Ⅰ. 머리말

불교무용은 불교의식에 있어서 범패(梵唄)가 음성공양이라면, 무용은 신업공양(身業供養)으로 음악과 더불어 재의식을 보다 장엄하게 하는 한편 신앙심을 고취시키는 역할을 한다. 즉 불교무용은 전통 무용인 민속무용, 궁중무용과는 달리 신(身 : 몸), 구(口 : 입), 의(意 : 생각)의 삼업(三業)의 수행을 통해 부처님께 올리는 공양의식인 것이다.

불화에 나타난 무용의식은 종교 의례로써, 언제부터 그려지기 시작하였는지는 알 수 없다. 불교 의식에 사용되는 작법무는 현재 한국의 불교의식에서 독특한 현태로 전승되어지고 있다. 그리고 한국 범패의 역사를 볼 때 작법무의 역사 또한 매우 오래되었을 것으로 추측된다. 하지만 범패와는 달리 작법무에 대한 문헌기록은 없고, 다만 조선시대에 불교의 신앙 대상으로 그려진 몇몇 감로탱화에서 그 모습을 볼 수 있다[1]. 조선시대에는 숭유억불 정책 가운데서도 의식과 무용은 매우 발전되어 전개되었다. 이러한 것은 감로

---

1) 법현, 『불교무용』, 운주사, 2002, 16~17면.

탱화에서 그 모습을 찾아볼 수 있다.

감로탱화는 하단에 설치되며 영가단의 조상숭배와 연결되는 신앙으로 영가의 극락왕생하기를 바라는 정토신앙과 결부되는데 감로탱화는 『우란분경』의 변상도와 같은 성격을 지닌다.[2]

감로탱화는 제작 연대와 조성동기들을 대부분 명확하게 알 수 있을 뿐만 아니라 현존하는 자료가 많이 남아있어 당시의 많은 상황들을 알 수 있으며 불교무용을 연구하는데도 많은 도움이 될 수 있다.[3]

이에 본 연구자는 감로탱화가 비교적 많이 그려졌던 조선시대의 감로탱화를 역은 강우방·김승희 공저, 『감로탱』[4]의 도상을 저본으로 감로탱화 중 비교적 불교무용의 내용이 풍부하며, 그 모습이 비교적 뚜렷하게 나타내어진 약선사 감로탱화(1589), 보석사 감로탱화(1649), 해인사 감로탱화(1723), 고려대 감로탱화(미상), 백천사 감로탱화(1801), 봉은사 감로탱화(1892), 보광사 감로탱화(1898), 통도사 감로탱화(1900), 원통암 감로탱화(1907) 이렇게 총 9개의 감로탱화를 통해 이에 나타난 불교무용에 대하여 알아보고자 한다.

Ⅱ. 감로탱화와 불교무용

1. 감로탱화

감로탱화는 조상 숭배의 신앙 혹은 영혼 숭배의 신앙을 중심으로 묘사한

---

2) 홍윤식, 『불화』, 대원사, 1989, 68면.
3) 정외순, 『조선시대 감로탱화에 나타난 악기연구』, 동국대 석사논문, 2004, 1면.
4) 강우방·김승희 공저, 『감로탱』, 예경, 1995.

불화. 영단탱화(靈壇幀怜)·하단탱화(下壇幀怜)라고도 한다. 사찰의 명부전이나 법당의 불단 좌우에 있는 영단에 많이 봉안하며, 영가(靈駕)의 극락왕생을 위한 신앙 내용을 도설화한 것이라 하여 영단탱화라 한다. 그리고 아귀나 지옥의 중생에게 감로미(甘露味)를 베푼다는 뜻에서 감로탱화라 한다.

또한 영단(靈壇), 즉 영가(靈駕 : 죽은 자 혹은 영혼이라고도 함)에게 재(齋 : 절에서의 일체의 법회를 '재'라 하며, 베푼다는 의미임)를 지내기 위해 특별이 마련된 단(壇)으로, 영가단을 감로단(甘露壇)이라고 하며, 감로단에 걸려 있는 탱화가 감로화이기도 하다.

이 탱화는 목련경 신앙(目連經信仰)·시아귀 신앙(施餓鬼信仰)·정토신앙·인로왕보살 신앙(引路王菩薩信仰)·지장 신앙(地藏信仰) 등이 복합적으로 교류하여 형성된 것이다. 목련경 신앙은 재래의 조상 숭배 신앙과 결합되어 쉽게 일반화될 수 있었다. ≪목련경≫ 내용의 시아귀 신앙은 밀교의 ≪유가집요구아난타니염구궤의경 瑜伽集要救阿難陀尼焰口軌儀經≫을 수용한 것이다.

이 신앙의 주목적이 근친선망령(近親先亡靈)의 정토왕생에 있기 때문에, 정토 신앙·인로왕보살 신앙·지장 신앙과도 결부되었다. 그러므로 보통 감로탱화는 정토래영도(淨土來迎圖)·정토접인도(淨土接引圖)·칠여래탱화·지옥도·육도도(六道圖) 등이 복합적으로 이루어져서 구성되거나 독립해서 각각의 탱화를 이루게 된다. 특히, 이들이 복합적으로 이루어진 것을 감로왕탱화라고 한다. 조선 중기 이후부터 우리나라의 사찰에 많이 봉안하게 되었다.

감로왕탱화는 불교의 여섯 세계 중 아귀의 세계를 묘사한 불화로서, 우란분탱화(盂蘭盆幀怜)라고도 한다. 목련존자(目連尊者)가 죽은 어머니의 영혼을 아귀의 세계로부터 구하는 것을 주제로 한 ≪우란분경≫에 사상적 근거를 두고 있다.

우리나라에서는 불교가 유교의 효와 결합하여 우란분회가 널리 성행하게 됨에 따라 많은 탱화를 남겼다. 즉, 감로왕탱화는 지옥이나 아귀도에 빠진 가족·친지들을 위해, 우란분재를 올림으로써 지옥의 고통을 여의고 극락에 왕생한다는 전 과정을 그림으로 묘사한 것이다.

여기서의 감로왕은 극락세계의 주불(主佛)인 아미타불이다. 보통 이 탱화의 제일 윗부분에는 극락의 아미타불 일행이 지옥 중생을 맞이하러 오는 장면을 그렸다. 중간 부분에는 지옥 중생들을 인도하여 극락으로 맞아 가는 보살 그림과 재(齋)를 올리는 모습, 아랫부분에는 아귀나 지옥의 세계에서 일어나는 갖가지 고통을 묘사하게 된다.

이 탱화는 보통 두 가지 형식으로 그려진다. 공양을 올리는 의식을 묘사한 것과 의식의 묘사가 없는 것으로 나누어진다. 반승(飯僧 : 중에게 음식을 대접하는 일)하는 공양 의식을 묘사한 그림은 윗부분에 불보살의 모습과 함께 구제된 자가 태어날 정토의 세계를 묘사한다. 그 아래에는 큰 상(床)에 여러 가지 성반(盛飯)을 차린 것이 묘사된다. 이들 주위에 보살·승려·속인 및 인로왕보살 등이 구름 속에 배치된다. 그러나 이 탱화에는 지옥이나 아귀의 세계는 대부분 묘사되지 않는다.

두 번째 유형은 첫 번째보다 더 복잡하고 섬세하게 지옥 등의 양상이 묘사된다. 염라대왕이 업경대(業鏡臺)를 통하여 죽은 이의 죄를 비추어 보는 장면, 흑암지옥·아귀지옥·화탕지옥(火湯地獄) 등에서 고통 받는 중생들의 모습이 묘사된다. 이들 탱화 속에는 춤추고 장구 치는 모습도 있고, 만세를 부르는 장면, 일본 순경이 칼을 빼들고 치는 모습 등도 그려져 있다.

감로왕탱화는 우리나라의 강한 조상 숭배 의식과 결합되어 널리 퍼졌던 ≪우란분경≫의 신앙을 배경으로 한 것이다. 다른 어떤 탱화에서보다도 당시의 풍속상이나 생활상이 잘 표현되어 있는 중요한 탱화이다(encykorea.com).

2. 조선시대 감로탱화에 나타난 불교무용

현존하는 감로탱화의 시대별 분류를 통해 불교무용의 흐름을 살펴보면 현존하는 최고의 탱화는 <그림-1, 2>일본 약선사(藥仙寺) 감로탱화(1589)와 <그림-3>충남 보석사(寶石寺)의 감로탱화(1649)를 들 수 있다.

한국과 일본의 감로탱화를 자세히 살펴보면, 여러 스님들이 재를 올리는 모습이 사실적으로 그려져 있다. 부처님께 육법공양(六法供養 : 향, 등, 차, 과일, 꽃, 쌀)을 올리고 영가들의 극락왕생(極樂往生)을 발원(發願)하는 모습, 그리고 스님들의 악·가·무의 모습 등이 상세히 그려져 있다. 이 가운데 불교무용은 상단에 보처님을 모시고 염불소리와 기악곡에 맞추어 바라춤, 법고춤 등을 추는 모습들로 그려져 있는데, 스님들의 작법무(作法舞)를 통한 수행의 모습을 찾아볼 수 있다[5].

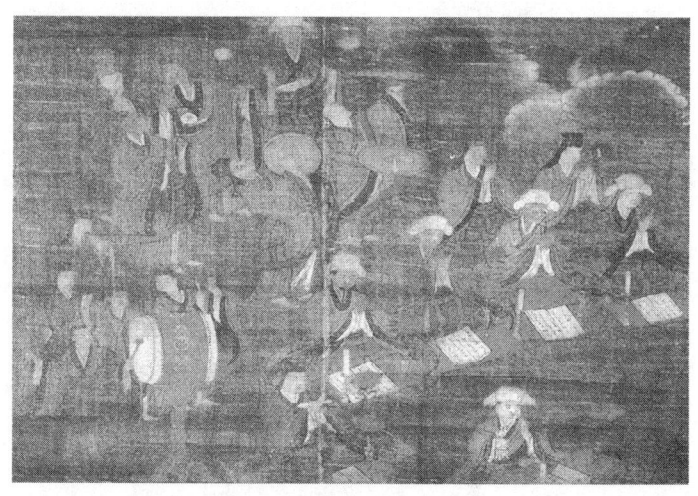

<그림-1> 일본 약선사 감로탱화

---

5) 법현, 『영산재 연구』, 운주사, 1997, 20면.

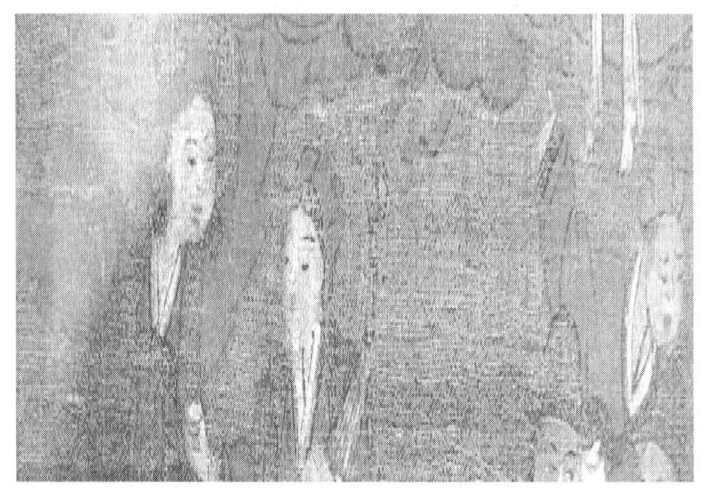

<그림-2> 일본 약선사 감로탱화 부분도(하단)

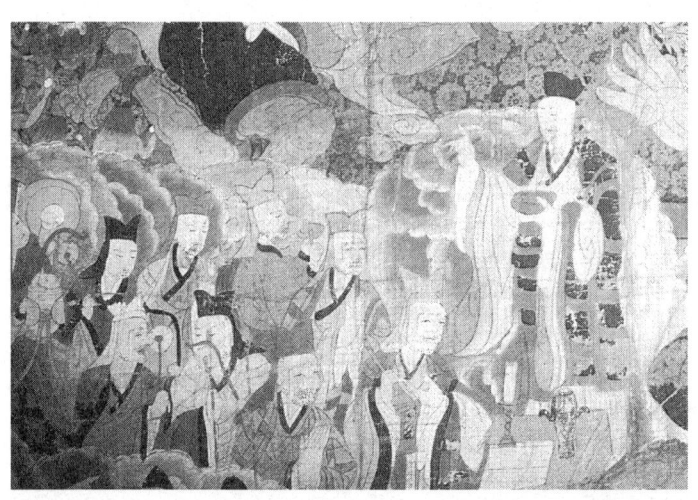

<그림-3> 충남 보석사 감로탱화

탱화에서 또 발견할 수 있는 것은 의식을 행하고 있는 스님이 고깔이나 검정색의 모자를 쓴 것을 볼 수 있다.

1723년에 그려진 해인사 감로탱화 <그림-4>에서는 한 스님이 금강령을 흔들며 고승을 중심으로 바라무, 법고무를 춤을 추고 여기에는 바라, 법고, 광쇠 등 반주 악기가 사용된다. 또 특이한 것은 춤의 반주에 있어 소라와 같이 생긴 나발이 탱화에 나타나고 있다.

18세기말의 <그림-5>고려대 소장 감로탱화에는 2인무 바라춤, 1인무 바라춤, 1인무 법고춤이 삼현육각에 맞추어 이루어지는 모습이 묘사되어 있다.

<그림-6>은 한손에 광쇠을 들고 나비춤을 추고 있는 모습이 보인다.

고려대 감로탱화에서는 현재 모습과는 다소 차이가 있는 광쇠를 든 광쇠무의 모습을 볼 수 있고, 법고무의 모습에서도 현재의 모습과는 차이가 있는 검정색 장삼에 하얀색의 작은 고깔을 쓴 모습을 볼 수 있다.

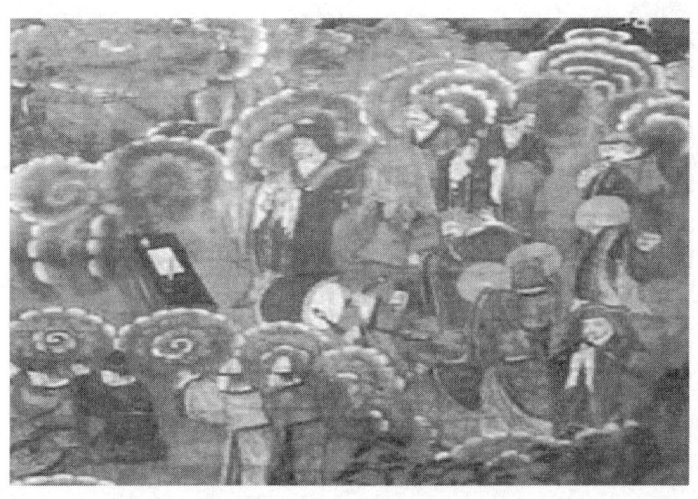

<그림-4> 해인사 감로탱화 부분도(중단)

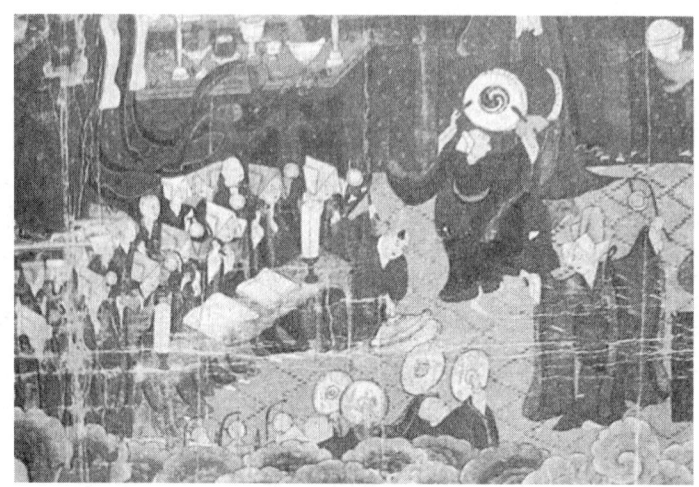

<그림-5> 고려대 감로탱화 부분도(중단)

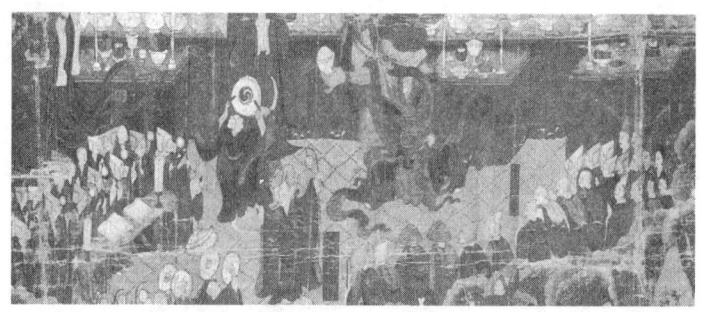

<그림-6> 고려대 감로탱화

<그림-7>은 백천사의 감로탱화(1801)로써 바라무, 광쇠무, 법고무 춤을 추고 있는 모습이 나타나 있다. 역시 반주를 하는 스님들과 그 외 의식에 참가하는 모든 스님들이 고깔 또는 검정색의 두건 모양의 모자를 착용하고 있다.

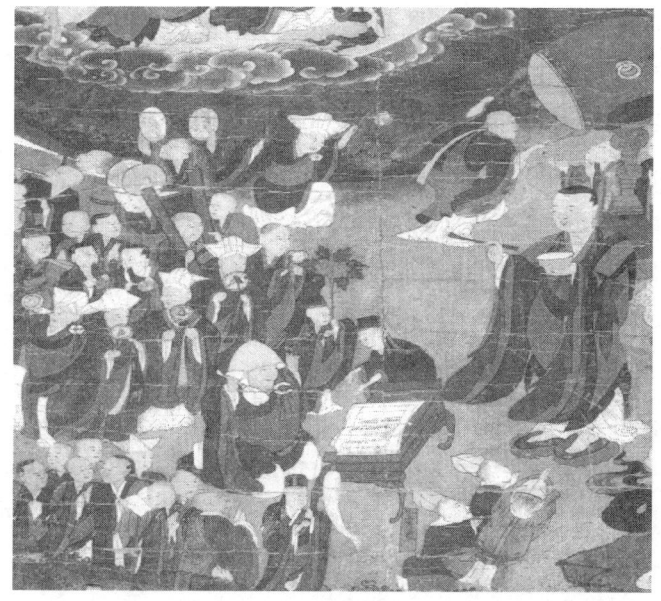

<그림-7> 백천사(1801) 감로탱화

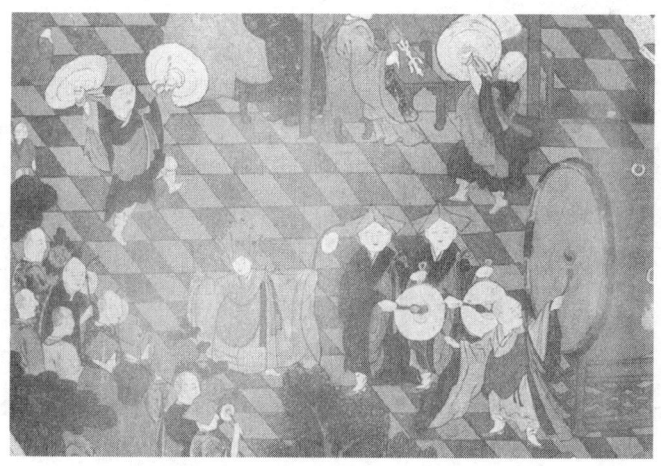

<그림-8> 봉은사 감로탱화 부분도(중단)

<그림-8>은 봉은사 감로탱화(1892)로써 두 명의 작법승이 바라무에 몰두해 있다. 한 의식승은 바라를 치며 소리를 내고 또 다른 승려는 무대를 왕래하면서 바라를 하늘로 높이 들고 있다. 한 쪽에는 법고를 둥둥 울리는 어장의 모습이 그려져 있다. 여기에 사용되는 작법에는 바라무, 법고무, 광쇠무가 있으며 여기에 광쇠, 바라, 법고, 태징 등의 반주악기로 사용한다. 그리고 전체적으로 의식에 참여하는 스님들의 장삼의 색깔이 현재와는 다르게 아주 다양한 것을 볼 수 있다.

<그림-9>는 보광사의 감로탱화(1898)로써 두 명의 작법승이 바라무를 추고 있다. 한 의식승은 바라를 치고 있고, 또 다른 승려는 바라를 하늘로 높이 들고 있다. 한쪽에는 거대한 크기의 법고를 둥둥 울리는 어장(魚丈)의 모습이 보인다. 또 한편에서는 식당작법에서 사용되는 판장이 보이고 있어 곧이어 타주무도 진행될 것으로 보이나 타주춤은 도상에 보이지 않고 식당

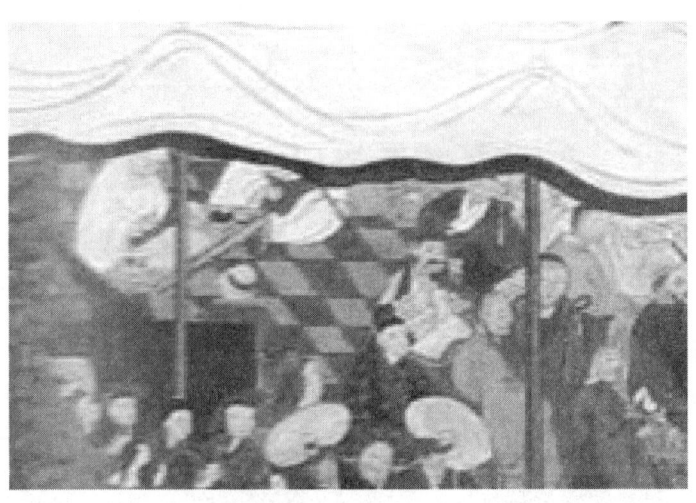

<그림-9> 보광사 감로탱화 부분도(중단)

작법 의식구만 보인다. 여기에서 사용되는 작법에는 바라무, 법고무, 광쇠무가 있으며 반주 악기로는 바라, 법고, 광쇠, 나발, 태징, 경자 등을 사용한다.

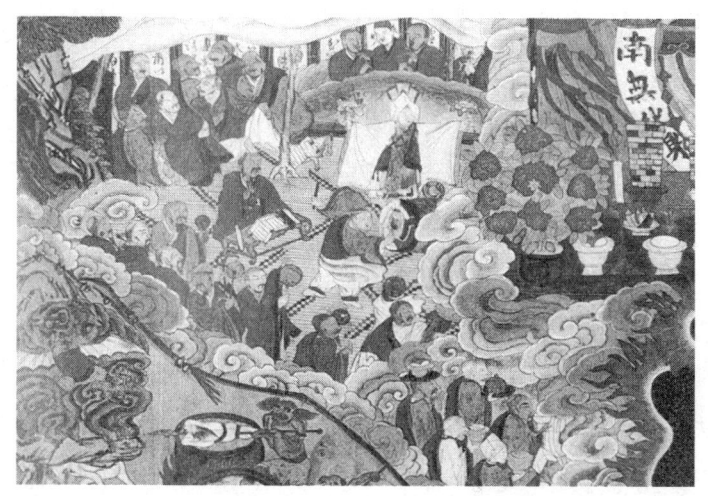

<그림－10> 통도사 감로탱화 부분도(중단)

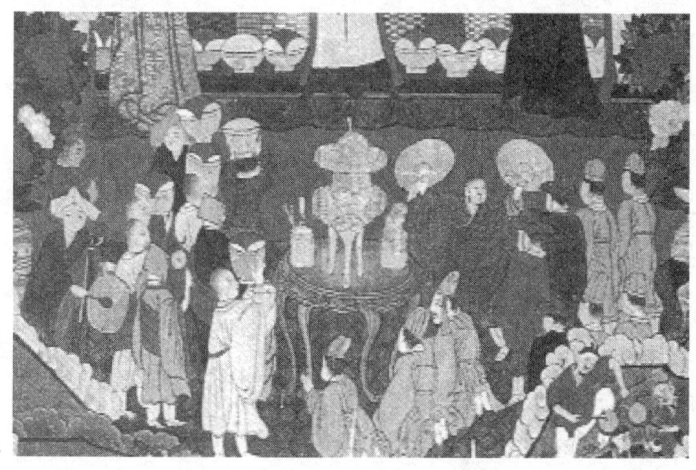

<그림－11> 원통암 감로탱화 부분도

<그림-10>은 통도사 감로탱화(1900)이고 법고무, 나비무, 바라무를 의
식승들이 추고 있다. 이 통도사 감로탱화에서는 앞서 발견되지 않았던 꽃을
든 나비무가 처음 등장하게 된다.

<그림-11>은 원통암의 감로탱화(1907)로써 의식승들이 태징에 맞추어
바라무, 법고무를 추고 있으며 의식에 사용되는 악기로는 광쇠, 요령, 바라,
법고, 태징을 사용하고 있다.

3. 불교무용

불교의식무는 불덕(佛德)을 찬탄하거나 깨달음의 화두를 두고 있는 모든
동작을 지칭하여 불교무용이라 말한다. 이러한 불교의식무의 명칭을 작법
(作法) · 작법무(作法舞) · 승무(僧舞) · 법무(法舞)라 칭한다. 또한 불가에
서는 의식(儀式)에서 진행되어지는 일체의 '춤'을 '무(舞)'라 지칭하므로
'춤'과 '무'의 단어는 동일한 의미로 사용한다[6]. 이러한 불교무용인 의식무
가 종교의 의례로써 언제부터 진행되었는지는 알 수 없으나, 한국범패의 역
사와 더불어 의식무의 역사 또한 매우 오래되었을 것으로 추측된다. 이 가운
데 현재 한국불교에서 이루어지며 감로탱화에 나타나 있는 무(舞)의 종류는
다음과 같다.

1) 법고무

법고무는 보통 바라춤이나 나비춤이 끝난 후 사물반주 및 삼현육각과 어
우러져 춤이 진행되며, 범패는 사용되지 않는다. 재의식 진행시 법고무는 긔
경작법 후 법고춤, 식당작법 진행시에도 오관게 후 법고춤이 진행되며 법고

---

6) 법현, 『불교무용』, 운주사, 2002, 10면.

춤 진행은 정·중·동으로 이어진다. 이는 삼현육각과 호적이 혼합되어, 느린 동작의 춤사위가 갈수록 빠른 태징 장단에 맞추어 몸이 점점 빨라지며 무용은 4~5분 정도 진행된다.

2) 바라무

바라무는 양손에 동발(銅鉢)이라 하여 동(銅)으로 만든 악기를 두 손에 들고 불교음악인 범패와 사물 등 기악반주에 맞추어 춤을 추며, 바라춤의 종류는 7가지로 1. 요잡바라, 2.천수바라, 3.화의재진언바라, 4.사다라니바라, 5.명바라, 6.관욕쇠바라, 7.내림게바라[7].이며 감로탱화에서 이들 바라무에 대한 곡목들은 알 수 없고 바라무를 하는 수행승만이 그림에서 보여진다.

3) 나비무

흰색 육수장삼과 홍색가사 위에 청·황·적·백·흙색 등 오색의 천을 달고 머리에는 고깔을 쓰고 양손에는 연꽃을 들고 추는 춤의 형태로 1.향화게(香花偈)작법, 2.도량게(道場偈)작법, 3. 다게(茶偈)작법, 4.삼귀의(三歸依)작법, 5.모란찬(牡丹讚)작법, 6.오공양(五供養)작법, 7.구원겁중(久遠劫衆)작법, 8.자귀의불(自歸依佛)작법, 9.정례(頂禮)작법, 10.지옥게작법, 11.긔경(起經)작법, 12.사방요신(四方繞身)작법, 13.운심게(心運偈)작법, 14.만달작법(曼達作法), 15.삼남태(三喃太)작법, 16.대각석가존(大覺釋迦尊)작법, 17.창혼(唱魂)작법, 18.옴남(唵南)[8].등 18가지 작법이며 감로탱화에서 이들 작법무에 대한 곡목들은 알 수 없고 나비무를 하는 스님들만 보일 뿐이다.

---

7) 법현, 『영산재 연구』, 운주사, 1997, 24면.
8) 법현, 「영산재 작법무 범패에 관한 연구」, 원광대 박사학위논문, 2004, 106~107면.

Ⅲ. 결론

불교무용이 종교의 의례로써 언제부터인지는 알 수 없으나, 영단에 모셔진 감로탱화를 자세히 살펴보면 부처님께 육법공양(六法供養)을 올리고 영가들의 극락왕생을 발원하는 신업공양(身業供養)로써 스님들의 작법(作法)을 찾아 볼 수 있는데, 한 스님은 바라무, 어느 스님은 나비무, 어느 스님은 법고무 등으로 공양을 올리는 모습을 볼 때 무(舞)의 역사는 불교문화와 더불어 전래되었음을 알 수 있다.

하지만 현재 남아있는 감로탱화가 거의 조선시대의 작품들 이므로 조선시대 이전의 감로탱화는 현재 전승되지않아 불교의식에 관해서는 자세히 알수 없다.

앞서 살펴본 바와 같이 거의 대부분의 감로탱화에서 바라무와 법고무, 나비무(광쇠무)를 찾아볼 수 있었다.

또한 가끔 등장하는 나비무(광쇠무)의 경우 현재의 작법에서는 추어지지 않는 춤이지만, 과거에는 꽤 오랫동안 추어진 것으로 볼 수 있다. 앞으로 나비춤 진행시 꽃대신에 광쇠무을 가지고 진행되는 춤 복원에 힘써야 할 것이다.

바라춤 의상의 경우 감로탱화에서는 여러 형태의 가사와 장삼이 보이고 있고, 나비춤의 경우 현재 양손에 꽃을 들고 하지만 감로탱화에서는 나비춤과 비슷한 형태인 광쇠무로 광쇠를 들고 하는 것을 볼 수 있었다. 법고춤의 경우도 그림 상에는 고깔이나 관모를 쓰고 하나 현재는 쓰지 않고 한다.

또한 의식승이 행하는 의식 시 또는 공양 시 모두 흰 관모를 쓰고 하는데 현재는 그러한 모습이 보이지 않고 있다. 그리고 감로탱화에 나타난 스님들의 장삼의 경우도 현재의 색깔보다는 다양한 색깔들이 있었던 것으로 보여진다. 이러한 관모나 장삼의 경우도 보다 적극적인 연구를 통하여 복원 작업이 필요할 것이다.

1900년대는 일본의 한국 침략으로 민족문화 말살정책과 조선 총독부 사찰령(1911)으로 인해 각종 의식 및 범패(梵唄)와 작법무(作法舞)가 금지되었다.

해방 후 범패와 작법무는 다행히 몇몇 스님들에 의해서 맥이 이어지다가 국가의 문화재 보호정책 일환으로 1973년 불교음악 범패가 무형문화재로 지정되었다. 이후 1987년 범패, 작법, 장엄 세 종목이 묶여 중요무형문화제 제50호 영산재로 지정되어 서울 신촌 봉원사(奉元寺) 영산재 보존회를 중심으로 시연되고 있다.

이러한 영산재의 복식은 조선시대 감로탱화의 모습과 일부 다른 무용 복식의 변화, 그리고 의식승 복식 변화 형태로 전승되고 있음을 살펴볼 수 있었다.

불교에서의 무용은 일반적인 한국무용과는 차이가 있다. 불교의 무용은 수행의 춤으로 깨달음을 위해 자신이 몸으로 수행하는 것이고 이를 통해 지켜보는 이도 깨달음을 얻을 수 있게 된다. 이러한 불교무용은 범패 반주음악에 따라 진행되어지고, 범패의 염불에 따라 무용이 이루어진다. 그러므로 음악을 먼저 이해하고 알게 된 후 무용이 이루어져야 하나 현재는 그러하지 못하다.

다시 말해 불교무용은 믿음이 내포된 신앙의 춤으로 마음속으로는 부처님을 그리고 이를 몸으로 표현하며 입으로는 염불을 함으로서 완전한 수행을 할 수 있는 것이다. 무용을 전공하는 많은 사람들 역시 순서만 외워서 추는 불교 무용이 아닌 몸과 마음이 하나가 되는 불교 무용을 추어야 할 것이며, 여러 학교에서 역시 불교 무용을 전문으로 하는 전문가 양성에도 힘을 기울여야 할 것이다.

이렇게 볼 때 불교무용과 한국무용의 장·단점이 조화를 이루어 함께 발전할 수 있을 것이고, 또한 우리나라 문화 발전에도 많은 도움이 될 것이다.

현재 불교문화에 대한 관심은 점차 고조되고 있다. 동양에서도 그렇지만 서양에서도 많은 연구가 이루어지고 있다. 또한 세계 여러 나라에서 불교무용이 초청을 받기도 하고 세계 민속춤 페스티벌에 참가하여 좋은 성과를 가져오기도 한다. 이러한 상황에서 우리나라의 불교문화는 무용 부분만이 아니라 음악이나 그 외 많은 부분들에서 더욱더 다양하고 독창적인 연구가 이루어져야 할 것이고 나아가 세계 속의 문화로써 발돋움하기 위해 체계적인 발전과 함께 많은 관심과 격려가 함께해야 할 것이다.

참고문헌

1. 단행본

강우방 · 김승희 공저, 『감로탱』, 예경, 1995.
김형우외 6인, 불교전통의례와 그 연극, 연희화의 방안연구, 『불교의례의 법의』.
문명대, 『한국의 불화』, 열화당, 1987.
법 현, 『영산재연구』, 운주사, 1997.
법 현, 『불교무용』, 운주사, 2002.
홍윤식, 『불화』, 대원사, 1989.

2. 논문

법 현, 「영산재 작법무 범패의 연구」, 원광대학교 대학원 박사학위논문, 2003.
정외순, 「조선시대 감로탱화에 나타난 악기연구 -18세기 감로탱화를 중심으로-」,
      동국대학교 문화예술대학원 석사학위논문, 2004.
www.encykorea.com

작법무 거행의 배경과 의의

-靈山齋를 중심으로-

심상현(만춘)

Ⅰ. 서론

1. 靈山齋의 대강

靈山齋에서 齋란 齋筵의 의미로 所禮이신 三寶님께 齋飯 즉 摩旨 올리는 법회를 말한다. 또 이와 같은 행위는 청정한 마음과 몸을 전제로 가능한바 齋를 齋戒의 의미로 해석해도 좋을 것이다. 한편 영산재와 같이 큰 법회에는 수많은 승려가 초청되고 食堂作法에서 보듯 공양을 베풀게 되는바 齋에는 齋會의 의미도 있다.

흔히 재라 하면 사십구재·백일재 등 亡者의 薦度儀式을 연상하는데, 이는 재를 設辦하는 신자의 기원 내용 가운데 하나 일뿐이다. 그럼에도 이와 같은 인식이 보편화된 것은 일반 신자로서 설판코자 하는 신심을 내는 것이 대부분 친족 가운데 누군가가 타계했을 때 무상의 이치를 절감케 되고 동시에 망자의 명복을 발원코자 하는 데 기인하고 있기 때문이다.

그러나 불교의 발생 및 존재 이유는 모든 중생이 안고 있는 생사라는 큰 문제를 해결하려는데 있는 것[1]이지 결코 망자의 명복만을 기원하기 위함은 아니다. 따라서 이 큰 문제를 해결키 위해 불교에서는 그 방법을 진리의 구현에서 찾고 있는 바, 재란 진리를 구현키 위한 修行道의 일환이며 특히 특정한 목적을 갖고 비교적 짧은 기간[1∼3일]에 베풀어지는 대규모 '진리 구현 의식'을 말한다.

다시 말해 재란 신자가 三寶前에 신심과 재물을 바쳐 재를 설판함으로써 財布施를 하고, 삼보께서는 신자에게 가피와 진리를 베푸는 法布施를 함으로써 성립되는 것이다. 이렇게 마련된 재가 원만히 회향됨에 의해 진리는 구현되는 것인 바, 재는 곧 많은 중생들의 생사라는 큰 문제를 해결하는 단서가 되는 것이다.

정리컨대, 영산재는 법화경의 사상에 입각하여 석존[佛]과 법화경[法] 그리고 會中[僧]을 소례로 예배·찬탄·공양하고 이를 계기로 一切含靈이 法海에 들도록 하는 의식이다. 이때 특히 기억해야할 것은『법화경』의 壽命無量[2] 및 佛身常住[3] 사상에서 알 수 있듯 석존께서는 시공을 초월한 존재이신만큼 어느 때 어느 장소에서 베풀어지는 영산재일지라도 현재진행형이라는 점이다.

---

1) 諸佛世尊 有以一大事因緣故 出現於世『法華經』方便品, 大正藏 9권, 7면a.
2) 如是我成佛已來甚大久遠 壽命無量阿僧祇劫常住不滅 諸善男子 我本行菩薩道所成壽命 今猶未盡復倍上數 然今非實滅度 而便唱言當取滅度 如來以是方便教化衆生『法華經』如來壽量品, 大正藏 9권, 42면c.
3) 爾時佛告大菩薩衆 諸善男子 今當分明宣語汝等 是諸世界 若著微塵及不著者 盡以爲塵一塵一劫 我成佛已來 復過於此百千萬億那由他阿僧祇劫 自從是來 我常在此娑婆世界說法教化 亦於餘處百千萬億那由他阿僧祇國導利衆生『法華經』如來壽量品, 大正藏 9권, 42면b.

2. 作法의 의미

작법은 일상의 行住坐臥나 儀式 등에 있어서 지켜야하는 예법과 그 동작을 말한다. 즉 수행인의 일거수일투족 전부를 말하는 것이다. 따라서 작법의 의미는 넓은 의미와 좁은 의미 두 가지 방향에서 살필 수 있다.

넓은 의미에서의 작법은, 白坡亘璇편 의식집의 서명이『作法龜鑑』이고 衆僧의 공양의식이자 불교 의식의 백미로 꼽히고 있는「食堂作法」등에서 보듯 八威儀 등 승려가 지켜야할 예법이나 그 행위를 총체적으로 가리키는 것이다. 또, 이를 간단히 말해 坐立이라고도 한다.

좁은 의미로는, 소례를 찬탄하거나 기원의 성취를 발원하기 위한 鈸鑼舞 着服舞 法鼓舞 打柱舞 등 몸으로 나타내는 율동으로 한정하여 사용한다. 특히 이를 작법이라 이름하는데는 기원이나 찬탄의 내용을 율동으로 나타내기는 하지만 세간의 율동과 달리, 율동이나 정신이 수행의 원칙에서 조금도 어긋남이 없기에 이를 作法舞라하고 身業供養으로서 의미를 지니는 것이다.

Ⅱ. 본론

1. 연구 대상

불교의 발생지인 인도를 위시하여 불교가 전파된 지역은 많지만 현재 한국불교 의식에서와 같이 승려에 의해 작법무를 거행하는 곳은 없는 것 같다. 가능한 범위 내에서 자세히 살피겠지만 한국불교 의식의 작법무는 교리적으로나 사상적 또는 문화·예술적인 면에서 매우 승화 발달되어 있다.

이는 중국의 역사서인『後漢書』의 東夷列傳에서 우리민족을 가리켜 가

무음곡을 매우 즐기는 민족이라 기록하고있는데[4], 이와 같은 문화적 배경과
민족성이 반영된 때문이기도 하겠지만 작법무 내에 깃든 사상을 이해한다면
이 보다는 釋尊의 本懷를 보다 깊이 있게 탐구하고 체득한 성과의 반영임
을 알 수 있을 것이다.

이렇듯 한국불교 의식에 있어서 빼놓을 수 없는 것이 작법무인데, 작법무
의 종류로는 바라무와 착복무 그리고 타주무와 법고무 등이 있다. 이들 작법
무는 대체로 소례에 의해 경험하게된 법열에 따른 찬탄이나 소례를 대상으
로 올리려는 기원, 또는 그 내용을 실천에 옮기는 修法 등을 몸의 율동으로
표현하는 身業供養으로서 의미를 지닌다.

본고에서는 영산재의 전개·절정 부분에 해당하는 本儀式인 '齋儀式'
에서 거행하는 작법무 가운데 바라무와 착복무를 연구의 대상으로 하여 그
배경과 의의를 살피고자 한다. 즉, 핵심 부분을 집중 연구함으로써 여타의
작법무를 이해하는데 좌표를 제시하고자 한다.

2. 연구 방법

靈山齋를 연희적인 차원에서 齋筵이라는 하나의 큰 테마 theme를 지닌
儀式으로 보면, 전체를 도입·전개·절정·결말부분 등으로 구분하여 살
필 수 있다. 한편 이들 각 단원은 다시 여러 항목의 의식으로 구성되어 있으
며 내용을 보면 이들 각 의식은 성불이라는 목적을 향해 점층적이고 유기체
적인 관계에 있음을 알 수 있다.

이와 같은 영산재 의식을 (1)'作法舞의 유래와 의의'라는 면에서 총체적
으로 개관하고, (2)'本儀式의 구성과 作法舞의 위치'에서 본의식인 재의식

---

4) [馬韓]常以五月田竟祭鬼神 晝夜酒會 羣聚歌舞 舞輒數十人相隨蹋地爲節 十月農
功畢 亦復如之 [辰韓]俗憙歌舞飮酒鼓瑟 『後漢書』卷八十五 東夷列傳 第七十五.

을 주제별로 구분하여 그 가운데 거행하는 작법무의 종류와 위치를 확인하고, ⑶'作法舞의 역할과 의미'라는 측면에서 작법무를 거행 목적에 따라 분류하여 구체적으로 살피기로 한다.

1) 作法舞의 유래와 의의

작법무의 유래와 의의는 다음과 같이 '迦葉作舞' '魚山의 曹子建' '元曉스님의 無碍歌와 無碍舞'라는 3가지 측면에서 살필 수 있다.

우선 작법무의 교리적 근거라 할 수 있는 '가섭작무'의 줄거리를 『五燈會元』 '釋迦牟尼佛章'에서 살피면 다음과 같다.

> 樂神 乾闥婆王이 거문고를 3번 연주하였는데, 이미 阿羅漢果를 증득한 가섭존자가 거문고 소리에 應하여 춤을 추었다. 이를 본 건달바왕이 세존께 '가섭존자가 아라한이라면 이미 모든 번뇌가 다 없겠거늘 어찌하여 남은 習이 있습니까?'고 여쭈었다. 그러나 같은 광경을 목도하신 석존께서는 '남은 習이 없나니 법을 비방하지 말라'고 하셨다. 왕은 '가섭존자가 춤을 추었는데 어찌 아니라 하십니까? 세존께서 왜 사실과 다른 말씀을 하십니까?'하고 거듭 반박한다. 이에 대해 석존께서는 '나는 妄語를 하지 않았느니라. 네가 거문고를 탐에 산하대지와 목석 등이 모두 거문고 소리를 내지 않았느냐?!'고 물으셨고, 왕은 '그렇습니다'고 했다. 이에 석존께서는 '가섭도 또한 이와 같으니라. 때문에 춤을 추지 않았다고 한 것이니라'하셨고, 왕은 비로소 그 이치를 알 수 있었다.⁵⁾

---

5) '樂神 乾闥婆王이 거문고를 3번 연주함에 이미 阿羅漢果를 얻은 迦葉尊者가 이에 응하여 3번 모두 일어서 춤을 추었다'는 古則을 말한다.
『五燈會元』釋迦牟尼佛章 / 乾闥婆王獻樂 其時山河大地盡作琴聲 迦葉起作舞 王問 迦葉豈不是阿羅漢 諸漏已盡 何更有餘習 佛曰 實無餘習 莫謗法也 王又撫琴三遍 迦葉亦三度作舞 王曰 迦葉作舞 豈不是 佛曰 實不曾作舞 王曰 世尊何得妄語 佛曰 不妄語 汝撫琴 山河大地木石盡作琴聲 豈不是 王曰 是 佛曰 迦葉亦復如是 所以實不曾作舞 王乃信受

석존의 말씀은 가섭의 경지가 이미 주객의 차별이 없고, 따라서 산하대지 내지는 목석과 같음을 이르신 것이다. 바로 이점이 '不自歌舞作唱故往觀聽'6)이라 하여 계율로써 가무를 금한 불교임에도 불구하고, 왜 작법무를 행하는지 그리고 작법무를 행하는 승려의 마음이 어떤 경지에 머물러 있어야 하는지 알 수 있게 한다. 무엇보다도 세존께 올리는 음악이라면 세존을 향한 기원이나 교화에 의해 얻게된 법열 또는 찬탄을 주제로 한 것일 것이고, 그런 음률에 따른 춤이라면 춤을 추는 승려의 마음이나 춤사위가 결코 속되지 않을 것이라는 짐작은 어렵지 않다.

다음, 작법무의 춤사위를 생각하면 '魚山의 曹子建'을 떠올리지 않을 수 없다. 하나의 說7)이기는 하지만, 범패와 작법을 '魚山'이라 하고, 범패의 대가인 丈夫를 '魚丈'이라 하는 연원은 이렇다.

> 중국 魏武帝의 넷째 아들 曹植(일명 曹子建)이 산동성 연주부 동아현 서쪽에 있는 魚山 -산아래 岩窟에 연못이 있고 그 중앙에 石魚가 있어 山名이 되었다 함. 일설에는 靈鷲山의 異名이라 함- 에 올라 고요히 앉아 있다가 하늘로부터 들려오는 소리를 듣게 된다. 그 소리는 세상의 소리와 달리 사람의 마음을 감동케 하는 것이었다. 이에 조식은 그 소리와 연못에서 노니는 물고기의 모양을 본떠 『太子瑞應本起經』에 기초를 두고 '太子頌' 등을 만든 것이 범패의 시원이다. 또, 일설에는 조식이 어산에서 梵僧을 만나 그로부터 범패를 배웠다고도 전한다.

위 내용 가운데 밑줄 친 '연못에서 노니는 물고기의 모양'이라는 대목에 주목할 필요가 있다. 즉, 作法舞는 作法時 受하는 법복 '六銖袈裟'8)에서

---

6) 安震湖 編 『釋門儀範』 권하, 法輪社, 1931, 129면.
7) 『佛敎大辭典』 권상, 弘法院, 1998, 803면.
   김응기, 『영산재 작법무 범패의 연구』, 동국대 박사논문, 2003, 41면.

보듯 大梵·帝釋과 四天王 등 諸天이 환희하고 일월이 춤을 추는, 그리고
착복 무의 경우 거행하는 스님의 머리 위에는 寶塔[고깔][9])이 자리하고 있
고, 바라무의 경우에는 사자후를 연상케 하는 바라를 사용하는 등, 전체적으
로는 袈裟를 受한 모습이나 鈸鑼라는 악기의 등장이 魚變成龍을 목적으
로 하는 모습임을 나타낸다.

　그리고, '元曉스님의 無碍歌와 無碍舞'에서도 작법무 유래의 일단을 살
필 수 있다. 『三國遺事』第四卷 '元曉不羈'[10])에,

　　원효는 이미 戒를 잃고 薛聰을 낳은 후로는 속인의 옷을 바꾸어 입
　　고 스스로 小姓居士라고 하였다. 우연히 광대들이 가지고 노는 큰 박
　　을 얻었는데 그 모양이 기이했다. 스님은 그 모양을 따라서 도구를 만
　　들어 화엄경에서 말씀하신 「모든 것에 걸림이 없는 사람이라야 나고
　　죽음을 벗어난다」는 문구를 따서 이름을 '無㝵'라 하고 계속하여 노래

---

8) 착복무에서 受하는 袈裟와 長衫이 곱고 아름답게 보이는데서 붙여진 이름이다. '銖'
　　는 1兩의 24분의 1쯤 되는 무게의 단위. 따라서 '육수가사'란 잠자리 날개와 같이 극히
　　가벼운 옷을 말한다. 『석문의범』의 「受戒篇」에는 '有石縱廣四萬里 長壽天人過百年
　　六銖袈裟磨鍊盡 是則名爲一大劫'이라 하여 長壽天人이 수하는 가사로 표현되고
　　있다. 한편, 착복무에서 수하는 가사는 바탕가사를 포함해 앞에 3가닥, 뒤에 3가닥
　　모두 6가닥이 드리워진 까닭에 '六垂袈裟'라는 설도 있다.
9) 僧帽의 일종. 천이나 종이를 배접하여 만든 꼭대기가 뾰족한 冠帽. '곳갈'에서 音이
　　변하여 고깔이 되었다. '곳'은 첨각(尖角), '갈'은 관모를 말한다. 의미로 보면 佛塔을
　　상징한다. 국보 35호인 화엄사 '四獅子 三層石塔'은 신라 때 작품으로 연기조사가
　　어머니의 은공을 갚기 위해 문수보살을 친견하고 세웠다는 전설이 전해 온다. 이 탑
　　은 네 마리의 돌사자에 의해 떠받쳐지고 있는데, 그 중앙에 합장한 모친의 입상이
　　있다. 이를 근거로 생각하면 고깔을 탑에 견주는 이유에 대한 참고가 될 것이다. 또,
　　불탑은 곧 불보와 불법을 상징하는바 고깔을 쓰는 것은 불보와 불법을 頂戴하고 있음
　　을 말한다고도 하겠다.
10) 曉旣失戒生聰 已後易俗服 自號小姓居士 偶得優人舞弄大瓠 其狀瑰奇 因其形製爲
　　道具 以華嚴經一切無㝵人 一道出生死 命名曰無㝵 仍作歌流于世 嘗持此 千村萬
　　落且歌且舞 化詠而歸 使桑樞瓮牖糠猴之輩 皆識佛陀之號 咸作南無之稱 曉之化大
　　矣哉『三國遺事』第四卷 <元曉不羈> 中.

를 지어 세상에 퍼뜨렸다. 일찍이 이 도구를 가지고 수많은 마을에서
<u>노래하고 춤추면서 교화시키고 읊다가 돌아가니,</u> 가난하고 몽매한의
무리들로 하여금 모두 부처님의 이름을 알게 하고 '南無'를 부르게 하
였으니 원효의 교화야말로 컸다 하겠다.

고 기록되어 있다. 이와 같은 元曉스님의 행적은 귀족불교였던 당시의 불교
를 민중불교로 자리매김 하여 부처님께서 娑婆에 오신 本懷를 이 땅에 실
현하였다는 후대의 평가를 받고 있다. 외에 본고에는 위 밑줄 친 부분에서
보듯 작법무의 목적이 중생 교화에 있음을 제시하여 주셨다는 점을 추가하
고자 한다.

지금까지 작법무의 유래와 의의를 '迦葉作舞' '魚山의 曹子建' '元曉
스님의 無碍歌와 無碍舞'를 통해 살폈거니와 이를 다시 體·相·用으로
구분하여 정리하면,

'迦葉作舞'는 작법무의 본질을 보여주었다는 점에서 '體'로,

'魚山의 曹子建'은 작법무의 형태를 제시하였다는 점에서 '相'으로,

'元曉스님의 無碍舞'는 작법무의 목적을 확실히 하였다는 점에서 '用'
으로 구분할 수 있겠다.

즉, 춤이 아닌 춤을 추기에 '不自歌舞作唱故往觀聽'이라는 계률에 어
그러짐이 없고[體], 그런 춤사위이기에 속되지 않으면서도 진선미 모두를
머금고 있으며[相], 대중의 耳目을 집중시켜 흐트러지기 쉬운 마음을 추슬
러 성불의 세계로 이끌어 가는바[用] 작법무야말로 작법 가운데 작법이라
하겠다.

2) 本儀式의 구성과 作法舞의 위치

(1) 의식주제에 따른 분류와 작법무의 위치

작법무의 거행은 바깥채비로 행하는 本儀式 가운데 대부분 자리하고 있다.
우선 영산재의 본의식에 속한 의식의 항목을 주제별로 나누어 정리하면
다음과 같다.

Ⅰ. 歸依儀式 / 鳴鈸 喝香 燃香偈 喝燈 燃燈偈 葛花 舒讚偈 佛讚 大直
讚◉▲ 中直讚◉ 小直讚◉ 開啓疏 合掌偈 告香偈

Ⅱ. 結界儀式 / 開啓篇 觀音讚 觀音請 散華落 來臨偈 香華請 歌詠 乞
水偈 灑水偈 伏請偈 大悲呪 四方讚 道場偈◉▲ 懺悔偈

Ⅲ. 召請儀式 / 大會疏 六擧佛 三寶疏 大請佛 三禮請 四府請 單請佛
獻座偈 茶偈◉▲ 一切恭敬 香花偈◉▲

Ⅳ. 說法儀式 / 頂戴偈 開經偈 開法藏眞言◉ 十念 擧揚 請法偈 說法偈
補闕眞言 收經偈 四無量偈 歸命偈 唱魂◉ 歸命禮◉▲

Ⅴ. 勸供儀式 / 淨法界眞言◉ 眞言勸供 四陀羅尼 加持供養 六法供養◉
▲ 各執偈 加持偈 普供養眞言 普回向眞言 願成就眞言 補闕眞言
禮懺 嘆白

Ⅵ. 回向儀式 / 回心曲 祝願和請

※ 위 내용 가운데 '◉'는 요잡바라[11) '▲'는 사방요신을 거행하는
위치를 표시한 것.

---

11) 鐃鈸·鈸子·銅鈸·鈸이라고도 함. 사찰에서 사용되는 악기로, 구리로 만든 바리[鉢
盂] 모양의 악기. 요즈음 바라는 지름 약 36~38㎝로 심벌즈 형태를 하고 있다. 가운데
움푹 들어간 부분에 구멍을 내어 그곳에 끈을 달아 손목에 감아쥐고 악기의 입술에
당하는 부분을 부딪혀 소리를 낸다. 『백장청규』에 의하면 불전에 향을 올릴 때, 설법
할 때, 다비의식, 주지 진산식 등에 사용되었던 것으로 되어 있다.
한국 불교의 전통의식에서는 '바라무'와 '착복무(나비춤)' 그리고 '법고무' 등이 추어
지는데, 모두 祈願·修法·讚嘆 등을 나타내는 율동인 신업공양이다. 이 가운데 '바
라무'는 춤사위의 빠르기나 박자 그리고 악기의 소리 등이 주는 느낌 또, 바라의 고향
이 西域인 만큼 남성적이고 서역적인 춤으로 평가받고 있다. 이에 비해 착복무는 고
요한 춤사위와 이 땅의 문화 위에서 새로이 만들어진 僧帽 '고깔' 그리고 六銖袈裟
등으로 인하여 여성적이고 한국적인 춤으로 분류하고 있다.

모든 작법은 그 작법이 속한 단원의 주제가 무엇인가를 보아 작법의 목적
이나 성격을 파악해야 한다. 예컨대 위 밑줄 친 大悲呪 항목에서 거행하는
'천수바라'는 大悲呪가 속한 두 번째 단원인 '結界儀式'을 목적으로 거행
하는 작법이다.

(2) 안채비와 바깥채비 가운데 작법무의 위치

승가에서의 일은 대체로 理와 事라는 두 가지 측면에서 살필 수 있다. 理
와 事는 道理와 事相이라는 뜻으로 이것을 眞俗에 배대하면 理를 眞諦
(불변의 진리. 절대평등의 본체) 事를 俗諦(차별의 원리. 만유차별의 현상
계)라 한다.

이런 이치는 의식에도 적용 되 理的인 면과 事的[情的]인 측면을 고려
하여 거행한다. 이적인 면이라 함은 불교가 진리를 설파하는 종교인만큼 의
식의 목적에 접근하는 방법으로 진리적인 면을 취함이고, 사적인 면이라 함
은 인정에 호소함으로써 자칫 딱딱하거나 냉정하기 쉬운 이적인 면에 부드
럽고 따뜻한 체온을 보태 懷柔하여 불문으로 이끄는 것을 말한다.

이런 측면에서 볼 때, 안채비와 바깥채비는 각기 理와 事에 해당한다.

안채비는 주로 理的인 면에서 의식의 목적에 접근하는 것이다. 따라서
그 내용은 '着語'에서와 같이 많은 어구를 활용하여 반복·부연·수식·
설명함으로써 전하고자 하는 내용을 전달하고 있다. 의식 내용이 理的이라
는 점에서 그 곡조는 차분해야 하고 한정된 시간에 많은 내용을 전달해야
하기에 바깥차비의 홑소리나 짓소리와 같이 많은 시간을 소요하는 一音多
曲이어서는 곤란하다. 따라서 高下字에 따른 由致·着語·編偈·偈鐸
등 梵唄의 四聲을 취하여 거행한다.

정리컨대 이들 범패의 사성은 바깥차비의 소리에 비해 소리의 길이가 매
우 짧고 굴곡이 심하지 않아 리듬rhythm보다는 그 의미에 주의를 집중하도

록 구성되어 있음을 특징으로 하고 있다.

한편 바깥채비는 事的[情的]인 면에서 의식 전체의 진행을 리드lead하는 특징을 보인다. 안채비가 산문 형태임에 비해 바깥채비의 내용은 절구인 한 시형태가 주류를 이루고있다. 내용 면에서는 안채비를 거행키 위한 준비, 혹은 거행 후에 그 내용을 압축·정리한 것이 대부분이다. 전체적으로는 의식의 진행이라는 측면에서 대중의 이목이 집중될 수 있도록 소리는 고성이고 굴곡이 심한 특징을 보인다. 또, 바라·착복·법고 등의 作法이 함께 어우러져 의식의 분위기를 점층적으로 고조시켜 나간다.

결론적으로, 권공의식이나 천도의식 등 의식의 종류에 따라 안채비나 바깥채비 어느 한 쪽에 비중을 두게 되지만, 전체적으로 보면 이적인 면과 사적인 면이 어우러지면서 死生二衆을 中道의 場으로 이끌어 의식의 목적을 성취케 한다. 이때 작법무는 대체로 바깥채비로 거행하는 권공의식에서 행한다.

3) 작법무의 역할과 의미

작법무의 역할은 크게 3가지로 구분할 수 있으니,

첫째, 목적의 성취를 위한 예비 동작으로서 거행하는 경우는 '祈願'으로,

둘째, 목적의 성취를 위한 실천의 일환으로 거행하는 경우에는 '修法'으로,

셋째, 목적의 성취에 대한 감사나 환희로 거행하는 경우에는 '讚嘆'으로 구분할 수 있다.

즉, '기원'과 '수법'과 '찬탄'이라는 일련의 내용을 작법무로 표현하여, 結印 만으로 부족하기 쉬운 身密인 身業供養을 '다라니의 정확한 持誦' 및 '대중의 공감대 형성'이라는 의미에서 한 차원 높이며 신앙행위의 완성을 기하는데 기여한 것이 한국불교 의식 가운데 작법무의 역할이며 의미라 하겠다.

실제 의식에서 작법무가 어떤 위치에서 어떤 목적으로 거행되는지 鈸鑼舞와 着服舞로 구분하여 살피기로 한다.

영산재에서 거행하는 바라무는 ①鳴鈸鑼 ②繞匝鈸鑼 ③來臨偈鈸鑼 ④千手鈸鑼 ⑤四陀羅尼鈸鑼 그리고, 「灌浴」에서의 ⑥灌浴鈸鑼 ⑦化衣財鈸鑼 등 7종인데 거행의 배경이나 의의가 확연히 구분되기로 이들 모두를 살펴보기로 한다. 착복무는 ①道場偈作法 ②四方搖身 ③茶偈作法 ④起經作法 ⑤頂禮作法 ⑥地獄苦作法 ⑦歸命禮作法 ⑧歸依偈作法 ⑨牧丹讚作法 ⑩五供養作法 ⑪運心偈作法 ⑫三喃太作法 ⑬三歸依作法 ⑭曼茶羅作法 ⑮六法供養作法 ⑯唵喃作法 ⑰唱魂作法 ⑱香花偈作法 등 무려 18종이나 된다. 이 가운데 정례·운심게·만다라작법은 이미 작법이 멸실되었거나 50년대 이후 거의 행하지 않는다. 본고에서는 착복무의 대표격인 ①도량게작법 ②사방요신 ③다게작법 등 3종의 착복무를 살펴 전체 착복무의 의미를 가늠하기로 한다.

⑴ 鈸鑼舞(바라무)

① 鳴鈸鑼(명바라)

사원의 하루가 열림을 나타내는 데 사용하는 악기는 大鐘 木魚 雲版 法鼓 등 4종의 打樂器로 이를 '大四物'이라 한다. 이에 비해 특별한 목적으로 거행되는 法要儀式에서는 그 시작을 대체로 轉鐘 鳴螺 鳴鈸 등으로 나타낸다. 『勅修淸規』에 의하면 부처님 전에 향을 올릴 때, 설법할 때, 다비의식, 주지 진산식 등 법요의 시작을 알리는데 보편적으로 사용하였던 것이 鳴鈸[12]인 것으로 되어 있다. 이 같은 일면은 『作法龜鑑』의 <對靈正

---

12) 鐃鈸 凡維那揖主持兩序 出班上香時 藏殿祝贊轉輪時 行者鳴之 遇迎引送亡時 行者披剃 大衆行道 接新住持入院時 皆鳴之『勅修淸規』8 法器章, 大正藏 48권, 1156면a.

儀>13)에서도 살필 수 있다.

따라서 鳴鈸이라는 명칭만으로 논한다면, 여타의 바라작법은 모두 이를 기본으로 이 땅의 문화적 정서에 따라 분화·발달된 형태라고 볼 수 있다.

靈山齋에서의 <鳴鈸>은 <喝香> 직전에 거행하여, 재의식의 시작을 내외에 알린다는 의미에서 바라작법이 지닌 기본 성격이 가장 잘 드러난 작법이라 하겠다. 현재는 <喝香> 직전에만 거행하는 바라작법의 명칭으로 한정하여 사용하고 있고, 춤사위도 매우 특이14)하여 여타의 바라작법과 크게 구별된다.

이처럼 특별한 의미로 사용하게 된 데에는 『佛本行集經』從園還城品第七에 보이는 '歡喜鼓'15)의 영향을 배제할 수 없다. 환희고란 태자 悉達多 siddārtha께서 탄생하셨다는 전갈을 받은 신하 摩訶那摩가 이 사실을 淨飯王과 세상에 알리기 위해 울린 북을 말한다. 즉 음성으로 직접 告하기 전에 북을 울렸다는 사실은 「영산재」의 '명발', 「식당작법」의 '목어·당상', 「대령」의 '전종·명라·명발' 등으로 하여금 의식의 시작을 알린다는 당위성을 지니게 하는 교리적 근거가 된다.

---

13) 法衆旣集 設靈魂壇於解脫門外 正中安引路幡 左邊下一寸 安宗室幡 右邊下二寸 安孤魂幡錢後 先擊法堂東禪堂西僧堂鐘閣金 各五木追 於是鍾頭 擊大鍾七木追 或十八木追 法衆卽赴對靈所 各就位 轉鍾七木追 鳴螺三宗 鳴鈸一宗 白坡亘璇 編『作法龜鑑』<對靈正儀>, 韓國佛敎全書 10권, 560면 b.

14) <喝香> 직전에 거행한다. 춤사위가 매우 특이하여, 2인 혹은 4인의 魚山(여기서는 齋時龍象榜의 직책으로 사미승으로 구성되고, 바라나 착복 등 보조적인 역할을 담당)이 서로 비껴가며 작법을 행한다. 拙著, 『영산재』, 국립문화재연구소, 2003, 36면.

15) 歡喜鼓. 기쁨을 알리기 위해 정반왕이 가비라국 문루에 설치해 놓은 북 ↔ 申聞鼓. 조선 시대에, 백성이 억울한 일을 하소연할 때 치게 하던 북. 태종 때에 대궐의 門樓에 달아 놓음.
爾時大臣摩訶那摩 聞此語已 卽自思惟 希有希有 於此惡時 而感大士出興於世 我 今應當自往淨飯大王之所 奏聞如是希有之事 時彼大臣 取善調馬 行疾如風 駕馭寶 車 從嵐毘尼園門外發 逕至於彼迦毘羅城 未見於王 在先搨打歡喜之鼓 盡其身力 而扣擊之『大正藏』3권, 689면a.

또, 『大毘盧遮那成佛經疏』卷第八 入漫茶羅具緣品에서 沙門 일행
은, '法輪을 굴린다는 것은 약간의 중생을 위한다는 제한을 두는 것이 아니
라, 이는 일체 중생을 깨닫게 하려는 것이다. 그러므로 大法螺를 부는 것이
다.'16)고 하였다.

앞서 말한 '전종·명라·명발' 등이 모두 재의식의 시작을 내외에 알리
기 위한 동일한 목적으로 사용되고 있음을 인정한다면, 명발의 거행 의미를
일행이 언급한 대법라를 부는 의미와 동일시해도 좋을 것이다.

혹자는 명발의 거행 시점을 「掛佛移運」의 말미 혹은 「神衆作法」의 말
미로 주장하고 있다. 이는 앞서 밝힌 시점과 차이가 없는 듯 하지만 의미에
있어서 전자는 의식의 서곡으로서의 의미를 지니는 것이고, 후자는 의식의
대미를 장식한다는 점에서 차이가 있다. 그런데 學祖역 『眞言勸供』과 龍
腹寺간 『靈山大會作法節次』 등에 '大衆初入法堂 上香鳴鈸 咽導喝
香'17) '法衆□□□□□□囀鍾七下鳴螺三旨始香鳴鈸'18)이라 하여 명
발의 거행시점을 분명히 하고 있다. 즉 전자의 입장에 당위성이 있음을 입증
하고 있는 바 더 이상의 논의는 없어도 될 것 같다. 또, 이와 같은 작법은
이미 移運儀式이라는 일련의 의식이 원만히 성취되었음을 전제로 하는 바
역할로 구분하자면 찬탄에 속한다.

② 繞匝鈸鑼(요잡바라)

인도에서는 부처님이나 부처님의 사리를 모신 탑 쪽으로 오른 쪽 어깨를
향하게 하고 도는데 이것을 旋右·旋匝·右繞 라고 한다. 단지 한 번만
돌기도 하지만, 보통은 세 번을 돌며 이것을 右繞三匝이라 한다. 이와 같은

---

16) 轉法輪者 非爲若干數量衆生而作限劑 乃當覺悟一切衆生 是故吹大法螺 『大正藏』
   39권, 666면c.
17) 朴世敏 編 『韓國佛教儀禮資料叢書』 1권, 보경문화사, 1993, 441면 하.
18) 前揭書 2권, 129면 상.

繞佛을 行道라고도 한다.

이렇게 하는 것은 고대 인도에서 귀인에게 존경을 표시할 때의 예법이었으며, 군대가 개선하고 돌아오면 성벽을 오른쪽으로 세 번 돌고 성안으로 들어왔다고 한다. 이런 풍속이 불교에 받아들여지고 부처님께 대한 修行僧의 예법이 되었다. 또 儀式化되어 각종 법요시 거행하게 되었다. 뿐만 아니라 보다 발전하여 行道하면서 經을 持誦하거나 梵唄를 행하는 등 법요를 장엄스럽게 하는 역할을 담당하게 되었다[19].

이상의 내용을 바탕으로 '요잡바라'에 대한 정의를 내리면, "수행자가 부처님을 친견하였거나 이에 버금가는 일이 있을 때, 또는 전쟁에서 승리하듯 수행의 일정 목표가 성취되었을 때 그 환희로움을 바라를 사용하여 율동으로 나타내는 身業供養을 말한다."고 하겠다.

특히 요잡바라는 법요 가운데 빈번히 등장하는데, 법요의 한 단원이 완료되었거나 단원 내의 중요의식이 원만히 성취됨에 따른 법열을 나타내는 신업공양이기 때문이다. 즉 이와 같은 법열을 신업으로 표현하고, 또 이로부터 탄력을 얻어 다음 의식이나 수행을 향해 나가게 되는 것이다.

이를 전체 구성면에서 살피면 다음과 같은 비유로 요잡바라의 의의를 살필 수 있다.

안채비로 거행되는 「대령」[20]・「관욕」・<유치>의 경우, 高下字 및 짓는 표시에 의해 거행한다. 이때 고하자는 기호 ' ＇'로 나타내고 짓는[21] 표시는 기호 'a'로 표시한다. 안채비의 경우 짓는 기호 'a'가 있으면 이 부분에서

---

19) 中村 元 著 『佛敎語大辭典』, 東京書籍株式會社, 昭和56, 79면a, 1068면a.

20) 奉元寺 『要集』 상권 74丈 / <着語> 今日[某靈] 生本'無生 滅本'無滅 生滅本虛 實相常住'a [某靈] 還會'得° 無生滅底'一句麼°a [良久] 俯仰隱'玄玄 視聽明歷歷 若也°會'得° 頓證'法' 身 永'滅飢虛a 其或'未'然 承佛神力 伏'法'加持 赴'此°香壇 受'我'妙°供 證'悟°無生a

21) '짓다'에는 많은 뜻이 있는데, 여기서는 묶거나 꽂거나 하여 매듭을 만든다는 의미다. 즉 쉼표 ' , '나 마침표 ' . '에 해당하는 부분을 기호 'a'로 표시하고, 소리로는 길게 끌어 이를 나타낸다.

소리를 지으라는 뜻이지만, 문장 해석 차원에서 보면 쉼표 ‘ , ’나 마침표 ‘ . ’에 해당한다. 옛글에 띄어쓰기가 없었음을 감안하면 이 기호는 誦文觀義에 있어서 매우 중요하다 하겠다.

같은 맥락에서 「상주권공」이나 「영산재」 등 하나의 독립된 의식을 긴 문장에 견준다면, 의식 가운데 歌詞 없이 魚山에서 일정한 박자로 울리는 태징·목탁·북 등의 장단에 맞추어 거행하는 ‘요잡바라’는 곧 짓는 표시와 같다.

즉, 대부분의 경전 말미에서 迷闇이 걷힌 대중의 마음을 ‘歡喜踊躍’[22]이라 하였듯, ‘요잡바라’ 이전까지 거행된 의식에 수행자 모두가 만족하고 또 환희함을 몸의 율동으로 나타내는 것이 ‘요잡바라’이다.

‘(2)本儀式의 구성과 作法舞의 위치’에서, ‘◉’ 표시는 요잡바라를 거행하는 시점을 나타낸 것이다. 그 일례를 「영산재」의 歸依儀式 가운데 요잡바라를 거행하는 <大直讚> <中直讚> <小直讚> 가운데 <大直讚>의 개요를 살피면,

三寶 가운데 佛寶의 덕을 주제로 찬탄·귀의하고 있다. 도입 부분에서 法報化 三身佛의 개념을 총체적으로 확인하며 불보께 귀의하였고, 전개 부분에서는 부처님의 대자대비가 중생에게 어떤 모습으로 다가오는지를 구체적으로 열거하였다. 결말 부분에서는 귀의에 따른 공덕을 제시함으로써 불보에 대한 믿음을 고양시키고 있다.

이상에서 살펴보았듯 요잡바라는 의미상으로는 찬탄을, 구성상으로는 하나의 단락이 완료되었음을 나타내는 바라작법이다.

---

22) 『金剛經』應化非眞分 第三十二 / 佛說是經已 長老須菩提 及諸比丘比丘尼 優婆塞 優婆夷 一切世間天人阿修羅 聞佛所說 皆大歡喜 信受奉行
　　『長阿含經』卷一 大本經 (大正藏1권 8면 하19) / 爾時世尊告梵王曰 吾愍汝等 今當 開演甘露法門 是法深妙難可解知 今爲信受樂聽者說 不爲觸擾無益者說 爾時梵王 知佛受請 歡喜踊躍遶佛三匝 頭面禮足忽然不現.

③ 來臨偈鈸鑼(내림게바라)

佛事의 거행 목적이나 규모에 따라 청정한 일정 공간[道場]이 필요하다. 즉 清淨性이 유지되도록 작법에 의해 일정지역을 구획하고 외부인은 물론 내부인의 출입까지도 제한하는데 이를 '結界'라 한다. 영산재는 소례이신 영산회상의 삼보님께 공양을 올리려는 의식인 만큼 공양을 올릴 청정한 공간이 필요하다. 영산작법 전체 의식 가운데 <開啓篇>부터 <懺悔偈>까지 이어지는 일련의 의식은 모두 도량의 결계를 목적으로 거행하는 것이다.

<來臨偈>는 결계의식에 속한 <觀音請> 말미의 내용인 唯願不違本誓 哀愍有情 降臨道場 加持呪水를 '願降道場 加持呪水(원하옵건대, 도량에 강림하사 呪水를 加持하소서)' 8자로 압축한 것이다.[23] 내림게바라는 <내림게>의 내용을 참석대중이 동음으로 창화하며 所禮이신 관세음보살의 내림을 간절히 바라고 있음을 소리로 나타내고, 이어 바라를 사용하여 율동으로 作法을 행하며 거듭 표하는 기원의식이다.

의식은 '산화락'을 三說하고 나면 다시 태징을 세 번 울리고 바로 <내림게>로 이어진다. 이때 <내림게>의 내용인 '원강도량 가지주수'을 三說하고, <내림게> 태징을 울리며 이어 내림게바라 작법을 특별한 가사 없이 일정한 박자에 맞추어 거행한다.

이때 주목할 것은 내림게 바라작법 거행에 앞서 울리는 태징이니 다음 표와 같다.

---

23) 일반적으로는 <請詞> 結句 끝 부분의 내용 －唯願慈悲憐憫有情 降臨道場受此供養－ 을 '願降道場受此供養(원하옵건대, 도량에 강림하사 이 공양을 받으옵소서)' 8자로 압축한 것을 <來臨偈>의 내용으로 한다.

〈請 詞〉끝 부분인 '唯願'에서 ○○ ○○○○ ∨ ○○○
<散華落>에서 '散華落 散華落 散華落' ∨ ○○○
<來臨偈>에서 '願降道場 加持呪水 / 願降道場 加持呪水 / 願降道場 加持呪水'
○○ ○○○○○ ∨ ○○○ ○○○ ○○○ ○○ ○○ ○○ ○○○ ○○ / ○○○
== [×3 : 세 번 반복 표시]
○○ ○○ ○○ ○○ ○○ ○○ ○○ ○○ ○○ ○○ ○○ ○○ ○○
○○○ ○○○ [×2 : 두 번]
○○ ○○ ○○ ○○ ○○ ○○ ○○ ○○ ○○ ○○ ○○ ○○ ○○
○ ○○   ○○ ○○ ○○ ○○ ○ ○ · · · · · <來臨偈鈸鑼>
· · · · · ○ ○ ○ ○ ○○ ○○ ○○○○ ∨ ○○○ ○○ ○ ○
〈香華請〉

즉, '○ ○ ○ == [×3]'으로 태징을 울리는 것은, 앞서 소리로 세 번에 걸
쳐 거행한 '願降道場 加持呪水'의 의미를 거듭 나타내는 것이고, 이어 鐘
聲時 쇠[金]를 내리듯[殺]

'○○ ○○ ○○ ○○ ○○ ○○ ○○ ○○ ○○ ○○ ○○ ○○ ○○ ○○ ○○ ○○
○○○ ○○○ ×2' 및

'○○ ○○ ○○ ○○ ○○ ○○ ○○ ○○ ○○ ○○ ○○ ○○ ○○ ○○ ○○ ○○
○○'으로 태징을 울리는 것은, 소례께서 강림하심을 대중으로 하여금 실감
케 하고 기정화하려는 것이다. 또 일반적으로도 '>'의 형태로 울리는 쇠를
'쇠를 내린다'고 표현하고, '<'형태로 울리는 쇠를 '쇠를 올린다'고 표현한다.
즉, '>'표시는 시각적으로 느낄 수 있는 '높은 곳에서 낮은 곳에로의 來臨'
을 청각적으로 置換한 것이라 하겠다.

이어지는 내림게바라를 <내림게> 전에 거행하는 <산화락>과, 후에 거
행하는 <향화청>과 연계해서 살피면,

〈散華落〉은 서론으로, 소례의 강림을 간절히 전하며 諸天과 聖衆이 그
뜻을 꽃잎에 담아 흩뿌리는 의식이다. 단, 현행 의식에서 실제로는 散華하지

않고 소리만 남아있음이 실정이다.

〔↑ 來臨 前〕

〈來臨偈〉는 본론으로, 소례께서 강림하고 계심을 기정화하여 기원 내용
을 강력히 전달하는 바라작법으로 기원하는 의식이며,

〔←來臨〕

<香華請>은 결론으로, 소례를 미리 준비된 臺座로 모시기 위해 거듭 꽃
을 뿌리며 안내하는 의식이다.

〔←來臨 後〕

교리적 배경으로는 다음과 같은 내용이 『大唐西域記』五에 보인다.

한때 세존께서는 도리천궁에 오르시어 어머니인 마야부인을 위해 3개월
동안 설법하신 때가 있었다. 그 동안 인간 세상에서는 세존을 뵈올 수 없었
고, 사모의 정이 남달랐던 교상미國의 왕 優塡은 栴檀으로 尊像을 조성하
여 조석으로 예불을 모셨다. 세존께서 忉利天宮으로부터 내려오시자 登床
佛은 자리에서 일어나 세존을 영접하였고, 세존께서는 그간의 교화를 위로
하셨다[24]고 한다.

이 같은 내용은 불교에서 부처님의 尊像을 모시게 된 기원을 말하는 것이
지만, 그 내용 가운데 밑줄 친 부분을 소리로 표현한 것이 <내림게>에 이어
시작 부분에서 울리는 태징이다. 또 <내림게>는 삼보님의 내림을 발원하는
작법이니 이때의 바라작법은 기원을 의미하는 것이다.

---

24) 上昇天宮爲母說法 三月不還 其王(優塡王)思慕願圖形像 乃請尊者沒特伽羅子 以
    神通力接工人 上天宮親觀妙相 彫刻栴檀 如來自天宮還也 刻檀之像起迎世尊 世尊
    慰曰 敎化勞耶『大正藏』51권, 898면a.

④ 千手鈸鑼(천수바라)

천수바라는 '大悲呪'를 내용으로 거행하는 바라작법으로서 재의식을 위한 淸淨道場을 확보하고 淨土化하기 위함이니 이를 '結界'라 한다.

그런데 결계를 행함에 있어서 참고해야할 내용이 『작법귀감』소수 ≪삼보통청≫의 <복청게> '註'에 자세하기로 소개하면 다음과 같다.

> (1) 法衆同諷三遍 (2) 一邊梵音 (3) 進入卓前揷香 左手執水盂右手執楊枝 滴水熏香三度 因攪其水三度而灑之 (4) 始帀堂內一巡 次帀庭中一巡 終帀廊外一巡 以擬三變淨土 或堂內三巡亦可 (5) 千手必須三遍者 初滅諸染緣 次去識心限碍 後擴周法界也 又或有三遍 而初遍 通誦一呪 後二遍但誦末後一句 未知其可 又終遍時 更擧神妙章句大陀羅尼題者非也 思之[25]
>
> ※일련번호와 띄어쓰기는 임의로 행한 것임.

밑줄 친 부분을 정리하면, (1)대중이 동음으로 대비주를 三遍에 걸쳐 持誦해야 한다. (2)'一邊梵音'이라 하였으나 대비주를 범음범패로 거행하는 특별한 예가 없음을 고려하면, 이즈음 태징으로 장단을 넣어 거행하는 바라작법을 의미한 것이라 생각된다. (3)향과 물[水]로 법도에 따라 法水를 조성해 결계를 위한 도량에 뿌린다. (4)三變淨土를 모범하여 도량이나 回廊 혹은 堂內를 三帀한다. (5)마음으로는 '滅諸染緣 去識心限碍 擴周法界'를 염원해야 한다.

위 '주'의 내용을 중심으로 결계에 관한 내용을 구체적으로 정리하면,

(1) 영산재 재의식에서 천수바라 직전에 <복청게>를 거행하는데 그 내용인 '伏請大衆 同音唱和 神妙章句 大陀羅尼(삼가 대중께 청하옵나니, 동음으로 唱和해 주소서. 신비하고 묘하온 글, 能持・能遮 대다라니를)'에서

---

25) 『韓國佛敎全書』10권, 동국대학교출판부, 1989, 554면a.

볼 수 있듯 僧寶인 대중은 佛寶 法寶와 더불어 修法의 요건에 해당한다.

(2) 대중은 대비주를 내용으로 정해진 박자에 따라 태징을 울리고, 바라를 사용하여 몸의 율동을 보이며 결계작법을 행한다.

(3) 香에 대한 功能은 '귀의의식'의 <喝香> <燃香偈> 등에서 이미 밝혔고, 물에 대한 공덕 역시 '결계의식'의 <개계편>에서 강조하였다. 때문에 거룩한 法水를 지니신 관세음보살의 내림을 청하였고, <乞水偈>를 거행함으로써 관세음보살로부터 법수를 구하였으며, <쇄수게>에서는 법수의 공능을 거듭 찬탄하였다. 다시 大悲呪를 내용으로 바라작법을 거행하며 위 '주'의 내용에서 보듯 법답게 법수를 조성하고 또, 도량에 뿌려 결계를 거행한다.

(4) 이때 물을 뿌리는 것은 도량을 돌면서 한 번, 회랑을 돌면서 한 번, 회랑 밖을 돌면서 한 번 등 모두 세 번에 걸쳐 행하는데, 당내를 세 번 돌며 거행해도 된다.

(5) 마음으로는 '滅諸染緣 去識心限碍 擴周法界'를 염원해야 한다함은 결계의 의미를 심화시키는 것으로 결계에는 도량의 청정과 함께 마음의 청정이 중요함을 뜻하는 것이다.

그런데 <伏請偈>에서 '大悲呪'를 '神妙章句大陀羅尼'라 하였는데, 이에 대한 언급은 伽梵達摩역 『千手千眼觀世音菩薩廣大圓滿無礙大悲心陀羅尼經』에 대비주의 說主가 관세음보살이심과, 說하시게 된 인연 및 威神力에 대한 말씀이 있다.[26] 위신력을 밝힌 부분 가운데 본 재의식의 결계와

---

26)『大正藏』20권 106면b14 / 佛告總持王菩薩言 善男子汝等當知 今此會中有一菩薩摩
　　訶薩 名曰觀世音自在 從無量劫來成就大慈大悲 善能修習無量陀羅尼門 爲欲安樂
　　諸衆生故 密放如是大神通力 佛說是語已 爾時觀世音菩薩從座而起整理衣服向佛
　　合掌 白佛言世尊 我有大悲心陀羅尼呪今當欲說 爲諸衆生得安樂故 除一切病故 得
　　壽命故得富饒故 滅除一切惡業重罪故 離障難故 增長一切白法諸功德故 成就一切
　　諸善根故 遠離一切諸怖畏故 速能滿足一切諸希求故 惟願世尊慈哀聽許 佛言善男
　　子 汝大慈悲安樂衆生.

직접적으로 관련이 있는 부분으로는 '離障難故'를 꼽을 수 있고, 간접적으로 관련이 있는 대목으로는 '滅除一切惡業重罪故'와 '速能滿足一切諸希求故' 등을 꼽을 수 있다.

한편 四明沙門 智禮 集『千手眼大悲心呪行法』[27]에 의하면 대비주에는 嚴道場·淨三業·結界·修供養·請三寶諸天·讚歎伸誠·作禮·發願持呪·懺悔·修觀行 등 10종의 공덕이 있음을 언급하고 있다. 이 가운데 '結界'는 직접적으로, 나머지는 간접적으로 관련이 있다 하겠다.

불교가 종교인 이상 의식에서의 修法은 불법승 삼보의 加持力에 의해 가능하다. 모든 佛事는 불보의 가피가 전제됨을 감안하여 불력을 논외로 하면, 대비주는 法力이며, 焚香·攪水·三匝·灑水·鈸羅作法 등은 僧力이다. 특히, 삼보의 가지력에 의해 도량의 결계를 행하는데 있어서 촉매 역할을 하는 것이 본 천수바라작법을 거행하는 목적이요 의의라 하겠다.

의식의 거행 면에서 언급할 것은, 여기서 말하는 一邊梵音을 요즈음 행하는 <천수바라>로 본다면, 천수바라를 행할 때 향을 올리고 세 번에 걸쳐 灑水를 행해야 할 것이다. 이른바『법화경』에서 말하고 있는 三變土淨[28]을 위한 결계의식으로서 三匝이 함께 이루어져야 한다는 것이다. 그런데 현행 의식에는 소리만이 남아 있고 <사방찬>이 곧바로 이어지고 있는 바 이를 어떻게 볼 것인가는 문제로 남는다. 또, <사방찬>에 이어지는 <도량게>에서 삼잡에 준하는 右繞가 이루어지고 있는 바 이 역시 그 방법과 의의를 생각해야 한다.

정리컨대, 위에서 살핀『작법귀감』소수 <복청게> 주에서는 梵音과 灑水 그리고 三匝이 동시에 이루어지는 것 같이 설명하고 있지만, 실제에 있

---

27) 『大正藏』46권, 973면a.
28) 서가여래께서 多寶塔을 공양하기 위해 시방의 分身佛을 普請하시면서 세 번에 걸쳐 娑婆穢土를 淸淨國土로 변케 하신 것을 말함. 三變土淨 혹은 三變土田이라고도 함. 『法華經』見寶塔品 , 大正藏 9권 33면b.

어서는 이 세 가지 작법이 <천수바라> <사방찬> <도량게>의 형태로 시
간차를 두고 행하여지는 것으로 보아야 할 것이다. 또 유의할 점은 작법으로
서의 '쇄수'를 되살리지 않으면 안 된다는 것과 대중은 어떤 형태로든 '大悲
呪'를 반드시 세 번 持誦해야 한다는 것이다.

⑤ 四陀羅尼鈑鑼(사다라니바라)

靈山齋를 위시한 모든 齋儀式의 의미를 世間的인 개념으로 정리하면,
존경하는 어른을 모시고 거행하는 회식이라 해도 대과가 없을 것이다. 이런
비유를 드는 것은 재의식에 있어서 무엇보다 중요한 것은 피초청인인 소례
께 공양을 올리는 일이기 때문이다. 따라서 초청인인 능례는 무엇보다도 질
적 양적으로 피초청인에 상응하는 공양을 준비하는 일에 가장 많은 주의를
기울여야만 한다.

우선 초청인의 입장에서 먼저 확인해야 할 것은 피초청인의 신분과 수이다.

피초청인인 所禮의 신분은 召請儀式에서 擧名한 모든 분 즉, <三禮
請>에서 모신 삼보님을 위시하여 <大會疏>에서 운운한 天府・地府・水
府 및 冥府의 모든 성중이다. 이때 성중의 수는 天府 등 四府의 성중을 차
치하더라도, 그 수가 利塵과 같아 헤아릴 수 없기로 「香水海禮」와 같은 禮
佛文에서는 '海會'[29]로 표현하고있다. 공양의 대상이 그와 같다면 공양의
양 역시 거기에 상응해야 할 것이고, 질 역시 성중 각자의 식성을 고려해
야 할 것이다.

하지만 아무리 성의를 다한다해도 실제에 있어서는 그 양이 성중에 비해
턱없이 부족하고, 질 또한 성중 각자의 기호에 어떨지 그 적부를 장담할 수

---

29) 南無 香水海 華藏界 毘盧海會 諸佛諸菩薩[향수의 큰바다 연화장세계에 계옵신 청정
　　법신 비로자나부처님과 이 회상의 모든 불・보살님께 귀의하옵니다.] 安震湖 編『釋
　　門儀範』권상, 法輪社, 1931, 1면.

없는 것이 실정이다.

다행히 儀式에서는 이처럼 어려운 문제가 있을 때 그 열쇠로 등장하는 것이 있으니 陀羅尼다. 지금의 상황 역시 4종 다라니의 위신력으로 극복하게 되니 ≪사다라니≫가 그것이다.

≪사다라니≫가 세상에 유포된 緣起는 『석문의범』「水陸齋 緣起」30)에서 그 단서를 찾을 수 있다. 연기 서두에 보면 다음과 같은 偈頌이 있다.

為汝宣揚勝會儀 阿難創設為神飢 若非梁武重陳設 鬼趣何緣得便宜
그대들을 위하여서 대법회를 베푸나니 / 그시작은 아귀주림 달래주신 아난존자
이를아사 거듭베푼 양무제가 아니런들 / 귀취들이 무슨수로 편리함을 얻으리요.

위 게송은 수륙재 연기의 개괄적 내용이기도 하다. 『事物起源』 제8을 전거로 내세운 緣起文의 대강은 다음과 같다.

梁武帝(464～549)는 神僧의 현몽과 誌公법사의 도움으로 法界含靈을 구제할 水陸齋의 단서를 『佛說救護焰口餓鬼陀羅尼經』과 『佛救面燃餓鬼神呪經』에서 발견하였다. 經의 내용인즉 갠지스강 가를 거닐던 阿難尊者가 焰口餓鬼를 만났는데, 그 아귀로부터 3일 후 목숨을 마치고 아귀로 태어나리라는 말을 듣게된다. 이를 면하려면 무수한 아귀와 婆羅門仙 －아귀의 일종－ 에게 먹을 것을 베풀고 또 아귀 자신을 위해 삼보께 공양하라는 말과 함께……. 이에 놀란 아난존자는 釋尊께 말씀 올렸고, 석존께서는 즉시 <無量威德自在光明勝妙力變食眞言> 등 四多羅尼를 말씀하셔서 아난존자의 두려움을 없애주시는 한편 염구아귀에게는 平等斛食을 베풀고 구호하게 하셨다는 것이다.

───────────────

30) 前揭書 권상, 237면.

요컨대 ≪사다라니≫는 적은 양의 음식일지라도 무수의 아귀와 바라문에게 베풂에 있어 양적·질적으로 모든 문제를 해결하게 하는 다라니라는 것이다. 뿐만 아니라 上壇이나 中壇에 공양을 올릴 시에도 적용해야하는 중요한 다라니임이 不空 역『佛說救拔焰口餓鬼陀羅尼經』[31]과 智還編『天地冥陽水陸齋梵音刪補集』의「四陀羅尼論」[32]등에 강조되어 있다. 특히「四陀羅尼論」에는,

> 중국의 많은 스님들이 사다라니의 주를 減略한 연고로 元祐(宋 哲宗의 年號) 초에 한 관리가 睿州에 이르러 보니 스님들이 쇠로 된 칼을 멘 체 갑옷을 입은 군사 수십 인에게 나뉘어 묶여감으로 사람을 보내 그 연유를 물었다. 군사가 대답하기를 이 승려들은 진언의 遍數를 減略했기로 천신과 귀신들이 呪力의 이익을 입지 못하여 지옥으로 잡아들여 중죄로 다스리려 한다고 하였다. 어찌 두렵지 않으랴.

라 하여 의식 가운데는 의식의 성격에 따라 생략은 고사하고 減略조차도 불가한 경우가 있음을 강조하였다. 즉, 의식에는『作法龜鑑』의 ≪神衆朝暮作法≫의 주에서 '若忙迫則仍唱擁護會上聖賢衆而動樂 後茶偈云云 時緩則八金剛四菩薩各唱可'[33]라 하였듯 때에 따라 減略할 수 있는 의식도 있다. 그러나『梵音刪補集』의「三燈偈論」에서 '雖是忙迫 捨此三燈偈不可 詳番無關焉'[34]이라 하여 減略이 불가한 경우가 있음을 시사하고 있다. 정리컨대 감략의 여부는 의식의 주제나 내용이 무엇이냐에 달렸다 하겠다.

이를 근거로 생각한다면, 재의식의 주제는 勸供에 있는바 공양의 질과 양을 소례에 상응하게 하는 ≪사다라니≫라면 생략은 물론이요 遍數의 감략

---

31)『大正藏』21권, 465면.
32) 智還編『天地冥陽水陸齋梵音刪補集』7丈 , 동국대학교 중앙도서관.
33)『韓國佛敎全書』10권, 동국대학교출판부, 1989, 569면b.
34) 智還編『天地冥陽水陸齋梵音刪補集』5丈 , 동국대학교 중앙도서관.

도 절대 불가함을 알 수 있다. 위 「四陀羅尼論」에 소개된 일화도 이를 강조하려는 것임에 틀림없다.

ⅰ. ≪사다라니≫의 내용과 개요.

一. <無量威德自在光明勝妙力變食眞言(무량위덕자재광명승묘력변식진언)>[35]

那莫 薩婆多陀 我多　婆路其帝 唵 三婆羅 三婆羅 吽

나막 살바다타 아다　바로기제 옴 삼바라 삼바라 훔

모든 진언의 내용은 일차적으로 그 제목에서 짐작할 수 있다. 본 진언의 제목 내용이 '무량한 위덕과 자재한 광명, 그리고 빼어나고 묘한 힘으로 [일체의 所禮로 하여금 공양할 수 있도록] 음식을 변하게 하는 진언'이듯, 소례의 지위와 수에 맞게 공양물의 양과 질을 변화시키는 진언이다.

이 진언은 不空역 『救拔焰口餓鬼陀羅尼經』[36]을 위시하여, 『救面然餓鬼陀羅尼神呪經』[37] 『施諸餓鬼飲食及水法幷手印』[38] 『瑜伽集要救阿難陀羅尼焰口軌儀經』[39] 『作法龜鑑』[40] 『釋門儀範』[41] 등에 보이고 있으

---

35) 安震湖 編 『釋門儀範』 권하, 法輪社, 1931, 4면.
36) 那謨 薩嚩怛他 蘗多引 嚩盧枳帝 唵 三婆囉 三婆囉 吽 『救拔焰口餓鬼陀羅尼經』 大正藏 21권, 465a.
37) 『救面然餓鬼陀羅尼神呪經』, 大正藏 21권, 466면a.
　　那麼薩縛無可反卜同怛他揭多去聲呼之縛路枳帝一三上聲卜同跋鞞楊反卜同囉三跋囉一虎吽一合。
38) 『施諸餓鬼飲食及水法幷手印』, 大正藏 21권, 467면a.
　　曩莫 薩嚩 怛他 蘗多 嚩嚕吉帝 唵 三婆羅 三婆羅吽引
39) 『瑜伽集要救阿難陀羅尼焰口軌儀經』, 大正藏 21권, 471면b.
　　唵引薩嚩怛他言我多一嚩路枳帝鑁二婆囉婆囉三三婆囉四吽五
40) 白坡亘璇 編 『作法龜鑑』, 韓國佛教全書 10권, 563면c.
　　那莫。薩嚩多他我多。嚩路枳帝。唵。三跋羅。三跋羅。吽
41) 安震湖 編 『釋門儀範』 권하, 法輪社, 1931, 4면.
　　那莫 薩婆多陀 我多 婆路其帝 唵 三婆羅 三婆羅 吽(나막 살바다타 아다　바로기제 옴 삼바라 삼바라 훔)

며, 진언의 음 표기에 차이는 있으나 내용은 대동소이하다.

二、<施甘露水眞言(시감로수진언)>

南無 素魯縛耶 怛他揭多耶 怛姪他 唵 素魯素魯 縛羅素魯 縛羅素

나무 소로바야 다타아다야 다냐타 옴 소로소로 바라소로 바라소

魯　莎訶

로　사바하

본 진언의 주제는 甘露이며, 감로는 梵語 아므리따amṛta의 번역으로 불사 및 天酒의 뜻을 지닌 생명수다. 즉 所禮로 하여금 기갈을 면케 함은 물론 청정한 삶을 누리게 하려는데 목적을 두고 감로수를 베푸는 진언이다.

이 진언은 實叉難陀역『甘露經陀羅尼呪』[42]에 전거하고 있으며, 감로수를 베풀 때의 진언과 방법 그리고 공덕을 간단히 언급하고 있다.

三、<一字水輪觀眞言(일자수륜관진언)>

唵 鍐鍐鍐鍐

옴 밤밤밤밤

본 진언은 독립된 진언이 아니고 <乳海眞言>을 거행하기 위한 준비에 해당하는 진언이다. 이 진언은 不空역『施諸餓鬼飮食及水法幷手印』[43]에 보이고 있다.

四、<乳海眞言(유해진언)>

南無 三滿多 沒陀喃 唵 鍐

나무 사만다 못다남 옴 밤

---

42)『大正藏』21권, 468면 및 졸저『불교의식각론』3권, 273면.
43)『大正藏』21권, 467면 및 졸저『불교의식각론』3권, 274면.

<유해진언>에 의해 '밤' 일자로부터 대지를 받치고 있는 물만큼 많은 甘露醍醐가 유출됨을 관하였다. 이제 본 진언은 그 많은 甘露醍醐가 모든 所禮에게 모자람 없이 베풀어지도록 觀하며 持誦하는 진언이다.

이 진언 역시 不空역『施諸餓鬼飮食及水法幷手印』에 보이고 있는데, 진언의 제목은 '布施一切餓鬼印眞言'으로 되어 있다.

ii. 上・中・下壇에 따른 四陀羅尼 持誦法

다라니를 持誦하는 遍數에 대해서는 不空역『救拔焰口餓鬼陀羅尼經』과 「四陀羅尼論」에 언급되어 있고, 密印 및 觀法에 대해서는『梵音集』<三壇變供儀>[44)에 자세하다.

「四陀羅尼論」에서는, 上壇의 경우 ≪사다라니≫에 속한 다라니를 각각 3・7편씩 거행하라 하여 그 편수를 강조하였다. 그 이유는「영산작법」소수 <三禮請>에서도 알 수 있듯 공양의 대상인 삼보님과 侍衛하는 권속이 百億임을 감안한 것이다. 井幸편『七星請文』[45)에서도 '四多羅尼各三七遍'이라 하였다. 한편, 中・下壇의 경우 지송하는 다라니의 편수를 상단의 경우와 달리 2・7편, 1・7편이라 하여 차등을 보이고 있는 바 이는 소례인 성중의

---

44) 朴世敏 編『韓國佛敎儀禮資料叢書』3권, 보경문화사, 1993, 37면하.
    <三壇變供儀>(1)誦淨法界呪時 證明舒右手無名指 寫梵書唵囕二字於空中 想囕字
    光明遍照法界 丘陵坑坎平坦無碍 皆得淸淨也 (2)誦變食呪時 證明舒右手無名指 寫
    唵滿二字於供具上 想滿字威神能變一粒之食 爲無量粒食 能變器之食爲無量器
    食 粒粒如是 器器如是 充滿法界 (3)誦甘露呪時 證明立壇前焚香卽 以左手執水盂
    右手執楊枝 以楊枝熏香烟 熏於盂水三度 (4)誦水輪觀時 以楊枝寫唵鍐二字 於水盂
    因攪其水三度 使香烟合於水 想鍐字神力 能流出香海妙水 遍灑於空中也 (5)誦乳海
    呪時 以楊枝灑香水於供具上三度 灑於空中 又三度畢 合掌當胸 小退立呪訖 就位
    如上 作觀證明通三壇爲之 下壇則 甘露呪水輪觀乳海呪時 多少節次鍾頭爲之也
    證明若不作觀則 雖能諷經誦呪 有何所益 徒勞口舌耳 ※원문의 띄어쓰기와 번호는
    임의로 행한 것임.
45) 前揭書 3권, 604면c.

수와 관계가 있다고 보아야 할 것이다.

다음,『梵音集』상권 66의 <三壇變供儀>을 보면 密印 및 觀法에 대해 다음과 같이 언급하였다. 의식 거행에 반드시 숙지해야 할 사항이기로 그 譯文을 소개하면,

(1) <정법계진언>을 지송할 때, 증명법사는 오른손 무명지를 펴서 범어 '옴'과 '람' 두 자를 공중에 쓰되, '람'자의 광명이 법계를 두루 비춤에 언덕진 곳이나 패인 곳이 평탄케 되어 걸림이 없고 모두 청정함을 생각하라.

(2) <변식진언>을 지송할 때, 증명법사는 오른손 무명지를 펴서 범어 '옴'과 '만' 두 자를 供養具 위에 쓰되, '만'자의 위신력이 능히 한 알의 음식을 무량한 음식으로 변케 하고, ['만'자의 위신력이] 능히 그릇 그릇의 음식을 무량한 그릇의 음식으로 변케 하여 낱낱의 곡식과 그릇마다의 음식이 이와 같아 법계에 충만함을 생각하라.

(3) <시감로수진언>을 지송할 때 증명법사는 단 앞에 서서 향을 사르고, 왼손에는 물그릇을, 오른손에는 버드나무 가지를 쥔다. 버드나무 가지를 향의 연기에 쪼이고 그릇의 물에 쪼이기를 세 번 한다.

(4) <일자수륜관진언>을 지송할 때, [증명법사는] 버드나무 가지로 [범어] '옴'과 '밤' 두 자를 물그릇에 써서 물에 섞기를 세 번하여 향의 연기가 물에 합치게 한다. [이때] '밤'자의 위신력이 능히 향수해의 묘한 물을 흘러나오게 함을 생각하며 두루 공중에 뿌린다.

(5) <유해진언>을 지송할 때, [증명법사는] 버드나무 가지로 향수를 공양구 위에 세 번 뿌리고, 공중에 세 번 뿌린다. 또, 세 번 거행해 마치고는 합장하여 가슴에 대고 조금 물러서서 진언을 마치고 먼저 위치[=증명법사의 자리]로 간다. 관법과 증명을 행하는 것은 [상·중·하] 삼단 모두에 행하는 것이다. [그러나] 하단의 경우 감로수진언·일자수륜관진언·유해진언을 행할 때 약간의 절차는 종두가 한다. 증명법사가 만일 관법을 행하지 않는다면 비록 경(經)과 진언을 지송한들 무슨 이익이 있겠는가?! 한낱 입과 혀만이 수고로울 뿐이다.

※일련번호는 임의로 행한 것임.

정리컨대, ≪사다라니≫는 공양의 量과 質을 所禮의 地位와 數에 따라 相應하게 하는 陀羅尼로서 재의식에서 가장 긴요한 부분이며 修法의 의미를 지닌다. 다라니의 생략이나 遍數의 減略이 절대 불가한바 주의해야 한다. 또, 鈸鑼를 사용하여 작법을 거행할 시에도 예외 없이 ≪사다라니≫의 편수를 채워야하는데, 바라작법에 의해 거행되는 다라니는 모두 三遍 뿐이다. 따라서 나머지 不足分을 채우기 위해 證明法師는 『梵音集』<三壇變供儀>에 준하여 별도의 작법을 행해야 한다. 이렇게 해야 신 · 구 · 의 三密이 함께 이루어지고, 편수에도 부족함이 없게된다.

⑥ 灌浴金鈸鑼(관욕쇠바라)

「灌浴」이란 「對靈」에 의해 청해 모신 영가의 身 · 口 · 意 三業을 삼보님의 加持力에 의지하여 청정케 하고 내지는 해탈의 길로 나아가게 하는 법문을 개설함인바 이들 일련의 의식을 몸의 不淨을 씻어 내는 목욕에 견주어 행하는 의식이다.

부연컨대, 청정한 마음자리에서 본다면 '자신을 규정하는 모든 것은 번뇌'이다. 삼보님의 가지력을 의지하여 法燈을 밝히고[←法燈明], 다시 이를 각자의 마음에 옮겨 받아[←自燈明] 多劫 동안 쌓고 지녀온 일체의 번뇌를 소멸하고 청정한 본래 마음을 회복하여 해탈의 길로 나아가게 하는 의식이다.

특별한 가사는 없으나 태징의 打法이 독특하다. 교리적인 면에서 그 순서를 보면, 먼저 向上門의 입장에서 六道의 중생 내지 自性 가운데 자리한 六道의 衆生心을 들어내 十波羅蜜의 법문을 열고, 다음 이를 修習하게 한 뒤, 다시 向下門에 들어서 중생을 제도하게 되기를 발원하는 것이다.

바라로 행하는 작법은 밑줄 친 부분에서 修習케 하는 방편으로 거행한다.

목욕의 주요 내용이 '沐浴' '漱口' '洗手' 등임을 생각할 때, 순서 상 처음이자 시간이 가장 많이 소요되는 대목이 목욕이기로 이때 바라작법을 거행하는 것이라 생각된다.

단, 태징의 타법에 따른 교리적 배경은 구전되어 오는 것으로서 설득력은 있으나 전거가 확실치 않음이 실정임을 밝혀둔다. 어찌됐건 이때 거행하는 바라작법은 修法의 의미를 지닌다.

⑦ 化衣財鈸鑼(화의재바라)

'化衣財眞言'은 영가를 위해 마련한 衣財(衣體. 冥衣. 紙衣. 옷의 資材 또는 材料)를 解脫服으로 변화하게 하는 진언이다. 즉, 釋尊의 불가사의하신 加持力을 의지하여 아래 표에서와 같이 冥衣를 해탈복으로 변하게 하고 내지는 영가 제위로 하여금 그 해탈복을 수용케 할 수 있음을 영가 제위 및 대중에게 주지시키는 의식이다. 따라서 이때 거행하는 바라작법은 修法의 의미를 지닌다.

一衣 → 多衣 → 無盡衣 → 解脫服

양적 변화 ＿＿＿＿＿ ↗

질적 변화

진언의 내용이 원만히 성취되기를 기원하며 '화의재진언'를 내용으로 정해진 박자에 따라 바라를 사용하여 관욕실 앞에서 율동으로 作法을 행한다. 이때 관욕실 內에서는 冥衣를 燒한다.

(2) 着服舞(착복무)

① 道場偈作法(도량게작법)

灑水로써 도량이 청정하게 하는 작법과 그에 따른 게송이 <四方讚>이었다면, 도량을 청정하게 하고 동시에 청정해진 도량을 찬탄하는 게송은 <도량게>다. 또, 이때 法服을 受한 1인 혹은 2인의 스님이 도량이나 堂內 중앙에서 작법을 거행하는데 이때 대중은 그 주위를 右繞한다.

도량게작법의 역할을 앞서 밝힌 祈願・修法・讚嘆 등 3가지 면에서 보면, 수법과 찬탄을 겸한 작법이다. 수법이라 함은 앞서 『작법귀감』所收 ≪삼보통청≫의 <복청게> 註에서 살폈듯 梵音 및 灑水와 함께 거행해야 하는 것이 三匝이고, <도량게>가 바로 삼잡에 해당하는 작법이기 때문이다. 한편 찬탄을 겸했다 함은 結界를 위한 일련의 의식 가운데 마지막 부분에 해당하는 것이 찬탄을 의미하는 요잡바라와 사방요신인데, 시간이 부족한 경우 두 가지 작법을 생략하기 때문에 그 역할을 겸한다 한 것이다. 그러나 정확히 구분하자면 修法이므로 본고에서는 수법을 위한 작법으로 구분한다. <道場偈>의 내용은 다음과 같다.

道場淸淨無瑕穢(도량청정무하예)　　법도량은 청정하여 한티끌도 없아옵고
三寶天龍降此地(삼보천룡강차지)　　삼보님과 천룡님도 이곳으로 오십니다.
我今持誦妙眞言(아금지송묘진언)　　저희이제 묘한진언 지니옵고 외우오니
願賜慈悲密加護(원사자비밀가호)　　대자비를 베푸시어 구석구석 살피소서.

② 四方搖身(사방요신)

도량게작법을 끝으로 결계의식은 완료된다. 앞서 「귀의의식」의 '②요잡바라'에서 언급했듯 하나의 單元이 원만히 성취되었음을 찬탄하며 행하는 율동이 두 가지 있으니, 하나는 鈸鑼를 사용하여 보이는 요잡바라이고 다른 하나는 六銖袈裟를 수하고 거행하는 사방요신이다.

요잡바라에 대해서는 앞서 언급한바 여기서는 사방요신에 대해 살피기로 한다.

搖身이란 '몸을 움직인다'는 뜻이니 '행동을 시작한다'는 의미다. 예컨대 타인의 집에 의지하다 自家를 마련하게 되면 그 기쁨은 형언하기 어려울 것이다. 여기서 말하는 요신 역시 결계에 의해 재의식을 위한 청정한 공간이 확보된 데 따른 환희로움을 율동으로 나타내는 것이다. 특히 이때의 율동을 사방요신이라 함은 천수바라작법 직후에 거행한 의식이 <四方讚>임을 감안하면 이해에 도움이 될 것이다. 동남서북 어느 쪽을 향하던지 佛國으로서의 모든 조건이 원만함을 실감하며 찬탄하는 의식이 사방요신인 것이다. 동시에 청정한 공간이 확보된 만큼 재의식을 위한 적극적 행동의 개시를 의미하기도 한다.

이렇듯 요잡바라와 사방요신에는 공통분모가 있으니 양자 공히 가사 없이 태징의 반주에 맞춰 작법을 거행한다는 점이다. 또, 요잡바라는 하나의 문장에 여러 개의 쉼표와 마침표가 있듯이 찬탄할 곳이 있으면 거행하는데, 사방요신의 거행 시점 -<삼귀의> <도량게> <다게> <향화게> <귀명례> <운심게> <육법공양> 등의 작법을 마친 후- 과 거의 일치하고 있음을 볼 수 있다.

앞서 언급한 <사방찬>의 내용은 다음과 같다.

一灑東方潔道場(일쇄동방결도량)　　동방에다 뿌리오니 법도량이 청정하고
二灑南方得清凉(이쇄남방득청량)　　남방에다 뿌리오니 청량함을 얻사오며,
三灑西方俱淨土(삼쇄서방구정토)　　서방에다 뿌리오니 불국정토 구현되고
四灑北方永安康(사쇄북방영안강)　　북방에다 뿌리오니 영원토록 편안하네.

③ 茶偈作法(다게작법)

<다게>는 법회도량에 강림하신 삼보님께 茶供養을 올리는 의식이다. 다음 게송의 내용에서 확인할 수 있듯, 차는 일상의 음료이지만 여기서는 능례

의 정성심을 의미한다. 또, 소례께서 茶를 드신다함은 곧 능례의 원에 부응하심을 뜻한다. 따라서 능례의 입장에서는 정성을 기우림에 최선을 다해야 한다. 그 최선을 율동으로 보임이 착복무다. <다게>의 내용은 다음과 같다.

我今持此一椀茶(아금지차일완다)　　저희이제 차한잔을 정성으로 준비하와
奉獻靈山大法會(봉헌영산대법회)　　영산법회 큰법회의 삼보님께 올리오니
俯鑑檀那虔懇心(부감단나건간심)　　올리웁는 단월네의 정성심을 살피시고
願垂慈悲哀納受(원수자비애납수)　　대자비를 드리우사 납수하여 주웁소서.

다게작법에 이어 거행하는 사방요신과 요잡바라는 다게의 내용이 원만히 성취되었음을 전제로 거행하는 작법으로서 앞서「결계의식」에서 살핀 내용과 대체로 같다.

유의할 것은 다게작법에 이어 사방요신과 요잡바라를 거행함을 감안한다면, 본 다게작법의 역할은 당연히 수법으로 분류되어야 하겠으나 수법은 《사다라니》에서 행하는바 본 다게작법은 기원으로 분류해야 한다는 점이다. 따라서 이 때 거행하는 사방요신과 요잡바라는 삼보님께 올리기 위해 준비된 茶를 찬탄하는 것으로 보아야 한다.

Ⅲ. 결론

앞에서도 언급했듯 재의식을 세간적인 개념으로 정리하면, 존경하는 어른을 주빈으로 모시고 갖는 회식의 의미로 봐도 큰 무리가 없을 듯 싶다. 재의식의 의미를 세간적으로 이해하려 하는 것은, 의식의 주안이 소례께 공양을 올리는데 있기 때문이다. 또 큰 잔치에는 주빈만이 자리하는 것이 아니

라 주변의 권속이 함께 자리하게 된다. 그런데 주빈의 지위에 따라 그 권속의 규모 또한 달라지니, 주빈이 일개 필부인 경우와 제왕인 경우를 생각하면 가늠이 갈 일이다. 피초청인을 언급하면서 주빈을 '존경하는 어른'이라 한 것은, 그래야 회식 준비와 진행을 어떻게 해야 할지 가늠이 서게되고, 재의식 가운데 거행하는 작법무의 배경과 의의를 보다 현실성 있게 살필 수 있겠기 때문이다.

한편 원만한 회식을 위해서는 철저한 준비가 선행돼야 하고, 정성스러운 마음이 수반되어야 한다.

준비로는, 회식의 필요성에 대한 숙지[歸依儀式], 회식을 위한 장소 선정 및 정리[結界儀式], 내빈을 모시기 위한 정중한 초대[김請儀式], 내빈으로부터의 메시지 경청[說法儀式], 정성이 담긴 공양물의 진설 및 권유[勸供儀式], 그리고 내빈의 뜻을 거스르지 않는 공감대 확인[回向儀式] 등이 주요 내용이다.

이 가운데 천수바라를 포함한 일련의 의식을 다시 한 번 예로 들면, 이들 의식은 '결계의식'으로 회식을 위한 장소를 마련하는 의식이다. 즉, 재의식에서의 모든 의식은 그 내용이 모두 기원·수법·찬탄 가운데 한 가지를 주제로 거행하는 것이고, 이때 거행하는 작법무는 의식의 주제가 절정에 이르렀음을 몸의 율동으로 나타내는 의식이다. 이는 곧 작법무가 단순히 흥미를 유발시키려는 것이 아니고, 의식의 본 뜻 내지는 석존의 본회를 요해함에서 비롯되는 것이라는 증거라 하겠다.

이상으로 일부이지만 영산재에서 거행하는 「作法舞 거행의 배경과 의의」를 살펴보았다. 지금까지 살펴본 작법무를 역할에 따라 정리하면 다음과 같다.

'祈願'을 나타내는 작법무 ; <내림게바라> <다게작법>
'修法'을 나타내는 작법무 ; <천수바라> <사다라니바라> <관욕쇠바
라> <화의재바라> <도량게작법>
'讚嘆'을 나타내는 작법무 ; <명발> <요잡바라> <사방요신>

끝으로 서론에서 언급한 내용을 다시 한번 강조하거니와 영산재는『법화
경』의 사상에 입각하여 석존[佛]과 법화경[法] 그리고 성중[僧]을 소례로
예배·찬탄·공양함으로써 一切含靈이 法海에 들도록 하는 법요의식이
다. 이때 특히 주의할 것은 法華經의 壽命無量 및 佛身常住 사상에서 알
수 있듯 석존께서는 시공을 초월한 존재이신만큼, 어느 때 어느 장소에서
베풀어지는 영산재일지라도 재현이나 시연이 아니라 실제상황으로서 현재
진행형이라는 점이다. 또, 영산재를 한국불교의 최고·최대의 의식으로 하
고 있음은 1700년의 역사를 지니고 있는 이 땅의 불교가 취한 敎相判釋이
며 동시에 佛子修行의 指南임을 간과해서는 안 된다. 그런 가운데 작법무
는 문화를 사랑하는 한민족의 정서가 꽃피운 불교의식의 精華이며, 의식의
의의를 명확히 하는 가늠자임을 거듭 강조하는 바이다.

참고문헌

1. 基本資料

『法華經』, 方便品, 大正藏, 卷9.

『法華經』, 如來壽量品, 大正藏, 卷9.

『後漢書』, 卷85.

『五燈會元』釋迦牟尼佛章.

安震湖 編, 『釋門儀範』.

『佛敎大辭典』, 弘法院.

一然, 『三國遺事』, 卷4.

『勅修淸規』, 卷8, 法器章, 大正藏, 卷48.

白坡亘璇 集『作法龜鑑』, 韓國佛敎全書, 卷10.

『佛本行集經 從園還城品』, 大正藏, 卷3.

『大毘盧遮那成佛經疏』, 卷8, 大正藏, 卷39.

朴世敏 編『韓國佛敎儀禮資料叢書』.

中村 元 著『佛敎語大辭典』.

『奉元寺 要集』.

『金剛般若波羅密經』, 大正藏, 卷8.

『大本經』, 大正藏, 卷1.

『大唐西域記』, 大正藏, 卷51.

『韓國佛敎全書』東國大學校出版部.

『千手千眼觀世音菩薩廣大圓滿無礙大悲心陀羅尼經』, 大正藏, 卷20.

『千手眼大悲心呪行法』, 大正藏, 卷2046.

『法華經 見寶塔品』, 大正藏, 卷9.

『佛說救拔焰口餓鬼陀羅尼經』, 大正藏, 卷21.

智還 編『天地冥陽水陸齋梵音刪補集』, 東國大學校 中央圖書館.

『救面然餓鬼陀羅尼神呪經』, 大正藏, 卷21.
『施諸餓鬼飮食及水法幷手印』, 大正藏, 卷21.
『瑜伽集要救阿難陀羅尼焰口軌儀經』, 大正藏, 卷21.

2. 單行本類

김응기, 「영산재 작법무 범패의 연구」, 원광대 박사논문, 2003.
심상현, 『靈山齋』, 國立文化財硏究所, 2003.
심상현, 『佛敎儀式各論』 卷3, 韓國佛敎出版部, 2001.

영산재의 작법무 구성

-3일 영산 진행구성 중심으로-

김 향 금

I. 머리말

한국무용에 있어서 민속춤은 시대에 따라서 상이한 종교적 배경 속에서 전승되어 왔는데 상고대(上古代)의 자연신앙과 무속신앙, 신라, 고려시대의 불교와 도교, 조선시대의 유교 등이 그것이다.[1] 이 가운데 불교의식무용의 주류를 이루고 있는 작법무는 매년 음력 5월 5일 단오날 서울 신촌 봉원사 영산재시연에서 전통적 모습을 찾아 볼 수 있다. 이 시연회는 중요무형문화재 제 50호 영산재보존단체를 주축으로 매년 정기적으로 영산재 마당종목지정과 더불어 전승자 스님들의 기량을 선보이고 국가의 안녕과 번영을 위한 국재(國齋)의 성격을 띠고 연례적으로 거행된다. 그 동안 서울 신촌 봉원사에서는 영산재보존회를 주축으로 86아시안게임, 88서울올림픽, 2002월드컵, 2002부산아시안게임 등 국가적인 행사 기간 중에도 1주일에서 1개월 가까이 영산재를 시연하였다.

---

1) 정병호, 『한국의 민속춤』, 삼성출판사, 1991, 80면.

또한 미국, 독일과 유럽 등 해외순회공연을 통해 널리 전파하고 있어 음악, 무용은 많은 호평을 받고 있다. 더욱이 불교무용인 작법무에 대한 관심이 높아져 한 외국인은 '영산재 작법무'는 한국적 독특함과 속세에서 벗어난 의식(儀式)적인 춤이다. 이 작품의 춤은 구도자가 중생을 구제하는 보살로 변화하는 것으로 내밀(內密)하고, 비밀리에 전수되는 것처럼 보인다.2)라고 하였다. 이것은 영산재가 지니고 있는 불교의 종합적 예술의 성격을 국내외인에게 포교할 수 있는 문화콘텐츠산업에 부응되는 매력적인 것이기도 하다.

공연계에서는 이제라도 한국의 문화적 이미지를 세계에 심을 필요가 있으며 범패, 작법, 불교공양의식 등 이 중에서 동양의 정신을 함축하고 있는 불교식 공양의식을 하나의 문화상품으로 개발하거나, 노래와 춤을 디지털화해야 한다.3)는 의견도 분분할 정도로 영산재에 대한 관심이 높아지고 있다.

영산재는 영산회상을 줄인 말로 석가모니 부처님의 2500년 전 인도 영취산에서 수많은 대중이 운집된 가운데 베풀어진 법회를 뜻한다.

2500년 전 영취산의 붓다의 가르침을 금일 영산재에서 다시금 재현하여 일체중생 모두에게 깨달음을 통한 부처가 될 수 있도록 설하는 재 의식으로 영산재가 중요무형문화재로 지정된 것은 1987년이다.4)

무대종목에서 마당종목으로 매년 정기적으로 봉원사에서 영산재시연회가 봉행되고 있으며. 영산재진행은 범패의 반주와 더불어 작법무의 구성은 바라무, 나비무, 법고무, 타주무로 의식 진행과정에서 전문적으로 의식을 습득

---

2) 로렌, W.러치, ≪민족과 무용≫제4호, 세계민족무용연구소, 2003, 225면.
3) 김영렬, 「왜 불교문화를 무대공연화해야 하는가?」, ≪불교문화연구≫ 제4집, 한국불교문화학회, 252~253면.
4) 중요무형문화재 제50호 범패는 1973년 11월 5일 박송암, 김운공, 장벽응스님이 지정받아 이후 1987년 범패, 장엄, 작법으로 영산재로 통합 되어 마당 종목으로 지정 되었다.

한 어장스님들에 의해 진행된다.

봉원사에서 전승되고 있는 작법 춤의 나비춤과 바라춤 가운데 나비춤은 험족배례(險足拜禮)가 부처님께 예배드리는 것이고, 양수선자(兩手宣者)는 자비를 베푼다는 뜻 등 불교예법을 상징하고 있다.[5]

원래 영산재 지정시 작법, 장엄, 범패등 3가지의 구성이 어우러져 지정 되었으나 작법은 무용을 의미하는 뜻으로 어산(魚山) 스님들은 착법, 착복, 법무, 승무라 지칭 한다. 본고에서는 작법을 작법무라 지칭하고 무와 춤을 같은 의미로 사용하며, 3일 낮과 밤으로 진행되었던 영산재가 1일 영산재로 진행되면서 일부 간소하게 이루어지는 작법무 중심으로 3일 영산재 구성 및 절차를 중심으로 연구코자 한다.

또한 이를 바탕으로 작법무의 전승보존의 과제 및 문제점과 공연화를 통한 무대화 가능성을 논하고자 한다.

Ⅱ. 영산재 작법무

1. 영산재 구성과 작법무

영산재는 범패, 작법, 장엄 등 3가지로 구성되고 진행되는 장엄한 재의식으로, 이 가운데 현행 불교의식 진행시 현존하는 작법무는 바라춤 나비춤, 법고춤, 타주춤 등 4종으로 구성되며 이 가운데 바라무는 1.화의재진언바라 2.명바라 3.요잡바라(보통바라, 번개바라) 4.내림게바라 5.사다라니바라 6.천수바라 7.관욕쇠바라[6]가 나비무는 1.다게작법 2.옴남작법 3.향화게작법 4.

---

5) 정병호, 『한국무용의 미학』, 집문당, 2004, 92면.
6) 법현, 『불교무용』, 운주사, 2002, 60면.

운심게작법 5.만다라작법 6.창혼작법 7.긔경작법 8.정례작법 9.자귀의불작
법 10.삼남태작법 11.구원겁중작법 12.삼귀의작법 13.사방요신작법 14.모란
찬작법 15.지옥게작법 16.대각석가존작법 17.도량게작법 18.오공양작법이
며, 이외 법고무와 타주무[7])가 있다.

이 가운데 나비춤 곡목인 만다라작법은 현재 곡목만 전승될 뿐 춤사위가
단절되었다.[8]) 작법무 일부 종목의 단절은 조선총독부의 사찰령으로 인한 각
본말사법 제 7장 법식 편에 '화청고무, 라무(邏舞)작법무 등은 모두 폐지한
다.'[9]) 등 사찰에서의 작법의 금지 영향도 무관하지 않을 것이다.

현재 설행되는 영산재는 13단계로 구성되며 근자에 봉원사에서 3일 밤낮
으로 영산재가 설행된 것은 1968년 3월 13 - 16일까지 진행되었던 기록[10])
이다. 영산재 작법무 구성은 성악 반주, 기악 반주, 타악 반주로 진행하며,
성악의 경우 평염불과 범패 홋소리가, 기악의 경우 삼현육각 및 타악과 호적
반주로 진행된다.[11]) 이들 13단계 영산재 절차에 있어서 작법무 구성은 다음
과 같다.

1) 시련시 작법무

시련의식은 영산재를 지내기 위해 사찰의 본당이 아닌 동구 밖 시련터로
나아가 불, 보살, 영혼 등을 청해 모시는 의식으로 1.옹호게(擁護偈)후 요잡
바라 2.헌좌게(獻座偈)/헌좌진언(獻座眞言) 3.다게(茶偈)후 요잡바라(복청

---

7) 김능화, 『천수바라춤』, 한국불교무용연구소, 2002, 115면.
   능화스님의 경우 보회향진언에 맞추어 추는 바라춤으로 '회향게 바라춤'을 추가하여
   8가지로 보고 있다.
8) 前揭書, 『불교무용』, 73면.
9) 이능화지음, 이병두 역주, 『조선불교통사 근대편』, 도서출판 혜안, 2003, 240면.
10) 한만영, 『한국불교음악연구』, 서울대출판부, 1980, 3면.
11) 법현, 「불교무용 천수바라춤의 반주음악 채보」, ≪불교문화연구≫3집, 동국대 불교사
    회문화연구원, 2002, 60면.

게-천수바라) 4.행보게(行步偈) 5.산화락(散花落) 6.인성(南無大聖引路
王菩薩) 7.기경(起經) 8.영축게(靈鷲偈) 9.보례삼보성(寶禮三寶聲)[12]으로
구성된다.

이 가운데 작법무가 진행되는 의식은 1.옹호게후 요잡바라 3.다게(茶偈)
작법후 사방요신작법, 요잡바라 7.기경(起經)작법 후 사방요신작법, 요잡바
라, 법고무가 진행 된다.

2) 대령(對靈)시 작법무

영혼을 청하여 법(法)을 일러 주는 의식으로 1.거불(擧佛) 2.대령소(對靈
疏) 3.지옥게(地獄偈) 4.착어(着語) 5.진령게(振鈴偈) 6.보소청진언(普召請
眞言) 7.고혼청(孤魂請) 8.향연청(香煙請) 9.가영(歌泳) 10.존물편(尊物
篇)[13]으로 구성된다.

이 가운데 작법무 진행은 이루어지지 않는다.

3) 관욕(灌浴)시 작법무

영혼(靈魂)에게 불법(佛法)을 일러주어 청정한 마음자리를 갖도록 하는
의식으로1.인예향욕편 2.신묘장구 대다라니(神妙章句 大陀羅尼 독송) 3.
정로진언(淨路眞言) 4.입실게(入室偈) 5.가지조욕편 6.관욕게(灌浴偈) 7.
목욕진언(沐浴眞言) 8.관욕게바라 9.작양지진언(嚼楊枝眞言) 10.수구진언
(漱口眞言) 11.세수면진언(洗手面眞言) 12.가지화의편 13.화의재진언(化
衣財眞言)화의재진언 바라 14.제불자 운운(諸佛者 持呪旣周 云云) 15.수
의진언(授衣眞言) 16.착의진언(着衣眞言) 17.정의진언(整衣眞言) 18.출욕
참성편 19.지단진언(指壇眞言) 20.가영(歌詠) 21.산화락(散花落) 22.나무

12) 安震湖, 『釋門儀範』 下卷, 법륜사, 1983, 54~55면.
13) 前揭書, 下卷, 56~58면.

대성 인로왕 보살(南無大聖 引路王菩薩) 23.정중게(庭中偈) 24.개문게(開門偈) 25.가지예성편 26.보례삼보(普禮三寶) 27.행봉성회 운운(幸逢聖會云云) 28.법성게(法性偈) 29.괘전게(掛錢偈) 30.수위안좌편 31.안좌게(安座偈) 32.수위안좌진언(受位安座眞言) 33.다게(茶偈)[14)]으로 구성된다.

이 가운데 작법무는 8.관욕게바라, 13.화의재진언(化衣財眞言)바라가 진행 된다.

4) 조전점안(造錢點眼)시 작법무

영가가 명부에서 사용하게 될 금은전(金銀錢)을 점안하는 의식으로 1.천수경부터 참회진언까지 2.조전진언(造錢眞言)-성전진언(成錢眞言)-쇄향수진언(灑香水眞言)-변성금은전진언(變成金銀錢眞言)-개전진언(開錢眞言) 3.금은전이운(金銀錢移運)-옹호게후 요잡바라 4.산화락(散花落) 5. 삼마하(三摩訶-나무 마하반야바라밀) 6.경함이운(經函移運) 7.산화락(散花落) 8.거령산(擧靈山-나무 영산회상불보살) 9.헌좌진언(獻錢眞言)[15)] 으로 구성된다.

이 가운데 작법무는 3.금은전이운(金銀錢移運)시 옹호게후 요잡바라가 진행된다.

5) 신중작법(神衆作法)시 작법무

영산재의 원만한 진행을 위한 신중을 청해 모시는 의식으로 1.옹호게(擁護偈) 2.창불(唱佛) 일백사위(一百四位) 3.다게(茶偈) 4.탄백(歎白)[16)]으로 구성된다.

---

14) 前揭書, 下卷, 58~64면.
15) 前揭書, 上卷, 217~218면.
16) 前揭書, 上卷, 59~65면.

이 가운데 작법무는 1.옹호게후 요잡바라 4.탄백후 요잡발이며 신중작법
과 끝머리에서 명바라(명발)이 진행된다.

6) 괘불이운(掛佛移運)시 작법무

영산재를 진행하기위해 야외에 괘불을 모시는 의식으로 1.옹호게(擁護
偈) 2.찬불게(讚佛偈) 3.출산게(出山偈) 4.염화게(拈花偈) 5.산화락(散花
落) 6.거령산(擧靈山) 7.등상게(登床偈) 8.사무량게(四無量偈) 9.영산지심
－지심귀명례 영산회상 염화시중 시아본사 석가모니불(志心歸命禮靈山會
上拈花示衆是我本師釋迦牟尼佛) 10.유원자비 수아정례(唯願慈悲受我
頂禮) 11.헌좌게(獻座偈) 12.헌좌진언(獻座眞言) 13.다게(茶偈) 14.건회소
(建會疏) 15.보공양진언(普供養眞言)[17]으로 구성된다.

이 가운데 작법무 곡목은 1.옹호게후 요잡바라 13. 다게(茶偈)작법후 사
방요신작법과 요잡바라가 진행된다.

7) 상단권공(上壇勸供)시 작법무

영산단에 권공하는 영산재의 본 의식으로 1.할향(喝香) 2. 연향게(燃香
偈) 3.할등(喝燈) 4.연등게(燃燈偈) 5.할화(喝花) 6.서찬게(舒讚偈) 7.불찬
(佛讚) 8.대직찬(大直讚) 9.지심이/삼귀두겁(三歸頭匣－지심신례불타야
양족존(志心信禮佛陀耶兩足尊) 10.삼귀의(三歸依) 11.중직찬(中直讚)
12.지심이/지심신례달마야이욕존(志心信禮佛陀耶兩足尊) 13.보장취(寶藏
聚) 14.소직찬(小直讚) 15.지심이/지심신례불타야양족존(志心信禮佛陀耶
兩足尊) 16.오덕사(五德師) 17.개계소(開啓疏) 18.합장게(合掌偈) 19.고향
게(告香偈) 20.영산개계(靈山開啓) 21.관음찬(觀音讚) 22.관음청(觀音請)

---

17) 前揭書, 上卷, 110~112면.

23.향화청(香花請)/산화락(散花落/내림게바라) 24.가영(歌詠) 25.걸수게(乞水偈) 26.쇄수게(灑水偈) 27.복청게(伏請偈) 28.천수바라(千手바라) 29.사방찬(四方讚) 30.도량게(道場偈) 31.참회게성(懺悔偈聲) 32.대회소(大會疏) 33.육거불(六擧佛) 34.삼보소(三寶疏) 35.대청불(大請佛) 36.삼례청(三禮請) 37.사부청(四府請) 38.단청불(單請佛) 39.헌좌게(獻座偈)/헌좌진언(獻座眞言) 40.다게(茶偈) 41.일체공경(一切恭敬) 42.향화게(香花偈) {법문을 모실 경우 정대게부터 귀명게까지 한다.} 43.정대게(頂戴偈) 44.계경게(開經偈) 45.개법장진언(삼남태) 46.십념청정법신 운운(十念淸淨法身云云) 47.거량(擧揚)/수위안좌진언(受位安坐眞言) 48.청법게(請法偈) 49.설법게(說法偈)<법문> 50.보궐진언(補闕眞言) 51.수경게(收經偈) 52.사무량게(四無量偈) 53.귀명게(歸命偈) 54.창혼(唱魂) 55.지심귀명례/구원겁중(久遠劫中) 56.욕건이(欲建而)/정법계진언(淨法界眞言) 57.향수나렬(香水羅列) 58.사다라니(四陀羅尼) 59.운심게작법(運心偈作法) 60.상래가지(上來加持) 61.육법공양(六法供養) 62.배헌해탈향(拜獻解脫香) 63.배헌반야등(拜獻般若燈) 64.배헌만행화(拜獻萬行花) 64.배헌보리과(拜獻菩提果) 66.배헌감로다(拜獻甘露茶) 67.배헌선열미(拜獻禪悅味)/대각석가존(大覺釋迦尊) 68.각집게(各執偈) 69.가지게(加持偈) 70.탄백(歎白) 71.회심곡(回心曲) 72.축원화청(祝願和淸)으로 구성된다.

이 가운데 작법무는 10.삼귀의(三歸依)작법 후 사방요신, 요잡바라 23.향화청(香花請)/산화락(散花落/내림게바라) 28.천수바라(千手바라) 30.도량게(道場偈)작법후 사방요신작법, 요잡바라 및 법고무 40.다게(茶偈)작법후 사방요신작법, 요잡바라 42.향화게(香花偈)작법후 사방요신작법, 요잡바라 45.개법장진언(삼남태)작법후 사방요신작법, 요잡바라 54.창혼(唱魂)후 사방요신작법, 요잡바라 55.지심귀명례/구원겁중(久遠劫中)작법후 사방요신작법, 요잡바라 56.욕건이(欲建而)/정법계진언(淨法界眞言)후 사방요신작법, 요잡바라 58.사다라니(四陀羅尼) 59.운심게작법(運心偈)후 사방요신작법, 요잡바라 67.대각석가존(大覺釋迦尊)후 사방요신작법, 요잡바라가 진행된다.

8) 식당작법(食堂作法)시 작법무

식당작법 공양의식으로 아래의 절차[18]로 진행된다.

1. 운판삼하호/당종 18추/목어당상초삼통/목어당상후오통
2. 오관게(五觀偈) 후 법고무
3. 하발금15추/조판 우판/정수정건/약부상좌 운운/반야바라밀다심경/ 전발게/반야심경/아제아제 바라아제바라승아제보지사바하/ 처무상도/십념청청 운운/마하반야바라밀/약반식시 운운/ 약견공발 운운/불삼신진언/법삼장진언/불삼승진언/계장진언/정결도진언/ 혜철수진언
4. 식영산(食靈山)
5. 약견만발 운운/차시제중생 운운/오관게/정식게/삼시게/삼덕육미 운운/공양소합소/공백대중 운운/절수게/반식이홀 운운/처처간여호공 운운/축원/사가부좌 운운/해탈주/ 퇴좌출당당원중생/영출삼계
6. 자귀불(自歸佛)
7. 회향게(回向偈)[19]순으로 구성된다.

이 가운데 작법무가 쓰이는 곡은 2.오관게 후 요잡바라, 법고무, 6.자귀불 작법, 요잡바라 이외 공양게송시 타주무가 진행된다.

---

18) 법현, 『영산재 연구』, 운주사, 1997, 101~107면.
19) 前揭書, 上卷, 128~132면.

9) 운수상단 권공시 작법무

운수단권공, 소청상위의식으로 시왕각배재의식으로 진행 구성 되며 중단 구성은 1.할향 2.등게(燈偈) 3.정례(頂禮) 4.합장게(合掌偈) 5.고향게(告香偈) 6.원부개게(原夫開偈) 7.정토결계진언(淨土結界眞言) 8.쇄향수진언 (灑香水眞言) 9.가영 10.돌진언 11.천수경<정구업진언운운－신묘장구대다리니까지> 12.복청게(伏請偈) 13.천수(千手)바라 14.사방찬(四方讚) 15. 도량게(道場偈) 16.참회게(懺悔偈)/참회진언(懺悔眞言) {법문을 할 경우 정대게부터－귀명게까지 한다} 17.정대게(頂戴偈) 18.개경게(開經偈) 19. 개법장진언/삼남태(三南太) 20.십념청정법신(十念淸淨法身) 운운(云云) 21.거량(擧揚)/수위안좌진언(受位安坐眞言) 22.청법게(請法偈) 23.설법게 (說法偈)<법문> 24.보궐진언(補闕眞言) 25.수경게(收經偈) 26.사무량게 (四無量偈) 27.귀명게(歸命偈) 28.준제공덕취 운운－건단진언 까지 한 후 (소청상위1) 29.거불(擧佛) 30.상단소(上壇疏) 31.진령게(振鈴偈) 32.보소청진언(普召請眞言) 33.유치(由致)(앙유삼보자존 운운 仰惟三寶慈尊 云云) 34.청사(나무일심봉청 성천요확 운운 南無一心奉請 性天寥廓 云云) 35.향화청(香花請)/가영(歌詠)/고아게(故我偈) 36.헌좌게(獻座偈)/헌좌진언(獻座眞言) 37.증명다게(證明茶偈)20)까지 마친 후 중단권공－소청중위 (1)를 한다. 그리고 상단소청성위 (2) 38.탄백(謹白)편 39.보례삼보(普禮三寶) 40.재백(再白)편 41.법성게(法性偈) 42.괘전게(掛錢偈)21)를 하고 다시 소청중위(2)를 하고 다시 소청성위(3) 43.욕건만나라 선송 정법계진언 44.다게(茶偈) 45.향수나열(香水羅列) 46.특사가지(特賜加持) 47.사다라니(四陀羅尼) 48.오공양(五供養)/가지게(加持偈) 49.보공양진언(普供養眞言)

---

20) 前揭書, 上卷, 135~138면.
21) 前揭書, 上卷, 150~151면.

50.보회향진언(普回向眞言) 51.축원화청(祝願和淸)[22]을 하며 마지막으로 소청중위(3)순으로 구성된다.

이 가운데 작법무는 3.정례작법 후 사방요신작법무, 요잡바라, 법고무 13. 천수바라 15.도량게작법 후 사방요신작법, 요잡바라 44.다게작법 후 사방요신작법, 요잡바라 19.삼남태작법 후 사방요신작법, 요잡바라 47.사다라니바라 48.오공양작법 후 사방요신작법, 요잡바라가 진행된다.

10) 중단권공시 작법무

중단권공은 10대 명왕을 중심으로 권공하는 의식으로 1.거불(擧佛) 2. 시왕소(十王疏) 3.진령게(振鈴偈) 4.보소청진언(普召請眞言) 5.유치(절이절이환희원중 운운 切以歡喜園中 云云) 6.청사(나무일심봉청 염마라유명계 운운 南無一心奉請 閻摩羅幽冥界 云云) 7.향화청(香花請)/가영(歌詠)/고아게(故我偈) 8.청사(나무일심봉청 인신과만 운운 南無一心奉請 因深果滿 云云) 9.향화청(香花請)/가영(歌詠)/고아게(故我偈) 10.헌좌게(獻座偈)/헌좌진언(獻座眞言) 11.증명다게(證明茶偈) 12.청사(나무일심봉청 생전병직 운운 南無一心奉請 生前秉直 云云) 13.향화청(香花請)/가영(歌詠)/고아게(故我偈) 14.청사(나무일심봉청 유직비판 운운 南無一心奉請 有職批判 云云) 15.향화청(香花請)/가영(歌詠)/고아게(故我偈) 16.청사(나무일심봉청 심상병감 운운 南無一心奉請 心常柄鑑 云云) 17.향화청(香花請)/가영(歌詠)/고아게(故我偈) 18.청사(나무일심봉청 심회대조 운운 南無一心奉請 心懷大造 云云) 19.향화청(香花請)/가영(歌詠)/고아게(故我偈) 20.청사(나무일심봉청 인종원력 운운 南無一心奉請 因從願力 云云) 21.향화청(香花請)/가영(歌詠)/고아게(故我偈) 22.청사(나무일심봉청 권형

22) 前揭書, 上卷, 151~152면.

육도 운운 南無一心奉請 權衡六道 云云) 23.향화청(香花請)/가영(歌詠)/
고아게(故我偈) 24.청사(나무일심봉청 위거진단 운운 南無一心奉請 位居
震旦 云云) 25.향화청(香花請)/가영(歌詠)/고아게(故我偈) 26.청사(나무일
심봉청 호표평등 운운 南無一心奉請 號標平等 云云) 27.향화청(香花請)/
가영(歌詠)/고아게(故我偈) 28.청사(나무일심봉청 위전교역 운운 南無一
心奉請 位專交易 云云) 29.향화청(香花請)/가영(歌詠)/고아게(故我偈)
30.청사(나무일심봉청 전신명제 운운 南無一心奉請 轉身冥世 云云) 31.
향화청(香花請)/가영(歌詠)/고아게(故我偈) 32.청사(나무일심봉청 직거총
수 운운 南無一心奉請 職居總帥 云云) 33.향화청(香花請)/가영(歌詠)/고
아게(故我偈) 34.청사(나무일심봉청 심궁죄적 운운 南無一心奉請 尋窮
罪跡 云云) 35.향화청(香花請)/가영(歌詠)/고아게(故我偈) 36.청사(나무일
심봉청 여래친예 운운 南無一心奉請 如來親詣 云云) 37.향화청(香花請)/
가영(歌詠)/고아게(故我偈) 38.청사(나무일심봉청 금강수제 운운 南無一心
奉請 金剛水際 云云) 39.향화청(香花請)/가영(歌詠)/고아게(故我偈) 40.
청사(나무일심봉청 위령가외 운운南無一心奉請 威靈可畏 云云) 41.향화
청(香花請)/가영(歌詠)/고아게(故我偈) 42.청사(나무일심봉청 기도백만 운
운 南無一心奉請 其徒百萬 云云) 43.향화청(香花請)/가영(歌詠)/고아게
(故我偈) (내림게바라) 44.가영(歌詠) 45.산화락(散花落)후 내림게바라 46.
모란찬(牧丹讚)작법후 사방요신작법과 요잡바라[23)]을 한 후 상단권공(2)을
한다. 그리고 중단권공(2) 47.헌좌게/헌좌진언 48.다게(茶偈)[24)]를 한 후 상
단권공(3)을 한다. 마지막으로 중단권공(3) 49.중단개게(절이切以 향등경경
香燈耿耿 운운云云) 50.사다라니(四陀羅尼) 51.오공양(五供養)작법후 사
방요신작법과 요잡바라/가지게(加持偈) 52.보공양진언(普供養眞言) 53.반

---

23) 前揭書, 上卷, 138~150면.
24) 前揭書, 上卷, 150~151면.

야심경(般若心經)/화엄경약찬게(華嚴經畧纂偈) 54.보회향진언(普回向眞言) 55.탄백(嘆白) 56.지장축원화청(地藏祝願和淸)으로 구성된다.

이 가운데 작법무는 45.산화락 후 내림게바라 46.모란찬 후 사방요신작법과 요잡바라 50.사다라니바라 51.오공양작법 후 사방요신작법과요잡바라[25)가 진행된다.

11) 신중퇴공(神衆退供)시 작법무

1.다게 2.거목 3.상래가지 운운 4.보공양진언 5.보회향진언 6.원성취진언 7.보궐진언 8.정근 9. 탄백 10.축원으로 작법무의 진행은 보이지 않는다.

12) 관음시식(觀音施食)시 작법무

시식은 영혼에게 법식(法食)을 베풀어 깨달음을 일러 주는 의식이다.

1.거불(擧佛) 2.착어<靈源湛寂 云云> 3.진령게(振鈴偈) 4.착어<慈光照處 云云/신묘장구대다라니/第一偈/파지옥진언/해원결진언/보소청진언/나무상주시방불·법·승.나무대자대비관세음보살.나무대방광불화엄경 5.증명청(삼청) 6.향화청(香花請) 7.가영(歌詠) 8.헌좌진언(獻座眞言) 9.다게(茶偈) 10.고혼청(孤魂請) 11.향연청(香煙請) 12.가영(歌詠) 13.착어<上來承佛 攝受 云云> 14.수위안좌진언(受位安座眞言) 15.다게(茶偈) 16.선밀가지 운운/변식진언,시감로수진언, 일자수륜관진언, 유해진언/칭량성호(오여래)/원차가지 운운/시귀식진언/보공양진언/보회향진언/수아차법식 운운/여래십호 운운/원아진생 운운/장엄염불 17.공덕게(功德偈)[26)으로 구성된다.

이 가운데 작법무의 진행은 보이지 않는다.

---

25) 前揭書, 上卷, 152~155면.
26) 前揭書, 下卷, 70~75면.

13) 봉송(奉送) 및 소대의식(燒臺儀式)시 작법무

1.봉송편-제불자 기수향공 운운(諸佛者 旣受香供 云云)/보례삼보(寶禮三寶)/행보게(行步偈)/산화락(散花落)/법성게(法性偈) 2.소대편-금차 문외 봉송제자운운(今此門外 奉送齋者 云云) 축원(祝願)/상래시식풍경 운운(上來施食諷經 云云)/소전진언(燒錢眞言)/봉송진언(奉送眞言)/상품상생진언(上品上生眞言)/처세간여허공 운운(處世間如虛空 云云)/보회향진언(普回向眞言)/산화게(散散偈)/회향거불(回向擧佛)27)으로 구성된다.

이 가운데 작법무의 진행은 보이지 않는다.

이들 의식진행에 있어서 바라무 반주음악으로 천수바라, 사다라니바라, 화의재진언바라의 경우 범패 홋소리와 호적/사물/삼현육각이 사용 되며, 내림게바라, 관욕게바라, 명발, 요잡바라는 범패 홋소리가 사용되지 않고 호적/사물/삼현육각만을 사용 한다. 나비춤 다게작법, 옴남작법, 향화게작법, 운심게작법, 창혼작법, 자귀의불작법, 삼남태작법, 구원겁중작법, 삼귀의작법, 모란찬작법, 지옥게작법, 대각석가존작법, 도량게작법, 오공양작법은 범패 홋소리와 호적/사물/삼현육각을 사용 한다. 긔경작법, 정례작법, 사방요신작법은 범패반주 없이 호적과 사물 그리고 삼현육각을 사용 하지만 법고춤은 범패가 사용되지 않고 호적/사물/삼현육각만을 사용하며 타주춤은 평염불과 광쇠와 경쇠28)가 사용되어 춤이 진행된다.

---

27) 前揭書, 上卷, 210~225면.
28) 법현, 『불교무용감상』, 운주사, 2005, 358~359면.

2. 영산재 작법무 복식

불교의식에 있어서 작법무가 언제부터 재의식에서 사용되었는지는 알 수 없다. 다만 조선시대 몇몇 감로탱화에 작법과 복식에 대하여 현행 봉원사 영산재 복식을 비교 해 보면 바라춤은 가사(백색, 홍색, 밤색), 장삼(흰색, 검정, 회색), 육수가사(홍색 위에 영자는 오방색), 고깔, 버선을 착용하였고, 현행 영산재에서는 가사(홍색), 장삼(회색), 육수장삼(흰색), 육수가사(홍색 위에 영자는 오방색), 버선을 반주악기의 경우 모두 태징, 목탁, 취타악, 바라, 북, 삼현, 육각사용 모습이 보인다.

나비춤은 육수장삼(흰색), 육수가사(홍색 위에 영자는 오방색), 고깔(노랑), 버선, 광쇠, 꽃이 현행 영산재에서는 육수장삼(흰색), 육수가사(홍색 위에 영자는 오방색), 고깔(노랑, 흰색), 버선, 꽃이 반주악기의 경우 모두 태징, 북, 목탁, 취타악, 삼현, 육각 사용 모습이 보인다.

타주춤은 육수장삼(흰색, 녹색), 육수가사(홍색 위에 영자는 오방색), 고깔(노랑)에 버선을 신고 판장을 가지고 있는 모습만 나타나 있다. 현행 영산재는 육수장삼(흰색), 육수가사(홍색 위에 영자는 오방색), 고깔(노랑, 흰색), 버선, 팔정도, 타주채와 반주악기는 식당작법시 광쇠. 태징과 삼현, 육각, 취타악이 사용 된다.

법고춤은 가사(백색, 홍색, 밤색), 장삼(흰색, 검정, 회색), 육수장삼, 육수가사(홍색 위에 영자는 오방색), 고깔(노랑, 흰색), 두건(검정, 녹색), 북채가 현행영산재에서는 가사(홍색), 장삼(회색), 육수장삼(흰색), 육수가사(홍색 위에 영자는 오방색), 북채와 반주악기로 태징, 목탁, 북, 취타악, 삼현, 육각[29]이 사용 된다.

---

29) 법현, 『한국의 불교음악』, 운주사, 2005, 183~184면.

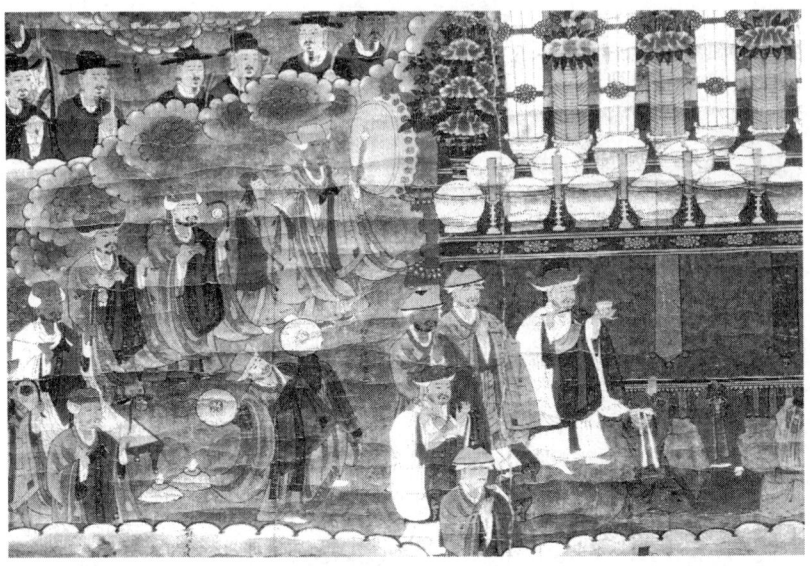

<사진 1> 1701년 남장사 감로탱화 부분도

이들 복식가운데 특징으로 <사진 1> 남장사 감로탱화에서 보이는 각각
의 가사 색깔과 관모 착용 형식이 있었음을 알 수 있다. 법고춤의 경우 원래
가사와 장삼을 입고 머리에 두건이나 모자를 쓰고 한다.

이외 의식승의 장삼은 흰색, 검정, 청색 등으로 바라춤, 법고춤 장삼과 달
리 소매가 길게 늘어진 장삼을 사용하며, 머리에는 탑 모양의 형태 고깔을
쓰고 무용이 이루어짐을 사진을 통해 알 수 있다.

Ⅲ. 맺음말

3일 영산재 진행구성은 13단계 절차로 작법무는 시련, 관욕, 조전점안,

신중작법, 쾌불이운, 영산단권공, 식당작법, 운수상단권공, 중단권공 등 9단
계 의식진에서 이루어진다. 이 가운데 나비춤은 총18가지 가운데 향화게작
법(영산단 권공), 다게작법(1.시련의식, 영산단권공, 중단권공), 모란찬작법
(운수상단권공), 긔경작법(시련의식, 운수상단권공), 도량게작법(영산단권공,
운수상단권공), 운심게작법(운수상단권공), 삼귀의작법(영산단권공), 옴남작
법(운수상단권공), 지옥고작법(운수상단권공), 정례작법(운수상단권공), 삼남
태작법(영산단권공), 구원겁중작법(영산단권공), 자귀의불작법(식당작법) 사
방요신작법, 대각석가존작법, 오공양작법(운수상단권공), 창혼작법등 17가
지가 쓰이며, 바라춤 초 7가지 가운데 요잡바라(시련의식, 조전점안, 신중작
법, 쾌불이운, 영산단권공, 운수상단권공, 중단권공, 식당작법시) 화의재진언
바라(관욕 의식시), 천수바라(시련의식시, 영산단권공, 운수상단권공시), 명
발(신중작법 마칠 때), 사다라니바라(영산단권공, 운수상단권공시, 중단권공
시), 관욕게바라(관욕시), 내림게바라(영산단권공시, 운수상단권공시, 중단권
공시)등 7가지 모두 사용 되었다. 법고무는 시련의식, 상단권공의식 식당작
법에서 사용 되었고, 타주무는 식당작법에서 진행되었다.

영산재는 상주권공재. 시왕각배재, 생전예수재, 수륙재등 여타의식에 비
하여 규모가 큰 재의식으로 3일 밤낮으로 진행되었으나 현재는 1일 영산재
의식으로 작법무의 진행도 일부 생략되어 축소하여 진행되고 있어 이들 작
법무 전승 및 불교문화의 보존 차원에서 3일 영산재의 복원이 선행되어야
할 것이다.

이을 위해 선행되어야 할 과제는 첫째 기존 1987년 지정된 영산재의 범
패, 작법, 장엄등 보유자들의 열반으로 인한 보유자 지정도 선행되어야 할
것이다.

둘째 3일영산재 작법무의 올바른 전승을 위한 교육에 따른 재정적 후원

이 있어야 한다. 이들 영산재에서 베풀어지는 작법무를 배우기 위해서는 우선 범패를 익힌 후 나비무, 바라무, 법고무, 타주무을 배우게 되는데 전승교육에 대한 보조비용이 선행되어야 할 것이다.

셋째 중요무형문화재 제 50호 영산재를 중심으로 최근 지정된 지방문화재의 작법무에 대한 분석 연구가 이루어져야 할 것이다.

넷째 작법무의 세분화가 이루어져야 올바른 전승이 이루어질 것으로 본다. 즉 바라춤, 나비춤, 법고춤의 세분화로써 민속무용의 승무나 판소리의 경우 유파에 따라 지정하고 있다. 현재 영산재 진행시 진행되는 법고무는 봉원사 송암스님류, 봉원사 무렴스님류, 지장사 응월스님류등이 있으므로 이에 대한 세분화지정과 바라춤, 나비춤의 별도 지정 세분화 작업이 필요하다.

다섯째 작법무는 범패 반주와 더불어 진행된다. 작법무에 사용되는 범패에 대한 채보 및 전승 작법이 필요하며, 이는 나비무 18종 가운데 현재 전승되지 않고 있는 만달작법 및 여타의 작법 또한 제대로 이루어지지 않는 시점에서 이에 대한 만다라작법의 복원 작업 연구 및 여타 작법에 대한 연구 지원이 필요하다.

여섯째 불교무용인 작법무는 종교 의식무 이전에 한국의 전통의식 무용으로서 자리매김되어야 한다. 이를 위해 초, 중, 고등, 대학 과정에서 이에 대한 교육 및 교육할 수 있는 인재에 대한 교육이 절실하다.

1700년 가까이 이어온 불교의식의 맥이 영산재로 거듭 재탄생한만큼 이를 전승 보존할 책임이 이 시대의 우리들의 과제이며 화두이다.

이에 대한 정부, 사회단체, 종단 등의 적극적 지원만이 이를 전승 보존할 수 있고 이를 통해 세계문화유산으로 거듭날 수 있을 것이다.

참고문헌

김능화, 『천수바라춤』, 한국불교무용연구소, 2002.

김영렬, 「왜 불교문화를 무대공연화해야 하는가?」, 《불교문화연구》 제4집, 한국불교문화학회.

로렌, W.러치, 《민족과 무용》 제4호, 세계민족무용연구소, 2003.

법 현, 「불교무용 천수바라춤의 반주음악 채보」, 《불교문화연구》 3집, 동국대불교사회문화연구원, 2002.

법 현, 『불교무용』, 운주사, 2002.

법 현, 『불교음악감상』, 운주사, 2005.

법 현, 『영산재연구』, 운주사, 1997.

법 현, 『한국의 불교음악』, 운주사, 2005.

安震湖, 『釋門儀範』 下卷, 법륜사, 1983.

이능화 지음, 이병두 역주, 『조선불교통사 근대편』, 도서출판 혜안, 2003.

정병호, 『한국의 민속춤』, 삼성출판사, 1991.

정병호, 『한국무용의 미학』, 집문당, 2004.

한만영, 『한국불교음악연구』, 서울대출판부, 1980.

불교의 영향을 받은 한성준 승무

정 재 만

Ⅰ. 서론

불교는 우리 문화 속에 깊숙이 자리 잡으면서 종교로서 뿐만 아니라 전반적인 문화의 영향을 끼친 민족 문화의 모체 역할을 하기도 했으며 민속 예술에 커다란 영향을 끼쳤다고 해도 과언이 아니다.

현재 전해지는 문화 속에는 불교의 영향을 받은 것들이 너무나도 많다.

민속예능 속에 내재된 철학적 핵심사상들이 자연의 원리에 순응하는 불교적 문화 표현이 자연스레 삶 속에 스며들어 전해지는가 하면 윤회설을 믿는 등의 민간사상 또한 그러하다.

이러한 정신은 곧 한국인의 문화유산이라는 정신적 측면으로 보존되어 왔으며 이것이 한국인의 정서와 정신문화의 맥을 잇는 하나의 축으로 생각된다.

특히 불교 의식무용은 한국무용에 있어서 아주 큰 영향을 끼쳤으며 승무라는 이름 자체에서 나타나듯 그 영향력은 밀접한 연관이 있음을 시사해 준다.

조지훈이 그의 시에서 "얇은 사(紗) 하이얀 고깔은 고이 접어서 나빌레라. 파르라니 깎은 머리 박사(薄紗) 고깔에 감추오고 두 볼에 흐르는 빛이 정작으로 고와서 서러워라……"라고 언급한 승무에 관한 내용은 우리의 가슴속에 감성적 미감을 전해주는 시의 구절로 많은 사람들의 기억 속에 남아있다.

이러한 승무야말로 한국 춤의 백미요, 대표이며 온갖 춤사위가 집대성된 원류의 근본이다. 승무는 우리의 과거요, 현실이요, 미래를 대변한다. 특히 한영숙류의 승무는 인체를 통해서 표현되는 선율과 율동적인 표현을 통해서 불법 혹은 생의 의미를 쉽게 전달할 수 있는 효과적인 방법이다.

무용인으로서의 승무 수련자들은 생의 의미를 몸으로 드러내며 관중은 그 이루어지는 형상을 통해 그 의미를 이해하게 된다. 이런 관점에서 승무는 민속무용이면서도 그 수련자에게는 일종의 구도의 과정이고, 득도의 길이라는 것을 공통적으로 인식하기도 한다. 승무는 또한 정점에 다다르기 위한 고행의 과정이며, 이를 통해 환희, 카타르시스에 도달하는 직관적 법열의 경지이다.

승무를 추고 있노라면 무아의 경지로 들어갈 수 있으며, 피안의 세계를 넘나드는 천·지·인 삼재사상을 만나게 된다. 땅에서 태어나 일하고 춤추는 노동의 숭고함, 땅에 대한 찬미의 노래를 하늘에 고하고 빌며, 인간은 하늘과 땅을 연결 지어주는 중개인이며, 하늘과 땅을 알게 하는 무한한 가치를 지닌 존재가 될 수 있다. 이 우주에 떠도는 어떤 기운이 있어 그것이 하늘이요, 그것이 땅이며, 사람이다. 즉 이 셋이 삼재인 것이다.

승무는 이러한 오묘한 진리를 담은 우주의 춤이며, 우리를 생명으로 이끄는 삶을 노래하는 춤이다. 승무는 우주 자연의 생성과 변화를 포착하는 무한한 시간과 공간 안에서 이루어진다. 즉 승무는 하나의 장에서 과거와 현재와 미래가 공존하고, 우주 십방팔방이 모두 수렴되는 우주적 생성의 의미를 품고 있다.

승무는 춤을 시작하는 데 있어 무대 뒷면 중앙에 승무 북틀이 놓이고 무원 1인이 그 앞에 무대를 등지고 엎드려 있다. 북을 향하여 관객을 등 뒤로 한 점과 머리에 고깔을 써서 얼굴을 확연히 볼 수 없게 한 점은 관객에게 아첨하지 않으려는 예술 본연의 내면적 멋의 심오한 표현이다. 이 자연스러운 표현은 관객에게 호기심을 더해주며, 긴 장삼을 얼기설기 하여 공간으로 휙 길게 뿌리는 무태는 정작 깊은 인간 고뇌의 실마리가 풀리는 듯하고, 다시 풀릴 듯 엉키는 것 같다.

이것은 다른 춤에서 볼 수 없는 승무 춤만의 미적 특징이며, 장삼의 길이가 그렇게 긴 것은 인간의 날개인 팔을 최대로 길게 늘여 공중으로 날고 싶은 욕망에서인지도 모른다. 아니 신과 가까워지고 싶은 심정에서일지도 모른다.

불교에서 공의 신체관은 정신과 신체는 하나라고 보는 심신일원론으로 존재의 본질을 함축한다. 승무는 춤을 추는 사람의 마음이 춤을 추고 있는 자신의 몸과 완전히 합일하는 심신일여의 경지이다. 북의 계속적인 연타는 주술적인 힘을 발하여 관객을 몰아지경으로 이끌고 돌아간다.[1]

승무가 하나의 창작품으로서가 아니라 한국무용사의 중요한 한 줄기로 남아 있을 수 있었던 것은 이 춤이 불교 의식무용이나 무속 장단 속에 남아 있던 무용과 음악의 기본을 집대성한 춤이기 때문이다.[2]

II. 이론적 배경

1. 승무의 유래

승무는 세존께서 설법을 할 때 채화를 내리니 가섭이 웃으며 춤을 추었으

---

1) 정재만·황경숙(2000). 「불교 의식무용과 승무와의 연관성」, 『한국체육학회지』 제39권 제4호 p.1083.
2) 최원선(1998). 「승무의 구조적 분석을 통해 나타난 움직임의 특성」, 이화여자대학교 대학원 석사학위논문.

며 천사색의 잉어들이 떼를 지어 노니는 것이 승무가 되었다는 설과 또 동자 승이 스승의 일거일동을 춤으로 흉내 내어 승무가 되었다는 설 등 불교와의 연관설은 동자무기무설, 탈춤의 노장과장의 승려의 춤 등으로 유래를 점쳐보 기도 한다.

민속무의 황진이 기원설조차도 지족선사와의 연관을 갖는 것으로 보아 승무는 불교와의 연관을 부인 할 수 없다. 더구나 이 춤을 집대성하고 승무 라는 반주 음악을 염불, 타령, 북, 당악, 굿거리라고 하는 형식으로 구성한 이가 한성준인데 한성준이 이 춤을 지어 승무라 칭한 것은 불교와 깊은 인 연으로 볼 수 있다.

그의 직계 손녀딸인 한영숙과 한영섬의 말을 빌려보더라도 "할아버지께 서는 젊은 시절 너무나도 기구한 운명으로 방랑을 하게 되어 전국 각지를 돌아다니기도 하고 수덕사에 들어가 마음을 달래기도 했는데 꿈에 하얀 할 아버지가 나타나 어디를 파보라 해서 파보니 조그만 불상이 나왔다고 한다. 그래서 그 불상을 평생 모셨다고 한다." 이처럼 한성준이 승무라는 춤을 불 교의 영향을 받은 춤으로 정착시킴은 그의 가계로 내려오는 무속집안의 내 력과도 무관치 않을 것이다.

불교와 토속 신앙인 무속과 접목되어 불상거리, 제석거리 등과 밀접한 관 계가 있을 것으로 보아 한성준은 이 춤을 승려의 춤 즉 승무라 일컬은 게 아닐까 한다.

2. 승무의 전승

1) 한성준의 생애

한성준은 1874년 6월 12일 충남 홍성군 고도면 고남하도리 갈미동리에

서 한천오의 6남매 중 맏아들로 태어났다. 양친이 조부모를 모시고 농사를
지어 근근이 살아가는 살림이어서 글공부는 애초부터 할 형편이 못되었다.

그래서 한성준의 춤 인생은 아주 어렸을 때부터 시작되었다. 6,7세 때 당
시 민속춤의 대가로 알려졌으며 북장단과 줄타기로 유명한 외조부 백운채로
부터 춤과 장단 치는 것을 배우기 시작했으며 8세 때는 벌써 북치는 솜씨가
보통을 넘어 동네에서는 그를 어릿광대라 불렀고, 동네 양반 댁에서는 그의
재능을 자주 청하곤 하였다. 9세 때에는 홍패사령(紅牌使令), 백패사령(白
牌使令)을 따라 다니며 고사당 차례 등에서 춤추며 줄타기 재주 등을 하며
여행을 하였다. 그 후 14세 때에는 홍성골 서학조에게 춤과 줄타기를 삼년
간 배웠으며 17세 때 결혼을 하였으나 돌림병으로 아내를 잃었다. 이때 실
의에 빠져 덕숭산 수덕사에 입산하여 독학으로 20세까지 춤과 장단을 공부
하였다. 22세 때 신씨와 재혼 후 홍성, 태안, 안면도 지역에서 굿중패, 남사
당패, 모래굿패 등과 어울려 당굿과 각종 놀이판에 참여하였다.

그러나 한성준은 춤과, 북, 줄타기 재주 등을 연행하였으나 생활형편은
여전히 궁핍함에서 벗어나지 못하였고 두 번째 아내마저 아들 하나 낳고 세
상을 뜨자 28세 때부터 본격적인 전국 유랑의 길로 접어든다.

첫 번째 귀착지인 평양에서 그는 놀이판에서 하는 종합적 연행방식의 춤
과는 다른 세련되고 전문화된 기녀들이 추는 권번 춤을 처음으로 접하게 되
면서 평양명기들과 관찰사 생일 잔치인 부벽루놀음에 참가하여 춤출 기회를
갖기도 하는 등의 유랑생활은 후에 한성준이 우리춤을 집대성하는 데 좋은
밑거름이 되었다.

한성준이 유랑생활을 청산하고 서울에 정착하여 본격적인 무대 활동을
펼친 시기는 31세인 1908년경으로 이 무렵 서울에 1902년 원각사라는 서구
식 극장무대가 생기면서 광무대, 연흥사, 장안사, 단성사 등이 생겼고 한성
준은 원각사, 광무대 등에 출연하며 생계를 유지하곤 하였다.[3]

1926년 일본인 이시이 바꾸의 공연으로 인해 신무용이 우리나라에 알려
지면서 최승희와 조택원이 등장하였고 이시이의 권유로 한성준은 우리 춤의
기본을 가르쳐주면서 민속무용의 터전으로 우리 가락을 간추려 전하게 되었
다.[4]

그러나 이때의 한성준은 고수로서 더 유명해 당대의 명창들과 함께 1930
년경 조선성악연구회를 설립하여 음악을 담당하기도 했으며 1934년 춤만
전문으로 하는 조선음악무용연구소를 창설하여 제자를 양성하였고, 이듬해
1935년 부민관에서 첫 발표회를 가졌다. 이 같은 노력이 인정되어 1941년
5월 <모던일본>이 제정한 제2회 조선예술상을 수상하기도하였다. 이 상의
수상 소감에서 그는 "늙은 몸에 오늘 이러한 영광을 입게 되니 무어라 말해
야 할지 모르겠다. 조선춤을 전공하여 오늘 이러한 표창을 받게 된 것임에
앞으로 더욱 후진을 책임지고 지도해야 할 줄 알며, 이번 기회에 은퇴를 앞
두고 손녀 한영숙을 후계자로 삼겠다."라는 말을 남기고 일선에서 물러나게
되었다.

1941년 9월 3일 67세의 나이에 숙환이던 심장병으로 작고하였다.

한성준의 인생은 그의 다양한 춤이 말해주듯이 한말의 시대적 격변기와
함께 파란만장한 삶을 살다 갔다. 그는 유랑생활을 통해 전국 각지의 민속춤
과 장단을 설렵할 수 있는 값진 체험을 통해 전통춤을 집대성하고 계승한
진정한 광대로 춤의 명인이며 명고수로서의 이름을 후세에 남겼다.[5]

---

3) 전은경(2000). 「한성준 춤이 한국무용사에 끼친 영향」, 숙명여자대학교 전통문화예술
   대학원 석사학위논문. p.20-21.
4) 이 송(1993). 「신무용의 역사적의의」, 숙명여자대학교 석사학위논문.
5) 전은경(2000). 「한성준 춤이 한국무용사에 끼친 영향」, 숙명여자대학교 전통문화예술
   대학원 석사학위논문. p.22-23.

2) 한성준의 승무

승무는 한성준에 의해 일면 무대에 맞춰 무대예술화되었기 때문에 몸 방향이 객석을 향하는 경우가 많으며 무대의 좌우 대비 형식을 이루고 객석 중심으로 구성이 이루어진 것이라 알고 있으나 논자는 다른 견해를 갖고 있다. 이것은 본인이 궁중무용 이론을 접하면서 알게 된 사실이다. 승무를 전수받는 동안 늘 한성준의 승무가 좌·우를 항상 공간으로 쓰고 있는 것에 대한 의문은 한성준이 궁중정재를 연구했다는 사실에서 궁중정재의 정신인 중용사상과 맞물림을 알게 되었다. 즉 승무는 염불, 타령, 굿거리, 북·당악, 굿거리의 다섯 과장으로 이루어졌으며 각 과장마다 독특함으로 중복됨이 없다.

(1) 염불과장

본래 한성준대의 승무는 걸어 나오면서부터 시작했다고 한다. 그때에는 승무를 추던 곳이 춤청의 마루거나 대갓집 마루 또는 산대놀이나 탈춤들이 연희되던 마당이었을 것이다. "승무는 지금처럼 시작하지 않고 걸어 나오면서 추었다."라고 하며 한영숙 선생은 "승무는 내가 무대공연 때 엎드려 시작했더니 할아버지(한성준)께서 본래 마당이나 밖이 아니면 승무는 엎드려서 해라. 그래서 그 다음부터는 엎드려서 시작했다."고 한다. 이렇게 시작한 염불과장은 느리고 길며 전체의 춤 길이가 45분 중에 15분 정도를 차지하는 것으로 보아 1장단에 소요되는 시간이 30초나 걸린다. 이렇게 느린 움직임 때문에 춤사위는 우아하며 유연하고, 의젓한가 하면, 깊고 높다. 마치 백두산 천지에서 일어난 민족의 기운이 높고 광활한 산맥을 타고 내리며 때로는 봉우리와 때로는 낭떠러지의 천길만길의 구렁텅이로 빠져드는 것과도 같고 우람한 바위, 광활한 대지와도 같다. 염불과장은 솔직하고 대담하다. 두 팔을 벌려 숨김이 없고 무한한 수평선과 지평선으로 맞닿아 사람과 사람을 한

선상에 놓고 평등함을 가르친다. 그러면서도 염불과장은 춤의 어머니와도 같다. 한 다리를 오래 들고 서 있는 중심을 키워주며 기를 발산하게 하여 근력을 키워주며 고도의 발란스를 갖도록 해준다. 그리고 수축과 이완을 통해 생명의 소중함을 일깨워주는 과장이다. 그리고 굽히고 숙이고 합장하며 염원하는 내용이 주를 이룬다.

(2) 타령과장

타령과장은 젊음이 용솟음치며 눈부신 발전을 갖게 하는 힘과 용맹의 과장이다. 삼현타령의 늘어진 멋과 느린 허튼타령 장단은 밀고 당기는 기교와 끊고 맺는 우직함을, 덧배기와 같은 텁텁함으로 멋을 자아내도록 하는 과장이다. 주춤사위는 뛰고, 닫고, 엎고, 제치고, 휘감고 풀기, 늘리고 짖기, 저정거리기, 우쭐거리기, 너울질 등이 나타나며 남성적이고 활달한 장이다. 10여분이 소요되는 적절함이 배당된 과장이다.[6]

(3) 굿거리과장

이 과장은 인생의 삶으로 치면 40대 장년의 시기라 볼 수 있다. 세상을 살면서 많은 풍상을 겪은 인생의 맛을 알게 되는 멋과 맛의 장으로 춤사위는 기교가 더해지고, 아름다운 몸짓과 자태가 돋보이는 과장이다. 학체며 필체, 궁체가 절묘하게 이어지며 흥과 멋으로 승화되는 공간구성은 더 없이 화려하다. 끊어질 듯 이어지고, 돌아설 듯 다가서며 날아갈 듯 내려앉는 정중동의 묘미가 살아나고, 인간의 감정을 무한하게 하는 삶의 현장 그 자체라고 할 수 있다. 이 희열은 북과 당악의 장으로 솟구쳐 넘어간다.

---

6) 정용진(2002). 「승무 춤사위에 관한 분석」, 숙명여자대학교 전통문화예술대학원 석사학위논문.

(4) 북 · 당악과장

"극도의 희열은 눈물로 나타나고, 절정의 슬픔도 눈물로 나타난다."고 한 것처럼 북·당악과장의 절정은 북을 두드리는 번뇌의 표현일 수도 있고, 희열의 몸부림일 수도 있다. 때로는 청천벽력처럼 또 때로는 파도와도 같고 회오리와도 같다. 극도에 달한 몸부림은 당악춤의 자진 디딤세로 절정을 이룬다. 그 어느 춤보다도 길고 느리고 무거운 춤사위에서부터 이렇게 휘몰아치는 움직임의 극치를 이루는 춤이 존재하는가? 승무의 절정인 북·당악과장은 많은 사람들이 기대하는 박수의 장이며 아수라장이다. 그러나 한영숙 선생께서는 "너무 사람의 마음을 읽어서 박수를 유도해내려 한다면 참 맛의 춤을 추어내기 어렵다. 춤은 타협할 것이 아니라 진실한 자기를 그대로 드러내야 한다. 이 진실은 수 천만번의 헛손질을 통해서만 얻어진다."고 하셨다고 한다.

(5) 굿거리과장

이 세상 모든 이치는 시작이 있으면 끝이 있게 마련이다. 다섯 과장의 긴 승무도 마지막 굿거리과장에서는 숙연하고 정비된 자세로 추어야 한다. 모든 춤사위를 연풍대로 몰아 왼쪽 방향으로 돌아가며 끝을 내되 완전한 끝으로 맺는 것이 아니라, 윤회하고 재생하는 새로움으로써 왼쪽 방향으로 돌아 마무리를 하는 것이지 종말을 나타내는 것이 아니다. 승무는 마지막 춤사위 속에 삶의 철학을 담아 표출한 인생 여정을 노래한 것인지도 모른다.[7]

---

7) 정용진(2002). 「승무춤사위에 관한분석」, 숙명여자대학교 전통문화예술대학원 석사학위논문.

III. 결론

이상에서 살펴본 바와 같이 승무는 인간 세계의 천·지·인 삼재의 원리에 입각한 미적가치를 지니고 있으며 불교 의식무용과는 의미 있는 관계가 지속되어 왔으며 상호 관련이 있음을 알 수 있다.

먼저 춤사위에서 승무와 불교 의식무용과의 상호 연관성을 찾을 수 있다.

즉 승무의 특징인 정중동의 움직임이 불교 의식무용에서도 동일하게 나타나고 있으며 승무를 처음 시작할 때 합장하는 춤사위는 불교의식무용의 하나인 나비춤의 춤사위에서도 동일하게 나타나며 승무에서 마치 꼬리를 펴는 듯한 학체사위 또한 불교 의식무용의 나비춤에서도 유사한 동작임을 알 수 있다. 또한 승무에서 장삼을 여미는 동작과 나비춤에서 팔을 여미는 춤사위가 유사함을 알 수 있다.

또한 승무라는 춤의 명칭에서도 승(僧)자가 불교의 스님을 의미하듯이 조지훈의 시 <승무>의 구절 중 "…… 파르라니 깎은 머리 박사(薄紗) 고깔에 감추오고……"에서 깎은 머리는 승무가 불교와 밀접한 관련이 있음을 간접적으로 표현한 것이 아닌가 생각한다. 상술하였듯이 장삼에 붉은 가사를 두르고 고깔을 사용하는 것으로 보아 승무와 불교 의식무용의 무복이 상호 유사한 것임을 알 수 있다.

승무에서 법고를 치면서 춤을 추는 부분은 불교의 의식무용 중 법고춤의 영향을 받은 것으로 생각된다. 불교 의식무용에서 법고춤은 춤의 분위기가 엄숙하고 점차 장단이 빨라져서 흥을 유발하지만 충분히 절제하므로 종교적 분위기를 자아낸다. 승무에서도 염불과장부터 굿거리 과장의 다섯 과장을 지나는 동안 무아지경에 몰입되는 듯하지만 절정에 이르러 연풍대를 돌며 합장하고 끝을 맺는 정제된 절제미는 불교 의식무용과 맥을 같이 하고 있다.

승무에서의 발디딤은 일반 전통무용에서와 같이 불교 의식무용에서의 비

정비팔(比丁比八)디딤 보법과 같다. 즉 승무의 발디딤은 불교 의식무용의 발디딤과 맥을 같이 하고 있다. 그 예로써 한성준과 불교의 관계이다. 한성준의 생애에 있어서 불교 의식무용과 승무와의 인연을 입증하는 중요한 자료는 한성준의 손녀딸인 한영숙의 의붓자매 한영섬에 의해 전해지고 있다. 그녀의 할아버지인 한성준은 평생 동안 조그만 불상을 모셨는데 그 불상은 현몽한 노인이 어느 한 곳을 지정하여 그곳을 파보니 조그만 불상이 나왔으며 그 불상을 평생 모셨다고 한다. 그리고 수덕사에서 머문 한성준의 행적으로 보아 한성준이 완성한 승무는 불교와 밀접한 관계를 갖고 있음을 추정할 수 있다.

승무는 간결하고 단조로운 동작들의 반복으로 서서히 그 주제의 의미가 드러나게 되는 의식의 춤이다. 이것은 불교 의식무용에서 시간의 제약을 넘어 되풀이되는 반복의 축적, 윤회의 미적 체험을 낳는다. 승무의 본질적 의미는 직선의 움직임으로 보이지만 그것은 곡선의 움직임이며 그것의 연결은 다시 끝없는 원의 움직임으로 이어짐을 알 수 있다. 승무의 춤이 이처럼 연결되어 이어지는 것은 자연의 순환 반복과정으로써 불교의 윤회사상과 동일한 의미의 표출이며 또한 불교 의식무용의 나비춤과 승무의 춤에서 나타나는 정중동의 움직임과 함께 철학적 의미의 공통적 내용으로 보아 승무가 불교적 환경 아래서 성장 하였다는 것을 알 수 있다.

특히 승무와 불교 의식무용과의 가장 깊은 연관성이 있음을 나타내는 내용은 반주 음악에서 염불과장, 악기편성의 삼현육각, 무복 등에서 찾을 수 있다.

승무에서 많은 영향을 끼쳤던 불교 의식무용과의 연관성을 탐색한 결과 다음과 같은 결론을 얻었다.

① 승무의 특징인 정중동의 움직임이 불교 의식무용에서도 동일하게 나타나고 있으며 승무를 처음 시작할 때 합장을 하는 춤사위는 불교 의식무용

의 하나인 나비춤의 춤사위에서도 볼 수 있으며 승무의 학체사위 또한 유사한 동작임을 알 수 있다.

② 승무에서 법고를 치면서 춤을 추는 부분은 불교 의식무용 중 법고춤의 영향을 받은 것이다.

③ 승무에서의 발디딤은 일반 전통무용에서와 같이 불교 의식무용의 비정비팔(比丁比八)디딤 보법과 같다.

④ 승무는 간결하고 단조로운 동작들의 반복으로 서서히 그 주제의 의미가 드러나게 되는 의식의 춤이다. 이것은 불교 의식무용에서 시간의 제약을 넘어 되풀이되는 반복의 축적, 윤회의 미적 체험을 낳는다.

⑤ 반주 음악에서 염불과장, 악기편성의 삼현육각, 무복 등은 승무와 불교 의식무용에서 동일하게 사용하고 있으므로 상호 깊은 연관성을 나타내고 있다.

참고문헌

1. 학위 논문

한영숙(1978). 「현행 승무의 고찰」, 『수도여자사범대학 논문집』 7

이 송(1993). 「신무용의 역사적의의」, 숙명여자대학교 석사학위논문.

최원선(1998). 「승무의 구조적 분석을 통해 나타난 움직임의 특성」, 이화여자대학교
　　　　대학원 석사학위논문.

정재만·황경숙(2000). 「불교 의식무용과 승무와의 연관성」, 『한국체육학회지』 제
　　　　39권 제4호

전은경(2000). 「한성준 춤이 한국무용사에 끼친 영향」, 숙명여자대학교 전통문화예
　　　　술대학원 석사학위논문.

정용진(2002). 「승무춤사위에 관한분석」, 숙명여자대학교 전통문화예술대학원 석사
　　　　학위논문.

2. 정기 간행물

문화관광부(1998). 성기숙-『문화인물 한성준』, 문화관광부. 문화예술진흥원

무용한국(1990). 정재만-『영원한 나의 춤모 -벽사 한영숙』, 서울. 35(23)

무용예술(1994). 성기숙-「우리의 맥-. 근대 전통춤의 아버지 한성준의 신화와 실화」
　　　　제1회 11,12호. 『무용예술사』

무용예술(1995). 성기숙-「우리의 맥-. 근대 전통춤의 아버지 한성준의 신화와 실화」
　　　　제2회 3,4호. 『무용예술사』

무용예술(1995). 성기숙-「우리의 맥-. 근대 전통춤의 아버지 한성준의 신화와 실화」
　　　　제3회 7,8호. 『무용예술사』

무용예술(1995). 성기숙-「우리의 맥-. 근대 전통춤의 아버지 한성준의 신화와 실화」
　　　　제4회 9,10호. 『무용예술사』

무용예술(1996). 성기숙-「우리의 맥-. 근대 전통춤의 아버지 한성준의 신화와 실화」
　　　　제5회 1,2호. 『무용예술사』

영산재 의식의 문화콘텐츠화

김 영 렬

I. 시작하는 말

기원전 6C에 인도에서 발생한 불교가 중국을 통하여 우리나라에 처음 유입된 것은 고구려 소수림왕 2년(372)이고, 백제 침류왕 원년(384) 신라 법흥왕(527)에는 불교가 국교로 공인되었다. 지금까지 무려 1600년이나 넘는 세월을 우리는 불교와 같이 살아왔다. 따라서 불교는 우리에게 단순한 종교로서만이 아니라 인도와 중국의 문화를 수용·포용하면서 불교문화를 형성하였으며, 전반적인 문화현상으로서 민족문화의 모체역할을 하였다.

이렇게 하여 받아들여진 불교문화는 민간신앙이나 고유습속 등 전래의 문화와 잘 융합되면서 훌륭한 민족문화로 재탄생되었다. 외래문화인 불교가 전래되는 과정에는 교리인 경전뿐만 아니라 의식도 함께 들어왔다. 그 의식의 하나인 영산재(靈山齋)는 석가모니 부처님이 인도 영취산(靈鷲山)에서 법화경을 설하실 때의 모습을 상징화한 의식의 한 형식이다. 따라서 오늘날 영산재를 여는 것은 대중들로 하여금 불법 인연을 짓고, 업장을 소멸시키고 깨우침을 얻고자 함이다. 이러한 영산재가 언제부터 시작되었는지 확실하지는 않다. 그러나 영산재를 구성하는 음악적 요소인 범패(梵唄)가 삼국유사 월명사조(月明師條)와 진감국사비명[1]에 기록되어 있는 것으로 보아 신라 시대부터 있었음을 알 수 있다. 불교와 함께 불교의례는 오랜 역사 속에서 사회에 수용되고 뿌리를 내림으로써 민중의 삶과 생활 속에서 신앙되고 실 천되어 왔다. 즉 '상구보리 하화중생(上求菩提 下化衆生)'의 대승불교의 교의를 바탕으로 구성되어 있다.[2] 위로는 불교의 최고 이상인 정각(正覺)의 지혜를 얻고, 아래로 중생과 함께 고통을 나누며 공생한다는 뜻이다. 한국불 교가 대승적 위치를 견지해 나가는 한 불교에 있어서 의식은 수행과 동시에 대중포교로서 꼭 필요하다,

영산재의 무대화 작업은 이러한 맥락에서 살펴볼 때 과거의 불교문화 유 산을 축제화, 국제화시켜 세계적인 문화콘텐츠로 만드는 작업의 일환으로서 그 의미를 지닌다. 즉 영산재의 무대화 작업을 통해서 국가의 안녕 기원, 국 악사의 발전, 일체 중생의 깨달음을 위한 의식을 재현하는 것이다. 2500년 전 부처님 당시의 영산재 의식을 이 땅에 되살리고 국악의 악(樂), 가(歌). 무(舞)와 불교의 악, 가, 무를 무대화를 통해 전승 보전 및 세계적인 공연예 술 작품으로 발전시키려는 것이다.

본고에서는 불교문화예술 분야 중에서 음악, 무용, 미술을 포함한 종합예 술로서의 가치가 큰 영산재를 어떻게 무대공연화 할 것인가에 대하여 살펴 보고자 한다.

---

1) 『진감선사비명록』, 하동문화원, 2002, p.121.
2) 홍윤식, 「전통불교의식의 현황과 영산재」, 중요무형문화재 제50호 영산재 보존회, 2003.

Ⅱ. 영산재의 구성과 절차

1. 영산재의 구성

영산재는 불교의식의 형식을 빌려 심오한 교리를 음악(범패), 미술(장엄), 무용(작법)과 연극적 요소 등 우리 전통문화의 중요한 문화 요소들을 다양하게 내포하고 있다. 영산재는 불교에 있어 가장 이상적인 법회 모임인 영산회상을 상징화한 의식으로 도량의 설치가 장엄의 극치를 이룬다. 그리고 음악적 요소와 무용적 요소를 곁들여 연극적 효과를 내고 있다는 점에서 그 전통적 의미가 높이 평가되는 것이다.

음악적 구성으로의 범패는 장단과 화성이 없는 단성시율(單聲施律)로서 악보가 없이 구음으로 전해지므로 배우기가 어렵다. 범패는 크게 안채비와 바깥채비 화청으로 구성된다. 안채비는 순수 불교의 의식절차로 법당 안에서 이루어지며 가사내용은 한문으로 된 산문체로 그 절의 학덕이 높은 스님이 주관한다. 바깥채비는 야외에서 진행되므로 법당을 상징하는 괘불을 내어 걸고, 대중의 이목을 집중하기 위해 고성(高聲)으로 굴곡이 두드러진다. 바깥채비는 홋소리(범패)와 짓소리(범음)로 이루어지는데 홋소리는 절구인 한시 형태로 소리의 길이가 짧다. 짓소리는 대중들이 제창하여 무리지어 소리가 난다. 두 가지 다 음악적으로 뛰어나서 불교음악의 정수라 할 수 있다. 회향의식인 화청은 서도 소리조로 엇모리 장단에 맞추어 인과법(因果法)과 세월의 무상함을 주제로 한다. 오늘날 우리나라의 범패와 범음은 그 가사와 곡이 모두 한국적이거나 한국적으로 수용한 것으로 우리의 전통적인 민속음악인 가곡과 회심곡 등에 큰 영향을 주었다.[3] 범패는 판소리 가곡과 더불

---

3) 심상현, 『영산재』, 국립문화재연구소, 2003. p.18.

어 우리나라 전통 성악곡의 3대 장르로 꼽히는 문화유산이다.

무용적 구성인 불교무용 작법무4)에는 크게 4가지가 있는데 바라춤, 나비춤, 법고춤, 타주춤을 말한다. 이러한 춤들은 의식 진행시 범패의 가사에 따라 무용이 이루어진다. 바라춤은 바라를 이용하여 빠른 춤사위로 남성적이다. 그에 반해 나비춤은 착복무라고도 하며 양손에 연꽃을 들고 선녀가 춤을 추듯이 잔잔한 여성적인 춤사위이다. 법고춤은 큰 북을 두드려 축생의 고통까지도 없애주는 춤으로 느리게 빠르게 느리게 진행된다. 타주춤은 영산재의 식당작법에서만 행해지는 의식으로 공양을 찬탄하는 의식이다. 이 때 입는 의상은 나비춤, 타주춤에는 육수장삼을, 바라춤에는 가사장삼에 고깔을 쓰고, 법고춤에는 육수장삼과 가사장삼의 의상을 입는다.

영산재 진행을 위한 악기는 북, 운판, 목어, 징, 요령, 목탁, 광쇠, 대사물 및 소사물이 필요하다. 영산재는 야외에서 진행되므로 괘불을 내어걸고 단을 설치하여 불국토를 꾸미고 명호를 적은 번(幡)과 지화(紙花)로 도량을 화려하게 꾸민다.

2. 영산재의 절차

'1일 권공(勸供) 3일 영산(靈山)'이라고 하는 영산재는 3일 동안 낮과 밤에 진행되는 규모가 크고 절차가 매우 복잡한 의식이다. 첫날은 시련, 대령, 관욕 둘째날에는 조전점안, 신중작법, 괘불이운을 한 후, 상단권공과 영산재의 꽃이라 할 수 있는 식당작법(食堂作法)을 하고, 마지막 날에는 운수상단권공, 중단권공, 신중퇴공, 봉송및 소대의식의 13단계를 거치면서 진행된다.

우선 의식도량을 상징화하기 위해 야외에 영산회상도를 내어 거는 괘불

---

4) 승려의 모든 언행을 통칭하여 작법이라고 하는데, 법회에서 법열을 나타내기 위해 추는 춤을 작법무라고 한다.

이운(掛佛移運)으로 시작하여 괘불 앞에서 찬불의식을 갖는다. 괘불은 정면 한가운데 걸고 그 앞에 불단을 세우는데 불보살을 모시는 상단, 신중(神衆)을 모시는 중단, 영가를 모시는 하단 등 삼단이 있다. 그 뒤 영가를 모셔오는 시련(侍輦), 영가를 대접하는 대령(對靈), 영가가 생전에 지은 탐·진·치의 삼독을 씻어내는 의식인 관욕(灌浴)이 행해진다. 명부세계에 사용되는 금은전을 점안하는 조전점안(造錢點眼)과 불법을 옹호하는 신중을 모셔오는 신중작법(神衆作法)을 한다. 다음 상단에 안치되어 있는 불보살에게 공양을 드리는 상단권공(上壇勸供)을 하며 영산재의 핵심을 이루는 절차인 식당작법에 들어가면서 절정을 이룬다. 죽은 영혼이 극락왕생하기를 바라는 찬불의례가 뒤를 잇는다. 이렇게 권공의식을 마치면 재를 치르는 사람들의 보다 구체적인 소원을 비는 축원문이 낭독된다

이와 같은 본의식이 끝나면 영산재에 참여한 모든 대중들이 다 함께 하는 회향의식이 거행된다. 본의식은 주로 스님들에 의하여 이루어지나, 회향의식은 의식에 참여한 모든 대중이 다같이 참여한다는 데 특징이 있다. 마지막으로 의식에 청했던 대중들을 돌려보내는 봉송(奉送)의례가 이루어진다. 소대의식(燒臺儀式)은 의식에 사용된 영혼에게 입힌 옷가지와 갖가지 장엄용구 등을 불사르는 의식이다.

III. 영산재의 무대공연화

1. 영산재의 형상화

현재 중요 무형문화재 제 50호로 지정된 영산재는 불교의 재(齋) 가운데

가장 큰 규모로 범패와 작법무를 중심으로 3일에 걸쳐 진행되었으나 요즘은 1일 영산재로 축소해서 거행되고 있다. 3일간에 걸쳐서 진행되었던 재의식을 하루로 축소하는 데에는 적지 않은 무리가 따르지만 사회는 현대화 · 세계화 · 정보화 시대로 하루가 다르게 급속도로 변하고 있다. 바쁜 현대인들의 구미에 맞추어 변화하지 않고는 살아남을 수 없는 냉엄한 현실이 불교계에도 적용되고 있다. 그러므로 무대공연에서는 3일간 행해지던 영산재의 장소는 상징적으로 표현하고, 내용은 연극적인 효과를 얻을 수 있는 것을 가려 연출자가 전하고자 하는 메시지를 전달하여야 한다. 또한 범패나 화청과 같은 음악적 요소와 바라춤, 법고춤, 나비춤, 타주춤과 같은 시각적인 볼거리를 제공하고, 불자라면 익히 알고 있는 반야심경이나 대다라니경은 참여한 관객들과 같이 제창하도록 하여 흥미를 유발시키도록 한다.

2. 영산재의 재구성[5]

우리의 삶이 연극이라면 연출은 자신만의 독특한 삶 속에 살아 있다. 작가는 작품을 통해서 자기가 하고 싶은 말을 전하고, 연극연출가나 영화감독들은 형상화한 무대나 스크린을 통해 관객들에게 생생한 삶의 메시지를 전한다. 그러므로 영산재의 무대화 가능성을 관찰하고 과학적으로 분석해서 연출의 방향을 결정하여야 한다. 산사의 사계절 풍경을 대비시켜 의식을 상징화하였다. 영산재의 무대를 인생의 생로병사와 견주어 봄, 여름, 가을, 겨울 사계의 모습으로 만들었다. 극의 순서는 네 장면으로 나누어 전개된다.

---

5) 영산재 국립국악원 2001년 공연을 중심으로 쓴 김영렬, 「영산재 무대화에 관한 연구」, 동국대학교 문화예술대학원 석사학위논문, 2002. 참조.

제1장(기) 담록 및 미명을 깨우는 빛과 소리 - 春 · 아침예불
제2장(승) 대숲에 듣는 소리 - 夏 · 대령, 관욕의식
제3장(전) 붉게 익어가는 가을 - 秋 · 상단권공
제4장(결) 돌려주는 계절 - 冬 · 회향의식

영산재는 도량에 불, 보살, 용호신중, 영가를 모시는 시련(侍輦)의식부터 시작한다.

제1장에서는 여명을 알리는 안개 낀 산사의 영상과 사찰에서 매일 행하는 아침예불을 통하여 미명을 깨우는 빛과 소리로서 연극적 요소를 살리고자 하였다.

제2장은 여름을 나타내는 낙숫물 소리와 영가에게 간단한 공양을 대접하는 대령(對靈), 영가가 불법을 듣기 전에 사바세계에서 지은 삼독(탐, 진, 치)을 부처님의 감로수로 깨끗이 씻어드리는 관욕(灌浴)의식이 펼쳐진다.

제3장에서는 붉게 익어가는 가을로 저녁 황혼의 빛이 무대에 감돈다. 괘불에 원형의 네온이 비치면 성스러운 분위기가 감돈다. 영산재의 상단권공(괘불이운, 건회소, 향등화 공양, 삼직찬, 개계소와 찬탄, 영산대개계와 찬탄, 대회소, 영산육거불에 대한 공양의례, 6법공양)이 행해진다. 영산회상곡과 스님들의 바라춤이 이어지며 영산재의 절정인 식당작법이 펼쳐진다. 식당작법은 영산재에 동참한 모든 대중스님들이 식당에 모여 공양하는 의식으로 공양시 범음, 범패, 사물(종, 목어, 운판, 북)을 비롯한 각종 법구가 동원되고, 작법무가 베풀어진다. 수자는 공양을 받아 삼보를 생각하고 팔정도의 수행 가르침을 받아 깨달음을 성취함은 물론 배고픔에 고통 받는 아귀중생에게까지 공양을 베풀어 부처님의 참된 가르침을 깨닫게 하는 과정이다.

제4장 겨울은 새로운 봄을 맞이하기 위하여 잎을 떨구며 돌려주는 계절로 눈발이 날리고 어둠이 내린다. 구슬픈 가락의 회심곡이 자막과 함께 흘러나온다. 부처님의 가없는 자비에 숙연해지면서 가슴 뭉클한 진한 감동이 전

해진다. 관객들은 영산재를 보면서 예술적 카타르시스를 느끼고, 동시에 각자 자기의 삶을 돌이켜보면서 어떻게 살아야 할 것인가를 생각하게 한다.

무대가 바뀌어 마당에는 탑이 세워져 있고 소대의식(燒臺儀式)으로 장엄을 불사르고 있다. 삼현육각과 사물가락의 음악이 어우러지면서 탑돌이가 시작된다. 소대의식은 영산재 도량에 모신 불, 보살, 수호신, 영혼을 돌려보내는 회향의식으로 의식에 사용된 영혼에게 입힌 옷가지와 갖가지 장엄용구 등을 불사르는 의식이다. 구상화된 모든 물건은 다시 공(空)의 상태로 돌아간 것임을 상징한다. 이것으로 공연은 막을 내린다.

Ⅳ. 무대에 올려진 영산재의 특징

1. 무대화의 연출 분위기

영산재는 영가천도를 목적으로 하지만 그것은 자신에게 닥칠 사후세계에 대한 가장 절실한 문제이기도 하므로 진지하고 엄숙한 분위기를 잃지 말아야 한다. 영산제에는 전통의식과 더불어 음악과 무용이 자연스럽게 녹아 들어가 있는 한국적인 뮤지컬의 형태를 나타내고 있다. 음악을 비롯한 전체적인 흐름이 동양적인 느낌에 맞추어 '물 흐르듯'이 관객들에게 편안하고 한가로운 분위기를 유도하였다.

2. 주인공과 관객의 동참

마당놀이 형태로 야외에서 진행되어 위로는 시방삼세 부처님과 아래로는 아귀들까지 모든 대중들이 참여하는 놀이적 성격을 가지고 있다. 예불은 그 법당에 있는 사람들만의 것이 아니다. 지옥과 하늘, 날짐승과 길짐승, 새와 벌레, 관객이 함께 부처님께 예배드리기 위해 모여 있는 것이다. 관욕(灌浴) 시 반야심경이나 괘불이운(掛佛移運)시 신묘장구대다라니경을 관객들이 같이 따라서 독송함으로서 관객을 무대 안으로 끌어들이고 있다. 즉 영가천도를 통하여 주체자들이 일방적으로 만들어진 공연이 아니라 모두가 함께 참여하여 만들어지는 것임을 알 수 있다.

3. 극중 장소와 공연장의 설정

죽은 영가 자체가 살아있는 실존인물이 아니라 우리의 상상 속에 또는 생각 속에 자리 잡고 있는 의식이다. 따라서 천상과 현세를 경계 없이 드나들며 시간과 공간의 이동도 극히 자연스럽게 이루어진다. 극중 배경이 되는 장소는 야외에 설치되어 있으므로 폐쇄된 서양의 연극과는 달리 확트인 도량에서 하는 것으로 승속을 불문하고 누구나 참여할 수 있는 '열린 공간'이라는 의미가 포함되어 있다. 이는 불교가 가지고 있는 누구나 받아들이고 포용하는 '하화중생'의 교리와도 일치한다.

4. 인생의 생로병사와 사계의 대비

인간의 탄생을 봄으로 비유하고 있다. 어머니의 자궁과 같은 어두운 미명 속에서 새벽을 깨우는 풍경소리가 들리고 초를 밝히고 향을 피워 아침예불로서 영산재의 막을 올린다. 여름은 인생이 한창때이고 더운 여름을 식히는 빗소리와 함께 사바세계에서 지은 삼독(탐, 진, 치)을 씻어내는 관욕(灌浴)이 진행된다. 가을은 단풍이 아름답게 물 들은 것과 같은 괘불과 원형의 네

온으로 신비로움과 장엄함을 더한다. 영산재의 절정인 식당작법이 진행되면서 범패(홋소리, 짓소리)와 사물을 비롯한 각종 법구가 동원되어 작법무가 화려하게 어울어진다. 겨울은 인생을 마감하는 계절로 청아한 회심곡이 들리면 눈발이 내린다. 무대를 이동하여 소대의식(燒臺儀式)을 끝으로 막을 내린다. 인간이 태어나 죽음이라는 공(空)의 상태로 돌아갔다 다시 태어나는 윤회를 상징한다.

5. 식당작법

우리는 하루에 세 끼의 식사를 한다. 너무나 일상적이고 평범한 일이어서 우리는 '일상다반사'라는 말이 생길 정도로 흔한 일이다. 그런데 영산재의 백미에 해당하는 것이 식당작법(食堂作法)이라고 할 수 있다. 일반인들로서는 도저히 납득하기 어려운 의식이다.

그렇다면 식당작법에는 어떠한 깊은 의미가 있는가?

식당작법은 불교의 생명관에 의한 공양의 의미를 상징적으로 표현한 공양의례이다.[6] 공양에는 불제자로서 바른 식사와 몸가짐 그리고 마음가짐이 대전제가 되며 이 때 올리는 물질적 공양은 곧 청정한 신심과 귀의라는 상징적 의미를 갖는다. 따라서 승속(僧俗)은 물론 천부(天部), 귀중(鬼衆)도 동참이 가능하다. 이 때 반야심경 전문이 인용되고 있음에서 알 수 있듯이 공사상을 근저에 두고 '상구보리 하화중생(上求菩提 下化衆生)'의 보살도 실천을 발원하고 있다.[7] 이같이 평범하고 일상적인 공양에 깊은 의미를 부여한 예는 세계 어느 나라에서도 찾아보기 힘들 것이다. 그러한 점에서 우리는 영산재를 다시금 높이 평가하게 된다.

---

6) 홍윤식, 『영산재』, 대원사, p.95.
7) 심상현, 앞의 책, p.276.

V. 영산재의 문화콘텐츠화

문화를 한 마디로 정의하기는 대단히 어렵지만 인간 생활에 존재하는 유형 또는 무형의 잠재된 실체라고 할 수 있다. 종래의 문화는 부유층의 전유물로서 지적이거나 사치스러운 사람들이 누리는 것으로 인식되었다. 그러나 컴퓨터 기술개발로 인하여 문화에 대한 트랜드가 바뀌고 있다. 21세기 첨단 대중매체는 문화산업을 Ubiquitous Culture화, 콘텐츠의 네트워크화로 어디서나 볼 수 있게 되었다. 그동안 우리는 불교를 소재로 한 영화와 애니메이션, 게임, 캐릭터와 같은 콘텐츠화한 예를 볼 수가 있다.[8] 그러므로 전통문화로서 충분한 예술적 가치가 있는 영산재를 콘텐츠화하여 소설, 영화, 게임, 만화, 애니메이션, 애듀테인먼트 콘텐츠, 캐릭터로 새롭게 태어날 수 있는 것이다. 본고에서는 영산재를 무대화하였을 때 가능성 있는 콘텐츠를 몇 가지 소개하고자 한다.

1. 의상

경건한 의식에서 입는 가사 장삼은 어딘지 모르게 위엄이 서려있다. 그러나 나비춤에 등장하는 의상은 하얀 백색 장삼과 바닥에 늘어진 육수가사위에 영자를 빨간 끈으로 고정시키고 탑을 형상화한 고깔을 쓰고 너울거리며 춤추는 모습은 마치 패션쇼를 연상하게 한다. 빨강, 노랑, 파랑과 흰색의 대비 속에서 어울어짐은 마치 괘불탱화와 단청의 화려함이 떠오른다. 가장 한국적인 빛깔로 우리 선조들은 예로부터 신성한 불교탱화에는 석채를 사용하

---

8) 영화는 「달마야 놀자」, 「달마야 서울가자」, 김기덕 감독의 「봄 여름 가을 겨울 그리고 봄」 애니메이션 「달마의 시간여행」, 「오세암」, 반야심경을 키보드로 치는 게임 등

여 그림을 그렸다. 그러므로 몇백년이 지나도 변하지 않는 색채감을 유지하고 있다. 따라서 원색이라 하더라도 촌스러움이 아니라 깊이감이 있는 색깔을 표준화하여 패션산업으로 연결시킬 수 있다.

2. 법고무

우리는 '난타'가 세계시장에서 호평을 받고 있는 것을 잘 알고 있다. 난타가 성공을 거두기 전에 일본에는 다이코(太鼓)가 있었지만 부엌에서 일어나는 에피소드를 콘텐츠화하여 말이 없이 행동으로 소리를 보여주는 비언어극으로 국경을 뛰어넘을 수 있었다. 뿐만 아니라 그 가락은 사물놀이를 변형해서 만든 것으로 외국인들도 우리의 가락을 즐기며 한국의 문화와 정신을 접하는 계기를 마련한 것이다. 따라서 전통 소고무나 법고무의 경우에도 OSMU(One Source Multi Use)를 최대한 활용할 수 있는 좋은 제재라고 생각한다.

법고무는 처음에는 느리게 시작하다가 점점 빨라진 후 다시 느리게 마무리를 한다. 북소리의 빠르기에 따라 몸동작도 빨라져서 법고무를 통하여 보는 이로 하여금 손에 땀을 쥐게 하고 숨을 몰아쉬게 하는 긴장감이 돌지만 희노애락과 번뇌를 떨쳐버리고 이내 서서히 조용히 안정을 찾게 된다. 이와 같이 법고무의 경우에는 단순한 타악기로서가 아니라 사람의 마음을 움직이는 생명의 소리, 신비의 소리, 우리의 소리로 콘텐츠화 한다면 충분한 가능성이 있다고 생각한다.

3. 발우공양

식당작법은 불보살과 영가들에게 올렸던 공양물을 대중들이 다 함께 발우 공양을 한다. 말을 하지 않고 눈빛과 손동작으로 의사소통을 한다. 조용히 좌정하고 앉아 있는 상태에서 모든 공양물은 차례차례 건너온다. 밥 또는 국은 시자가 나누어주는 경우도 있다. 청수물이나 숭늉의 경우 그만 하고 싶을 때는 말없이 두 손에 들고 있던 발우를 약간 흔들면 그만 하겠다는 약속이다. 물론 자기 몫은 다 먹어야 한다. 마지막에 남아있는 찌꺼기조차 숭늉으로 씻어서 다 마시고는 말끔히 한 후에 청수물로 헹구어서 발우를 쌌던 헝겊으로 닦아서 발우를 정리정돈을 한다. 이때 조금이라도 큰 찌꺼기가 남아있다면 목구멍이 좁아 청수물만 겨우 넘기는 아귀가 목이 메어 죽는 것을 생각하고 자비심을 생각해야한다. 여기에서 우리는 뷔페가 서양에서 들어온 것이 아니라 사찰의 발우공양이 원조임을 알 수 있다. 또한 뷔페의 특징은 먹을 때마다 직접 가서 갔다가 먹어야 하는 불편함이 있지만 발우공양은 앉은 자리에서 음식이 차례차례 이동해오면서 먹을 만큼만 덜어서 먹는 합리적인 방법이다. 많은 사람들이 한꺼번에 공양을 해야 할 때에 일손을 덜 목적으로 시작되었지만 남아서 버리는 음식이 없어서 경제적이며, 남은 음식은 다른 사람이 손대지 않은 깨끗한 음식이므로 정갈하고 위생적이다. 게다가 사찰 음식은 동물성과 마늘이나 파같은 자극적인 재료를 사용하지 않아 웰빙 식품으로 적합한 음식이다. 칼로리는 적지만 균형적인 식사로 권할만 음식인 것이다. 요즘 시행되고 있는 템플스테이에서 활용하면 좋은 효과를 볼 수 있을 것이다.

4. 탑돌이

탑돌이는 불교명절이나 큰 재가 있을 때 많은 신도들이 참가하여 탑을 돌면서 염불을 하고 부처님의 공덕을 찬양하고 극락왕생을 기원하였다. 탑을 중심으로 시계 방향으로 도는데 그 이유는 단순하게 부처님께 복을 비는 기도가 아니라 우주 속에 잠재되어 있는 무한한 에너지를 자신의 염원과 연결하여 실현하고자 함이다. 이것이 전래되면서 집단화되고 형식을 갖춘 탑돌이 의식으로까지 발전하여 불교 신도 뿐만 아니라 일반 주민들까지 참가하는 민속놀이의 하나가 되었다. 탑돌이 할 때의 걸음걸이는 '느림의 미학'의 진수를 맞볼 수 있다. 베트남의 틱낫한 스님은 '걷기명상'과 '멈춤수행'을 통하여 과거로부터도 미래로부터도 일로부터도 자유로워질 수 있고, 진정으로 현재의 순간에 존재할 수 있다고 하였다.[9] 우리는 근대화 이후 '빨리 빨리'를 강조하다 보니 자신을 뒤돌아볼 겨를도 없이 달려온 셈이다. 물질적으로는 조금 빨리 성취했을지는 몰라도 정신적으로는 뒤따라가지 못하는데서 나타난 문화지체현상을 극복하기 위한 정신수양의 도구로서 탑돌이가 현대인에게 필요하다. 또한 삼국유사에 음력 이월 초8일에서 보름까지 탑돌이를 하는 풍속이 있는데 원성왕대에 젊은 남녀가 사랑을 키워간 이야기가 있다.[10] 요즘 젊은 연인들 사이에 발렌타인데이라고 해서 초콜릿을 주고받는 풍조가 유행하고 있다. 우리의식에 맞지도 않는 외래풍조를 따라가기보다는 탑돌이를 통해서 건전하게 연인들을 맺어주는 계기를 만든다면 젊은이들을 자연스럽게 사찰 안으로 끌어들일 수 있는 기회가 되며, 친근감있고 인생의 의미있는 장소로서 영원히 가슴속에 간직하게 될 것이다.

5. 공연의 상설화

아무리 좋은 내용이라 하더라도 공연 시간이 너무 길고, 내용이 난해하여 의미 전달이 잘 안 되면 지루하여 흥미를 잃기 쉽다. 그러므로 원본의 의미

9) 틱낫한, 『화』, 명진출판, 2002. p.53.
10) 일연, 『삼국유사』, 을유문화사, 2004. p.536.

를 최대한 살리는 범위 안에서 내용을 재구성하여 무대용 작품을 만들어 공
연하여야 한다. 그러나 영산재는 종합적인 예술성을 갖고 있으므로 내용을
압축하여 알리는 것도 여러 가지 제약이 뒤따른다. 따라서 총체적인 공연은
1년에 한 두 번 한다 하더라도 사찰이나 전통예술공연장에 상설무대를 만들
어 주요장면을 주제별로 선별하여 압축해서 공연을 하는 것이다. 공연이 끝
난 뒤에는 관객이 직접 참여하여 악기를 만지거나 소리를 내보도록 한다거
나 긴소매 의상, 종이꽃 등을 나눠 주고 간단한 춤동작을 직접 추면서 카타
르시스를 느낄 수 있도록 한다. 초파일 연등을 만들어 본 경험을 가진 불자
가 있다면 종이로 여러 가지 장엄 용구를 만드는 실습을 통하여 종이접기보
다 훨씬 불교적 교육 홍보가 되리라고 생각한다. 물론 여기에는 출연진들이
각자 구도 생활을 하시는 스님들이라 여기에 전념할 수만은 없는 실정이다.
봉원사에서 1년에 한 번씩 행하는 데에도 많은 경비와 수고로움이 있다. 그
러므로 정식 공연이 아닌 상설 공연에서는 훈련된 연기자가 지도를 하고 부
족한 부분은 영상물을 참조하여 공연 내용을 설명하고 지도하는 방법도 효
과적이라고 생각한다.

VI. 맺음말

'구슬이 서말이라도 꿰어야 보물'이라는 말이 있다. 우리 문화 속에 많은
보석들이 숨겨져 있지만 그 가치를 이해하지 못하는 사람이 훨씬 많다는 사
실이다. 영산재를 알리기 위한 가장 좋은 방법으로는 무대공연화하여야 하
며 디지털 시대에 걸맞는 콘텐츠산업화가 이루어져야 한다. 언제 어디서나
누구나 동시에 볼 수 있는 유비쿼터스 문화로 문화 패러다임이 바뀌고 있다.

그러기 위해서는 산업과 학교와 연구가 창조적으로 융합 및 네트워크 환경을 조성해야 하고, 창작소스의 개발, 국제적 기획, 제작능력을 배양하여 문화콘텐츠 분야의 엘리트를 육성하여야 한다. 따라서 국가와 민간 차원의 체계적인 지원이 필요하고 공연에 임하는 모든 스탭들이 불교문화를 이해하고 체득하고 있어야 한다. 또한 콘텐츠 사업은 단순히 영상이나 그래픽으로 끝나지 않고 그것에 맞는 스토리텔링이 반드시 필요하다. 그러므로 역사, 철학 등 인문학적 지식 없이 좋은 작품이 나올 수 없다. 불교를 하나의 종교로만 바라본다면 생활화, 현대화, 정보화는 편협되고 갈 길이 멀어진다. 그러나 우리 문화로 접근한다면, 그리고 그러한 시각을 불교계에서 인정한다면 불교 속에 내재된 콘텐츠는 우리 문화의 진수를 보여주는데 무한한 보고임을 알 수 있을 것이다.

따라서 영산재를 간략하게 하여 무대공연화함으로서 우리전통문화를 현재화하고, 한국적인 것에 목말라하는 외국인들에게 우리 문화의 정수를 소개할 수 있다는 점에서 문화콘텐츠로서의 영산재의 가치는 매우 크고 그 부가가치 또한 높다고 하겠다.

참고문헌

심상현, 『영산재』, 국립문화재연구소, 2003.

일연 저, 김원중 역, 『삼국유사』, 을유문화사, 2004.

틱낫한 저, 최수민 역, 『화』, 명진출판, 2002.

홍윤식, 『영산재』, 대원사, 2001.

_____, 『진감선사비명록』, 하동문화원, 2002,

김영렬, 「영산재 무대화에 관한 연구」, 동국대학교 문화예술대학원 석사학위논문, 2002.

홍윤식, 「전통불교의식의 현황과 영산재」, 중요무형문화재 제50호 영산재 보존회, 2003.

부산·경남지역의 영산재

최 헌

Ⅰ. 머리말

靈山齋는 薦度齋로서 대부분의 불교사원에서 행하는 불교의식이지만, 이에 불리는 梵唄는 專門僧이 있어서 이들에 의해 주로 전승되었다고해도 틀린 말이 아니다. 따라서 靈山齋의 지역 분포와 그 전승양상은 결국 梵唄의 지역 분포와 전승양상과 크게 다르지 않다고 하겠다. 이 논문은 靈山齋의 지역적 분포와 전승양상을 梵唄를 중심으로 살펴 보려고 한다.

불교는 한국에 4세기 무렵 고구려·백제·신라의 시대에 처음 전래되었다. 당시에 불교의 의식과 함께 그에 연주되는 음악도 같이 들어왔을 것으로 추측되기 때문에, 현재까지 한국에 전승되는 불교 의식음악으로서의 梵唄는 매우 오랜 傳統과 歷史를 갖고 있다하겠다. 따라서 한국의 梵唄는 여타의 한국 전통 음악들과 깊은 관련을 가지면서 변화 발전되었을 것으로 판단되지만, 이에 대한 연구는 아직 그리 많지 않다. 더구나 고려시대나 조선시대의 梵唄에 관한 역사적 기술이 많지 않기 때문에 더욱 그 전모를 명확하게 알지 못한다. 따라서 한국 전통 음악에서 梵唄의 위치와 영향 관계를 설명하기 쉽지 않다.

더욱이 20세기 초 일제강점기에는 불교 사원의 齋를 금지하여 불교음악
의 전승이 대부분 끊기고 말았다. 그래서 현재는 서울 奉元寺(太古宗 889
年 創建)에 전승되는 것이 한국에 남아 있는 불교음악의 전부인 것으로 생
각되어 왔다. 그러나 전라북도, 경상북도 八公山, 부산 觀音寺, 경상남도
마산 등지에서 100여년 이상의 전승계보를 확인할 수 있는 梵唄들이 소개
되고 있어 여러 지역의 梵唄 전승이 모두 단절된 것이 아님을 알 수 있다.

부산에는 비교적 연원이 오랜 것으로 생각되는 梵唄가 전승 되어 부산광
역시 무형문화재 제9호로 지정되어 있고 경상남도에는 마산 소재 白雲寺에
통영·고성지방에 전승되어오던 梵唄가 보존되어 경상남도 지정 무형문화
재 제22호로 지정되어 전승되고 있다. 대략적인 내용을 보아서는 한국 국가
중요무형문화재로 지정된 서울 奉元寺의 梵唄와 유사하여 새롭게 奉元寺
梵唄의 모사라는 의심도 있지만 자세히 살펴보면 나름대로 독특한 특징을
가지고 있어 옛 전통의 부산·경남 범패가 남은 것으로 판단되기도 한다.

본 논문은 학계에 잘 알려져 있지 않은 부산·경남 지방에 전승되는 梵唄
를 소개하는데 목적이 있다.

Ⅱ. 한국 梵唄의 연혁

梵唄는 불교의 의식음악으로, 절에서 주로 齋를 올릴 때 부르는 소리이
다. 일명 梵音·魚山 또는 印度(引導)소리라고도 한다.

한국의 梵唄는 3-4세기 무렵 불교가 들어오면서 그 의식과 함께 같이 전
래되었을 것으로 추측된다. 인도에서 발생한 불교는 남쪽의 해로를 이용한

동남아시아로의 전파와 북쪽의 육로를 통한 티벳, 중국, 한국, 일본으로의
전파의 각기 다른 경로로 퍼져나갔다.

종교의 발생 당시부터 음악은 불교에 중요한 의식음악으로 자리를 잡은
것으로 생각되지만, 남쪽 해로를 통해 전파된 소승불교에서는 불교음악이
그리 발달하지 않은 반면, 북쪽 육로를 통해 전파된 대승불교는 승려의 수도
를 위해서, 또는 불교의식의 거행을 위해 음악이 더욱 중요한 위치를 차지하
게 되었다.

불교에서 사용된 음악은 처음 불교가 발생한 인도의 음악이 중심이 되었
을 것이며, 인도에서 만들어진 불교의 의식음악이 티벳, 중국을 거쳐 한국까
지 전래된 것으로 보인다. 한편 북쪽으로 전파된 大乘불교는 일반 대중에게
불교를 포교하기 위해서 각 나라의 대중이 쉽게 들을 수 있도록 인도어의
불교 경전을 해당 국가의 언어로 번역하는 작업이 불교 전래 이후 상당 기
간이 지난 후에 이루어 지게 되는데, 이와 함께 불교 포교 및 의식 거행을
위한 불교음악도 해당 국가의 민족음악을 이용한 불교음악으로 탄생 되었
다. 이에 따라 티벳은 티벳대로, 중국은 중국대로 인도에서 불교와 함께 전
래된 인도의 불교음악과 함께, 자신들의 불교음악을 새롭게 만들었는데, 비
교적 티벳 및 중국을 거쳐 불교를 받아들인 우리나라는 이들 국가들의 불교
음악을 함께 받아들이게 된다. 특히 중국의 당나라 때는 불교국가로서 자신
들의 문화에 맞는 선사상이 새롭게 대두되면서 이와함께 새로운 당풍의 불
교음악이 새로 만들어졌다.

3-4세기경 불교를 받아들인 우리나라는 중국에서 미처 중국의 불교음악
이 만들어지기 이전에 불교를 받아들이게되어 처음에는 인도풍의 불교음악
(고풍)을 수입하였던 것으로 추측된다. 이후 신라가 당나라의 힘을 빌어 삼
국을 통일하고 당나라와 문화적 교류를 한층 심화시켜나가는 과정에서, 당
나라에서 새롭게 발생한 선종을 받아들이며 이와함께 당나라에서 새롭게 만

들어진 당나라식의 불교음악(唐風)을 받아들이게 되었다. 이어서 한국에서도 자체의 음악문화를 이용한 불교음악(鄕風)도 만들어졌다.

경상남도 하동 雙磎寺의 眞鑑禪師大空塔碑文에 의하면 804년(哀莊王 5) 眞鑑禪師가 才貢使로 당나라에 갔다가 830年(흥덕왕 5) 귀국한 뒤, 玉泉寺, 즉 雙磎寺에서 수많은 제자들에게 梵唄를 가르쳤다. 그러나 梵唄가 우리나라에 있었다는 것은 『삼국유사』 月明師의 兜率歌條에 月明이라는 僧이 '오직 鄕歌만을 알 뿐 梵唄를 모른다'고 한 것으로 미루어 眞鑑禪師 이전에도 梵唄를 부를 줄 아는 僧이 따로 있었다는 것을 추측할 수 있다. 眞鑑禪師와 같은 시대 사람인 日本僧 圓仁 慈覺大師가 쓴 『入唐求法巡禮行記』에 의하면, 중국 산동반도 登州의 赤山院이라는 신라인의 절에서 불린 梵唄가 唐風과 鄕風(新羅風), 그리고 당나라 이전에 한국을 거쳐 일본으로 건너간 古風(日本風), 이렇게 세가지 유형의 梵唄가 있었음을 보여준다. 따라서, 眞鑑禪師가 중국에서 배워 온 梵唄란 이 가운데 唐風이었을 것으로 추정된다. 현행 홋소리의 旋法도 옛날 신라의 영토였던 우리나라 동부지방 민요의 그것과 같으므로 이것이 바로 鄕風이었을 것으로 추측되기도 한다. 그러나 홋소리에 불리는 梵唄의 가사가 주로 5언 또는 7언 등의 한시로 되어있다는 점에서는 홋소리가 오히려 唐風으로 추정되기도 한다. 古風의 梵唄는 唐風이나 鄕風이 아니기 때문에 이것은 唐風 이전에 서역에서 들어온 梵唄일 것으로 추측된다.

고려는 불교가 국교시 되었기 때문에 梵唄가 상당히 성행하였으리라고 짐작은 되나 이에 대해 기록된 문헌을 찾지 못해 잘 알기 어렵다. 다만 고려의 역대 왕들이 燃燈會를 성대히 행하고, 百座道場을 왕궁에 설하고 대규모의 道場을 設하였다는 기록으로 보아 梵唄도 성행하였으리라고 추측된다.

조선의 梵唄는 大輝和尙이 쓴 『梵音宗譜』(1748, 영조 24)에 의하여 상세한 梵唄僧의 계보를 찾아볼 수 있다. 國融-應俊-惠雲-天輝-演淸-尙還-

雪湖-法敏-慧鑑-絢暎 등 많은 梵唄僧의 이름이 보인다. 이밖에 『新刊刪補梵音集』(1713) 등에도 상당히 많은 수의 梵唄僧들의 이름이 기록되어 있다.

大輝和尙의 『梵音宗譜』에 등장하는 梵唄僧의 계보와 관련하여, 최근에 발견된 梵魚寺의 『魚山集』에 대한 연구가 발표된바 있다.

> 범어사 『魚山集』 간행을 위해 시주자(施主者)와 직접 목판에 각을 한 판각자(板刻者) 등 불사(佛事)에 참여한 이들이 나열되어 있다.[1] 이 가운데 어산대덕(魚山大德) 연청(衍淸)·상환(尙還)·처인(處印)과 교정(校正)을 본 민오(敏悟) 등은 당대의 범패승이다. 그 가운데 상환은 1748년 전라도 보림사의 대휘화상이 쓴 『범음족파』(혹은 범음종보)에 기록된 인물이다. 『범음족파』에 의하면, 상환은 선초 범패의 대가인 국융(國融)의 계보로 제6대에 해당되며, 제5대인 연청(演淸)의 제자이다.[2] 또한 직접 목판에 각을 한 이들은 대부분 비구(比丘)들이며, 글씨는 담권(曇卷)이 적었는데 그가 누구인지 알 수 없다.[3]

일제강점기인 1911년 6월에 寺刹令이 반포되고 그 취지에 따라 이듬해에

---

1) 梵魚寺 『魚山集』 58張 後面(b面).
2) …(上略) 第一世嗣祖模梵國融 第二世出世魚山應俊 第三世魚山惠雲 第四世出世魚山大輝 第五世魚山演淸 第六世魚山尙還 第七世魚山雪湖 第八世雲溪堂出世法敏 第九世魚山慧鑑 雲溪堂法敏禪師 以聲敎之世繼 則模梵之第八世 以禪敎之世繼 (下略)… 金在頊, "佛敎儀禮에 있어서 梵唄의 기능·구성," 54쪽.
3) 정영진 "梵魚寺 『魚山集』 解題" 효산국악제 학술발표논문(강태홍가야금산조보존회, 1999.9.9., 부산대학교 본부 대회의실(303호)). 『효산논문집』 제2집.

各本末寺法이 제정되자 조선 승려의 梵唄와 作法이 금지되었다. 和請과 法鼓춤 같은 것을 금한 各本末寺法 시행 이후 梵唄도 쇠한 것은 사실이지만, 다행히 멸절되지는 않았다. 經만 읽고 梵唄를 부르지 않는 절에는 齋가 들어오지 않아, 齋가 있는 한 梵唄는 존속하였다. 다카하시(高橋亨)의 『李朝佛教』(1929)에 의하면 "근년까지 경성 교외 白蓮寺에 滿月이라는 노승이 있어 범패로 유명하였다. 원래 경성의 東西山에 각각 만월이 있어 善聲이 서로 백중하였다. 이만월은 즉 西滿月이라고 한다." 백련사 李滿月의 제자로서 백련사의 李梵湖, 奉元寺의 李月河, 津寬寺의 金雲濟가 있었고, 東郊의 이만월의 제자로는 慶國寺(靑庵寺)의 大圓과 永度寺(開雲寺)의 田雨雲, 新興寺의 完潭, 華溪寺의 東華, 興國寺의 表錦雲 등이 있었다.

어떻든 19세기 초까지는 梵唄와 齋가 성행되었던 것으로 보이나 일제의 寺刹令·各本末寺法과 광복 이후의 6·25 동란, 1950·60년대의 국가재건기의 사회·경제적 어려움이 齋의 전승을 힘들게 하여 그 전승이 많이 끊어진 것으로 추정된다.

현재는 서울 奉元寺와, 부산의 觀音寺 , 마산의 白雲寺, 그리고 전북 등 일부에 겨우 그 명맥이 유지되고 있는 것으로 보인다. 이외에 대구에도 八公山制가 조사보고된바 있으나 그 활동은 미미하다.

III. 부산·경남 지방 梵唄의 연혁

1. 부산 영산재의 연혁

부산 梵唄는 '釜山靈山齋'라는 명칭으로 부산광역시 무형문화재 제9호로 지정되어 있다. 부산광역시 지정 무형문화재 "釜山靈山齋"를 보존 전승하기 위해서 부산영산재보존회가 결성되어 부산 영산재의 梵唄의 보존 전 승 활동을 펼치고 있으며, 梵音梵唄製作研究所를 부설하여 관련 자료를 발간하고 있다. 또 인터넷 홈페이지(Internet Homepage)를 개설하여 홍보활 동을 전개하고 있다.

한국의 梵唄는 조선초에 魚丈 國融의 9세 法孫 慧鑑 대에 이르러 많은 제자들이 경상 전라의 巨刹에 梵唄를 보급하였다. 이 중의 하나는 京山 중 심의 이른바 京山 소리인 京調이고 다른 하나는 대구 八公山 이남의 영남 지방에 퍼진 이른바 八公山소리인 嶺南制(一名 八公山制)이다.

현재의 부산 梵唄는 그 본거지를 東萊 金井山 梵魚寺에 두고 있다. 慧鑑의 法孫 이후의 類制가 어떻게 계승되었는지는 살펴볼 자료가 미약 하나 梵魚寺에서는 백수년 전부터 대산스님 호산스님이, 通度寺는 임설 운스님, 월요스님 등이 梵唄를 지도하는 魚丈으로 있었으며 梵魚寺에 魚山會를 조직하고 그 기념으로 梵魚寺 魚山教를 준공하기도 했다.

이들은 光武元年(서기 1897年)『梵音要集』이란 책자를 간행, 내용 을 기술하였고 1942년에는 대산스님의 육필로 대산집을 남겨 부산 梵 唄의 계승에 주력하였다.

해방후 부산시내 사암연합회가 발족하여 수시로 魚山會를 통해 梵 唄를 연수하였다. 이에는 대산스님, 안관해스님의 제자인 용운스님과 죽산스님이 梵唄를 지도하였다.

梵魚寺의 魚丈 안관해스님과 대산스님의 類制를 용운스님이 잇고 또 그 맥을 釜山佛教魚山會에서 계승하여 오늘날에도 그 명맥이 끊이 지 않았다.

1972年 10月 20日 용운스님(俗名:金祥祐)이 부산시 무형문화재 제1 호로 지정되어 梵唄 전승의 기틀을 마련하고 용운 스님이 지도 전수 한 제자로 魚山會에 속했던 九菴 문영호, 慧隆 조병태, 應山 박유선스 님과 바라의청공 신석갑, 승무의 海嵋 金英奎 스님 등이 무형문화재 제9호로 지정받아 고령에도 불구하고 후학을 위해 講院을 열어 通梵 소리의 명맥이 유지되고 있다.4)

위의 글에 의하면 현재 부산 지역에 전승되는 梵唄가 양산의 通度寺와 부산 金井山의 梵魚寺를 중심으로 전승되어 오던 것으로 이해된다.

그러나 근래에 梵魚寺에서 발견된 『魚山集』에는 梵魚寺 靈山齋의 梵唄들이 소개되어 있고 이 내용은 현재 불려지는 것과는 조금 차이가 있으며, 이와 함께 마지막 면에 梵魚寺 『魚山集』 발행에 참여한 승려들 가운데는 魚山大德 衍淸, 尙還, 處印과 교정을 본 敏悟 등의 당대 梵唄僧들의 이름이 보이며, 이 중 尙還은 1748년 大輝和尙의 『梵音族派』(일명 梵音宗譜)에도 기록된 인물이다. 梵魚寺 『魚山集』은 1700년에 발간된 것으로 1748년의 大輝和尙의 『梵音族派』나 1713年 妙香山 普賢寺에서 간행된 『新刊冊補梵音集』보다도 앞선 것이다.[5]

따라서 通度寺 梵魚寺의 梵唄는 역사적 근거가 있는 것이며 서울 奉元寺에 전승되는 梵唄와는 다른 류파의 梵唄로 추정된다.

2. 佛母山 靈山齋의 연혁

마산 지방의 佛母山 靈山齋는 통영·고성 지역에 전승되던 것으로 현재는 마산의 白雲寺에 보존되어 있고, 경상남도 지방무형문화재 제22호로 지정되어 있다.

1996년 9월 2일 熊坡宗門에서 작성한 熊坡宗門系譜(<표 1>)에 따르면, 熊坡宗門의 법맥은 한국불교의 中興祖 太古普愚로부터 시작하여 幼庵混修(1世) - 龜谷覺雲(2世) - 碧溪淨心(3世) - 碧松智嚴(4世) - 芙蓉靈觀(5世) - 淸虛休淨(6世) - 逍遙太能(7世) - 桂月學訥(8世) - 澁鑑惠

---

4) http://www.pompae.com '釜山梵唄'

5) 鄭永進, "梵魚寺 『魚山集』 해제" 제3회 『曉山國樂祭』 학술발표회 논문집 (姜太弘流 伽倻琴散調保存會, 1999.9.9)

沈(9世) - 洛雲智日(10世) - 任閑淸印(11世) - 南波秀眼(12世) - 松岳明性(13世) - 熊坡德旻(14世)으로 계승되었다. 熊坡는 佛母山 長遊庵에 머물면서 활동하였는데 이로 비롯되어 熊坡宗門이 시작된 것이다. 熊坡 문하에는 海庵惠奎·栗庵致洽·性海啓守·仁谷學璨 등의 제자 들이 있었는데, 雄坡 스님 입적 후 그들이 1861년 2월 김해 長遊에 있는 佛母山 長遊庵에서 長遊庵熊坡宗門會를 결성했다. 이로서 웅파종문이 탄생하게 된 것이다.

<표 1> 熊坡宗門系譜

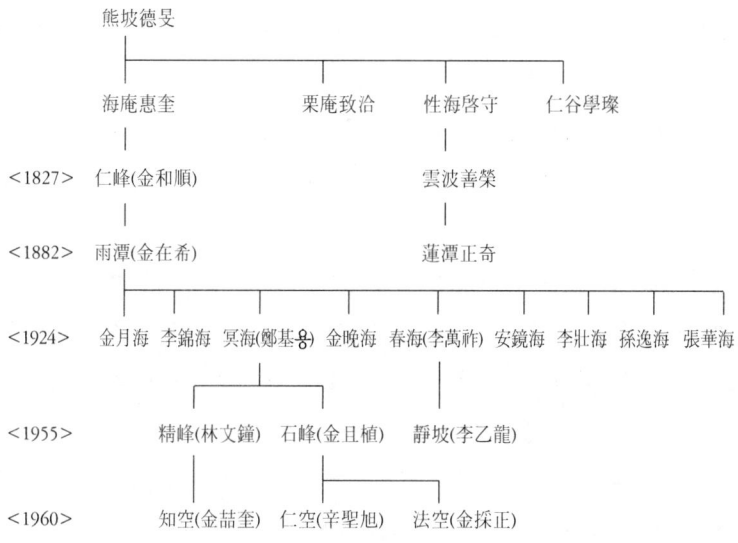

Ⅳ. 부산·경남 영산재의 구성

한국의 불교음악은 梵唄, 梵音, 魚山, 또는 印度(或 引導)소리라고도 한다. 불교사원에서 주로 齋를 올릴 때 부르는 소리이며, 장단이 없는 單聲 旋律이며, 齋를 올릴 때 쓰는 儀式音樂이라는 점에서 西洋音樂의 그레고리안성가(Gregorian Chant)와 유사하다.

한국의 불교사원에서 음악을 연주하는 의식은 死者의 영혼을 천도하는 齋인데, 그 의식의 종류는 사람이 죽은 후 四九齋나 小祥, 大祥때 하는 하루 정도 걸리는 常住勸供齋, 常住勸供齋보다 조금 규모가 크며 주로 運을 위해 올리는 일명 大禮王供文라는 十王各拜齋, 사후에 극락왕생을 기원하며 생전에 미리 지내는 生前豫修齋, 수중고혼을 위한 水陸齋, 국가의 안녕과 군인들의 무운장구, 또는 큰 단체를 위해서, 또는 사자를 위해서도 행하는 삼일이나 걸리는 가장 큰 대규모의 齋인 靈山齋 등 5종이 있다.

梵唄에는 그 음악적 형식으로 보아 안채비들이 부르는 안채비소리와 겉채비(또는 바깥채비)들이 부르는 홋소리·짓소리, 그리고 축원을 하는 和淸 등 4종류가 있다.

안채비소리란 齋를 올리는 절 안의 유식한 秉法 또는 法主가 <由致>·<請詞> 같은 축원문을 搖鈴을 흔들며 낭송하는 것으로 흔히 염불이라고도 한다. 안채비소리의 곡목은 주로 한문 산문이며 그 내용은 齋主를 축원하는 것으로 되어있다. <着語聲>·<唱魂>·<由致聲>·<請文聲>·<偏界聲>·<疎聲>·<祝願聲>·<歌詠聲>·<故我偈聲>·<獻座偈聲>·<鐘聲>·<歎白聲> 등이 있다. 홋소리나 짓소리가 노래인 데 비하여 안채비소리는 촘촘히 글을 읽어나가는 소리이다.

한편 바깥채비란 梵唄를 전문으로 하는 승려로 주로 다른 사원에 초청을 받고 가서 소리하는데 梵唄는 주로 이 겉채비들의 노래이다. 앞에서 말한

5종의 齋에 사용하는 음악은 대부분 안채비소리와 홋소리로 되어 있고, 짓소리란 겨우 손가락으로 셀 수 있을 정도이다.

홋소리의 사설은 대개 7言4句 또는 5言4句의 한문 정형시로 되어 있다. 홋소리를 학습하는 순서는 대개 <喝香>·<合掌偈>·<開啓>·<灑水偈, 觀音讚>·<伏請偈>·<四方讚>·<道場偈>·<懺悔偈>·<獻座偈>·<歌詠>·<燈偈> 등의 순서이다.

짓소리는 홋소리의 학습을 완료한 梵唄僧이 배우는 소리로서 대개 한문 산문, 또는 梵語의 사설로 되어 있다. 짓소리는 홋소리에 비하여 일곡의 연주시간이 상당히 길어서 30-40分 이상이 소요된다. 따라서 요즘처럼 의식이 간략화되면 긴 짓소리는 자연히 불리지 않게 마련이어서 예전에는 七十二種이나 되던 것이 현재에는 몇몇 梵唄僧이 겨우 <引聲>·<擧靈山>·<灌浴偈>·<沐浴眞言>·<單頂禮>·<普禮>·<食靈山>·<頭匣>·<五觀偈>·<靈山至心>·<特賜加持>·<擧佛>·<三南馱> 등 13곡을 부를 수 있을 정도이다.

和請은 불교 포교의 한 방편으로서 대중이 잘 알아들을 수 있는 사설을 민속적 음악에다 붙여 그 교리를 쉽게 이해시키고 신봉하게 하는 음악이다. 흔히 齋의 끝에 부르는데 태징과 북을 반주로 엇모리장단에 맞추어 京西道 唱式으로 부른다.

부산·경남의 梵唄는 서울 奉元寺에서 전승되는 梵唄와 대개 비슷하다. 그러나 세밀하게 살펴보면 차이나는 부분들이 있는데 靈山齋의 절차를 예로 비교하면 다음과 같다.

<表> 서울 奉元寺 靈山齋와 부산 靈山齋의 절차 비교

京制 영산재(法玄)	嶺南制 영산재(부산)	佛母山 영산재(마산)
1.侍輦	1.侍輦	1.侍輦
2.齋對靈	2.對靈	2.對靈
3.灌浴	3.灌浴	3.灌浴
4.造錢點眼		
5.神衆作法	4.神衆作法	4.神衆作法
6.掛佛移運		
7.上壇勸供-靈山作法	5.上壇勸供	5.上壇勸供
8.食堂作法		
9.雲水上壇勸供;召請上位		
10.中壇勸供(召請上位)	6.中壇勸供	
11.中壇勸供(召請中位)		
12.神中退供 ; 中壇		
	7.奉請	
	8.奉送	
13.觀音施食/奠施食(下壇施食)	9.施食	6.施食
	10.奠施食	
14.奉送・燒臺儀式	11.回向儀禮	7.奉送

京制 영산재의 절차는 이를 전승하고 있는 法玄(동국대학교 국악학과 교수)의 저서『佛敎音樂靈山齋硏究』[6]에서 정리한 것이며 영남제 부산 영산재의 절차는 釜山靈山齋保存會에서 운영하는 Internet Hompage[7]에서 정리한 것이고 佛母山靈山齋는 마산 白雲寺에서 봉행하는 영산재의 내용을 정리한 것이다. 이에 따르면 대략 侍輦으로 시작하여 對靈, 灌浴, 勸供을 거쳐 奉送, 施食으로 끝나는 것이 비슷하나, 부분적으로 奉送과 施食의 순서가 바뀌어 있다든지, 몇 가지 절차가 부산 영산재에는 보이지 않는 등의 차이가 있다.

이를 더 자세히 살피기 위하여 각 절차에 불려지는 梵唄를 비교하면 다음 표와 같다.

---

6) 法顯『佛敎音樂靈山齋硏究』雲珠社, 1997.6.5/1999.3.5(2刷)
7) 부산 무형문화재 제9호 영산재보존회 부설 범패연구소(Internet) (www.pompae.com)

<表> 京制(서울 奉元寺)와 嶺南制(釜山·馬山) 영산재의 梵唄 곡목 비교

法顯『靈山齋』1999	『靈山梵音集』1997	佛母山 靈山齋
着語		
伏請偈		
擁護偈		擁護偈
신묘장구대다라니		
千手바라		
獻座偈/獻座眞言		獻座眞言
破地獄眞言		
		神妙章句大陀羅尼
茶偈		茶偈
解寃結眞言		
四方讚(홋소리)	四方讚	四方讚
行步偈		行步偈
普召請眞言	普召請眞言	普召請眞言
道場讚	嚴淨偈	道場偈
散花落		
(南無常住十方佛云云)		
懺悔偈(懺悔偈聲)	懺悔偈	懺悔偈
引聖(짓소리)		南無大聖引路王菩薩
侍輦 證明請	證明偈	侍輦 證明偈
	懺悔眞言	懺悔眞言
香花請		
	淨地眞言	
起經作法		
歌詠		
	淨三業眞言	淨三業眞言
		庭中偈
獻座眞言云云		
	開壇眞言	開壇眞言
		開門偈
茶偈	茶偈	茶偈
	建壇眞言	建壇眞言
靈鷲偈		靈鷲偈
	(普供養眞言 云云)	普供養眞言
	淨法界眞言	淨法界眞言
普禮三寶		普禮三寶
	(據娑婆世界 云云)	據娑婆世界
		南無三滿多沒馱湳覽

		擁護偈		擁護偈	
孤魂請					
		讚佛偈		塵默偈	
大會疏(修設大會所)				上壇疏	
香煙請					
				菩薩偈	
				諸佛通請	
歌詠					
				讚佛偈	
擧佛					
着語		着語		着語	
				降生偈	
三寶疏					
受位安座眞言		受位安座眞言		受位安座眞言	
				雪山偈	
大請佛					
茶偈		茶偈		茶偈	
		出山偈		出山偈	
三禮請			三神移運		三神移運
宣密加持云云		宣密加持		宣密加持	
		拈花偈		拈花偈	
四府請					
稱揚聖號					
		散花落		散花落	
單請佛					
普供養眞言云云 普回向眞言云云					
		引聲		南無靈山會上佛菩薩	
獻座偈					
如來十號					
茶偈					
		繞匝		繞匝	
極樂世界十種莊嚴					
一切恭敬					
		登床偈		登床偈	
彌陀因行四十八願					
香花偈					
		坐佛偈		坐佛偈	
諸佛菩薩十種大恩					
頂戴偈					

						獻座眞言	
普賢菩薩十種大願 開經偈							
			茶偈			茶偈	
釋迦如來八相成道 개법장진언(三唵太)							
						普供養眞言	
多生父母十種大恩 十念淸淨法身 云云							
			四無量偈			四無量偈	
五種大恩銘心不忘 擧揚/受位安座眞言							
			至心歸命禮			靈山志心	
高聲念佛十種功德 請法偈							
			唯願慈悲受我頂禮				
莊嚴念佛 說法偈							
			神妙章句大陀羅尼				
功德偈 補闕眞言							
			四方讚				
(奠施食-下壇施食) 擧目							
收經偈							
			嚴靜偈				
四無量偈							
			懺悔偈				
祝願 歸命偈							
			懺悔眞言				
是日今時云云 唱魂							
			淨地眞言				
神妙章句大陀羅尼(南無 常住十方佛云云) 至心歸命禮			(南無常住十方佛云 云)			神妙章句大陀羅尼	
欲建而			淨三業眞言				
(諸佛子已承三寶云云)			(諸佛子已承三寶云 云)				

	香水羅列/眞言勸供		開壇眞言			
	歸依佛云云		(歸依佛 歸依法 歸依僧云云)			
			建壇眞言			
	特賜加持(짓소리)					
			淨法偈眞言			
	四陀羅尼					
	地藏菩薩滅定業眞言		地藏菩薩滅定業眞言		地藏菩薩滅定業眞言	
齋 對 靈	擧佛	齋 對 靈	擧佛 (正門之外設靈壇大鐘三十六挺四物各段活三宗終五打鳴鈸一宗吹螺三旨引路王幡左國魂幡右宗師幡安置之後)	對 靈	擧佛	
	上來加持 云云					
	觀世音菩薩滅業障盡言		觀世音菩薩滅業障盡言		觀世音菩薩滅業障眞言	
	六法供養					
	拜獻解脫香					
			開咽喉眞言		開咽候眞言	
	拜獻般若燈					
	普召請眞言					
	拜獻萬行花					
	對靈疏		對靈疏 (皮封書式)		對靈疎	
	三昧耶戒眞言		三昧耶戒眞言		三昧耶戒眞言	
	拜獻菩提果					
	宣密加持云云				宣密加持	
	拜獻甘露茶					
	(修設大會疏)		修設大會所		孤魂疏 ; 修設大會疏	
	變食眞言等(變食眞言等四陀羅尼後)		(四陀羅尼云云) (各各七說時證明法師作觀洒水如法施行)		變食眞言	
	拜獻禪悅味					
	各執偈					
	地獄偈		地獄偈		地獄偈	
	加持偈					
	着語		裟婆世界(云云)		據裟婆世界	
					施 甘露水眞言	
	普供養眞言					

振鈴偈		振鈴偈		振鈴偈	
				一字水輪觀眞言	
普回向眞言					
		着語		着語	
願成就眞言					
		神妙章句大陀羅尼		神妙章句大陀羅尼	
				乳海眞言	
補闕眞言					
		破地獄眞言		破地獄眞言	
稱揚聖號		稱揚聖號		稱揚聖號	
嘆白					
普召請眞言		普召請眞言		普召請眞言	
神呪加持云云(神呪加持云云)		施食偈(神呪加持云云)		施食偈	
回心曲					
		(南無常住十方佛云云)			
施無遮法食眞言		施無遮法食眞言		施鬼食眞言	
祝願和請					
		由致			
普供養眞言		普供養眞言		普供養眞言	
雲板三下乎					
		證明請		證明請	
普回向眞言				懺悔眞言	
堂鐘十八槌					
		香花請		香花請	
(諸佛者 受法食已 云云)		(諸佛者 受法食已 云云)			
木魚堂象初三通謁					
		歌詠		歌詠	
木魚堂後五通謁					
		茶偈		故我偈	
(我昔所造罪惡業 云云)		(我昔所造罪惡業 云云)			
五觀偈(짓소리)					
				獻座眞言	
下鉢金十五槌					
				茶偈	
(諸佛者懺悔罪業已 云云)		(諸佛者懺悔罪業已云云)		諸佛子 懺悔罪業已~	
大衆起立					
		普供養眞言		普供養眞言	
(衆生無邊誓願度 云云)		(衆生無邊誓願度 云云)		衆生無邊誓願度~	

食堂作法

	淨水淨巾					
	孤魂請(一心奉請云云)		靈魂請(一心奉請云云)		孤魂請; 召請孤魂	
	衆首打柱大衆唱					
	香煙請				香煙請	
					自性衆生誓願度~	
	堂佐唱					
	歌詠		香煙請 歌詠		歌詠	
	(諸佛者發四弘誓願已 云云)		(諸佛者發四弘誓願已 云云)		諸佛者發四弘誓願已~	
	衆首大衆唱					
	某人 靈駕		尊物篇(次心經供養眞言回向眞言等云云)		尊物篇	
	般若心經					
	(一切有爲法 云云)		(一切有爲法 云云)		一切有爲法~	
	堂佐唱		佛說往生淨土呪 / 心經		般若心經	
	大衆唱十念		(摩訶般若波羅蜜多心經云云)		佛說往生淨土呪	
			供養眞言			
	堂佐唱		回向眞言			
					莊嚴念佛	
	衆首大衆唱					
			(若連續灌浴則尊物篇省略卽擧引詣香浴可也)			
奉送·燒臺儀式	(奉送孤魂泊有情 云云)	拜送	奉送偈(奉送孤魂泊有情 云云)	奉送		
	五觀					
灌浴	引詣香浴	灌浴式	引詣香浴	灌浴	引詣香浴	
	食靈山					
	供聖回向篇		奉謝三寶(奉呈位牌立於法堂外而向佛壇)			
	神妙章句大陀羅尼		(摩訶般若波羅蜜多心經云云)		千手及 心經 云云	

衆首唱							
淨食偈							
淨路眞言			淨路眞言			淨路眞言	
						敬伸奉送	
三匙偈							
入室偈			入室偈 (各種幡及一切威儀 列立后引導唱)			入室偈	
						散華偈	
打柱相換							
行步偈			行步偈			移行偈	
堂佐唱							
						散花落	
加持操浴			加持操浴			加持澡浴	
打柱勸飯							
義相祖師法性偈			法性偈			法性偈	
沐浴偈						沐浴偈	
堂佐唱							
(今次門外奉送齋者 云 云)			奉送下位(今次門外 奉送齋者 云云)			出門奉送	
沐浴眞言						沐浴眞言	
供養							
灌浴쇠							
衆首							
燒錢眞言			燒錢眞言			燒錢眞言	
爵楊枝眞言			爵楊枝眞言			嚼楊枝眞言	
堂佐唱							
奉送眞言			奉送眞言			奉送眞言	
漱口眞言						漱口眞言	
衆首大衆唱							
上品上生眞言			上品上生眞言			上品上生眞言	
洗手面眞言			洗手面眞言			洗手面眞言	
堂佐唱							
						歸依佛	
加持化衣篇			加持化衣			加持化衣	
祝願文奉頌							
普回向眞言			普回向眞言			普回向眞言	
化衣財眞言			化衣財眞言			化衣財眞言	
打柱							
(火湯風搖天地壤 云云)			破散偈(火湯風搖天 地壤 云云)			破散偈	
諸佛者 云云			加持服飾			加持服飾	

	五觀소리						
	授衣眞言			授衣眞言		授衣眞言	
	堂佐唱						
				普回向眞言		普回向眞言	
	着衣眞言			着衣眞言		着衣眞言	
	五觀소리						
	回向說法		三廻向				
	整衣眞言			整衣眞言		整衣眞言	
	堂佐唱						
				浴室榜		浴室榜	
	五觀소리						
	出浴參聖			出浴參聖		出浴參聖	
	象首大衆唱						
	指壇眞言			指壇眞言		指壇眞言	
	堂首唱						
	歌詠						
	堂佐唱						
				行步偈		移行偈	
	自歸佛						
	散花落						
	回向偈						
	引聖					引聲	
	大衆唱						
	庭中偈			庭中偈		定中偈	
雲水上壇勸供 ; 召請上位	喝香		大禮王供	喝香			
	開門偈			開門偈		開門偈	
	燈偈			燃香偈			
	加持禮聖			加持禮聖		加持禮聖	
	頂禮			三頂禮			
	合掌偈			合掌偈			
	普禮三寶(普禮十方常住云云)			(普禮十方常住佛云云)		普禮三寶	
	告香偈			告香偈			
	原夫開偈			開啓			
	幸逢聖會 云云(諸佛者 幸逢聖會云云)			(諸佛者 幸逢聖會云云)		退歸冥筵	
	淨土結界眞言			淨土結界眞言			
	法性偈			(法性偈云云還本壇時引導止樂云云)		法性偈	

京制	부산	불모산
灑香水眞言		
歌詠		
掛錢偈		
돌진언		
受位安座	受位安座	受位安座
천수경-		
安座偈(我今依教說華筵云云)	(我今依教說華筵云云)	安座偈
伏請偈		
천수바라		
茶偈	茶偈	茶偈
四方讚	四方讚	
	普供養眞言	普供養眞言
道場偈	嚴淨偈	
		擧揚
懺悔偈	懺悔偈	
		說敎
頂戴偈		
		和請
開經偈		
造錢點眼	冥點眼儀(誦呪如之後) 錢眼等常	造錢點眼 千手

상기 표의 京制 영산재 梵唄 곡목은 法顯의『佛教音樂靈山齋硏究』를 정리한 것이며 부산 영산재의 梵唄 곡목은 부산영산재보존회에서 간행한『靈山梵音集』을 정리한 것이며, 불모산 영산재는 마산 白雲寺에서 거행하는 영산재의 내용을 정리한 것이다. 상기 표에서 보는 것과 같이 각각의 내용이 조금씩 다른 것을 볼 수 있는데, 각기 다르지만 부산과 마산의 영산재 내용이 서울 것에 비하여 비교적 유사성이 많다고 하겠다. 또 서울 영산재에 비하여 부산·마산 영산재의 梵唄 곡목이 적은 것을 볼 수 있는데, 그만큼 부산 영산재의 규모가 서울 영산재에 비하여 작다고 할 수 있겠다.

V. 부산·경남 梵唄의 종류

梵唄는 주로 常住勸供齋·十王各拜齋·生前豫修齋·水陸齋·靈山齋 등 다섯 가지 재에 쓰인다.

常住勸公齋는 죽은 자를 위하여 행하는 가장 규모가 작은 齋로서 보통 하루가 걸린다. 49齋나 小祥·大祥 때 흔히 이 齋를 행하는 것으로 무속의 진오귀굿과 비교된다. 梵唄僧이 처음 소리를 배울 때에는 가장 기본이 되는 이 常住勸公부터 배우게 되는데, <喝香>부터 시작하여 <合掌偈>·<開啓>·<灑水偈>·<伏請偈>·<四方讚>·<道場偈>·<懺悔偈>·<獻座偈>·<歌詠>·<燈偈>······ 순으로 배운다. 위의 곡목 중 끝에 '偈'자로 된 곡의 사설은 한문의 4·5 또는 7언의 4구로 되어 있는 한문의 정형시이다. 그러나 偈자가 붙지 않은 <開啓>·<由致>·<請詞> 등은 시가 아니라 한문의 산문으로 되어 있다. 그리고 <普召請眞言>·<普供養眞言> 등 眞言이라 한 것은 한문 사설이 아니라 梵語, 즉 산스크리트(Sanskrit : 고대 인도어)로 되어 있다.

十王各拜齋는 일명 大禮王供文이라고도 하며 常住勸公齋보다는 약간 규모가 크다. 주로 재수를 위하여 드리는 의식으로서 저승에 있다는 十大王에게 자비를 비는 것이다. 十王이란 秦廣大王·初江大王·宋帝大王·五官大王·閻羅大王·變成大王·泰山大王·平等大王·都市大王·五道轉輪大王을 가리킨다.

生前豫修齋는 죽어서 극락왕생하게 해달라고 생전에 미리 지내는 齋이다. 무속의 生오귀굿과 비교된다.

水陸齋는 수중고혼을 위한 齋로서 무속의 용왕굿에 비교된다. 그러나 水陸齋의 원래 의미는 반드시 수중고혼만을 위한 것은 아니었다고 한다. 규모가 큰 水陸齋는 처음에 절에서 영산재를 행하고 나중에 강이나 바다로 나가

서 水陸齋를 행한다. 전자의 靈山齋만 하더라도 3일간이나 걸릴 만큼 아주
규모가 큰 齋이다. 그러나 요즈음에는 靈山齋를 생략하고 처음부터 강이나
바다에 나가서 배를 띄워놓고 水陸齋만을 거행하는 것이 상례로 되어 있다.
水陸齋의 절차는 서찬편·上壇·使者壇·五路壇·壇·中壇·下壇·회향단이
순으로 되어 있는데, 각 단마다 수십개씩의 소리로 되어 있다. 放生齋는 하
단의 끝부분에 속하는 절차로서 강이나 바다에 배를 띄워놓고 하는 규모가
큰 放生齋를 행하고 나면 회향단을 생략하고 끝마친다.

靈山齋는 가장 규모가 큰 재로서 3일이나 걸리는데 국가의 안녕과 군인
들의 무운장구, 또는 큰 단체를 위해서, 또는 죽은자를 위해서도 행한다. 梵
唄僧들이 처음 常住勸公을 배우고 各拜를 배운 다음 마지막으로 이 靈山
齋를 배우게 된다. 예로부터 '1일 勸供 3일 靈山'이라 하여 靈山齋를 올리
는 데는 3일이나 걸리는 대규모의 齋인 만큼 그 절차도 상당히 복잡하다.

梵唄에는 그 음악적 형식으로 보아 안채비들이 부르는 안채비소리와 겉
채비(또는 바깥채비)들이 부르는 홋소리·짓소리, 그리고 축원을 하는 和淸
등 네가지가 있다.

안채비소리의 곡목은 주로 한문으로 된 산문이며 그 내용은 齋主를 축원
하는 것으로 되어있다. <着語聲>·<唱魂>·<由致聲>·<請文聲>·<偏
界聲>·<疎聲>·<祝願聲>·<歌詠聲>·<故我偈聲>·<獻座偈聲>·
<鐘聲>·<歎白聲> 등이 있다. 홋소리나 짓소리가 노래인 데 비하여 안채
비소리는 촘촘히 글을 읽어나가는 소리이다.

앞에서 말한 다섯가지 齋에 사용하는 음악은 대부분 안채비소리와 홋소리
로 되어 있고, 짓소리란 겨우 손가락으로 셀 수 있을 정도이다. 홋소리의 사
설은 대개 7언4구 또는 5언4구의 한문 정형시로 되어 있다. 그 4구 가운데서
제1·2구를 안짝이라 부르고, 제3·4구를 밧짝이라 한다. 예컨대, <告香偈>
의 사설 '香烟遍覆三千界 定慧能開八萬門 唯願三寶大慈悲 聞此信香

臨法會'를 노래할 때 "안짝은 쓸고 밧짝만 지으라."고 維那(범패 감독자)가
引導(범패를 부르는 이들 중 리더격)에 지시하면, 이것은 제1·2구는 간단히
빨리 부르고 제3·4구는 제대로 길게 노래하라는 뜻이 된다. 이때 '쓸다'라는
말은 촘촘히 읽어나간다는 뜻이니, 곧 안채비소리의 형식으로 엮는다는 뜻이
된다. 홋소리를 배우는 순서는 대개 다음과 같다. <할향>·<합장게>·<개
계>·<쇄수게>·<관음찬>·<복청게>·<사방찬>·<도량게>·<참회게>·
<헌좌게>·<가영>·<등게>……. 홋소리의 음악형식을 <할향>을 예로 살
펴보면, 음계는 C#, F#, A의 주요 3음과 E와 B의 부차적 음들이 있어 완전4
도(C#-F#) 위에 단3도(F#-A)를 쌓아올린 구조를 가지고 있는데, 이러한 음계
는 경상도·강원도지방의 민요선법과 같은 꼴이다. 범패는 홋소리나 짓소리
를 막론하고 '성(聲)' 또는 '가락(melodic pattern)'이 여럿이 모여서 하나의 곡
을 이룬다. 그 형식은 A A' A A'의 형식을 취하고 있어 안짝과 밧짝이 꼭 같
다. 홋소리의 다른 곡들도 대개 <할향>처럼 A A' A A', 또는 A B A B로서
안짝과 밧짝이 같게 마련이다.[8]

짓소리는 홋소리를 모두 배운 梵唄僧이 배우는 소리로서 대개 한문의 산
문, 또는 梵語의 사설로 되어 있다. 또한, 반드시 합창으로 불리지만 독창으
로 부르는 허덜품이라는 것이 있어 일종의 전주 또는 간주 구실을 한다. 짓소
리는 홋소리에 비하여 한 곡의 연주시간이 상당히 길어서 30-40분 이상이 소
요된다. 따라서 요즘처럼 의식이 간략화되면 긴 짓소리는 자연히 불리지 않
게 마련이어서 예전에는 72가지나 되던 것이 오늘날에는 기억하는 이가 거
의 없고 몇몇 梵唄僧이 겨우 <引聲>·<擧靈山>·<灌浴偈>·<沐浴眞
言>·<單頂禮>·<普禮>·<食靈山>·<頭匣>·<五觀偈>·<靈山至
心>·<特賜加持>·<擧佛>·<三南馱> 등 13곡을 부를 수 있을 정도이
다. 짓소리를 적어놓은 책으로 同音集이 있는데, 이것은 梵唄를 배우는 이

---

8) 한만영 "佛敎音樂槪說" 『佛敎音樂硏究』 서울대학교출판부, 1981.2.28.

들의 기억을 돕기 위한 것이다. 짓소리의 사설을 쓰고 그 옆이나 밑에 작은 글자로 이 가락은 다른 곡의 어느 사설의 글자를 노래하는 가락과 같다고 기록한 것이다. 현재 전하는 동음집은 『朴雲月所藏同音集』·『玉泉遺敎同音集』(박운월 소장)·『金耘空所藏同音集』·『張碧應所藏同音集』 등 4종이다.[9]

和請은 불교포교의 한 방편으로서 대중이 잘 알아들을 수 있는 우리말 사설을 민속적 음악에다 붙여 그 교리를 쉽게 이해시키고 신봉하게 하는 음악이다. 흔히 재의 끝에 부르는데 태징과 북을 반주로 엇모리장단에 맞추어 京西道唱式으로 부른다.[10]

齋의 절차와 관계 없이 서울 奉元寺에 전승되는 범패의 종류는 다음과 같다.

法顯『靈山齋』1999					
홋소리	喝香偈聲	짓소리	引聲	作法舞伴奏	道場偈
	開啓聲		擧靈山		茶偈
	歌詠聲		灌浴偈		運心偈
	頌子聲		沐浴眞言		香花偈
	疏聲		單頂禮		牧丹讚
	唱魂聲		普禮		五供養
	願我偈聲		食靈山		三歸依
	唱佛聲		頭匣		唱魂
	三禮四府請聲		五觀偈		地獄偈
	欲建聲		靈山志心		三喃太
	香需羅列聲		特賜加持		久遠劫中
	加持偈聲		擧佛		

안채비소리	由致聲	和請	參禪曲
	着語聲		回心曲
	偈聲		新年歌
	疏聲		夢幻歌
			慶祝歌
			聖誕歌
			成道歌
			目蓮歌
			悟道歌
			勸王歌
			涅槃歌
			圓寂歌

---

9) 한만영 상게서.
10) 한만영 상게서.

普供養 普回向聲		三唵太				月印歌	
獻座偈聲		三摩訶				勸勉歌	
其他		움아훔				可歌可音	
						別回心曲	
						上壇祝願和請	
						地藏祝願和請	
						八相和請	
						六甲和請	
						告祀 先念佛	
						父母恩重經	

1. 부산 梵唄의 종류

부산 魚山會에서는 안채비소리와 和請, 回心曲 등은 여기로 습득되어 있으며 겉채비소리는 소리성이 多樣하고 우렁차며 嚴肅한 느낌을 주는 소리가 많다.

부산 魚山會는 겉채비소리중 홋소리와 짓소리가 있는데 홋소리는 鄕制이나 전통성이 강하며, 짓소리는 웃녘소리의 짓소리와는 전혀 다른 것으로 오히려 겹소리에 가깝다. 따라서 부산지방 梵唄의 짓소리는 아직 명맥이 남아 齋式文 내용절구에 따라 소리가 정해져 내려오고 있다. 소위 소리명칭에 있어서 35종류의 聲이 있어 길게 부르며 장식음이 많은 특징이 있다.

<釜山의 35種類 梵唄聲>
1. 擧佛聲 2.振鈴聲 3.疏請眞言聲 4.由致聲 5.歌詠聲 6.願降聲 7.獻座聲 8.茶偈聲 9.供養眞言聲 10.運心偈聲 11.五供養聲 12.이차가지성 13.실개수공성 14.四陀羅尼聲 15.위신력성 16.擁護偈聲 17.散花落聲 18.佛菩薩聲 19.수아정례성 20.절규성(결계편) 21.喝香聲

22.燃香偈聲 23.진법성 24.삼각원성 25.조어사성 26.아아훔성 27.약
귀의성 28.至心신례성 29.着語聲 30.복청성 31.灌浴偈聲 32.소문성
33.奉送偈聲 34.至心歸命禮聲 35. 靈山通門 等

부산 梵唄의 음악적 특징은 우선 그 구성음이 "Mi-Sol-La-do-re-mi"의 메
나리토리가 주로 쓰이는 것이 특징이다.(부산영산재 三身移運 擁護偈
등)[11] 특히 "La-do-re"에서 'Do'를 중심으로 're-do-La-do'를 반복하거나
're-do'로 꺽어주는 裝飾旋律과 'La-do'로 前打音을 붙이는 것이 자주 나오
는데 이는 한국 전통음악 중 강원도와 경상도 충청북도 등 산간지역의 기층
음악에 보이는 메나리토리의 특징과 일치한다. 이와 같은 종류의 경상도 지
방 민요로는 "어사용"을 들 수 있다. 이와는 달리 구성음이 "Sol-La-do-re-mi"
로 되어 서울 경기 지방 기층음악에 주로 사용되는 京토리와 유사한 음계를
보이는 梵唄도 있는데(神衆請 中1 香花請 歌詠 15:40-17:10)[12] 그 다음곡
(神衆請 獻座眞言)과 비교하면 메나리토리의 "Mi-Sol-La-do-re-mi" 가운데
'Sol'이 半音 낮아져 "Mi-Sol-La"가 "Sol-La-do"로 변화되는 것을 알 수 있다.
이와 같은 구성음의 경상도 민요로는 '성주풀이'를 들 수 있다. 그러나 이
외의 부산 지역 梵唄들은 대부분 메나리토리로 되어 있다.

선율은 낮은 'Mi'로 시작하여 점차 높아져 'do'까지 올라가 長引屈曲하
다가 다지 가장 낮은 'Mi'로 끝나는 선율형을 가장 많이 사용한다.

결국 부산 梵唄의 선율은 "Sol-La-do-re-mi"의 京토리나 "Re-Mi-Sol-La-do"
의 西道토리가 많이 사용되는 서울 奉元寺의 梵唄에 비하여 부산 경상도
강원도 등 한국 동부 지방 기층음악의 메나리토리가 주로 사용되는 것이 특징
이라 하겠다.

---

11) 文九菴『嶺南梵音梵唄集』白花道場觀音寺(淸明音盤)(音響資料 Cassette Tape) 2-1.
12) 文九菴『嶺南梵音梵唄集』白花道場觀音寺(淸明音盤)(音響資料 Cassette Tape) 3-1.
   15:40-17:10

2. 佛母山 靈山齋 梵唄의 종류

佛母山 영산재에 불리는 범패를 진행순서에 따라 나열하면 다음과 같다.

試輦 : 擁護偈·獻座眞言·茶偈·行步偈·南無大聖引路王菩薩·靈鷲偈
·普禮三寶

對靈 : 對靈疎·着語·孤魂請·香煙請·歌詠

灌浴 : 眞言

神眾作法 : 범음성

上壇勸供 : 頂禮·請法偈

: 1)喝香, 2)燈偈, 3)煙燈偈, 4)喝花, 5)舒讚偈, 6)佛讚, 7)
大直讚(三歸依作法 ; 나비춤), 8)至心信禮,
9)三鬼, 10)唱魂, 11)中直讚, 12)寶藏聚, 13)五德師, 14)開
啓疎, 15)合掌偈, 16)告香偈, 17)大開啓,
18)觀音讚, 19)觀音請, 20)灑水偈, 21)伏請偈(천수바라),
22)四方讚, 23)道場偈, 24)大會, 25)六擧佛,
26)三寶疎, 27)大請佛, 28)三禮四部請, 29)單請佛, 30)獻
座偈, 31)茶偈(나비춤), 32)一切恭敬, 33)香花偈,
34)三願我偈, 35)至心歸命禮, 36)久遠劫中, 37)香羞羅列
(나비춤), 38)四陀羅尼(바라춤), 39)上來加特,
40)願此, 41)會祝萬年, 42)六法供養, 43)加特偈, 44)和請,
45)食堂作法, 46)施食, 47)奠施食, 48)廻向

이 가운데 불모산 영산재 보존회에서 전승되는 바라무와 나비무를 추는
곳은 다음과 같은 대목이다.

7) 大直讚에서부터 三歸依作法이라고 하는 나비춤(僧舞)을 추게 된다.
21) 伏請偈에서는 바라춤을 추게 되는데, 신묘장구대다라니의 반주
에 맞춰 바라를 가지고 춤을 추기 때문에 '천수바라춤'이라고
부른다.

31) 茶偈에서는 나비춤(僧舞)을 추게 된다.
37) 香羞羅列에서부터 다시 나비춤을 추게 된다. 그런데 삼귀의 작
법시의 나비춤과 다게시의 나비춤, 그리고 운신게의 나비춤 등
세 가지가 있지만 그 춤새와 난이도 등은 서로 다르다.
38) 四陀羅尼를 봉찰할 때에는 바라춤을 춘다.

바라무와 나비무의 의미와 특징은 대략 다음과 같다.

가. 바라춤
신묘장구대다라니 글귀와 태징 반주에 맞추어 바라무를 한다. 요잡
이라고 부르는 바른 동작과 힘찬 춤 모습에서 동적인 표현의 춤사위
임을 잘 알 수 있다. 천수바라와 사다라니 바라무는 각기 다라니를,
화의재 바라는 진언을 홋소리로 부르고 태징소리 박자에 맞추어 無가
이루어지며 명바라, 관욕쇠바라, 내림게바라, 막바라, 등은 홋소리가
없고 태징박자에 맞추어 無가 이루어지는 것이 특징이다. 바라무의
종류는 다음과 같다. 즉 ①천수바라 ②사다라니바라 ③명바라(명발)
④관욕쇠바라 ⑤내림게바라 ⑥막바라(요잡) ⑦화의재바라 등이다.

나. 나비춤
육수장삼과 여자가사를 소한 스님이 불보살 찬탄과 공양의 의미를
담고 있는 두름 소리에 맞추어 느린 춤사위를 구사하는데 이는 정적
인 춤사위라 할 수 있다. 나비무의 종류는 다음과 같다. ①香花偈 ②
道場偈 ③茶偈 ④三歸依 ⑤牡丹讚 ⑥五供養 ⑦久遠劫中 ⑧自歸佛 ⑨
頂禮 ⑩地獄偈 ⑪起經 ⑫四方繞身 ⑬運心偈 ⑭曼達作法 ⑮打柱無등
이다.

다. 法鼓춤
범음 곡목이 없고 단지 사물 중심으로 한 스님이 가사장삼을 소하
고 양손에 북채를 잡고 시선을 북을 쏘아보며 삼현육각과 태징, 호적
에 맞추어 느린 동작에서 점차 빠른 동작으로 춤을 춘다. 북소리와 태

징 등 사물소리를 통하여 허공중생, 축생 등 고통받는 모든 중생을 제
도하기 위한 춤이다.

梵唄를 音聲供養이라고 하는데, 소리를 통해 불보살님을 찬탄하고 예배
한다는 뜻이다. 이러한 梵唄는 그 소리의 성격에 따라 네 가지 종류로 분류
할 수 있다. 첫째, 平聲은 哀而安이라고 표현 하는데, 애정하면서 편안한
소리를 말한다. 둘째, 上聲은 勵而擧라고 표현하는데 힘들여 높이들어 올
리는 소리를 말한다. 셋째, 去聲은 (淸而遠이라고 표현하는데, 맑으면서 멀
리 퍼지는 소리를 말한다. 넷째, 促聲은 直而促이라고 표현하는데, 곧고 빠
른 소리를 말한다. 이러한 네 가지 특성을 가진 소리는 儀式文의 내용에 따
라 선택된다.

범패는 불교의 전래와 함께 우리나라에 전래된 것으로 추측된다. 처음 불
교의 전래와 함께 들어온 범패는 당연히 인도에서 불교의 발생과 함께 형성
된 인도풍의 범패였을 것이다. 이후 범패가 북방의 육로를 통하여 한국까지
전래되는 과정에서 티벳지역과 중국에서 각국의 음악문화를 습합한 형태의
새로운 범패가 만들어져 그 이후 우리나라까지 전래되었을 것으로 추정된
다.

9세기경에는 중국 당나라에서 새로운 선종 사상이 일어나 우리나라에까
지 전래되었는데, 진감선사가 이 선종과 함께 새로운 당풍의 범패를 들여와
옥천사, 즉 쌍계사에서 가르쳤다. 따라서 이 지역의 범패, 즉 마산, 통영 하
동 등지의 범패는 진감선사의 범패에 그 연원을 두고 있다고 추정해도 큰
무리는 없을 것으로 보인다.

그러나 진감선사의 범패 수입 이후 범패에 대한 기록은 거의 없으며, 특
히 불교가 크게 성행한 고려시대의 범패에 대해서는 한줄의 기록도 찾기 어

렵다. 다만 조선조에 들어와 대휘화상의 『범음종보』에 의해 조선시대 범패
승 계보를 그 편린이나마 조금 알수 있는 정도이다.

경상남도 지방 무형문화재로 지정된 불모산 영산재의 범패의 계보는 대
략 19세기 경까지의 계보가 보고되고 있다. 조사에 의하면 그 연대를 알 수
있는 인봉(仁峰) 이전에도 두세대 위의 웅파(熊坡)와 한세대 위의 해암(海
庵)이 더 있어 5-60년 더 거슬러 올라간다해도 18세기 중반부터의 기록으로
확인된다. 또 마산 영산재 예능보유자의 주장에 따르면 웅파(熊坡)는 불모
영산재 전승계보의 15대 계승자이므로 이를 인정한다면, 한 세대에 적게는
20년 많게는 40년의 연수를 감안하여 추정해도 400-600년 정도 더 거슬러
올라갈 수 있다. 즉 불모 영산재의 발생을 대략 12세기에서 14세기로 추정
해 볼 수 있다는 것이다. 그러나 이것은 어디까지나 추정일뿐이다.

따라서 마산 불모 영산재의 범패가 신라시대의 진감선사 범패까지 직접
그 맥이 연결되는가에 대해서는 문헌적으로 더 조사해보아야 하겠지만, 현
재까지 확인된 18세기까지의 기록만으로도 보호 육성할 전통 문화재적 가
치는 충분히 있다고 판단된다.

한편 서울 봉원사에 전승되는 영산재의 범패와는 부분적으로 조금씩 차
이나는 부분이 있으나 구성이나 절차는 전체적으로 비슷하다. 다만 음악적
특징에 있어서 서울 봉원사의 영산재의 범패와 기악연주는 주로 서울 경기
지방의 음악적 특징인 '솔-라-도-레-미'로 구성된 경토리 혹은 '라-도-레-미-
솔'의 서도토리의 특성을 많이 보여주는 것에 비해 마산 불모영산재의 범패
는 경상도 특유의 '미-솔-라-도-레-미'로 구성된 메나리토리가 주를 이루는
것이 차이가 난다. 서울 봉원사 영산재의 범패는 음조직이 부분적으로 메나
리 토리식의 음조직을 보여주고있는데, 그 선율 진행방식은 경토리식에 가
까운데 반해, 불모영산재의 범패는 같은 메나리토리식의 음조직으로 경상도
특유의 '레-도'로 꺽어주는 선율진행을 범패 특유의 잦는소리와 혼합된 형

태로 많이 사용하고 있는 것이 특징이라 할 수 있다. 즉 범패의 유사한 선율이면서도 마산 불모영산재의 범패는 경상도의 음악적 스타일을, 서울 봉원사 영산재의 범패는 서울·경기지방과 황해도 평안도의 서도지방의 음악적 특징을 습합한 특징을 보여주는 것이며, 이는 양쪽의 범패가 이미 오래전에 독자적으로 발전되어 오면서 해당 지역의 음악적 특징을 습합한 결과로 추정된다. 따라서 모두 매우 오래된 역사성을 갖는 음악이라는 것을 반증한다고 하겠다. 그러나 이러한 음악의 역사성은 범패의 전승계보에 대한 정밀한 추적과 관련음악의 세밀한 분석을 통해 논증되어야할 필요가 있다.

VI. 맺는말

부산·경남 지역의 梵唄에 대하여 혹자는 신라 眞鑑禪師가 당에서 전래해온 唐風梵唄에서 비롯되었다고 하지만 이에 대한 문헌 기록은 확실하지 않다. 또 일제강점기에 齋가 금지되면서 부산·경남의 모든 梵唄 전승이 단절되었고, 현재의 梵唄는 서울의 것을 모사한 것이라는 주장도 있지만 부산광역시 지정 무형문화재 제9호 영산재와 경상남도 지정 무형문화재 제22호 佛母山靈山齋 에 불리는 梵唄들의 사설과 선율을 살펴보면 서울 奉元寺의 영산재와는 조금식 차이가 있고, 경상도 지방 민요·무가 등 기층음악에 사용되는 메나리토리의 특징을 보인다는 점에서 부산·경남 지방 특유의 梵唄가 아닌가 생각된다.

전북지역의 영산재

최 낙 용

Ⅰ. 서론

삼국시대에 전래되었던 외래 종교인 불교는 그 종교 의식 또한 인도적(수륙재)이거나, 중국적(생전예수재)이었을 것이라 여겨진다. 한국 불교 의식 중에서 가장 큰 의식으로 꼽히며, 우리나라에 현존하는 대표적인 재의식(齋儀式) 가운데 하나인 영산재(靈山齋)는 중국이나 일본에는 없는 의식으로 이 땅에서 구성된 재의식일 가능성이 아주 높은 것으로 파악되고 있다.[1]

천도재(遷度齋)로서의 영산재는 석존(釋尊)의 교리를 전파하기 위한 순수 불교 의식인 안차비, 그리고 보다 대중적이고 토속적이며 재래의 민속적인 요소를 가미하여 사회적 의미를 지니게 한 바깥차비로 구성된다.[2] 사부대중(四部大衆)을 법열의 세계로 인도하기 위해 영산재는 그들의 인정에 호소하는 노래와 춤이 담긴 장엄한 의식이 되어야 했다. 따라서 기존의 민간신앙 및 민속과 긴밀한 상호 관계 속에 영향을 주고받을 수밖에 없었다. 이

---

1) 심상현, 『영산재』, 국립문화재연구소, 2003, 10면.
2) 홍윤식·정병호, 『영산재』, 문화재관리국, 1987, 10면.

처럼 종교·문화·역사적 컨텍스트와 정체성(identity)이 총체적으로 반영되었다는 점으로 볼 때, 영산재는 한국 고유의 불교의식인 동시에 전통 공연예술이라 할 수 있다. 따라서 전북지역의 영산재 또한 지역의 문화 예술적 특성이 고스란히 담겨 있는 불교 의식이자 예술 양식이다.

전북지역에 전해 내려오는 영산재는 현재 '봉서사 영산작법'이라는 명칭으로 행해지고 있으며, 1998년 전라북도 무형문화재 제18호로 지정되었다. 전북지역의 범패와 작법은 지역의 어장(魚丈)들에 의해 구전심수로 전수[3])되었는데, 1986년 정읍 범적사 주판선 스님(법명 금하)과 전주 보문사 이재호 스님(법명 일응) 등을 중심으로 정읍 태인 다천사(茶泉寺)에서 '다천사 작법'을 구성, 충남 천안에서 열린 제27회 전국민속예술경연대회에서 우수상을 수상하면서, '다천사 작법'으로 불리게 되었다. 그 후 정읍지역의 '다천사 작법'과 전주·완주 지역의 범패 및 작법을 통합해 '봉서사 영산작법'이라는 명칭으로 통일한 뒤, 1988년 제29회 전국민속예술경연대회에 참가해 대통령을 수상했다. 그리고 1998년에는 전라북도 무형문화재로 지정되면서 전북지역의 영산재로 자리매김하게 되었다. 이런 결과로 전북지역의 영산재는 '봉서사 영산작법'으로 불리고 있다.

또한 전남지역에 범패와 작법을 하는 스님들이 없어지고[4]), '봉서사 영산작법'의 전수에 전남지역의 일부 스님들이 참여하고 있다는 점으로 볼 때,

---

3) 부록의 〈표 4〉 봉서사 영산작법 어장 계보 참조.
4) 2005년 3월16일 전주 실상사에서 장상철 스님과의 대담에서. 장상철 스님은 전북지역 영산재의 정식 절차를 한문본과 한글본으로 총정리 하고, 음보 및 작법을 덧붙여 『권공·각배·영산주해정보요집(勸供各拜靈山注解旌譜要集)』이라는 책자를 펴낸 바 있다. 이 책에서 그는 "종보(宗普)에 의하면 전남 장흥 보림사(寶林寺)에 어장이 많았으니 대휘(大輝)대사께서 영남과 호남에 어장으로 많은 제자를 양성하였고, (…중략…) 제9대 혜감(慧鑑) 선사께서 화엄사에 주석하여 많은 어장을 양성"했다면서, 전북지역의 어장이 그 계보를 잇고 있다고 말한다. 장상철, 『권공·각배·영산주해정보요집(勸供各拜靈山注解旌譜要集)』, 태고종 실상사, 1988, 296면.

이제 '봉서사 영산작법'은 호남지역을 대표하는 영산재라 할 수 있다.

본고는 전북지역의 영산재, 즉 '봉서사 영산작법'의 범패와 작법의 특징을 살핀 뒤, 의식 진행 절차를 먼저 범패와 작법으로 나누고, 범패는 다시 염불성과 홋소리, 짓소리로 분류해 파악하고자 한다. 또한 전북지역의 범패가 전라도 지역의 음악적 특징인 육자배기조 노래의 영향을 받았고, 작법도 민간에서 추던 춤사위가 담긴 종합예술임을 고찰하고자 한다. 따라서 대중의 참여가 반드시 필요하고, 전제되는 일종의 축제와 같은 공동체 의식(共同體 儀式)임을 밝히고자 한다.

Ⅱ. 전북지역의 영산재─봉서사(鳳棲寺) 영산작법

1. 범패와 작법

1) 범패

현재 전승되고 있는 범패는 서울과 전라도, 경상도 지역의 범패 등 3종류로 나누어 보고 있다. 이들 범패는 각 지역의 특성에 따라 약간의 차이를 드러내며 전승되고 있는데, 그 차이에 대해서는 아직까지 명확하게 밝혀지지 않고 있는 실정이다. 다만 범패의 장단과 꺾임 등이 각기 다소 다르다는 막연한 촌평만이 대부분을 이루고 있다.

'봉서사 영산작법' 어장인 장상철 스님(법명 일암) 또한 "우리나라 범패는 진감국사(眞鑑國師)의 쌍계사 범패가 시초이다. 범패는 크게 서울·전라도·경상도 범패 등 3종류로 나누는데, 서울 범패는 진감국사가 초년에 가르쳤고, 전라도 범패는 중년, 경상도 범패는 노년에 가르쳤다고 한다. 서울 범패는 전라도 범패와 서로 같은 면이 많아 맞는데, 경상도 범패는 아주 달라 맞지 않는다. 서울 범패는 서도 소리로 세고 높아 소리가 좋은 반면, 전라도 범패는 작법이 좋다."[5]라고 말하는데, 각 지역 범패의 차이에 대해서도 "서울 봉원사 송암 스님의 영산과 전라도 영산이 맞는 면이 비록 많다고 하지만, 판이하게 다르다. 뭐가 어떻게 다르다고 말할 순 없지만, 뚜렷한 차이가 있다."[6]고 말할 뿐이다. '봉서사 영산작법'에 참여하고 있는 모든 스님들 역시 이러한 견해에 전적으로 동의하지만, 뚜렷한 차이점에 관해서 말하지 못하고 있는 것은 마찬가지이다.

영산재의 지역적 차이는 문화 예술의 지역적 특성에 따라 약간씩은 다르게 각각 전승된 것으로 미루어 짐작되는 만큼, 범패 또한 각 지역마다 다른 음악적 특징[7]에 따라 전승되었을 것으로 보인다. 즉 서울 범패는 경기도 및 충청도 북부 지역을 포괄하는 '경토리권', 경상도 범패는 경상도·강원도·함경도 지역을 망라하는 '메나리토리권', 전라도 범패는 전라도와 충청도 남부지역을 합친 '육자배기 토리권'을 특징을 각각 보여주고 있다는 것이다.

따라서 서울 범패는 음색이 맑고 깨끗하며, 유창하고 부드럽게 구사하는 창법이라 서정적인 목소리의 느낌을 주고, 비교적 빠른 속도로 노래하는 것이 많다. 경상도 범패는 목소리를 가늘게 뽑는 구슬픈 음색이 특징이다. 전라도 범패는 목을 눌러서 극적이고 거칠게 내는 '굵은 목' 발성법이 특징이다. 성음(聲音)에서도 서울 범패가 대개 '평으로 내는 목'이라면, 전라도 범패는 특히 '떠는 목'과 '꺾는 목'을 자주 사용해 소리가 구성지다.

---

5) 2005년 3월16일 전주 실상사에서 장상철 스님과의 대담에서.
6) 2005년 4월18일 전주 실상사에서 장상철 스님과의 대담에서.
7) 다른 지역과는 구분되는 각 지역의 독특한 음악적 특징을 '토리/조'라고 하는데, 민요의 토리/조는 민요를 구성하고 있는 음과 음의 기능, 음이 움직이는 방식, 발성법, 장식음의 사용법 등을 포괄하는 개념으로, 어떤 지역 사람들의 음악어법을 말한다고 한다. 김익두, 「전북 민요의 지역적 위상」, 『한국구연민요 연구편』, 한국구연민요연구회, 집문당, 1997, 149쪽.

'봉서사 영산작법'에 참여하고 있는 스님들 중에는 불가(佛家)에 들기 전에 가야금과 삼현육각의 악기에 능했거나, 시조창·판소리 등을 익히는 등음악적 소양(素養)이 밝은 분들이 많다. 특히 전자(前者)에 해당되는 장상철 스님의 경우, 범패 소리가 부르는 사람의 기분 혹은 힘의 조절 등으로 인하여 박자가 자유자재로 움직이는 신축성이 있다는 점을 파악, 범패소리에 담겨 있는 일정한 한배내의 박자를 읽어 정리했다.[8] 후자(後者)에 해당되는 서준석 스님(법명 보운)과 이강선 스님은 판소리에서 사용되는 끌어내리는 목이나 올리는 목과 같은 선율 구성적인 기교, 달아두고 걸치고 하는리듬 구성적인 기교 등을 구사해 범패 소리에 풍부한 입체감을 더했다.

'봉서사 영산작법'의 범패는 염불성(念佛聲)과 전문적인 염불(범패)인 안차비와 바깥차비, 화청(和請) 등으로 크게 나뉜다. 염불성은 평성으로 부르는 평염불을 말하는 것이고, 안차비는 소리의 굴곡이나 높낮이가 적으며 자비성(慈悲聲)인 평계성(平繼聲)으로 부른다. 바깥차비는 홋소리와 짓소리로 나뉘어서, 홋소리는 약 1옥타브 반 정도가 사용되고, 짓소리는 높여서 지른다는 '질음(叱音)소리'라고도 하는데, 우조(羽調)와 계면성(界面聲)을 혼용하여 부르며, 소리의 높낮이가 아주 심하여 3옥타브 반 정도가 오르락내리락하는 등강성(騰降聲)이 있어서 부르기가 몹시 까다롭고 곡조가 느리며장(長)차다.

보통 범패의 어장들은 노래하고 읊는데 가장 중요하며 그 기본이 되는'궁(宮), 상(商), 각(角), 치(徵), 우(羽)', 즉 '음, 아, 어, 이, 오'의 다섯 가지소리를 많이 수련하고, 호흡을 길게 뻗치는 실력을 가져야 한다고 한다. 왜냐하면 아무리 웅장하고 아름다운 목소리라도 호흡을 연장하는 힘이 부족하

---

8) 그는 젊은 시절 김계곡(金溪谷), 전추산(全秋山)으로부터 거문고와 퉁소, 정석암(鄭石菴)으로부터는 가곡과 가사 및 시조를 배워서 음보를 적을 줄 안다고 했다. 2005년 4월 18일 전주 실상사에서 가진 대담에서.

면 읊고 노래할 때에 높고, 낮고, 길고, 짧은 것을 마음대로 고르지 못하기 때문이다. 이 다섯 가지 음은 다시 '양성(陽性)'과 '음성(陰聲)'으로 나뉘어, 많이 단련된 소리가 장부로부터 나올 때, 혈기가 화평하고 신명이 합하여 응한다고 한다. 따라서 어장들은 노래에 반드시 있는 어단성장(語短聲長)을 알고, 성음의 고저장단 및 경중청탁에 있어서의 '어음성장(語音聲長)의 묘리'를 체득한 경지에 이르러야 한다는 것이다.[9]

이에 따라, '봉서사 영산작법'의 짓소리는 '아'와 '오'의 중간 발음을 내어 부르는 '아오성(聲)'이라는 독특한 창법이 구사되는데, 이는 장차게 소리를 끌어 묘음성(妙音聲)의 미를 구성하려는 일종의 장식음을 사용하는 창법이다. 예를 들면, '하아'할 것을 '하'도 아니고, '아'도 아닌 중간음으로 부드럽고 끄는 소리(引聲)를 살려서 모음을 내는 것인데, '허아', '호아', '후오', '흐어', '히이' 등으로 바꿔 부르는 창법이다.[10]

'봉서사 영산작법'의 짓소리는 이렇게 끄는 소리가 딴 음색으로 변창(變唱)되는 경우가 아주 많은데, 곧게 소리를 뻗는 경우, 곧게 소리를 뻗다가 약간 흔드는 경우, 기준음을 약간 흔드는 경우, 혹은 기준음을 1도음을 올려서 흔들거나 내려서 흔드는 경우, 흔들며 3도 이상 끌어 올리는 경우, 연계음으로 부드럽게 밀어 올리거나 끌어내리는 경우, 겹소리 같은 소리를 빨리 굴려 내리는 경우, 반음 정도 올려 부드럽게 빨리 합음(合音)하는 경우, 음을 억세게 왈리는(후려치는) 경우, 소리가 끊어질 것 같이 약하게 부르는 경우 등[11] 다양하면서도 어려운 기교를 사용해야 한다.

---

9) 2005년 4월18일 전주 실상사에서 장상철 스님과의 대담에서. 이것은 한효의 『조선연극사개요』에도 나오는 말이다. 한효, 『조선연극사개요』, 평양 국립출판사, 1956, 한국문화사 영인본, 1996, 121~126쪽.
10) 장상철, 같은 책, 284~286면.
11) 장상철, 같은 책, 287~289면.

2) 작법

작법은 넓은 의미에서 승려의 모든 언행, 즉 예의범절 전체를 일컫는 말이다.[12] 좁은 의미에서는 의식에서의 찬탄과 기원의 성취를 발원하고, 법회에서 얻은 법열을 나타내기 위해 어산(魚山)춤·바라(鈸鑼)춤·법고(法鼓)춤·타주(打柱)춤 등을 추는 것을 의미한다.[13]

'봉서사 영산작법'은 군무(群舞)를 할 때, 여러 사람의 동작이 마치 한 사람이 춤을 추는 듯 호흡이 잘 맞는 것으로 정평이 나있다. 이는 스님들이 범패의 육자배기조 가락에 익숙하고, 몸에 배어 있기 때문이기도 하겠지만, 반드시 먼저 범패를 배운 뒤 작법을 익히는 전수 방식에서 비롯된 것이다.

특히, '봉서사 영산작법'에는 서울 작법에는 없는 '운심게작법(運心偈作法)'이 전수되고 있다는 점이 특이하다. '운심게작법'은 어산춤의 한 종류로서 1인무인데, 선작법과 후작법으로 이루어져 있으며, 동작이 많고, 격식이나 치레가 가장 잘 구성되어 있다. '운심게작법'은 고깔을 쓰고, 연꽃을 들고서 춤을 추다가, 낙관을 벗고 민바라춤으로 마무리하는 춤이다. 서울 작법이 식당작법 중심의 춤이라면, '봉서사 영산작법'에는 타 지역 작법에는 없는 '운심게작법'이 전승되고 있다는 것이 그 특징이라 하겠다.

어산춤은 공양을 올릴 때와 염불을 할 때, 염불성과 홋소리, 짓소리에 맞춰 추는 춤이다. 따라서 춤사위는 공양을 올리는 예를 의미하며, 물고기가 춤을 추는 모습을 형상화하고 있다. 보통 한 명이 춤을 추지만, 두 명이나 네 명이 추는 경우도 있다. 다른 작법과는 다르게 따로 준비된 장삼과 가사에다 팔색의 앵자(櫻子)를 느린 무복(舞腹)을 입고, 오색띠를 두른 고깔을

---

12) 심상현, 같은 책, 33면.
13) 법현 스님은 작법무를 바라무, 나비무, 법고무, 타주무 등 4가지로 나눴고(법현, 『영산재 연구』, 운주사, 1997, 20면), 심상현은 바라무, 착복무, 법고무 등 3가지로 나눴다.(심상현, 같은 책, 32면)

쓴다. 머리에 쓰는 고깔은 낙관(落款)이라고 부르는데, 물고기의 머리에 해당되며, 장삼은 날개를 의미한다. '봉서사 영산작법'의 경우 낙관의 뒷면에는 커다란 잉어가 그려져 있다. 과꽃을 들고 춤을 추는 서울 작법과는 달리, 보통 연꽃을 들고 춤을 추면서 꽃공양[14]을 올린다.

바라춤은 여러 진언(眞言)의 창에 맞춰 추는데, 역시 호적과 징, 삼현육각의 반주가 따르기도 한다. 바라를 잡을 때는 왼손 바라가 윗편, 오른손 바라가 아래쪽을 향해야 한다. 바라가 배꼽 밑으로 내려가서는 안 되며, 작은 소리로 칠 때는 바라의 윗부분을 붙이고 아래 부분을 부딪쳐 소리를 내야 한다. 바라춤은 여성적이고 정적인 어산춤과는 달리 남성적이며 동적이다. 바라의 쇳소리로 내는 단순한 가락이 경쾌함을 더해주며, 춤동작이 크고 재빠르다. 특히 군무를 출 때는 장중함과 경쾌함이 어우러져 장엄을 이룬다.

법고춤은 일정한 장단이나 리듬이 없이 범패에 맞춰 추는 춤으로서, 호적이나 징, 바라 반주에 맞춰 추기도 한다. 춤은 한 명 혹은 두 명이 춤을 추는데, 두 명이 춤을 출 때는 한 사람이 법고 뒤에서 장단을 쳐주고, 나머지 한 사람이 앞에서 북을 치며 춤을 춘다. 북을 칠 때는 복판을 칠 때와 변죽을 긁어내릴 때의 음향이 조화를 이루어야 한다. 법고 소리는 장중하고 의젓한 멋이 있어 좌중을 압도한다. 이밖에 타주춤은 식당작법에서 추며, 팔정도(八正道)를 깨우치기 위하여 팔정도 주변의 기둥을 우요하며 기둥돌기와 기둥을 두드리는 기둥치기가 주요 춤동작을 이룬다.

작법은 민중을 상대로 불교적인 교화를 목적으로 하는 의식무(儀式舞)이다. 예배를 상징하는 춤사위로 구성되어 있어서 춤동작이 단순하고 간결하지만, 성(聖)스러운 우아함과 신비감을 준다. 작법의 연원은 확실하지는 않지만, 민중 속으로 포교에 나섰던 원효의 무애가(無碍歌)와 무애춤과의 연

---

14) 꽃공양에는 연꽃, 모란, 작약 등을 사용하는데, 어산춤에는 연꽃, 나비춤에는 모란이나 작약 등을 사용한다.

관성15)을 따지지 않을 수 없는 만큼, 이 땅 민중의 춤사위로 이루어져 있다고 말할 수 있다.

'봉서사 영산작법'의 작법 또한 지역 민중의 춤사위가 가미되어 있다.16) '봉서사 영산작법'은 종교의식이기도 하지만, 전라도 지역의 음악인 육자배기조의 범패에 맞춰, 민간에서 추던 춤사위가 담긴 작법이 어우러진 종합예술이다. 또한 대중의 참여가 반드시 필요하고, 전제되는 일종의 축제와 같은 공동체 의식(共同體 儀式)라고 할 수 있다. 이 때, 대중은 영산재가 끝난 뒤에도 함께 한다는 감정, 무엇인가 중요한 것을 공유한다는 감정, 즉 공동체라는 의식(意識)을 갖게 된다.

2. 진행 절차17)

1) 시련절차(侍輦節次)

태징이 울리면 도량에 모인 팔부신중(八部神衆)이 연(輦)을 들고 절 앞 시련터로 나가 도량을 수호할 시방의 모든 현성(賢聖)과 영가(靈駕), 옹호신중(擁護神衆)을 맞으러 나간다. 모든 현성을 청한 뒤, 현성들이 강림하면 자리를 권한다. 다(茶)를 올려 권한 후 바라를 하며 나비춤을 춘다. 다(茶)를 대접하고 삼보(三寶)18)께서 자리하신 본당(本堂)으로 자리를 옮겨, 환영의

---

15) 심상현, 같은 책, 32~33면.
16) 본 연구자는 2005년 3월10일부터 12월 16일까지 '봉서사 영산작법' 보존회장 이강선 스님을 20여 차례 방문했다. 그는 불가에 들기 전에 판소리와 시조창은 물론 민간의 여러 춤도 배웠다고 한다. 그는 범패뿐만 아니라 특히 작법에 아주 능하다. 그는 봉서사 작법이 전라도 지역의 살풀이 같은 전통 춤과 친연성이 있음을 강조하곤 했다.
17) 현재 전북지역에서 행해지는 영산재를 강재묵 스님(법명 덕운)이 이재호 스님과 김춘명 스님의 교정을 받아 1990년 『권공각배영산의문(勸供各拜靈山儀文)』이라는 책으로 엮었다.
18) 불(佛), 법(法), 승(僧)

의미로 꽃잎을 흩뿌리면서 대중과 함께 창화(唱和)한다. 그리고 본 법회가 석존께서 행하시던 영축산 법회와 같으니 대중이 음광(飮光)[19]처럼 깨달아 미소를 짓게 되기를 기원하는 영축게송을 올린다.

시련절차의 순서는 ①옹호게(擁護偈) ②헌좌게(獻座게) 혹은 헌좌진언(獻座眞言) ③다게(茶偈) ④행보게(行步偈) ⑤산화락(散花落) ⑥영취게(靈鷲偈) ⑦보례삼보(普禮三寶) 등으로, 영축게만 염불성으로 범패를 하고 나머지는 모두 홋소리로 한다. 다만 행보게와 보례삼보의 경우 염불성과 홋소리 2가지 경우가 있는데, 소리로 할 줄 아는 스님들이 드물다. 즉 범패를 할 줄 아는 스님들이 극히 적다는 의미이다.[20] 작법은 다게에서 태징, 북, 목탁의 장단에 맞춰 착복한 스님들이 나비춤을 거행한다. 이 때 대중은 시계 방향으로 돌며 우요(右繞)하면서 함께 창화한다.

2) 대령절차(對靈節次)

영가를 삼보가 계신 도량 본당의 향단(香壇)으로 청해 맞아들여, 음식과 다과로 공양한 뒤, 맺어진 원한을 풀고 부처님 장법(仗法)의 가지력(加持力)으로 생멸의 진리를 깨닫기를 기원하는 의식이다.

대령절차는 (1)거불(擧佛) (2)수설대회소(修設大會所): 고혼소 일명 대령소 (3)증명청(證明請) (4)지옥게(地獄偈) (5)창혼(唱魂) (6)착어(着語) (7)진령게(振鈴偈) (8)파지옥진언(破地獄眞言) (9)멸악취진언(滅惡趣眞言) (10)보소청진언(普所請眞言) (11)증명유치(證明由致) (12)향화청(香花請) (13)가영(歌詠) (14)다게(茶偈) (15)고혼청(孤魂請) 등이 있다.

거불에서는 거불성(擧佛聲) 홋소리로 창화하고, 거불, 진령게, 향화청, 가영은 홋소리로 하며, 지옥게는 반홋소리로 창화한다. 수설대회소[21], 증명청,

___

19) 가섭존자(迦葉尊者)
20) 이하 염불과 소리 두 경우는 모두 이에 해당된다.

창혼, 착어, 파지옥진언, 멸악취진언, 보소청진언, 증명유치, 고혼청 등은 염불성으로 한다. 지옥게, 착어, 진령게, 보소청진언에서는 영가를 위로하기 위해 요령을 사용한다. 다게 작법에서는 시련절차에서와 마찬가지로 나비춤을 춘다.

3) 관욕(灌浴)

영가가 사바세계에서 더러워진 몸과 마음을 깨끗이 씻고, 석존의 진리를 깨닫는 의식이다. 영가가 욕실에 들어가 몸과 입을 청결하게 씻은 뒤, 명의(冥衣)로 갈아입고서 삼보께 예를 갖추기 위해 옷매무새를 정돈한다. 목욕을 한 뒤에는 삼보를 뵙고 화엄경의 진리를 깨닫게 된다.

관욕 절차로는 (1)인예향욕(引詣香浴)―염불성 (2)정로진언(淨路眞言)―염불성 (3)입실게(入室偈)―염불성 (4)가지조욕(加持澡浴)―염불성 (5)관욕게(灌浴偈)―염불성 (6)목욕진언(沐浴眞言)―염불성 (7)작양지진언(嚼楊枝眞言)―염불성 (8)수구진언(漱口眞言)―염불성 (9)세수면진언(洗手面眞言)―염불성 (10)가지화의(加持化衣)―염불성 (11)화의재진언(化衣財眞言)―홋소리 (12)수의진언(授衣眞言)―염불성 (13)저의진언(著衣眞言)―염불성 (14)착의진언(着衣眞言)―염불성 (15)정의진언(淨衣眞言)―염불성 (16)출욕참성(出浴叅星)―염불성 (17)지단진언(指壇眞言)―염불성 (18)산화락(散花落) 삼설(三說)―홋소리 (19)정중게(正中偈)―홋소리 (20)가지예성(加持禮聖)―홋소리 (21)보례삼보(普禮三寶)―홋소리 (22)법성게(法性偈)―염불성 (23)수위안좌(守位安座)―염불성 등이 있다.

---

21) 염불과 소리 두 경우가 있다.

4. 영반(靈飯) 및 시식(施食)

시방의 모든 현성(賢聖)과 영가(靈駕), 옹호신중(擁護神衆)께 음식과 다과를 공양하는 절차이다. 범패는 염불성으로 한다.

5. 괘불이운(掛佛移運)

괘불이운은 석존이 영축산에서 법화경을 설하시는 모습을 그린 탱화(幀畵), 즉 영산회상도(靈山會上圖)를 야단법석에 옮겨 모시는 의식이다. 괘불대에 걸려 모신 탱화는 법회에 운집한 대중을 고려해 크게 그린 것으로 장엄미(莊嚴美)가 돋보인다.

절차는 (1)옹호게(擁護偈)―홋소리 (2)찬불게(讚佛偈)―홋소리 (3)출산게(出山偈)―홋소리 (4)염화게(捻花偈)―홋소리 (5)산화락(散花落) 삼설(三說)―짓소리 (6)등상게(登床偈)―염불성 (7)사무량게(四無量偈)―염불성 (8)영산지심(靈山志心)―홋소리 (9)헌좌게(獻座偈)―홋소리 (10)다게(茶偈)―홋소리, 작법 등이 있다. 여기에서 산화락 삼설은 거령산(擧靈山)이라고도 한다. '나무영산회상불보살(南無靈山會上佛菩薩)'을 3번 반복해서 짓소리로 부른다.

6. 〈건회소(建會疏)〉 수설대회소(修設大會所)

괘불이운을 끝마치고 법회 준비가 되었음을 삼보께 고하는 절차이다. 재를 지내게 된 동기를 아뢰고, 법회를 통해 석존의 영험함이 효과를 나타나게 될 것을 기원하는 대목이다. 즉 불법의 감로수(甘露水)로 중생의 번뇌를 씻고, 모든 병을 치료하여 온 천지가 영원토록 평안해지기를 기원한다. 범패는 염불성으로 하고, 태징을 길게 한 번 친다.

7. 권공(勸供)

시방의 모든 현성과 영가, 옹호신중이 모여 불법승 삼보의 가지력(加持力)을 깨닫게 됨을 고하는 절차이다. 아울러 모인 영가와 영가의 윗대에 해당하는 돌아가신 스승과 부모님, 여러 선대 조상 영가들이 서방 극락세계로 잘 가시라고 천도에 정성을 다하는 대목이기도 하다.

권공 절차는 (1)초할향(初喝香)—염불성 (2)연등게(煙燈偈)—염불성 (3)삼정례(三頂禮)—홋소리 (4)창혼(唱魂)—홋소리 (4)합장게(合掌偈)—홋소리 (4)고향게(告香偈)—홋소리 (6)개계(開啓)—홋소리 (7)쇄수게(洒水偈)—홋소리 (8)관음찬(觀音讚)—홋소리 (9)사방찬(四方讚)—홋소리 (10)도량게(道場偈)—홋소리, 작법 (11)참회게(懺悔偈)—홋소리 (12)개경게(開經偈)—염불성 (13)청법게(請法偈)—염불성 (14)설법게(說法偈)—염불성 (15)십렴(十廉)—염불성 (16)거량(擧揚)—염불성 (17)수경게(收經偈)—홋소리 (18)사무량게(四無量偈)—홋소리 (19)귀명게(皈命偈)—홋소리 등이다.

8. 영산작법(靈山作法)

영산작법의 절차는 (1)할향(喝香)—홋소리 (2)연향게(燃香偈)—홋소리 (3)할등(喝燈)—홋소리 (4)연등게(煙燈偈)—홋소리 (5)할화(喝花)—홋소리 (6)서찬게(舒讚偈)—홋소리 (7)불찬(佛讚)—염불성 (8)대직찬(大直讚)—염불성 (9)중직찬(中直讚)—염불성 (10)소직찬(小直讚)—염불성 (11)개계소

(槪計疏) 수설대회소(修設大會所)—염불성 (12)합장게(合掌偈)—홋소리 (13)고향게(告香偈)—홋소리 (14)개계(開啓)—홋소리 (15)삼귀의(三歸依)—짓소리 (16)관음찬(觀音讚)—홋소리 (17)향화청(香花請) 삼설(三說)—홋소리 (18)산화락(散花落) 삼설(三說)—홋소리 (19)원강도량수차공양(願降道場受此供養) 삼설(三說)—홋소리 (20)가영(歌詠)—염불성 (21)걸수게(乞水偈)—홋소리 (22)쇄수게(洒水偈)—홋소리 (23)복청게(伏請偈)—홋소리, 천수바라춤 (24)사방찬(四方讚)—홋소리 (25)엄정게(嚴淨偈)—홋소리 (26)수설대회소(修設大會所) 대회소(大會疏)—홋소리 (27)거불(擧佛)—염불성 (28)대청불(大請佛)—염불성 (29)삼례청(三禮請)—염불성 (30)사부청(四府請)—염불성 (31)헌좌게(獻座偈)—홋소리 (32)다게(茶偈)—홋소리 (32)향화게(香花偈)—홋소리 (33)창혼(唱魂)—홋소리 (34)정법계진언(淨法界眞言)—염불성 (35)사다라니—염 불성 (36)배헌해탈향(拜獻解脫香)—염불성 (37)배헌반야등(拜獻般若燈)—염불성 (38)배헌만행화(拜獻萬行花)—염불성 (39)배헌감로다(拜獻甘露茶)—염불성 (40)화청(和請)—홋소리 (41)각집게(各執偈)—염불성 (42)가지게(加持偈)—홋소리

Ⅲ. 결론

영산재를 단순하게 망자의 명복을 기원하는 것에 그치는 것이 아니라 '진리를 구현하기 위한 수행도의 일환으로 특정한 목적을 갖고 비교적 짧은 기간(1~3일)에 거행하는 대규모 진리 구현 의식'으로 보기도 한다.22) 영산재는 대중의 참여가 반드시 필요하고, 전제되는 일종의 축제와 같은 공동체

---

22) 심상현, 같은 책, 68면. 137면.

의식(共同體 儀式)이라고 할 수 있다. 영산재가 끝난 뒤에도 함께 한다는 감정, 무엇인가 중요한 것을 공유한다는 감정, 즉 공동체라는 의식(意識)을 갖게 된다.

인간의 놀이의 가장 높은 형식은 항상 축제나 의식, 즉 성스러운 경지에 속한다고 한다.[23] 영산재와 그 불교의식이 거행되는 장(場)인 야단법석은 질서를 창조하며, 대중을 평형과 안정, 결합, 해결의 관념으로 이끈다. 따라서 영산재 속에는 인간이 인식하고 표현할 수 있는 가장 고귀한 성질인, 율동과 조화로 충만되어 있다. 현실을 상징화하고 신비화한 성스러운 의식인 영산재 속에서, 눈에 보이지 않고 나타나지 않는 영가의 천도나 법열이 아름답고 실재하는 신성한 형식을 획득하게 된다. 영산재 의식에 참여하는 대중은 그 의식 행위가 자신들의 기원과 법열을 확실하게 현실화시키며, 그들의 일상적인 삶 속의 질서보다 더 높은 질서를 가져다 줄 것임을 믿는다. 따라서 영산재는 '울타리가 쳐진' 공간(야단법석) 속에서 하나의 축제로 거행된다.

영산재는 행위의 재현(representation)을 통해 대중의 뇌리에 환영(illusion)을 창조하기보다는 현실적 행위로서의 표현(presentation) 및 형상화(reification)이며, 대중으로 하여금 성스러운 사건(영산회상) 자체에 참여하도록 하는 숭고한 행사이다.[24] 즉 영산재는 영산회상을 재생산(reproduce)하려는 것이 아니라 감정을 재창조(recreate)하는 의식이다.[25]

그렇지만 이러한 성스러운(sacred) 행사인 영산재에는 민중의 세속적인

---

23) John Huizinga, 김윤수 역, 『호모 루덴스』, 도서출판 까치, 1993, 21~23면.
24) 심상현은 영산재가 "어느 때, 어느 장소에서 베풀어지는 영산재일지라도 재현이나 시연이 아니라 실제상황으로서 시공을 초월한 현재진행형이라는 점이다."라고 아주 정확하게 지적하고 있다. 심상현, 같은 책, 9면.
25) 의례는 일종의 스테레오 타입화된 행위이지, 실제의 행위가 아니다. J. E. Harrison, 『고대 예술과 제의』, 예전사, 1996, 35면.

(secular) 음악과 춤이 담겨 있다. 왜냐하면 불교의 전파가 나라와 지역마다 다른 양상을 보였고, 불교의 한정적인 부분이 전용·개작·변형되는 데는 불교에 관한 민중의 다의성과 함께 토양 문화의 특수성이 철저하게 개입[26] 했기 때문이다.

시대적, 사회·환경적인 특성에 따른 문화 예술의 전승은 변화를 낳고, 변화는 바로 개성을 창출한다.[27] '봉서사 영산작법'의 범패와 작법 속에는 전북지역 문화와 예술이 녹아들어, 타 지역의 범패 및 작법과는 다른 개성을 지녔다. 불교 전래 이후 현재까지 끊임없이 지속되면서, 개인이나 집단의 창조로 인하여 변화가 일어나고, 지역 공동체의 선택에 의해서 지금껏 독창적으로 전승되고 있는 것이다.

불교는 종교와 정치가 불가분의 관계를 맺고 있던 중세에 이르러 민족 종교로서 뿐만이 아닌, 동아시아의 보편적 종교로까지 성장했다.[28] 불교 국가에서 백성은 신도였다. 따라서 불교의식 행사는 국가적 행사였으며, 백성의 참여 또한 거국적이었다.

그러나 종교와 정치가 분리되고, 과학과 이성이 발달한 현대에 이르러 종교는 과거처럼 성(聖)에 의한 속(俗)의 지배가 확대[29]되지 못하고 오히려 축소되었다. 소수화된 신도들마저 영산재를 비롯한 불교의식에 대한 이해의 어려움을 호소한다. 불가에서도 "경전은 너무 어렵고, 의식 또한 어렵고 지루하다. 그러니 교리와 의식을 개조·축소해야 한다."라며 불교의식의 현대화를 주장[30]한다. 영산재와 같은 불교의식에서 과거와 같은 거국적인 장엄

26) 편무영, 『한국불교민속론』, 민속원, 1998, 48~49면.
27) 조동일, 『서사민요연구』, 계명대학출판부, 1983, 131면.
28) 중세 서양에서는 기독교가 보편 종교로 성장해 본격적인 성서 번역이 줄을 이었는데, 동양에서도 불경의 번역 및 간행이 활발했다.
29) Arnold Van Gennep, 전경수 옮김, 『통과의례』, 을유문화사, 2000, 30면.
30) 장상철, 같은 책, 282면. '봉서사 영산작법'은 1990년 전라북도 무형문화재로 지정된 이후 3차례 남짓 공연되었을 뿐이었는데, 2005년도에는 보존회장이신 이강선 스님의

과 찬탄을 기대할 수는 없겠지만, 기독교의 미사와 예배, 유교의 종묘제례(宗廟祭禮) 및 석전대제(釋奠大祭)와 세 축을 이루는 불교의식으로 영산재가 자리매김할 수는 있을 것이다. 더욱이 2001년 종묘제례 및 종묘제례악이 유네스코 세계문화유산 걸작으로 지정된 사실에서 볼 수 있듯, 영산재의 고태(古態)를 보전하는 것도 중요하다. 또한 현대화된 영산재는 대중과 함께 하는 장소에서 대중으로 하여금 '우리'의 정체성을 확인하고, 공동체라는 사실을 인식하게 하는 거울 역할을 해야 한다. 영산재가 어떤 모습으로 변화되든 그것은 민중에 의한 선택과 변이일 것이다.

노력으로 한 해 동안 4차례나 공연을 올렸다. 물론 대중에게 호소할 수 있는 대목들만을 모아 1시간 남짓 치른 공연이었지만, 호응은 대단한 것이었다.

부록

〈표 1〉『권공각배영산의문(勸供各拜靈山靈山儀文)』[31] 분류

절차		범패	작법
1. 시련절차 (侍輦節次)	1)옹호게(擁護偈)	홋소리	
	2)헌좌게(獻座게) 혹은 헌좌진언(獻座眞言)	홋소리	
	2)다게(茶偈)	홋소리	작법
	3)행보게(行步偈)	홋소리	
	4)산화락(散花落)	홋소리	
	5)영취게 (靈鷲偈)	염불성	
	6)보례삼보(普禮三寶)	홋소리	
2. 대령절차 (對靈節次)	1)거불(擧佛)	홋소리	
	2)수설대회소(修設大會所)—고혼소 일명 대령소)	염불성	
	3)증명청(證明請)	염불성	
	4)지옥게(地獄偈)	반홋소리	
	5)창혼(唱魂)	염불성	
	6)착어(着語)	염불성	
	7)진령게(振鈴偈)	홋소리	
	8)파지옥진언(破地獄眞言)	염불성	
	9)멸악취진언(滅惡趣眞言)	염불성	
	10)보소청진언(普所請眞言)	염불성	
	11)증명유치(證明由致)	염불성	
	12)향화청(香花請)	홋소리	
	13)가영(歌詠)	홋소리	
	14)다게(茶偈)	홋소리	작법
	15)고혼청(孤魂請)	염불성	
3. 관욕(灌浴) —인예향욕 (引詣香浴)	1)인예향욕(引詣香浴)	염불성	
	2)정로진언(淨路眞言)	염불성	
	3)입실게(入室偈)	염불성	
	4)가지조욕(加持澡浴)	염불성	
	5)관욕게(灌浴偈)	염불성	
	6)목욕진언(沐浴眞言)	염불성	
	7)작양지진언(嚼楊枝眞言)	염불성	
	8)수구진언(漱口眞言)	염불성	

---

31) 강재묵,『권공각배영산의문(勸供各拜靈山靈山儀文)』, 태고종 봉서사, 1990.

	9)세수면진언(洗手面眞言)	염불성	
	10)가지화의(加持化衣)	염불성	
	11)화의재진언(化衣財眞言)	홋소리	
	12)수의진언(授衣眞言)	염불성	
	13)저의진언(著衣眞言)	염불성	
	14)착의진언(着衣眞言)	염불성	
	15)정의진언(淨衣眞言)	염불성	
	16)출욕참성(出浴叅星)	염불성	
	17)지단진언(指壇眞言)	염불성	
	18)산화락(散花落)—삼설(三說)	홋소리	
	19)정중게(正中偈)	홋소리	
	20)가지예성(加持禮聖)	홋소리	
	21)보례삼보(普禮三寶)	홋소리	
	22)법성게(法性偈)	염불성	
	23)수위안좌(守位安座)	염불성	
4. 영반(靈飯) 및 시식(施食)		염불성	
5. 괘불이운 (掛佛移運)	1)옹호게(擁護偈)	홋소리	
	2)찬불게(讚佛偈)	홋소리	
	3)출산게(出山偈)	홋소리	
	4)염화게(捻花偈)	홋소리	
	5)산화락(散花落) 〈삼설(三說)〉	짓소리[32]	
	6)등상게(登床偈)	염불성	
	7)사무량게(四無量偈)	염불성	
	8)영산지심(靈山志心)	홋소리	
	9)헌좌게(獻座偈)	홋소리	
	10)다게(茶偈)	홋소리	작법
6. 〈건회소(建會疏)〉 수설대회소(修設大會所)		염불성	
7. 권공 (勸供)	1)초할향(初喝)	염불성	
	2)연등게(煙燈偈)	염불성	
	3)삼정례(三頂禮)	홋소리	
	4)창혼(唱魂)	홋소리	
	4)합장게 (合掌偈)	홋소리	
	4)고향게(告香偈)	홋소리	
	6)개계(開啓)	홋소리	
	7)쇄수게(洒水偈)	홋소리	

---

32) 거령산(擧靈山)이라고도 한다. '나무영산회상불보살(南無靈山會上佛菩薩)'을 짓소리로 부른다.

	8)관음찬(觀音讚)	훗소리	
	9)사방찬(四方讚)	훗소리	
	10)도량게(道場偈)	훗소리	작법
	11)참회게(懺悔偈)	훗소리	
	12)개경게(開經偈)	염불성	
	13)청법게(請法偈)	염불성	
	14)설법게(說法偈)	염불성	
	15)십렴(十廉)	염불성	
	16)거량(擧揚)	염불성	
	17)수경게(收經偈)	훗소리	
	18)사무량게(四無量偈)	훗소리	
	19)귀명게(皈命偈)	훗소리	
	1)할향(喝香)	훗소리	
	2)연향게(燃香偈)	훗소리	
	3)할등(喝燈)	훗소리	
	4)연등게(煙燈偈)	훗소리	
	5)할화(喝花)	훗소리	
	6)서찬게(舒讚偈)	훗소리	
	7)불찬(佛讚)	염불성	
	8)대직찬(大直讚)	염불성	
	9)중직찬(中直讚)	염불성	
	10)소직찬(小直讚)	염불성	
	11)개계소(槪計疏)─수설대회소(修設大會所)	염불성	
	12)합장게(合掌偈)	훗소리	
8. 영산작법	13)고향게(告香偈)	훗소리	
(靈山作法)	14)개계(開啓)	훗소리	
	15)삼귀의(三歸依)	짓소리	
	16)관음찬(觀音讚)	훗소리	
	17)향화청(香花請) 〈삼설(三說)〉	훗소리	
	18)산화락(散花落) 〈삼설(三說)〉	훗소리	
	19)원강도량수차공양(願降道場受此供養) 〈삼설 (三說)〉	훗소리	
	20)가영(歌詠)	염불성	
	21)걸수게(乞水偈)	훗소리	
	22)쇄수게(洒水偈)	훗소리	
	23)복청게(伏請偈)	훗소리	천수바라춤
	24)사방찬(四方讚)	훗소리	
	25)엄정게(嚴淨偈)	훗소리	

26)수설대회소(修設大會所)―〈대회소(大會疏)〉	홋소리
27)거불(擧佛)	염불성
28)대청불(大請佛)	염불성
29)삼례청(三禮請)	염불성
30)사부청(四府請)	염불성
31)헌좌게(獻座偈)	홋소리
32)다게(茶偈)	홋소리
32)향화게(香花偈)	홋소리
33)창혼(唱魂)	홋소리
34)정법계진언(淨法界眞言)	염불성
35)사다라니	염불성
36)배헌해탈향(拜獻解脫香)	염불성
37)배헌반야등(拜獻般若燈)	염불성
38)배헌만행화(拜獻萬行花)	염불성
39)배헌감로다(拜獻甘露茶)	염불성
40)화청(和請)	홋소리
41)각집게(各執偈)	염불성
42)가지게(加持偈)	홋소리

〈표 2〉『권공각배영산주해정보요집(勸供各拜靈山注解旌譜要集)』[33)분석

절차			범패	작법
Ⅰ. 권공 (勸供)	1. 상주 권공 (常住勸供)	1)초할향(初喝香)	염불성	
		2)연등게(煙燈偈)	염불성	
		3)삼정례(三頂禮)	홋소리	작법
		4)합장게[34)	홋소리	
		5)고향게(告香偈)	홋소리	
		6)개계(開啓)	홋소리	
		7)쇄수게	홋소리	
		8)관음찬(觀音讚)	홋소리	
		9)사방찬(四方讚)	홋소리	
		10)도량찬(道場讚)	홋소리	
		11)참회게(懺悔偈)	홋소리	

33) 장상철, 『권공각배영산주해정보요집(勸供各拜靈山注解旌譜要集)』, 태고종 실상사, 1988.
34) 한문본에는 빠졌고, 한글본에만 나와 있다. 이하 한문을 병기하지 않는 절차는 한문본 에는 빠졌으나, 한글본에만 나와 있는 절차이다.

12)개경게	염불성	
13)청법게	염불성	
14)설법게	염불성	
15)십렴	염불성	
16)거량	염불성	
17)수경게(收經偈)	홋소리	
18)사무량게(四無量偈)	홋소리	
19)귀명게(皈命偈)	홋소리	
20)정법계진언(淨法界眞言)	염불성	
21)호신진언(護身眞言)	염불성	
22)관세음보살 본심미묘 육자대명왕진언 (觀世音菩薩 本心微妙 六字大明王眞言)	염불성	
23)호신진언	염불성	
24)준제진언(准提眞言)	염불성	
25)정삼업진언(淨三業眞言)	염불성	
26)건단진언	염불성	
27)정법계진언(淨法界眞言)	염불성	
28)거불(擧佛)	홋소리	
29)보소청진언(普召請眞言)	염불성	
30)향화청〈가영〉(香花請 歌詠)	홋소리	
31)헌좌진언(獻座眞言)	염불성	
32)다게(茶偈)	홋소리	작법
33)시 감로수진언(施 甘露水眞言)	염불성	
34)일자 수륜관진언(一字 水輪觀眞言)	염불성	
35)유해진언(乳海眞言)	염불성	
36)운심공양진언(運心供養眞言)	홋소리	작법
37))가지게(加持偈)	홋소리	
38)보 공양진언(普 供養眞言)	염불성	
39)보 회향진언(普 回向眞言)	염불성	
40)정본 관 자재보살 여의륜주 불정심 관세음보 살 모다라니	염불성	
41)불설 소재 길상다라니	염불성	
42)소원성취진언 보궐진언	염불성	
43)시련절차(侍輦節次)	염불성	
44)헌좌진언(獻座眞言)	염불성	
45)다게(茶偈)	홋소리	작법

	46)행보게(行步偈)	훗소리	
	47)영취게(靈鷲偈)	염불성	
	48)보례삼보(普禮三寶)	염불성	
2. 중단 권공 (中壇勸 供)	1)거불(擧佛)	훗소리	
	2)보소청진언(普召請眞言)	훗소리	
	3)유치	훗소리	
	4)향화청 〈가영〉(香花請 歌詠)	훗소리	
	5)헌좌진언(獻座眞言)	훗소리[35]	
	6)다게(茶偈)	훗소리	작법
	7)보 공양진언	염불성[36]	
	8)금강심진언	염불성[37]	
	9)항마진언	염불성[38]	
	10)제석천왕제구예진언	염불성	
	11)십대명왕본존진언	염불성	
	12)소청팔부진언	염불성	
	13)소원성취진언	염불성	
	14)보궐진언	염불성	
	15)보회향진언	염불성	
	16)탄백	탄성	
3. 시련 절차 (侍輦節 次)	1)옹호게	훗소리	
	2)다게	훗소리	작법
	3)행보게	훗소리	
	4)산화락	훗소리	
	5)영취게	염불성	
	6)보례삼보	염불성	

35) 선창과 후창이 있다.
36) 규모있게 하려면 훗소리로 지어 부른다.
37) 규모있게 하려면 훗소리로 지어 부른다.
38) 규모있게 하려면 훗소리로 지어 부른다.

4. 대령 절차(對靈節次)	1)거불(擧佛)	홋소리	
	2)수설대회소(修設大會所)—고혼소 일명 대령소)	염불성	
	3)지옥게(地獄偈)	홋소리	
	4)창혼(唱魂)	염불성	
	5)착어(着語)	염불성	
	6)진령게(振鈴偈)	홋소리	
	7)파지옥진언(破地獄眞言)	염불성	
	8)멸악취진언(滅惡趣眞言)	염불성	
	9)보소청진언(普所請眞言)	염불성	
	10)증명유치(證明由致)	염불성	
	11)향화청(香花請)[39] 〈가영(歌詠)〉	홋소리	
	12)다게(茶偈)	홋소리	작법
	13)고혼청(孤魂請)	염불성	
5. 인예 향욕 (引詣 香浴) —관욕 (灌浴)	1)정로진언(淨路眞言)	염불성	
	2)입실게(入室偈)	홋소리	
	3)가지조욕	홋소리	
	4)관욕게(灌浴偈)	염불성	
	5)목욕진언(沐浴眞言)	염불성	
	6)작양지진언(嚼楊枝眞言)	염불성	
	7)수구진언(漱口眞言)	염불성	
	8)세수면진언(洗手面眞言)	염불성	
	9)가지화의	염불성	
	10)화의재진언(化衣財眞言)	염불성	천수바라춤
	11)수의진언(授衣眞言)	염불성	
	12)저의진언(著衣眞言)	염불성	
	13)착의진언	염불성	
	14)정의진언	염불성	
	15)출욕참성(出浴參星)	염불성	
	16)지단진언(指壇眞言)	염불성	
	17)산화락(散花落)—삼설(三說)	홋소리	
	18)정중게	홋소리	
	19)가지예성(加持禮聖)	홋소리	
	20)보례삼보(普禮三寶)	홋소리	
	21)법성게(法性偈)	염불성	
	22)수위안좌(守位安座)	염불성	

---

39) 한글본에서는 향연청으로 되어있다.

		1)차반야심경	염불성	
6. 영반		2)보공양진언	염불성	
		3)수아차법식	염불성	
7. 시식 (施食)		1)거불(擧佛)	홋소리	
		2)창혼(唱魂)	홋소리	
		3)착어(着語)	묵언	
		4)진령게(振鈴偈)	홋소리	
		5)파지옥진언	염불성	
		6)해 원결진언	염불성	
		7)보소청진언	염불성	
		8)증명청(證明請)	염불성	
		9)다게(茶偈)	홋소리	작법
		10)향화청 가영	홋소리	
		11)고혼청(孤魂請)	염불성	
		12)향연청(香烟請) 가영(歌詠)	염불성	
		13)수위안좌(受位安座)	염불성	
		14)다게(茶偈)	홋소리	
		15)변식진언(變食眞言)	염불성	
		16)시 감로수진언(施 甘露水眞言)	염불성	
		17)일자 수륜관진언(一字 垂綸觀眞言)	염불성	
		18)칭량성호(稱量聖號)	염불성	
		19)여래십호(如來十號)	염불성	
8. 봉송 (奉送)		1)행보게	홋소리	
		2)법성게(法性偈)	홋소리	
		3)회향게(回向偈)	홋소리	
Ⅱ. 각배	1. 상위	1)할향(喝香)	홋소리	
		2)등게(燈偈)	홋소리	
		3)삼정례(三頂禮)	홋소리	
		4)합장게(合掌偈)	홋소리	
		5)고향게	홋소리	
		6)개게(開偈)	홋소리	
		7)참회게(懺悔偈)	홋소리	
		8)청법게(請法偈)	홋소리	
		9)설법게(說法偈)[40]	설법	
		11)거불(擧佛)	홋소리	

---

40) 지장삼보 거불 가운데 하나임.

		12)수설대회소(修設大會所)〉	상쇠(낭독)	
		13)진령게(振鈴偈)	홋소리	
		14)유치(由致)	홋소리	
		15)가영(歌詠)	홋소리	
		16)헌좌게(獻座偈)	홋소리	
		17)다게(茶偈)	홋소리	작법
	2. 소청 중위 (召請 中位)	1)거불(擧佛)	홋소리	
		2)수설대회소(修設大會所)〈시왕소〉	상쇠(낭독)	
		3)약례유치(略禮由致)	홋소리	
		4)향화청(香花請)〈가영(歌詠)〉	홋소리	
		5)헌좌게(獻座偈)	홋소리	
		6)다게(茶偈)	홋소리	작법
	3. 시왕 도청 (十王 都請)	1)향화청(香花請)〈가영(歌詠)〉	낭독	
		2)고아게	홋소리	
		3)헌좌진언(獻座眞言)[41]	홋소리	
		4)다게(茶偈)	홋소리	작법
		5)기성가지	홋소리[42]	
		6)운심게(運心偈)	홋소리	작법
		7)가지게(加持게)	홋소리	
		8)탄백(嘆白)	탄성	
	4. 대례청 (大禮請) 一각청	1)향화청(香花請)〈가영(歌詠)〉	홋소리	
		2)헌좌게(獻座偈)	홋소리	
		3)증명다게(茶偈)	홋소리	작법
		4)향화청〈가영〉[43]	홋소리	
		5)고아게	홋소리	
		6)향화청〈가영〉	홋소리	
		7)내림게(來臨偈)	연주[44]	

---

41) 한문본에는 이후 차상단권공(叉狀壇勸供), 다게(茶偈), 가지공양(加持供養), 운심게 (運心偈), 가지게(加持偈), 중단권공(中壇勸供), 탄백(嘆白) 순으로 이뤄진다.
42) 바라와 징을 함께 친다.
43) 한문본에는 4), 5), 6)이 빠져 있다.
44) 바라와 징을 치는 연주만 한다.

	8)〈산화락(散花落)〉모란찬(牧丹讚)	홋소리	
	9)보례삼보(普禮三寶)	홋소리45)	
	10)헌좌안위(獻座安位)	홋소리46)	
	11)헌좌게(獻座偈)47)	홋소리48)	
	12)다게(茶偈)49)	홋소리50)	작법
	13)오공양(五供養)	홋소리	
	14)상단가지게(加持偈)	홋소리	
	15)중단기성가지51)	홋소리	
	16)가지게	홋소리	
	17)보공양주	홋소리	
	18)회향주	홋소리	
	19)금강경찬 제 진언	염불성	
	20)화청	염불성52)	
	21)축원	염불성	
5. 괘불 이운(掛 佛移運)	1)옹호게(擁護偈)	홋소리	
	2)찬불게(讚佛偈)	홋소리	
	3)출산게(出山偈)	홋소리	
	4)염화게(捻花偈)	홋소리	
	5)산화락〈삼설〉53)	짓소리54)	
	6)등상게(登床偈)	염불성	
	7)사무량게(四無量偈)	염불성	
	8)영산지심(靈山志心)	홋소리	
	9)헌좌게55)	홋소리	
	10)다게	홋소리	작법

---

45) 생략이 가능하다.
46) 생략이 가능하다.
47) 한문본에는 헌좌진언(獻座眞言)으로 되어 있다.
48) 생략이 가능하다.
49) 한문본에는 12)와 13)사이에 상단권공(上壇勸供)과 다게(茶偈)가 있다.
50) 생략이 가능하다.
51) 이하 한문본에는 중단(中壇) 하나로만 되어 있다.
52) 가락으로 부른다.
53) 한문본에는 빠져 있다.
54) 거령산(擧靈山)이라고도 한다. '나무영산회상불보살(南無靈山會上佛菩薩)'을 짓소
리로 부른다.
55) 한문본에는 9)와 10)이 빠져 있다.

	11) 〈건회소(建會疏)〉 수설대회소(修設大會所)	염불성	
	1)할향(喝香)	홋소리	
	2)연향게(燃香偈)	홋소리	
	3)할등(喝燈)	홋소리	
	4)연등게(煙燈偈)	홋소리	
	5)할화(喝花)	홋소리	
	6)서찬게(舒讚偈)	홋소리	
	7)불찬(佛讚)	홋소리	
	8)대직찬(大直讚)	염불성	
	9)중직찬(中直讚)	염불성	
	10)소직찬(小直讚)	염불성	
	11)개계소(槪計疏)—수설대회소(修設大會所)	염불성	
	12)합장게(合掌偈)	홋소리	
	13)고향게(告香偈)	홋소리	
	14)개계(開啓)56)	홋소리	
Ⅲ. 영산작법	15)관음청(觀音請)	홋소리	
(靈山作法)	16)향화청(香花請) 〈삼설(三說)〉	홋소리	
	17)산화락(散花落) 〈삼설(三說)〉	홋소리	
	18)원강도량수차공양(願降道場受此供養) 〈삼설(三說)〉	홋소리	
	19)가영(歌詠)	염불성	
	20)걸수게(乞水偈)	홋소리	
	21)쇄수게(洒水偈)57)	홋소리	
	22)수설대회소(修設大會所)— 〈대회소(大會疏)〉	염불성	
	23)거불(擧佛)58)	홋소리	
	24)대청불(大請佛)	염불성	
	25)삼례청(三禮請)	염불성	
	26)사부청(四府請)59)	염불성	
	27)헌좌게(獻座偈)	홋소리	
	28)다게(茶偈)	홋소리	작법

56) 한문본에는 개계(開啓)와 관음청(觀音請) 사이에 관음찬(觀音讚)이 있다.
57) 한문본에는 쇄수게와 수설대회소 사이에 복청게(伏請偈), 천수(千手), 사방찬(四方讚), 엄정게(嚴淨偈) 등이 있다.
58) 한문본에는 거불과 대청불 사이에 수설대회소— 〈삼보소(三寶疏)〉가 있다.
59) 한문본에는 사부청과 헌좌게 사이에 단청불(單請佛)이 있다.

29)향화게(香花偈)	홋소리	작법
30)창혼(唱魂)[60]	홋소리	
31)배헌해탈향(拜獻解脫香)	염불성	
32)배헌반야등(拜獻般若燈)	염불성	
33)배헌만행화(拜獻萬行花)	염불성	
34)배헌감로다(拜獻甘露茶)[61]	염불성	
35)화청(和請)	홋소리	
36)각집게(各執偈)	염불성	
36)가지게(加持偈)	홋소리	
부 식당작법(付 食堂作法)[62]		
1)팔정도(八正道)		
2)사물(四物)		
3)오관게(五觀偈)		
4)십념(十念)		
5)타주중수창(打柱衆首唱)		
6)막제게(莫啼偈)		
7)정식게(淨食偈)		
8)삼시게(三匙偈)		
9)면향게(面香偈)		
1. 운수상단[63]		
2. 영산회상 작법		
3. 육법공양		
4. 식당공양		
5. 식당방		

---

60) 한문본에는 창혼과 배헌해탈향 사이에 육법공양(六法供養)이 있다.
61) 한문본에는 배헌감로다와 각집게 사이에 배헌선열미(拜獻禪悅味)가 있다.
62) 한문본에만 나와 있다.
63) 한문본에는 없고, 한글본에는 영산작법이 이와 같은 5단계로 나누어져 있다.

〈표 3〉 전북 봉서사 영산작법 보존회 현황

직책	성명	법명	소속
고문	장상철	일암	전북 전주 실상사
고문	이강선	석정	전북 전주 극락암
고문	서준석	보운	전북 전주 천고사
회장	황용선	등암	전북 익산 대인사
총무	천만성	덕월	충남 강경 수국사
재무	정철환	도안	전북 김제 만복사
회원	김형민	혜정	전북 전주 동고사
	박희영	혜안	전북 익산 태봉사
	강재묵	덕운	
	이정춘	도정	전북 남원 도인사
	황용주	대주	전북 정읍 일광사
	채수연	월호	전남 장흥 장안사
	이기행	혜령	광주 율곡사
	박도길	월인	광주 법륜사
	박점주	호산	전남 곡성 무각사
	정춘환	청림	전북 익산 도덕사
	박찬호	우하	광주 법흥사
	나정주	현덕	전북 익산 관음사
	최순우	법정	전북 익산 삼불암
	이우진	현월	전북 군산 염불암
	강성곤	법진	전북 익산 태봉사
	이재연	현담	전북 익산 태봉사
	엄영애	현진	전북 익산 도솔암
	박남선	정명	전북 정읍 도덕암

〈표 4〉 봉서사 영산작법 어장 계보

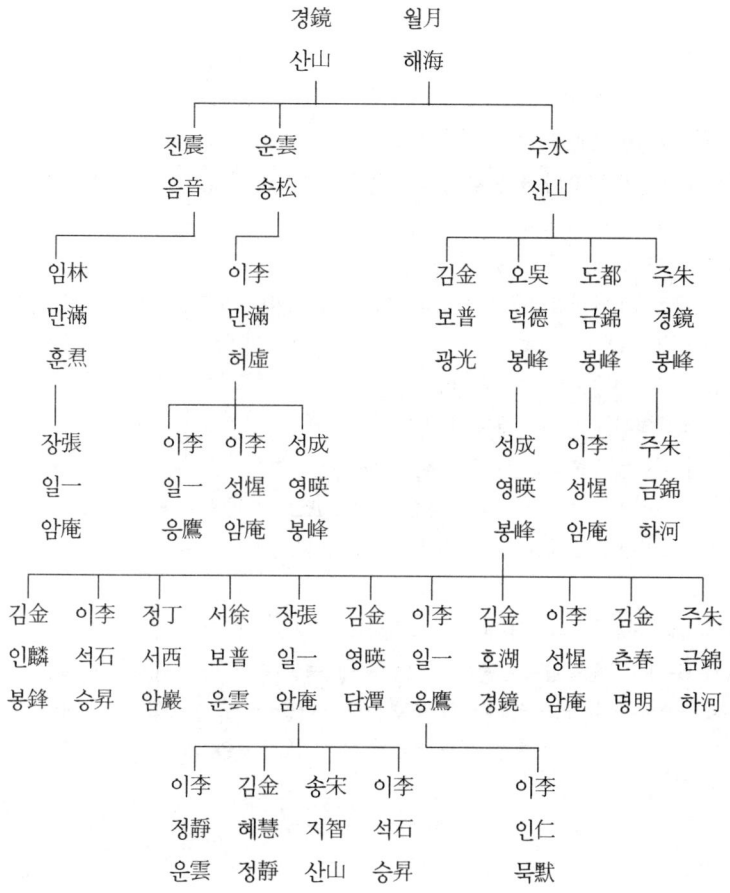

참고문헌

강재묵,『권공각배영산의문(勸供各拜靈山靈山儀文)』, 태고종 봉서사, 1990.

김익두, 「전북 민요의 지역적 위상」,『한국구연민요 연구편』, 한국구연민요연구회, 집문당, 1997.

심상현,『영산재』, 국립문화재연구소, 2003.

장상철,『권공각배영산주해정보요집(勸供各拜靈山注解旌譜要集)』, 태고종 실상사, 1988.

조동일,『서사민요연구』, 계명대학출판부, 1983.

법 현,『영산재 연구』, 운주사, 1997.

편무영,『한국불교민속론』, 민속원, 1998.

한효,『조선연극사개요』, 평양 국립출판사, 1956, 한국문화사 영인본, 1996,

홍윤식·정병호,『영산재』, 문화재관리국, 1987.

M. Eliade, 이은봉 역『성과 속』, 한길사, 1998.

J. E. Harrison, 오병남·김현희 공역,『고대 예술과 제의』, 예전사, 1996.

John Huizinga, 김윤수 역,『호모 루덴스』, 도서출판 까치, 1993.

Arnold Van Gennep, 전경수 옮김,『통과의례』, 을유문화사, 2000.

■■■■■ 종합토론 ■■■■■

  이 내용은 중요무형문화재 제50호 영산재 보존회와 봉원사가 주최하고 한국공연문화학회가 주관한 학술발표대회에서의 토론 내용을 정리한 것이다. 학술발표대회는 「영산재의 공연문화적 성격」이라는 주제로 2005년 8월 16일과 17일 이틀에 걸쳐 서울시 서대문구 봉원동 봉원사에서 열렸었다. 녹음 내용을 정리하는 과정에서 학술적이 아닌 일부 내용을 삭제하였음을 밝혀둔다.

〈제1부〉

- 좌장 : 홍윤식 (동국대학교 명예교수)
- 발표 : 박진태 (대구대학교 국어교육과 교수), 한국 불교축제의 역사와 영산재의 축제적 성격
      이보형 (한국고음반연구회 회장), 천도재로서 영산재의 연행행위에 대한 비교종교학적 고찰
      최 헌 (부산대학교 국악학과 교수), 영산재의 지역적 분포와 전승양상
      김영렬 (동국대학교), 불교 영산재 의식의 문화콘텐츠에 관한 연구
- 토론 : 진철승 (한국종교문화연구소)
      이미향 (류우코쿠대학 강사)
      김종형(능화) (중앙대학교 강사)
      김익두 (전북대학교 국어국문학과 교수)

홍윤식 : 영산재를 주제로 해서 이틀간에 걸친 학술대회를 한다. 대단한 발전입니다. 정말 저는 이 영산재와 인연이 깁니다. 제가 대학을 갓 졸업한 이십대, 스물여덟 살이나 먹은 때였습니다만, 그 인도 소리, 곧 범패에 아주

깊은 관심을 가지고 제가 녹음기를 하나 사 가지고 전국으로 범패를 조사를 하러 다니는데, 처음에는 어디서부터 어떻게 시작을 해야 할지 몰랐습니다. 오늘 최헌 교수님께서 지역에 따른 범패 분포 얘기를 해 주셨는데, 제가 많은 것을 배웠습니다. 그때 생각을 하면 여러 가지 감개가 무량합니다. 그때 여기 이 봉원사로 송암 스님을 찾아왔었어요. 광화문에서 택시를 타고 아침 일찍 왔어요. 그래 송암 스님으로부터 범패가 뭐고 범패 소리는 어떻고 선율은 어떤 것이고 하는 대체적인 얘기를 듣고 또 녹음을 하고. 거기서부터 인제 범패에 대한 전국적인 조사를 나름대로 했습니다. 근데 그때 얘기 듣기로는 범패는 경산조와 팔봉산조 두 선율이다 . 그런 말씀을 하시더라구요. 그래 인제 다 같은 서울에서 경산조를 하더라도 서교소리 다르고 동교소리 다르고 그렇게 여기저기 범패가 다르게 분포가 되어 있다. 그런 얘기를 제가 들었습니다. 전국을 그러고 돌아다녔습니다. 매년을 그러고 돌아다니고 제주도까지 갔습니다. 제주도까지 가 가지고는 풍랑이 일어 가지고 못 나오고 있는데, 돈이 떨어졌어요. 그래 방송국에 가서, 내가 녹음을 한 것을 가지고 방송을 좀 해주시오. 그러면 방송 사례를 해줄 줄 알았지요. 그랬더니 방송 사례는 없었어요. 그래 절에 들어가서 절밥도 얻어먹고, 그랬지요. 그렇게 돌아다니다 보니까 문화재전문위원이라고 하는 걸 맡게 되었어요. 그러니까 그때 배우는 학도를 문화재전문위원 시켰다고, 여기 권오성 교수님 와 계시지만, 그때 누가 제일 반대를 많이 하셨는가 하면 성경린 선생 그분이 막 그러고 하셨어요. 그래도 내가 성경린 선생 존경하지만, "이 분야는 내가 많은 자료를 수집하고 많은 걸 생각을 했습니다. 너무 그렇게 말씀하지 마세요." 그랬지요. 한번은 방송국에 가서 방송도 같이 한 적이 있어요. 성경린 선생님하고. 저기 남산에 텔레비전 방송국 있을 때. 그 다음에 그 관심이 어디로 옮겨졌냐 하면, 국립국악원과 서울대학교 국악과에서 이 범패에 대한 연구가 시작이 됐었습니다. 그러니까 다른 데에서는 범패 연구를 생각도 못

했지요. 저는 그때 서울대학교 교수님들과 국립국악원의 저명한 분들이 범패를 연구한다고 그러니까 한발 뒤로 물러설 수밖에 없었습니다. 조사 자료는 많이 제공을 했지요. 어쨌든 그런 것이 여러 가지 관심을 끌게 해 가지고 봉원사 송암 스님을 중심으로 범패가 무형문화재로 지정이 됐었습니다. 그래서 이 봉원사하고는 저하고 인연이 깊습니다. 그리고 세월이 또 지나서 저도 대학교수가 되고, 또 문화재전문위원에서 문화재위원으로 승격이 되고. 그러니까 이제 문화재를 지정할 수 있는 심의권도 가지고 그래서 가만히 이렇게 보니까 범패만 가지고 이걸 지정해서는 안 되겠다. 범패라고 하는 것이 영산재라고 하는 틀 속에 담겨져 있는 것이지. 그러니까 영산재라고 하는 것 전체를 조사해야 되겠다. 거기에는 음악만 있는 것이 아니라, 연극도 있고 미술도 있고 또 문학도 있고 하니까 이것을 통틀어 종합적으로 지정을 해줘야 되겠다, 라고 생각을 하게 되었지요. 그때는 나름대로 저도 이제 문화재위원으로서 그것을 지정 신청할 수 있는 자격도 가지고, 나름대로 힘도 생기고 그래서 중앙대학교 정병호 교수님을 끌어들여 가지고, 그분은 이제 무용 관계를 담당하기로 하고, 그렇게 해서 범패로 지정되었던 무형문화재를 영산재라고 하는 종합적인 것으로 이렇게 지정을 했습니다. 정병호 교수님하고 저하고. 그래서 영산재라고 하는 것이 무형문화재로 지정이 되었습니다. 오늘 생각을 해 보니까 영산재에 대해서 이렇게 많은 분들이 발표를 하시는데, 영산재에 대해서만 이틀에 걸쳐서 학술발표회를 하니 감개무량하고, 발표회의 결과에 대해서 크게 기대가 됩니다.

자, 그럼 박진태 교수님의 발표에 대해서 진철승 선생님이 토론해 주시죠.

진철승 : 시대적인 연속성으로 본다면 팔관회, 연등회의 계승 형태랄까 이것이 수륙재이거든요. 연등회나 팔관회의 조선쪽 계승 형태는 일단 수륙재다. 그래서 어떤 역사적 연속성이나 전통적인 연속성을 볼 때는 그렇게

엮어서 해주신 다음에 영산재로 넘어가는 게 좋지 않았을까, 그런 말씀을 드립니다.

그리고 이제 연등회 팔관회 분석하신 것하고 영산재 구성 절차 분석하신 것 가지고 각각 한 말씀만 드리겠습니다. 연등회와 팔관회를 복합 축제라고 보시는 것은 좋은데, 저는 약간 다른 의견이 있습니다. 가령 연등회는 신년 회의 성격이 있고 팔관회는 지금말로 추수감사절의 성격이 강하고, 그것이 조선시대에 수륙재로 넘어오면서 변형된 것인데, 그래서 연등회와 팔관회의 성격은 고대로부터 계승되어온 축제적 성격이 있지요. 외형은 불교행사이지만 실제로는 고대 축제의 전승형태였습니다. 그런데 연등회와 팔관회에 관한 기록들이 실제로 그렇게 많지는 않습니다. 왜냐하면 연중행사이고 상례로 하는 것이기 때문에 그렇습니다. 그러니까 어떤 것이 기록에 남아 있는가 하면, 특별한 것. 팔관회를 했는데 거기에 신숭겸이니 김락이니 고려 태조를 도와줬던 무장들. 이런 무장들을 허수아비 뭐 이렇게 만들고 해서 팔관회 속에 포함시키고 그래서 이제 공신들에 대한 위령제의 성격도 갖고 있다. 그래서 복합축제다. 이렇게 박 선생님께서 말씀을 하셨는데, 전 그게 아닌 것 같습니다. 해마다 똑같이 거행하던 팔관회에서 어떤 해에는 개국공신에 대한 예우를 다하고 그들을 위해서 그 위령을 해주고 하는 그런 어떤 특수한 때가 있었기 때문에 그 기록이 사후에 남아있는 겁니다. 그러니까 왕실에서 조상에 대한 제사를 지낸다거나 아니면 개국공신에 대한 위령제를 지내거나 이런 것이 연등회나 팔관회가 아니라는 얘기지요, 제 얘기는. 그것은 특수하게 연등회나 팔관회가 개최되는 시기에 그러한 일이 한두 번 혹은 서너 번 있었던 겁니다. 그래서 그게 『고려사』에 기록으로 남아 있는 것이 아닌가? 그리고 팔관회나 연등회는 항상 왕실의 잔치이죠. 국가적 제의이지요. 그러니까 항상 궁중에서 행하는 잔치가 제일 화려하고 크고, 장엄하고 멋있던 겁니다. 그것을 연등회 팔관회 때 한 것이고, 그리고 그것이 불교 행사죠.

그러니까 우리가 생각하는 엄숙한 제의, 이런 것이 아니었습니다. 완전히 잔치였죠.

그리고 영산재를 세 번째로 분석을 해 주셨는데, 한 가지만 말씀드릴 게요. 불공의 영산작법, 불공의 단계에 대한 말씀입니다. 그러니까 결계(結界)라 해가지고 법문을 깨끗이 씻김을 하는 것이고, 그 다음에 모시고 불공을 드리거든요. 그러니까 공양을 드린단 말입니다. 그리고 그것에 신비한 힘을 실어 주고, 그 다음에 봉송과 회향을 하는 불공의 기본 구조가 있습니다. 그런데 박진태 선생님께서는 국문학자이시고 하니까 분석을 다섯 단계로 나누어 주셨는데, 그런 것이 그 약간 불교계에서 쓰이는 그런 어떤 용어나 구성이나 그런 것이 다르다는 말씀을 드리고 싶고. 그리고 열 몇 가지 단계로 나누어 가지고 여러 가지 분석을 해 놓으셨는데 그것이 불교의식에 맞지 않는 것 같습니다. 모든 종교의식이 다 그렇습니다만, 특히 불교는 의식이 굉장히 복잡하고 다양합니다. 아까 이보형 선생님께서 말씀해 주셨듯이 지고신에 대한 공양이 대단히 정교하게 다듬어져 있습니다. 우리나라 영산재는 아주 화려하고 장엄하면서 그 절차 구성이 굉장히 정밀한 것이 특징입니다. 세계적인 문화죠. 박 선생님의 영산재 구조 분석이 본격적이지는 않아서, 아쉬움이 약간 남아서 말씀을 드렸습니다. 영산재에 대한 연구가 불교계에서 나온 선행 연구가 많이 있으니까 참고하시면 좋겠습니다.

박진태 : 팔관회, 연등회에서 영산재로 바로 건너뛰어서는 안 되고, 중간에 수륙재라는 단계를 좀 더 면밀하게 살펴봐야한다는 지적은 제가 앞으로 논문을 완성시키는 데 지침으로 고려하겠습니다.

그리고 영산재가 연등회나 팔관회와 유사한 불교의식이기 때문에 기본적으로 불교적인 시각으로 접근을 해야겠지요. 그러나 제가 아까 발표할 때 서두하고 마무리에서 말씀드렸듯이 불교의식에 대한, 불교 축제에 대한 연구가 불교와 직접 관련된 사람만 아니라 불교와 직접 관련이 없는 그 어떤 세속 학자들도 우리의 전통 문화 개념으로서 연구되어야 할 필요가 있는 것이고요. 그렇다면 이제 교리적인 측면이나 사상적인 면에 있어서는 심도 있는 이야기를 하지 못하는 한계는 어차피 안고 가야 하는 것이고요. 다만 선행 연구에 대한 충고나 질책은 제가 뭐라 변명을 할 수가 없습니다. 두 번째 질문하고도 관련된 얘기인데요, 저는 이제 여기서 팔관회, 연등회, 영산재 세 개를 복합시켜 가지고 어떤 구조 분석을 통해서 공통점을 찾아보니까 살아 있는 사람을 대상으로 하는 법회. 그 다음에 죽은 중생을 대상으로 하는 법회. 그 다음에 인간의 억압된 예술적인 표현 욕구를 충족시켜 주는 그러한 측면, 이렇게 세 가지 공통 요소를 찾아낸 것이 연구의 성과라고 말씀을 드릴 수 있겠습니다. 그 다음에 이제 자료 선택 문제인데요. 이것도 이제 연구자의 연구 과정이나 방법에 따라서 달라지는데, 진 선생님께서는 종교학을 하시니까, 좀 더 엄정한 자료 수집과 분석이 있어야 하지 않겠는가? 그런 지적을 해 주셨어요. 물론 연등회는 신년제의 성격이 강하고 팔관회는 수확제의 성격이 강한데, 이렇게 얘기하면 연등회와 팔관회의 어떤 한 측면은 설명할 수 있지만 다른 측면은 설명할 수 가 없지요. 그것은 불교 의식과 토착 의식과의 결합 문제인데, 이것이 국내에서 이루어진 것이 아니고 이미 인도에서, 그 다음에 서역에서, 중국에서 이러한 것이 이루어져 가지고 우리나라에 전파된 그러한 측면이 있기 때문에 그러한 것에 대한 비교 연구가 앞으로 과제가 되겠습니다. 그리고 기록이, 무슨 왕 몇 년에 연등회를 했다. 팔관회를 했다. 이런 단편적인 기록만 간략하게 남아 있는데 조금 자세한 기록은 진 선생님 지적대로 어떠한 특별한 일이 있을 때, 서경에서 팔관회를 할 때, 김락과 신숭겸의 허수아비를 만들어가지고, 이제 무교식으로 말하면 초혼굿을 했는데요, 그것을 상례화했다고 했습니다. 이로부터 악정에 배치하여 상례로 삼게 하였다 했어요. 그러니까 그것이 시발점이 돼가지고 그런 행사가 지속되었고 그래서 예종이 서경에 가서 그 가상을 보고서 「도이장가」라는 작품도 남겼지요. 그래서 이 점은 제가 견해를 달리하는 사실입니다. 그것이 일회성으로 끝나는 것이 아니라 그것을 시발점으로 해서 계속되었다. 이렇게 저는 해석을 합니다. 그 다음에 이제 용어문제 인데요. 저는 이제 세속학문을 하는 사람이기 때문에 불교적인 용어도, 이러한 학술용어로 변환시켜서 사용을 했습니다. 그래서 그 과정에서 약간의 편차가 생길 수도 있고, 또 오해가 있을 수도 있는데 이 점은 이보형 선생님께서 발표를 하실 때에도 강조를 하셨습니다. 불교 쪽에서 보면 이런데, 비교연구학 관점에서 볼 때는 이런 용어로 변환시킨다고 말씀을 하셨는데, 저는 그 말씀에 전적으로 동의를 합니다. 이러한 행사가 좀 더 생산적이고 확산적인 발표회가 되려면 영산재를 불교라는 테두리 안에만 둘 것이 아니라 불교 바깥으로, 영산재를 열린 마당으로 끌어내려는 이러한 작업을 해야 하는데, 그러나 엉터리로 해서는 안 되겠지요.

끝으로 영산재라는 불교의식의 중층 구조를 제대로 분석을 해야 하지 않느냐? 이 지적에는 전적으로 동의를 합니다. 불교사상, 불교철학을 좀 더 공부를 해서 그러한 불교사상, 심오한 불교철학이 이러한 영산재 의식을 통해서 어떻게 실천적으로 형상화가 되는가? 이런 쪽으로 좀 더 조명을 해 보겠습니다.

홍윤식 : 조선시대가 되면 불교가 대중화된다, 민중화된다고 합니다. 어떻게 해서 조선시대에 불교가 대중화되고 민중화되는가. 일반 민중이라고 하는 사람들은 절에 가서 절을 할 수 있는 여유가 없어요. 그런데 어떻게 대중화되고 민중화됐는가. 불교의 신앙 형태가 대중화되고 민중화된 것이 영산재다, 수륙재다 해서 변화가 되기는 했지만, 그것을 사랑하는 사람들은 왕실이나 귀족들이지 일반 민중들은 돈이 많이 들어서 감히 수용하지 못하거든

요. 그런데 어떻게 민중에게 불교가 다가갔느냐? 이 영산재는 법당 안에서 하는 것이 아니고 야외에서 하는 것이기 때문에 좋은 구경거리가 됩니다. 그래서 일반 서민에게 영산재에 참여할 수 있는 기회가 많이 주어집니다. 그렇게 되면서 알 게 모르게 불교가 일반 민중에게 깊게 스며들지 않았는가 생각을 하게 되면서, 앞으로 이 영산재라고 하는 것을 축제적인 것으로 발전 시키는 데도 잠재력을 가지고 있고, 다른 한편으로 이것이 공연문화로 가는 데에도 잠재력을 가지고 있지 않느냐 하는 생각을 하고 있습니다.

영산재에 대한 연구 논문이, 지금 박사논문도 많이 나와 있어요. 박사논 문이 많이 나와 있을 뿐만 아니라 다른 사람이 쓴 논문도 많이 나와 있는데, 그것을 참고하시고. 또 아까 진철승 선생님께서 영산재에 들어가기 전에, 연 등회 팔관회에서 영산재로 넘어 가려면 수륙재를 먼저 해야 된다, 고 말씀하 셨는데, 수륙재가 조선 전기에 이루어졌다 하는 기록은 많이 있습니다. 그런 데 영산재에 대한 기록은 훨씬 이후죠. 이 수륙재와 영산재의 연관성을 좀 더 구체적으로 치밀하게 파악을 해야 하겠지요.

박진태 교수님의 발표 제목이 「한국 불교축제의 역사와 영산재의 축제적 성격」입니다. 영산재의 축제적 성격을 어떻게 분석할 수 있을 까? 불교의 제의가 어떻게 축제적인 성격을 가질 수 있느냐? 하는 것은 한번 깊이 있게 따져볼 필요가 있겠습니다.

박진태 : 축제적인 성격은요, 괘불이운하고 영산작법이 영산재의 핵심이 거든요. 석가모니 부처님을 모시기에 앞서서 호법신을 먼저 모시고 그 다음 에 거기에 이제 망자를 모셔가지고 망자를 해탈하는 그런 절차가 들어가는 데, 이것은 불교의식이지만 이러한 범패와 작법과 같은 예술 행위를 하거든 요. 그러한 것을 불자의 입장에서 보면 다 종교의식이고 또 수행의 한 방법 이겠지만 일반인의 입장에서 봤을 때는 그것이 하나의 즐거운 예술 형태이

고, 하나의 구경거리가 될 수 있다는 것이지요. 그래서 그쪽을 이제 부각시켜 나가면 영산재의 종교의식적인 측면이 약화되는 것이고, 축제적인 측면이 강화되는 것이지요. 그렇게 되면 영산재를 문화적인 것으로 본다든가, 또는 국내의 대표적인 불교 축제로 발전시킨다든가, 영산재를 세계화시킨다고 했을 때에는 불교의식의 테두리에서만 있어서는 그것이 불가능하고요, 불교와 직접 관련이 없는 일반인들도 하나의 구경거리로서, 어떠한 춤이라든가 음악을 통해서 즐거움을 느낄 수 있도록 그렇게 해야만 축제로서 발전할 수 있다. 그렇게 말씀드릴 수 있습니다.

홍윤식 : 영산재를 축제와 관련시킬 경우, 이것은 종교의례를 바탕으로 하는 것인데, 그것이 축제가 되려면 종교인, 세속인 할 것 없이 모두가 일체감을 유지해야 하는데, 다 같이 일체감을 유지해야만 그것이 흥이 나고 이러는 것인데, 이러한 부분을 어떻게 설명할 것인지? 일체감이 되지 않으면 축제가 될 수 없습니다.

박진태 : 전통적인 축제에서는, 좌장께서 말씀하신 대로, 축제의 생산자와 수용자가, 공연자와 관람객이 일체감을 느낄 수 있었지만 현대 축제는 그런 전통적인 축제 개념과 다르거든요. 이를테면 제가 스리랑카의 축제를 가서 봤을 때 그것은 하나의 구경거리거든요. 아까 논문 발표 마지막에도 제시했듯이 영산재가 어느 정도는 그러한 희생을 감수해야만 오늘의 한국을 대표하는 불교 축제가 될 수 있고, 또 외국에서 관광객들이 와가지고 촬영도 하고 하면서, 영산재를 통해서 한국의 불교를 어깨 너머로나마 약간 맛을 보고 갈 수 있어야 하는 것이지요. 그것을 포용할 마음의 여유가 없으면 계속 영산재를 불교 의식으로만 고집을 하게 되는 것이죠.

홍윤식 : 영산재를 불교 축제로 만들려면 불교만 내세우면 안 되고 그것이 일반 문화로 되어야 한다는 견해에는 저도 동감합니다. 그러나 불교 축제가 되기 위해서는 불교를 절대 과소평가해도 안 됩니다. 그러면 불교 축제가 아니라 다른 축제가 되어 버려요. 그러니까 양쪽을 다 해야 하는 것이지. 팔관회, 연등회에서도 그런 점은 마찬가지입니다.

두 번째 주제는 이보형 선생님의 「천도재로서의 영산재의 연행행위에 대한 비교종교학적 고찰」입니다. 이 발표 주제에 대해서 이미향 선생이 토론해 주십시오. 이미향 선생은 금년 일학기에 일본 류우코쿠대학에서 한국의 불교음악을 가지고 박사학위를 받았습니다. 제가 그때 심사를 갔었는데 심사하는 데 여간 까다롭지 않아 가지고 많은 애를 먹었습니다.

이미향 : 이보형 선생님은 음악학이 전공이신데, 불교의식인 영산재와 무의식에서의 위령제의 의식절차와 이 두 의식의 종교적 특성 비교라는 색다른 분야를 다루어서 의외라고 생각했습니다. 하지만 다양한 분야로 연구 영역을 넓히시는 선생님의 열정과 노력에 감탄을 했습니다. 이보형 선생님은 불교의식의 정수인 영산재의 특성을 규명하기 위해서 아주 색다른 착상을 하셨습니다. 영산재의 여러 특성 가운데 천도의 의미를 갖는 의식 절차가 있으므로 그것을 무의식에서의 천도의식인 위령제와 비교하여 양자 사이에 같은 의미로 된 절차를 가려내고, 또 연행 행위를 비교하여 그 차이가 두 종교적 특성의 차이에 있음을 밝힘으로써 영산재의 의식 특성을 규명하려고 한 것입니다.

영산재에 관한 이러한 측면에서의 연구는 필요한 것이지만, 선생님께서 발표 때에도 말씀 하셨듯이, 용어 및 용어에 대한 해석에 있어서 생소한 감이 없지 않습니다. 예를 들면 불교에서는 석가모니 부처님이라고 하는 것이 관례인데 비교종교학적인 입장에서는 최고의 신이라고 호칭하는 것은 불교의 정서에 맞지 않습니다. 그렇지만 영산재의 총체적인 특성을 규명하려고 비교종교학적인 연구를 하고자 하는 색다른 발상에는 충분히 공감을 합니다. 영산재의 수많은 절차와 각 지역의 무의식 위령제에 나타나는 천도의식 절차에서 기능이 같은 절차를 가려내는 작업도 굉장히 어려운 일일 것이고 또이 부분에서 영산재와 위령제의 연행 방법의 차이를 규명하는 일은 더욱 쉬운 일이 아니라고 봅니다. 더구나 그 차이를 비교 종교학적 연구로 해석하는 것은 더욱 난해하다고 생각하는데 이러한 것들을 감당하신 선생님의 노력에 찬사를 드립니다. 그럼에도 불구하고 저의 소임을 다하기 위하여 이제 몇 가지의 질문을 드리고자 합니다.

첫째, 무의식의 위령제에서 보이는 천도 기능은 영산재보다는 상주권공재와 같은 보편적인 불교의식과 비교하는 것이 기초 작업이라고 생각하고, 복잡한 구조로 된 영산재와의 비교 연구는 무리가 있지 않을까 생각되는데, 선생님의 의견을 알고 싶고요.

둘째, 제가 일본 유학생 시절에 겪은 바에 의하면 일본에는 영산재와 같은 치밀한 공연성을 가진 불교의식은 보기 어려웠습니다. 그래서 이렇게 화려한 영산재가 어떻게 우리 문화 속에서 생성되고 전승되었는지 궁금합니다. 영산재가 이 땅에 생성되어서 오늘에 이르기까지 우리 문화의 특성에 대해서 생각하는 것이 있으시면 말씀을 해주시기 바랍니다.

셋째, 아울러 이러한 영산재가 오늘날까지 전승 발전하게 된 우리만의 문화적 저력은 무엇이라고 생각하시는지, 말씀해 주시기 바랍니다.

넷째, 영산재는 천도재로서의 의식과 영산작법으로서의 의식이 복합적으로 구성된 것이라 생각하는데 천도재의 생성과정에서 천도재 의식에 영산작법이 올려진 것이라고 생각하시는지, 아니면 영산작법에 천도재 기능이 첨가된 것이라고 생각하시는지 말씀해 주시기 바랍니다.

다섯째, 불교의식에서는 대부분 범어와 한문으로 된 게송과 낭송으로 일관하게 진행되는데, 무의식에서는 우리말로 된 무가로 일관하는 것이 그 차이점 이라고 선생님께서 말씀하셨습니다. 그런데 영산재에도 한글 가사로 된 화청이라는 것이 있는데 여기에서 화청의 기능은 무엇이라고 생각하시는지, 또 탁발승의 염불인 회심곡과는 어떠한 관련성이 있는지 말씀해 주셨으면 감사하겠습니다.

이보형 : 이미향 박사님, 조악한 글을 꼼꼼히 읽어 주시어 고맙습니다. 옛날에 학부 때 생글생글 웃던 조그만 숙녀가 이렇게 커 가지고 박사가 돼서 이 늙은이를 아주 고약하게 만든, 그런 어려운 문제만 탁탁 정곡을 찔러서 당황스럽습니다만, 본래 영산재 연구라는 것이 무한정 연구할 수 있는 과제가 있는 것이니까, 제가 생각하는 대로만 얘기할 것이고 아마 앞으로 그런 문제를 여기 계신 선생님들하고 영산재에 관심을 가진 학자들이 연구 할 몫이라고 생각합니다.

첫째, 그것은 맞는 얘기에요. 발표할 때도 말했지만 천도 기능을 얘기할 때 영산재 말고도 다른 천도 의식이 많지 않습니까? 수륙재 같은 것도 있고. 상주권공재도 그렇고. 이런 의식과 관련하여 살피는 것이 첫 번째고, 그 다음에 영산재로 들어가는 것이 맞을 것이라는 의견은 옳습니다. 저도 일반 천도제 쪽에 관심을 가졌지만 오늘 주제가 영산재이기 때문에 영산재의 어려운 불똥이 저한테 떨어졌구만요. 그 얘기는 이제 어쩔 수 없는 것이지요, 주제상.

둘째, 상당히 어려운 질문을 하셨어요. 외국에 있는 불교의식하고 우리나라 불교 의식하고 비교했을 적에 다른 점이 있는 것은, 우리는 공연성이 음악적으로 세련되었다는 것이지요. 연극적인 특성은 별로 안 보이거든요. 이것을 나는 우리 문화의 특성으로 보는 것입니다. 일본의 연극적인 것으로 대표적인 것을 보면 노라든가 가부키라든가 분라쿠 같은 것이 있고 중국에는 경극이 있는데, 중국의 연극이나 일본의 연극은 굉장히 정교하게 발달을 했는데 우리는 연극 분야가 민중들이 하는 민속극으로 그냥 머물러 있고 상류사회에서 즐기는 그러한 연극문화가 형성되지 못 했거든요. 그런 대신에 공연 예술성을 가지고 있는 것은 판소리란 말이에요. 판소리는 공연성에 있어 뛰어난 것입니다. 연극성이 도태된 문화가 불교 쪽에서 나타난 것이 영산재라고 저는 보거든요. 더 연구를 해야 합니다. 우리 문화가 연극 문화를 그렇게 막 밀어주는 문화가 아니고 오히려 판소리와 같이 음악성을 강조하는 것이지요. 영산재도 본래 우리 쪽에서는 연극적인 요소들이 있었던 것이지만 그게 도태된 것으로 보거든요. 우리 문화는 그런 것을 좋아하지 않는 문화라는 것이죠.

셋째는 두 번째와 거의 비슷한 것입니다만, 문화적 저력이라고 하는 것이 음악성이나 무용성의 문화를 지향하고 연극성을 폄하하는 것이죠. 우리나라 정치나 상류사회가 그런 것을 좋게 받아들이지 않는, 유교라고 하는 그런 거가 연극을 싫어하는 문화거든요. 그래서 도태되는 것이 아닌가 하는데, 이에 대한 연구는 사회학적으로 해야 할 것입니다.

넷째는 굉장히 어려운 질문인데요, 천도재에 영산재가 덮어 씌워졌느냐, 그러니까 천도재에다가 영산재를 넣어가지고 그렇게 확대시켰느냐 아니면 영산작법에다가 천도의식을 끼워 넣은 것이냐 하는 것인데, 이건 앞으로 영산재 연구에 중요한 과제라고 생각을 하거든요. 그러나 구조적으로 봤을 때에는 천도재에 영산작법이라고 하는 의식을 끼워놓았다고 저는 그렇게 보는 것입니다. 왜냐하면 영산작법에다가 천도의식을 집어넣으려면 굉장히 어렵고 이런 식으로 될 것이라고는 아니라고 생각을 하거든요. 처음과 끝이 천도의식이고 가운데 노른자가 영산작법으로 되어 있다고 하는 것은 그 기초틀 위에 얹혀놓았다고 저는 생각합니다. 그러나 저는 아까도 얘기했지만 이쪽에 게으름을 부려서 더 공부를 해야 할까 하는 것이구요.

마지막에는 얘기를 많이 해야 할 것이 튀어 나왔는데, 뭐냐 하면 화청의 개념이거든요. 화청의 개념이 두 가지가 있어요. 하나는 우리말로 된 불교 가요를 총체적으로 이르는 말이고, 또 하나는 영산재의 끝에 부르는 불교 가사인데, 오늘날은 후자를 가리킵니다. 송암 스님에게 물어봤습니다. "이 화청이, 영산재 끝에 부르는 그 불교 가사만을 화청이라고 합니까? 아니면 탁발승들이나 거리패들이 부르는 노래도 화청이라고 합니까?" 그러니, 지금은 영산재 끝에 부르는 것만 화청이라고 하고 그 탁발승들이 하는 것은 화청이라고 하지 않는다고 합니다. 그러니까 지금은 좁은 의미로 개념이 좁혀졌어요. 그런데 이 개념 정의를 안하면 어떤 문제가 생기느냐하면, 제가 말하는 좁은 의미는 영산재 끝에 부르는 불교 가사만을 가리키죠. 그런 의미로 화청이라고 했을 때에는 영산재 끝에 부르는 화청에도 회심곡이 있고 또 탁발승이 부르는 것에도 회심곡이 있습니다. 그렇게 똑같은 이름을 가지고 있는데 이게 혼란이 된단 말입니다. 그건 전혀 별개의 것이거든요. 음악적으로 봐서도 그렇고. 좁은 의미의 화청의 회심곡은 어장이 부르는 것이고 넓은 의미의 화청의 회심곡은 탁발승이 부르는 것이지요. 그러니까 부르는 집단이 다르지요. 하나는 영산재처럼 큰 의식에서 부르는 것이고, 또 하나는 탁발승들이 아무나 나와서 시주를 걷으면서 부르기 때문에 문화적으로 다르고, 하나는 사사조 가사체로 되어 있고 하나는 불규칙한 가사로 되어 있고, 하나는 일정한 장단으로 되어 있고, 하나는 일정한 장단으로 되어 있지 않습니다. 그래서 엄격히 구별이 되는 거예요. 그래서 오늘날에는 화청 개념을 한정을 짓지 않으면 혼란을 일으키게 돼요. 개념 정리를 총체적으로 해버리면, 옛날식으로 해 버리면 혼란을 준단 말이에요. 그래서 지금은 화청이라는 의미를 좁혀서 해야 그 갈래의 개념, 즉 장르의 개념이 정리가 될 수 있다는 것이죠. 그러니까 (노래) 이것은 영산재에서 오는 화청이고. 탁발승은 이런 것을 부르는 예가 없어요. (노래) 이것은, 영산재에 이런 노래가 없지요. 전혀 다르지요. 이걸 다 갖다가 회심곡이라 그러지 않아요. 그러니까 회심곡이 있는데, 회심곡에도 여러 가지가 있거든요. 영산재에서 부르는 것, 그게 좁은 의미의 화청입니다. 그 경우에도 거기에 회심곡이 나오잖아요. 그거는 화청 회심곡이 그거에요. 탁발승이 나와서 부르는 것은 탁발승 회심곡이에요. 옛날 회심곡이거든요. 그러면 국악인들이 부르는 회심곡은 어떠냐? 국악인들이 부르는 회심곡은 탁발을 하시는 스님들이 부르던 회심곡을 편곡을 해서 부르는 것이에요. 그래서 그 제목이 두 가지가 장르 개념이 불분명해진단 말이죠. 좁은 의미의 화청, 즉 영산재에서 하는 화청은 이 전체의식에서 전부 법문이나 한문으로 되어 있어서 일반인들은 그것이 무슨 말인지 알아들을 수 없단 말이에요. 그래서 부처님의 공덕을 표현하는 말로 다시 해야 된다고. 부처님이 여기 이 자리에 오셨잖아요? 마지막 끝날 무렵에 이러한 공덕을 일반인에게 해서 교화시켜야 돼요. 그것을 불교 가사로 부르는 것이 화청이라는 것이죠. 그러니까 시주 걷는 것 하고는 관계가 없는 것이지요. 그런데 이게 끝에 기왕에 공덕을 했으니까 오신 손님들에게도 축원을 해야 하잖아요? 그것이 축원 화청이죠. 그런데 요새는 이상하게 변해가지고 부처님 공덕을 화청을 하지 않고 자기가 부처님한테 축원하는 것으로 내용이 바뀌어지고 있다는 말이죠. 원래는, "부처님의 공덕이 이러한 것입니다. 여러분이 공을 쌓아서 성불하십시오." 이런 얘기에요. 제가 공자 앞에서 문자 쓴 것이니까, 여러분이 잘 이해해 주십시오.

홍윤식 : 화청 문제는 그렇게 간단한 문제가 아닌 것 같습니다. 화청을 신라시대 향가와 연결시켜 본 연구를 임기중 교수가 해 놓은 것이 있습니다.

그런데 구태여 '비교종교학적 연구' 그랬으면서 불교와 무속, 불교가 됐든, 무속이 됐든 두 가지를 이렇게 보셨는데, 그 불교의 제의라고 하는 것하고 무속의 굿이라고 하는 것하고 그렇게 비교가 되고. 불교의 불공이라고 하는 것하고 무속의 굿이라고 하는 것하고 비교가 되더라고요. 그래서 이런 관계의 논문을 제가 쓴 적이 있어요. 제의와 굿이 어떻게 다르고 불공과 굿이 어떻게 다르고 하는 정의가 잘 되면 이 논문이 좀 더 좋은 것이 되지 않을까 하는 생각을 해 보았습니다.

세 번째 주제로 넘어가겠습니다. 「영산재의 지역적 분포와 전승양상」 이거 아주 좋은 주제입니다. 부산대학교 최헌 교수님께서 발표를 해 주셨는데, 중앙대학교에서 불교음악을 강의하시는 능화 스님께서 질문해 주시고 또 의견 있으면 말씀해 주십시오.

능화 : 서론 부분에 고려시대나 조선시대의 자료가 많지 않다라고 한 부분에서는요 고려시대 같은 경우에는 13세기 부분은 『고려도경』에 보면 서긍이라고 하는 중국의 관리가 와서 범패에 대한 얘기를 피상적으로 다룬 적이 있습니다. 그렇다면 자료가 남아있지 않을까 하는 생각도 가져 보구요. 또 14세기정도에 보면 수원에 고 사찰에서 어느 동자가 출가를 하러 갔는데 부모의 반대에 부딪혀서 출가를 못하는데, 그 어머니 꿈속에서 그 동자가 부처님을 향한 범패를 불렀다는 그런 내용이 나오고 있습니다. 그리고 15세기경에 인수대비의 명을 받아가지고 쓴 책이 있습니다. 그런 책에 구체적인 불교의식 용어들이 나와 있기 때문에 그런 것도 한번 참고하셨었으면 좋겠다는 말씀을 드려 보고요. 제가 다른 지방에 가서 질문을 많이 받게 되는 것 중의 하나가, "봉원사에서의 춤사위는 어째서 다른 절의 춤사위 다른가?" 이런 질문도 받고 또 여러 가지 말씀을 듣는데, 제가 보는 개념으로 봉원사는, 물론 "받들 '봉'(奉) 자가 들어가는 절들은 왕실하고 관계가 있다." 이런 말씀을 많이들 하시는데, 물론 봉원사도 왕실에 관련된 분의 위패를 모시고 그러다 보니까 춤사위가 어떻게 보면 단아하면서도 굉장히 세련된 그런 춤사위로 이루어 지지 않았나 하는 그런 생각이 들고요. 그리고 바닷가를 끼고

있는 그런 지역에서의 음악이나 춤사위는 그 지역적 특색을 가진 바위나 배위에서의 연행되는 춤사위나 음악이 있다 보면 그것을 이겨야 되는 환경이 설정이 됩니다. 그래서 그런 차이가 조금 있지 않겠나 저는 그렇게 보고요. 그리고 전승양상이라고 하셨는데, 구체적으로 어떻게 전승이 되고 있는가 하는 그런 궁금한 점도 있고요. 그 다음에 14페이지에 보면, "불모산 영산재의 발생을 대략 12세기에서 14세기로 추정해 볼 수 있다." 이렇게 말씀을 하셨는데요. 구체적인 자료가 있으신지? 아니면 고려신라 시대에 불교를 숭상하던 시대하고 또 조선시대에 와가지고 귀족들이나 왕실의 지원이 끊어진 상황에서 조선시대에 와서 영산재가 많이 전승됐고 많이 발달되었다는 그런 내용들이 주 내용인데, 연도는 어떻게 파악하셨는지 궁금하고요. 그 다음에 맨 마지막 부분에 맺는말에 가서 현재의 범패는 서울의 것을 모사한 것이라는 주장도 있지만, 저는 이 주장을 범패 처음 배웠을 때 들은 것 같아요. 어떤 주장을 하시냐면, 큰스님이 범패를 배우셔가지고 젊었을 때는 황해도 쪽이나 그쪽에서 가르치시다가 또 전라도 쪽에, 호남 쪽에 가르치고 연세가 드셔가지고는 영남 쪽에서 가르치셨다 그래서 소리가 젊었을 때의 소리, 원숙해 졌을 때의 소리, 나이가 드셨을 때의 소리, 이런 소리가 있지 않느냐 하는 그런 얘기를 들을 것 같았어요. 서울에서의 것을 모사한 것이냐 하는 부분은 한번 논의가 됐으면 하는 생각이 듭니다.

최 헌 : 두 번째 말씀하셨던 것이 불모산 영산재의 연대를 어떻게 12세기 14세기까지 올릴 수 있겠느냐 하고 말씀하셨는데, 그것은 한 세대를 작게는 20년 크게는 40년, 그래서 단순한 계산치입니다. 그러니까 어디까지나 추정이지 거기에 근거가 있는 것은 아니고요. 지금은 그 문헌적 근거를 제시할 수는 없지만, 찾다보면 그런 자료도 나오지 않을까 생각해 봅니다. 그리고 불모산 영산재가 서울 것을 모방한 것이 아니냐, 서울에서 떨어져 나간

것은 아닐까 이런 문제에 대한 것인데, 그것은 이제 좀 더 세밀하게 연구를, 자료도 찾아보고 연구를 해야 될 것 같습니다. 그러나 다만 박사님께서 말씀을 하셨지만 "대구하고 부산 쪽, 영남 쪽의 범패가 다른 지역의 범패와 다르다."라고 앞서 말씀을 하셨는데 그래서 부산이나 경상도 지방에서는 자신들의 소리를 아랫녘소리라고 얘기를 합니다. 그리고 그 외에 전라도까지 포함해서 서울 경기지방까지 다 포함한 것을 웃녘소리라고 해서 웃녘소리와 아랫녘소리 가름을 해요. 그래서 우리들이 공부한 절차라든지 또 염원이라든지 음악적 특징이나 춤사위의 차이나 이런 것들이 한국에 전승되었던 혹은 지금까지 연행되었던, 연행되지는 않았지만 과거에 전승되었던 내용들을 충분히 추측을 해서 각 지역의 범패, 또 각 지역의 영산재의 특징들을 구분을 한다면 각 지역의 범패와 영산재의 역사와 특성들을 인정할 수 있지 않을까 이런 생각에서, 물론 재라는 것이 전라도 지역의 무속에서는, 무당들의 굿에서는 자기가 연행 할 수 있는 지역이 있어서 자기 지역에서만 굿을 하고 타지에서는 못하고 그런 것이 있지만. 또 동해안 지방에서 보면 무당들이 부산에서부터 동해안 지방의 해안까지 왔다갔다하면서 지낸다고 하지 않습니까? 또 과거 일제 강점기 때에 일본사람들이 재를 못하게 탄압을 해서 범패승들이 많이 없어지고 재가 많이 쇠퇴한 것은 사실인데, 그 이전까지에 대해서 연구한 것을 보면 서울 지방에서는 상당히 많은 재가 이루어졌었고 범패승들도 많이 있었다는 그런 기록도 많이 있지 않습니까? 그것은 비단 서울뿐만이 아니라 지방도 같았을 것이라고 생각을 합니다. 그런데 그것이 일제 강점기에 한순간에 없어져버린 것인지 궁금한 점이 있었습니다. 그런데 지방을 오가면서 범패승들이 같이 재를 하면서, 가사 내용을 보면 다 같거든요. 선율이나 음악적 특성이나 춤사위가 차이가 나죠. 그런 면에서 봤을 때 어느 정도 유사성이 있으면 같이 공동으로 재를 진행할 수 도 있겠지만 또 어느 때에는 같이 춤을 추거나 작법을 하거나 범패를 같이 할 수 없기 때문에 서로 교대로 했을지도 모르겠습니다. 그런 과정에서 서로에게 영향을 주고받았을 것으로 봅니다. 그러나 서로 독자성이 인정되었던 것은 아닌가? 그러니까 오랜 시간 동안 경남지방은 경남지방대로 또 전라도는 전라도대로 독자적으로 이어왔을 것이라는 추측을 해 봤습니다.

홍윤식 : 제가 1960년대에 범패 조사를 하러 다닐 때, 처음 또 봉원사에 와 가지고 공부를 할 때에는 범패는 경산조와 팔봉산조 아니면 웃녘소리, 아랫녘소리 두 유형이 있다고 했어요. 그런데 경산조라고 하는 것은 경기지방을 중심으로 해서 충청도 그리고 전라도까지 비슷하고 팔봉산조라는 것은 영남지방에만 그것이 전해져 온다, 그 말씀인데, 또 같은 경산조라도 조금씩은 다르다. 그러면 같은 서울이라도 서교소리와 동교소리가 다르다 하거든요. 그러니까 같은 경산조면서 다르다. 그러니까 지역에 따라서 같은 의식구조에다가 계속 의식을 진행을 해 나가는데 짓소리를 할 수 있는 지역이 있고. 예컨대 봉원사 같은 곳은 짓소리로 했겠죠. 그것을 못하는 데도 있고 하는 데서 오는 그런 차이점도 있을 수 있고. 그런데 제가 조금 확인하고 싶은 것은 팔봉산조는 참 찾기가 힘들더라구요. 경산조는 전라도 가도 있고 제주도 가도 있고 조금씩은 다 있지만, 경산조는 많이 분포가 되어 있는데 팔봉산조는 없어요. 제가 말씀드리고 싶은 것은, 선율의 차이를 발견할 수 있느냐 하는 그런 말씀을 드리고 싶은데. 왜냐 하면 전에 부산에 있는 범패를 무형문화재로 지정을 해달라고 요청을 해 왔어요. 전주에서도 무형문화재로 지정을 해 달라고 그러고, 인천에서도 해 달라고 그러고. 그래서 제가 그것을 조사하러 다녔어요. 다니다 보니까 같은 경산조에서 조금씩 차이가 있었단 말이지. 이 영남 쪽 소리하고 크게 다르지는 않더라구요. 그런데 영남조에 팔봉산조는 없어진 것 같아요. 그런 것이 없어요. 그러니까 그런 것을 혹시 발견할 수 있었는지 여쭈어보고 싶습니다.

최 헌 : 앞에서도 발표할 때 말씀드렸지만 각 지역을 다 돌아다니면서 제가 자료를 수집하지를 못 했습니다. 저도 이제 시작하는 단계이고 제 학교가 있는 부산과 영남지방만 지금 시작하고 있는 단계이기 때문에 아직 대구까지는 못 올라갔고. 대구 자료에 대해서는 제 후배가 예전에 범패에 대해서, 불교음악에 대해서 연구를 했었는데, 그 사람에 의해서 팔봉산조가 잠깐 소개된 적이 있습니다. 그러나 지금 정식으로 재를 올리면서까지 재를 지내고 있는 것 같지는 않습니다.

홍윤식 : "영남사람들이 팔봉산조를 전승하고 있다." 라고 얘기를 하는지 모르지만 제가 조사한 바로는 아닌 것 같아요. 전혀 달라요. 그렇게 해서 특색을 주장하려고 하는 것이지 경산조, 아까 말씀 드렸듯이 서울에서 하던 것을 모사한 것으로 보는 것이 옳지 않을까 하는 생각이 듭니다. 이 주제도 많은 논의가 필요한데 시간이 얼마 남지 않은 관계로 마지막 주제를 논의하도록 하겠습니다.

영산재의 무대화. 이것 참 좋은 제목 같습니다. 간단하게 발표를 해 주셨는데 이제 질문도 간단하게 해 주시죠.

김익두 : 우선 논문의 제목과 논문의 내용이 걸맞지 않은 것 같습니다. 불교 영산재 양식 의식에 영산재를 활용한 무대 작품 연구라는 정도로 되어야만 내용과 적합하지 않을까 하는데 어떻게 생각하시는지. 두 번째는 무대화라는 개념이 분명하지 않기 때문에 그 점을 분명하게 해야 하지 않았을까 하는 생각과 질문입니다. 그 다음에는 전승 보존 및 세계적인 공연예술로 발전시키는 것이라는 의도라고 논문에 이런 말씀을 하셨는데, 이렇게 무대화하는 것이 전승 보존의 방법일까, 과연. 제 생각에는 오히려 전승 보존은 가급적 전승되어온 그대로를 살려서 수행해야 하는 것이 아닐까 그런 점에

서 이의가 있습니다. 그리고 하나는 연극적 효과를 내고 있다고 하셨는데 제 상식으로는 영산재 그 어디에도 현재 연극적인 효과를 볼 수 있는 곳이 한 군데도 없습니다. 어떤 점을 보시고 연극적인 효과가 있다고 말씀을 하시는지 궁금합니다. 마지막으로 진지하고 엄숙한 분위기를 잃지 말아야 한다고 하셨는데, 이런 무대화라고 하는 것이 개인적인 실험 작품이라고 본다면 그것이 이렇게 꼭 실험성을 띨 때에도 꼭 진지하고 엄숙한 분위기를 잃지 말아야 할 것일까. 또 하나 마지막입니다. 결국 전승되는 문화재를 자기 나름대로 변이하는 행위인데, 이런 행위가 곧 예술적인 발전으로 볼 수가 있는 것인가 여기에 대한 답변을 듣고자 합니다.

김영렬 : 제 생각에는 이 제목은 여기에 적합하지 않다는 것이 틀림없고요. 이런 쪽의 작품을 제가 연구를 해 볼 생각이에요. 이론 쪽에 어떤 것이 더 가까운지 이렇게, 오히려 역설적으로 얘기 하면 더 좋은 지적들이 더 많이 나오지 않을까 그래서. 아무튼 영산재 세미나에서 많이 배울 예정이고요. 그 다음에 이제 제가 무대화하는 작업은, 저는 이 봉원사에서 전통 발전시킨 영산재는 하는 게 아니고, 대중화 작업으로 들어 있는 것입니다. 저는 그렇기 때문에 저는 이제 이번 학술적인 토론하고는 맞지 않을지 모르지만, 저는 하나만 해서는 안 된다고 보는 입장이거든요. 전통은 전통으로 또 계승은 봉원사에서 하는 것이라고 생각을 하고. 그 다음에 일반대중, 불자가 아닌 사람들도 이 영산재를 즐길 수 있어야 되지 않나. 그런 의미에서 무대화 작업도 해야 되고, 또 여기에서 나오는 콘텐츠 작업 같은 것도 예를 들면 범패라든지 의상이라든지 이런 것이 어떻게 요즘 현대적으로 컴퓨터하고도 연결이 될 수 있지 않나 하는, 퓨전이라고 할까요. 전통은 전통대로 대중화는 대중화대로 퓨전은 퓨전대로 이렇게 여러 가지로 장르로 가야 하지 않을까 하는 생각을 하고 있고. 두 번째 대중화 작업에 제가 작업을 하고 있다 이렇게

보시면 될 것 같고. 그 다음 질문이 전승 보존 하고 그거는, 그것을 바탕, 예로 들어서 범패소리를 전승 보존을 해 주셔야 그것을 대중화도 하고 이렇게 할 수 도 있지 않을까. 범패 한번 더 하고 싶지만 십년을 해야 소리가 될까 말까 한데 일반 대중들은 구경을 못하지 않습니까. 그래서 이렇게 훌륭한 학교에서 그런 것을 배우는 사람이 많이 나왔으면 좋겠다. 그래야 앞으로 퓨전화도 하고 대중화도 하지 않을까 하는 의미구요. 연극적 효과가 어떻게 있냐고 하셨는데, 연극적 효과를 어떻게 보느냐에 따라 다르다고 말씀드릴 수 있거든요. 연극적 요소는 영산재 처음부터 끝까지 다 있습니다. 영산재 의식 아닌 게 없고요. 예를 들자면 나비춤처럼 아주 동양적이고 고요한 춤이 있는가 하면, 바라춤처럼 활동적이고 액티브한 춤도 있고. 연극적 요소라는 것을 어떻게 볼지 모르지만. 그 다음에 범패 소리 같은 것도 박물관 같은 곳에서 공연을 할 때 보면 거기 있는 박물관장이나 그런 분들이, 야 지구상에 아직도 저런 소리가 남아 있나, 이렇게 감탄하는 것을 볼 때 드라마틱하지 않은 것이 없다. 저는 이렇게 보고요. 제가 진지하고 엄숙하게 해 달라는 뜻은 이런 것이거든요. 자칫 잘못해서, 예를 들어서 영산재의 법고무를 왜 치게 됐는지를 분명히 알고 나서 그 다음에 그것을 가지고 거기서 퓨전을 하든지 대중화를 하든지 해야. 개인적으로 영산재가 진지하다는 뜻은 그 작업 자체를 진지하게 공부를 한 다음에 그것을 대중화도 하고 퓨전도 해야 한다는 그런 것이거든요. 예를 든다면 저는 잘 모릅니다만 나비춤이라는 것이 가장 정적이라고 했으면 그것을 표현하는 데는 가장 정적이고 진지하게 생각을 해야지, 나비춤이라고 해서 날아다니는 춤인 줄 알고 밧줄 매고 날아다닌다든지 낙하산 줄 타고 돌아다니면 안 된다는 그런 뜻의 진지함과 엄숙함을 얘기하는 것이고요. 마지막으로 예술적 변이가 예술적으로 되느냐 안 되느냐 하는 것은 제가 잘 몰라서 그렇지만 예술적으로 하면 예술이 되고 장난으로 하면 장난이 되지 않나 싶습니다. 이상 간단하게 말씀 드렸습니다.

홍윤식 : 영산재에 연극적 요소가 있느냐 없느냐? 발표자는 있다고 하고 질의자는 없다고 말씀을 하시는데, 오늘 발표를 하시면서 대부분의 발표자가 불교와 상관없는 쪽으로 끌고 가려고 하는 것 같습니다. 그런데 불교의 내용을 모르면 영산재를 알 수가 없는 거예요. 영산재의 내용을 보면요 긴장, 이완, 긴장, 이완이 계속되면서 클라이막스가 있습니다. 그 클라이막스가 무엇이냐. 그것이 영가법문이라는 거예요. 천도재의 내용이 그렇습니다. 영가 천도가 잘 되었는가 못 되었는가. 그것을 영가법문을 통해서. 그것이 클라이막스입니다. 그러면 이 영산재가 끝나는 것입니다. 그러니까 영산재의 절차에 대한 상세한 내용을 구체적으로 분석해서 잘 보지 아니하면, 연극적 요소가 있느냐 없느냐 하는 것은 잘 보이지 않습니다. 영산재의 클라이막스는 영가법문에 있다고 생각합니다. 질의자는 어떻게 생각하십니까?

김익두 : 저희가 연극학계에서 일반적으로 말하는 상식으로는 연극이란 무엇인가 하면, 배우가 혹은 공연자가 무대 위에 나와 가지고 배우가 아닌 제3의 캐릭터, 등장인물로, 동물이 되었던 사람이 되었든, 자기 자아를 빌려 주는 거예요. 바꾸었을 때 그것을 연극이라고 하는 것이 기본 상식입니다. 그런데 우리나라 연극학계나 공연학계에서 지금도 막연하게, 용어 개념을 전부 다 다르게 써 버리니까 이게 막 변형이에요. 그러니까 우리가 볼 때는 나비춤이지만 나비춤이라고 해서 거기에 나오는 배우가 말이죠 나비로 변신해서 난 나비라는 인물이야 라고 해서 나비로 보여 지는 것이 아니에요. 그 춤사위의 어떤 특징이 나비처럼 보인다고 해서 나비춤이라고 하는 것이지. 그렇기 때문에 우리 상식으로는 하여튼, 아까 홍 선생님께서 말씀 하셨던가요. 그 맨 뒷부분에 말씀 하신 부분이 있었는데 그 부분은 우리가 생각하는 상식으로 볼 때 분명히 연극적인 요소가 있습니다.

홍윤식 : 그게 영산재가 연극은 아니지만 연극적 요소입니다. 왜 그러냐 하면 아까 영가법문을 한다고 했는데 영가법문은 스님이 자기 입으로 영가 법문을 하는 것이 아닙니다. 부처님께 자기 입으로 영가법문을 한다, 이겁니 다. 결국 영산재를 행하는 스님들은 스님이 아니에요. 연극의 상황과 마찬가 지에요. 그런 점을 이해하시면 영산재의 연극적 요소를 이해하는 것에 도움 이 될 것입니다.

오늘의 대주제가 영산재의 공연문화적 성격입니다. 처음에 말씀드렸던 대로 60년대에 비하면 영산재에 대한 연구 영역이 많이 확대되었습니다. 60 년대 그때는요 조계종에서는 이거 하면 안 된다고 했어요. 그것은 무당들이 나 하는 것이라고 하지 못하게 했어요. 그런 상황이었는데 지금 와서는 영산 재에 대해서 조계종에서도 무척 많이 관심을 가지고 작년엔가 크게 하고 그 랬어요. "영산재라고 하는 것이 오늘의 우리 전통문화로서 어떤 정체성을 지니고 있는 것이다."라고 하는 것이 새롭게 인식되어 가지고, 그래서 오늘 많은 것을 논의하였지만, 이 영산재를 앞으로는 축제적인 것으로 발전시키 려 하는 그런 노력을 해 봤으면 싶고. 다른 한편 영산재가 지니고 있는 문화 콘텐츠가 다양하게 있는데 그것을 통해서 새로운 창작에 이바지할 수 있는 그런 노력도 필요하다. 또 나아가서는 영산재를 바탕으로 한 공연 무대화도 한번 생각을 해 봤으면 어떨까 하는 그런 생각을 해 봅니다. 어쨌든 영산재 에 관한 연구가 앞으로 더 많이 확산되어 가기를 우리 다 같이 기원하고 노 력했으면 하는 생각입니다. 장시간 더운 공간에서 수고 많으셨습니다. 발표 자와 질의자도 수고 많으셨습니다. 감사합니다.

〈제2부〉

- 좌장 : 권오성 (한양대학교 국악과 교수)
- 발표 : 사재동 (충남대학교 국어국문학과 명예교수), 영산재의궤범의 문학적
　　　　전개
　　　　김태연 (대구대학교 실내환경디자인학과 교수), 영산재 장엄지화 연구
　　　　김응기(법현) (동국대학교 국악과 교수), 영산재의 음악(범패)
　　　　장휘주 (추계예술대학교 강사), 영산재의 재의구조와 음악적 짜임새
- 토론 : 김승호 (동국대학교 국어교육과 교수)
　　　　김명자 (안동대학교 민속학과 교수)
　　　　최종민 (동국대학교 교수)
　　　　임미선 (전북대학교 한국음악학과 교수)
　　　　이보형 (한국고음반연구회 회장)
　　　　마일운 (옥천범음대학 학장)

권오성 : 어제는 홍윤식 선생님께서 좌장을 보시면서 범패나 영산재에 관련된 옛날 말씀을 많이 해 주셨고, 오늘에는 김명자 선생님께서 봉원사에 대한 추억을 말씀해 주셨는데, 저도 봉원사에 대해서 추억이 많습니다. 6.25 한국전쟁 전에는 여기를 자주 놀러왔었거든요. 이 봉원사를 그 때에는 새절이라고 그랬는데, 어렸을 때 맨날 여기를 왔다 갔다 했었고, 그 다음에는 제가 방송국에서 프로듀서로 일하면서 뭐 좀 색다른 게 없을까? 이래 가지고 범패를 방송하느라 송암 스님을 찾아뵙고서 방송에 출연을 부탁드리느라고 여기를 많이 왔었습니다. 그런데 아까 장휘주 선생 발표에서도 그랬듯이, 이게 알 것 같기도 하고, 복잡해요. 어떤 경우에는 이렇고 또 어떤 경우에는 저렇고, 이래 가지고 제가 항상 송암 스님한테, "이럴 때는 뭡니까?" 그러면 이럴 경우가 이렇고. 또 다른 때에는 그때 경우에 따라서 그렇고. 이게 경우에 따라서 이렇게 변하는 것이 많기 때문에 도대체 알기가 어려운 부분이

있습니다. 범패의 녹음 자료만 해도, 1967년에 TBC에서 경비를 부담해서 녹음을 한 것이 서울대학교 음악대학 시청각실에 있어서 주로 그것을 중심으로 해서 범패를 연구를 했습니다. 그러나 그 이전에 존 렌이라고 하는 영국 사람이 와서 녹음을 했는데 그것이 LP로 넉 장이 나온 중에서 범패에 관한 부분이 한 장 못되게, 한 부분을 차지하고 있었는데, 그 존 렌이라는 사람이 음악 전문가는 아니지만, 한국의 범패가 녹음으로 소개된 것은 그것이 처음이 아닐까? 물론 그 이전에 또 있었는지는 모르겠습니다. 하여간 그래서 여러 가지로 지금도 무엇인가 전반적으로는 그래도 다 아는 것 같지만 구체적으로 이렇게 들어가서 하나하나를 따지려면 이게 굉장히 어려운 부분이 많은 것 같습니다.

오늘 첫 번째로 충남대 명예교수로 계신 사재동 교수님께서 「영산재의궤범의 문학적 전개」에 대해서 발표를 해 주셨는데 여기에 대해서 동국대학교 김승호 선생이 토론을 해 주시겠습니다.

김승호 : 아직까지 영산재라면 음악, 무용, 의례, 연희적 측면에서만 논의가 이어져 온 것으로 아는데 궤범을 중심으로 영산재 의식이 지닌 연극성은 물론 희곡적 성격, 그리고 서사문학적 성격까지 발굴해 내셨다는 점에서 저로서는 많은 것을 시사받았습니다. 평소 불교문화 전반에 대한 시야를 지니시고 계시지만 애초 불교문학을 연구의 출발점으로 삼으셨던 것을 헤아린다면 선생님만이 감당하실 수 있는 영역이 아닌가 하는 생각이 듭니다.

저는 영산재에 대해 전문적으로 관심을 기울여 본 적이 없는 문외한입니다. 따라서 이번 기회에 영산재에 대한 심도 있는 공부를 한다는 결의를 다지고자 하며, 질의자로서 책임을 방기할 수 없다는 생각에서 두 가지만 여쭙는 것으로 책임의 일단을 면하려 합니다.

첫째, 사재동 선생님께서는 논문에서 영산재의 궤범이 지닌 연극성과 희곡성을 구체화하는 데 초점을 맞추고 계십니다. 그러나 현재 문예적 갈래를 굳이 이에 부언할 필요가 있는가 하는 생각을 하게 됩니다. 아시다시피 영산재는 영혼 천도 의례 중에서 대표적인 것으로 장시간에 걸쳐 복잡한 절차를 진행하고 있는 의식으로, 선생님께서 지적하신 대로 종합예술적인 속성을 간직하고 있는 것이 분명합니다. 그런데 특히 궤범으로 한정시킬 때 연극성과 희곡성이 궤범에 얼마나 구현되고 있는가에 대해서는 보다 철저한 검증이 필요하고 구체적 증거 역시 보강되어야 한다고 봅니다. 궤범은 영산재 절차를 망기하지 않도록 하는 기록물로서의 의미가 일차적일 것입니다. 갖가지 복잡한 절차와 그에 부수되는 진언, 게송 등을 잊지 않기 위해 어떻게든 불망기가 필요했으며 그런 목적에 부응하고 있는 것이 궤범이라고 생각합니다.

아울러 내용적으로 보아 화자 일인이 주축이 되어 영혼을 발심케 하고 망자의 극락왕생을 기원하는 것이 영산재 의례의 중심축이 되겠는데 단순화시켜 말한다면 일인이 주도하는 사설에 종속되어 있는 것이 바로 궤범의 특징이라고 저는 생각을 합니다. 이는 서양에서 말하는 희곡과는 매우 다른 지향점이자 내용적 특성으로 여겨집니다. 서양에서 말하는 희곡이란 다양한 인물이 등장하며 복잡한 사건과 상황이 전제되는 것은 물론 인물들의 심리나 독특한 행위를 지정해 주는 등 복잡한 서사적 설계를 이면에 깔고 있습니다. 물론 궤범에서도 희곡식의 발단, 전개, 절정, 결말과 같이 순차적 질서가 나타나고는 있으나 그것은 등장인물의 삶이나 사건 상황에 의거하여 구성되는 서사적 구조와는 성격이 다르다고 할 것입니다. 다시 말해 궤범의 기록은 의례 주관자가 착오 없이 행사를 집행해 나가도록 하는 데 가장 큰 비중을 두고 있다는 것입니다.

저는 선생님께서 지적하신 대로 영산재의 장르적 속성이 판소리와 흡사하다고 봅니다. 우리가 판소리 대본을 굳이 희곡이라고 하지 않듯이, 궤범도 그 어떤 양식에 귀속시킬 수 없는 나름의 대본으로 보고 그에 대한 고유성을 찾고 의미를 부여하는 것이 선결 과제가 아닌가 하는 생각을 하거니와, 한시, 진언, 산문, 가사 등을 폭넓게 수용하는 다성적 특성을 밝히는 것이 우선적이라 생각을 합니다.

둘째, 영산재의 현대적 변형에 대해서 어떻게 생각하시는지 궁금합니다. 영산재의 현대적 개량화가 필요한가? 그리고 그것은 어떤 대본으로 어떻게 구현하는 것이 이상적인지? 이것은 무슨 질문이라기보다는 선생님께서 생각하시는 바를 듣고 싶습니다.

예수재 등과 달리 영산재의 원형을 추정하는 데는 어려움이 따른다고 하셨습니다. 따라서 지금 행해지는 영산재도 애초의 그 모습이 아니라 후대 어느 시기에 개량 변화되어 정착되었다 해야 할 것입니다. 논문에서 선생님께서는 의례의 시대적 변화에 영산재도 새롭게 변개되어야 한다는 뜻으로 말씀하신 것으로 압니다. 확실히 궤범에 의하면 영산재는 한시 투성이로 채워져 있어 현대 불자들과의 이야기적 소통을 크게 저하하고 있습니다. 사설의 주지가 불교적 깨달음이라는 것은 알고 있지만 그 구체적 내용을 알 길이 없어 재의식이 애초의 목적성을 실현하기 위해서는 이제 어떤 변화가 필요하다는 점에 수긍하지 않을 수 없습니다. 그러나 한편으로는 의례인만큼 절차의 복잡성과 소통의 난해함 자체를 그대로 수용해야 마땅하다는 견해도 있을 수 있습니다. 가령 사설이 현재성이 부족하다고 하지만 그것을 주문과 같이 비의성을 드러내기 위한 청원시로 바라본다면 굳이 한시라고 해서 이것을 쉬운 우리말로 굳이 풀이할 명분은 설득력을 상실한다는 것입니다. 이렇게 아직은 궤범 본래의 모습을 복원하는 것이 급선무이며 이를 그대로 보존 계승해 나가는 것이 의미가 있다고 보는 이들도 적지 않습니다. 영산재의 현대화라는 측면에서 선생님의 생각은 어떤 것인지? 선생님의 지론을 밝혀 주시면 저로서는 큰 영광이겠습니다.

사재동 : 저는 제목부터가 영산재 재의의 궤범을 중심으로 말씀을 했습니다. 이 궤범은 김승호 선생님이 지적하신 대로, 영산재라고 하는 장편인 재의를 제대로 이끌고 가기 위한 불망기적인 성격을 가지고 있는 것은 틀림없습니다. 그것을 포함해서 그러나 좀 더 폭넓게 생각하면 우리가 이 『악학궤범』할 때에 거기서 나타나는 여러 가지처럼 이 영산재에 대한 전반적인 것을 진행 절차에 의해서 하나하나 생생하게 있는 그대로를 기록한 것이 아닌가? 이런 생각이 듭니다. 이 궤범이 가지고 있는 이것은 그 재의라는 재를 있는 그대로 구비 전승되는 것을, 또는 문헌 전승되는 것을 총 집성해서 완성한 것이 궤범이라고 이렇게 생각을 합니다. 따라서 그것을 연행하는 과정에서 음악적인 요소, 무용적인 요소 그런 것들을 생동하는 것으로, 어찌 보면 시대가 지나면 사라지고 마는 그런 무형적인 것들은 거기에 포함이 되지 않은 채로 대단히 소중한 증거가 아닌가? 이렇게 생각을 합니다. 그럴진대 또 한 가지 지적해 주신 것이 아주 지당한 게 있습니다. 어떤 것이냐 하면, 이 영산재의 궤범을 중심으로 한다 하더라도, 있는 그대로, 영산재의 궤범이라고 하는 것은 운문과 산문 또는 기원문, 염불 등을 포괄한 이 종합 기록적이랄까, 종합 예술적인 성격을 있는 그대로 인정하면 제일 좋은 것 아니냐? 그렇습니다. 그렇지만 우리가 영산재를 공연문화학적으로 조명할 경우, 담을 헐고 바라볼 때는 역시 이것을 희곡적인 측면에서 한번 바라볼 수 있고 또 희곡이 종합문화적인 성격을 가지고 있는 바에는 그 대본이랄까 희곡 속에 들어 있는 양식으로서 장르로 한번 분화시켜 가지고 그렇게 전개시켜 보고 그것이 우리 불교문학뿐만 아니라 한국문학의 각 장르의 연계성 내지는 어떤 문예사적인 그것은 통일적인 면은 복원을 하고 검토를 해보는 것도 학문적인 측면으로서 할 일이 아닌가? 이렇게 생각을 했던 것입니다. 그래서 자연히 하다 보니까 문학론을 얘기하게 되고 희곡론을 얘기하게 되고 자연히 희곡이라는 예술 속에 들어 있는 각종 문예 양식을 갖다가 또 장르별로

분할시켜서 하다 보니 영산재라는 커다란 틀에서 바라보고 영산 궤범이라고 하는 커다란 종합 문학에서 바라볼 때에는, 어찌 보면 부질없는 일이라 생각할 수 있으나, 원래 이 학문이라는 것이 그러한 제의적인 면이라든지 불교의 넓은 틀에서 바라보면 사실 어줍지 않은 일이라고도 생각 할 수 있습니다. 그러나 기왕에 이런 판을 벌리고 보니까 그런 말씀과 그런 논의를 시도해 본 것으로 생각 해 주시면 고맙겠습니다.

그리고 둘째 문제는, 제의라고 하는 것이, 모든 것이 변하는 것을 부인할수는 없지만, 다 개선되어서 모든 정신문화 현상이 내려오고 있는 바에, 이 영산재도 전통적인 것으로부터 계속 내려오면서 그 시대의, 역으로 변화시키는 것이 아니라, 자연적인 현상 속에서, "좀 더 잘 해보자."라고 하는 정성과 진심에서 변화를 긍정적으로 해 온 것이 사실입니다. 아마 기록으로 남은 이후의 여러 가지 현상을 본다 하더라도 많은 변화를 겪은 것은 사실입니다. 이러한 시대적인 변화, 또 어떤 의미에서 보면 불가에 있어서나 중생의 입장에서 말하자면 다중적인 입장에서 요청하는 시대적인 요청이 있고 그러고 영산재가 살아움직이는 하나의 제의 자체로서 계속 발전해 왔다고 보고, 따라서 21세기에 접한 우리로서는 또 즐기는 차원에서 상응하고 부응하는 우리의 자연 발생적인. 그러나 창작의도에 입각한 재창조도 필요하다고 봅니다. 그래서 아까 제가 말씀드린 것이 너무 원형적인 것을 보존하는 데에 집착함으로써, 거기서 범하는 여러 가지 어려운 점 다 털어야 되고, 그리고 창작적인 의도에서 무엇을 갖다가 세계적으로 넓힌다. 그러나 근거 없이 막 창작을 해냄으로써 계통도 없고 역사도 없는 그러한 창조물이 되어서는 안된다. 따라서 양쪽에서 문을 다 열고서 중도적인 방향으로 바람직한 방향으로 나아가야 하겠다. 너무 막연한 얘기지만 사실은 그럴 수밖에 없습니다. 그래서 이 시대상하고 세계적인 종교제의의 공연물로서 그것을 자꾸만 현대화해 나가되 전통의 계승이라고 하는 발전적인 의미의 창조적 작업이 우리에게 좋지 않는가? 그러나 그것은 아무나 할 일이 아니고, 전문가들이, 현실적인 측면에 있는 실기 전문가와 여기 모이신 이론 전문가의 상당한 토론과 연구가 합의를 통해서 결국은 방향을 설정해야 될 것이 아닌가? 그래서 오늘 학술회의도 대단히 의미가 있지 않은가? 하는 생각을 합니다.

권오성 : 사재동 선생님의 논문에 대한 질의와 거기에 대한 답변이 있었습니다. 다음번에는 대구대학교 김태연 선생님이 「영산재의 장엄 - 지화를 중심으로」라는 논문을 발표해 주셨는데, 이 논문에 대해서 안동대학교 김명자 교수께서 토론을 해 주시겠습니다.

김명자 : 아까 권오성 선생님 말씀하신 것처럼, 여기 봉원사에 와서 아주 감회가 깊었습니다. 초등학교 때 소풍을, 제가 아현초등학교를 다녔는데, 이 절에 소풍을 자주 왔습니다. 그런데 이상한 것은 올 때마다 비가 와요. 비가 오면 종각 있는 그 밑에서 도시락을 먹고 역시 거기서 비를 피하고 그랬는데, 그때만 해도 제가 봉원사라는 이름을 몰랐어요. 그냥 "새절 소풍간다." 이랬습니다. 그런데 이것이 벌써 반세기 전의 일이예요. 제가 초등학교 저학년 때니까, 그 이후에 지나다니기는 했지만, 들어오면서 얼마나 감명 깊었는지……, 제가 택시 기사보고, "아저씨, 내가 여기 옛날에 소풍 왔던 데니까, 아저씨, 여기 좀 둘러보고 가세요." 그래서 택시기사가 절을 한 바퀴 돌고 갔습니다. 처음에는, 제가 지화를 연구하는 사람도 아니고 그래서 토론을 하겠다는 것을 후회를 했는데 봉원사에 들어온 순간부터 '아 참 잘 왔구나.' 하는 생각을 했습니다.

제 옆에 계시는 김태연 선생님은 사실 일찍이 지화를 비롯해서 궁중 상화 등을 직접 만들 뿐 아니라 연구자로도 진지하게 접근을 하고 있습니다. 2004년 5월 1일에는 경북 영천시 대창면 조곡리에 '김태연 궁중상화연구소와 전시관'을 개관하면서 제1회 전통지화장인전을 갖고, 또 금년 2005년 7월 30일에는 제2회 전통지화장인전을 열고 상설 전시를 하고 있습니다. 이 밖에도 대구대학교 부설 한국전통꽃일연구소 소장으로 계시면서 2005년 7월 30일에는 대구대학교에서 제1회 세미나를 개최하기도 했습니다.

그런데 이번 발표 논문에서는, 아까 잘 들으셨겠지만, 다섯 분의 장인들이 전통 지화를 만드는 기법이라든가 특징을 말씀하셨는데 이 자료는 그야말로 김태연 교수께서 발로, 손으로, 눈으로 직접 참관하신 생생한 자료라고 할 수가 있겠습니다. 제가 논문을 보고서 생각났던 것은, 25일에 작고하신 김석출 선생님, 중요무형문화재(제82호-가) 동해안별신굿 보유자였지요. 그분 생각이 났습니다. 제가 지난 겨울, 대구에 무구 조사를 갈 일이 있었는데 김태연 교수님 도움을 많이 받았습니다. 그 때에 전시관, 연구소를 갔는데 김석출 선생이 만드신 지화가 있었습니다. 아마도 김태연 선생님께서는 그분하고 항상 만나서 작품을 받고 또 같이 연구를 하셨기 때문에 더욱 마음이 아프시지 않았을까 하는 생각이 듭니다.

저는 지화에 대해서 구체적으로 아는 바는 없습니다. 다만 제가 무속 연구자로서 '지화는 굿을 할 때 등장하는 성물(聖物)이다.' 이런 강하게 각인이 되어 있습니다. 영산재 장엄, 지화는 불교의 장엄의례인 영산재에 등장하는 지화로서 무속의례의 지화하고는 변별이 되겠지만 모두 성물이라는 그런 공통점을 지니고 있지 않나 생각을 합니다. 논문에서 김태연 선생님은 먼저 영산재의 내용을 간단히 살펴보고 그 연구 테마인 꽃과 관련해서 그 장엄을 약술했습니다. 그리고 이어서 육법공양의 의미도 약술했고, 또 이들을 통해서 영산재 장엄지화 전반을 개관했습니다. 그리고 본격적인 본론에 해당되는 부분에서는 장인별 기법, 즉 황월화 스님, 이기원 처사, 이경암 스님, 윤해월 스님, 이석용 스님 등 다섯 분의 지화 장인을 대상으로 그들이 만드는 지화의 종류와 기법, 특징을 논의하였습니다. 그리고 이를 바탕으로 전승계보를 밝히고자 했습니다.

그러나 이 논문에서는 장인들의 지화 기법, 종류, 전승계보 이런 것을, 물론 구두 발표 논문이기 때문에 그렇기는 하겠지만, 너무나 간략하게 해서 오히려 선생님이 논의하고자 하는 의도가 제대로 드러나지 않는다는 생각을 했습니다. 이왕이면 다섯 분의 장인이 만드는 지화라든가 기법, 특징 등을 도표화하면 일목요연해져 처음 접하는 사람들도 이해하지 않았을까 하는 생각을 합니다. 그리고 2장에서는 장엄지화의 전반적인 내용을 개관했는데 이들 내용하고 각 장인들이 만드는 지화가 어떠한 관련성이 있는가를 밝혔으면 하는 아쉬움이 있었습니다. 2장에서는 그렇게 길게 인용을 할 것이 아니라 내용을 요약하여 기본적인 개관만을 해 주어도 무방하지 않겠는가? 이런 생각을 했습니다. 그리고 각 장인들이 만드는 지화의 종류와 기법, 이것은 비교적 소상하게 밝힌 반면에 그 전승계보를 상당히 평면적으로 정리를 한 것도 아쉽습니다. 사실 장인에게, 특히 우리의 경우는 무형문화재 지정을 할 때에도 전승 계보를 굉장히 중요시하거든요. 특히 예능 쪽도 그렇고 기능 쪽도 마찬가지겠지만. 그래서 제 욕심 같아서는 전승 양상에 대해 보다 심도 있게 다루었으면 하는 아쉬움이 있었습니다. 물론 3장에서 전승 관계를 논의했지만 4장에서 전승 계보를 밝히기 위해서는 그 이상의 논의가 필요하다는 거죠. 그리고 제대로 평가받지 못한 것. 이것을 상당히 안타까워하는데, 이것은 김태연 교수님은 직접 접하니까 그 안타까움의 농도가 더 짙고 깊으리라 생각을 하는데. 결국은 그러한 점을 극복하기 위해서도 그 전승 계보에 대한 심도 있는 논의와 정리가 이해를 도모하는 데 필요하다고 생각을 합니다. 그리고 4장의 제목이 어색합니다. 왜냐하면 위에서는 지화 장인을 논의했는데 여기서는 장엄 부분이라는 표현을 했기 때문에 제목만 보면 연계성이 확연하게 드러나지는 않습니다. '영산재 지화장인의 전승 계보'라는 소제목이 어울리지 않을까 생각을 합니다. 그렇게 해도 지화만을 얘기할 수 없고 어차피 전승 계보라 하더라도 장엄이라든가 범패, 작법무 등 영산재 관련 각종 기 · 예능을 논의할 수밖에 없겠습니다. 자꾸 아쉽다고만 해서 죄송합니다.

이 논문은 김태연 교수의 한국 지화에 관한 연구 시리즈의 하나입니다. 그런데 논문 제목이 너무 큽니다. 「한국 장엄지화에 연구」 1, 2, 3 해 가지고 번호를 붙여가며 시리즈로 하시긴 했지만 크게 하기보다는, 가령 「영산재 장엄 지화장의 기법과 전승계보」, 이러한 식으로, 제목은 작게 내용은 밀도 있게 하면 장엄지화의 기법도 알 수 있고 그 기법은 스승에 따라서 특징이 드러날 수 있지 않을까? 그런 생각을 해 봅니다. 특징은 곧 전승 계보와도 직접적으로 관련이 된다는 생각을 해 봅니다 .

질문은 간단하게 두 가지로 하겠습니다.

광의로는 모두 지화(紙花), 종이로 만든 꽃이니까 모두 지화라 할 수 있겠는데 어떤 무속 연구자는 무화(巫花), 또는 신화(神花)라고도 합니다. 하지만 가장 보편적인 용어는 지화입니다 . 그런데 지화, 궁중상화, 장엄지화 등 다양한 용어를 사용하고 있습니다. 이에 대한 정확한 개념에 대해서 알고 싶습니다. 또 지화장(紙花匠), 꽃일 등의 용어에 대한 설명도 듣고 싶습니다. 심우성 선생님이 아마 문화재보고서류에 꽃일이라는 용어를 쓰신 것 같은데 지화장이라는 용어가 익숙하고, 또 꽃일이라는 한글 용어는 친근하게 느껴지기는 합니다만 다소 생소한 면이 있습니다. 이것을 조금 명확하게, 물론 이해는 되지만 한번 명확하게 말씀을 해 주셨으면 좋겠습니다.

그리고 꽃과 관련된 장엄으로 목단화(牧丹花), 작약화(芍藥花), 화괘(花掛), 연화(蓮華), 산화락(散花落), 수파련(水波蓮) 등을 들었습니다. 그렇다면 여기 논문에서 발표한 다섯 장인들이 만드는 지화는 이들 범주 내에 있는 꽃을 만드는 것인지? 아니면 이 외에도 다양하게 만드는지? 궁금합니다. 왜냐하면 2장에서 다룬 꽃은 목단화 · 작약화 · 연화의 세 종류였거든요. 그런데 그 장인들이 만드는 것에는 여러 가지 이름이 나와요. 이런 것이 정형화 되어 있는 것인가? 아니면 어떠한 관련성이 있는가? 궁금합니다. 이것은 사실 제가 정확하게 이해하지 못해서 질문하는 것인데, 이들의 공통점과 차이점은 무엇인지 궁금합니다.

권오성 : 김태연 교수께서 답변을 해 주시기 바랍니다.

김태연 : 지화가 무속에서나 영산재에서나 성물이라는 점에서 공통된다는 말씀은 아주 공감하는 부분입니다. 뿐만 아니라 이 논문을 쓰면서, 현재까지 제가 열 한편의 논문을 쓰고 있습니다만, 각 장인들마다 부제를 달아서 쓰고 있습니다. 그래서 1981년도부터 동해안 별신제에 송동숙씨가 인간문화재(원 명칭은 보유자)로 되었을 때부터 시작해서 그 다음에 김석출씨를 쓰고, 전라도에서 지금은 돌아가시고 안 계신데 장애인으로 계셨던 김복현씨라는 분이 계셔요. 또 안동에 계신 보살님을 또 썼어요. 이렇게 쓰면서 다섯 번째에 황월화 스님을 만났습니다. 그렇게 해서 현재 11편의 논문을 쓰고 있는 가운데, 부제를 쭉 달고 있습니다. 그러다 보니까 장인별로 각각의 기법이 나타났습니다. 그것을 아직까지 도표화하지는 않았는데요, 이번에 아주 좋은 제안을 해 주셔서 감사하고 앞으로 연구하는 데 도표를 활용해서 비교가 일목요연하게 나타나도록 한번 해 볼 생각입니다. 2장에서, 말씀하신 장엄지화에 대한 전반적인 내용을 조금 말씀드리면서 이 지화의 관련성을 말씀을 드리면 목단화라든지 작약화라든지 기타 이런 꽃들은 지화로 만들었습니다. 두 가지는. 이것을 만들어서 뒤에 있는 사진에서 보시는 것과 같이 화만이라고 해서 큰 꽃을 한두 개를 같이 꽂습니다. 이것은 지화로 만듭니다. 그렇지만 화괘라는 것은 제가 알기로는 옛날에는 어떻게 했는지 모르겠는데 그냥 그림으로 작약도 그리고 목단도 그리고 연화도 그리고 이렇

게 해서 화괘를 길게 도량 주변에다가 걸죠. 그 다음에 연화는 가장 지화로 많이 만드는 것입니다. 이것은 연지당을 만들어서 신자들이 초혼하고자 하는 돌아가신 분의 이름을 다 붙이죠. 그래서 여기다가 연지당이라고 만듭니다. 수파련은, 각종 과일을 괴거나 또 이렇게 하실 때 그 위에다가 연꽃을 장식을 하는 것을 제가 수파련으로 알고 있습니다. 그 수파련도 역시 마찬가지로 종이로 만들고 있습니다. 그리고 3장에서 영산재 장인들에 대한 전승 계보에 대한 심도 있는 논의를 해야 하는데 이 부분에서는 앞으로 더 많이 연구를 하겠습니다. 현재 아까 발표한 대로 두 분 스님만 기록이 있습니다. 그렇지만 다른 분은 정식으로 거론된 바가 없어서 이런 분들이 그런 기능을 보유하고 있을 동안에 그분들을 지정을 해 주셔서 본인들이 이 일을 보다 소중하게 여기시고 사명감을 느끼게 해주면 어떨까? 하는 제안을 하고자 하며, 더 많은 연구를 하도록 하겠습니다.

앞으로도 장엄의 소상한 부분은 좀 더 연구를 많이 해서 기록으로 남겨 보도록 하겠습니다. 제가 전통 공예 쪽으로 하기 때문에 이것을 만드는 것, 만약에 이거 자체가 사라졌다 하더라도 제 기록을 통해서 재현할 수 있고 다른 사람한테 지도를 할 수도 있도록, 현재 제가 기록을 하고 있습니다.

질문 하신 용어 문제는, 지화라는 것을 광범위하게 사용합니다. 아까 말씀하신 대로 무속에서는 무화라고 하고, 또 어떤 학자들은 신화라고도 말씀을 하기도 합니다만, 제가 쓰고 있는 '지화'라는 용어는, 종이로 만든 것을 일괄적으로 다 지화라고 합니다. '궁중상화'라는 것은 아시다시피 우리 조선 시대, 제가 알기로는 숙종 때부터 기록이 나타납니다. 특히 궁중에서 혼례 등의 연회가 있을 때 궁중상화를 만드는데 이 궁중상화는 대체적으로 종이 뿐만이 아니라 비단, 인조견, 목면 이런 여러 가지 재료, 심지어는 모시, 이런 것에도 염색을 해서 꽃을 만듭니다. 이렇게 만들어 놓은 것을 궁중상화라 그리고. 또 궁중상화 안에 종이로 만드는 두 가지가 있습니다. 그 두 가지

꽃은 작년에 박물관에서 재현해서 전시한 바가 있습니다만, 그것은 예를 들어서 계급이 낮은 신하에게 임금님이 차려준 큰 음식들을, 백성들이 볼 수 있도록 음식들을 차립니다. 그것을 우리가 고임상이라고 그럽니다. 그 고임상에 음식을 차려서 앞뒤로 서로 꽃을 볼 수 있도록 다 꽂았습니다. 그 꽃의 종류나 명칭이 다 나와 있습니다. 그 종류가 스물 두 종류가 됩니다. 음식에 꽂는 것은 그 정도고, 임금의 머리에 꽂는 꽃도 역시 꽃을 만드는 장인이 하고 있습니다. 그런 관청도 옛날에는 궁중에 있었습니다. 그런데 일제강점기가 되면서 그것이 없어진 거죠. 그리고 이방자 같은 경우, 혼례를 일본에서 먼저 치렀습니다. 우리나라에서 치른 혼례식 사진을 보면 그때부터는 무당들이 만드는 종이꽃들이 상에 올라와 있습니다. 궁중에서 무당들이 드나들면서 꽃을 만들었습니다. 그리고 명칭은 비슷합니다. 거의 같은 것도 있습니다. 그 이외에 궁중상화는 많은 부분이 열매를 갖고 있는 꽃입니다. 예를 들어 가지라든지 오이라든지 감이라든지 유자라든지, 이런 꽃들도 많이 있습니다. 그것은 아마 농경사회였기 때문에 임금이, 백성이 자식을 많이 낳도록, 특히 남자를 많이 낳도록 하는 그런 특성을 가지고 있고요. 또 계급이 낮은 신하에게 음식을 보낼 때도 종이꽃을 꽂았습니다. 임금님은 하루에 세 끼 이상의 반과상을 받습니다. 그것은 정식 식사 상 이외에 요즘 말로 하면 후식상이 되겠지요. 그 후식상에 항상 꽃을 꽂아서 받습니다. 혜경궁 홍씨 같은, 정조대왕 당시의 기록을 보면 그 자료가 상세하게 나와 있고 어느 끼에 무슨 꽃을 꽂은 것까지 다 나와 있습니다. 다만 어떤 음식에 무슨 꽃을 꽂았느냐? 이렇게 나와 있지는 않지만, 꽃의 종류를 몇 점 꽂았고, 그것이 어느 정도 비용이 들었고, 이런 것까지도 아주 상세하게 나와 있습니다. 그래서 제가 99년도부터 제안을 했는데 MBC가 욕심을 조금 내고 그러다가, 알고 보니까 <대장금>을 했어요. 그 <대장금>을 촬영한 다음에 제가 한번 전화를 하고, 남의 것을 그냥 가져간 것 같아서 찜찜해서 전화를 한번

하고, 그 이후로 열아홉 점을 제가 저작권을 만들었습니다. <대장금>이 끝난 다음에. 그런데 그 저작권이 크게 소용이 있지는 않은 것 같습니다. 소중한 문화니까 계속 여러분이 많이 만들고 해야만 할 것 같다. 이런 생각이 들어서 그냥 이렇게 폼만 저작권을 가져 봤습니다.

그 다음에 이제 장엄지화라는 것은, 사실상 불교에서만 장엄이라는 말을 많이 쓰고 무속에서는 그다지 장엄이라는 말을 쓰지 않는다는 생각이 듭니다. 그래서 저는 이렇게 장엄지화라고 붙인 것은 영산재 혹은 수륙재 이런 데서 장엄지화라는 말을 많이 썼고, 지화가 다 있지만 장엄 속에 포함이 된다는 겁니다. 제가 표현을 하고자 하는 것은 전통 지화입니다. 그래서 지화는 요즘은 심지어 종이나라 같은 이런 법인체에서 일본에서 만드는 종류를 많이 가져와서 보급을 합니다. 종이접기 법인체가 우리나라에 굉장히 많습니다. 많은 분들이 종이접기를 배우고 학생들에게, 어린 애들한테 가르치지만 우리나라의 전통적인 것을 가르치는 곳은 없습니다. 그러다 제가 논문을 쓰다가 처음에는 한국 지화에 관한 연구라고 했습니다. 제가 몇 번째 쓰다가 이러다가는 안 되겠다 해서 전통지화라는 이름을 붙였습니다. 이 부분에 대해서 여러분들의 조언을 많이 얻어서 공부를 하도록 하겠습니다.

그 다음에 그 '지화장'이라는 용어와 '꽃일'이라는 용어입니다. 앞서 김명자 교수님께서 말씀하신 대로 이 꽃일이라는 용어를 처음 쓰신 분이 심우성 선생님입니다. 그래서 제가 연구소 이름을 낼 때도 심우성 선생님 허락을 얻으면서, 지금 저희 연구소에 자문의원으로 모시면서, 제가 그 꽃일이라는 용어를 사용했습니다. 꽃일은 순수한 우리나라 말로 '꽃을 만든다.' '꽃을 만드는 일이다.'라는 뜻입니다. 그래서 꽃일을 하는 장인을 '꽃일장이'라고 합니다. 지화장을 우리나라 말로 꽃일장이, 이렇게 얘기를 한다고 합니다.

그 다음에 두 번째 질문에 대해서 말씀드리겠습니다. 꽃과 관련된 장엄으로 이런 것들이 있어서 이 다섯 장인들이 지화의 범주에서 이 꽃들을 다 만듭니다. 다 만들어서 장식을 하고 있습니다. 그 낱개의 꽃들을 제가 하나하나 사진을 찍었습니다. 경우에 따라서 하나하나 사진을 찍지 못한 분도 계시지만, 아까 가져온 꽃을 보시듯이 하나하나를 찍었습니다. 화망이라는 큰 것을 해서 영산재를 할 때 놓습니다. 그 외에 상단도 장식하지만 중단이라든가 하단 경우에도 장식하고 연지당도, 여건에 따라서 여러 장소에 필요한 곳에다가 연지장을 계속 만드는 경우가 있습니다. 거기에는 제가 알기로는 짚으로 한 5센티 정도 두께로 해서 천이나 한지로 묶어서 하는데 그것을 홍여라고 합니다. 홍여라는 것을 해서 거기다가 꽃을 쉽게 꽂도록 합니다. 그리고 이런 대나무나 이런 것으로 만들기 때문에 특히 연지당은 잎을 많이 꽂습니다. 잎을 한 배를 꽂고 꽃은 드문드문 나타나게 꽂지요. 그런데 제가 이것을 조사하는 중에서 이 처사님께서 부들을 만드는 것을 제가 굉장히 소중히 생각했습니다. 이 솔 껍질을 가지고 가루를 만들어서 부들을 만들어요. 부들도 못에서 나지 않습니까? 물이 있는 곳에서. 이런 기법들이 아마 그 절에서도 많이 있었을 것 같아요. 그래서 34년 만에 재현을 하시는 분들도 그렇고, 또 덕암 스님 역시도 꽃을 만드시는 것 자체가 수국 같은, 우리가 볼 때, 요즘 말할 때 수국입니다. 불두화라고 얘기하시거든요. 그래서 '불두화는 부처님 머리처럼 생긴 꽃이다.'고 말씀을 해 주셨습니다. 이러한 기법들이 앞으로 더 전승이 되어서 여러분들이 많이, 이런 분들을 지원해 주어 그 분들이 기능 보유자로 인정받고 사명감과 또 보람감을 갖도록 했으면 좋겠다는 생각입니다.

권오성 : 네 고맙습니다. 이제 문학적인 측면에서, 그 다음에 조형예술 쪽에서, 불교에 조형예술의 요소가 여러 가지 있지만, 그중에서 지화에 대해서 아주 좋은 말씀을 들었습니다. 다음 두 편이 음악에 관련된 것인데요. 세 번째 발표를 해 주신, 우리가 너무나 잘 아는 법현 스님이신데요. 법현 스님께

서는 3년 전에 하와이에서 한국학 학술대회 하는 데 특별히 참석을 하시어 실제로 범패를 불러주시면서 좋은 발표를 해 주셨는데, 오늘도 좋은 발표를 해 주셨습니다. 이 발표에 대해서 동국대학교에 나가시는 최종민 교수가 논평을 해 주시겠습니다.

최종민 : 모두 무슨 인연들을 애기하셔서 저도 이 불교음악하고 관계를 조금 말씀드리면 40년 전에, 그 당시에는 서울대에 유창렬이라는 분이 드나들면서 이 범패의 가치를 알리려고 노력했습니다. 그래서 선생님 댁에 가서, "불교음악을 좀 해봐야겠다." 그때 한만영 선생하고 같이 갔기 때문에 거기서 여러 가지 애기를 듣고 오는 길에 한만영 선생이, "우리 한번 같이 해 봅시다." 그래서, "그럽시다." 했는데 저는 그 다음해에 지방대학으로 내려가게 됐습니다. 그런데 그때부터 한만영 선생이 이 봉원사에 오셔서 배우기도 하고 연구해서 30년 전에 제가 서울 왔을 때에는 한만영 선생의 연구 업적이 내가 생각할 수 없을 정도로 상당히 많은 것을 알고 놀랐었습니다. 그러면서 옛날 생각을 해서 그런지, "동국대학교 불교음악을 당신이 좀 맡아 주십시오." 또, "불교 합창단도 맡아 주십시오." 해서 그때에 제가 너무나 모르기 때문에 이 절을 찾아왔어요. 찾아와서 저 나무 밑에서 내가 이걸 좀 공부를 하러 왔다고 그랬더니 스님들이 그거 십 년을 해도 입도 못 뗀다고, 굉장히 어려운 거라고, 그러는데 어디서 소리가 나요. 바로 요 방이에요. 그래서 뭐냐고 그러니까. 지금 범패 가르치는 거라고. 보니까 30년 전이니까 우리 마일운 스님이 청년이시죠. 합장게를 가르치세요. 그래서 뒤에 이렇게 앉아서 배우기 시작해 가지고 합장게를 제가 그때 배웠어요. 근데 저는 배워 보니까 아주 재미있고 그렇게 어렵다고 생각이 안 돼서 금방 배워가지고 학교에 가서 금방 써 먹었어요. 그랬더니 그게 또 소문이 나서 송암 스님이, 그 합장게를 한다는데 한 번 해보라고 그래서 여기 송암 스님께 와서 내가

하면서, "스님 어때요? 스님 이게 맞습니까?" 그랬더니, 아 됐대요. 그래서 제가 마일운 스님께 배운 합장게를 조금 합니다. 조금. 그리고 저는 이런 것도 그렇고 굿도 늘 보면서, 이거야말로 공연물로 가장 좋은 거라고 일찍부터 생각을 했습니다. 그래서 78년에 소위 우리나라에서는 아마 그때가 종합적으로 굿 페스티발을 한 게 처음일 겁니다. 공간사랑에서 78년도에 굿 페스티발을 했는데 공교롭게도 작년에 또 기회가 주어져서 아시아 굿 페스티발을 한옥마을에서 했습니다. 그러면서 이 범패가 어느 정도 됐을까 하고, 2년 전인가 여기에서 영산재 할 때 와 보니까요. 범패하시는 스님은 굉장히 늘어났는데 제가 스님들 모시고 옛날에 예수재 할 때라든지 이런 때 늘 다니면서 보았던 옛날 어장님들이 하시던 그때하고 지금하고 비교했을 때, 글쎄 옛날이 더 좋은 것 같아요. 옛날이 훨씬 더 장엄하고 멋있었던 것 같고. 여기서 하는 거 보니까 스님들은 잔뜩 모였는데 소리는 요만큼 나더라고요. 정말 소리를 끌고 나가시려고 몇 분 스님이 막 애를 쓰는데 딴 사람들이 못 좇아가는 거예요. 그래가지고 조금 알아보니까 이 엄청난 영산재, 또 범패 뭐 장엄, 작법 전부 합쳐서 현재 인간문화재가 한 명도 없어요. 그래서 내가 참 화가 나가지고 그 여러 가지 얘기도 하고 했는데 그래서 작년 국립극장에서 뭘 하자고 했을 때, 범패 페스티발을 하자. 해서 작년에 했는데, 여기는 제일 종가집이래서 안 나오시고, 인제 조만한 뭐 인천이라든지 마산이라든지 또 젊은 스님들이 있어요. 그리고 조계종 스님들 뭐 이렇게 해서 했는데, 그렇게 했지만 상당히 성과는 있었다고 봅니다. 공연으로서 참 훌륭한 것이다. 그런데 문제는 한 팀이 하루씩 하라고 맡겨 보니까요. 지금 우리는 영산재 3일 한다고 하잖아요? 의식으로 보면 3일을 넉넉히 할 수 있을지 모르지만 예능을 집약해서 공연으로 보여줘라 했을 때, 두 시간도 제대로 못 짜요. 그리고 어떤 팀은, 나는 범패를 요구했는데 찬불가를 하고 있습니다. 그래서 제가, 앞으로는 이런 것을 기획할 때 좀 제한을 둬야겠다는 생각을 했는데

요, 그래서 저는 이런 전통 예술, 그중에서도 예능이 얼마나 잘 전승되게 하느냐 하는 데 관심이 많습니다.

그런 점에서는 한국공연문화학회에서 적절한 일을 하고 있다고 생각을 하는데요, 제가 이 법현 스님 논문에 대해서 논평은 내용적으로는 할 것이 없습니다. 법현 스님은 이것을 다 알고, 내가 여기 옛날에 드나들 때에는 법현 스님이, 뭐라고 해야 되나 행자, 그러니까 스무 살 안쪽의 애들이지 애들, 스님이지만 애들 같은 스님. 호리호리하고 이랬는데 이젠 이렇게 건장한 장년이 되셨는데요. 이 내용에 대해서는 논평할 것이 없고, 다만 여기 48페이지 표에 대해서 의문이 있었기 때문에 그 내용만 조금 읽어 드릴게요. 3일간 계속되는 영산재의 절차와 그에 수반하는 음악의 내용을 구체적으로 조사해서 부록 자료와 함께 제시해 준 글입니다. 한국의 불교음악에 찬불가를 포함시킨 것이 이전의 연구자들과 구분되는 점이고 평염불과 전문적 염불이라는 용어를 사용한 것도 이전에는 보지 못했던 점입니다. 영산재의 절차와 각 절차의 음악 내용은 발표자가 직접 범패를 하는 스님이고 다년간 직접 참여하면서 조사 연구한 것이어서 다른 연구자들에게 좋은 자료가 되리라고 생각됩니다. 그 다음에 그 악보에 대해서, 악보의 유형을 각필악보, 탁점보형식의 사성점보, 동음보, 실선보, 오선보입니다. 이게 잘못됐다고 그랬는데요. 이에 대한 연구자의 논문이 있기는 하지만 더 진전된 연구 결과가 첨가되었으면 좋을 것이라는 느낌을 받았습니다. 그 정도로 하고요.

그 다음에 그 논의하고자 하는 것은 평염불에 대한 겁니다. 이것 오늘 꼭 좀 짚고 넘어 갔으면 하는데요, 연구자는 평염불을 평성으로 부르는 염불이라고 했고. 영산재의 일체 의식집을 평성으로 낭송할 때 평염불이라 칭하며, 범패를 전문적으로 배우지 않은 스님들이 의식을 진행할 때 평염불로 이루어진다고 했습니다. 대부분의 스님들이 재를 진행할 때 문서를 낭송하듯 읽어 나가면서 의식을 진행하는데, 그런 것을 평염불이라 한 것으로 생각하는

데에 문제가 있다는 것을 말하겠습니다. 우선 그런 것도 불교음악으로 볼 수 있느냐? 하는 것입니다. 지금 많은 절에서는 그냥 법문집을 갖다놓고 한 문을 그냥 읽으면서 의식을 하잖아요? 그것도 불교 음악으로 볼 수 있느냐? 하는 것이 저의 첫째 질문입니다. 지금까지 한만영 등 불교 음악을 연구한 학자들이 아무도 그런 것을 음악의 범주에 넣은 적이 없고, 실제 그런 현상을 음악으로 보기 어렵습니다. 음악의 조건을 어떻게 규정하였길래 그런 현상을 불교음악의 하나로 분류하게 되었는지 그 이유를 설명해 주었으면 합니다. 그 다음에 평염불이라는 용어는 그 동안 학계에서 고사창의 일종으로 수용하고 있는 것입니다. 이것은 한만영씨의 고사창 연구에 있습니다. 고사창에는 선염불, 평염불, 뒷염불, 보조염불 등 염불이라는 말과 관계있는 여러 가지 곡목이 있는데, 평염불은 평조염불과 거의 같은 뜻으로 사용되고 있습니다. 평염불은 일심으로 시작하는 평조와 그 뒤에 계속되는 부모은중경 가사의 회심곡을 합쳐서 부르는 것입니다. 꽹과리를 "딴다단다" 식으로 가볍게 치면서 창부타령조의 선율로 부르는데 그것을 회심곡이라고 부르기도 하고 평염불이라 부르기도 합니다. 이처럼 평염불에 대한 정의가 어느 정도 되어 있는데, 연구자가 이 용어를 다른 의미로 사용했기 때문에 이에 대한 토론이 있었으면 합니다.

그 다음에 전문적 염불, 그 범패를 전문적 염불로 보면서 세 갈래로 분류했습니다. 안채비소리, 바깥채비소리, 화청. 여기에도 토론해야 할 문제가 있습니다. 안채비란 그 절에 소속된 절 안의 채비라는 뜻이 있고 바깥채비란 절 바깥에서 모셔오는 범패 전문 승이라는 뜻이 있습니다. 때문에 난이도가 높은 홋소리나 짓소리, 특히 인기 있는 화청 같은 것은 반드시 겉채비가 하게 되는 것 같은데요.이렇기 때문에 분류할 때 기준을 분명히 하여 범패 부르는 사람 중심으로 분류하든지. 사람 중심으로 한다면 화청도 겉채비 소리에 들어가야 된다는 거죠. 아니면 음악적 스타일로. 음악적 스타일로 하면 홋소리, 짓소리, 화청이 훨씬 다르니까. 어떻게 하든지 기준이 분명해야 된다는 것입니다.

그리고 이제 반주 음악으로 기악 반주와 삼현육각 및 호적과 사물 등 악기로 태징, 법고, 목어, 바라, 요령, 광쇠, 경쇠 등의 사물이 사용되는데 여기에서 사물이란 용어와 그 다음에 이어지는 사물의 기능에 대한 것도 토론이 있었으면 하는 부분입니다. 사물은 법고, 범종, 목어, 운판으로 보는 것이 보통이거든요. 그러니까 절마다 가면 범종각도 있고 또 법고 운판 이렇게 모시는, 불국사 같은 데도 꼭 있잖아요? 그것이 합치면 네 가지란 말이죠. 법고하고 주로 운판하고 그 다음에 범종하고 목어하고 따로 걸든지 목어를. 범종각 따로 있고 목어를 따로 걸든지 그렇게. 그것을 우리가 흔히 사물이라 이렇게 했는데. 여러 가지 실제 악기로 쓰이는 것을 사물이라 하셨기 때문에 거기에 대한 설명이 필요하고, 그 다음에 그 사물이라 할 때 넉 '四' 자를 써야 되는지 제사 '祀' 자를 써야 되는지 섬길 '仕' 자를 써야 되는지. 제가 아직 이거 잘 몰라요. 그래서 요 부분에 대한 것도 여기 이보형 선생님이랑 다 오셨으니까 토론을 좀 했으면 좋겠습니다. 불교음악을 연구하는 학자가 많지 않은 터에 김응기 교수가 실기를 충분히 잘하는 사람으로 학문적인 연구를 하고 있어서 기쁘게 생각합니다. 앞으로 더 충실한 연구를 진행해 주기를 바라는 마음에서 지엽적인 문제 몇 가지를 지적해서 토론거리로 제시합니다.

법현 : 예, 감사합니다. 92년도 대학원 1학기 때 최종민 교수님이 저에게 불교음악을 강의해 주셨습니다. 그때 많은 공부를 했고 또 이제 스승님께서 이렇게 직접 토론을 해 주셔서 참 감사하게 생각을 합니다. 그리고 불교음악 발전을 위해서 40년 이상 저기 울산에 포항에 다니면서 채록을 많이 하셔서 현재의 불교음악이 발전했다고 생각합니다.

불교음악이라는 용어에 대해서 말씀드리겠습니다. 불교음악이라는 말은 근래에 쓰기 시작한 것이지 예전에는 스님들 사이에 염불, 그리고 어산승, 혹은 인도, 인도라고 하는 것은 범패를 할 줄 아는 스님들을 어산승이라고 하거나 어산작법승, 이렇게 얘기를 합니다. 불교음악이라는 용어 또 불교무용이라는 용어는 근래에 나온 것이죠. 예전에는 불교음악, 이렇게 얘기를 하지 않고요, 1918년도에 나온 책을 보면 범패, 염불 이렇게 얘기를 했습니다. 그래서 왜 이렇게 나누었냐 하면 불교음악은 불교적인 내용을 가지고서 부르는 모든 음악을 불교음악이라고 크게, 광범위 하게 봤고요. 이 안에 일반적으로 범패를 전문적으로 배우지 않은 스님들이 부르는 염불을 평염불, 이렇게 했고요. 전문적으로 범패승이 익혀서 재의식에서 사용되는 음악을 갖다가 전문적인 염불로 봤고요. 또 1921년도, 24년에 순수한 한글을 오선지에다가 서양악보 형식으로 해가지고 일반대중화를 위해서 불교적인 내용을 만드신 것을 우리가 찬불가라고. 또 근래에 국악이나 또 양악을 중심으로 해서 발표되는 음악, 이것을 창작 찬불가, 이렇게 하는데요. 이것은 범위를 찬불가라고 이렇게 나누었습니다. 그래서 평염불이나 전문적인 염불, 그리고 찬불가. 이 모든 불교적인 내용을 가지고 포교적인 수단으로 사용하기 때문에 전체적인 범위에서 불교음악이라고 이렇게 봤습니다. 그 가운데 평염불이라고 하는 것은 모든 영산재의 의식 구성은 평염불의 형태인데 그것을 전문적인 범패승이 익혀서 진행할 때 그것을 홋소리라든가 짓소리로 이렇게 진행을 합니다. 그런데 이것을 소리를 배우지 않은 스님들이 진행을 할 적에는 평염불을 읽어 내려갑니다. 그래서 그때는 그냥 평음으로 그냥 진행을 할 수밖에 없고. 범패를 전문적으로 배우지 않았기 때문에. 그렇게 차이를 두고 했습니다. 즉 이것은 음악적인 스타일을 갖다가 바꿔서 분류를 했다고 보시면 될 것 같고요.

두 번째 말씀 해 주신 그 기악반주, 삼현육각을 사물에 대한 용어를 말씀

하셨는데 절에서는, 사찰에서 사용되는 것은 사물, 넉 '四' 자를 씁니다. 넉 '四' 자를 쓰는 것은 대표적으로 앞서 말씀하신 네 가지 중심 사물을 갖다가 얘기를 하는데요. 목어라든가 운판이라든가 범종이라든가 북을 얘기하는데 이런 대사물이 있고 소사물이 있습니다. 그것과 더불어서 사찰에서 의식 진행시 사용되는 요령이라든가 바라라든가 광쇠, 경쇠 이것을 우리가 소사물이라고 봅니다. 그래서 절에서, "사물을 내오라." 이러면 악기를 내오라는 의미도 포함이 되어 있습니다. 그래서 절에서 쓰는 것은 넉 '四' 자를 사용해서 사물이라 합니다.

권오성 : 끝으로 추계예술대학의 장휘주 교수가 발표하신 「영산재의 재의 구조와 음악적 짜임새」라는 논문에 대해서 전북대학의 임미선 교수의 토론이 있겠습니다.

임미선 : 발표자께서는 영산재를 3단계적 제의 구조로 파악하고 영산재에서 부르는 범패의 음악적 짜임 또한 재의 구조에 상응하는 형태로 되어 있다는 결론을 제시하셨습니다. 지금까지 범패에 대한 음악학 방면의 연구는 홋소리, 짓소리, 화청 등의 선율 분석에 치중되었고, 아직은 재의 구조 틀에서 각각의 범패가 사용되는 형태에 대한 접근이 매우 미진한 것이 사실입니다. 그런 점에서 오늘 발표자의 연구 시각은 범패의 음악적 연구가 재의식 구조 안에서 온전히 이해되어야 할 필요성을 인지시키는 데 큰 의의가 있다고 봅니다. 논문에 대한 몇 가지 의문점을 제시하는 것으로 논평을 대신하고자 합니다.

논문에서 다룬 영산재는 3일에 걸쳐서 하는 경우이고, 현재 절차를 축약해서 하루에 행하는 영산재에 대한 구체적인 언급이 없습니다. 1일로 축약된 영산재에서도 발표자가 제시한 형식이 나타났는지 궁금합니다.

현재 짓소리가 거의 불리지 않는 상황에서 상단권공을 안채비소리-짓소리-홋소리-화청의 완결구조로 파악하는데 어려움이 있다고 할 수 있습니다. 참고로 말씀을 드리자면 전국적으로 논의를 하셨는데 전북의 경우에는 짓소리가 벌써 수십 년 전에 단절이 돼서 짓소리를 거의 부르지 않고 있거든요. 짓소리가 생략되는 경우, 영산재의 재의구조와 음악적 짜임의 관계 설정이 달라질 수 있다고 보는데, 이에 대해서 어떻게 생각 하시는지요?

송암 스님의 영산재 범패를 담은 씨디 해설집, 그리고 법현 스님의 영산재 연구에서 상단권공 중 연등게, 서찬게, 관음찬, 향화청 등은 짓소리나 홋소리와 다른 평염불조로 부릅니다. 그런데 <표 3>의 영산재 절차별 사용 범패에서 영산작법 결계의식의 연등게, 서찬게는 홋소리라고 하지 않고. 그러니까 범패로 분류하시지 않은 반면에 관음찬과 향화청은 홋소리라고 하셔서 같은 평염불인데 어떤 것은 홋소리가 아니고 어떤 것은 홋소리라고 해서 그 구별이 모호합니다. 관음찬과 향화청을 특별히 홋소리로 간주한 요소가 있다면 무엇인지 설명해 주시기 바랍니다.

관음찬과 향화청을 홋소리로 간주하였기 때문에 재의구조와 연계된 음악적 구조 속에서 이러한 평염불조에 대한 별도의 논의가 이루어지지 않았습니다. 평염불조로 부르는 곡의 경우, 재의 구조와 어떤 관계가 있는지 궁금합니다.

마지막으로 발표자께서 화청이 상단권공, 중단권공의 마지막 절차에서 불리면서 이 세 가지 의식에서 나타나는 음악적 완결구조의 종지 부분으로 이해하셨습니다. 화청의 선율이 부르는 이에 따라 개인차가 크더라도 음악적 완결구조의 종지적 성격은 그대로 적용될 수 있을 것이고, 또한 짓소리나 홋소리와 구별되는 음악적 특징이 내재되어 있을 것인데, 그 특징에 대한 보충 설명을 부탁드립니다.

장휘주 : 첫 번째 질문은요, 3일을 하는 것을 하루로 축소할 경우에 짜임새에서 어떤 변화가 있는가? 하는 질문인데요, 요즘은 그냥 하루로 해 버리고 말죠. 보통 5월 단오 하루에 하던데요. 그럴 경우에 형태가 축소되는 원리가 있는 것 같지는 않습니다. 음악적으로 산조 같은 경우를 보면 긴 산조를 하다가 짧은 산조로 만약 이십 분이나 몇 분으로 자른다, 이러면 우조어청에서 시작을 해서 우조본청으로 왔다가 잘라서 동장 넘어가서 바로 계면으로 간다든지, 이런 축소할 때 원리가 있거든요. 그런데 영산재는 3일 하는 것을 하루에 했을 때 어떠한 원리로 축소를 하는지는 알려진 바가 없고 어떻게 하는지도 제가 잘 모르겠습니다. 아까 법현 스님 발표 중에 영산재를 하루로 할 경우에는 영산작법 절차를 위주로 하고 소청상위, 소청중위 이런 것을 주로 생략을 한다. 그런 말씀을 하셨는데, 재의 형태에서 따로 축소되는 어떤 유형이 없기 때문에 음악적인 짜임새에는 원형을 가지고 얘기를 변함없이 1일로 되든 할 수가 있을 것 같습니다. 그 안에서 어떤 원리들이 축소된 형태가 있다면 거기에 맞춰서 음악적인 짜임새도 변화가 있을 거라는 생각이 들고요.

그 다음에 두 번째 질문에 대한 답변은, 제가 전북은 상황을 잘 모르겠습니다. 그래서 선생님께도 여쭈어 봐야 할 것 같은데, 제가 한 것은 주로 서울에서 행해지는 것만을 대상으로 했는데 짓소리가 많이 없어졌지요. 예전에 72종이나 있었는데 지금은 12곡에 세 곡이 다시 복원이 됐죠. 그래서 지금 열다섯 곡으로 복원이 돼서 전승이 되고 있고 그 중에서 상단권공에만 7곡이 전승이 되고 있습니다. 그래서 음악적인 짜임새, 제가 결론내린 걸로 보는데요, 저는, 큰 문제는 없을 것 같습니다. 상단권공 내에서도 현재 그렇게 있고, 불려지고 있기 때문에.

그 다음에 세 번째, 네 번째 질문은 조금 있다가 말씀드리기로 하고, 마지막 질문, "화청이 상단권공이나 중단권공의 마지막 절차에서, 마지막에 불리기 때문에 종지적인 성격을 가지고 있다."라고 결론을 냈는데, 그렇다면 "짓소리나 홋소리와 구별되는 음악적 특징이 있느냐? 화청에." 그런 말씀을 주셨습니다. 그런데 여기에 대해서 제가 답변할 수 있는 것은요. 범패가 여러 종류가 불려지지 않습니까? 그런데 각각 짓소리나 홋소리나 화청이나 뭐 이런 각각의 범패들은 그 어떤 고유한 기능들이 있는 것 같고요. 굳이 음악적인 특징 면에서 보자면 안채비소리나 짓소리 홋소리는 자유 리듬으로 진행이 되지요. 그러다가 상단권공과 중단권공의 끝에 부르는 축원화청 경우에는 규칙적인 리듬으로 부릅니다. 한문 가사로 된 경우에는 육박으로 "딴따딴따" 이렇게 육박으로 규칙적으로 부르고요. 회심곡 사설을 포함하고 있는 화청은 "정걸 정걸" 이렇게 엇모리 유형으로. "지징걸 정걸" 잘 못합니다. 이렇게 규칙 박으로, 규칙적인 엇모리형 리듬으로 부르는 특징이 있지요. 그래서 앞의 짓소리, 홋소리, 안채비소리는 자유 리듬으로 부르다가 마지막 끝부분에 화청이 나오는 대목에 가면 규칙적인 어떤 박자로 음악이 끝을 맺는다, 라는 정도만 제가 말씀드릴 수 있고요.

그 다음에 세 번째, 네 번째 질문에 대한 것은 저도 궁금한데 연등게, 서찬게, 관음찬, 향화청, 이게 제가 조사한 바로는 관음찬하고 향화청은 홋소리로 부르는데, 연등게와 서찬게는 평염불로 불렀다고 되어 있었습니다. 그런데 이제 관음찬과 향화청도 평염불로 부르는 경우가 있다고 하는데, 그런 경우는 법현 스님 책에서도 보면 수도 없이 많이 나오거든요. 각 절차별로. 뭐 조전점안에서도 평염불을 부르는데 한번은 반짓소리로 하기로 하고. 또 그 다음에 괘불이운에서도 그런 경우가 있고요. 그 다음에 상단권공만 하더라도 홋소리가 46회인데 한번은 짓소리로 하기도 하고, 또 짓소리가 7회지만 한번은 홋소리로 하기도 하고 두 번은 평염불 형식으로 하기도 하고. 뭐 이런 식으로 굉장히 홋소리로 부르는데 이것을 평염불로 부를 수도 있고 짓소리로 부를 수도 있고. 짓소리지만 또 홋소리로 부를 수도 있고. 이런 경우들이 상당히 많은 것 같거든요. 그럴 때 저도 궁금한 점이 여러 음악 형태로 부를 수 있을 때, 원래는 무엇으로 부르는 게 가장 원형인지? 그리고 만약에 홋소리로 부르는 건데 짓소리로 불렀다든지 평염불로 바꿔서, 음악적인 유형을 바꿔서 부를 때 기능에는 변화가 있는지? 뭐 이런 게 저도 사실 궁금한 부분이거든요. 죄송하지만 이런 질문을 스님께 좀 돌렸으면 합니다.

임미선 : 제가 한 가지 궁금한 것이 있는데, 장휘주 선생님께 꼭 해당되는 질문이 아니라서. 제가 향화청을 이제 평염불로 분류하느냐 홋소리로 분류하느냐 이런 문제를. 전북의 장일암 스님이 부르는 향화청. 서울에서 송암 스님이 부른 것은 30회로 간단하게 거의 쓸어버리듯이 그야말로 평염불, 평조의 스타일로 부르는데, 장일암 스님이 부른 것은 꽤 길어서 3분 정도로 해서 사실은 굉장히 여러 차례 반복이 되면서 거의 홋소리에 상응하는 정도의 멜로디를 가지고 있어요. 그래서 그런 것을 볼 때 어쩌면 지금 평염불이라고 말씀하시는 것들이 어쩌면 역사가 좀 오래 거슬러 올라가면 그것도 홋소리 스타일로 불렸던 것이 요즈음에 의식이 간소화되고 이러면서 조금 다른 홋소리보다 시간이 짧게 불렸던, 그 소요 시간이 짧았던 것들이 거의 평염불화된 것이 아닌가하는 생각을 가져 봤는데 거기에 대해서 어떻게 생각하시는지 듣고 싶습니다.

이보형 : 원래 향화청, 산화락이라는 것은 평염불입니다. "산화라 산화 산화" 이렇게 하는데요. 이것은 원래 예전에 짓소리였습니다. 그래서 옛 문헌에 보면 산화락은 어떤 소리하고 동음이다, 요 소리는 어떤 것하고 동음이다 해서 예전에는 짓소리로 불렸는데 그것을 다 잊어버린 것이죠. 제가 1995년도에 범패 분류연구에서, 짓소리에 대해서 동음 연구를 한 것이 있습니다. 거기에 보면, 현재 72곡, 73곡 짓소리 곡목이 있는데, 그 가운데 53곡의 짓

소리를 거기서 분류해서 찾아냈습니다. 그 가운데 하나가 향화청이라든가 산화락입니다. 소리는 모르고 그 곡목만 찾아냈습니다. 그리고 예를 들어서 서찬게든가 관음찬이라든가 이것은 보통 소리가 홋소리 형식이라도 그때 어장 스님이, "이것은 그냥 줄여서 가라." 그러면 짓소리라도 그냥 "지심신례 불타야앙독존"을 그냥 "지심신례불타야앙독존" 이렇게 평음으로 읽어 내려 갑니다. 그래서 그때 그때 어장 스님의 지시에 따라서 다른 것도 있고, 아예 예전에는 홋소리였었고 짓소리였을지는 모르지만 그것을 알지 못하는 것은 또 평염불로 이렇게 내려갑니다. 그래서 평염불로 내려가는 것은 두 가지죠. 원래 홋소리였던가, 아니면 짓소리였던 것을 잊고 아예 그냥 평염불로, 이 소리는 그냥 반야심경처럼 쭉 평염불로 밀고 가는 것. 그 두 형태가 있다고 할 수 있습니다.

장휘주 : 원래 짓소리라도 어장 스님의 지시에 따라서 그때 그때 이제 변화할 수, 홋소리로 부르기도 하고 평염불로 부를 수도 있고. 또 하나는 옛날에는 짓소리였지만 소리를 완전히 잃어버려서 할 수 없이 평염불이나 홋소리로 부르는 경우. 두 가지를 말씀하셨는데, 첫 번째 어장 스님의 그때 그때 지시에 따라서, 상황에 따라서 짓소리로 부를 것을 다른 소리로 돌려서 부르라고 지시가 내려온다는 말씀에서, 그때 그때의 상황이라는 것은 무엇을 얘기 하시는 것인지? 시간이 바쁘다는, 그런 의미인지요?

이보형 : 맞습니다. 1일 영산재로 하다보니까 시간이 일단 줄어들고 또 짓소리로 계속하게 되면 영산재 상단권공, 짓소리 하단, 해서 총 14곡의 짓소리가 나오는데, 그 짓소리를 보통 한 시간 정도 하는데, 보통 그것도 15분 정도 줄여서 하고요. 예를 들어서 우리가 25분 정도 짓소리를 하면서 여기까지 걸어옵니다. 그런데 빨리 걸어올 경우에 한 15분에 걸어오겠죠. 그럼

짓소리도 줄어드는 것이죠. 그러니까 시간에 따라서, 또 어장 스님이 손짓을 한다든가 어장 스님의 소리를 따라서 우리가 소리를 이어가기 때문에 어장 스님이 중간에 한 10분 정도 이렇게 줄이면 거기에 맞춰서 줄이게 되는 것입니다.

권오성 : 그러니까 처음에 말씀드린 것과 같이 이게 경우에 따라서 달라지기 때문에, 이를테면 하루에 하는 것이냐? 제대로 하는 것이냐? 그러면 아주 제대로 부르는 거와 어떻게 다르냐? 그럼 그것을 썰어서 부르면 어떻게 되는 거냐? 그래서 송암 스님한테 와서 여쭤면, "왜 맨날 만날 때마다 자꾸 뭘 물어보냐? 어떤 경우에는 얼만큼인데, 그게 인제 의식이 이렇게 진행되는 것에 따라서 훨씬 변화가 많기 때문에 뭐 일률적으로 딱 얘기하기가 아주 어렵다." 이런 말씀입니다. 그래서 이런 것이 결국은 이게 그냥 딱 정해져 있는 것이 아니라 바로 그 공연적인 그 상황 속에서 이제 변화되는 이런 것이기 때문에 그런 점에서 우리가 일단 이것을 이해하고 나가야 할 것으로 생각됩니다.

마일운 : 여기 법현 스님께서 불교 영산재에 대한 얘기를 많이 조리 있게 해 주셔서 여러분이 충분히 아마 이해가 가셨으리라 생각이 됩니다. 제가, 이보형 선생님께서도 말씀을 하셨지만 열네 살에 제가 출가를 했어요. 여기에 열네 살에 출가를 해서, 아까 저기 안동대학에서 오신 아현초등학교 나왔다고 하신 그 김명자 교수님도 사실 그때 도시락 싸 가지고 거의 맨날 여기 옵니다. 소풍이라고 하면 거의 여기 오는데 실제 그 열네 살에 제가 출가를 해서 김운파 스님이라고 하는 분한테, 여기 현재 제가 주지를 하고 있는 구해 스님하고 운파 스님에게 의식을 배우게 됐습니다. 배우게 됐는데 지금 뭐 말씀하시는 대로, 거리패가 하는 것도 화청이고 또 절에서 어장이 하는

것도 화청이고 그런데 우리가 어렸을 때는 그런 것 구분이 없었어요. 구분이 없었고. 돌아가신 분한테 하든 또 부처님한테 하든, 일반 중생에게 심신을 돋구게 해주든 그것은 어쨌든 화청이다. 그런 얘기를 하는데 화청이라고 하는 것은 고로 '和' 자 에다가 청할 '請' 자입니다. 그 운파 스님께서는 사실은 제가 어렸으니까 지금처럼 음성이 굳지도 않고 그때 애들 목소리죠. 그스님께서는 사실 그때 참 공부 가르치는 입장에서는 요즘처럼 죽염이 나오는 것도 아니고 또 그때는 곤소금도 없었어요, 그때는. 그러다 보니까 그 진흙 묻은 호렴이라 그러죠. 왕소금. 그걸 갖다가 놋주발에다 갖다 놓으시고, 당신께서 직접 그걸 다듬이 방망이로 찧어가지고 창호지요, 그 창호지 같은 데에 접어서, 그 요기에 보면 복(福) 자 써 놓은 조끼 있었어요. 다들 생각나시지요. 그런 조끼 윗주머니에다가 꼭 그걸 넣고선, 염불을 하다가 목이 쉬어가지고 쩔쩔매면 그런 것을 주셨어요. 그래서 목에다 넣어라 그래서 가끔 소금물을 저도 이제 많이 사용을 합니다. 근데 그 화청이라고 하는 것은 제가 어려서 듣기로는요, 위로는 부처님의 세계로부터, 제불보살님으로부터, 아래로는 지옥중생까지도 고루 청해서 제불보살님의 가피를 지옥에 있는 일체 악의 중생에게까지 들려줘 가지고 성불할 수 있는 그 계기로 삼는 것이 화청이다. 그래서 우리가 다른 말로 얘기하면 그 마음을 돌이켜서 잘못된 것을 참회하는 그 마음. 그래서 회심곡이라고도 말을 하는데. 그런 식으로 저희가 들었습니다. 그리고 그 작법의 변화. 아까 3일 동안 했던 것을 왜 하루 만에 간단히 하느냐? 그러니까 거기서 여러 말씀이 참 많이 나오잖아요? 그런데 정답은 매년 5월 5일에 여기서 행사를 할 때 오셔서 한 5년만, 다섯 번만 참석을 해 봐라. 저는 이렇게 얘기를 하고 싶어요. 왜 그러냐? 실제로 보통 여기서 아침 아홉 시에서 저녁 다섯 시 여섯 시까지 하는데 동참자들이 처음부터 끝까지 있는 분들이 없어요. 열시에 오시면 그냥 당신네 그 부처님한테 가서 절하고, 당신네 위패 써 놓은 데 가서 절하고 잔 한번 올리면 자기 재를 다 한 거예요, 이미. 그 신도들 다 가고 이러니까 이 판 벌려 놨는데 정말 장꾼들이 하나도 없어 봐요. 얼마나 쓸쓸하고 재미가 없어요. 그 옛날에는 사흘이라는 기간을 가지고 재를 할 때에는 하나하나를 거의 다 반복하다시피 했거든요. 저희가 외국에 가서 행사를 하는데, 다들 아시지만 바라춤만 해도 한 여섯 일곱 가지가 되지 않습니까? 그렇게 되는데 우리는 이거 천수바라다, 명바라다 이래가지고 거기서 치는데 그 보는 사람들이 시각적으로 볼 때 뭐라고 얘기하느냐 하면, "왜 똑같은 것만 세 번씩 하느냐?" 이렇게 나오는 거예요. 우리는 거기에 담긴 각각의 바라 의식을 하는 것인데. 거기에 담긴 내용은 각기 다 다른 거거든요. 그렇게 하다보니까 자꾸 그것이 축소가 되는 것입니다. 축소가 되는데 그렇게 하다보니까 여기서도 조금 전에 말씀 드렸듯이 예를 들어 대상이 누구냐. 예를 들어서 전에 그 이애주 교수님이 80년대에 저한테 와서 공부를 배우고 여기서 팔전도라는 것을 김지하씨 그분이 이제 얘기한 것을 가지고 각색을 해서 여기서 한번 제가 그것을 행사를 했어요. 했더니 막 난리가 난 거예요. 누가 난리가 났느냐? 봉원사에서 그때 그것은 센세이션이었어요. 천오백 명이 모였습니다. 누가? 학생들이. 학생들이 모였는데 거기서 "먹쇠먹쇠 말호 먹쇠" 이러면서 걔네들 제일 빠른 것으로 해서 같이 한 팀이 돼 줘야 행복하지. 아까 우리 선생님 말마따나 "지신걸쳐 지신걸쳐" 이거 맨날 들려 줘 봤자, 애들 졸고 있다. 그 말이예요. 그러니까 하루로 단축이 됐다 하더라도, 거기에서 우리가 어떠한 것을 해야 여기 모인 대중들과, 또는 시각적으로 보는 사람들이 어떠한 것을 많이 챙겨 갈 것이다. 라고 하다 보니까 이렇게 많이 축소가 됐다고 말씀을 드릴 수 있습니다. 그래서 이제 제가 학장이 되고 나서 옛날에는 이게 나비춤을 춘다고 그러죠, 보통. 나비춤을 춘다, 그러는데 본래 기본이 합장을 하면 자기 코 높이입니다. 고깔을 쓰게 되면 고깔 끄트머리에 갖다 딱 내리게 되면 여기가 오게 돼있어요. 그런데 요즘 고깔은 이게 내려오는 게 너무 짧다 보니까 고깔을 써도 다 봅니다. 그런데 옛날에는, 저도 나비춤을 참 많이 췄어요. 군대 갈 때 까지도 했는데. 옛날에는 요렇게 됩니다, 고깔이. 그래서 고깔 사이로다 보면 거기 모시로다 만들었기 때문에 다 보여요. 저쪽에서 나는 안보여도 나는 잘 보인다 이거죠. 그래서 거기에서 이제 그렇게 해서 요렇게 해서 뒤로 밀어주고선, 이게 바로 기본동작 이예요. 이렇게 밀어주고 해서 자기 코 높이로 와서 팔을 벌려서 이렇게 돈단 말이죠. 이렇게 돌아서 뒤꿈치를 들어주고 앉거든. 이렇게 해서 가서 이제 모은단 말이죠. 그런데 이게 언제부터인지 알 수 없게 시작을 하게 되면 이렇게 해가지고 어떻게 이렇게 돌아버리게 됐단 말이예요. 한번 여러분 관심 있게 보셔야 됩니다. 그래서 제가 학장이 되고 나서 몇몇 사람들은, 그 회원들 중에서요, 몇몇 사람들은 예전에는 그런 식으로 했지만 나는 어느 어느 스님에게 이렇게 배웠으니까 이게 정통이라고 생각하고 나는 합니다. 이렇게 얘기가 나왔었습니다. 그런데 저는 그러면 그 이전에 했던 분들은 그럼 다 잘못 됐다는 얘기 아니냐. 전통이라는 것은 지켜 갈 때 가치가 있는 것 아니냐? 하는 생각을 합니다. 그래서 앞으로 여러분들께서도 작법을 할 때, 다른 것은 모르겠습니다. 바라는 거의 다 지금 여기 그 영산재 보존 바라는 다 하나가 됐습니다. 그래서 옛날에는 바라를 추면 이제 여스님 같은 경우에는 여기서 대개 이렇게 했어요. 아주 요렇게 얼굴만 가리는 식으로 해서 돌아서 했는데. 요즘은 여기 허리 아래로 바라가 내려가면 안 되고 또 이 뒤에서 너무 넘어가도 안 된다. 그래서 바라를 아주 많이 추는데 바라는 아주 굉장히 동적인 작품이죠. 나비춤이라는 것은 정적인 것이다. 이렇게 얘기를 하는데 이것을 음과 양이라고도 얘기를 합니다. 작법 같은 것은 지금 요렇게 해서 치는 것을, 영산재보존회에서는 계속 그것을 밀고 나갈 것이니까 여러분도 많이 협조해 달라는 취지에서 제가 실기를 보여 드렸습니다.

권오성 : 오늘 발표해 주신 선생님들 그리고 토론에 참여 해 주신 선생님
들께 감사드립니다. 그럼 오전의 학술회의는 이것으로 마치겠습니다. 고맙습
니다.

〈제3부〉

- ●좌장 : 이병옥(용인대학교 무용학과 교수)
- ●발표 : 김상은(창원대학교 강사), 조선시대 감로탱화에 나타난 불교무용
  심상현(동방대학원대학교 교수), 작법무 거행의 배경과 의의
  김향금(창원대학교 무용학과 교수), 영산재의 작법무 구성
  정재만(숙명여자대학교 무용학과 교수), 불교의 영향을 받은 한성준
  승무
- ●토론 : 류경렬(울산아카데미 강사)
  최성규(위덕대하교)
  김웅기(법현)(동국대학교 국악과 교수)
  김명주(순천향대학교)

이병옥 : 이렇게 날씨도 무더운 날에 좋은 학술제를 마련하고, 또 장소를
마련해 주신 봉원사 스님들께 감사의 말씀을 드립니다. 영산재와 관련된 무
용 부분에는 무용학 쪽에서도 대단히 중요한 영역이기 때문에 이 부분에 대
한 연구는 앞으로도 지속적으로 많은 연구가 필요하고 또 한편으로는 역사
적으로 밝혀야 할 문제들이 많습니다. 그리고 마지막에 발제하신 정재만 선
생님의 얘기대로 어떻게 이 불교 의식에서 승무로까지 승화되었는가에 대한
역사적인 고찰도 대단히 중요한 부분입니다. 이런 점에서 앞으로 무용학 쪽
에서의 불교의식무용에 관한 연구는 이제 시작이라고 저는 봅니다. 과거에
도 단편적으로 연구가 있었습니다만, 그런 점에서 이를 기점으로 해서 많은

연구가 있기를 바라면서 종합토론을 시작하겠습니다.

아까 정재만 선생님이 승무는 왼쪽으로 돈다고 했습니다. 인간세계는 오른쪽으로 다 돕니다. 그러나 종교의 세계, 무속인들은 전부다 왼쪽으로 돕니다. 그런 면에서 우리 민속학에서는 오른쪽으로 도는 인간의 것을 코스모스, 질서의 세계이고. 그 다음에 왼쪽으로 도는 것은 카오스, 혼돈의 세계이고 신의 세계라고 그렇게 얘기를 합니다. 그렇기 때문에 대체로 종교의식에서 몸의 움직임은 왼쪽 방향으로다가, 신의 움직임의 세계로, 카오스의 세계로 돌아가는 그러한 요소들을, 많은 움직임의 연구 속에서도 밝혀지고 있는 부분이죠. 그런 의미에서 오늘 학술발표의 마지막 종합토론도 카오스로 들어가서, 끝에서부터 앞으로 이렇게 진행을 하도록 하겠습니다. 어떤 의미가 있다고 볼 수도 있겠지만 정재만 선생님이 아주 바쁘신 인간문화재이시기 때문에 춤 연습이 있으셔서 곧 가셔야 하기 때문에, 그런 말씀을 해 주셨기 때문에 그렇습니다만 지금 얘기대로 종교적인 움직임에 카오스를 여기서 실천해 보자는 뜻으로 하겠습니다. 김명주 선생님부터 말씀을 부탁드리겠습니다.

김명주 : 제가 첫 번째 질의할 내용은 한성준 선생님의 승무가 불교 재의식과의 연관성을 뒷받침할 수 있는 근거. 또 그 시대의 재의들이 구사한 내용들 중에서 승무와 불교의식의 요소들이 상호 어떠한 영향을 주고받았는지? 여기에 덧붙여서 정재만 선생님의 수련 체험을 듣고 싶습니다. 정재만 선생님께서는 오래도록 한영숙 선생님 곁에서 승무를 전수받으셨습니다. 그 과정에서 한성준 승무의 작품 형성 과정이나 한성준 당신의 수업 내용을 술회하신 적이 있었는지, 그 구체적인 내용은 무엇이었는지, 이러한 것들을 말씀해 주시면 저희들에게 도움이 되겠습니다.

정재만 : 한성준의 제자 한 분이 현존해 계시죠. 한영숙 선생님의 손녀인

강선영 선생님. 한영숙 선생님께서는 돌아가신 지 벌써 14년 됐고요. 저희들이 그 두 분 선생님 밑에서 쭉 공부를 했습니다만 이 두 분들이 한성준 선생님에 대해서 거의 말씀을 안 하셨어요. 왜 그러셨는지 지금도 궁금한데, 이런 얘기를 얼핏 한번 하셨어요. 할아버지가 줄 타고 광대 노릇하고 너무 힘들게 사셨기 때문에 그것이 세상에 알려지면 그 손녀딸이다, 그 제자다, 그럴까봐 말씀을 못했다고. 지금 같아서는 그것이 상당히 자랑스러웠을 텐데 저희들을 가르치시면서는 그런 말씀을 많이 못 하셨어요. 그래서 왜 승무를 가운데서 시작해서 오른쪽으로 갔다가 중앙으로 오고 왼쪽으로 갔다가 중앙으로 오고, 이렇게 조직적으로 되어 있는가 하는 의문을 상당히 많이 가졌거든요. 그랬는데 요즘 현대 무용을 공부하시는 분들이 말씀하시기를, 한성준, 한영숙은 무대화했기 때문에 춤이 저렇게 방향을 똑바로 잡고 한다. 호남 계통의 춤은 그렇지 않다. 이런 말씀을 하시는데, 저는 거기에 대해 항상 의문을 갖고 있었어요. 그러다가 궁중무용을 제가 연구를 또 해 봤는데 역시 한성준은 궁중무용하고도 무관하지 않고, 궁중 밖에서도 춤을 배우고 가르치기도 하고 보시기도 하고, 궁에도 들어가고 참봉이라는 벼슬도 받았고 평양에 가서도 했다고 하기 때문에, "왜 한성준의 춤이 그렇게 되었을까?" 고민을 했던 것이 거기서 풀어졌어요. 궁중무용에서는 음양법이나 중용법의 철학을 쓰고 있었어요. 한성준 선생님은 그것을 따른 거지요. 그렇기 때문에 오른쪽으로 가서 춤사위를 하고는 다시 가운데로 오고. 왼쪽으로 가서 춤사위를 하고 중앙으로 오는, 그러한 중용법을 쓰고 있단 말이죠. 그래서 "아 한성준이라는 분은 무속의 영향을 받아서, 불교의 영향을 받아서 또 궁중무용의 영향을 받아서 우리나라 모든 춤들을 집대성해서 참 멋있게, 참 과학적으로 연결해 놓은 분이다."라는 생각을 갖게 됐어요. 한영숙 선생님께서 늘 한성준 선생님에 대해 얘기하시기를, "늘 춤을, 음악을 몸에서 떼어 놓지 않고 사셨다. 항상 그 두루마기 주머니에 손을 넣고 항상 장단 치는 연습을 하고 다녔기 때문에 두루마기 주머니가 다 해졌다." 그런 말씀을 하시고. 그 다음에 가르치는 것을 너무 좋아해서 많은 사람들을 이렇게 데려다 가르치고, 그냥 가만히 있지를 못하고. 저보고 그러셨어요. 꼭 너 같다고. 저도 정말 가만히 있지를 못하거든요. 이렇게 가르치는 것을 많이 좋아하셨는데, 춤은 꼭 승무로 시작을 했다, 그 기본을. 그래서 승무부터 가르쳤는데 어느 정도 추게 되면 음악가, 미술가 이렇게 여러 분들을 모셔다 놓고, "오늘 춤을 한바탕 추어 봐라." 이렇게 한대요. 그 제자들이 어느 정도 춤을 배우면. 거기서 뭐 음악 박사들이 무용실에 와서 같이 살았으니까. 음악을 연주해 주면 거기에 맞춰서 춤을 추는 것을 보고, 아 저놈은 기질이 있다. 이렇게 평가해 주시면 무대에도 올리고 그랬다고 합니다. 승무를 기본으로 했다는 것을 말씀 해 주셨고요. 그 다음에 아까처럼 승무는 그렇게 힘들고 어려워서 많이 도망을 갔지만 승무를 떼고 나야 반드시 그 다음 춤을 출 수 있는 법을 만들었다 하는 것을 보아서, 승무를 춤의 기본으로 삼았다는 것. 그리고 불교적인 것과 연관을 가졌다는 것. 이런 말씀을 해 주셨어요. 선생님 두 분께서 한성준의 말씀을 거의 안 하셨다고 했는데 사실 한성준이 우리에게 이야기되기 시작한 것은 1900년대 후반쯤, 한 95·6년 전, 7·8년 전. 이제 뭐 우리 이병옥 교수님도 그랬지만, 성기숙 교수라든가 이런 학자들이 한성준, 또 음악 쪽에서 학자들이 한성준이라는 이름을 떠올리면서 오히려 요 근래에 대두가 되셨고요. 제가 문화관광부에 이달의 문화인물로 신청을 세 번을 했어요. 그랬더니 한성준이라는 분이 1874년도 출생이고 그러면 꽤 나이가 많다고 생각을 했는데 막 떨어지더라고요. 왜 안 되느냐고 그랬더니 이순신이 올라왔대요. 이순신보다 아주 까마득하니까 떨어지더라고요. 그래서 3년째 돼서 1998년 9월에 이 달의 문화 인물이 한성준으로 정해졌어요. 그렇게 돼서 한성준이 지금은 많이 알려지고 있는데, 어쨌든 이렇게 손녀딸이나 제자들이 할아버지의 과거가 탄로날까봐 잘 말씀을 안 해 주셨기 때문에 충분한 대답은 못 드리고 이 정도만 말씀드리겠습니다.

김명주 : 정재만 선생님께서는 한성준의 승무가 불교의식의 영향을 많이 받았다고 생각을 하시는 건지. 물론 그 유래에 대해서는 자료나 변천 과정을 제시하지 못하고 있는 실정이긴 하지만, 이것은 갖가지 형태로 봤을 때는 민속예술의 특징이 바로 그것이기 때문에 그 민속의 최초 형태는 무엇이었고 이것이 어떻게 변화했고 어떻게 이어져 내려 왔는가? 한성준의 승무는 사실 한성준 선생님께서 창작을 하신 춤이기 때문에 우리가 비교적 역사성을 분명하게 할 수 있는 것 같은데요. 그렇다면 이 한성준 선생님의 승무가 불교 의식무 자체에서 기원을 했다고 보는 것이 더 맞는지? 아니면 그 시대의 탁발승들에 의해서 속화된 법고춤이나 나비춤이나 바라춤 이러한 것으로부터 새롭게 형성된 창작 춤이다. 이렇게 봐야 하는지? 아니면 사당패들의 법고놀이의 영향도 받은 것인지? 이러한 문제에 대해서 듣고 싶고요. 그리고 이제 이러한 승무가 공통적으로 불가에서 기원을 하기는 했지만 무속과 민속극이라는 서로 다른 경로를 거치면서 여러 다른 부류의 승무가 전승되고 있는데요. 이 두 부분이 재인들의 감각에 의해서 서로 작법에서 있는 나비춤이나 바라춤이나 법고춤 중에서 유독 그 법고와 같은 북을 치는 춤과, 그 다음 승무라는 창작 춤이 어떻게 결합돼서 오늘날 승무 형태의 기초를 이룬 것인지? 어떻게 그 두 춤의 결합이 이루어 질 수 있었는가? 여기에 대해서 제가 궁금합니다.

정재만 : 아마 한성준이 무속 가계에서만 흘러내려왔다면 이런 식의 춤이 안 나왔을 것이고요. 또 무속이 아니고 절에서만 살았다면 아마 이런 춤이 안 나왔을 거예요. 우리 이병옥 교수님이 항상 말씀하시는 것처럼 사실 그 민속춤을 보면 염불장단에서 굿거리로 허튼장단, 허튼타령으로 해서 나중에

빠른 것으로 몰아치는 그런 형식 같은 것을 보더라도 승무는 사실은 무속하고 연관이 없다고 볼 수가 없어요. 아주 연관이 많아요. 사실 무속하고 연관이 있다고 할 수는 있지만 이름 자체를 승무라고 지은 것과 그 다음에 의상이나 이런 것들도 어느 정도 무속에서도 불상법이나 이런 것들 나오지만, 산대극하고 또 연관이 없는 것이 아니에요. 거기 보면, 사상좌춤이라든가 이런 데 보면 장삼을 입고, 가사를 입고 춤을 춘단 말이죠. 이렇게 예술가의 그 창작의 두뇌는 무속에서, 불교 의식무에서 또 민속생활에서, 모든 것에서 영감을 얻어서 그것이 만들어졌는데. 한성준 당초의 춤은 무속과 불교가 아마 접합이 돼서 만들어지지 않았나? 하는 생각이 듭니다. 왜냐하면 법고하고 결합된 승무가 음악적으로 기승전결적인 완성도를 지니게 됐고, 또 현대적인 관점에서 안무법의 기본적인 원칙이나 이런 것을 보면 다양성과 통일성 같은 것을 충족시켜 주기도 했지만 무속 쪽의 영향인 것도 같고 불교 쪽의 영향인 것도 같고 이게 두 가지를 다 띠고 있다는 거죠. 하나로만 딱 보면 이것을 무속춤이라 하면 되겠는데 두 가지를 다 띠고 있다는 것은 한성준의 생활이, 삶이 그렇게 불교와 연관을 맺었고, 무속과 연관을 맺었고. 그런 것에서 오는 것이 창작적인 행위를 할 때에 아마 나타나지 않았는가? 그러면서도 탈춤이라든가 그런 것에서 많은 영감을 얻어서 이런 것이 만들어지지 않았나? 이런 생각을 해 봅니다. 어쨌든 그 승무의 춤과 법고는 전체적으로 불교라는 그런 공통점을 가지고 있지만 동시에 무속과 민속연희라는 문화적인 다양성도 지니게 돼서 이 두 가지를 다 지닌 그러한 다양성으로 승무가 높은 가치를 인정받는 것이 아닌가 생각을 합니다. 딱 짚어서, 이거다. 하나라고 말을 할 수는 없다는 거죠. 그래서 오늘날의 승무는 작법의 법고춤하고도 연결을 가지지만 무속적인 것과 민속연희 이런 것들이 다 같이 합쳐져서 창작적인 두뇌에 의해서 형식이 갖추어진 것이 아닐까 생각을 합니다. 그러면서 한성준 때에는 정말 이런 것들이 대강 얽혀있던 것을 한영숙

대에 와서 완벽하게 그것이 승화되는 과정으로, 한영숙 대에서 살아났다고 생각을 합니다. 한영숙이 춤사위를 완벽하게 정리를 해서 굳혀 놓은 것이 아닌가 생각을 합니다. 어쨌든 승무는 불교와 또 무속과 또 서민적인 민속예능 안에서 많은 것을 섭렵해서 만들어진 하나의 결정체라고 생각이 듭니다.

이병옥 : 불교 의식인 승무가 예인들의 승무로 어떻게 전이되었는가 하는 전이 과정. 저도 10여 년 전에 그 부분을 연구를 해서 발표를 한 적이 있었지만, 조선 후기에 들어서면 민중의식이 발달하고 모든 문화예술이 상하가 혼돈되는 양상이 나타납니다. 물론 불교의식이 예능화되고 세속화되는 과정은 원초적으로 조선 초기의 숭유억불 정책에서부터 영향을 찾을 수도 있겠지만, 불교의 재정적인 측면에서 보더라도 시주, 탁발을 해야 하는데 요런 부분으로 인해서 현장에서, 절에서만 모든 의식을 거행하던 것을 이제는 시주를 받으러 다여야 하는 그런 시점이 도래합니다. 이때 탁발승들이 항간으로 나옵니다. 이것은 기산(箕山) 풍속화에도 나와 있습니다. 길거리에 나와서 시주를 하는 것에서 중춤이, 속된 말 같습니다만, 절간에서만 추었던 춤이 항간으로 나오는 양상이 눈에 뜨입니다. 역사적으로 볼 때. 그 다음에 이제 사당패라는 말도 있는데, 절 '寺' 자예요. 이 사당패라는 것이 원래는 절에 예속된 반승반예인입니다. 처음에는 승려였다가 반승반예인이 되고, 이제는 아주 절에 있는 것보다는 전국을 떠돌아다니며 탁발하는 것이 주업이 됩니다. 그래서 이제 반승반예인에서 '승' 자는 빼 버리고 그냥 완전 예인이 됩니다. 그리고 경기도 안성 청룡사에는 본거지를 두고, 전국을 다니면서 사당패 굿거리를 펼쳐서 돈을 벌어 오면 그것을 다 시주를 합니다. 그리고 자기들도 먹고 살아야 되니까 일부 떼고. 이런 과정을 거쳐서 나중에는 아예 절에 들어가지 않는 사당패들이 나옵니다. 이래서 우리나라에 제의 광대의 한 유형을 이루게 되고요. 그러면서 승무 형태들이 좀 보편화가 되고 어린

무동들이 승무를 추는 현상이 나타나게 됩니다. 무동은 이제 궁중에도 있었습니다만, 일반 광대 속에서도 나타납니다. 김홍도의 무동 그림 속에서 어린아이가 승무를 춥니다. 이때 승복에서 가사가 띠가사로 변한 모습이 나타납니다. 그 이전의 띠는 삼각가사 모양으로 나타나는데, 지금의 승무처럼 띠로 변천된 모습이 나타납니다. 이때까지만 해도 남자만이 승무를 추었습니다. 그러던 것이 이제 이들이 성장하면서 창우가 되죠. 우리 이보형 선생님께서 창우에 관해서 말씀 많이 해 주셨습니다만, 이분들이, 어린이가 영원히 어린이가 아니니까, 창우가 됩니다. 광대가 되면, 이 창우들이 나중에 가서 하는 일은 공연도 공연이지만 지방에 가서 춤을 가르치는 스승이 됩니다. 모든 지방 쪽의 스승들은 여자 스승은 없고 다 남자 스승들인데 이들이 창우입니다. 이 사람들이 지방에 가서 승무를 가르칩니다. 이래서 하나의 승무가 지방으로 불려 들어가서 예인 승무로 변천이 되어 오늘날 한성준 선생님으로 이어지는 그런 춤들이 나타나는데, 이것은 그냥 뭐 이런 춤이다. 무속에서 나왔다. 어디에서 나왔다. 하지 않고 여기에 철학과 사상을 집어넣습니다. 황진이설이라든가 파계승설이라든가, 또는 여러 가지의 나름대로의 학설들을 사상으로 집어넣어서 지방마다 그런 설을 집어넣은 승무로 변화 발전이 됩니다. 그래서 아까 말한 지방마다 여러 가지 승무. 여기서 조금만 내려가면 수원의 재인청 승무만 해도 나중에 승복을 벗어서 법고 위에다 올려놓고 고깔도 벗어놓고 아쉬움을 남기며 떠나는 전설이 있어요. 승무에 관한 전설을 보면. 이처럼 많은 얘기가 담겨져서 오늘날 보편화된 승무의 모습들이 나타납니다. 물론 아까 무속적인 얘기도 나왔습니다만 우리 민속을 보면 불교의식의 진행 과정에서나 무속의식의 진행과정에서나 맞아떨어지는 부분이 너무나 많습니다. 절에 가보면 저 위에 명부전도 있고 칠성당도 있고 그렇습니다. 그런 것은 다 모든 종교, 토속적인 종교 모두 다 수용해서 우리 신도들이 산까지 올라왔는데, "오신 김에 주변의 많은 잡신들도 다 살펴보고 가십시오." 이렇게 배려를 합니다. 이게 불교에요. 다 포용합니다. 모든 것을. 그렇기 때문에 무속적인 것을 많이 허용하고 또 함께 오랜 역사 속에서 그런 것이 문화적으로 발전을 하면서 습합 과정을 거치게 되는 것이죠.

다음 주제로 넘어 가도록 하겠습니다. 이번에는 「영산재의 작법무 구성」, 김향금 교수님이 발제하신 내용을 법현 스님께서 토론을 해 주시기 바랍니다.

법현 : 서경대학교에 계신 전순희 교수님이 토론을 해 주시기로 했는데 외국에 가시는 바람에 제가 갑자기 대신하게 되었습니다. 저는 동국대학교 국악과에서 불교음악 범패하고 불교 무용을 가르치고 있습니다. 대체로 어릴 때부터 우선 범패를 배운 후에 그 다음에 무용, 즉 작법을 배우게 됩니다. 그래서 범패승은 무용도 할 줄 알고 의식도 할 줄 알고 또 호적이나 다른 악기도 모두 다룰 줄 알아야 합니다. 그래야 제대로 된 어산 스님이 되는 것이죠. 영산재의 작법무에 대해서 김향금 교수님께서 발표를 해 주셨는데요, 104페이지를 자세히 보시면 그 바라춤을 추고, 그 다음에 보면 여기에 얼굴에 이렇게 수염이 났습니다. 그렇고 그 옆에 계신 분은 얼굴이 새카맣습니다. 그것은 남방 계통 아니면 서역 계통에서 오신 분이 아닌가? 그리고 뒤에서 반주하는 모습. 왼쪽에서 두 번째에 보시면 얼굴이 새카맣습니다. 정말 예리하지 않으면 이런 것을 쉽게 찾아낼 수 없는 것인데 우리 불교무용을 전공하는 분들이 이런 예리함을 가지고 있다는 것에 놀랐습니다.

서두에서도 말씀을 하신 것인데, 여기 105페이지 중간의 넷째 부분에서 작법무의 세분화가 이루어져야 한다고 말씀하셨는데 이거에 대해서 어떠한 생각으로 이런 말씀을 하셨는지 알고 싶습니다. 왜 세분화가 돼야 하는지? 그 바라춤, 나비춤, 법고춤 해서 세분화가 되어야 한다고 그랬는데 여기에 어떤 의도가 있는지요?

　김향금 : 법고춤의 경우, 여기에 쓴 것처럼 봉원사 송암스님류하고 봉원사 무렴스님류 그 다음에 지장사 응월스님류, 이렇게 세 가지가 있는 것으로 알고 있습니다. 그러니까 그 바라춤의 경우에는 일곱 가지. 나비춤의 경우에는 열일곱 가지. 그 만다라가 빠졌지요. 만다라작법까지 열일곱 가지 중에서 여러 가지가 있으니까 세분화 작업이 필요하다고 생각하며. 그 다음에 현재 인천 지방문화재의 경우에도 바라춤, 나비춤이 각각 나뉘어져 있는 것으로 알고 있습니다. 그래서 그 나비춤에 향화게작법이나 삼귀의작법 같은 것은 20분이나 30분 정도 되는 것으로 알고 있거든요. 그런 것을 세분화시킬 경우에는 전승 보존하는 데 큰 역할이 되지 않을까, 굉장히 길고 하니까. 그래서 제가 생각한 것이 만약에 세분화가 된다면 현재는 '중요무형문화재 제50호 영산재' 이런 식으로 되어 있는데, 이것을 바라춤과 나비춤 그리고 법고춤, 타주춤, 이렇게 네 가지로 세분화시켜서 전승하면 어떨까 생각을 하고 있습니다.

　법현 : 나비춤은 열여덟 가지가 있었는데 만다라작법이 현재 이루어지지 않는다고 했습니다. 그래서 만다라작법의 연구 및 복원이 필요하다고 했는데, 그렇다면 어떻게 하면 복원을 할 수 있다고 생각합니까? 복원이라기보다 만다라작법이 녹음이 되어 있다든가 아니면 문헌이 남아 있다면 복원이 가능한데 아쉽게도 현재 발견되지 않은 것으로 알고 있습니다. 그래서 저는 복원을 할 수 없다고 생각을 하거든요.
　그리고 작법무의 공연화를 통한 무대화 가능성을 논의하겠다고 하셨는데, 어떤 형식으로 무대화되어야 하는지 알고 싶습니다.

　김향금 : 제가 아까 말씀드렸듯이 탱화는 무용으로서 굉장히 소중한 자료들이지요, 저희가 무용하는 사람으로서 보면 그게 무용이에요. 제가 재현을

한 것인데, 그런 재현을 했을 경우에 불자를 부리는 것 같은 것이 불자가 이렇게 들고 있는 것이 아니고 그 자체가 이렇게 춤 동작으로 연결이 되어 있습니다. 그런 것이든가, 아까 말씀드렸듯이 서역에서 넘어왔다든가, 모자를 쓰고 춤을 추는 장면이 있다든가. 염불을 할 때에 이런 것을 갖고 있다든가. 그런 것들을 전부 하나씩 제가 지금 정리를 하고 있는데, 그 다음에 또 북을 치는 것도 법고무를 추는 것도 있고 여러 개의 북을 한꺼번에 치는 장면이 있습니다. 그들이 현존하는 인물은 아니고 상단, 중단, 하단에서 나타나는 그런 신들의 춤이긴 하지만 그것이 이 북이 여덟 개가 동그랗게 있어가지고 추는 춤이라든가, 이런 것을 전부 다 춤으로 표현할 수 있기 때문에 춤으로 복원할 수 있겠고, 또 그 다음에 그 시대에 나왔던 음악을 사용해가지고 음악과 춤이 어우러진 그런 공연. 그 다음에 영산재는 연극적인 요소도 많이 갖고 있으므로 그 영산재에서 뽑아낸, 그런 것을 가지고 공연 작품을 만들어 올리면 재미있는 작품으로 나타날 것으로 생각이 됩니다.

이병옥 : 세분화라는 말을 쓰면요, 말의 뉘앙스에서 자칫 오해가 올 수도 있습니다. 작법도 지정하고, 전문성을 가지고 있으니까, 바라춤도 지정하고. 그런 뜻으로 세분화라 했는데, 자칫 의식 자체를 세분화시키려는 의미로 받아들일 수 있기 때문에 그것을 짚기 위해서 질의를 하신 것 같습니다. 공연화도 문제가 될 수 있습니다. 우리는 무용가니까 우리 문화를 콘텐츠화한다는 점에서는 대단히 훌륭합니다만, 이게 문화라는 것은요, 서로 영향을 받습니다. 옛날에, 몇 십 년 전만 해도 스님들의 영산재, 불교의식이 상당히 소박했었습니다. 그런데 그것을 배워간 우리 무용인들이 무용예술로 엄청나게 발전을 시켰습니다. 그리고 십 년이 지나고 이십 년이 지나고 삼십 년이 지나 지금 제가 보면 스님들도 대단히 예술적으로 승화되었습니다. 이처럼 예술을 물론 발전하는 것이고 의식도 이왕이면 더 잘 치르고 춤도 멋있게 추면 좋겠

습니다만, 본말이 뒤바뀔 수가 있습니다. 의식과 무용은 서로 다른 것입니다. 그렇기 때문에 의식은 의식으로 가야 한다는 것을 우리는 잊어서는 안 된다는 것이죠. 70년대, 80년대 인천 앞바다에서 벌인 배연신굿을 보면, 김금화 선생님이 나룻배를 타고 나가서 배 위에서 굿을 했어요. 그때 배 몇 대 타고 갔었어요. 그랬었는데 오래간만에 가보니까요, 나룻배가 아니라 바지선, 천 명이 타는 바지선을 타고 나가서 그야말로 대평원 같은 배 위에서 공연을 하고 있어요. 의식을 거행하는 것이 아니라 공연을 하고 있더라고요. 공연은 무대에서 할 때 얼마든지 좋습니다만, 스님마저도 공연을 하는 형태로 되어 버리면 안 된다는 것이죠. 공연은 예술가들이 얼마든지 예술적으로 승화시켜도 좋습니다만, 그런 점들을 우리가 좀 더 선을 확실히 그어서 우리가 지켜야 할 부분은 영원히 지켜갈 수 있도록 하는 게 좋다고 생각을 합니다.

그 다음으로 가겠습니다. 「작법무 거행의 배경과 의의」. 영산재의 무용이론입니다. 동방대의 심상현 선생님께서 발제하신 내용을 위덕대의 최성규 교수님께서 토론을 해 주시기 바랍니다.

최성규 : 먼저 작법의 의미. 저도 작법에 관한 글을 본의 아니게 쓰기는 했습니다만 작법의 형식에 대해서는 이야기할 수가 있었는데 그 의미에 대해서 이야기하기에는 너무나 부족했습니다. 그래서 관심을 가지고 봤던 부분인데 그 좁은 의미를 설명하신 가운데에 뭐라고 하셨는가 하면, "세간의 율동과 달리, 율동이나 정신이 수행의 원칙에서 조금도 어긋남이 없기에 이를 작법무라 하고 신업공양으로서 의미를 지니는 것이다."라고 하셨습니다. 그런데 요것만 봐서는 우리가 직접 뭐 바로 와 닿기가 좀 다소 추상적인 데가 있습니다. 구체적으로 어떤 점이 세간적인 율동하고 다른지, 그 점을 좀 말씀 해 주셨으면 합니다.

심상현 : 늘 스님들이 하시는 말씀이, "바라춤을 거행할 때 이 바라가 배꼽 밑으로 내려가면 안 된다. 이 바라를 정수리 뒤쪽으로 넘겨서도 안 된다." 이런 말씀들을 하십니다. 그래서 제가 생각하기를, '어째서 그런 말씀들을 하실까?' 단전, 즉 배꼽 밑으로 바라가 쳐지게 되면 기가 흩어지게 됩니다. 단전에 모여 있던 기. 이 단전에 모인 기를 말씀 드리는 것은, 바라춤 또는 작법을 춤사위와 섞어서 거행하고 있습니다만 이것이 참선의 형태가 그대로 이어지고 있다는 것입니다. 그렇기 때문에 우리의 세간적인 율동과 스님들이 거행하는 율동에는 그런 차이가 거기에서 나오는 거죠. 바라가 머리의 정수리 뒷부분으로 넘어가는 경우도 똑같은 결과를 초래하게 됩니다. 한 가지 더 첨가할 것은 예컨대 창작무라면 시선을 어디에다 두어도 상관이 없겠지요. 어떤 의도하는 것에 따라서 먼 하늘을 쳐다본다든지 손끝을 바라본다든지, 그것이 다 허용이 되고 또 그것이 멋스러울 수도 있겠습니다만, 우리의 바라춤이라든가 작법을 거행을 할 때 그 시선은 반드시 참선을 할 때 시선을 두는 그 방향을 그대로 유지를 해야 한다는 것입니다. 다시 말씀 드리거니와 세간에서의 율동과 우리 이 승가에서 보이는 그 작법무는 그런 면에서 어떠한 그 내용만이 아니라 형태적으로 상당히 차이를 보이고 있다. 예컨대 이것이 만약에 흐트러진다고 하면 상당히 난잡해지는 그런 결과를 가져오게 될 것이다. 아까 좌장께서도 말씀을 하셨지만, 세간적인 율동과 의식으로서 거행되는 율동의 차이가 바로 이런 데에 있는 것이 아닌가? 그렇게 생각을 하고 있습니다.

최성규 : 여기 발표문에 보면, "형식을 규정을 하는 이념적인 것이 가장 중요하다. 왜냐하면 내용이 형식을 만들기 때문에." 우리가 문학에서는 이와 같은 이야기를 많이 봤습니다만, 이 영산재에서, 석존의 말씀은, "가섭의 경지가 이미 주객의 차별이 없고, 따라서 산하대지 내지는 목석과 같음을

이르신 것이다."라고 하는 대목이 있습니다. 문학에서는 이러한 경지의 이야기를 자주 듣습니다만, 이 작법무와 관련해서, 조금 전에 물론 말씀을 하셨지만, 조금 더 구체적으로 견해를 들었으면 합니다.

심상현 : 『오등회원(五燈會元)』에 나와 있는 말씀을 인용을 해서 드린 말씀입니다만, 첫째, 모든 인연을 끊는 것, 세간적인 그런 인연을 모두 없애는 것. 둘째, 안으로 헐떡거리는 마음, 즉 번뇌를 가라앉히는 것, 마음 가운데에 있는 번민을 모두 제거하는 것. 그 제거하라는 말씀은 다른 게 아니라 돈을 좋아하는 사람은 돈 때문에 한숨지을 일이 생기고, 또 색을 밝히는 사람은 색 때문에 울 일이 생긴다는 거죠. 마음 가운데에 있는 그런 원인을 제거하라는 말씀입니다. 셋째, 우리 마음이 이 내 가슴 안에 갇혀 있는 것이 아니라 온 우주와 하나가 되는 이런 경지에 이르는 것. 어찌됐건 우주와 하나가 된다든지, 하는 이러한 경지, 이것이 즉 무엇이냐 하면 주객의 차별이 없어지는 그런 경지가 되겠습니다. 이런 주객의 차별이 없는 경지에서 추어지는 춤이기 때문에 그것은 춤을 추되 춤이 아니고, 불교에서의 어떤 계율로서 부자가무작창고왕관청(不自歌舞作唱故往觀聽)이라고 하는 노래를 부른다든지, 또 춤을 춘다든지, 그래서 조금 전의 석존의 말씀은, "가섭의 경지가 이미 주객의 차별이 없고, 따라서 산하대지 내지는 목석과 같음을 이르신 것이다."라는 말씀은 거기에 기인해서 이와 같이 서술을 한 것입니다.

최성규 : 제가 좀 불초해서 그렇습니다만, 용어를 풀고 밑에다 주석을 달아 주시면 쉽게 이해하겠는데, 여기에 출전만 밝히시고 이렇게 원문을 써 넣으셔서, '상번무궐(詳番無闕)'이라고 하는 요 대목도 궁금합니다. 그래서 요걸 한번 풀어서 새겨 주시면 제가 궁금했던 부분, 여기 계신 분들 중에 저랑 같은 궁금증을 가지신 분이 계시다면 도움이 되지 않을까 해서 한번

여쭈어 봅니다.

심상현 : 이 말씀은 다른 말씀이 아니라 예컨대 우리가 의식을 거행 할 경우에 시간이 충분할 경우가 있고 시간이 부족할 경우가 있지요. 오늘 제가 학술 발표 경험이 많지 않은 까닭이겠습니다만 발표해야 할 분량은 많고 시간은 부족해서 어떻게 하다 보니 정작 말씀을 드려야 할 부분은 말씀을 드리지 못하고 그랬습니다만, 우리가 의식을 거행하는데 있어서도 그렇습니다. 그래서 의식을 거행할 때 생략을 굳이 해야 할 까닭은 없겠습니다만, 시간이 없을 경우에 생략을 해도 되는 부분이 있고 생략을 절대 할 수 없는 부분이 있습니다. 그래서 『범음산보집(梵音刪補集)』의 「삼등게론(三燈偈論)」에서 수시망박(雖是忙迫), 비록 급할지라도, 사차삼등게불가(捨此三燈偈不可), 이 삼등게를 생략하는 것은 불가하니, 상번무궐언(詳番無闕焉), 자세히 하여 각 번은 궐함이 없도록 하라, 이런 얘기가 되겠습니다. 그런데 아직까지도 무슨 이야기인지 이해가 잘 안 되는 분이 계실까 싶어서 말씀드리겠습니다만 그 상번(詳番)의 번(番)은 육번(六番)을 이야기합니다. '육번'이라고 하는 것은, 제의를 거행할 때 중요한 직책이 여섯 가지가 있는데 그 여섯 가지 직책을 말하는 것입니다. 상번, 중번, 말번. 그리고 단, 시식, 회주. 이렇게 해서 여섯 가지 직책을 말하는 것인데, 그 직책을 각각 번이라고 표현을 하지요. 여러분이 번이라는 말이 지금은 다소 생소하시겠습니다만 예컨대 어떤 의미냐 하면 여러분이 초등학교, 중학교 고등학교 다니셨을 때 주번, 당번 그런 말을 하시지 않았습니까? "이번 주에는 내가 주번이야." 혹은, "당번이야." 라고 말을 할 때 그 '번'자입니다. 그 '번'자가. 그래서 무엇을 담당하는 사람을 번이라고 얘기를 하는데, 예컨대 상번이라고 하는 말은 스님들께서는 금새 알아들으시겠습니다만 이 초할당이라고 하는 것을 담당하고 있는 그런 사람을 상번이라고 얘기를 하고요. 중번이라고 하는 말은

짓소리, 짓소리라고 하는 것은 이 자리에서 언급은 안 하겠습니다만, 가장 소리를, 법문 범패를 많이 배우신 분들이라야 하실 수 있는 그런 하이레벨의 범패가 되겠습니다만, 이것을 총 책임을 맡아가지고 계신 그런 어장 스님을 중번이라고 그렇게 표현을 합니다. 그리고 말번은 바로 그 옆에서, '바라지' 라고 보통 표현을 합니다만, 어떤 보조 역할을 하는 스님을 말번이라고 얘기를 하지요. 또 네 번째 말씀 드렸던 단이라고 하는 말은 예컨대 대웅전만 보더라도 상단이 있고 중단이 있고 영단, 하단이 있는가 하면 또 각 법전이 있습니다. 이제 이러이러한 각 단이나 법전을 책임지고 있는 스님들을 단이라고 이야기를 합니다. 또 오늘 제가 강조하고 있는 것 중 하나가, "영산재가 꼭 천도재라는 그런 의미에서만 조명이 되어서는 안 됩니다." 라는 그런 말씀을 드렸습니다만 이 천도를 주로 담당하고 있는 그런 스님을 시식이라고 그렇게 이야기를 합니다. 그럼 끝으로 모일 '회(會)' 자 주인 '주(主)' 자를 써서 회주라는 말을 씁니다만, 이를테면 요즘 사회적 개념으로 보면 큰 회사에 회장님이 계시듯이 그러한 직책, 모든 것을 총괄하고 총 책임을 지는 그런 어른을 회주라고 얘기를 하지요. 다시 말씀드립니다만, '상번무궐(詳番無闕)'이라는 말은, "이것을 담당하는 사람은 이것을 자세히 해서 빠뜨리면 아니 된다." 하는 그런 표현입니다.

최성규 : 끝으로, 결론 부분인데, 일반적으로 '교상판석(敎相判釋)'이라고 하면 예를 들면 부처님이 정말 전하려고 했던 메시지가 뭔가 이런 것들을 명확히 해 나가는 것을 일반적으로 '교상판석'이라고 한단 말이죠. 그런데 여기에서는 영산재라고 하는 제의를 통해서 1700년의 역사를 지니고 있는 이 땅의 불교가 지니고 있는 교상판석이 말하자면 영산재라고 하시는 부분이 너무 함축되어 있어서 이와 같은 견해를 펼치신 것에 대한 설명이 있었으면 해서 끝으로 이 질문을 드리겠습니다.

심상현 : 이거는 저로서도 좀 말씀드리기가 다소 조심스러운 말씀인데. 교상판석이라는 것에 대한 설명은 조금 전에 저보다도 잘 말씀을 해 주셨습니다만, 한국 불교 의식으로 상주권공재, 각배재, 또 영산재, 수륙재, 또 하나는 예수재. 이렇게 다섯 가지를 꼽습니다. 그런데 이 상주권공재는 지금까지 제가 공부를 한 바에 의하면 영산재의 축소형이다. 이렇게 말씀을 드릴 수 있고요. 각배재도 이 영산재의 하나의 파트로 집어넣을 수 있다고 봐집니다. 그래서 다시 재분류를 하면 영산재와 수륙재 그리고 예수재, 세 가지로 분류를 할 수 있겠습니다. 그런데, 간략하게 말씀을 드리겠습니다만, 이 수륙재는 다분히 중국적입니다. 그 다음에 예수재 같은 경우에는 좀 전에 제가 말씀 드릴 때 순서를 바꿨었습니다만 거기 병사왕이 등장을 합니다. 그런데 예수천왕통의에 볼 것 같으면 마갈타국의 왕이 바로 병사왕이죠. 그래서 빈바사라왕이라고 하고 요즘에는 원어에 충실해서 빈비사라 그렇게 발음을 하고 있습니다만 바로 이 사람이 저승을 갔다가 다시 재생을 하게 됩니다. 그래서 그런 데에 뿌리를 두고 이제 어떤 제의의 어원이 거기에 있다 보니까 이것은 다분히 인도적이라고 말씀을 드릴 수 있습니다. 그래서 수륙재는 중국적, 예수재는 인도적이라고 말씀드릴 수 있는데 비해서 제가 방관한 탓인지도 모르겠습니다만 이 영산재는 일본이나 중국 쪽에 찾아 봤을 때 유사한 의식이 보이지 않고 있습니다. 영산재라고 하는 것이. 그래서 이 영산재가 그런데 비해서. 그런데 제가 여기서 다소 오늘 이 자리에서 말씀을 드려도 좋을까 하는 생각이 듭니다만, 제가 『불교의식강론』이라는 책을 조금 써 봤습니다만, 그게 네 번째 권에서 제 손으로 언급을 피력한 것이 있기 때문에 그래서 제가, 뭐라 그럽니까. 어떠한 경우에 용기가 생긴다고 하듯이 용기를 내서 말씀을 드려 보겠습니다만, 이 영산재가 구성된 것은, 저는 고려 시대 때 문종왕의 넷째 아드님이신 대각국사 의천에 의해서 이 의식이 만들어졌다고 보고 있습니다. 왜 이와 같은 생각을 하게 됐느냐 하면 그 당시에

어떤 맥이 쭉 이어져 내려져 오는데, 이 국가적, 다시 말해서 정치적으로 봐서는 이 종교계를 장악할 필요가 있습니다. 종교계를 장악을 하느냐 못하냐에 따라서 어떤 정치의 생명이 짧아질 수도 있고 길어질 수도 있는 그러한 사정이 있거든요. 그래서 그 한 예가 어떠한 것이 있느냐 하면, 고려 전반기에는 어떤 교종이 천태종을 중심으로 하는 교종이 중심에 있다가 후반기로 넘어가게 되면 무신의 난이 일어나게 되지 않습니까. 그러면서 자연스럽게 그 중심이 선종 쪽으로 자리를 옮겨가게 됩니다. 그것도 무엇을 의미하는 것이냐 하면 정치와 종교는 무관하지 않다는 것을 단적으로 증명하는 한 예가 되겠지요. 이제 다시 대각국사 의천 쪽으로 시선을 돌려 보겠습니다만, 여러분들께서 여기 뭐 의식을 전공하신 분들은 공감을 하시겠습니다만 글자 한자가 달라도, 또는 단어 하나가 내가 익힌 것과 달라도 그것 때문에 논쟁이 일어나게 되고 그것 때문에 상당한 서로 간에 의견 차이를 보이는 경우가 많이 있습니다. 하물며, 어떤 하나의 의식은, 그 전체의 의식으로 만들어진다는 것은 만들어지는 일도 어렵거니와 그것이 많은 사람으로부터 인정을 받는다는 것은 더더욱 어려운 일입니다. 그러기 위해서는 어떤 정치적인 배경이 필요하고 어떤 개인적인 능력이 필요하고 시대적인 요구가 거기에 같이 부응되지 아니하면 어떤 하나의 의식은 자리를 잡을 수 없습니다. 그런데 이렇게 봤을 때 우리가 이 한반도의 알 수 있는 역사 가운데서 이런 것을 가능하게 할 수 있는 인물이 누구냐? 한번 생각을 해 보시라는 거죠. 그랬을 때에는 조금 전에 말씀 드렸듯이 이 대각국사 의천은 화엄을 공부하셨던 어른인데 이 분이 중간에 보게 될 것 같으면 인제 마음이 법화경 쪽으로 돌아섰다는 말씀을 하지만 그 뒤에는 다분히 종교적인 배경이 있었을 것이라는 것을 어렵지 않게 짐작을 할 수가 있지요. 그래서 이 법화경을 텍스트로 하면서 이제 많은 사람들의 불평불만이 없지 않았을 테니까. 또 그 불평불만을 그대로 상대해서 잡으려 하면 되지 않습니다. 그러면 어떻게 해야 하느냐?

민중의 시선이라고 할까, 그런 신도를 확보함으로 해서 오히려 다른 세력을 약화시킬 수 있는 효과를 얻을 수 있다고 보았을 것이 분명하다. 그렇게 하자면 어떻게 해야 하느냐? 그러기 위해서는 의식이 필요했던 겁니다. 그런데 여러분들께서 이 영산재에 대해서 다 관심을 가지고 계시니까 같이 공감을 하시겠습니다만 시련의식 하나만 보더라도 이것은 궁중의식과 거의 다름이 없습니다. 연이라고 하는 이름 자체가 왕급 이상이 타는 가마 이름을 연이라고 하고 또 그것이 나갈 때 보면 이런 기치창검이 등장을 하는 것이라든지 이런 것이 왕실의 의식과 다름이 없다는 거죠. 이런 것을 누가 가능하게 할 수 있었겠느냐? 그래서 제가 다소 조심스럽다고 말씀드리는 것은 세종조 이전의 의식이 남아 있지 않은 이런 상황에서 이런 말씀을 드리기가 여간 조심스럽지가 않습니다. 하지만 우리가 뒤 끝에다가 영산재라고, 한국의 불교의 가장 주된 의식은 영산재요. 그것은 곧 우리 이 땅의 불교가 취한 교상판석이라는 말을 내 났기 때문에 어쩔 수 없이 거기에 대한 책임을 이렇게 통감하면서 지금 말씀을 드립니다. 그래서 저는 이것이 옳다는 주장보다도 여러분들이 앞으로 영산재의 염원을, 이게 어떻게 만들어졌느냐, 어디에 뿌리를 두고 있느냐를 생각하시는데 일말의 단서는 되지 않겠느냐는 생각으로 조심스럽게 말씀을 드렸습니다. 다소 생각이 좀 다르더라도 그 점 이해를 부탁드리겠습니다.

최성규 : 답변 감사드리고요. 예를 들어 저희들이 심청전이라고 하는 것도 불교에서 보면 '인당수'는 '해인삼매'와 같은 것이고, 마지막에는 삶과 죽음도 초월하는, 뛰어 내리는 과정을 통해서 해탈로 깨쳐나가는 이런 것이 불교적으로 볼 때 수행의 시스템은 거의 동일하다는 거죠. 그러면 이 영산재라고 하는 것도 이런 의미를 가지고 있고 특히 그 꽃이라고 할 수 있는 작법무에 대한, 오늘 제가 느낀 것은 이런 중요한 메시지를 담고 있는 데도 불구

하고 그 동안 이러한 토대의 연구가 없었다는 것에 놀랍기도 합니다. 그리고 또 이런 것들의 유래나 의미를 밝히는 것이 조금 전에도 말씀 하신, 예술적인 전개를 해 나가는데 있어서 훨씬 정교하게 해 나갈 수 가 있고 우리 예술문화의 정체성을 확보하는 데에도 도움이 될 것이라고 생각합니다.

이병옥 : 좌장이 할 얘기를 다 해 주셨네. 감사합니다. 심상현 교수님께서 춤사위 그 자체보다는 춤의 사상과 교리적인 측면에서 우리 무용학계에 많은 도움을 주셨습니다. 그런 면에서 공연문화학 쪽에서도 이쪽 부분에 대한 연구는 앞으로도 계속, 지속적으로 이어질 것이고 앞으로도 많은 도움을 주시기 바랍니다. 이제 네 분의 발제를 통해서 볼 때에도 일상적으로 사용하는 무용용어들, 가령 나비춤, 작법무, 고깔, 안채비, 바깥채비 등의 용어 활용도, 불교 쪽에서 쓰이는 용어들을 잘 활용해서 혼선을 갖지 않게 해야 한다는 생각도 일면 갖게 됩니다. 그런 면에서 그 어원 부분도 우리가 더 밝혀야 되고 또 거기에 대한 증거도 앞으로 제시해야 될 일들이 앞으로도 많을 것 같습니다.

이제 마지막으로 김상은 선생님 발제를 류경렬 선생님이, 오래 기다리셨는데, 해주시기 바랍니다.

류경렬 : 지난 7월에 법현 스님과 함께 해외로 우리 불교문화를 널리 알리는 행사에 참석을 했는데, 그 독일에 있는 큰 성당에서, 아주 큰 성당에서 우리 법현 스님께서 나가서 범패를 하셨거든요. 그래서 저도 그 내용이 무슨 내용인지는 모르겠습니다만 그 많은 외국인들이, 물론 저도 모르니까 그 사람들도 당연히 모르는 것으로 알고 있습니다. 그런데 너무 심각하게 받아들이고 끝났을 때 큰 우레와 같은 박수가 나왔을 때, "아, 저 무언가 다르다!" 저도 느낌에 눈물이 찡하고 본래의 스님의 목소리가 아니고 천상에서 들려

오는, 혹은 부처님의 말씀처럼, 계시처럼, 이렇게 꽝꽝 울려가지고 제 심금에, 가슴에 와 닿았을 때, "아, 우리 예술이라는 것이 그냥 나처럼 운동 삼아서, 먹고 살기 위해서, 인기를 얻기 위해서 하는 게 아니고 뭔가 혼이 있어야 되는구나!" 하는 것을 새삼 느꼈었습니다.

간단하게 여쭙겠습니다. 외국에도 이런 탱화들이 있는지? 인도라든가 동남아라든가 중국 쪽에도 이런 탱화들이 있는지? 그리고 있다면 외국의 탱화 속에도 불교무용이, 우리 탱화 속에 나타나는 그런 내용들이 그려져 있는지? 그것을 알고 싶고. 또 일본 약선사(藥仙寺)의 감로탱화에 바라춤, 법고춤이 그려져 있다고, 아까 발표 중에서 언급하셨는데, 그것이 아마 우리나라에서 건너간 것이 아닌지? 일본에도 현재 법고춤이나 바라춤, 나비춤 같은 것이 있는지? 그것을 알고 싶습니다.

김상은 : 제가 미처 생각지 못한 부분들을 지적해 주셔서 감사 합니다. 중국에도 감로탱화가 있는 것으로 알고 일본에서도 발견이 되고 있습니다. 중국의 경우는, 우리 한국의 감로탱화에는 여러 가지 재의식이 나타나 있고 그 모습을 가지고 여러 가지 연구를 하고 있지만, 중국의 경우는 우리나라와 같은 재의식이 아니라 수륙재 형식의 그런 모습들만 감로탱화에 나타난다고 제가 알고 있습니다. 그리고 일본의 약선사에 있는 감로탱화의 경우는 말씀하신 것과 같이 한국에서 넘어간 것이 맞고요. 일본에서는 또 불교 무용이 우리나라처럼 나비무, 법고무, 바라무 이런 식으로 나타나는 것이 아니라 일본 사찰에서 관리하고 운영하는 음악을 하는 단체의 반주에 맞춰서 일반인들이 약간 불교 형식의 춤을 추는 그런 모습의 불교무용이 있다고 저는 책에서 본 것 같거든요. 그래서 일단 우리나라처럼 작법무에서 바라무, 나비무, 법고무 이런 형식의 춤은 어느 불교 국가에서도 발견된 적이 없고 우리나라에만 있는 특색 있는 춤으로서 앞으로도 더 많이 연구해야 할 분야입니

다. 더 연구하면 전 세계에서 하나밖에 없는 그런 작법무가 더 멋지게 탄생할 수 있지 않을까 그렇게 저는 생각하고 있습니다.

류경렬 : 제 판단으로는 우리 불교무용이 탱화에 나타나는 것은 이조 중엽부터인데 그 당시는 숭유억불 정책이 한층 강화되는 시기로 알고 있습니다. 그래서 이 불교가 살아남기 위해서 우리 민중에서 가장 중요시되던 효의 사상을 불교에 접목을 시켜가지고 민중으로부터 불교가 도저히 없어질 수 없게끔 만드는 그 배경에서 때로는 무속신앙이, 이런 무용이라든가 여기에 접목이 돼 가지고 그래도 이 불교가 명맥을 유지해 온 데에 기여를 한 것이 아닌가, 이런 생각을 해 봅니다. 이 불교무용의 출발은 수행의 한 방편이라고 앞에서 여러 선생님들께서 강조를 하셨습니다. 그런데 저는 우리 무용을 예술의 한 장르로 봤을 때 너무 수행을 강조하다 보면 그게 우리 불교무용이 발전하는 데 오히려 저해 요인이 되지 않을까, 라고 생각을 해 봅니다. 너무 수행을 강조하다 보면, 제 밑에서 배우는 수강생들 중에는 기독교 신자도 있습니다. 이 사람들에게 너무 부처님의 가르침을 강조하다 보면 과연 그 사람들이 불교무용에 관심을 가까요? 우리 문화를 사람의 구분 없이 누구나 좋아하게 하려면 예술성을 강조해야 하지 않겠는가? 의식도 중요하지만. 제 나름대로 그런 생각을 해 보는데, 김 선생님께서는 우리 불교무용의 발전 방안에 대해서 어떤 의견을 가지고 계신지 듣고 싶습니다.

김상은 : 제가 아직은 불교무용에 생소한 부분이 많습니다. 제가 결론 부분에서 불교무용은 수행의 춤으로, 깨달음을 위해서 자신이 몸으로 수행하는 것이고, 이를 지켜보는 이도 깨달음을 얻을 수 있게 된다. 이런 식으로 제가 표현을 해 봤는데 저도 말은 이렇게 했지만 제가 아직, 류경렬 선생님도 그렇고 김향금 교수님하고 같이 외국 공연도 가고 한국에서도 여러 공연

을 같이 하면서 스님들이 바라춤이나 작법무 추시는 것들 많이 봤습니다만, 아직은 제가 무언가 모자라서 그런지 이 깨달음이라는 것이 참 어렵더라고요. 하지만 제 생각으로는 그것을 발전의 저해 요인으로 단정을 짓기보다는, 일단 불교무용과 한국무용의 차이가, 한국무용은 음악을 알고 순서를 알면 연습을 해서 추면 어느 정도까지는 가능하게 됩니다. 하지만 불교무용은 무슨 범패에 있어가지고 음이 높고 낮고 이렇게는 알 수 없지만, 당장 범패에 나타나는 정확한 명칭은 모르겠지만, 가사라 그래야 하나, 왜 바라춤을 배우면, "나무소로바" 이 정도만이라도 알아야지 이 바라춤이라는 게 추어질 수 있더라고요. 그렇게 봤을 때 한국무용과 불교무용의 차이점이 적당히 어울려졌을 때 한 걸음 한 걸음 더 발전시킬 수 있을 것 같고요. 또한 현재로서는 불교무용을 전공하시는 분들이 따로 있고 한국무용을 전공하시는 분들이 따로 있습니다. 물론 한국무용을 하는 분들 중에서도 불교무용을 하시는 분이 계시지만 제가 봤을 때 이 두 그룹이 한 걸음씩 다가와서 만나 준다면, 불교무용도 한국무용도 함께 발전할 수 있는 좋은 계기가 될 것이라고 생각을 합니다.

이병옥 : 탱화 속에 나타나 있는 그림의 소재 하나 하나가 사실 그 시대의 역사를, 문화를 강렬하게 보여주는 것입니다. 대단히 중요한 문화유산으로 우리는 그것을 통해서 시대를 읽을 수 있어야 되는 것입니다. 그런 의미에서 이 불교무용이라고 하는 의식도 우리가 그 시대를 읽을 수 있는 좋은 소재가 되는 것이죠. 그런 점에서 고구려 고분 벽화도 주목할 만합니다. 고구려의 고분 벽화에 지상세계도와 천상세계도가 있습니다. 이 천상세계도에는 도교와 불교적인 요소들이 굉장히 많이 있습니다. 이 고분벽화의 천상 쪽의, 하늘의 그림들은 불교적인 그림들이 대단히 많습니다. 이 천상세계도에 특히 신선사상이 나타나는 그림도 많습니다만, 이 부분이 삼국시대, 1500년

1000년 전 사이의 문화를 읽을 수 있는 좋은 타임캡슐이거든요. 이 그림을 보면 악기를 연주해서 불교 교리를 널리 전파하는 부분이 있는데, 여기에서도 스스로 날면서 춤을 추는 거지요. 하늘을 나는 겁니다. 무용가들은 전부 다 무용으로 보여요. 저도 지난번에 동양예술학회에서 그 부분을 학술 발표를 했습니다만, 하늘을 날며 추는 형태, 그 속에서 악기를 연주하는데, 악기도 비파, 젓대 등 많은 악기들이 등장을 합니다. 뿐만 아니라 악기 없이 추는 춤도 나와요. 거기에 흑장삼을 입고 춤을 춥니다. 흑장삼에서 승무의 뿌리를 찾자면 천 오백년 전으로 거슬러 올라갈 수 있습니다. 5호묘에도 있고 4호묘에도 있습니다. 그리고 자신이 스스로 나는 비상의 개념도 있지만 탈 것을 타고 나는, 승룡, 용을 타기도 하고 승학, 학을 타기도 하고 하면서 춤을 추는 형상으로 그려져 있기 때문에 그 시대의 춤사위나 불교적인 여러 가지의 의식이나 당시의 사회상을 우리가 읽을 수 있지요. 그러면서 우리가 탱화 속에서 또는 고분 벽화 속에서 많은 것을 읽어낼 수 있어야 되고 또 연구를 계속 해야 합니다.

이제 객석에 계신 분들의 질문을 받겠습니다.

박진태 : 탕카에 대해서 류경렬 선생님이 질문을 하셨는데 답변을 충분히 안 하신 것 같아요. 탕카는 티벳에서 처음 시작했거든요. 탱화를 티벳에서는 탕카라고 합니다. 그 탕카가 인제 중국에 들어오면서 탱화가 됐는데, 티벳의 탕카는 워낙 큽니다. 커가지고, 티벳에서 완성된 완벽한 탕카는 이렇게 상, 중, 하로 이렇게, 상은 불보살을 세우고 중은 세속계고 하는 지옥계. 그리고 의식과 관련된 티벳의 법무라 그러죠. 그러니까 티벳의 불교의식이면서 불교무용인데 거기에 관한 그림은 탕카가 아니고 벽화에 나타납니다. 사찰의 벽화에 그림들이 많이 나타나죠. 우리 공연문화학회에서 지난번에 기록사에 대한 것을 다룬 적이 있어요. 그래서 이 탱화도 불교무용의 하나의 기록사적

인 관점에서 정리를 할 필요가 있겠다고 생각을 합니다. 그래서 탱화에 나타나는 이런 불교무용, 무슨 무슨 무용이 있다 그런 관점이 아니라, 역사적으로 어느 시대에 어떤 춤이 있었는지, 춤의 종류 또는 악기의 종류 등을 기록사적인 관점에서 좀 체계적으로 정리를 해 주셨으면 하고요. 그 다음에 발표자께서는 한국무용하고 불교무용을 대립적인 것으로 자꾸 말씀하세요. 한국무용이라고 했을 때는 이제 서양무용, 발레 뭐 이런 것에 대한 대립적인 개념으로 한국무용이라는 용어를 사용하고 있는 모양인데, 한국무용, 불교무용 하면 불교무용은 한국무용이 아니냐? 이런 말이 나오잖아요? 그래서 이제 무용의 분류 문제에 있어서 새로운 문제가 대두되는 것 아닙니까? 불교무용, 민속무용, 궁중무용, 그 위에다 한국무용을 놓아야 되지 않을는지요? 한국무용의 하위범주로서 불교무용 또는 민속무용, 궁중무용, 이런 식으로 분류를 해 나가야 하지 않을까요?

김상은 : 예, 표현의 차이인 것 같은데, 제가 말씀 드린 한국무용은 말씀 중에 나왔지만 민속무용에 가까운 민속무의 한 부분으로 말씀을 하다 보니까 그렇게 간 것이고 지금 말씀하신 대로 그런 식으로 정리를 하는 것이 나을 듯싶습니다. 지금 한국무용은 말 그대로 한국에서 추는 무용을 말하는 것이잖아요? 그러니까 한국무용 밑에 불교무용도 있고 궁중무용도 있고 그 다음에 민속무용도 있고. 거기서 좀 더 나아가서 얘기를 한다면 창작적인 한국무용이 있거든요. 그런 식으로 봐 준다면. 한국무용 밑으로 네 가지의 무용을 나누어 주는 것이 좋다고 생각을 합니다.

박진태 : 우리 공연문화학회에서 무속을 많이 다루었고요. 이번에 불교를 다루고 있는데 앞으로 기회가 있다면 유교에 관련된 것을 다루었으면 하는 생각을 가지고 있거든요. 그러면 팔일무 있죠, 팔일무. 그런 것은 유교무용

이다. 이렇게 볼 수 있는 건데 불교무용이 있고 민속무용이 있으면 유교무용
도 있을 텐데. 그런 것이 가능한지요?

김상은 : 거기까지는 제가 아직 생각을 안 해 봤는데요.

법현 :『불교무용』이라는 책을 내서 드린 것으로 제가 알고 있는데, 불교
무용이라는 것은 의식무용이죠. 의식무용이라고 하는 것은 각각의 일개 의
식무용도 들어갈 수가 있고 또 다른 의식무용도 다 들어갈 수가 있습니다.
그것은 바로 한국적인 것의 한국무용의 한 뿌리인 것이죠. 그렇게 해서 의식
무의 더 안에 들어가서 음악도 마찬가지라고 생각을 합니다. 의식음악에서
예를 들어 무속의 의식음악이 있고 그것도 결국 한국음악의 한 범주이거든
요. 그래서 의식무용, 의식음악 이렇게 고 범주에 들어간다고 생각을 해 주
시면 되겠습니다.

박진태 : 그럼 예능무용, 의식무용. 의식무용의 하위 범주에 불교무용.

법현 : 아니죠. 한국무용이라고 하는 것은요, 한국의 전체적인 궁중무용,
민속무용, 의식무용 해갔고 분류를 나누었을 때 한국무용이 그 범주에 들어
가도록 한다는 것이죠.

박진태 : 한국무용을 그러면 어떻게 분류를 해 나갑니까?

법현 : 우리나라 신무용이나 현대무용 빼놓고 우리 전통 무용만을 가지고
분류를 했을 때, 크게 네 가지로 분류가 된다는 것을 말씀을 드렸습니다. 하
나는 궁중무용이죠. 그 다음에 종교 의식무용. 그리고 민속무용. 그리고 예

인무용. 이렇게 네 가지로 됩니다. 궁중무용은 역시 궁중정재 쪽이 되겠고 의식무용은 불교무용, 무속무용, 그 다음에 유교무용이 주가 되고 그리고 의식무용 속에는 통과무용도 하나 있는데 그것은 조금 나중에 말씀 드리고 그 다음에 민속무용은 순수한 농어민들이 추는, 이것은 아마추어들이 춥니다. 탈춤을 춘다든지 농악을 한다든지 강강수월래 같은 소리춤을 한다든지. 허튼춤, 병신춤을 한다든지, 이런 것은 민속무용이고. 예인무용은 전문가들이 합니다. 프로들이 추는 것이죠. 예인들은 어떤 집단인가 하면 예를 들면 기생들입니다. 이것은 프로죠. 춤의 프로. 그 다음에 재인광대들. 남성 집단입니다. 그 다음에 무부들의 집단, 이들이 이제 예인들인데 이 사람들은 신분상 그 사람들은 농민도 아니고 범인도 아니고 특수한 신분들입니다. 이 사람들에 의해서 춤이 추어지기 때문에 이들의 춤을 갖다가 민속무용이라고 할 경우에는 많은 어려움이 생겨요. 왜냐하면 어민들이나 농민은 승무를 본 적도 없고요. 춘 적도 없어요. 그런데 전부다 민속무용이라고 하거든요. 그런 부분에서 우리가 좀 더 과학적으로 우리 춤을 분류를 해 주면 되겠죠. 민속무용은 대체적으로 마당에서 일과 관련해서 춤을 추고 아마추어들이 추는 춤에서 집단성을 띠고, 쉬운 춤을 춥니다. 예인들은 대단히 스킬, 기교가 높고 예술성이 뛰어나면서 전문성을 띠고 있는 춤입니다. 그렇기 때문에 기방계의 춤이 있고 재인들의 춤이 있고 무녀의 춤, 이 세 개의 유형으로 나누는데 쉽게 예를 들자면 살풀이춤을 딱 보면 삼분류가 나타나요. 기방계의 살풀이춤을 추는 사람은 선이 짧은 이매방 선생님의 춤이, 그 다음에 재인 광대의 쪽은 한성준계쪽의, 수건이 조금 더 깁니다. 무녀의 춤에서는 도살풀이춤, 김숙자 선생님은 수건이 아주 깁니다. 종교적인, 무속적인 의미가 크니까. 그런 점들로 분류를 하기 때문에 의식무용에서 무속의식 쪽으로 많이 접근을 했습니다. 불교의식 쪽은 지금 접근을 하고 있고 앞으로 유교의식 쪽 접근을 지금 조금 논의를 하려다 말았던 일무 같은 것들이, 이것은 종교로 말하면 궁중에서 하지만 이것은 유교와 대단히 깊은 관계를 가지고 있는 종교의식이죠. 그렇기 때문에 유교무용 입장에서 우리가 앞으로 연구해야 할 부분이죠.

이병옥 : 시간이 없으니까 간단하게 한두 분 질의를 하시면 끝날 것 같습니다.

손태도 : 심상현 선생님께 질문을 드리겠습니다. 우선 첫 번째 질문입니다. 이 영산재는 우리나라에서 의천국사가 만드신 것이라고 주장을 하셨습니다. 그런데 가령 티벳과 같은 곳에는 영산재와 같은 의식이 없는지요? 둘째 질문 역시 첫 번째와 관련됩니다. 야외행사를 한다고 했을 때 불교에서 가장 대표적인 행사가 과연 무엇일까? 아마 영산회상이 아닐까요? 이렇게 본다면 불교가 있는 모든 지역에 영산재와 같은 의식이 있었을 것 같은데 어떻게 생각하시는지요? (녹음 끊김)

심상현 : 일차적인 자료로는 제가 가지고 있는 것이 없습니다. 그래서 먼저 말씀을 하셨던 내용들은 없다고 제 입장에서 말씀을 드리는 것입니다. 아직 없다고 그렇게 말씀드리고 두 번째 말씀 하신 내용은 아까 맨 말미에 교상판석이라고 말씀을 드렸습니다만 이 불교에는 팔만대장경이라고 해서 수없이 많은 경전이 있지 않습니까? 그런데 그 가운데 심천이 있어서, 어떤 것은 초등학교 때 배운 그런 내용이고 어떤 것은 대학원에서 배운 그런 내용이고 그렇거든요. 깊이가 차이가 있어가지고. 그런데 어떤 것을 최고의 경전으로 놓을 것이냐 하는 것은 지역에 따라서, 시대에 따라서 상당히 많은 차이를 보이고 있습니다. 예를 들어 우리는 중국불교를 종파불교라는 말을 쓰고 있습니다만 그 종파불교라 했을 때 '종'이라는 것은 어떤 경전을 갖다가 최고의 경전으로 보느냐? 그것은 시각에 따라서 많은 차이가 있습니다. 그리

고 배경은 중국이라는 대륙이 워낙 넓다 보니까 어떤 지역에는 어느 경전이 들어오고 어떤 지역은 어느 경전이 들어오는 경로가 모두 다르거든요. 그러다 보니 각자의 취향이 달라지겠죠. 그래서 조금 전에 말씀하신 대로 법화경을 이 천태종 쪽에서 최고의 경전으로 보고 있습니다만, 요 근래에 와서 한국불교와 같은 경우는 화엄경 같은 것을 최고의 경전으로 치고 있거든요. 전부는 아닙니다만 보편적인 추세가. 그러다 보니까 이것이 전 세계적으로 전부다 똑 같이 어떤 그 영산회상을 드러내는 이런 법회의식이 베풀어진다는 것은 사실 기대하기가 어렵습니다. 그리고 그것이 어떤 의식이 어떤 형식으로 발달했는가는 그 지역의 문화라든지 민족성이라든지 이런 것과 전부 다각적으로 관계를 맺고 있기 때문에 어떤 한 가지 사실만 가지고 이것이 이렇다 저렇다. 라고 판단하기는 좀 어렵네요. 그래서 역시 조금 전에 말씀하신 그 질문 가운데서 그것이 보편성을 좀 지니지 않은 것이냐는 그런 말씀을 하신 것 같은데 제가 볼 때는 보편적이지는 않지 않겠는가? 저는 개인적으로 그렇게 말씀드리고 또 남아있는 것이 한국밖에는 없고, 과거에 있었는지는 모르겠습니다만, 현재 남아있는 곳이 한국뿐입니다. 그래서 아까도 제가 말씀드린 바와 같이 "수륙재는 중국적이고, 예수재는, 물론 한국에도 있습니다만, 인도적이고, 영산재는 한국적이다." 라고 생각을 하는 것입니다.

이병옥 : 그러면 아까 탱화 같은 것이 티벳하고 관련이 있는데 지금 손태도 선생님께서 말씀하신 것과 같이 우리나라에서는 영산재가 됐건 무엇이 됐건 이게 티벳하고 굉장히 관련이 있습니다. 무슨 말씀인가 하면 짓소리가, 보통 중국 쪽에는 짓소리와 같은 것이 없어요. 그런데 일본에는 짓소리와 좀 비슷한 게 있는데 그건 아마 우리에게서 건너간 것으로 치면 이것은 티벳하고 항상 관련이 있을 것 같은데 아직 실마리를 풀어내지 못하고 있는 거죠. 티벳을 직접 안 가더라도 우선 몽고에 가면, 이거 어떻게 된 건가? 우

리나라 짓소리, 약간 그런 것을 발견하기 때문에, 이건 그냥 소리로서, 문헌이나 이런 것은 둘째치고라도, 하여간 그런 것을 비교연구를 하여야 할 것입니다.

영산재라고 하는 불교의식 속에 나타나는 공연문화적인 성격에 대해서 우리가 어제 오늘에 걸쳐서 발표하고 토론을 했습니다. 이 속에 담겨져 있는 종교의식과 공연문화라는 측면은 우리가 한편으로는 하나로 볼 수도 있겠지만 나름대로의 의미를 각각 가지고 있다는 것을 아까 잠깐 말씀을 드렸습니다. 문화예술. 음악, 무용이라든가 이런 것은 시대에 따라서, 전승 과정에서 가변성이 많은 데에 비해서, 의식은 불변성을 가지고 있습니다. 왜냐하면 바이블, 경전이기 때문입니다. 이것이, 철학이 바뀌고 사상이 바뀐다는 것은 쉬운 일이 결코 아닙니다. 천지개벽이 되기 전에는. 그런 면에서 의식 그 자체는 지속성을 가지고 있습니다. 그런데 공연문화 쪽에서 봤을 때, 어떤 변화의 무한성, 어떤 창조성을 우리는 가지고 있습니다. 이제 바라, 태극바라 같은 것이 나올 정도라면 얼마든지 창조라는 개념에서는 가능한 것이고 이 시대에 뿌리 내리기 위해서는, 대중들과 함께 살아숨쉬기 위해서는, 생명력이 있어야 합니다. 문화는 생명력이 없으면 죽습니다. 일반인들은 그것이 생명력이 있을 때만 받아들입니다. 왜냐하면 이 시대에 필요성이 있기 때문에. 그런 점에서도 한편으로는 새로운 문화를 창조하는 차원에서 해부할 부분이 있고, 한편으로는 우리 옛것을 지켜야 한다는 이율배반적인 것이 있다는 것을 말씀드리겠고요. 우리 민족이 가지고 있는 예악사상. 예는 의식입니다. 이것을 가지고 정치와, 예와 악. 악을 가지고 정치를 했다는 것은 이해가 안 될지 모르겠습니다만 이게 적당히 이판과 사판의 어울림이 있어야 한다는 것처럼 의식만 강조하며 질서만 지키라고 하면 세상이 너무 빡빡해서 못 삽니다. 여기 악이 들어가서 부드럽게 융화시켜주는 것입니다. 이런 것이 우리 한국의 역사 속에서는 아주 상당히 적절하게 조화를 잘 이루고 있다는 것이죠. 그래서 종교의식 속에 춤과 음악 같은 것이 잘 살아남는 것이 우리 민족이 가지고 있는 원초적인 특성이죠. 삼천 년 전에,『삼국지』위지 동이전에 우리 민족이 음주와 가무에 능통했다는 그런 기록과 함께 사실상 그런 부분들이 나타나고 있죠. 또 한편에서 이제 종교철학 측면에서 볼 때 서양의 철학은 심신이원론인데 비해서 우리는 심신일원론입니다. 온갖 종교적인 영적인 것과 우리 몸을 움직이는 음악적인, 악적인 것. 이런 게 함께 모여져서 됩니다. 기독교에서는 춤을 추어서는 안 되는 사상입니다. 육신은 별 볼일 없는 것이기 때문에, 핍박의 대상이기 때문에 움직이지 말라고 그럽니다. 그러나 음악만큼은 영혼의 소리를 표현하는 것이기 때문에, 육신은 안 움직이고, 이것만 허용을 해요. 그래서 찬송가는 있습니다만 춤을 추는 것은 불가합니다. 왜냐하면 춤을 추게 되면 자꾸 사람이 사악한 쪽으로 빠지고 음탕한 쪽으로 빠지기 때문에. 그러나 우리는 예악사상으로 그런 것을 적절하게 조정해 왔던 것이고. 또 일반인들은 이것을 습합하고 또 포용하고 함께 어우러져서 축제로서 발전했던 민족입니다. 이런 문화적인 특성과 민족성을 함께 잘 연구하고 분석하고 또 이웃나라와 비교해 보면 우리 민족성이 어떤 것인가가 나타날 수 있다는 것이죠. 이러한 점에서 우리는 앞으로도 우리의 모든 문화, 분야별로 공연문화학적인 연구를 지속시켜야 할 것으로 보고, 우리가 구심점이 돼서 우리 문화예술 발전에 공연문화학회가 앞장설 것을 다짐하면서, 마지막 좌장이기 때문에 이렇게 매듭을 짓겠습니다. 감사합니다.

중요무형문화재 제 50호 영산재 관련 자료목록*

법현(김응기)**

1. 基本資料

『高麗史』
『大正新修大藏經』, 東京 : 大正新修大藏經刊行會, 1924.
『觀音經』, 大正藏 卷57
『南海寄歸內法傳』, 大正藏 卷54
『大般涅槃經』, 大正藏 卷12
『摩訶僧祇律』, 大正藏 卷22
『妙法蓮華經』, 大正藏 卷9
『百緣經』, 大藏經 卷53
『法苑珠林』, 大正藏 卷53
『法華經』, 大正藏 卷9
『法華經』, 大正藏 卷9
『佛本行集經』, 大正藏 卷3
『佛說德光太子經』, 大正藏 卷3
『三國遺事』
『釋氏要覽』, 大正藏 卷54

* 여기에 예시된 참고문헌은 영산재의 의식, (음악)범패, (무용)작법, 장엄, 복식 연구의
　관련 자료들이다. 일부 학위논문이나, 학술회의에서 발표되었으나 검색되지 않은 자
　료가 있을 수 있음을 밝힌다.
** 동국대 한국음악과교수. phpompae@yahoo.co.kr

『世宗實錄』

『首楞嚴經』, 大正藏 卷19

『十誦律』, 大正藏 卷23

『阿彌陀經』, 大正藏 卷12

『藥師琉璃光如來本願功德經』, 大正藏 卷14

『涅般經』, 大正藏 卷85

『英祖實錄』

『日本書紀』

『雜阿含經』, 大正藏 卷46

『長阿含經』, 大正藏 卷1

『正法念處經』, 大正藏 卷25

『初發心自警文』

『賢愚經』, 大正藏 卷4

『華嚴經』, 大正藏 卷10

東國大學校 韓國佛敎全書 編纂委員會 編, 『韓國佛敎全書』 13권

朴世民, 『佛敎儀禮資料叢書』, 서울: 保景文化社, 1973

白坡 亘璇 著, 『作法龜鑑』

奉元寺編, 『儀禮要集』

海印寺編, 『儀式要集』

三國遺事 卷 五月明師

『묘법연화경』 권1. 권8, 성암고서박물관 소장

『화엄경사경조성기』, 호암박물관 소장 국보 169호.

2. 單行本類

具本爀, 『韓國歌樂論攷』, 進英社, 1987

김능화, 『천수바라 춤』, 한국불교무용연구소, 2002

＿＿＿, 『韓國 佛敎舞踊의 思想的 意味와 文化 藝術的 價値 硏究』, 한국불교무용
　　　연구소, 2004

＿＿＿, 『한국의 불교무용』, 푸른세상, 2006

金每子,『韓國의 춤』, 大圓社, 1990

_____,『한국무용사』, 삼신각, 1995

김성혜,『韓國音樂 關聯 學位論文總目』, 民俗苑, 1998

金鍾權 譯.『三國史記』. 서울 : 廣曺出版社, 1976.

김운경,『儀式을 통한 佛敎의 大衆化運動』, 崇實大, 1988

金月雲,『三化行道集』, 經書院, 1980

金月雲,『日用儀式隨聞記』, 中央僧家大出版部, 1991

김온경,『한국민속무용』, 형설출판사, 1980

金周坤.『韓國佛敎歌辭硏究』. 서울 : 集文堂, 1994.

김천흥·홍윤식,『식당작법』, 무형문화재조사보고서 제46호 문화재관리국, 1987

金泰坤 외,『韓國宗敎』, 圓光大 宗敎問題硏究所, 1973

김홍우 외 6인 공저,「불교전통의례와 그 연극, 연희화의 방안 연구」, 엠에드, 1999

大佛靑聖典編纂委員會 編譯,『우리말 八萬大藏經 佛敎流通史』, 國民書館, 1963

박범훈,『한국불교음악사연구』, 장경각, 2000

법현(김응기) ,『불교무용』, 운주사, 2002

_____,『불교 음악 영산재 연구』, 운주사, 1997

_____,『한국의 불교 음악』, 운주사,2005

_____,『불교 무용 감상』, 운주사,2005

_____,『불교문화유산의 보존과 전승』, 조계종출판사, 1998

법현(김응기)공동연구집,『한국전통음악자료 분류법』, 문화재 연구소, 1997

법회연구원 엮음,『신편 다비·천도작법』, 정우서적, 1996

奉元寺 石麟哲(禪岩)스님,『靈山齋 寫眞作品集』, 大興企劃, 1989

奉元寺 玉泉梵音會編,『常住勸供』, 奉元寺.

『舍利靈應記』. 서울 : 東國大學校 中央圖書館 所藏.

『三國遺事』. 서울 : 瑞文文化社, 1990.

서울특별시,『奉元寺實測報告書』, 서울시, 1990

佛敎新聞社編,『韓國佛敎人物思想史』, 民族社, 1990

서울대음대 국악과,『민속악관련자료목록』, 시스템 - 프로, 1995

서창업.『佛敎音樂 過去·現在·未來』. 서울 : 曉東禪院 一禪寺, 1985.

咸和鎭.『朝鮮音樂通論』. 서울 : 乙酉文化社, 1948.

宋芳松, 『韓國古代音樂史硏究』, 一志社, 1985

_____, 『韓國音樂史硏究』, 嶺南大出版部, 1982

_____, 『韓國音樂通史』, 일조각, 1984

_____, 『韓國音樂學論著孩提』, 韓國精神文化硏究院, 1981

송방송·김성혜·고정윤, 『한국음악학논저해제Ⅱ』, 민속원, 2000

송수남, 『한국무용사』, 금광, 1995

심상현, 『佛敎儀式各論Ⅰ 공양시심경 』, 한국불교출판부 2000

_____, 『佛敎儀式各論Ⅱ 시련. 대령. 관욕』한국불교출판부 2000

_____, 『佛敎儀式各論Ⅲ 일용의범 상』한국불교출판부 2001

_____, 『佛敎儀式各論Ⅳ 일용의범 하』한국불교출판부 2001

_____, 『佛敎儀式各論Ⅴ 상주권공 상』한국불교출판부 2001

_____, 『佛敎儀式各論Ⅵ 상주권공 하』한국불교출판부 2001

_____, 『佛敎儀式各論Ⅶ 신편 다비작법 상』한국불교출판부 2002

_____, 『佛敎儀式各論Ⅷ 신편 다비작법 하』한국불교출판부 2002

_____, 『佛敎儀式各論』, 수계작법 한국불교의식 출판부 2006

_____, 『영산재』 국립문화재 연구소, 2003

安震湖, 『釋門儀範』, 法輪社, 1983

『佛敎』. 서울 : 佛敎社, 1927-1929.

『月刊佛敎界』 6月號, 通卷 第12號, 서울 佛敎界思, 1968

圓仁 著, 신복용 譯, 『入唐求法巡禮行記』, 精神世界社, 1991

李能和. 『朝鮮佛敎通史 上·下』. 서울 : 寶蓮閣, 1972.

이능화 저, 이병두 역 『조선불교통사』, 혜안, 2003

이민자, 『불교 영향을 받은 한국무용흐름』, 삼신각, 1991

이봉수, 『常用佛敎儀範』, 寶蓮閣, 1977

李惠求, 『韓國音樂序說』, 서울大出版部, 1963

李惠求. 『韓國音樂硏究』. 서울 : 국민음악연구회, 1957.

_____. 『韓國音樂論集』. 서울 : 세광음악출판사, 1988.

張師勛, 『國樂名人傳』, 世光音樂出版社, 1989

_____, 『增補韓國音樂史』, 世光音樂出版社, 1991

_____, 『國樂總論』. 서울 : 世光音樂出版社, 1991.

全北寺菴僧伽會編, 『우리말 佛教儀式集』, 湖巖出版社, 1985

정범태, 『김덕명- 양산 사찰학춤』, 열화당, 1992, (「사찰학춤 김덕명 - 불교예인 100
　　사람」, 『불교춘추』 10, 불교춘추사, 1997)

정병호, 『한국의 전통춤』, 집문당, 1997

정병호 · 홍윤식, 『식당작법』 무형문화재조사보고서 제15호, 문화재관리국, 1968

『朝鮮王朝實錄佛教史料集』. 서울 : 東國大學校 佛教文化研究院, 1994.

韓萬榮, 『韓國佛教音樂研究』, 서울대出版部, 1980

＿＿＿, 『韓國傳統音樂研究』, 豊南, 1991

해강 엮음, 『불교 전통 작법무』, 한국불교금강선원, 2000

洪潤植, 『靈山齋』, 大圓社, 1993

＿＿＿, 『韓國佛教儀禮의 研究』, (東京: 陸文館), 昭和 52年

＿＿＿, 『韓日傳統文化比較論』, 지원미디어, 2004

洪潤植. 『韓國佛教史의 研究』. 서울 : 教文社, 1988.

＿＿＿. 『佛教와 民俗』. 서울 : 동국대학교부설 역경원, 1993. 현대불교신서 33.

洪潤植, 鄭昞浩, 『靈山齋』, 무형문화재조사보고서 제50호, 文化財管理局, 1987

홍윤식, 오출세, 윤광봉, 이창식 『불교민속학의 세계』, 집문당, 1996

황선명, 『宗教學槪論』, 鐘路書籍出版社, 1982

黃晟起, 『佛教의 認識, 論理, 儀禮』, 保林社, 1989

鎌田茂雄 著, 신현숙 譯, 『韓國佛教史』, 民族社, 1988

3. 論 文

강양희, 「승무의 공간 기호체계와 좌절의 구조」, 『어문연구』 29, 어문연구회, 1997

具本赫, 「韓國歌樂上에서 본 梵唄와 和淸의 關係」, 『韓國歌樂論攷』, 進英社, 1986

＿＿＿, 「韓國古典音樂에서 본 梵唄의 位置」, 『韓國歌樂論攷』, 進英社, 1986

김말애, 「승무 연구」 『체육논문집』 6, 경희대학교, 1978

김성혜, 「한국음악 관련 학위논문총목(1995~1996년)」, 『음악과 민족』 제20호, 민족
　　음악학회, 2000

김영렬, 「왜 불교문화를 무대공연화 해야 하는가 ?」, 『한국불교문화연구의 과제와
　　전망』 한국불교문화학회, 2004

_____, 「한국문화예술과 매스미디어-불교의식 영산재 중심으로」, 『전통불교의식
　　　의 현황과 영산재』 중요무형문화재 제50호 영산재 보존회, 2003
김응기(법현), 「범패의 분류 연구(1)-재 의식을 중심으로-」, 『문화재』 제28호, 1995
_____, 「짓소리 쓰임에 관한 연구」, 『동국대불교대학원논총』, 1997
_____, "The Study of Buddhist Dance(Focusing on the Catagorization of Dance and
　　　the InstrumentalAccompaniment)", 『선무학회지』 7집, 국제선무학회, 1998
_____, 「작법무 연구」, 『동대불교대학원논총』 3집, 1998
_____, 「영산재 작법무 연구」, 『국제선무학지』, 1999
_____, 「한국범패의 유형과 가창」, 『제4회 동양음악학 국제학술회의 논문집』,
　　　국립국악원, 1999
_____, 「불교무용동작연구」, 『선무학술눈문』 제10집, 2000
_____, 「한국불교음악(범패)유형과 전망」, 『불교동전 2000년 불교음악 대만
　　　국제학술회의 논문집』, 2000
_____, 「불교음악의 현대적 수용」, 계명대학교 예술문화 발행, 2000
_____, 「불교음악의 예술 음악화와 상업화 문제」, 사단법인 태백원, 2000
_____, 「각배재 구성과 범패 쓰임 연구 -석문의범 의식구성 중심으로-」, 『국
　　　제선무학회지』 제11집, 2001
_____, 「생전예수재 의식 구성과 범패」, 『국제선무학회』 제12집, 2002
_____, 「사찰의례와 불교무용」, 제2회 한국불교문화학회 학술세미나, 2002
_____, 「불교무용 천수바라춤의 반주음악 채보」, 『불교문화연구』 3집, 2002
_____, 「수륙재 의식 구성과 불교무용 -석문의범, 의례요집 상단·중단·하
　　　단 의식구성 중심으로-」, 『국제선무학회』 제13집, 2003
_____, 「불교예술의 공연화과제-뉴욕공연 영산재를 중심으로-」, 『한국불교
　　　문화학회』 제3집, 2003
_____, 「불교의식의 전승과제-영산재 중심으로-」, 중요무형문화재 제50호 영
　　　산재 보존회 학술세미나, 2003
_____, 「불교무용음악-연구방법 중심으로-」, 한국불교문화학회 동계학술세
　　　미나, 2004
_____, 「불교음악의 연구사와 당면 과제-범패전승 교육기관 설립 중심으로-)」,
　　　『한국공연문화학회지』 제8집, 2004

_____, 「각배재 운수상단 권공 의식(I)-운수상단 작법의미와 진행 중심으로」, 『국제선무학회』 제14집, 2004

_____, 「각배재 운수상단 소청중위 권공 의식(II)-」, 『국제선무학회』 제15집, 2005

_____, 「불교무용 음악」, 『국제선무학회』 제15집, 2005

_____, 범패 전승에 사용된 각필악보 연구, 『음악과 문화 제12호』, 세계음악학회, 2005.

_____, 「고구려 벽화춤과 불교 경전에 나타난 무용」, 『국제선무학회』 제16집, 2006

_____, 범패의 미학 『미학. 예술학 연구』, 한국미학예술학회 23집, 2006

_____, 「한국 불교음악, 불교무용의 유형과 전승 과제」, 『국제선무학회』 제17집, 2006

김향금, 「불교무용에 관한 연구-다게작법 의식구성 중심으로-」, 『국제선무학회』 제13집, 2003

_____, 「불교무용의 연구사와 당면과제」, 『공연문화학회 세미나집』, 2004

_____, 「불교무용의 무대화 과제 -2003년 영산작법(니르바나) 무대화작품 중심으로-」, 『한국불교문화학회』, 2004

_____, 「'니르바나' 작품의 선무용 분석-2006 오스트리아 댄스썸머작품 중심으로-」, 『국제선무학』, 제17집, 2006

김상규, 「악의 사상과 무애무에 관한 연구」, 『안동초대논문집 1』, 안동초급대학, 1978

김상은, 「불교무용 승무와 민속무용 승무의 용어 정의」, 『국제선무학회』 제16집, 2006

권오성, 「한국 범패 역사」, 『제4회 동양음악학 국제학술회의 논문집』, 국립국악원, 1999

東大佛敎大學調査編, 「無形文化財 65號 和淸」, 『無形文化財報告書』, 文化財管理局, 1968

백일형, 「신라진감선사 범패에 관한 小考」, 『동방학』, 한서대학교 동양고전연구소, 2000

백일형, 「한국범패의 연구성과물 검토」, 『음악과문화』, 세계음악회, 2000

백일형, 「한·중 범패의 음악구조에 관한 소고」, 『음악학논총』, 2000

법　산, 「한국불교의례의 사상」, 『전통불교의식의 현황과 영산재』 중요무형문화재
　　　제50호 영산재 보존회, 2003

신관식, 「식당작법에 나타난 불교의식의 연구」, 『한국무용연구』 제7호

이미향, 『일본의 불교음악』 한국불교문화학회 세미나집, 2002

李惠求, 「新羅의 梵唄」, 『韓國音樂硏究』 國民音樂硏究所, 1957

李蕉姸, 「韓國 佛教 靈山齋 - 舞服에 관한 硏究-」, 『服飾』 19, 한국복식학회, 1992

이병원, 「한국범패 형식을 통한 고대음악 형식의 연구」, 『한국고대문화와 인접문화
　　　와의 관계』, 한국정신문화연구원, 1981

이보형, 「한국의 창과 시김새」, 조선일보, 4월. 25일

이지선, 「한국불교음악의 기보에 관한 고찰 - 『지장경』에 나타난 각필부호를 중심
　　　으로-」, 『韓國音樂硏究』 33집, 2003

유민영, 「불교예술의 현황과 무대화 방안」, 『전통불교의식의 현황과 영산재』 중요
　　　무형문화재 제50호 영산재 보존회, 2003

정병호, 「불교에 영향받은 종교적 춤과 예술적인춤」, 『전통불교의식의 현황과 영산
　　　재』 중요무형문화재 제50호 영산재 보존회, 2003

한만영, 「범패 홋소리의 선율형태 - 喝香, 合掌偈, 開啓를 중심하여」, 『불교학보』,
　　　1967

＿＿＿, 「화청과 고사염불」, 『張師勛博士華甲紀念 東洋音樂論叢』 서울 : 韓國國
　　　樂學會, 1997

허영일, 「한국과 일본의 불교무용 비교」, 『민족무용』 제 7호, 세계민족무용연구소,
　　　2005

黃晟起, 「韓國佛教梵唄의 硏究」, 『韓國佛教學』 第2輯, 韓國佛教學會, 1976

洪潤植, 「佛教儀式에 나타난 諸神의 性格」, 民俗學會 제2집, 民俗學會, 1983

洪潤植, 金千興, 「食堂作法」, 無形文化財報告書 第46號, 文化財管理局, 1968

洪潤植, 「統一新羅의 信仰儀禮」, 『韓國思想思』, 1975

＿＿＿, 「高麗佛教의 信仰儀禮」, 『韓國思想史』, 1975

＿＿＿, 「李朝佛教의 信仰儀禮」, 『韓國思想思』, 1975

＿＿＿, 「전통불교의식의 현황과 금후의 과제」, 『불교전통의식의 보존과 계승의 문
　　　제』 (사)진단전통예술보존협회, 한국전통예술학회, 2004

_____, 「佛典上으로 본 佛敎音樂」, 『佛敎學報』, 제 9집, 1972

_____. 「儀式音樂으로서의 梵唄」, 『佛敎學報』, 제 7집, 1970

_____. 「전통불교의식의 현황과 영산재」, 『전통불교의식의 현황과 영산재』 중요
무형문화재 제50호 영산재 보존회, 2003

4. 學位論文

강명화(보현), 『천도재에 대한 이론과 실제』, 원광대 석사 논문, 2004

강선이, 『영산재 바라춤의 미적구조에 관한 연구』, 한양대 석사논문, 2003

강석일, 『和請에 關한 硏究』, 고려대 석사논문, 1988

권영문, 『화청의 서사 문학적 연구』, 경기대 박사논문, 1995

금정미, 『梵唄에 관한 연구』, 동아대 석사논문, 1994

김말애, 『작품 가사의 창작기반과 형상에 관한 연구 - 중요무형문화재 승무를 중심
으로』 경희대 석사논문, 1973

김명신, 『전북 봉서사 영산작법 연구』, 원광대 석사논문, 1996

김명진, 『한국 무용에 나타난 불교 의식무용의 영향에 관한 연구』, 세종대 석사논문,
1991

김미경, 『살풀이와 승무시 음악반주의 유뮤가 운동강도에 미치는 영향』, 동아대 석
사논문, 1994

김미영, 『불교의 작법춤 특성 연구』, 중앙대 석사논문, 1997

김영렬, 『영산재의 무대화에 관한 연구』, 동국대 석사논문, 2002

김원선, 『영산재 연주되는 태평소 가락 분석』, 동국대 석사논문, 1998

김응기(법현), 『영산재 작법무 범패의 연구』, 원광대 박사논문, 2004

김응기(법현), 『영산재 구성과 그 신앙적 의의에 관한 연구』, 동국대 석사논문, 1995

김응기(법현), 『상주권공재의 작법절차에 관한 연구』, 원광대 석사논문, 1995

김재현(재각), 『불교의례에 있어서 범패의 기능, 구성』, 동국대 석사논문, 1993

김종형, 『불교무용의 청소년복지 활용방안 연구』, 동국대 석사논문, 2000

김종형, 『韓國 佛敎舞踊의 思想的 意味와 文化 藝術的 價値 硏究』, 동국대 박사논
문, 2003

김태곤, 『동음집에 나타난 짓소리 연구-引聲, 擧靈山의 선율을 中心으로』, 1999

김현정, 『영산작법 니르바나 공연에 관한 연구-공연 기록을 중심으로-』, 동국대 석 사논문, 2004

권영심, 『이매방 승무의 춤사위에 관한 연구』, 동국대 석사논문, 1998

권재남, 『불교의식무용이 승무에 미친 영향』, 영남대 석사논문, 1995

김해숙, 『안채비소리의 시김새: 착어성, 계성, 유치성에 기하여』, 서울대 석사논문, 1980

김현정, 『全北地域 佛敎儀式舞踊 現場 硏究-靈山齋에서 行한 舞踊을 中心으로』, 중앙대 석사논문, 1994

김현정, 『영산작법 니르바나 공연에 관한 연구-공연 기록을 중심으로』, 동국대 석사 논문, 2004

김현주, 『영산재 바라춤에 관한 연구』, 숙명여자대학교 전통문화예술대학원 석사학 위 논문, 2000

노소영, 『梵唄의 태징법에 對한 硏究』, 서울대 석사논문, 1992

당아미, 『신라 入唐 求法僧에 관한 연구』, 동국대석사, 1995

문명구, 『韓國 佛敎音樂의 展開에 關한 硏究-朝鮮時代 刊行된 儀禮要集을 中心으 로』, 원광대 석사논문, 2000

문일지, 『나비춤 춤사위에 관한 연구』, 서울대학교 대학원 석사 논문, 1969

민경숙, 『경기 농악의 춤사위 연구-법고춤과 문둥춤을 중심으로』, 이화여대 석사논 문, 1985

민연옥, 『한국불교무용에 관한연구-유형과 배경을 중심으로』, 상명여대 석사논문, 1983

박경애, 『佛敎系연(和請系) 鄕歌의 연구』, 성균관대 석사논문, 1993

박경련, 『한국 무용의 생성과정에 관한 고찰-동해안굿을 중심으로한 불교의식과 무 속에 관한 연구』, 숫명여대 석사논문, 1987

박경선, 『佛敎音樂에 있어서 梵唄와 讚佛歌의 音樂的 特性硏究』, 계명대석사논문, 1985

박미숙, 『茶泉寺 의 나비춤에 관한 연구-춤사위의 구조분석과 특징을 중심으로』, 원광대석사논문, 1988

박범훈, 『佛敎音樂의 傳來와 韓國的 展開에 관한 硏究』, 동국대 박사논문, 1999

박은제, 『불교양식의 作法에 관한 연구-나비춤 中 道場偈를 中心으로』, 이화여대석

사논문, 1987

박연술,『佛敎 儀式 舞踊이 韓國 舞踊에 끼친 影響』, 숙명대 석사논문, 1995

백일형,『梵唄 八空山齋에 對한 硏究』, 서울대 석사논문, 1987

백재화,『영산재의 바라춤연구』, 동덕여대 석사논문, 1998

백종걸,『佛敎四物에 관한 硏究-禮佛儀式에 쓰이는 佛敎四物의 演奏法을 中心으로』, 영남대학교 석사논문, 1993

신미경,『불교 사물에 관한 연구』,중앙대학교 교육대학원 석사논문, 1997

신은주,『佛敎儀式 舞踊에 관한 연구-法鼓춤을 중심으로』, 이화여대 석사논문, 1992

신은진,『불교 재의식과 무속 진오귀의식 춤 비교연구-영산재, 씻김굿, 진오귀굿을 중심으로』, 이화여대 석사논문, 1991

안소영,『나비춤 춤사위에 관한 연구』, 아화여대 석사논문, 2002

양연호(응천),『圓佛敎 讀經의 梵唄 受容에 關한 硏究-常主勸供齋와 遷度齋를 中心으로』, 원광대 석사논문, 2000

오성미,『水陸齊 연구-作法과 梵唄을 중심으로』, 청주대 석사논문, 1992

오숙현,『화청과 회심곡의 비교연구연구』,

오승희,『호남우도 농악에 관한 고찰-법고춤을 중심으로』, 이화여대 석사논문, 1984

이강근,『범패와 선소리(立唱)』, 동국대 석사논문, 2003

이경선,『佛敎가 韓國傳統舞踊에 끼친 影響』, 상명대 석사논문, 1986

이규호,『한국불교음악의 연구분석: 범패와 찬불가의 음악적 특성을 중심으로』, 한양대 석사논문, 1991

이란숙,『영산재에 나타난 불교 의식무용의 정신과 형식연구』, 숙명여자대학교 전통문화예술대학원 석사 논문, 2000

이미선,『법고무 춤사위 연구』, 동국대 석사논문, 2003

이미아,『식당작법에 관한 무용학적 고찰』, 이화여대 석사논문, 1988

이미향,『불교도상에 나타난 악기 연구』, 동국대 석사논문, 1997

이애경,『영산재 작법 무용 미학적 고찰』, 국민대 박사논문, 1999

李蕉姸,『韓國佛敎 靈山齋 舞服에 관한 硏究』, 숙명여대 석사논문, 1990

이화영,『불교를 통해서 본 작법에 관한 연구』, 이화여대 석사논문, 1989

유현선,『영산재 바라춤에 관한 연구 - 중요 무형문화재 제50호 영산재를 중심으로』,

동국대학교 문화예술대학원 석사논문, 2003

육경순, 『梵唄에 관한 연구』, 연세대 석사논문, 1982

정남근(지현), 『불교의식과 태평소에 관한 연구』, 동국대석사논문, 2000

정외순, 『조선시대 감로탱화에 나타난 악기연구-18세기 감로탱화를 중심으로』, 동국대 석사논문, 2004

정정희(진문), 『식당작법 무용 구성 연구-중요 무형문화재 제50호 영산재 중심으로-』, 동국대 석사논문, 2005

주연희, 『바라춤에 대한 考察』, 이화여대 석사논문, 1976

차영숙, 『한국불교 전통음악 연구』, 연세대 석사논문, 1984

차형석, 『閣筆樂譜 研究-誠庵古書博物館所藏『妙法蓮華經』券 8中心으로』, 2005

최우정, 『중요무형문화재 제 50호 영산재 천수바라춤 연구』, 동국대 석사논문, 2006

편봉화, 『한국춤 동작에 나타난 상징성 고찰』, 계명대 석사논문, 1998

韓萬榮, 「梵唄 짓소리와 홋소리의 比較研究」, 서울대 석사논문, 1968

5. 國外論文

高橋亨, 『李朝佛教』. 東京 : 寶文館. 1929.

大山公淳, 『佛教音樂と聲明』. 大阪 : 東方出版, 1992.

東洋音樂學會, 『佛教音樂』. 東京 : 音樂之友社, 1972.

小林芳規, 「奈良時代の角筆訓点から觀た華嚴經の講說」, 『第二會 東大寺 國際學術發表集)』, 日本: 東大寺, 2003.

小林芳規, 「韓國における角筆文獻の發見とその意義-日本古訓点との關係-」, 『朝鮮學報』第百八十二輯, 日本: 天理大學, 2002.

法顯(金應起), 「韓國佛教音樂(梵唄) 類型과 展望 (佛教東轉 2000年 佛教音樂 臺灣國際學術會議 論文集) - 臺灣 타이베이 불광산 문교 기금회 2000

法顯(金應起), 「韓國佛教音樂 梵唄の 歌唱と 閣筆 樂譜, 日本 東大寺 學術論集 2輯, 2004

片岡義道, 『佛教音樂』. 東京 : 音樂之友社, 1942.

洪潤植, 『佛教儀禮における梵唄の研究』.

6. 기타자료

Welcome to Korea 'Yongsanjae' 2000. 6.
봉원사 편, 제17회 영산재 자료, 2005년 5월 5일 단오절
봉원사 편, 제18회 영산재 자료, 2006년 5월 5일 단오절
봉원사 옥천범음대학 http://www.bongwonsa.or.kr/
불교음악 범패 http://www.pompae.or.kr 자료
중요무형문화재 제 50호 영산재 보존회 제 4회 세미나집, 2006.12.11